Guido Dieckmann, geboren 1969 in Heidelberg, arbeitete nach dem Studium der Geschichte und Anglistik als Übersetzer und Wirtschaftshistoriker. Heute ist er als freier Schriftsteller erfolgreich und zählt mit seinen historischen Romanen, u. a. dem Bestseller «Luther» (2003), zu den bekanntesten Autoren dieses Genres in Deutschland. Guido Dieckmann lebt mit seiner Frau an der Deutschen Weinstraße.

Guido Dieckmann

Die Jungfrau mit dem Bogen

Historischer Roman

Rowohlt Taschenbuch Verlag

Originalausgabe

Veröffentlicht im Rowohlt Taschenbuch Verlag, Reinbek bei Hamburg, Dezember 2007 • • Umschlaggestaltung any.way, Barbara Hanke / Cordula Schmidt (Abbildung: Mademoiselle de BLOIS, Françoise-Marie de Bourbon, 1677–1749, daughter of King Louis XIV of France and of the Marquise de Montespan, 17th century, ARTIST unknown; © The Art Archive / Château de Chambord / Dagli Orti) • Satz Poliphilus MT PostScript (PageOne) bei Dörlemann Satz, Lemförde • Druck und Bindung Clausen & Bosse, Leck • Printed in Germany •

ISBN 978 3 499 24566 4

Prolog

Mainz, im März 1432

«Mörderin!»

Dumpf hallte die Anklage von den Wänden der Kammer wider, die Martin Herrlinger, Zunftmeister der Färber von Mainz, mit seiner jungen Gemahlin teilte. Das Echo verhallte im Brausen des Sturmwinds, der um die Giebel der Häuser heulte und Mensch wie Vieh in Unruhe versetzte.

Magdalena fuhr auf und starrte benommen in das dämmrige Licht, das sie wie ein Netz aus düsteren Ahnungen umgab. Sie brauchte eine Weile, bis ihr einfiel, wo sie sich befand. Sie war allein. Das Laken auf der linken Seite ihres Ehebettes war straff gespannt und kalt wie Eis.

Unberührt.

Stöhnend versuchte sie, sich aufzurichten. Hatte sie geträumt? Wenn ja, dann war es ein fürchterlicher Albtraum gewesen, einer jener Träume, deren Bilder so glaubhaft und nah waren, dass man auch eine ganze Weile nach dem Erwachen noch nicht wagte, sie anzuzweifeln. Sie hatte Martin gesehen, ihren Mann. Im Traum hatte er an einem Balken gehangen, den Kopf nach unten, und sie mit starren Augen angeblickt.

Wenige Spannen über ihrem Kopf bewegten sich die moosgrünen Bettvorhänge, das Tuch sperrte die Kälte der regnerischen Frühjahrsnacht nur notdürftig aus. Magdalenas Mund war trocken, doch sie verspürte weder Hunger noch Durst. Wie eine eisige Flüssigkeit durchdrang der Frost der Nacht ihren Körper. Sie war bloß mit einem dünnen Schnürgewand bekleidet und fror so erbärmlich, dass ihre Zähne zu klappern begannen.

Von der mit Schnitzereien reichverzierten Kleidertruhe sandte die Lampe ihren Schein herüber. Die müden Flämmchen reichten nicht einmal aus, um die Schatten vor der Fensterluke zu vertreiben; dafür beleuchteten sie die zackigen, vom Hausschwamm unterlaufenen Risse, die sich ins Mauerwerk gefressen hatten. Martin hatte sie schon vor Tagen ausbessern wollen. Er war sehr gewissenhaft in allem, was das Handwerk betraf, und obwohl Magdalena vermutete, dass ihr Gemahl es kaum abwarten konnte, bis er mit ihr und dem Gesinde das alte Haus verlassen und auf den größeren Hof umziehen konnte, hielt er die Wohnräume und Vorratsspeicher an der großen Bleiche vorbildlich in Schuss. Seine Diener hatten hier oben nichts zu suchen. Er war der Herr des Hauses; seine Schlüssel vertraute er nicht einmal Magdalena an.

Als Magdalena den Kopf zur Fußseite des Alkovens wendete, entdeckte sie ein Tragebrett, das jemand nachlässig gegen die Wand gelehnt hatte. Das Holz trug dunkle Flecken, es roch scharf nach Moder, feuchter Erde und gewissen Substanzen, die Martin in seiner Tuchfärberei verwendete. Erschöpft ließ sich Magdalena wieder in die Kissen gleiten.

Was hatte die Bahre hier oben verloren?

Was, bei allen Heiligen, mochte ihr zugestoßen sein? Bei dem Gedanken packte sie Entsetzen. Sie tastete Brust, Hüften und Oberschenkel ab und stellte erleichtert fest, dass sie noch immer Strümpfe trug. Wer auch immer sie während ihrer Ohnmacht hinauf in die Kammer getragen hatte, war wieder verschwunden, ohne ihre Hilflosigkeit auszunutzen.

Aber wo blieb Martin? Warum ließ er sie allein in einem Haus, in dem jedermann sie verachtete? Er wusste doch, wie ungern sie hier oben allein zu Bett ging.

Auf dem Gang vor ihrer Kammer hörte sie Flüstern, doch sie

vermochte keiner der Stimmen ein Gesicht zu geben. Sie lauschte angestrengt, und eine böse Ahnung stieg in ihr auf.

«Wie könnt ihr noch an meinen Worten zweifeln?», zischte einer der Unbekannten aufgebracht. «Ganz bestimmt hat sie etwas mit seinem Tod zu tun. Mit ihrem Blick hat sie ihn zum Bösen verführt, bis ihm kein anderer Ausweg mehr blieb!»

Ihm. Wer war *ihm*?

«Ich habe trotzdem keine Ahnung, warum du uns gerufen hast», widersprach zaghaft eine dunkle Männerstimme. Selbst durch das Holz der Tür klang sie ängstlich, als fürchtete der Mann, selbst beschimpft oder angeklagt zu werden.

«Dies ist kein Fall für das Schöffengericht. Vernünftiger wäre es, nach einem Wundarzt oder einem Baderchirurgen zu schicken, der sich auf die Leichenbeschau versteht.»

«Nun gut, dann wartet aber wenigstens unten in der Stube, bis ich den Wundarzt verständigt habe. Der versteht sich auf Todeszeichen. Einer von euch sollte die Tür zur Kammer im Auge behalten. Der Satansbraten darf uns nicht entwischen.»

Satansbraten. Wer? *Sie?*

Magdalena geriet in Panik. Man verdächtigte sie eines teuflischen Verbrechens. Aber warum? Welcher Wahnsinn mochte die Leute gepackt haben? War sie denn nicht mehr die Herrin des Hauses?

Draußen stürmte und regnete es zum Gotterbarmen. Geräuschvoll prasselten die Tropfen gegen das schmale Vordach, das sich zur Hofseite hin erhob. Unter dem Dach standen Karren, mit denen Martins Gesellen gefärbte Tuche zu den Lagergewölben der Kaufleute am Domplatz zogen. Auch Butterfässer, Honig- und Ölkrüge wurden dort verwahrt. Die Pferde- und Ziegenställe befanden sich jenseits der Hofmauer.

Kein kluger Mensch verließ sein Haus in einer derart schaurigen Sturmnacht, wenn ihn nicht ein guter Grund antrieb. Magdalena musste einen solchen gehabt haben, ihr Haar war noch immer feucht. Aber sosehr sie sich auch bemühte, sie vermochte sich einfach nicht daran zu erinnern, weshalb sie ohne Haube und Umhang hinaus in die Gasse gestürzt sein sollte.

Als Magdalena ihre Finger betrachtete, bemerkte sie eine Anzahl hässlicher Schrammen und Schürfwunden. Getrocknetes Blut befand sich selbst auf den Ärmeln ihres Gewandes und auf dem Laken. Die Flecken sahen aus wie Blütenblätter in frischgefallenem Schnee. «Heilige Jungfrau Maria», betete sie leise, «lass Martin nach Hause kommen. Er wird die Leute fortschicken und mir beistehen, so wie er es vom ersten Tag unserer Ehe an getan hat. Verleih mir die nötige Kraft, um …» Die Worte erstarben auf ihren Lippen, als plötzlich dunkel eine schreckliche Erinnerung aufflackerte. Es waren nicht mehr als Bruchstücke, zu vage, um einen Sinn zu ergeben. Doch immerhin entsann sie sich nun, das Haus etwa um die neunte Stunde verlassen zu haben. Der Regen hatte kurz zuvor eingesetzt. Einer von Martins Lehrjungen war in die Stube gekommen und hatte sie gebeten, ihn in die Stadt zu begleiten.

Martin hat nach mir gefragt, durchfuhr es sie. Natürlich, so war es gewesen. Er hatte noch auf der Baustelle zu tun gehabt, irgendwelche Geschäfte mit auswärtigen Kaufleuten. Er hatte ihr auftragen lassen, etwas dorthin zu bringen. Anscheinend hatte es sehr geeilt. Aber was hatte er zu dieser Stunde so dringend gebraucht, und warum hatte der Junge es ihm nicht selbst bringen können?

Ich muss mich erinnern, ich muss, ich muss … Doch es war zwecklos. Je verzweifelter sie sich zu erinnern versuchte, desto mehr verschwammen die Bilder. Den Rest der Nacht verschluckte ein dichter Nebel, der sich nicht lichten wollte.

Ich muss ihn suchen gehen. Entschlossen zog sich Magdalena an dem geschnitzten Bettpfosten empor. Martin würde dem Spuk ein Ende machen. Sie hoffte nur, das Haus verlassen zu können, ohne den Männern, die unten auf den Wundarzt warteten, in die Arme zu laufen. Mit einem leisen Stöhnen stützte sie sich auf die Ellbogen, dann hielt sie plötzlich inne. Ungläubig blickte sie auf ihre Beine. Heilige Mutter Gottes, sie gehorchten ihr nicht mehr, schienen zu Fremdkörpern geworden zu sein. Taub waren sie. Kalt und steif. Magdalena krümmte sich, weil sie fürchtete, sich jeden Augenblick übergeben zu müssen.

Mit einem energischen Ruck wurde die Tür aufgestoßen, und eine Frau trat in die Kammer. Drei Männer folgten ihr. Magdalena erkannte Basilius Fust, den städtischen Wundarzt, mit dem sich ihr Mann von Zeit zu Zeit in einer Schenke am Rhein auf einige Becher Wein traf. Der Arzt trug enganliegende, zitronengelbe Beinkleider und einen pelzverbrämten Mantel, der im Regen feucht geworden war.

«Dort liegt sie», rief die Frau. «Nun seht Ihr, dass ich Euch die Wahrheit gesagt habe.» Sie stellte ihre Kerze auf einem Schemel ab und betrachtete Magdalena hasserfüllt. Es war Annegret, Martins ältere Schwester. «Schaut Euch das Weib an, damit Ihr später vor den Schöffen beschwören könnt, wie Ihr sie angetroffen habt: Das Kleid besteht nur noch aus Fetzen, die Hände sind blutig, die Stirn ist zerkratzt, ebenso wie bei dem armen Martin. Und dann dieser wahnsinnige Ausdruck in ihren Augen. Wie die Buhlschaft eines Höllenteufels sieht sie aus. Ich habe meinen Bruder immer wieder vor ihr gewarnt, doch nun ist es zu spät.»

Der Arzt räusperte sich; sein Gesicht verriet, dass er Angst hatte. «Wir sollten nicht voreilig handeln, Frau Annegret. Immerhin ist Martin ein geachteter Zunftmeister und Ratsherr, außerdem ist er mein ältester Freund.»

«Solltet Ihr dann nicht wissen, was Ihr ihm schuldig seid?» Magdalenas Schwägerin sah den Arzt feindselig an. Sie war eine unscheinbare Frau, deren Gesicht die graue Farbe ihrer Kleidung angenommen hatte. Am Gürtelband ihrer Witwentracht klapperten einige Schlüssel. Magdalena erkannte das Geräusch auf Anhieb. Diese Schlüssel gehörten Martin.

Magdalena stöhnte leise. «Was geschieht hier? Annegret, was haben die Männer in meinem Haus zu schaffen?»

«In *deinem* Haus? Ich lasse dich vor die Tür setzen!» Magdalenas Schwägerin drehte sich zu den ratlos wirkenden Männern um. «Ihr seht, dass ich nicht übertrieben habe. Ihr Haar ist nass wie das Fell einer ersoffenen Katze. Und auf der Stirn trägt sie ein Mal, das ihr mein armer Bruder in seinem Todeskampf beigebracht hat.»

«Was redest du da von einem Todeskampf?», stieß Magdalena hervor.

«Martin liegt mit eingeschlagenem Schädel unten in der Werkstatt! Pater Edmund ist bei ihm, aber er kam zu spät, um ihm die Ölung zu spenden. Auch das ist deine Schuld, du dahergelaufene Hure. Warum hast du ihm das angetan? Er hat dich doch auf Händen getragen und dir jeden Wunsch erfüllt!»

Magdalena wollte nicht länger zuhören. Sie beugte sich vor und knetete ihre Beine in dem erfolglosen Versuch, sie zu kräftigen.

«Sie hat ihn umgebracht», jammerte Annegret. «Oder zumindest in den Tod getrieben. Und dafür hat Gottes Zorn sie noch zur selben Stunde gestraft wie einst Lots Frau.»

Gereizt verzog der Wundarzt das Gesicht. Dass Annegret biblische Vorbilder bemühte, um die angebliche Verworfenheit der Zunftmeisterin zu bekräftigen, hob seine Laune nicht gerade. Dennoch war er bereit, sich die Verletzungen der Hausherrin anzusehen. Ihre Schönheit trieb ihm die Röte ins Gesicht. Viele Frauen in Magdalenas Alter begannen zu verblühen, ihr hingegen schienen die Jahre, die seit ihrem triumphalen Einzug in die Stadt vergangen waren, zu einer zarteren Haut, zu strahlenderem Glanz in den mandelförmigen Augen verholfen zu haben.

Während ihm einer seiner schweigsamen Begleiter die Lampe hielt, unterzog der Arzt Magdalena einer flüchtigen Untersuchung und wandte sich dann an Annegret: «Lasst Eure Magd saubere Leinentücher, eine Schüssel mit warmem Wasser und ein wenig Branntwein heraufbringen, damit ich die Schürfwunden reinigen kann. Und habt keine Angst, Frau. In diesem Zustand wird Eure Schwägerin auch ohne Fesseln nicht davonlaufen. Ich würde mich wundern, wenn sie jemals wieder auf eigenen Beinen stehen könnte.»

Martins Schwester schnaubte, doch was sie hörte, schien ihr zu gefallen. «Nun gut, wenn Ihr es sagt, Meister.»

«Wir sollten draußen warten, damit die Zunftmeisterin ihr Mieder lockern kann.» Der Arzt gab seinen Begleitern einen Wink, ihm hinaus auf den Korridor zu folgen.

Magdalena blieb allein zurück. Eine unbändige Angst, auch noch die Kontrolle über Arme und Hände zu verlieren, beschleunigte ihren Herzschlag. Mit letzter Kraft tastete sie im Zwielicht nach dem Kasten, den Martin an der Kopfseite des gemeinsamen Bettes aufbewahrt und wie einen Schatz gehütet hatte. Du schläfst lieber auf deinem Kasten als auf einem weichen Kissen, hatte sie ihn oft geneckt. Warum war ihr nur früher nicht aufgefallen, dass er jedermann in diesem Haus mit Argwohn begegnete? Wenn Martin verlangt hatte, dass sie ihm etwas zur Baustelle brachte, dann konnte sie es eigentlich nur dem Kasten entnommen haben.

Als sie ihn öffnete, stieg ihr ein aromatischer Duft in die Nase: getrocknete Nelken und Pfefferkörner. In einem der Seitenfächer fand sie einige Schreibfedern und Radiersteine sowie einen Kelch, den sie nie zuvor gesehen hatte. Er sah wertvoll aus. Sie suchte weiter und fand schließlich einen Bogen Papier. Er lag in einer gefetteten Lederhülle, gleich neben dem prächtigen violetten Siegel, das Martin als Zunftmeister und Ratsherrn der Stadt Mainz auswies.

Magdalena nahm einen Kohlestift zur Hand. Sie musste auf der Stelle verschwinden, bevor Martins Schwester den gesamten Schöffenrat von Mainz gegen sie aufbrachte. Am besten fort aus der Stadt. Hier hielt sie nichts mehr, kein Haus und auch kein Mann. Doch sie zögerte, der Stift in ihrer Hand schien auf einmal schwer wie Blei zu werden.

Gewiss gab es Menschen, die sie um Hilfe bitten konnte. Menschen, die ihr etwas schuldeten. Auch wenn sie für diese schon seit vielen Jahren tot und begraben war.

I

Trier, im April 1432

«Wenn der unzuverlässige Bursche nicht vor Einbruch der Dunkelheit hier ist, braucht er gar nicht erst wiederzukommen! Ich dulde keine Taugenichtse in meiner Werkstatt!»

Grimmig steckte Schneidermeister Melchior Kastenberg eine Nadel in das weiche Samtkissen, das er mit Lederschnüren um seinen Bauch gebunden hatte. Dann bahnte er sich einen Weg durch die Stapel von Tuchproben, abgetrennten Ärmeln, Kleiderpuppen und Garnrollen und öffnete ein Fenster, um einen Blick in die Gasse zu werfen, die am nahe gelegenen Klosterplatz von St. Maximin vorbeiführte.

Dort herrschte geschäftiges Treiben. Trotz des wechselhaften Wetters hatten einige seiner Zunftgenossen ihre Tische und Garntruhen vor die Häuser getragen, um frische Luft zu schnappen. Das muntere Geplauder der Handwerker vermengte sich mit dem Geschnatter der Gänse und dem Geklapper von Tongeschirr, das aus den geöffneten Fenstern der umliegenden Häuser ins Freie drang. Die Handwerker, die sich jenseits des alten Nordtores angesiedelt hatten, bewohnten niedrige Holz- und Lehmhäuser, deren Erker beinahe mit den Vordächern der gegenüberliegenden Gebäude zusammenstießen. Über die Gassen waren Wäscheleinen gespannt, an denen Kleider, geflochtene Körbe, Seile und Ölkrüge befestigt waren. Im Sommer spendeten die vorgebauten Dächer kühlenden Schatten, im Winter hingegen erweckten sie ein trostloses Gefühl der Enge.

Die Tuchmacher, Walker, Schönfärber und Gewandschneider, die das geschäftige Klosterviertel bevölkerten, waren robuste Gesellen. Sie hatten sich entschieden, ihre Werkstätten und Buden außerhalb des befestigten Stadtgürtels aufzuschlagen, um sich der Aufsicht des Bischofs und der strengen Marktgesetze zu entziehen. Dafür vertrauten sie sich dem Schutz an, den die Nähe der Abtei von St. Maximin bot. Die Mönche waren umgänglicher als die steifen Pfaffen in der Stadt, außerdem ging die zuweilen stupide Tätigkeit ihres Gewerbes in einer so buntgemischten Gesellschaft leichter von der Hand. Warum sollte man sich nicht mit seinen Nachbarn über die Beschlüsse der Ratsherrn oder des Domkapitels austauschen oder gemeinsam über die gestiegenen Preise für Garn, Leinen und Samt jammern? Vor den Toren des Klosters machten Neuigkeiten für gewöhnlich rasch die Runde. Pilger und Ritter zogen hier vorbei. Und nicht selten lockte man den einen oder anderen neuen Kunden, der auf dem Weg zum Kloster war, über die Schwelle der Werkstätten.

Ein Jüngling mit Sommersprossen grüßte Kastenberg höflich. Der Alte erwiderte den Gruß, dann schlug er das Fenster so heftig zu, dass die dünnen Bleiglasscheiben zitterten. Nach einem Schwatz unter Zunftbrüdern stand ihm heute nicht der Sinn. «Verflixte Schlamperei», knurrte er. «Nie wieder vertraue ich auf die Hilfe junger Müßiggänger! War doch klar, dass der Sohn eines Patriziers sich heute nicht mehr an das erinnert, was er gestern versprach.»

Seine Enkelin Lucia blickte von ihrer Näharbeit auf. Ein nachsichtiges Lächeln glitt über ihre Lippen. Sie war ein aufgewecktes Mädchen von achtzehn Jahren und arbeitete schon lange in der Gewandschneiderei. Sie wusste genau, wie sehr ihr Großvater es hasste, bei den letzten Anproben vor einer wichtigen Lieferung an die Kirche versetzt zu werden. Insbesondere vor den hohen Feiertagen fiel in der Gewandschneiderei jede Menge Arbeit an. Die bestellten Gewänder mussten noch zugeschnitten, geändert, anprobiert und ausgeliefert werden. Passten sie nicht wie angegossen, schadete dies Kastenbergs Ruf und seinem Geldbeutel.

«Die Scheiben werden Sprünge bekommen, wenn du das Fenster so heftig zuschlägst. Dreimal musste der Glaser schon kommen. Und er wartet immer noch auf sein Geld.»

«Soll er warten, meine Rechnungen werden auch nicht pünktlich bezahlt!»

Lucia zuckte mit den Achseln. Ihre Finger waren kalt geworden, weder sie noch Melchior hatten daran gedacht, im Ofen Feuerholz nachzulegen. Nun aber, als sie die Nadel für einen Augenblick beiseitelegte, spürte sie, wie steif ihre Gelenke geworden waren. Auch der Rücken schmerzte Lucia, dabei hatte sie noch mehrere Stunden langweiliger Arbeit vor sich.

Am Kreuzbalken, der die Nähstube vom eigentlichen Ladenraum abteilte, hatte Kastenberg eine Reihe bunter Gewänder aufgehängt: kirschrote Priesterroben für den Karfreitag, goldene für das sich anschließende Hochfest und Schärpen in sattem Grün, die von den geistlichen Herren zu Sonntagsmessen und an Werktagen angelegt wurden. Ein Durcheinander von Samt- und Leinenstoffen, aufgeschnittenen Filzresten, Wachstafeln und Plätteisen verteilte sich in Körben und Schachteln quer über den Boden bis hin zur Werkstatttür.

«Wahrscheinlich wurde Paulyn am Nordtor oder beim Überqueren der Römerbrücke aufgehalten», versuchte Lucia ihren Großvater zu besänftigen. «Du weißt doch selbst, wie schwierig es für ihn ist, zu dieser Stunde noch an den bischöflichen Wachen vorbeizukommen.»

Melchior blickte erstaunt auf und schüttelte den Kopf. «Ich wusste nicht, dass Paulyn Ärger hat. Obwohl … Unverbesserliche Faulpelze und Träumer wie er geraten doch ständig in Schwierigkeiten, nicht wahr?»

Lucia seufzte leise; sie hatte sich längst damit abgefunden, dass ihr Großvater trotz seiner Gutmütigkeit für die Nöte anderer

Menschen nur wenig Mitgefühl aufbrachte. Auch um die Lage des Reiches kümmerte er sich nur, wenn seine Gewandschneiderei davon betroffen war. Für ihn waren die Krisen der Mächtigen schon immer etwas gewesen, das ihn nichts anging. Dies hatte sich an jenem Tag geändert, als er seinen Sohn an die Pläne eines ehrgeizigen Königs verloren und die verwaiste Lucia in sein Haus aufgenommen hatte. Damals hatte er kurzerhand beschlossen, seine Enkeltochter zur Gewandschneiderin auszubilden, und seine Entscheidung in all den Jahren nie bereut, denn Lucia ging mit Nadel und Garn äußerst geschickt um. Auch ihre Einfälle waren durchaus brauchbar, wenngleich sie für seinen Geschmack mitunter etwas gewagt waren. Dennoch ahnte Melchior, dass das Herz seiner Enkelin nicht so sehr für Roben, Schleier und den anderen Weiberkram schlug, wie es bei den Mädchen ihres Alters sonst der Fall war. In der Regel gehörten diese auch längst nicht mehr dem Jungfrauenstand an. Sie waren vermählt, hatten Kinder und führten nicht dem Großvater, sondern ihrem Ehemann die Wirtschaft.

Stumm beobachtete Kastenberg die junge Frau. Sie war keinesfalls hässlich mit ihren braunen Augen und den markanten, hohen Wangenknochen. Und über Geschmack verfügte sie auch, obgleich sie ihre eigene Kleidung für gewöhnlich betont schlicht und schmucklos hielt. Warum also hatte sie nicht den gottgewollten Wunsch, einen Mann glücklich zu machen? Als der Alte bemerkte, dass Lucia seinen Blick erwiderte, fuhr er sich verlegen durch das Haar.

«Wie die Mehrheit der Ratsmitglieder hält es Paulyns Vater mit dem Manderscheider Grafen», erklärte Lucia. «Er unterstützt ihn in seinem Kampf um das Amt des Erzbischofs, weil er ja bereits Domherr ist und die Verhältnisse in der Stadt gut kennt. Im Unterschied zu dem fremden Herrn aus Speyer.»

«Paulyn und sein Vater können viel erzählen! Mir ist es gleich, wer sich die Albe überstreift, solange sie nur aus meiner Werkstatt stammt und tadellos sitzt. Schließlich hat schon mein Vater am Weberbach die liturgischen Gewänder entworfen und genäht.»

Lucia unterdrückte ihren Wunsch zu widersprechen. Melchior Kastenberg ließ nur allzu gern die Vergangenheit hochleben, wenn ihm die Zukunft nicht behagte. Lucia aber dachte mit Sorge an die nahezu leere Kasse, die Melchior hinter einem losen Stein an der Treppe zum Vorratskeller aufbewahrte. Seit der alte Bischof Konrad von Ziegenhain gestorben war, hatte keiner ihrer geistlichen Auftraggeber mehr seine Rechnungen bezahlt. Das Geld war knapp geworden, und von der Ehre, sich bischöflicher Gewandschneider nennen zu dürfen, bekam Lucia weder ihren Großvater noch dessen Gesinde satt. Die Hausmagd weiter zu beschäftigen, war ohnehin eine Verschwendung, die Lucia nachts den Schlaf raubte.

Aber auch auf den Märkten der Stadt, in den Gildehäusern und den Domfreihöfen ging nun schon seit Wochen das Gefühl drohenden Unheils um. Keiner, weder Rat noch Klerus, konnte vorhersagen, wie lange der Frieden im Bistum andauern würde. Möglicherweise war der Manderscheider es bald leid, dass ihm die Trierer Ratsherren den Einzug in die Stadt verweigerten. Das Domkapitel sprach sich fast geschlossen für ihn aus und drohte damit, keine Messen mehr lesen zu lassen, ehe die Ratsherren nicht eingelenkt und den vom Papst eingesetzten Speyrer Bischof Raban von Helmstadt davongejagt hatten.

«Ich begreife nicht, wie es so weit kommen konnte.» Melchior Kastenberg machte eine abfällige Handbewegung in Richtung des bestickten Gewandes, in dem noch die Nadeln steckten. «Mit unserem alten Bischof, Gott hab ihn selig, hatte die Stadt selten Schwierigkeiten, aber kaum ist er unter der Erde, da kreisen auch schon die Aasgeier über Trier. Sie sind maßlos in ihrer Gier nach Macht und Pfründen, die ihnen nicht zustehen. Und die ehrenwerten Kaufherren? Sie legen sich in dem Streit nicht fest. Auf die Entscheidung des Papstes wollen sie nicht hören, weil sie befürchten, dass ein fremder, zu papsttreuer Bischof wie Raban die Zölle an den Moselbrücken erhöhen und sich mit den Luxemburgern anlegen könnte. Das Domkapitel bevorzugt mal diesen, mal jenen Bewerber. Einerseits hoffen die Herren, dass ihre Macht wächst, wenn sie einen aus ihrer Mitte hofieren, andererseits sind sie zu stolz, sich zu entscheiden. Du wirst sehen, Lucia, die Männer schaufeln sich noch ihr eigenes Grab. Eine Ausnahme mag Kaufmann Emmerich sein. Er ist klug und außerdem sehr geduldig. Ich verstehe gar nicht, warum du dich so dagegen sträubst, ihm einmal zuzulächeln. Das kostet weniger als eine zerbrochene Fensterscheibe. Und es liegt doch auf der Hand, dass er sich für dich interessiert, sonst würde er dir beim Kirchgang nicht heimlich zunicken.»

Mit müden Schritten stapfte der Schneider hinüber zum Wandschrank und entnahm ein sauberes Wams aus dunkelgrünem Tuch. Ungeschickt nestelte er an den Haken, um es sich über den Kittel zu streifen. Lucia hätte ihm gern dabei geholfen, doch sie wusste, dass er es nicht mochte, wenn sich eine Frau an seinen Kleidern zu schaffen machte. In diesen Dingen war er eigen und sogar ein wenig eitel. Lucia musste sich ein Lächeln verkneifen. Sie fand, dass ihr Großvater für sein Alter noch immer gut aussah. Er hatte breite, beinahe muskulöse Schultern, welche die landläufige Meinung, Schneider seien schmächtig, Lügen straften. Sein silbergraues Haar fiel ihm in sanften Wellen über die Schultern. Über das bartlose, scharf geschnittene Gesicht zogen sich nur wenige Falten. Lucia konnte sich vorstellen, dass Kastenberg in jüngeren Jahren viele bewundernde Frauenblicke auf sich gezogen hatte. Obwohl er tagein, tagaus auf dem Schneidertisch hockte, waren seine Beine stämmig, der Rücken gerade und sein Blick der eines Falken. Nur an sehr trüben Tagen im Winter benutzte er ein dickes, in Blei gefasstes Sehglas, das ihm sein Freund, Vater Reginald von St. Maximin, zur Verfügung gestellt hatte.

Lucia legte den Saum, dessen Nähte sie gerade aufgetrennt hatte, zur Seite und gesellte sich zu ihrem Großvater. Liebevoll berührte sie den Arm des alten Meisters und lächelte ihn an. Doch er schien Lucia nicht einmal zu bemerken. Erst als sie sich enttäuscht abwenden wollte, nahm er ihre Hand und drückte sie kurz. Er hatte Sorgen, das verstand sie. Aber da war noch etwas anderes in seinen Augen, ein seltsames Funkeln, das sie nicht zu deuten wusste.

Sie kehrte zum Nähtisch zurück und beugte sich über die Schiefertafel, auf der sie das Muster einer Albe gezeichnet hatte. Mit einem Kreidestück versah sie das geistliche Kleidungsstück mit dem obligatorischen Schultertuch und einem Cingulum.

«Vergiss nicht, dass der Gürtel wenigstens eine Elle lang sein muss», brummte Melchior, nachdem sie ihm den Entwurf gezeigt hatte. «Und den dritten Teil der Stola lässt du frei für die Stickereien. Der Himmel allein weiß, was unseren Herren hierzu noch einfallen mag. Wahrscheinlich muss ich auf dem Rückweg vom Domplatz beim Garnhändler vorbeischauen, um einige Spulen Silberfäden zu bestellen.»

Lucia nickte verständnisvoll. Sie spürte, dass ihren Großvater etwas anderes beschäftigte als sein Auftrag, wagte es aber nicht, ihn danach zu fragen. Für gewöhnlich besprach er seine Sorgen mit Vater Reginald oder dem städtischen Münzmeister, aber niemals mit ihr. Auch wenn Kastenberg es nie offen äußerte, lag auf der Hand, dass seine Schneiderei ohne Lucias Mühen längst nicht mehr bestehen würde. Mit List und Schmeichelei hatte sie ihm das Recht abgetrotzt, nicht nur Schleppen auszulassen oder Röcke und Schalkragen für die Frauen der Trierer Patrizier zu nähen, sondern auch in die Geheimnisse der liturgischen Gewänder eingewiesen zu werden. Anfangs war Kastenberg nicht begeistert gewesen, doch inzwischen hatte er sich damit abgefunden, dass Lucia eigenständig Muster entwarf und diese persönlich bei den Stickerinnen der Klostersiedlung in Auftrag gab. Nähten nicht auch die Nonnen des Dominikanerordens geistliche Kleidung für Männer? Wen sollte es also stören, wenn Lucia ihrem Großvater zur Hand ging, solange seine Auftraggeber nichts davon wussten.

«Es hilft nichts, ich werde auf die Anprobe verzichten müssen», sagte Melchior niedergeschlagen, als das Läuten der Glocken von St. Maximin in die Stube drang, das die Mönche zum Gebet der Vesper rief. An manchen Tagen konnten die Bewohner der umliegenden Häuser und Werkstätten den melodischen Gesang der frommen Brüder selbst bei geschlossenen Türen und Fenstern hören.

«Über dem Dom stehen schon dunkle Wolken. Wenn ich mich jetzt nicht auf den Weg mache, lässt man mich heute gewiss nicht mehr zum Dompropst.»

Lucia musste ihm beipflichten. Wenn er seine Lieferung bei einem Diener des Propstes zurücklassen musste, würde er heute bestimmt kein Geld mehr bekommen. Vermutlich würden die Herren ihn im Kreuzgang warten lassen, bis er vor Müdigkeit zusammenbrach. Kurz entschlossen räumte sie den Schemel frei, auf dem Paulyn für gewöhnlich stand, wenn er Messgewänder und Stolen anprobierte. Dann nahm sie das Altarhemd, warf ihre widerspenstigen Haare zurück und begann, sich das glockenförmige Kleidungsstück über den Kopf zu streifen. Entsetzt starrte Kastenberg sie an.

«Was machst du da, Mädchen? Hast du den Verstand verloren, oder willst du mich ruinieren?»

«Keines von beiden, Großvater. Ich weiß, wie wichtig dir der Auftrag des Dompropstes ist, und außerdem hat der Garnhändler uns bereits mehrfach gemahnt. Keine Spanne will er mehr liefern, wenn wir die ausstehenden Rechnungen nicht begleichen. Und da Paulyn nicht erschienen ist, werde ich das Gewand anprobieren.»

Hilflos griff Melchior nach der Elle. «Aber du kannst doch nicht die Albe eines geweihten Dompropstes berühren. Ein Weib darf keine Männerkleidung tragen, schon gar keine geistliche, das wäre ein Frevel, der mich meinen Hals kosten könnte. Außerdem ist das Gewand …»

«Keine Bange», erklärte Lucia mit einem spöttischen Lächeln. «Der ehrwürdige Propst ist ein wenig schwächer gebaut als ich, insbesondere um die Hüften herum.»

«Das ist meine geringste Sorge! Der edle Herr hat seit meinem letzten Besuch im Kapitelhof mehr Fett angesetzt als ein Spanferkel. Kein Wunder, da sich seit neuestem zwei Anwärter auf den Bischofsstuhl gleichzeitig um seine Gunst bemühen. In seinem Weinkeller soll schon kein Platz mehr für all die Fässer sein, die ihm die beiden Streithähne zukommen lassen. Allerdings hat Gott ihn mit … äh … etwas weniger üppigen Brüsten gesegnet als dich!» Melchior spürte, wie ihm das Blut in die Wangen schoss, und wandte sich ab. Nun hatte dieses junge Ding es tatsächlich wieder einmal geschafft, ihn mit seiner Unbefangenheit anzustecken. «Lass endlich den Unfug bleiben», knurrte er mit gespielter Strenge. «Und steig von dem Schemel herunter. Du brichst dir noch den Hals, und mich machst du ganz wirr im Kopf.»

Lucia musste lachen. Sie streckte beide Arme aus und ließ den weichen Stoff an ihrem schlanken Körper hinabgleiten. Wenige Blicke genügten, um festzustellen, dass die Arbeit des Großvaters gelungen war. Die Nähte waren sauber gezogen, und zwei seitliche Einschnitte ließen dem Träger des Gewandes ausreichend Bewegungsfreiheit. Mochte der Propst auch weiterhin seine Tage mit Prassen und Schmausen zubringen, diese Kasel würde ihn vermutlich noch in sein Grab begleiten.

Sorgfältig legte Lucia die Gewänder zusammen, schlug sie in ein Tuch und übergab sie ihrem Großvater mit einem entwaffnenden Lächeln. «Ich denke, der Propst wird keinen Anstoß daran nehmen!»

Sie begleitete den alten Mann zur Tür und blickte ihm nach, bis er hinter den Wirtschaftsgebäuden des Simeonstifts verschwunden war. Wenn das nur gutgeht, dachte sie. Hoffentlich ließ Melchior sich nicht wieder mit einem huldvollen Lächeln und einem Schuldschein abspeisen.

Als ihr Blick die Mauern und Türme streifte, überfiel sie plötzlich ein beklemmendes Gefühl. Von Osten her jagten heftige Windböen über die Dächer der gedrungenen Fachwerkhäuser. Das dichte Laub der Bäume und Hecken, welche die Gärten sowie den Gottesacker des Klosters umfriedeten, rauschte, dass es wie aufgeregtes Geflüster klang. Die Glocken der Klosterkirche waren noch immer nicht verstummt. Obwohl Lucia ihren Klang gernhatte, verursachte das monotone Dröhnen ihr nun Unbehagen, zumal es keinen ersichtlichen Grund für das anhaltende Läuten gab.

Neugierig geworden, bedeckte Lucia ihr Haar mit einem Schultertuch und eilte dem Klosterhof entgegen. Um diesen zu erreichen, musste sie nur einen kurzen Weg zurücklegen, am Brunnenplatz vorbei, der zu dieser Tageszeit verödet vor ihr lag, dann einen schmalen Pfad entlang, über den für gewöhnlich die zum Klosterbesitz gehörende Schafherde getrieben wurde. Das Gras war noch feucht vom Regen der vergangenen Nacht und gab unter dem Gewicht ihrer Sandalen nach. Nur wenige Menschen hielten sich zu dieser Stunde noch in der Gasse auf, die meisten hatten sich in ihre Behausungen zurückgezogen. Einige der jüngeren Männer standen jedoch in kleinen Gruppen beisammen und deuteten auf die Klosterkirche. Vor dem Altgewandhaus, dessen ältester Teil aus der Zeit stammte, in der die Römer am Rhein gelebt hatten, beeilte sich das Weib eines Wollwebers, gemeinsam mit der Magd, den Webstuhl ihres Gatten über die hohe Türschwelle zu schaffen.

Die Unruhe trieb Lucia weiter. Zu ihrem Erstaunen bemerkte sie, dass weder das große Tor noch die schmale Pforte zum Klosterhof verschlossen war. Als sie durch die Pforte trat, fiel ihr Blick auf eine Schar von Mönchen, die sich um das steinerne Hofkreuz scharte und miteinander flüsterte.

Irgendetwas Schlimmes musste geschehen sein, wenn die Mönche ihr Gebet abkürzten und die Tore öffneten. Als Lucia sich umwandte, bemerkte sie, dass ein gutes Dutzend Bewohner der Klostersiedlung, darunter die Frau des Wollwebers, ihrem Beispiel gefolgt und ans Tor gelaufen war.

«Was soll dieses fürchterliche Sturmläuten?», fragte die rundliche Meisterin. Doch Lucia wusste keine Antwort und hob nur ratlos die Schultern. In Erwartung eines drohenden Unheils wanderten ihre Blicke von der Klosterkirche hinüber zum Turm des Stadttors, von dem in der fortgeschrittenen Dämmerung freilich nur noch die Umrisse zu erkennen waren. Sie musste an ihren Großvater denken, der inzwischen vermutlich den Domfreihof erreicht hatte und im Kreuzgang der Liebfrauenkirche auf den Diener des Propstes wartete. Wenn das Tor nun früher geschlossen wurde, konnte der alte Mann in dieser Nacht nicht mehr nach Hause zurückkehren. Und das, wo Kastenberg die Dunkelheit mehr hasste als eine verpatzte Naht. Sie tröstete sich mit dem Gedanken, dass er in diesem Fall sicherlich bei Freunden, die am Marktplatz wohnten, unterkommen würde.

Unweit des alten Gräberfelds entdeckte sie Vater Reginald. Vor Jahren hatte sich der arme Mann abgemüht, Lucia Lesen und Schreiben beizubringen. Sein Unterricht hatte nur wenige Früchte getragen.

«Was willst du, sie ist nun mal ein Soldatenkind», hatte Vater Reginald zu Kastenberg gesagt. «Sie kann die Hände weder in den Schoß noch um die Seiten eines Buches legen. Finde einen guten, gottesfürchtigen Mann für sie, für den Rest wird unser Herrgott schon sorgen.» Obwohl Lucia vermutete, dass sie Vater Reginald mit ihrer Ungeduld enttäuscht hatte, war er ihr auch in den folgenden Jahren stets ein väterlicher Freund geblieben. Er hatte sie über den frühen Tod ihrer Mutter und das Ausbleiben des Vaters mit Worten getröstet, die dem ruppigen Melchior Kastenberg niemals über die Lippen gekommen wären.

Vater Reginalds gutmütiges Gesicht mit den buschigen Augenbrauen war heute blass und wirkte auf Lucia erschreckend angespannt; nachdenklich starrte der alte Mann zum Glockenturm hinauf, hinter dem die Sonne in einem Meer aus kupferroten Funken unterging.

Noch ehe Lucia ihren ehemaligen Lehrer auf sich aufmerksam machen konnte, setzten weitere Glockenschläge ein. Sie drangen vom Dom herüber und erinnerten noch deutlicher an Sturmgeläut als die Klänge von St. Maximin. Als Lucia einige Mönche mit Fackeln aus dem Refektorium treten und auf das Tor zur Siedlung der Färber und Tuchweber zustreben sah, schlug ihr Herz vor Aufregung schneller. Ohne sich um die Blicke und das Getuschel der umstehenden Handwerker, Gesellen und Mägde zu kümmern, lief sie über den dämmrigen Hof, geradewegs auf Vater Reginald zu. Dieser empfing das Mädchen mit einem vorwurfsvollen Kopfschütteln.

«Du hättest am Tor warten sollen, bis der Bruder Kellermeister euch eintreten lässt, dummes Kind!» Trotz seiner tadelnden Worte berührte der Mönch Lucias Lockenkopf mit einer beinahe zärtlichen Geste. Es machte ihm nichts aus, dass seine Ordensbrüder ihn dabei sehen konnten.

«Na ja, jetzt bist du hier, und ich freue mich, dich zu sehen.»

«Was ist denn passiert, Vater?», fragte Lucia. «Warum läuten zu dieser Stunde die Glocken? Ist etwa schon wieder ein Bischof gestorben? Und warum öffnet ihr die Tore zur Klostersiedlung, sodass jeder hereinspazieren kann?»

Vater Reginald antwortete nicht sofort, denn im gleichen Moment geschah etwas, das seine Aufmerksamkeit vollkommen in Anspruch nahm. Drei Reiter preschten in wildem Galopp durch das Klostertor, ohne die herandrängenden Menschen überhaupt wahrzunehmen; erschrocken sprangen die Mönche mit ihren Fackeln zur Seite, um nicht von den Hufen der Tiere niedergetrampelt zu werden.

Die Männer ritten zielstrebig auf das Refektorium zu, ein kastenförmiges Gebäude aus grauem Feldstein, das direkt an die Mauern des Gotteshauses anschloss. Sie trugen Brustharnische aus stumpfem Erz, Beinschienen und Helme, die nach burgundischem Vorbild wie Teller geformt waren. Die Farben ihrer Umhänge und Wappen ließen erkennen, dass zwei von ihnen zu den Bewaffneten gehörten, die Bischof Raban von Helmstadt zu seinem Schutz angeworben hatte. Es hieß, der neue Bischof fürchtete in der Stadt um sein Leben und sei fortwährend vor Anschlägen auf der Hut. Seine Hofhaltung ähnelte weniger einer geistlichen Residenz als vielmehr einer Festung, in die nur seine engsten Vertrauten Einlass fanden.

Der dritte Reiter war bis auf seine wattierten Handschuhe deutlich nachlässiger gerüstet als seine Begleiter, offensichtlich gehörte er nicht zu den Soldaten, sondern war ein weltlicher Abgesandter des Schöffenrats, der von den Bischöflichen lediglich geduldet wurde und sein Pferd in einigem Abstand zu ihnen zügeln musste.

«Was haben die bischöflichen Soldaten hier zu suchen?», fragte Lucia.

«Büschfeld und Niederlosheim stehen in Flammen», antwortete Vater Reginald leise. «Unser Glöckner hat das Feuer vom Kirchturm aus entdeckt, als er zur Vesper läuten wollte.» Der Mönch hielt einen Moment lang inne, um sich zu sammeln, doch ein Laut hilflosen Zorns drang aus seiner Kehle. «Das ist Ulrich von Manderscheids Werk», stieß er hervor. «Seine Männer haben die Dörfer geplündert, um zu zeigen, dass der Graf Trier jederzeit in die Knie zwingen kann.»

Ungläubig starrte Lucia den alten Klosterbruder an. Sie erinnerte sich daran, mit wie viel Hochachtung die Bekannten ihres Großvaters vom Manderscheider gesprochen hatten. Der Trierer Rat unterstützte doch Ulrichs Ansprüche auf den geistlichen Stuhl. Hatten sich die Schöffen womöglich in ihm getäuscht?

«Und das ist leider noch nicht alles», fuhr der Mönch fort. «Da unser Domkapitel das Vorgehen des Grafen gutheißt, soll es exkommuniziert werden, und mit ihm zahlreiche geistliche Würdenträger des Bistums. Wenn Bischof Raban sich wirklich durchsetzt, werden wir in Trier fortan keine Messen mehr lesen dürfen. Wir werden keine Beichte mehr abnehmen, keinen Sterbenden mit den heiligen Sakramenten ausstatten und niemanden in geweihter Erde begraben, ehe nicht der letzte Mann Raban die Treue geschworen hat.»

Angst überkam Lucia. Sie rannte hinüber zur Mauer und erklomm sie über einige ausgetretene Stufen, die auf eine kleine Plattform mit Holzgeländer führten. Als sie den Blick gen Norden wandte, sah sie, dass sich der Himmel über den Wäldern rot gefärbt hatte. Unweit vor den Toren Triers brannten zwei Bauerndörfer lichterloh. Lucias Wangen begannen zu glühen, als spürte sie selbst den Flammenwall; sie mochte sich gar nicht ausmalen, was sich in den schutzlosen Siedlungen zu dieser Stunde abspielte.

Auf einmal fühlte sie Vater Reginalds schwere Hand auf ihrer Schulter. Sie hatte ihn nicht kommen gehört.

«Wir sind hier nicht mehr sicher, nicht wahr, Vater?», flüsterte sie leise. «Graf Ulrich will die Stadt in die Knie zwingen, und unsere Klostersiedlung liegt außerhalb der Befestigungen. Sie ist leicht einzunehmen. Wenn Manderscheids Truppen auch uns angreifen ...»

Der Mönch schüttelte abwehrend den Kopf; ein Windstoß blähte die Kapuze seiner groben Kutte auf wie ein Segel. «Davor mögen uns alle Heiligen bewahren, mein Kind. Der Manderscheider mag gewisse Rechte haben, aber er riskiert es, seine Seele an den Teufel zu verlieren, wenn er ein Kloster plündern lässt, das die Ruhestätte heiliger Bischöfe und Märtyrer ist. Nein, das wird er nicht wagen, so ehrgeizige Ziele er auch verfolgt. Das Einzige, was wir momentan tun können, ist zu beten und unsere Tore für jedermann zu öffnen, der keine Möglichkeit hat, jenseits des Stadttores Zuflucht zu suchen.»

Wie gebannt starrte Lucia auf die sich langsam nähernden roten Punkte, die unweit der Moselniederung wie Glühwürmchen um die Wipfel der Bäume tanzten. Sie glaubte sogar, Brandgeruch und Gebrüll von Vieh wahrzunehmen. Tief unter ihr drängten sich derweil die Menschen durch beide Flügel des hölzernen Tores, viele schleppten Bündel und Kisten mit ihren Habseligkeiten heran oder schoben Karren, auf denen eilig zusammengetragener Hausrat lag. Einige Knaben trieben Hühner, Gänse und eine Ziege über den Hof.

Was soll nur aus uns werden, dachte Lucia verzweifelt. Die Gewandschneiderei, in der sie und ihr Großvater vor nicht einmal einer Stunde noch friedlich gearbeitet hatten, würde es vielleicht schon bald nicht mehr geben. Nach dem, was Vater Reginald ihr erzählt hatte, waren die Herren des Domkapitels und mit ihnen alle höheren Geistlichen der Stadt, die sich Bischof Raban widersetzten, dem Kirchenbann verfallen. Sie würden Kastenberg keine Aufträge mehr erteilen, geschweige denn, ihn für seine bisherigen Dienste entlohnen. Der neuberufene Bischof galt als misstrauisch gegenüber jedermann, ob es sich nun um Ratsherren, Kaufleute oder Gewandschneider handelte. Von ihm war keine Hilfe zu erwarten. Doch selbst wenn der Großvater seinem Gewerbe weiterhin nachgehen durfte, so war es nur eine Frage der Zeit, bis Graf Ulrich von Manderscheid und seine Ritter die schlechtbefestigte Klostersiedlung einnehmen und ihnen das Dach über dem Kopf anzünden würden.

«Bring eure Sachen besser gleich in den Hof, mein Kind», riet Vater Reginald. «Ich werde dafür sorgen, dass man dir eine Kammer im Gesindetrakt der Laienbrüder zur Verfügung stellt. Dort werden auch Frauen und Mädchen geduldet, solange sie sich zu benehmen wissen.»

Lucia seufzte. Vater Reginald konnte es einfach nicht lassen, wie ein Schulmeister zu reden. Unterhalb der Mauer erleichterte sich einer der Laienbrüder gerade mit heruntergelassenen Hosen gegen den Torpfosten. Danach rupfte er Gras aus, um sich zu säubern. So viel zum guten Benehmen der Männer, das keiner der Mönche, nicht einmal Vater Reginald, in Frage stellte.

Das Glockengeläut war inzwischen verstummt, und aufgeregte Rufe hallten über den Hof. Endlos schien der Strom von Menschen und Tieren, die sich durch die Pforte zwängten, während sich unter dem Torbogen Karren und Fuhrwerke stauten. In dem Getümmel erkannte Lucia die Wollweberin, die ihre Magd mahnte, mit dem kostbaren Webstuhl vorsichtig umzugehen.

Doch unter den Ankömmlingen befanden sich auch zahlreiche Menschen, die Lucia nicht kannte. Ihrer schäbigen Kleidung nach zu urteilen, handelte es sich bei den meisten um Bauern aus benachbarten Weilern. Vermutlich hatten sie ihre Gehöfte verlassen, nachdem sie von der Plünderung der beiden Dörfer erfahren hatten. In diesem Augenblick traf Lucia eine Entscheidung.

«Ich danke Euch, Vater, aber es ist mir nicht möglich, Euer Angebot anzunehmen», sagte sie entschlossen. «Großvater und ich werden die Stadt verlassen, denn hier sitzen wir in der Falle. Bleiben wir, werden wir über kurz oder lang als Bettler oder im Schuldturm enden, und wir wissen doch beide, dass Melchior Kastenberg lieber tot umfallen würde, als auf Almosen angewiesen zu sein.»

«Aber es wird ihm auch das Herz brechen, wenn du ihn nach all den Mühen, die ihm die Gewandschneiderei auferlegt hat, nun in die Fremde entführst», brauste der alte Mönch auf. «Hast du vergessen, seit wie vielen Generationen deine Familie im Erzbistum ansässig ist? Dein Urgroßvater hat schon für Fürstbischof Balduin die Albe genäht. Der Onkel deiner Mutter war ein allseits geachteter Schöffenmeister und mit den ersten Patriziersippen der Stadt verschwägert.»

«Erinnerungen an gute Zeiten haben noch keinen Magen gefüllt», erwiderte Lucia. «Wir hätten Trier schon vor Monaten verlassen sollen, gleich nachdem die Entscheidung des Papstes unsere Stadt in zwei Lager gespaltet hat. Nein, ehrwürdiger Vater, hier haben wir Gewandschneider keine Zukunft mehr. Woanders hingegen …» Sie hielt einen Moment lang inne, um nachzudenken. «Man erzählt sich, dass unsere Zunftgenossen in Basel ein recht angenehmes Leben führen. Nachdem der Heilige Vater im vergangenen Jahr dort das Konzil einberufen hat, können sich geschickte Handwerker vor Aufträgen kaum noch retten.»

Vater Reginald unterdrückte die bittere Bemerkung, die ihm auf der Zunge lag. Es stimmte. In Basel pulsierte zurzeit das Leben, doch hatte das Licht des Konzils leider auch seine Schattenseiten.

Es war kein Geheimnis, dass die Hurenhäuser und Schenken der Stadt seit Beginn des Konzils mehr Zuspruch hatten als sämtliche Kirchen und frommen Stifte zusammengenommen. Taschendiebe, Trunkenbolde und Glücksritter bevölkerten die Märkte. Für ein junges Mädchen wie Lucia, das daran gewöhnt war, allein durchs Leben zu gehen, war Basel ebenso gefährlich wie ein Basar im Morgenland.

Vater Reginald musste indes einsehen, dass es keinen Zweck hatte, die Enkeltochter seines alten Freundes umzustimmen; in ihr vereinigten sich der Eigensinn des alten Gewandschneiders und das heiße Blut seines Sohnes. Eine gefährliche Mischung. Eines Tages würde das arme Kind in Teufels Küche kommen, das spürte er in jedem Knochen seines Leibes.

Eine Weile stand der Mönch einfach nur da und dachte nach. Es gab da etwas, das er Lucia sagen wollte, doch entgegen seiner ansonsten eher unverblümten Art fiel es ihm diesmal schwer, mit der Sprache herauszurücken.

«Vielleicht gibt es ja noch eine andere Möglichkeit für euch. Gestern überbrachte mir ein Pilger einen Brief, der in gewisser Weise an dich gerichtet ist.»

«In gewisser Weise?» Verwirrt schüttelte Lucia den Kopf. «Ich wünschte, Ihr würdet Euch etwas deutlicher ausdrücken, Vater.»

Der Mönch blickte sich nach allen Seiten um, als befürchtete er, unterhalb des Mauerabschnitts könnte ihn jemand belauschen. Mit gesenkter Stimme flüsterte er dem Mädchen zu: «Das Schreiben kommt aus Mainz, der Pilger sagte mir, eine Frau habe ihm aufgetragen, es hier abzuliefern …»

«Aus Mainz? Dann ist es von meiner Schwester?» Mit dieser Neuigkeit hatte Lucia nun wirklich nicht gerechnet.

«Nun, wie ich bereits versucht habe, dir zu erklären, wollte sie eigentlich mit dir Kontakt aufnehmen, aber wahrscheinlich kann sie sich gut daran erinnern, dass das Lesen von Urkunden und

Briefen nicht gerade zu deinen Stärken gehört. Was ich dir übrigens noch immer übelnehme, mein Kind. Du erinnerst dich sicher: *Usus homines multa docuit.* Übung hat die Menschen vieles gelehrt.»

«Vater!»

«Na schön, jedenfalls sandte sie ihren Brief heimlich an die Abtei. Sie war ja lange genug meine Schülerin, um zu wissen, dass es zu meinen Aufgaben gehört, sämtliche Schreiben an den ehrwürdigen Abt zu sichten.» Er zögerte, ehe er leise hinzufügte: «Das arme Kind scheint in ernsthaften Schwierigkeiten zu stecken.»

Lucia runzelte die Stirn. Sie fand es merkwürdig, ja geradezu unangebracht, dass der Mönch ihre Schwester als *armes Kind* bezeichnete; in ihren Augen war Magdalena nie etwas anderes gewesen als eine eitle, leichtfertige Person, die es sich in Mainz als Gemahlin eines wohlhabenden Zunftmeisters gutgehen ließ, während die Kastenbergs ums nackte Überleben kämpften. Lucia erinnerte sich nur noch dunkel an die Jahre, die Magdalena und sie in ihrem Trierer Elternhaus zugebracht hatten. Wenn sie heute an die Schwester zurückdachte, fiel ihr ein Papier ohne Unterschrift ein, eine Laute, die niemand spielte, ein Gericht, das erkaltet war, weil niemand von ihm hatte kosten wollen.

War Magdalena wirklich so hübsch gewesen, wie viele behaupteten, hübscher als sie selbst? War sie so anmutig, geistreich und begabt, wie der Mönch behauptete, wenn ihn manchmal die Schwermut packte?

War sie nicht hinterhältig gewesen, lasterhaft und selbstgefällig? Immer nur auf den eigenen Vorteil bedacht? Lucia überkam ein eigenartiges Gefühl. Sie ahnte, dass das Bild, das sie von ihrer Schwester hatte, einer gerechten Bewertung nicht standhielt. Alles, was Lucia von Magdalena wusste, hatte sie den Äußerungen ihres Großvaters entnommen und den Gerüchten, welche schwatzhafte Dienstmägde und abgewiesene Verehrer hinter vorgehaltener Hand verbreitet hatten.

Doch selbst dieses Gerede lag lange zurück. Inzwischen schien Trier Magdalena Kastenberg vergessen zu haben, zumindest wenn man von Vater Reginald absah. Dieser hütete sich, bei seinen Besuchen in der Gewandschneiderei offen über seine ehemalige Lieblingsschülerin zu reden, aber Lucia konnte er nichts vormachen. Sie wusste, dass er sie selbst bei jeder sich bietenden Gelegenheit mit Magdalena verglich; und es kränkte sie zutiefst.

Dass Magdalena nach all den Jahren des Stillschweigens nun einen Brief an ihre Trierer Verwandten richtete, schien daher mehr als rätselhaft.

«Was ist, mein Kind? Werdet ihr nach Mainz gehen?», fragte Vater Reginald, als er Lucia wenig später mit energischen Gesten durch die Menge schleuste, die sich entlang der Ställe, Scheunen und Wirtschaftsgebäude des Klosters auf eine Belagerung einrichtete.

Ausweichend zuckte Lucia mit den Achseln, doch wenn man es recht besah, blieb ihr keine andere Wahl.

II

Paulyn Besselich spürte, wie ihm kalter Schweiß über die Stirn rann. Er wagte kaum, Luft zu holen, geschweige denn, sich zu bewegen. Dabei kribbelten seine Füße so heftig, als stünde er inmitten eines Ameisenhaufens.

Eine halbe Ewigkeit verharrte Paulyn schon in der unnatürlichen Haltung: die langen Beine leicht angewinkelt, die Arme vor der schmalen Brust gekreuzt. Sein Versteck, ein hohler Baumstamm unweit des Dorfangers, war alles andere als bequem, aber dafür entging er dem Schicksal, gemeinsam mit den vergebens um Hilfe rufenden Bauern zusammengetrieben und verschleppt zu werden.

Er war zu Tode erschöpft, doch der Schrecken, der ihm in den Gliedern saß, hielt ihn wach. Wie gelähmt vernahm er die verzweifelten Rufe der Männer, die sich mit Forken und Äxten gegen die übermächtigen Angreifer zur Wehr setzten. Doch nach einer Weile verstummten auch die letzten Klagelaute und gaben einer gespenstischen Friedhofsstille Raum, die nur vom Rauschen des Windes und dem Knistern der Flammen durchbrochen wurde.

Paulyn konnte sein Glück kaum fassen; die Reiter hatten ihn tatsächlich nicht bemerkt. Nur langsam verließ ihn das Gefühl der Anspannung, und ein befreites Schluchzen brach aus ihm heraus.

Vorsichtig neigte er den Kopf, um durch eines der Astlöcher zu spähen. Obwohl er sich für den Gedanken schämte, fand er es eigentlich gerecht, verschont geblieben zu sein. Schließlich war er nicht aus dem Dorf, er war weder ein zehntpflichtiger Bauer noch ein aufsässiger Leibeigener, der seinem Herrn die Abgaben oder den Frondienst schuldig blieb, sondern ein Bürger Triers und einziger Sohn eines Ratsherrn. Was hatte er schon mit den Fehden zu tun, die jenseits der Mauern seiner Vaterstadt ausgetragen wurden? Er war doch nur zufällig Zeuge der Brandschatzung geworden.

Paulyn fragte sich, ob seine Nachbarn die Plünderung des kleinen Dorfes wohl von den Stadtmauern aus mitangesehen hatten, verzweifelt und wütend, weil der neue Bischof ihnen nicht erlaubte, etwas zu unternehmen, was sein Bistum gefährdete.

Er musste an die Kastenbergs denken, die heute umsonst auf ihn gewartet hatten. Der Alte war ihm egal, doch beim Gedanken an Lucia wurde ihm warm ums Herz. Trotz seiner misslichen Lage verspürte er sogar eine plötzliche Erregung in der Lendengegend. Sie durfte ruhig ein wenig Angst um ihn haben. Wenn die Gewandschneiderin erfuhr, was er für sie auf sich genommen hatte und dass er als Einziger entkommen war, würde sie ihn gewiss nicht mehr wie einen unreifen Knaben behandeln. Auch freute er sich bereits darauf, ihr zu berichten, dass der Baum, ihr Baum, ihn gerettet hatte.

Für Lucia hatte dieser Baum eine besondere Bedeutung. Im vorletzten Frühjahr, kurz bevor ihre Mutter am Wechselfieber gestorben war, hatte er noch geblüht, im Sommer darauf Laub und Früchte getragen. Mit Wehmut erinnerte sich Paulyn daran, wie er und Lucia sich mit bloßen Füßen auf seine starken Äste geschwungen, grüne Äpfel verzehrt und gemeinsam auf die sanft dahinrauschenden Wellen der Mosel geblickt hatten.

Erneut spähte Paulyn durch das Astloch. Über den Wipfeln der Bäume wurde es allmählich dunkel. Er begann zu zählen, erst langsam, dann etwas schneller, bis er glaubte, sich endlich aus seinem Versteck wagen zu können. Vorsichtig zwängte Paulyn seinen hageren Körper durch die längliche Öffnung des Stammes, dann schulterte er das Bündel, das er bei sich trug, und lief mit wackeligen Beinen den Hügel hinunter. Es war riskant, den Weg durchs Dorf zu nehmen, möglicherweise machten sich noch immer Plünderer zwischen den rauchenden Ruinen zu schaffen. Oder einige der Bauern waren zurückgekehrt und hielten ihn für einen Plünderer. Aber wenn er sich nicht verlaufen wollte, musste er zumindest den kleinen Anger überqueren und den Pfad jenseits der Schafweiden einschlagen. Um nichts auf der Welt wollte er dem fremden Raubgesindel auf der Landstraße in die Hände fallen.

Mit klopfendem Herzen blickte er sich um, aber von den Bewaffneten war keine Spur mehr zu entdecken. Wie Gespenster waren sie über den kleinen Ort hergefallen, hatten ihm den Todesstoß versetzt und waren auf ihren Pferden verschwunden, ehe die Bauern auch nur begriffen hatten, wie ihnen geschah.

Dieses verdammte Pack hat ganze Arbeit geleistet, dachte Paulyn wütend, als er das Ausmaß der Verwüstung sah. An das Schicksal der Dorfbewohner dachte er dabei weniger; doch die Zerstörung des Ortes mit seinen blühenden Kräutergärten regte ihn auf. Lucia würde traurig sein, wenn sie davon erfuhr.

Überall waberten Rauchschwaden. Es war heiß, und der helle Qualm reizte Paulyn so sehr, dass er ein Husten nicht unterdrücken konnte. Seine Augen begannen zu tränen, sodass er kaum mehr als eine verschwommene, milchige Wand vor sich sah. Erst als der Abendwind langsam stärker wurde, erkannte er, dass er vor dem Haus des Dorfältesten stand. Wie die benachbarten Gehöfte war auch das große Lehmhaus den Flammen zum Opfer gefallen. Halbverkohlte Balken, zerschlagene Tonkrüge, zerfetzte Kissen und Strohsäcke bildeten eine Schneise der Zerstörung, die sich bis in den von Hufen niedergetrampelten Garten zog. Im Hof der Schenke, in der Paulyn noch am Nachmittag einen Krug Dünnbier getrunken hatte, lag der Wirt mit weit ausgestreckten Armen auf dem Rücken. Der rothaarige Hüne sah ganz friedlich aus, es schien, als habe er sich in das gelbe Gras gelegt, um ein wenig zu schlummern. Paulyn kniete sich neben den massigen Körper des Mannes und berührte vorsichtig seine Schultern. Doch dies war ein Fehler: Paulyn vernahm ein schreckliches Knacken, dann rollte der Kopf des Wirtes langsam über den sandigen Boden.

Mit einem Schrei sprang Paulyn auf. Der Wirt war enthauptet worden, aber seine Mörder hatten ihm den Kopf nur zur Hälfte abgetrennt und seinen Körper danach so hingelegt, dass jeder, der ihn fand, zunächst glauben mochte, er sei noch am Leben. Ein grausamer Scherz.

Entsetzt wandte Paulyn sich ab. Er trauerte nicht um den Wirt, den er kaum gekannt hatte, vielmehr bestürzte ihn das übermächtige Gefühl von Hilflosigkeit. Seine Finger verkrampften sich um die Schnüre des Bündels, und er dachte an den Gegenstand, den er bei sich trug. Er hatte sich bereit erklärt, ins Dorf zu gehen, um Lucia eine Freude zu machen. Und nun hatte er möglicherweise gar keine Gelegenheit mehr, ihr das begehrte Stück zu überreichen. Vermutlich hielten sich noch immer Plünderer in der Nähe auf, und wenn man ihn erwischte, war es aus mit ihm. Er würde Lucias strahlende Augen nie wieder sehen. Hätte ich nur mehr Talent darin, mit diesem Ding umzugehen, dachte er, ich würde mich auf die Lauer legen und ein paar dieser elenden Todesreiter erledigen.

Als er über den kleinen Dorfplatz lief, entdeckte er mehrere Pferde. Hatten die Plünderer sie etwa übersehen? Nein, dies waren keine Ackergäule, sondern Reitpferde. Gesattelt und mit kostbar verziertem Zaumzeug versehen, standen sie unter dem Vordach der Dorfkapelle. Paulyn blickte sich um. Es mussten also noch immer Menschen in der Nähe sein.

Der staubige kleine Dreschplatz, über den ansonsten Hühner flatterten und Korn rollte, lag wie ausgestorben vor ihm. Erst als Paulyn sich der Kapelle näherte, vernahm er plötzlich Stimmen. Die Kapelle, kaum mehr als eine Scheune mit breitem Rundbogentor, gehörte zu den wenigen Gebäuden, die vom Feuer verschont geblieben waren. Doch mit dem schwarzen Schiefer, der Turm und Dach bedeckte, wirkte auch sie bedrohlich.

Paulyns Brustkorb zog sich vor Angst zusammen. Er war von Natur aus weder neugierig noch wagemutig, sondern genoss zum Leidwesen seines Vaters vielmehr die Bequemlichkeiten des Stadtlebens; nun aber zog es ihn mit aller Macht auf die alte Kapelle zu. Er musste herausfinden, wer die Fremden waren. Leise pirschte er sich am Turm vorbei, bis er die Bretterwände der Kapelle in seinem Rücken spürte. Die beiden länglichen Fenster, die zum Dorfplatz zeigten, waren zu hoch für ihn, doch wenige Schritte vom Tor entfernt entdeckte Paulyn einige Balken in der Wand, die sich gelöst hatten; der Spalt war kaum größer als ein Spundloch, doch er genügte, um einen Blick ins Innere der schäbigen Kapelle zu erhaschen.

Fünf Männer zählte Paulyn in dem rechteckigen Raum. Mit dem Rücken zu ihm standen sie im Halbkreis um den Altar, einen zugeschnittenen Stein mit überladender Schieferplatte. Das Altartuch war verschwunden, auch fehlten die Kelche und das hölzerne Kreuz, vor dem der Dorfpriester für gewöhnlich die Messliturgie zelebrierte. Ein paar schwache Öllampen und zwei Pechfackeln, die in rostigen Halterungen an der Wand angebracht waren, spendeten ein mattes Dämmerlicht, das mehr verbarg als enthüllte.

«Ihr könnt Euch herausreden, bis Eure Zunge verdorrt», ertönte eine hohe, unangenehme Stimme. Es war die Stimme eines alten Mannes. «Ihr leugnet nicht einmal, dass Ihr wiederholt Gottes Gebote gebrochen habt?», zischte der Greis. «*Du sollst nicht töten*, heißt es in der Heiligen Schrift. Ihr aber täuschtet mich wie einst das listige Weib Rebekka, das seinem Lieblingssohn dabei half, dem blinden Vater durch Lug und Trug das Recht der Erstgeburt abzutrotzen. Ich muss ebenfalls blind und taub gewesen sein. Wie konnte ich mich nur auf Euer schmutziges Spiel einlassen!»

«Ihr wart weniger blind als vielmehr beseelt von heiligem Eifer, ehrwürdiger Vater», antwortete einer der Männer aus der Runde. Im Gegensatz zu dem aufgebrachten Fisteln des Alten vermittelte seine tiefe Stimme Gelassenheit und Selbstbeherrschung. Auch gab er sich keine Mühe, den spöttischen Unterton seiner Worte zu verbergen. «Ohne Eure Unterstützung hätten wir bei der Vertreibung des Bauerngesindels möglicherweise Verluste erlitten. Es war klug von Euch, uns nicht daran zu hindern.» Der Mann lachte humorlos auf; das wütende Schnauben des Alten überging er.

Paulyn stockte der Atem. Verdutzt zog er seinen Kopf zurück und dachte nach. Die Stimme des Mannes, der soeben die Brandschatzung gestanden hatte, kam ihm bekannt vor, aber ihm fiel nicht ein, wo er sie schon einmal gehört hatte. War es in Trier gewesen? Er musste es herausfinden. Paulyn hielt sein Ohr noch näher an die Ritze in der Bretterwand.

«Ihr habt meinen Sinn für Gerechtigkeit und meine Treue zum Heiligen Vater auf schändliche Weise ausgenutzt», schimpfte der alte Mann weiter. Beschwörend beugte er sich über den Altar, wobei ihm sein langes, weißes Haar über die Schultern fiel. «Ihr hattet mir versprochen, dass keiner der Dorfbewohner zu Schaden kommen würde. Und nun klebt das Blut des Schankwirts an Euren Händen …»

«Der Kerl war ein verdammter Narr», mischte sich nun ein anderer Mann in das Gespräch ein. «Kaum dass ich seine verwanzte Schenke betreten hatte, ging er mit seinen Riesenpranken auf mich los wie ein Tobsüchtiger. Um ein Haar hätte er mir den Adamsapfel zwischen zwei Fingern zerquetscht. Bei Gott, was hätte ich denn Eurer Meinung nach tun sollen, um ihn loszuwerden? Einen Krug Schwarzbier bestellen?» Die Männer lachten.

«Beleidigt mich, aber wagt es nicht, in meiner Gegenwart den Namen des Herrn zu lästern», zischte der alte Priester. Erschöpft stützte er sich mit der Hand auf den Altarstein, bevor er sie gegen den Wortführer der Runde erhob. «Wir hatten eine Abmachung, die Ihr mit Eurem heiligen Eid besiegelt habt!»

«Sehr richtig, und ich werde mich auch weiterhin bemühen, ihn einzuhalten.»

Der Mann, dessen Stimme Paulyn vertraut vorkam, schob einige der Umstehenden zur Seite und trat so dicht an den Greis heran, dass ihre Körper im Dämmerlicht zu verschmelzen schienen. Paulyns Herz begann schneller zu schlagen. Er konnte das Gesicht des Wortführers zwar noch immer nicht erkennen, sah aber, dass seine Schultern breit, die Arme muskulös waren. Er trug teure Kleidung aus taubengrauem flämischem Tuch, dessen eingewebte Silberfäden im Zwielicht wie frischer Tau glitzerten. Auf den gebauschten Ärmeln seines Wamses zeichneten sich rote Stickereien ab, die seidig schimmerten. Am Hüftgürtel hing ein Dolch, der in einer blutroten Lederscheide steckte.

Behutsam legte der Unbekannte nun seinen Arm um die knochigen Schultern des Alten und erklärte dann in freundlichem Ton: «Die Sache mit dem Schankwirt war in der Tat ein *Lapsus gladii*, eine bedauerliche Entgleisung des Schwertes, für die ich meinen Dienstmann bereits zurechtgewiesen habe. Er wird für seine üble Stümperei keinen Heller von mir sehen. Wir beide aber sollten uns darüber nicht entzweien. Bedenkt, dass wir ein gemeinsames Ziel vor Augen haben.»

«Ein gemeinsames Ziel?» Der Alte hörte sich skeptisch an.

«Aber gewiss doch. Wir wollen dem Auserwählten des Papstes endgültig zu seinem Recht verhelfen. Ulrich von Manderscheid ist ein Ketzer. Niemals darf er Bischof von Trier werden. Seine Herrschaft wäre ein großes Unglück für das gesamte Erzbistum, ja sogar für das Reich. Schaut Euch den Krieg in Frankreich an, der schon seit Jahren tobt und kein Ende zu nehmen scheint.»

«Zunächst einmal wäre Graf Ulrichs Triumph ein Unglück für Eure Geldbörse!» Der Pfarrer entzog sich der Umarmung und fuhr mit seinen dürren Fingern über die Soutane, als müsste er das

Tuch von Schmutz befreien. «Ich habe nie daran geglaubt, dass Ihr den ehrwürdigen Bischof Raban aus purer Frömmigkeit unterstützt. Der Manderscheider hat es abgelehnt, Eure Taschen zu füllen, Burgund und Luxemburg sind in sich gespalten. Nun schlagt Ihr Euch eben auf die Seite des neuen Herrn.»

«Ich schlage mich auf die Seite dessen, der aus einem Streit mit möglichst wenig Narben hervorgeht, ehrwürdiger Vater. Hierin folge ich lediglich dem Beispiel unserer heiligen Mutter Kirche. Glaubt Ihr denn allen Ernstes, der Papst hätte jemals aus einem anderen Beweggrund heraus gehandelt als aus politischem Kalkül? Darf ich Euch an das erinnern, was geschah, als Ulrich von Manderscheid und Jakob von Sierk vor zwei Jahren nach Rom zogen, um Martin v. in ihrem Streit um das Bistum um eine Entscheidung zu bitten? Der Papst zögerte keinen Augenblick, beide Männer abzusetzen und seinen eigenen Günstling Raban mit dem Erzbistum zu belehnen. Für ihn spielte es keine Rolle, dass Jakob von Sierk die Bischofswahl gewonnen hatte. Kurzerhand erklärte er die Wahl des Domkapitels für ungültig und ließ die beiden Streitparteien in Frieden ihres Weges ziehen.»

«Der Heilige Vater ist der Stellvertreter unseres Herrn und niemandem Rechenschaft schuldig», krächzte der alte Priester kraftlos, wofür er von den Umstehenden von neuem höhnisches Gelächter erntete.

«Spottet nur. Im Fegefeuer wird sich Euer Lachen in Heulen und Zähneknirschen verwandeln!»

«Ich fürchte, das Konzil zu Basel teilt Eure Meinung nicht ganz», erwiderte der Anführer der Männer. «Papst Martin v. weiß nur zu gut, dass er in Rom zahlreiche Feinde hat und daher starke Verbündete braucht, die ihn in seinem Kampf gegen das Konzil unterstützen. Raban von Helmstadt kommt ihm dabei wie gerufen. Seine politischen Verbindungen und verwandtschaftlichen Beziehungen zu den adeligen Häusern des Reiches werden dem Papst reichen Nutzen bringen, und sobald er Raban zum Kurfürsten gemacht hat, wird der auch ein Auge auf die Unternehmungen des Königs werfen.»

«Was habt Ihr dagegen? Sigismund ist alt geworden, und sein Reich braucht jetzt eine starke Hand, um gegen die aufständischen Ketzer im Osten vorzugehen!»

«Sicher, ich bin ganz Eurer Meinung! Jakob von Sierk gab rasch klein bei, er ist viel zu fromm und tugendhaft, um im großen Spiel um die Macht mitzumischen. Ein harmloser Träumer, ein Philosoph, der in einem Kloster besser aufgehoben wäre. Ulrich von Manderscheid hingegen entschied, um seinen Anspruch auf das Erzbistum mit dem Schwert zu kämpfen. Ihr wisst, dass inzwischen weite Teile des Adels geschlossen hinter ihm stehen: die Erzbischöfe von Köln und Mainz sind auf seiner Seite, ebenso der Herzog von Bayern, der Markgraf von Baden und die Luxemburger. Sie gehen so weit, die Entscheidung des Papstes als Auswurf des Antichrist zu bezeichnen. Soll ich fortfahren, oder beginne ich Euch zu langweilen?»

«Nein», schrie der Priester. «Manderscheid und seine Spießgesellen sind Ketzer, räuberische Wölfe, die unser Bistum zerfleischen werden, wenn wir sie nicht aufhalten. Und es widerspricht keinesfalls den heiligen Geboten, Sünde und Überheblichkeit mit Hilfe einer List auszumerzen. Aber ... Glaubt Ihr wirklich, dass der Schöffenrat von Trier Graf Ulrich und seinen Männern auch den Überfall auf die Dörfer anlasten wird? Was, wenn man doch Verdacht gegen uns schöpft? Man würde uns aufs Rad flechten oder auf den Scheiterhaufen binden.»

Wiederum brachen die Männer in Gelächter aus, wenngleich es dieses Mal nervöser ausfiel und sogleich verstummte, als ihr Wortführer gebieterisch den Arm hob.

«Wir haben Pferde aus den Ställen des Virneburger Ritters geholt», erklärte er dem Priester überheblich. «Morgen werden sie mit blutbesudelten Satteldecken auf dem Dorfanger grasen. Das Wappen der Virneburger, eines Hauses, das mit Ulrich von Manderscheid verbündet ist, lässt sich leicht deuten. Es wird den Rat von Trier davon überzeugen, dass der Graf den Auftrag zur Brandschatzung gegeben und damit erneut den Landfrieden gebrochen hat. Im Grunde rechnet jeder Bürger Triers doch längst damit, dass Graf Ulrich in Kürze gegen die Stadt ziehen wird. Wahrscheinlich verschanzen sich die Bewohner der unbefestigten Siedlungen von St. Viktor, St. Isidor und St. Maximin schon hinter den Mauern ihrer Klöster und Kirchhöfe und beten ein Vaterunser nach dem anderen. Besser kann es also gar nicht laufen.»

«Nun, wenn Ihr meint …»

Der Fremde ließ sich von einem seiner Männer einen Umhang aus grober Schafwolle über die Schultern legen. «Ich muss mich nun auf den Heimweg machen, bevor mein Verschwinden jemandem auffällt. Ihr, Priester, sorgt mir dafür …»

Der Rest ging in einem undeutlichen Raunen unter. Verärgert biss sich Paulyn auf die Unterlippe. Doch im Grunde war jedes weitere Wort überflüssig. Er hatte längst begriffen, dass die Plünderung des Bauerndorfs kein Zufall, sondern Teil eines Plans war, um den Grafen von Manderscheid zu vernichten. Was würde der Schöffenrat sagen, wenn Paulyn ihm davon berichtete? Würden sie ihm überhaupt glauben? Paulyns Gedanken wirbelten durch seinen Kopf wie Schneeflocken. Sein Vater hatte nie einen Hehl daraus gemacht, dass er Paulyn für einen Faulpelz hielt, doch unterstützten er und seine Freunde im Rat nicht den Manderscheider? Musste es seinem Vater da nicht gelegen kommen, wenn er erfuhr, mit welch dreisten Methoden seine Gegenspieler versuchten, den Leumund des Grafen zu erschüttern?

Hastig richtete sich Paulyn auf und klopfte den Staub von seinen Beinlingen. Er musste aus dem Dorf verschwinden, ehe die Männer ihn erwischten. Zuvor musste er aber noch das Bündel holen, das er vorhin versteckt hatte. Als er sich an der Kirchenpforte vorbeischleichen wollte, hörte er plötzlich hinter sich ein lautes Schluchzen.

Verdammt. Voller Entsetzen wirbelte Paulyn auf dem Absatz herum und blickte in das verweinte Gesicht eines Kindes, das ihn mit weitaufgerissenen Augen ansah.

Das Mädchen mit zerzaustem, semmelblondem Haar war etwa fünf Jahre alt. Es trug nur noch einen schäbigen Holzschuh, und der Saum seines Kleidchens war zerrissen und schmutzig. Ohne ein Wort zu sagen, deutete die Kleine auf eine Kate, deren Dachstuhl eingebrochen war; offensichtlich ihr einstiges Zuhause, das wie die meisten bäuerlichen Behausungen den Flammen zum Opfer gefallen war.

Paulyn fiel nichts anderes ein, als beschwörend einen Finger auf die Lippen zu legen; seine Augen flehten das Mädchen an, doch davonzulaufen, doch den Gefallen tat es ihm nicht. Es stand einfach nur da.

Mit einem vernehmbaren Knarren schwang die Tür der Kapelle auf. Noch bevor Paulyn einen der Plünderer zu Gesicht bekam, spürte er einen schneidend scharfen Luftzug, der seine Wange wie die Finger einer kalten Hand berührte. Mit einem hässlichen Surren schlug ein Pfeil in die Bretterwand und verfehlte Paulyns Kopf nur um weniger als zwei Fingerbreit. In einer Mischung aus Faszination und Grauen blickte Paulyn auf die wippenden rötlichen Federn des Pfeils, der seinem Leben ein Ende hatte setzen sollen. Die ersten Männer verließen nun ihre Deckung, sie witterten ein leichtes Spiel. Wieder wurden die Waffen gespannt.

Mit einem Aufschrei stürzte Paulyn vorwärts, packte das kleine Mädchen, das noch immer reglos dastand, und zerrte es, so rasch er nur konnte, über den staubigen Dorfplatz. Rechts und links von ihm ging ein wahrer Pfeilhagel nieder, die Geschosse schienen überall zu sein, doch keiner der Pfeile traf ihn.

Die Männer hetzten ihn, doch sie hatten es nicht eilig, ihn niederzustrecken. Paulyn fiel der tote Schankwirt ein, in dessen leere Augen er geschaut hatte, ehe sein Kopf davongerollt war. In blinder Angst, ein ähnliches Schicksal zu erleiden, stolperte er vorwärts.

Er musste hinüber zum Wald. Dort konnte er sich verstecken. Aber wie sollte ihm dies gelingen, noch dazu mit einem Kind? Vor der Hufschmiede stieg er über einen Haufen verendeter Hühner und verstreut herumliegendes Werkzeug, doch nichts von dem, was er sah, eignete sich für die Verteidigung gegen eine Überzahl von Armbrustschützen, die ein tödliches Geheimnis bewahren wollten.

«Na los, beeil dich», fuhr er das Mädchen an und schob es durch das Scheunentor hindurch. Hinter dem Gehöft führte ein überwucherter Pfad auf eine kleine, umzäunte Schafweide. Hier endete ihre Flucht. Nicht der Dorfbach lag vor ihm. Kein Weg zum Wald, nur Wiesen. Freies Feld, so weit man sehen konnte. In seiner Aufregung hatte er die falsche Richtung eingeschlagen.

Voller Panik blickte sich Paulyn um, doch abgesehen von einem Verschlag für den Dorfschäfer fand er weit und breit kein Versteck. Die Schafweide war von drei Richtungen einsehbar. Noch bevor er einen klaren Gedanken fassen konnte, verriet ihm das triumphierende Signal eines Jagdhorns, dass seine Verfolger ihn aufgestöbert hatten. Zwei der dunkel gekleideten Männer hielten in stürmischem Galopp direkt auf ihn zu und setzten mit ihren Pferden über das niedrige Gatter. Die Armbrustschützen, die Paulyn in der Dunkelheit nur als Schemen wahrnehmen konnte, folgten den vorausreitenden Männern in einigem Abstand; ihre Pfeile, so viel ließ sich unschwer erkennen, waren auf ihn gerichtet. Doch keiner der Männer gab einen Schuss ab. Stattdessen begannen sie, ihn langsam einzukreisen und ihm den Rückweg zum Dorfanger abzuschneiden. Paulyn vermutete, dass der Anführer ihn lebend haben wollte.

Nun erschien auch der alte Dorfpriester im Schafgarten. Bereits von fern konnte Paulyn sein angestrengtes Schnaufen hören; es drückte Zorn aus, aber auch Angst. Paulyn konnte sich vorstellen, wovor sich der Alte fürchtete. Ein unerwarteter Mitwisser konnte für ihn den Tod am Galgen bedeuten.

Flüsternd forderte er das kleine Mädchen auf, sich in einen

Winkel des Unterstandes zu hocken und still zu sein. Seine Mahnung war überflüssig, denn seit dem Schluchzen, das die Kleine auf dem Kirchplatz ausgestoßen hatte, war kein Laut mehr über ihre Lippen gekommen. Gehorsam ließ das Mädchen Paulyns Hand los und lief ins Innere des Verschlags. Paulyn lächelte dem Mädchen scheu hinterher und wunderte sich im gleichen Augenblick über sich selbst, denn abgesehen davon, dass er vor Angst beinahe wahnsinnig wurde, hatte er es schließlich ihr zu verdanken, dass er nun einem gewaltsamen Tod entgegensah.

Das Lächeln gefror in Paulyns Gesicht, als der erste Reiter vor ihm zum Stehen kam. Gebieterisch hob der Mann den Arm und gab seinen Gefährten ein Zeichen. Obgleich er in einen wallenden Kapuzenmantel gehüllt war, erkannte Paulyn in ihm auf Anhieb den Mann wieder, dessen Stimme ihm in der Kapelle so vertraut vorgekommen war. In seiner Todesangst hob Paulyn einen Ast vom Boden auf, an dem noch Blätter hingen, und umklammerte das Holzstück mit beiden Fäusten. Nur wenige Schritte von ihm entfernt ließ sich der Fremde aus dem Sattel gleiten.

Langsam zog der Mann seinen Dolch aus der blutroten Scheide und musterte Paulyn mit stechendem Blick. Doch plötzlich verharrte er wie vom Blitz getroffen. Ein Pfiff, der sowohl Überraschung als auch Verunsicherung ausdrückte, löste sich von seinen Lippen. Wiederum ließ er seine Blicke über Paulyns Körper wandern. Irgendetwas am Anblick des Jungen schien ihn zu beunruhigen, denn hatte es zunächst so ausgesehen, als wollte er ihn mit dem Dolch niederstrecken, wartete er nun unschlüssig, bis seine Gefährten und der alte Geistliche am Schäferstand angekommen waren.

Paulyn zitterte am ganzen Leib. Die argwöhnischen Blicke des Fremden quälten ihn, und er sandte ein stummes Stoßgebet zum Himmel, ihm Folter und langes Leiden zu ersparen.

Währenddessen kämpfte sich der Priester mit wehender Soutane an den Schützen vorbei. Er keuchte bei jedem Schritt, und doch richtete er als Erster das Wort an Paulyn: «Wer bist du, Bursche? Was hast du hier verloren? Und wage es nicht, mich im Angesicht deines unseligen Endes anzulügen. Ich vergesse niemals ein Gesicht, und dich habe ich hier im Dorf noch nie gesehen. Du gehörst nicht nach Büschfeld. Unsere Angelegenheiten gehen dich nichts an.»

Paulyn hatte nicht vor, dem verräterischen Pfaffen zu widersprechen. Dessen Schandtaten gingen ihn wahrhaftig nichts an. Bedauerlich war nur, dass ihm diese Erkenntnis nichts mehr nützen würde, denn die Männer, die ihn mit finsteren Mienen umringten, hatten bereits in der Kapelle bewiesen, dass sie die Worte des Priesters nicht sonderlich beeindruckten. Wie ein Geier, der seine Beute begutachtet, umschlich ihn der Alte und hielt seine brennende Fackel so dicht an Paulyns Gesicht, dass dieser fürchtete, jeden Augenblick in Flammen aufzugehen. Ein kurzer, stechender Schmerz ließ ihn jäh zusammenzucken; die Flammen hatten sein rechtes Ohr berührt und einige Locken seines blonden Haares versengt. Brummend zog der Priester die Fackel zurück. Dann wandte er sich dem Anführer der Verschwörer zu, der nachdenklich auf die Spitze seines kostbaren Dolches starrte.

«Was ist, fällt Euch plötzlich nichts mehr ein?», fuhr der Priester ihn ungeduldig an. «Muss ich für Euch eine Entscheidung treffen? Los, Männer, fesselt den Kerl und werft ihn …»

«Ich kenne den Knaben», unterbrach ihn der Anführer der Schützen scharf. Er packte Paulyn fest am Arm und zog ihn einige Schritte mit sich. Der Junge stöhnte vor Schmerz, er stolperte über Feldsteine und Schafsdung, konnte jedoch gerade noch verhindern, dass er zu Boden stürzte.

«Soweit ich mich erinnere, heißt du Paulyn und bist der einzige Sohn unseres ehrenwerten Trierer Münzmeisters, nicht wahr?»

Erschrocken sah Paulyn auf; sein Herz begann von neuem wie rasend gegen die Rippen zu hämmern. Der Mann kennt mich, schoss es ihm durch den Kopf. Und wenn er mich kennt, so muss er befürchten, dass er auch mir bekannt ist. Er wird mich nicht laufenlassen, niemals.

Während Paulyn versuchte, sich aus dem eisernen Griff des Mannes zu befreien, verschwand der Priester im Verschlag des Schafhirten. Ein kläglicher Laut und das Rascheln von Stroh verrieten, dass er das Mädchen aufgestöbert hatte. Nur einen Augenblick später kehrte er mit ihr an der Hand zurück. Sie wehrte sich nicht, offenbar hatte sie vor dem Mann in geistlicher Kleidung Respekt.

«Sie ist die Nichte des Schankwirts, den Euer ungestümer Freund um Haupteslänge kürzer gemacht hat», rief er. «Das Mädchen ist von Geburt an stumm, wahrscheinlich auch etwas schwachsinnig. Ich könnte sie in einem Nonnenkloster unterbringen, bis die Bauern ins Dorf zurückkehren. Aber dieser Bursche», er deutete auf Paulyn, «sieht mir nicht aus, als wäre er taubstumm. Ihn müsst Ihr zum Schweigen bringen!»

Der Mann ließ Paulyns Arm los und gab ihm einen Stoß, der ihn direkt vor die Füße des Priesters beförderte. «Vielleicht wäre ein Pfeil ins Herz das Barmherzigste, was ich für ihn tun kann», sagte er. «Bedauerlicherweise aber ist Barmherzigkeit nicht mein, sondern Euer Geschäft, Priester.»

«Was soll das bedeuten?»

Mit beiden Händen griff der Mann an die ausladende Kapuze seines Mantels. Einen Atemzug lang verharrte er, als würde er abwägen, ob er nicht einen unverzeihlichen Fehler beging. Dann zog er sich mit einem Ruck die Kapuze vom Kopf.

Als Paulyn das Gesicht des Mannes sah, weiteten sich seine Augen vor Staunen. Er hatte es geahnt, aber nicht wahrhaben wollen.

«Ich habe Eure Stimme gleich erkannt», stammelte er. «Aber nie hätte ich gedacht, dass ausgerechnet Ihr ein Verräter …» Ein harter Schlag in den Magen brachte ihn zum Schweigen. Paulyn rang nach Atem.

«Steh schon auf, du Schlappschwanz», hörte er die Stimme des

Mannes dicht neben seinem Ohr. Sie klang gebieterisch, aber nicht unfreundlich. «Keine Bange, ich werde dich nicht töten, Junge, jedenfalls nicht sofort. Ein Bursche wie du, der sich in Trier frei bewegen kann, aber viel zu einfältig ist, um ernst genommen zu werden, wird meinen Plänen dienen. Du wirst dich fortan in meinen Diensten nützlich machen, Paulyn. Heimlich, versteht sich. Und wage es nicht, mich zu hintergehen. Niemand würde dir glauben, wenn du erzählst, was du heute herausgefunden hast. Deine eigenen Verwandten würden dich als Schwätzer und Verleumder an den Pranger stellen. Und in der Nacht», er fuhr Paulyn mit einer gefährlich sanften Geste über das zerzauste Haar, «käme ich dann, um dich zu besuchen. Das ist keine Warnung, sondern ein Versprechen!»

«Seid Ihr völlig wahnsinnig geworden?», keuchte der Priester. Sein wirres Haar wehte um seinen Schädel wie ein Nest wütender Schlangen. «Ihr habt dieses Dorf mit meinem Segen niedergebrannt, das Vieh weggetrieben und die Bauern verjagt. Das Patriziersöhnchen wird uns ans Messer liefern, sobald sich die Stadttore hinter ihm schließen. Wenn Ihr nicht genug Mumm in den Knochen habt, um den Bengel zu töten, so muss eben ich …»

«Schweigt!» Der Blick des Mannes wanderte hinüber zu dem Mädchen, das von einem der Schützen festgehalten wurde. Die Kleine begriff nicht, worüber die fremden Männer stritten, und schenkte dem Priester ein versöhnliches Lächeln.

«Ich werde Paulyn einen Beweis seiner Vertrauenswürdigkeit abverlangen, der Euch gefallen wird!»

«Und der wäre?»

Ein grausames Lächeln umspielte die Lippen des Mannes. «Ganz einfach, mein Bester, er wird Euch hier vor aller Augen töten!»

Der Priester erbleichte. Einen Moment lang blickte er seinen Mitverschwörer ungläubig an, dann warf er seinen Kopf in den

Nacken und brach in ein irres Gelächter aus. Offensichtlich hielt er die Bemerkung für einen geschmacklosen Scherz. Dabei entging ihm, dass die Bewaffneten ihn zu umzingeln begannen. Als die Schwerter der Männer aufblitzten, erstarb sein Gelächter. «Das … ist ein Frevel», fauchte er. «Wer auch immer mich anrührt, sei verflucht!»

Paulyn spürte, wie man ihm einen Dolch in die Hand drückte. «Wie wirst du dich entscheiden?», hörte er die Stimme des Mannes dicht an seinem Ohr.

Der Priester schrie auf; sein Gesicht wurde aschfahl, als der Stahl der Klinge sich langsam seiner Kehle näherte.

III

Der befürchtete Sturm auf die Klostersiedlung von St. Maximin war ausgeblieben.

Erleichtert stand Lucia vor dem Brunnen und beobachtete, wie ihre Nachbarn und die meisten Bewohner der umliegenden Weiler nach Sonnenaufgang ihre Bündel schnürten, dem Kellermeister als Dank für die Mildtätigkeit der Mönche einige Gaben überreichten und schließlich mit ihren Kindern, Ziegen, Schafen und Gänsen aus dem Klosterhof zogen.

Aus Sorge um die Gewandschneiderei hatte Lucia das Kloster schon vor Tagesanbruch verlassen wollen. Aber Vater Reginald hatte ihr das Versprechen abgerungen, zunächst in der Küche des Klostergesindes ein kräftiges Frühstück einzunehmen. Ein zahnloser Höriger namens Wilbert, der seit vielen Jahren auf dem Klosterhof arbeitete, setzte ihr eine Holzschüssel mit eingeweichtem Roggenbrot vor und sorgte mit strenger Miene dafür, dass sie alles aufaß.

«Gutes Futter», kicherte er. «Unsere Hühner legen viele Eier danach!»

Lucia war nicht besonders hungrig, und das fade, grobkörnige Essen klebte an ihrem Gaumen fest wie Tischlerleim, doch sie empfand zu viel Dankbarkeit, um zu murren. Sie ahnte, dass sie Wilberts Dienste allein Vater Reginald zu verdanken hatte.

Der Mönch war ein Juwel. Während die auswärtigen Flüchtlinge die Nacht gemeinsam mit ihren Ziegen und Hühnern unter freiem Sternenhimmel verbracht hatten, war ihr ein winziges

Kämmerchen in der Brauerei zugewiesen worden, das zwar nach bitterem, kaltem Bier gerochen hatte, dafür aber trocken und einigermaßen warm gewesen war.

Gerne hätte sich Lucia bei Vater Reginald bedankt, aber der Abt hatte seinen Bibliothekar bereits vor Sonnenaufgang ins Scriptorium geschickt. Dort würde er vermutlich den ganzen Tag Abschriften irgendwelcher Urkunden anfertigen. Da die Ordensregeln es dem Bibliothekar nicht erlaubten, einer Frau Zugang zum inneren Bezirk der Klosteranlage zu gewähren, blieb Lucia nichts anderes übrig, als ihm über Wilbert einen Gruß und ihren Dank zu übermitteln.

Als sie sich schließlich in den Strom der Menschen einreihen wollte, der durch das Klostertor zog, eilte ihr der alte Wilbert hinterher. Über seinem Kopf schwenkte er eine Papierrolle. Schwer atmend tippte er ihr auf die Schulter und verzog seinen zahnlosen Mund zu einem fröhlichen Grinsen. «Vater Reginald bat mich, dir diesen Brief zu übergeben. Er lässt dir ausrichten, dass du klug wählen sollst und dich an ihn wenden kannst, wann immer du seinen Rat und die Fürsprache der Mutter Gottes benötigst!» Mit diesen Worten drückte er Lucia das Schreiben in die Hand, machte kehrt und schlug pfeifend den Weg zum Kräutergarten ein, in dem bereits einige Knechte und Novizen Seite an Seite Unkraut jäteten und frische Setzlinge in die kühle, feuchte Erde drückten.

Nachdenklich betrachtete Lucia die gezierte Handschrift, die ihr so fremd vorkam. Offenbar lag es Vater Reginald am Herzen, dass sie Magdalenas Zeilen erhielt. Sie hatte sich bereits entschieden, ihre Schwester in Mainz aufzusuchen, sobald sich eine Gelegenheit fand, die Stadt zu verlassen. Doch zuallererst musste sie ihren Großvater finden.

Nach einigem Herumfragen in der Stadt erfuhr sie, dass Melchior sich im Haus des Münzmeisters Besselich aufhielt. Da der Hausknecht sie kannte, wurde sie ohne Umschweife eingelassen und in die Halle geführt, wo sich der Münzmeister mit einigen

Herren zum gemeinsamen Morgenmahl niedergelassen hatte. Der Raum war gemütlich warm, und ein Geruch von verglühten Holzkohlen, Wachs und verbranntem Räucherwerk stieg Lucia in die Nase, als sie ihren Mantel ablegte. Vier Mägde versorgten die hungrigen Mäuler mit dickgeschnittenem weißem Brot, geräuchertem Fisch in einer schweren Kräutertunke und einem Eintopf aus getrockneten Bohnen, der so appetitlich duftete, dass Lucia das Wasser im Mund zusammenlief. Verglichen mit Wilberts wässriger Brotsuppe mutete das Frühstück der Patrizier, obwohl es den strengen kirchlichen Geboten der Fastenzeit folgte, geradezu fürstlich an.

«Tritt ruhig näher, mein Kind», rief der Münzmeister, ein kräftig gebauter Mann mittleren Alters, als er die Enkeltochter seines alten Freundes erblickte. Dann wandte er sich wieder seinem Tischnachbarn zu und sagte heiter: «Heute sind wir noch ungeschoren davongekommen, denn unser edler Herr von Manderscheid will uns nichts Böses! Er ist kein hinterlistiges Wiesel wie andere, deren Namen ich nennen könnte!» Schwungvoll ergriff der Angesprochene seinen Bierkrug und leerte ihn in wenigen Zügen. Die weizengelbe Flüssigkeit rann ihm dabei aus beiden Mundwinkeln und versiegte in dem riesigen Mundtuch. Angewidert senkte Lucia den Blick, während die Männer an der Eichentafel sowohl ihrem Freund als auch dem Gastgeber ausgelassen Beifall zollten; es war nicht zu übersehen, dass sie dem Bier trotz der frühen Stunde bereits kräftig zugesprochen hatten.

Höflich verneigte sich Lucia vor dem Vater ihres alten Freundes Paulyn, blieb aber, da sie an der Tafel keine weitere Frau sitzen sah, im Eingang der Halle stehen. Ihr Großvater hatte sie noch nicht bemerkt, er war in eine Unterhaltung mit dem wohlhabenden Kaufmann Colin Emmerich vertieft, der zurückhaltend lächelte, sie aber genau zu beobachten schien. Zu Lucias Enttäuschung befand sich Paulyn nicht unter den Männern.

Während sie überlegte, wie sie ihren Großvater unauffällig auf sich aufmerksam machen konnte, legte sich plötzlich eine schmale Hand auf ihre Schulter. Erschrocken zuckte Lucia zusammen, doch dann erkannte sie Barbara Besselich, die Frau des Münzmeisters. Wie aus dem Nichts war sie neben ihr aufgetaucht.

«Die Männer haben heute Morgen nur ein einziges Gesprächsthema, nicht wahr?»

«Es sieht ganz danach aus.»

Die Münzmeisterin lächelte Lucia freundlich an, wobei sich ihr Gesicht in tausend kleine Fältchen legte.

«Wird Graf Ulrich von Manderscheid die Truppen des Bischofs angreifen oder nicht? Soll die Bürgerschaft Raban nicht vorher zum Teufel jagen und dem Grafen huldigen?» Mit einer etwas fahrigen, aber liebevollen Geste kniff die ältere Frau Lucia in die Wange und umarmte sie. «Ich hoffe, du hast heute Nacht nicht zu große Angst ausgestanden, als die Glocken zum Sturm läuteten, mein Kind!»

Lucia begann ihr zu erklären, dass sie sich im Kloster eigentlich recht sicher gefühlt habe, doch schon bald bemerkte sie, dass die Münzmeisterin ihr nicht mehr zuhörte. Barbaras Gedanken waren weder bei Lucia noch bei den Männern an der Tafel. Schließlich besann sie sich wieder, fasste Lucia sanft am Arm und führte sie durch die Wohnhalle zu einer Kammer, deren weißgekalkte Wände zwar von wertvollen französischen Behängen geschmückt wurden, die jedoch mit Ausnahme zweier gepolsterter Lehnstühle, einem mit Rindsleder bespannten Fußbänkchen und einem hölzernen Wandbord keine Möbel enthielt.

«Paulyn ist noch immer nicht von seinem Botengang zurückgekehrt», sagte Barbara besorgt. «Weiß der Himmel, wo sich der Junge wieder herumtreibt. Sein Vater ist außer sich vor Wut. Bei dir hat er sich wohl auch nicht gemeldet.»

Da ihre Bemerkung eher wie eine Feststellung klang, schwieg Lucia. Eine Antwort schien Barbara aber auch nicht zu erwarten. Sie ahnte, dass die Enkelin des Gewandschneiders ihrem Sohn nur freundschaftliche Gefühle entgegenbrachte und daher nicht wissen konnte, wo und wie er sich die Zeit vertrieb.

«Nun gut, ich werde sogleich Anweisung geben, dass man dir eine gute Mahlzeit zubereitet. Mein Mann hat für die Mitglieder des Schöffenrats heute Morgen reichlich auftischen lassen.»

«Ich hatte aber schon im Kloster ein Frühstück, Frau Barbara», erwiderte Lucia, doch die Münzmeisterin tat ihren Einwand mit einer Handbewegung ab. «Eingeweichtes Brot, nicht wahr? Das dachte ich mir gleich. Diesen Fraß sollen die frommen Brüder gefälligst ihren Hühnern vorsetzen, schließlich haben wir schon reichlich für das Pilgerhaus und die Armenspeisung der Benediktiner gestiftet. Keine Widerrede, ich werde dafür sorgen, dass du etwas Anständiges in den Magen bekommst.»

Um die Mutter ihres Freundes nicht zu verärgern, gab Lucia nach. Als sie Barbara hinterherblickte, fiel ihr auf, dass die Münzmeisterin sich mit einer Hand am Schrank abstützen musste, um nicht zu schwanken. Ihr schien schwindelig zu sein; überhaupt machte Barbara den Eindruck, als hielte sie sich nur mühsam auf den Beinen.

Die Münzmeisterin war eine kleine, vorzeitig verblühte Frau, die von Jahr zu Jahr noch schmaler und zarter zu werden schien. Hatte sie zu Beginn ihrer Ehe Wert auf elegante, knöchellange Roben und verspielte Leibchen gelegt, so wirkte ihre äußerliche Erscheinung seit einiger Zeit auffallend langweilig. Grau und verhangen wie eine Wolkendecke, durch die nur selten ein Sonnenstrahl dringt. Sooft Lucia mit Paulyns Mutter zusammentraf, fragte sie sich, wie es angehen mochte, dass eine wohlhabende, einst lebensfrohe Frau dahinwelkte wie eine Rose im Winter. Ihre Haut schimmerte beinahe so durchsichtig wie dünnes Pergament. Mochte dies in höfischen Kreisen der Mode entsprechen, die Blässe der Münzmeisterin sah einfach nur ungesund aus. Die einzigen Schmuckstücke, die sich Barbara als Herrin des Hauses zur Münze gönnte, waren eine hüftlange Silberkette und zwei schmale

Rubinreife. Lucia konnte sich noch gut daran erinnern, mit wie viel Hochachtung ihre Mutter immer von der Münzmeisterin gesprochen hatte. Das großzügige Quartier, das ihr Großvater während der letzten Nacht im Haus zur Münze genossen hatte, war zweifellos Barbaras Fürsprache zu verdanken, denn der Münzmeister galt gemeinhin als zerstreut und war meist mit seiner Arbeit, mit Verträgen, Urkunden, Rechnungsbüchern und dem Entwurf neuer Prägestempel beschäftigt. Er fand es nur recht und billig, dass ihm seine Frau die häuslichen Angelegenheiten vom Halse hielt.

Lucias Gedanken wanderten wieder zu Paulyn. Sie konnte nur hoffen, dass dem Jungen nichts zugestoßen war. Die Münzmeisterin sorgte sich schon jetzt so sehr, nicht auszudenken, wie sie reagierte, wenn Paulyn ... Nein, dieser Gedanke war zu töricht. Schließlich war Paulyn kein Ritter, niemand, der sich waghalsigen Unternehmungen aussetzte. Möglicherweise hatte er beim Würfelspiel in einer Schenke einfach die Zeit vergessen und sich nicht mehr nach Hause getraut, weil er genau wusste, dass der Verwalter seines Vaters stets einen höllischen Lärm veranstaltete, wenn er nachts noch einmal das Tor öffnen sollte. Lucia musste schmunzeln, als sie daran dachte, dass sie vermutlich leichter unbemerkt ins Münzhaus kam als Paulyn, der hier aufgewachsen war. Als Zehnjährige hatte sie beim Spielen im Kirschgarten einst ein von dichten Sträuchern überwuchertes Loch im Mauerwerk entdeckt und ihr Geheimnis seither mit kindlicher Freude gehütet.

Lucia war so tief in Gedanken versunken, dass sie den Mann nicht sogleich bemerkte, der geräuschlos in die kleine Kammer getreten war. Erst als er sich vernehmlich räusperte, hob sie den Kopf. Vor ihr stand Kaufmann Colin Emmerich, der zu den einflussreichsten Schöffen der Stadt zählte.

«Verzeiht mir», sagte der Mann lächelnd. «Aber ich bin auf der Suche nach meinem Diener. Und stattdessen finde ich ein

Mädchen, das sein hübsches Gesicht nicht hinter einem Vorhang verstecken sollte.»

Lucia lachte. Sie mochte Colin, weil er selbstsicher auftrat und sich nie verstellte wie die Jünglinge, die ihr zuweilen mit roten Ohren beim Kirchgang hinterherliefen oder sie mit Pfiffen belästigten. Andererseits gehörte er zu den Männern, die sich einbildeten, auf alles ein Anrecht zu haben, was sie sich in den Kopf setzten. Doch gerade weil er galant war und sein Herz auf der Zunge trug, fand sie nichts dabei, seinem Übermut gelegentlich einen Dämpfer zu verpassen. «Gebt auf Eure hübschen Schnabelschuhe acht, Herr Colin!», sagte sie mit betonter Liebenswürdigkeit. «Eure Schmeicheleien sind so glitschig wie Öl, Ihr könntet auf ihnen ausgleiten und Euch ein Bein brechen!»

Colin hob die Augenbrauen; wenn er beleidigt war, ließ er es sich jedenfalls nicht anmerken. Stattdessen musterte er Lucia von Kopf bis Fuß, als beabsichtigte er, den Marktpreis einer Ware festzulegen. «Ich hoffe, Ihr habt Euch vergangene Nacht nicht zu sehr geängstigt», sagte er schließlich.

Lucia seufzte. Das Mitgefühl des Kaufmanns machte sie verlegen.

«Euer Großvater, mit dem ich mich vorhin unterhielt, war jedenfalls sehr bekümmert, Euch allein gelassen zu haben. Wie Ihr Euch denken könnt, ließen ihn die Tölpel, die das Tor neben der schwarzen Kirche bewachen, nach Einbruch der Nacht nicht mehr in die Klostersiedlung zurückkehren.»

Lucia ging hinüber zum Wandbord, auf dem eine Anzahl verstaubter Zinnkrüge für Wein und Öl sowie eine römische Sonnenuhr aus Bronze standen. Mit gespieltem Interesse nahm sie das Messinstrument in die Hand. Meine Güte, wo steckte Barbara nur so lange?

«Inzwischen hat sich die Aufregung wieder gelegt», fuhr Colin munter fort. «So bin ich wenigstens nicht gezwungen, meine seit Wochen geplante Handelsreise aufzuschieben. Ihr glaubt gar nicht, wie viel es mich kostet, ein paar Wagen mit Wein und flämischem Tuch von bewaffneten Männern begleiten zu lassen. Aber in diesen unsicheren Zeiten bleibt uns Kaufleuten keine andere Wahl.»

«Ihr wollt Trier verlassen?» Lucia stellte die Uhr wieder in das Regal zurück und blickte Colin an. Eine kühne Idee schoss ihr durch den Kopf. Möglicherweise erwies sich das Gerede des Kaufmanns ja doch als glückliche Fügung. Denn allein konnte sie es auf keinen Fall wagen, zu Magdalena nach Mainz zu reisen. Der Handelszug eines Kaufmanns bot Schutz. Entgegen Colins Klagen über die Kosten für Wagen, Verpflegung und Waffenknechte gehörte er schließlich zu jenen Handelsleuten, die sich nicht nur Pferde, sondern auch bewaffnete Wachen leisten konnten.

Aus den Erzählungen Vater Reginalds wusste sie, dass Colins Weg ihn häufig ins Luxemburgische führte, denn seit das Herzogtum von einer Nichte König Sigismunds regiert wurde und sich eng mit dem Haus Burgund verbunden hatte, galten die Märkte und Messen dort als bedeutende Umschlagplätze für kostbare Seidenstoffe und Garne, duftende Öle, orientalische Gewürze und Moselweine.

«Jungfer Lucia, was habt Ihr, ist Euch nicht wohl?» Colin musterte sie besorgt. Er war ein aufmerksamer Beobachter, und ihre plötzliche Erregung war ihm nicht entgangen. Mit forschendem Blick trat er näher, bis er schließlich so dicht vor ihr stand, dass Lucia den herben Geruch seines Körpers wahrnahm.

«Ihr seht furchtbar aus, wenn ich dies mal so unverblümt sagen darf. Geradeso, als hätte Euch das Feuchtfieber gepackt!»

Nicht anders fühle ich mich, dachte Lucia, der Colins breite Brust so dicht vor ihrem Gesicht unangenehm war. Was sollte sie tun? Wie sollte sie ihm erklären, was sie vorhatte, ohne ihn zu verprellen oder – was noch schlimmer war – zu ermutigen? Colin schien Frauen lediglich als Bettgefährtinnen für gelegentliche Abenteuer zu schätzen und ihnen kaum mehr zuzutrauen, als zu kochen, zu fegen und feine Wäsche mit überflüssigem Tand zu besticken.

Doch andererseits war er womöglich der einzige Mann in der Stadt, der ihr helfen konnte. Sie brauchte sich nur Colins schwerbewachtem Handelszug anzuschließen. Wenigstens einen Teil der Wegstrecke konnte sie sich seinem Schutz anvertrauen und später allein weiterreisen. Sobald das Gebiet des Erzbistums hinter ihr lag, war die Gefahr, feindlichen Häschern in die Hände zu fallen, nicht mehr so groß.

Colin musste sie einfach mitnehmen, er durfte ihr diese Bitte nicht abschlagen. Entschlossen holte Lucia Luft.

«Ich muss Euch etwas fragen», erklärte sie, nachdem sie Colin mit wenigen Worten ihre Lage auseinandergesetzt hatte. «Großvater und ich können unmöglich mit der Reise nach Mainz warten, bis diese unselige Fehde zwischen Bischof Raban und dem Manderscheider tatsächlich in einer Belagerung der Stadt gipfelt. Ihr könnt mich auslachen, Herr Colin, aber die Ereignisse der letzten Nacht sehe ich als Warnung an, schnell zu handeln. Nennt es, wie Ihr wollt: weibliche Ahnung oder schicksalhafte Fügung. Jedenfalls bin ich mir sicher, dass meine innere Stimme mich nicht trügt.»

Lucia schenkte Colin einen Blick, der um Verständnis warb. Doch hatte sie gehofft, den Kaufmann mit einem treuherzigen Lächeln und einem koketten Augenaufschlag zu bezaubern oder zumindest an seine Ritterlichkeit appellieren zu können, fand sie sich nun eines Besseren belehrt.

«Wie Ihr wisst, sprach ich vorhin mit Eurem Großvater, Lucia», sagte Colin. «Er hat die Gewänder für den Dompropst abgeliefert, aber keine Bezahlung erhalten. Mich wundert das nicht. Euer Großvater mag ein guter Gewandschneider sein, doch leider war er nie ein kluger Geschäftsmann.» Mit einer einladenden Geste bedeutete er Lucia, auf dem geschnitzten Lehnstuhl Platz zu nehmen, während er selber es sich auf dem Fußschemel bequem machte. Ehe Lucia protestieren konnte, strich er ihr eine widerspenstige Locke aus der Stirn. «Wie es aussieht, wird der bischöfliche Gewandschneider seine Schulden nicht begleichen können. Jammerschade.»

«Und werdet Ihr …»

Colin lachte bitter auf. «Seid nicht töricht, Lucia. Was, glaubt Ihr, wird der Rat denken, wenn sich ein hochverschuldeter Mann wie der bischöfliche Gewandschneider mit seinen lumpigen Habseligkeiten einem Handelszug nach Luxemburg oder ins Herzogtum Burgund anschließt?»

Verwirrt blickte Lucia den Kaufmann an, dann schlug sie mit der flachen Hand auf die gepolsterte Lehne. Verflixt, wie hatte sie nur so einfältig sein können? Wenn ihr Großvater in diesen Tagen die Klostersiedlung verließ, würden seine Gläubiger ihn verdächtigen, sich seiner Schulden durch Flucht entledigen zu wollen. Er konnte natürlich sein Haus und die Werkstatt verkaufen, vielleicht deckte der Erlös wenigstens einen Teil des Geldes, das die Patrizier von ihm verlangten. Aber ob die Summe reichen würde?

«Ihr habt recht», sagte sie nach einer Weile. «Großvater darf Trier nicht verlassen. Ich aber schulde hier keinem Menschen etwas. Daher sehe ich es als meine Pflicht an, Magdalena um das Geld zu bitten!»

Eine Hausmagd zog den Vorhang beiseite und hüstelte, um auf sich aufmerksam zu machen. In ihren Händen hielt sie eine Platte, die wie ein Schwan geformt war. Darauf türmten sich zwei beachtlich dicke Scheiben Weizenbrot, ein Stück Salzfisch, Käse mit goldgelber Rinde, runzlige Äpfel und ein Klecks fetter Butter, die nach den Worten der jungen Magd von ihr höchstpersönlich gestampft worden und ganz frisch sei.

«Ich bekomme keinen Bissen hinunter», sagte Lucia gereizt. Doch als sie das gekränkte Gesicht der Magd bemerkte, nahm sie den Teller entgegen und wandte sich wieder Colin zu. «Was ich brauche, ist kein Salzfisch, sondern ein Platz auf einem Eurer Wagen!»

Abschätzig verzog Colin den Mund. «Schlagt Euch das aus

Eurem hübschen Kopf, Lucia. Für Frauen, besonders für ansehnliche Mädchen, ist auf einem Handelszug kein Platz. Meine Waffenknechte sind derbe Zeitgenossen und haben nur wenig Anstand. Sie würden den ganzen Tag lang balzend um Euch herumlungern, und ich dürfte zusehen, wie ich meine Güter selbst bewache. Dabei transportiere ich für die Herzogin von Luxemburg dieses Mal Wandbehänge aus feinem Brokat, die beinahe unbezahlbar sind. Die edle Dame teilt keinesfalls die Meinung unserer strengen Bußprediger, dass das Tragen von Schnabelschuhen aus weichem Leder einen Menschen ins Höllenfeuer führt. Gewiss wäre sie höchst ungehalten, wenn meine Waren ihre Burg nicht erreichten. Davon einmal abgesehen, würde Euer Großvater Euch die Reise niemals erlauben.»

«Welche Reise würde ich nicht erlauben?» Unbemerkt hatte Melchior Kastenberg den Raum betreten. Da auf seine Frage nur betretenes Schweigen folgte, warf er Colin einen misstrauischen Blick zu. Bevor der Kaufmann etwas sagen konnte, sprang Lucia auf, lief zu ihrem Großvater und ergriff seine Hand. «Ich bin froh, dass es Euch gutgeht, Großvater», sagte sie mit einem entwaffnenden Lächeln.

«Gutgeht? Es geht mir überhaupt nicht gut!» Kastenberg ließ mutlos die Schultern sinken, verzichtete aber auf weitere Erklärungen. Rasch berichtete Lucia, dass sie die vergangene Nacht im Kloster verbracht hatte. Über Magdalenas Schreiben verlor sie kein Wort. Es war besser, den Brief erst zu erwähnen, wenn sie allein waren.

«Nun, wenigstens auf Reginald kann ich mich noch verlassen», sagte der Alte kurz angebunden. «Nur zu schade, dass er als Mönch keine Bürgschaft für mich übernehmen darf.»

«Ihr wisst doch hoffentlich noch, was ich Euch beim Essen vorgeschlagen habe, Meister?», brachte sich Colin wieder in Erinnerung. «Leider hatte ich noch keine Gelegenheit, mit Eurer Enkeltochter zu reden.»

«Mit mir zu reden?» Fragend blickte Lucia die beiden Männer an. Ihr schwante nichts Gutes. «Seit einer halben Stunde tut Ihr nichts anderes, als Süßholz zu raspeln. Was ist los mit Euch, Colin, warum werdet Ihr plötzlich so blass um die Nase?»

Doch nicht nur Colin, auch Kastenberg blickte entsetzt drein. Wie konnte sich seine Enkelin nur erdreisten, so respektlos mit einem Patrizier umzugehen? «Herr Colin hat soeben um deine Hand angehalten», knurrte Melchior verdrossen.

Lucia stutzte. Damit hatte sie nicht gerechnet, nicht nach ihrem Gespräch. Colin wollte sie zur Frau nehmen? Ausgerechnet sie? Er gehörte zum Stadtadel, entstammte einer der ältesten Familien Triers. Sie hingegen war die Tochter eines verschollenen Bogenschützen und die Enkelin eines bischöflichen Schneiders, der womöglich am Vorabend seine letzte Priesteralbe genäht hatte.

Lucia konnte sich keinen Reim auf den überraschenden Antrag machen. Natürlich war ihr die Aufmerksamkeit nicht entgangen, mit der sie der Kaufmann seit einiger Zeit bedachte. Er hatte ihr Briefe geschrieben, die sie nicht lesen konnte, und Zuckerkuchen geschickt, den ihr Großvater gegessen hatte. Paulyn hatte schon Witze darüber gerissen, dass Colin sich nun viel öfter in der Klostersiedlung aufhalte als nötig. Doch Lucia hatte dies nicht ernst genommen und Paulyns Frechheiten mit freundschaftlichen Kopfnüssen geahndet. Als sie ihre Fassung zurückgewonnen hatte, erhob sich plötzlich jenseits des Vorhangs zur Wohnhalle der Familie Besselich aufgeregtes Geschrei. Es klang bedrohlich ernst. Die Stimmen der Männer überboten sich an Lautstärke und Heftigkeit, bis nur noch ein bedrohliches Durcheinanderbrüllen vernehmbar war. In der Halle des Münzmeisters schien es zu einem Streit gekommen zu sein.

Erleichtert, Colin nun nicht sofort antworten zu müssen, schob sich Lucia an ihrem Großvater vorbei, um nach der Ursache des Tumults zu sehen. Die beiden Männer folgten ihr.

Schon beim Eintreten spürte Lucia, dass die behagliche Stimmung in der Halle des Münzmeisters verflogen war. Sie konnte sich nicht entsinnen, Paulyns Vater jemals so zornig erlebt zu haben. Aus den für gewöhnlich eher kühlen Augen des Mannes sprühte ein wahrer Funkenregen, sein grauer Spitzbart zitterte, und seine Wangen glühten, als habe er einen Schlag ins Gesicht erhalten. Wild gestikulierend stand er vor einem der Fensterbogen, dessen schneckenartig gedrehte Mittelsäule von Weinranken überwuchert wurde, und starrte hinunter in den Hof vor den Prägewerkstätten. Dabei stieß er unablässig Verwünschungen aus, die jedem Schinderknecht heiße Ohren beschert hätten. Neben ihm stand Stadthauptmann Arnold von Sierk, ein drahtiger Mann in silberglänzendem Wams, der ebenfalls mit düsterer Miene dreinschaute.

«Lucia!» Barbara, die ihre Dienstmägde um sich geschart hatte, winkte ihr zu. Ihre schmächtige Gestalt hob sich kaum von der gekalkten Wand ab. «Es wäre besser, wenn ihr nach Hause gehen würdet», sagte sie beschwörend. «Der Schöffenrat wird in Kürze zusammentreten!»

«Ja, aber …»

«Kein Aber, meine Liebe!»

Barbaras Miene duldete keinen Widerspruch, und auch der Stadthauptmann wandte sich nun der Schar von Frauen zu. Ihre Anwesenheit schien ihn zu stören, denn seine Lippen kräuselten sich voller Verachtung, als er Lucia neben der Hausherrin entdeckte. Lucia straffte die Schultern. Mit einem liebenswürdigen Lächeln begegnete sie dem Blick des jungen Hauptmanns. Barbaras Wunsch war ihr Befehl, von Arnold würde sie sich jedoch gewiss nicht verjagen lassen. Bislang hatte sie den Hauptmann nur als eingebildeten Schönling kennengelernt, der stolz auf das Amt war, das ihm dank seiner Geburt in den Schoß gefallen war. In den Schankstuben erzählte man sich, dass er keinen besonderen Gefallen an Frauen fand, aber wie so viele Gerüchte mochte auch dieses nur dem Zweck dienen, der Familie des Domscholasters Jakob von Sierk im Streit um den Bischofsstuhl zu schaden.

Es dauerte eine Weile, bis Lucia begriff, dass Arnolds hasserfüllter Blick weniger ihr als vielmehr Colin Emmerich galt, der sich lautlos und mit einem undurchsichtigen Lächeln zu ihr und der Münzmeisterin gesellt hatte.

«Ihr wolltet doch Beweise, dass wir Ulrich von Manderscheid nicht trauen können?», rief Arnold von Sierk dem Kaufmann mit giftigem Unterton zu. «Seid bitte so gütig und werft einen Blick in den Hof, dort könnt Ihr sie mit eigenen Augen sehen.» Als Colin zögerte, fügte er hinzu: «Manderscheid hat das Bündnis mit dem Rat gebrochen und sich gegen uns verschworen.»

Meister Besselich und Arnold traten fast gleichzeitig von der Fensternische zurück, damit sich der Kaufmann über die schmale Brüstung beugen konnte.

Lucia widerstand dem Drang, es ihm gleichzutun, und lauschte stattdessen aufmerksam dem Stimmengewirr, das vom Hof erklang. Lautstark wurden draußen Anweisungen erteilt, dann waren klappernde Hufe auf dem Pflaster zu hören. Offensichtlich wurden Pferde zu den Ställen des Münzmeisters getrieben.

«Ich sehe Euren Sohn, Ratsherr», sagte Colin achselzuckend. «Eure Gemahlin sagte mir, sie hätte den Jungen bereits vermisst!»

«Achtet nicht auf den faulen Bengel, sondern auf das, was er in meinen Hof bringt!»

Mit einem Seufzer beugte sich Colin Emmerich wieder über die Brüstung. «Der Junge führt einen Rappen in den Stall. Moment mal, das Wappen auf der Satteldecke kenne ich doch ...» Er stutzte, dann verschwand der gleichmütige Ausdruck schlagartig aus seinem Gesicht. «Jetzt verstehe ich, was Ihr meint. Diese Pferde ...»

«Sie gehören den Virneburgern», raunte Barbara Lucia zu. Sie schien nicht weniger aufgeregt als die Männer am Fenster, auch wenn ihre Augen vor Freude und Erleichterung leuchteten. Liebevoll drückte ihr Lucia die Hand. Sie wusste, dass für Barbara im Moment nur zählte, dass Paulyn wohlbehalten zurückgekehrt war.

«Wir wissen alle, dass Ruprecht von Virneburg zu Manderscheids engsten Bundesgenossen gehört», verkündete Arnold von Sierk mit lauter Stimme. Er hielt kurz inne, um seine Worte wirken zu lassen. Dabei wanderte sein Blick abschätzend über Colins muskulösen Oberkörper. Dann packte er den verdutzten Kaufmann ohne jede Vorwarnung und versetzte ihm einen Stoß.

«Mein Bruder hat die Stadt gewarnt, mit dem Teufel zu paktieren», zischte Arnold ihm zu. «Was sagt Ihr nun, Pfeffersack! Ihr habt buchstäblich auf das falsche Pferd gesetzt. Nun wird es doch noch zum Krieg kommen, und das nur, weil Ihr und Eure Anhänger im Rat so blind gewesen seid!»

Ein Aufstöhnen ging durch die Halle. Einige der Männer, darunter auch der Münzmeister, senkten beschämt die Köpfe und blickten zu Boden wie gescholtene Lehrknaben, denn bis vor wenigen Augenblicken hatten auch sie sich noch zu den Anhängern des Manderscheiders gerechnet.

Colin entwand sich dem Griff des Hauptmanns und stolperte einen Schritt zurück. Er atmete einige Male tief durch und griff mit einem kalten Lächeln langsam zum Kragen seiner Schecke. Als Arnold sich schon verächtlich abwenden wollte, schnellte Colins Faust aus den Falten seines Ratsherrenmantels hervor und versetzte dem Hauptmann einen so heftigen Schlag gegen die Brust, dass dieser aufschrie. Ein zweiter Faustschlag in die Rippen nahm Arnold von Sierk den Atem. Ein hässliches Geräusch erklang, als sein Kopf gegen den Fensterbogen donnerte. Der Stadthauptmann taumelte und schnappte nach Luft. Colin packte ihn am Wams und sagte: «Ich hasse es, in Anwesenheit von Damen die Fassung zu verlieren, von Sierk. Aber wenn Ihr mich noch einmal anrührt, werfe ich Euch aus diesem Fenster!»

Als Lucia und ihr Großvater den Heimweg antraten, sprach keiner von ihnen ein Wort. Melchior Kastenberg vermied es, seine Enkeltochter auch nur anzusehen. Lucia ahnte, dass ihn weder der

Streit zwischen Colin und Arnold von Sierk noch Manderscheids Verrat gegen die Stadt Trier so sehr verärgert hatte, sondern allein ihr überstürzter Aufbruch. Sie hatte Colin keine Antwort auf seinen Antrag gegeben, ja, sie hatte ihn nicht einmal eines Blickes gewürdigt. Doch das konnte ihr unter den gegebenen Umständen wohl niemand zum Vorwurf machen.

Über ihren Köpfen war ein dumpfes Grollen zu hören. Dunkle Wolken lauerten bereits am Himmel, und Lucia konnte den weichen Duft des nahenden Regens förmlich riechen.

Vor dem Marktkreuz kämpften die Krämer mit fleckigen Zeltplanen aus gegerbtem Leder, die sie zum Schutze ihrer Waren über die Kisten und Körbe zu spannen versuchten. Hühner und Enten gackerten in ihren Käfigen. Ziegen scheuerten ihre Köpfe an den Pfosten der Buden und beschwerten sich meckernd über die eisigen Böen, die das Stroh von den Pflastersteinen aufwirbelten. In der Brotgasse, in der die Bäcker ihre Waren feilboten, wurden noch dampfende, köstlich duftende Gebäckstücke auf die Waagschalen gelegt. In der Nähe standen drei Brandwächter um ein Becken mit heißen Kohlen herum und wärmten sich die klammen Finger über der Glut. Auf Befehl des Schöffenrats hielten sie sich stets in der Nähe von Backstuben, Badestuben und Schmieden auf. Brach bei diesen ein Feuer aus, sollten sie mit Hornsignalen Hilfe herbeirufen und dafür sorgen, dass die Flammen nicht auf umliegende Häuser oder Stallungen übergriffen.

Mit gemischten Gefühlen beobachtete Lucia das emsige Markttreiben. Ihr wurde schwer ums Herz, wenn sie nur daran dachte, in Kürze ihr gemütliches Heim in der Klostersiedlung zu verlassen. Nach Wärme suchend glitten ihre Hände zwischen die Falten des Umhangs und berührten das mit farbenfrohen Vogelmotiven bestickte Gürtelband, an dem sie den Brief ihrer Schwester befestigt hatte. Noch hatte sie keine Gelegenheit gefunden, ihrem Großvater von Magdalenas Hilferuf zu berichten. Der alte Mann schien ja auch eine andere Lösung für seine Schwierigkeiten gefunden zu haben. Eine einfache, im Grunde höchst vernünftige Lösung, die nur einen einzigen Schönheitsfehler aufwies: Lucia hatte nicht vor, Colin zu heiraten.

Der Kaufmann galt als stattlicher, zuvorkommender Mann und wurde von den Ratsherren respektiert. Wen sollte es also stören, dass einige Heißsporne wie Arnold von Sierk ihn einen Emporkömmling nannten und verächtlich auf ihn herabsahen? Lucia jedenfalls nicht, aber seine Frau wollte sie dennoch nicht werden. Eine Ehefrau durfte vor ihrem Gemahl keine Geheimnisse haben, sie musste ihm Vertrauen entgegenbringen und ihm sowohl sich selbst als auch ihre Habe übereignen. Einmal abgesehen davon, dass Colin kaum annehmen konnte, dass sie ihn liebte: Eine Mitgift hatte Lucia unter den gegebenen Umständen nicht zu erwarten. Was also veranlasste ihn, einen derart schlechten Handel einzugehen?

Als hätte der Großvater ihre Gedanken erraten, sagte er plötzlich: «Du hast es in der Hand, das Haus deiner Ahnen zu retten, Lucia. Colin hat es ja förmlich angeboten, weil er davon überzeugt ist, dass du ihm eine gehorsame Ehefrau sein wirst. Aber nein, du ziehst es vor, deinem einzigen Verehrer in dieser Stadt patzige Bemerkungen an den Kopf zu werfen.»

Lucia blieb stehen. Das war einfach ungerecht. «Colin ist nicht aus Zucker, er wird mit meiner Abfuhr leben können. Aber wenn er ein so gütiger, selbstloser Mensch ist, wie du behauptest, warum stundet er dir deine Schulden nicht einfach? Er könnte deiner Gewandschneiderei auch ein Darlehen gewähren, bis die Fehde zwischen dem Bischof und dem Rat entschieden ist und deine Schuldner sich endlich dazu herablassen, ihre Rechnungen zu begleichen. Nein, Großvater, nicht ich habe es in der Hand, deine Existenz zu retten, er ist es, der uns in seine Hand bekommen möchte.»

«Colin Emmerich stammt aus einer der angesehensten Familien der Stadt», erwiderte Kastenberg. «Ich kann unmöglich von ihm verlangen, dass er mir eine Gefälligkeit erweist, ohne dass ich eine Gegenleistung erbringe. Wie du ja wohl weißt, ist es nicht meine Art, Geschenke anzunehmen!»

«Und meine Art ist es nicht, Fremde in meine Schlafkammer zu lassen, nur weil sie die Taschen voller Geld haben!» Lucia versuchte, ihren Ärger zu unterdrücken, es hatte keinen Sinn, mit Melchior über ihre Wünsche und Hoffnungen für die Zukunft zu streiten. Sein Weltbild folgte einem einfachen Schnittmuster: Hielt er sich an die feinaufgetragenen Linien des Musters und schnitt nicht daneben, so entstand unter seiner Nadel ein Gewand, das tadellos saß. Veränderte er sein Muster aber, so riskierte er, nach Abschluss der Arbeit mit leeren Händen dazustehen. Gewiss war es leichter, sich von einem angeheirateten Verwandten helfen zu lassen, als vor den Türen arroganter Händler den Bittsteller zu spielen. Wie es dabei jedoch in Lucia aussah, schien den alten Mann nicht zu kümmern. Er hatte sich ja nicht einmal die Mühe gemacht zu fragen, warum sie sich eine Heirat mit dem Kaufmann nicht vorstellen konnte.

Missmutig schwieg Lucia.

«Hast du Colin Emmerich vorhin wirklich gebeten, dich auf seine Handelsreise ins Luxemburgische mitzunehmen?»

Lucia horchte auf. Sie durfte jetzt keinen Fehler machen. «Du hast unser Gespräch mitgehört?»

«Nicht nur ich», erwiderte der Alte beleidigt. «Euer törichter Disput erheiterte die halbe Tischrunde. Zum Glück fanden weder Besselich noch Hauptmann von Sierk in dem ganzen Durcheinander Gelegenheit, mich auf deine Absichten anzusprechen. Ich verstehe nicht, was in dich gefahren ist.»

«Magdalena hat uns geschrieben, Großvater! Sie bittet uns, sie in Mainz zu besuchen, weil sie unsere Hilfe braucht.»

Argwöhnisch blickte Melchior seine Enkelin an. Seine verkniffenen Züge verrieten, dass er ihr nicht glaubte. «Was sagst du da?», hakte er nach.

Lucia holte den Brief hervor und wollte ihn Melchior reichen. Doch der alte Mann machte einen Schritt zurück, als befürchtete er, eine giftige Natter könnte sich aus der Rolle schlängeln. Schließlich griff er nach dem Brief und begann zu lesen.

«Weißt du, was sie geschrieben hat?», erkundigte sich Kastenberg, nachdem er sich schier endlose Momente lang in die Zeilen seiner älteren Enkeltochter vertieft hatte.

«Nur das, was Vater Reginald mir erzählt hat. Ihr Mann ist gestorben, und nun glaubt sie, Schuld auf sich geladen zu haben. Sie kann sich jedoch nicht daran erinnern, was sie getan hat.»

«Wirres Zeug», schimpfte Kastenberg kopfschüttelnd. «Aber ich habe auch nichts anderes von ihr erwartet.»

«Ich muss zugeben, dass Magdalenas Geschichte seltsam klingt. Aber ...» Lucia ergriff die Hand des alten Mannes. «Ich möchte trotzdem so rasch wie möglich nach Mainz reisen, um sie nach Hause zu holen. Ganz gleich, warum sie in Not ist, sie ist meine Schwester. Außerdem hat sie einiges gutzumachen. Jahrelang hat sie im Wohlstand gelebt, einen Teil meiner eigenen Mitgift hat sie sich unter den Nagel gerissen, weil sie nicht mit leeren Händen vor die Familie dieses Zunftmeisters treten wollte. Nun ist Magdalena an der Reihe, uns zu helfen, und wenn wir erst ...»

«Hör auf, davon verstehst du nichts», unterbrach sie Kastenberg scharf. «Wir wissen nicht einmal, ob Magdalena als Witwe eines Zunftmeisters überhaupt noch Zugriff auf ihr Vermögen hat. Womöglich wurde sie unter die Vormundschaft eines angeheirateten Verwandten gestellt, der ihr Geld verwaltet, bis entschieden ist, was mit ihr geschehen soll. Aber das ist nebensächlich. Ich habe es schon einmal gesagt: Deine Schwester ist für mich, ja für ganz Trier gestorben. Und da man Tote weder besuchen noch einladen kann, wirst du auch nicht nach Mainz reisen. Ihr schlechtes Geld lockt mich nicht.»

«Ach nein?», entfuhr es Lucia. «Aber Colins Bürgschaft lockt dich dafür umso mehr!» Verärgert presste sie die Lippen aufeinander. Es fehlte nicht viel, und sie hätte angefangen zu weinen, doch damit hätte sie dem Alten erst recht einen Grund gegeben, sie nicht ernst zu nehmen. Wie konnte ihr Großvater nur so einfältig sein und glauben, dass Colins zweifelhafter Beistand all ihre Probleme lösen würde? Konnte der Kaufmann ihm seine verlorene Jugend zurückgeben, seine Hand wieder sicher machen? Stand es in seiner Macht, dafür zu sorgen, dass Raban von Helmstadt die Gewandschneiderei endlich mit seiner Gunst beehrte?

«Vater Reginald hätte dir den Brief ganz vorlesen sollen», knurrte Kastenberg ungerührt. «Oder hast du ihm nicht zugehört?» Er zog seine graue Filzkappe tiefer über die Ohren; allein seine Finger, die sich haltsuchend in den Saum seines Obergewands gruben, ließen erraten, dass auch er gegen eine Flut aufsteigender Gefühle ankämpfte.

«Magdalena trauert nicht einfach nur um ihren Mann. Sie wird von dessen Schwester verdächtigt, seinen Tod herbeigeführt zu haben, mittels Hexenkunst oder Ketzerei, was weiß ich. Noch ist sie unbescholten, man kann ihr wohl nichts nachweisen. Aber es steht zu befürchten, dass sich die Obrigkeit mit ihr befassen wird, sobald ein Inquisitor in Mainz eingetroffen ist.»

«Magdalena, eine Mörderin?» Lucia schüttelte den Kopf. «Das glaube ich nicht, und du solltest dich schämen, solchen Unsinn zu erzählen!»

«Ihr Mann hing mit dem Kopf nach unten an einem Balken. Sein Fuß steckte in einer Schlinge. Was zum Teufel soll ich davon halten?»

«Und wer sagt dir, dass Magdalena etwas damit zu tun hat?»

«Glaub, was du willst. Ich jedenfalls habe immer gewusst, dass das verwöhnte Ding nicht ganz geheuer ist. Nicht, dass die Milch sauer wurde, während sie im Hause war. Sie verursachte weder Hagelsturm noch Seuchen. Aber trotzdem ist es ihr zuzuschreiben, dass mein einziger Sohn, dein Vater, sich einem törichten Feldzug gegen Ketzer angeschlossen hat, die ihn überhaupt nichts angingen. Ich habe mir jahrelang den Kopf zerbrochen und vermute, dass er es zu Hause einfach nicht mehr ausgehalten hat, weil er sich für den Lebenswandel seiner Tochter schämte. Hast du gewusst, dass sie bereits als Kind Maria Magdalena als Schutzheilige angerufen hat?»

«Na und? Das tun viele!»

«Aber welche Frau liebt es, am Hurenhaus in der Graugasse vorbeizulaufen und das Gesindel anzustarren, das dort auf den Treppenstufen herumlungert? Einmal habe ich sie in der Schneiderstube dabei überrascht, wie sie gelbe Streifen an ihren Ärmel heftete, so wie es der Rat der Stadt den Dirnen und dem fahrenden Gauklervolk vorschreibt.»

Unvermittelt packte er Lucias Arm so heftig, dass sie erschrocken zusammenzuckte.

«Ich hoffe, du begreifst, was du zu tun hast. Anstatt nach Mainz zu reisen, wirst du dich auf deine Hochzeit mit Colin vorbereiten. Das ist mein letztes Wort!»

IV

Während die Bewohner des Hauses zur Münze ihre tägliche Arbeit wieder aufnahmen, stahl sich Robert unbemerkt in den Holzschuppen, der dem Anwesen des Münzmeisters gegenüberlag. Durch eine winzige Luke auf dem Speicherboden ließ er seine Blicke über Hof und Stallungen des Ratsherrn Besselich schweifen.

Robert zählte zwar schon fünfundzwanzig Jahre, wirkte aber aufgrund seiner schlanken Statur und den eher jungenhaften Gesichtszügen erheblich jünger, was ihm unter den Burschen nicht selten Spott einbrachte. Daran vermochte auch das Bärtchen nichts zu ändern, das er sich hatte wachsen lassen. Allein seine wachen grauen Augen verrieten, dass er zu den Menschen gehörte, die gelernt hatten, mit Mut und Besonnenheit um das eigene Überleben zu kämpfen.

Er trug einen weiten Mantel aus grobgewebter Wolle, den er einem Schafhirten nahe der Moselfähre abgekauft hatte. Dieser hatte sich dem ungewöhnlichen Handel nicht lange widersetzt, und inzwischen verstand Robert auch, warum. Der Mantel war feucht, stank und kratzte auf der Haut; vermutlich beherbergte er Ungeziefer. Jedes Mal, wenn Robert sich bewegte, war ihm, als atmete er den fauligen Geruch von vermoderten Blättern und Schafdung ein, was seinen Magen gerade in der Morgenstunde einer harten Prüfung unterzog.

Robert seufzte unglücklich. Das Handwerk eines Spähers war einfach nichts für ihn. Er hasste es, zur Untätigkeit verdammt zu sein und darauf zu warten, dass etwas geschah. Außerdem verabscheute er die Stadt, in die man ihn geschickt hatte, aus tiefstem Herzen. Mit der Enge der verwinkelten Gassen, der nassen Kälte und dem beißenden Gestank nach ungewaschenen Leibern, nach Vieh und Unrat konnte er leben: dies unterschied Trier kaum von den großen Handelsstädten des Reiches wie Köln oder Nürnberg. Doch dass er bei fast jedem Schritt auf einen geistlichen Würdenträger stieß, der mit hochnäsigen Gebärden seine Sänfte dirigierte und seine Bedienten vor sich her jagte, verursachte ihm beinahe größere Übelkeit als der juckende Mantel des Schafhirten. Die abschätzigen Blicke erinnerten ihn unsanft an die zahlreichen Demütigungen, die er während vergangener Botengänge hatte erdulden müssen. Dabei befand sich Trier mitsamt seinen Burgen und befestigten Landsitzen mittlerweile in der wenig beneidenswerten Lage, dem Kirchenbann verfallen zu sein. Der Papst hatte ein Machtwort gesprochen, und das Konzil in Basel diskutierte erbittert, wie der Streit beizulegen sei.

Bedauerlicherweise zwangen die Umstände Robert dazu, bis zum Ende des Tages in der Stadt auszuharren. Um möglichst wenig aufzufallen, hatte er beschlossen, sich in keiner Herberge einzuquartieren, sondern hier oben sein Lager aufzuschlagen. Alles, was er brauchte, trug er am Leib: eine lederne Feldflasche mit dem Wappen seines Herrn, die er am nächsten Brunnen auffüllen konnte, ein paar Bissen Brot, sein Jagdmesser mit dem Hirschhorngriff und das hübsch bestickte Tuch, das ihm seine Mutter vermacht hatte und das alles war, was ihm von ihr geblieben war.

Robert ließ sich seinen Plan noch einmal durch den Kopf gehen. Erst nachdem die Schatten länger geworden waren und die Dienerschaft des Münzmeisters sich in ihre Stuben begeben hatte, konnte er es wagen, sein Versteck zu verlassen und ins Haus des Münzmeisters einzudringen. Alles in allem war es riskant; wenn er erwischt wurde, verfuhr der Rat mit ihm wie mit jedem beliebigen Missetäter, denn er durfte seinen wahren Namen unter keinen Umständen preisgeben.

Der junge Mann zog seinen Dolch aus dem Gürtel und begann, breite Kerben in einen Stecken zu schnitzen.

«Ich werde nicht versagen», murmelte er vor sich hin, um gegen seine Müdigkeit und das wachsende Unbehagen anzukämpfen. Wieder und wieder musste er daran denken, wie brutal sein Herr mit Männern umsprang, die ihn enttäuschten. In seinen Gedanken hörte er zuweilen die Schreie eines Knechts, der einmal gezwungen worden war, mit bloßen Händen ins Kaminfeuer zu greifen, um zwischen den Holzscheiten nach einem verlegten Ring zu suchen.

Während der vergangenen Stunden hatten vier Männer mittleren Alters sowie ein mürrisch aussehender Greis in Begleitung einer hübschen jungen Frau die Münzprägestätte verlassen. Der Alte und das Mädchen hatten heftig miteinander diskutiert, aber aus der Entfernung hatte Robert nicht verstehen können, worum es bei der Auseinandersetzung gegangen war. Keiner dieser Leute war Robert bekannt vorgekommen. Doch da sein letzter Besuch in Trier schon zehn Jahre zurücklag, verwunderte ihn das nicht. Damals hatte er seinen verwöhnten Vetter zur Werkstatt eines Waffenschmieds begleiten dürfen, der ihm sein erstes richtiges Schwert für den Kampf gegen die Knappen seines Onkels anfertigen sollte. Robert hatte natürlich kein Schwert bekommen, aber die interessierten ihn ohnehin nicht. Seine Bewunderung hatte vielmehr den Mechanismen der verschiedenen Hakenbüchsen und der großen Kanone gegolten, an denen der Meister zu jener Zeit arbeitete. Als er sich der höhnischen Blicke seines Vetters und dessen Dieners bewusst wurde, hatte er die Werkstatt fluchtartig verlassen und die Pferde seiner Begleiter zur Tränke geführt. Die beiden hatten ihm hinterhergerufen, dass sein Interesse für unritterliche Waffen widerlich sei und zu erkennen gäbe, welch niederem Stand er als Bastardsohn eines in Ungnade gefallenen Adeligen doch angehörte. Robert hatte keine andere Wahl gehabt, als die Beleidigung widerspruchslos hinzunehmen. An jenem Nachmittag vor vielen Jahren hatte er zum letzten Mal in seinem Leben geweint.

Ein Knarren schreckte Robert aus seinen düsteren Gedanken auf. Behände wie eine Raubkatze richtete er sich auf und beobachtete, wie sich die Tür des benachbarten Gebäudes öffnete. Ein junger Mann trat auf die Straße. Sein Gesicht erkannte Robert sofort; es handelte sich um denselben Jüngling, der am Morgen die Männer des Stadthauptmanns angeführt und kurz darauf eine Schar edler Pferde in den Pferch der Münze getrieben hatte. Der junge Mann schien zum Haus zu gehören, denn die beiden Mägde, die mit ihren Reisigbesen auf dem Hof herumalberten, grüßten ihn mit heiterer Miene, ohne ihre Unterhaltung zu unterbrechen oder gar weiterzufegen.

Als Robert sah, dass der Junge mit raschen Schritten stadteinwärts ging, überlegte er kurz, seinen Beobachtungsposten für eine Weile zu verlassen und ihm zu folgen. Irgendetwas an ihm kam ihm verdächtig vor, vielleicht war es die schuldbewusste Miene. Denn trotz seiner jungen Jahre besaß Robert genügend Menschenkenntnis, um zu merken, dass dem Burschen eine Last auf der Seele lag.

Entschlossen stülpte er sich die Kapuze des stinkenden Schäfermantels über den Kopf, bis seine Gesichtszüge kaum noch zu erkennen waren. Ebenso unauffällig, wie er eingetreten war, schlich er sich hinaus und nahm die Verfolgung des Jungen auf.

Sein Weg führte ihn nicht über den belebten Markt, sondern durch eine enge Gasse, deren kleine Häuser spitze, mit gelben Holzschindeln bedeckte Dächer trugen. Kaum ein Lichtstrahl drang in die Gasse. Robert erinnerte sich daran, dass während seiner Kindheit hier noch jüdische Händler gewohnt hatten. Damals hatte es im ganzen Viertel nach aromatischen Gewürzen gerochen. Frauen mit langen Schleiern hatten hinter hohen Bogenfenstern Fladenbrote gebacken und dabei gesungen oder sich auf Hebräisch mit ihren Nachbarinnen unterhalten. Robert hatte noch genau vor Augen, wie sein Vetter die Nase gerümpft und sich lautstark über die bärtigen Männer lustig gemacht hatte, die vor ihren Häusern an Rechentischen saßen. Das neuangefertigte Schwert seines Vetters hatte ein Jude finanziert, doch ob der sein Geld jemals zurückerhalten hatte, bezweifelte Robert. Nur wenig später war das gesamte jüdische Viertel auf Befehl des Bischofs umstellt und seine Bewohner aus Trier vertrieben worden.

Robert hatte die Gasse viel kleiner in Erinnerung. Auch wirkte sie verwahrloster als in seiner Jugend. Zwischen den Pflastersteinen wucherte Unkraut, von den Mauern blätterte der Putz ab. Ein primitives Schild, das aus eilig zusammengenagelten Brettern mit einigen Farbklecksen bestand, wies auf zwei Schankräume hin, die sich im Gewölbe der ehemaligen Krämerei eingenistet hatten. Vor dem Haus scheuerte eine junge Frau schwerfällig die ausgetretenen Stufen einer Stiege, die ins Nichts zu führen schien.

Robert befürchtete schon, die heruntergekommene Schenke könnte das Ziel des Münzjungen sein, doch zu seiner Erleichterung warf dieser lediglich einen knappen Blick auf den engen Kellereingang und setzte seinen Weg fort.

«Der Schankraum ist noch verriegelt», keifte das Mädchen Robert an, als dieser mit gespieltem Interesse das Wirtshausschild betrachtete. Ihre Wangen glühten vor Anstrengung. «Und an Habenichtse, die nach Mist riechen, schenkt mein Herr sowieso nichts aus.»

Du musst es ja wissen, dachte Robert verstimmt, aber da er nicht wollte, dass der Münzjunge auf ihn aufmerksam wurde, warf er der Scheuermagd lediglich einen giftigen Blick zu und schlenderte betont gelassen weiter. Eine Weile später schritt er durch das Tor, das den weltlichen Stadtbezirk mit einer der klösterlichen Siedlungen verband. Am Ende einer breiteren Straße, deren ungepflasterter Grund von den Rädern zahlreicher Fuhrwerke und Handkarren zerpflügt war, hielt der Junge an. Er ging auf ein stattliches Fachwerkhaus zu, klopfte kurz gegen die Tür und verschwand dann im Inneren des Gebäudes.

«Eine Schneiderstube?», wunderte sich Robert, als er das Zunftzeichen über der Tür betrachtete. Wie es aussah, hatte ihn sein Gefühl getrogen und der Bursche wollte sich lediglich neue Beinlinge oder ein Wams anfertigen lassen. Zu töricht. Robert war froh, dass keiner seiner Kameraden in der Nähe war. Gerade als er kehrtmachen wollte, um zum Holzschuppen zurückzukehren, fiel sein Blick wie zufällig auf ein Mädchen, das aus einem der kleineren, mit roten Holzschindeln bedeckten Nebengebäude auf die Gasse trat. Sie trug ein einfaches Schnürkleid aus dunkelbrauner Wolle und abgelaufene Holzsandalen, welche die Zehen freiließen. Doch selbst in dieser bescheidenen Aufmachung wirkte sie selbstbewusst und anmutig. Das hübsche Gesicht gerötet, zog sie einen Gegenstand hinter sich her, über den sie wohl zum Schutz vor allzu neugierigen Blicken der Nachbarschaft ein vergilbtes Leintuch geworfen hatte. Als sie den Eingang der Gewandschneiderei erreicht hatte, lief sie die kleine Treppe zum Haus hinauf, schob ihr sperriges Bündel mit dem Fuß über die Schwelle und ließ die Tür hinter sich ins Schloss fallen.

Robert lächelte. Er hatte in der hübschen Unbekannten das aufgebrachte Mädchen wiedererkannt, das am Morgen gemeinsam mit dem alten Mann Besselichs Haus verlassen hatte. Nachdenklich kratzte sich der junge Kundschafter am Hals; das Jucken des Mantels wurde langsam unerträglich. Einen Moment lang spielte er mit dem Gedanken, eine der billigen Badestuben unten am Bach aufzusuchen und den verlausten Fetzen ins Feuer zu werfen, bevor ihn die Biester noch bei lebendigem Leib fraßen. Doch er widerstand der Versuchung. Stattdessen beschloss er, sich noch ein Weilchen in der Klostersiedlung umzusehen und in Erfahrung zu bringen, was die Leute hier über das Haus Manderscheid, die Virneburger Ritter und den gewählten Erzbischof von Trier dachten. In seiner ärmlichen Aufmachung würde es ihm nicht schwerfallen, sich als Pilger auszugeben. Vielleicht gelang es ihm dabei auch, bei den Mönchen eine warme Mahlzeit zu ergattern und herauszufinden, wer das Mädchen war. Er war neugierig geworden, in welcher Beziehung sie zum Haus des reichen Ratsherrn Besselich stand.

Lucia ging der alten Hausmagd ihres Großvaters zur Hand, bis diese die Öllampen in der Küche löschte und den Spülstein mit einer sperrigen Holzplatte verschloss. «Nicht nötig, die Welt an einem Abend zu erschaffen», knurrte das alte Weib sie zum Dank an. «Unser Herrgott hat sich auch sechs Tage Zeit gelassen! Geht schlafen, Kind, der Meister wird Euch morgen früh brauchen!»

Lucia zwang sich zu einem Lächeln. Sie hatte die Alte nie recht leiden können. Zwar war Rosine als Köchin geschickt und verstand es, das Haus von Ratten, Wanzen und anderem Ungeziefer frei zu halten. Doch dafür fühlte sie sich im Haus des Gewandschneiders unentbehrlich und gab sich schon lange keine Mühe mehr zu verbergen, dass Lucias Anwesenheit sie störte. Dass Lucia ihrem Großvater geraten hatte, Rosine ins Haus eines befreundeten Meisters zu schicken, hatte das Verhältnis zwischen den Frauen nicht gerade inniger werden lassen.

Lucia fühlte sich zu erschöpft, um sich über die Launen der Magd zu ärgern. Ihre Knie brannten wie Feuer, denn sie hatte über eine Stunde gebraucht, um die Dielenbretter der Wohnstube und die Stiege, die in den oberen Stock führte, mit feinem Moselsand zu scheuern. Nicht einmal Paulyns überraschender Besuch hatte sie dazu bewegen können, ihre Arbeit zu unterbrechen, wenngleich sie sich auch gefreut hatte, ihn gesund und munter wiederzusehen. Das heißt, wirklich munter hatte er nicht auf sie gewirkt. Paulyns zögerlichem Bericht hatte sie nur entnehmen können, dass er der Zerstörung des Bauerndorfs um Haaresbreite entkommen war und unter freiem Himmel hatte übernachten müssen. Ferner hatte er ihr erzählt, wie er die Pferde des Virneburgers auf einer Lichtung im Wald entdeckt und sie gemeinsam mit den Männern des Stadthauptmanns, die im Morgengrauen ausgeschwärmt waren, um das Ausmaß der Verwüstung im Umland zu erkunden, nach Trier getrieben hatte. Lucia war aufgefallen, wie leidenschaftslos Paulyn diese Ereignisse geschildert hatte, doch aus Taktgefühl hatte sie darauf verzichtet, ihm weitere Fragen zu stellen. Aufgeschreckt war Paulyn erst, als sie ihm von Colins Antrag und von Magdalenas sonderbarem Brief erzählt hatte. Eindringlich hatte er sie beschworen, Colin nicht zu heiraten. Aber auch ihr Vorhaben, Trier zu verlassen, um ihre Schwester in Mainz aufzusuchen, war auf Ablehnung gestoßen. «Du kannst unmöglich allein mit einem Kaufmannszug durch das Land reisen», hatte er sie gewarnt. «Die Waffenknechte, die Emmerich für gewöhnlich anwirbt, sind raue Burschen, bekannt für ihre Zügellosigkeit. Sobald du dich einmal vom Lager entfernst, werden sie über dich herfallen wie eine Rotte hungriger Straßenköter!»

Gedankenverloren stocherte Lucia in der Glut der Herdstelle und entzündete mit den verbliebenen Funken eine Talglampe. Dann verließ sie die Küche. Durch die Tür der Gesindekammer drang leises Gemurmel, das nach wenigen Augenblicken verstummte. Wahrscheinlich hatte die alte Magd ihr Gebet gesprochen.

Leise schlüpfte Lucia in die Kammer, in der Melchior Kastenberg die Habseligkeiten ihrer Eltern aufbewahrte. Viel war von deren persönlichem Eigentum nicht geblieben, denn ihr Haus an der Stadtmauer hatte nach dem Tod von Lucias Mutter verkauft werden müssen, um verschiedene Schulden zu begleichen. Vier wurmstichige Truhen beherbergten alles, was Lucias Familie einst wichtig gewesen war. Daneben lagerten Möbelstücke, Wäsche und Kupferkessel, auf deren Oberfläche sich fingerdick Staub gesammelt hatte.

Lucias Herz hüpfte, als sie im Zwielicht das Bett ihrer Eltern sah. Mit einem wehmütigen Lächeln erinnerte sie sich daran, wie sie als Kind zuweilen unter die gewaltigen Kissen gekrochen war, wenn Stürme oder unheimliche Geräusche sie in der Nacht aufgeschreckt hatten. Ihr Vater hatte sie deswegen niemals ausgelacht.

Das Bett verfügte über einen Himmel, der an vier hübsch gedrechselten Pfosten befestigt war. Die Stirnseite lag wie alle anderen Möbel der Kammer unter Staub begraben und war mit Tüchern verhängt; dennoch konnte Lucia einige der schönen

Schnitzarbeiten erkennen, die das Holz zierten: Blumenmotive sowie zwei Löwen, die mit weitaufgerissenen Rachen aufeinander zusprangen.

Vorsichtig stellte Lucia ihre Lampe auf dem unteren Teil des Bettes ab, setzte sich und überließ sich einen Moment lang ihren Erinnerungen. Wie still es hier oben war. Behutsam fuhr sie mit der Hand über das kühle Holz. Sie dachte an ihre Eltern und an Magdalena, ihre umschwärmte Schwester. Ob sie einander bald wiedersehen würden?

Der Staub kitzelte in Lucias Hals, sodass sie husten musste. Schließlich stand sie auf und wandte sich der ersten Truhe zu. Sie enthielt alte Kleidungsstücke: einen Kittel mit weiten Ärmeln aus Leinen, ein wattiertes Männerwams, dessen einstmals blaue Farbe nur noch zu erahnen war, sowie mehrere zerschlissene Hosen. Weiter unten in der Truhe fand sie ein Paar Soldatenstiefel, ausgeschlagen mit dünnem Lammfell. Doch die Sohlen waren so abgelaufen, dass Lucia sie enttäuscht in die Ecke warf. Dafür nahm sie den wollenen Umhang ihres Vaters sowie eine Kappe an sich, die einen herben Geruch nach Wachs und Leder absonderte.

Lucia breitete die am wenigsten beschädigten Stücke auf dem Bett ihrer Eltern aus, dann entkleidete sie sich und streifte kurz entschlossen Beinlinge, Kittel und das Wams über. Unter der ungewohnten Hülle begann Lucia zu zittern, und für einen kurzen Augenblick drohte ihr Entschluss ins Wanken zu geraten. Doch wenn sie sich zu Magdalena nach Mainz durchschlagen wollte, hatte sie keine andere Wahl. Einer Frau war es unmöglich, ohne männlichen Schutz durch die Lande zu ziehen. Paulyn konnte ihr nicht helfen, und Colin Emmerich hatte ihr klar zu verstehen gegeben, dass er sie nur in sein Schlafgemach mitzunehmen gedachte. Als Frau musste sich Lucia wohl oder übel fügen. Aber einem jungen Burschen in der schäbigen Tracht eines Waffenknechts, der sich im allgemeinen Trubel auf einem der Wagen aus der Stadt stahl, würde sich niemand in den Weg stellen.

Mit geübten Griffen flocht sie ihre Haare zu einem dicken Zopf und zwängte ihn unter die Lederkappe. Sie saß eng; wahrscheinlich würde ihr spätestens zur Mittagsstunde der Schädel platzen. Aber wenn sie ihr Haar nicht opfern wollte, durfte sie auf eine Kopfbedeckung nicht verzichten. Es würde nicht einfach werden, ihr Geschlecht zu verbergen und einen ganzen Kaufmannszug zu täuschen. Insbesondere musste sie sich hüten, Colin Emmerich, einem seiner Partner oder Knechte in die Arme zu laufen. Lucia hatte kaum Zeit gefunden, ihren Plan reifen zu lassen, also durfte ihr nicht der geringste Fehler unterlaufen. Sie würde sich vor dem Schließen der Stadttore heimlich aus der Gewandschneiderei stehlen und bis zum Tagesanbruch auf Besselichs Grundstück verstecken. Heimliche Winkel kannte sie dort aus ihrer Kindheit zur Genüge. Von Paulyn hatte sie erfahren, dass Colin erst am Martinstor, in der Nähe des Bleichfeldes, zum Zug stoßen würde, um den städtischen Amtsträgern seine Urkunden vorzulegen und die Warenlisten prüfen zu lassen. Vermutlich würde er den Scharwachen einige Kannen Wein spendieren, um sie bei Laune zu halten und damit sie nicht so genau hinguckten, wie viele Ballen Tuch und wie viele Fässer Öl seine Gewölbe tatsächlich in Richtung Luxemburg verließen. Da Colin seine Bediensteten kannte, durfte sie sich nicht in ihrer Nähe blicken lassen. Vielmehr musste sie sich noch vor Sonnenaufgang unter die besoldeten Spießknechte gemischt haben, die sich mit ihren Waffen für gewöhnlich in der Mitte eines Wagenzuges sammelten. Es war kaum anzunehmen, dass sich die Söldner alle untereinander kannten. Niemand würde sie daher bemerken, jedenfalls nicht in dieser Aufmachung.

Als Lucia die Kammer verließ, beschlich sie ein Gefühl tiefer Niedergeschlagenheit. Ihr war, als flüsterten ihr die Mauern das Wort «Verräterin» zu. War sie nicht im Begriff, einen schrecklichen Verrat zu begehen, und zwar nicht nur an ihrem Großvater, sondern an allem, was man ihr von Kindesbeinen an beigebracht hatte? Die Kirche verbot es Frauen und Mädchen, Männerkleidung anzulegen. Hatte nicht jüngst ein Dominikanerbruder in seiner Predigt zu Petri Kettenfeier vom unseligen Ende einer Frau berichtet, die es in ihrem Hochmut gar gewagt hatte, die Waffenrüstung eines Ritters anzulegen und Truppen anzuführen? Lucia konnte sich nicht mehr an ihren Namen erinnern, sie wusste nur, dass die Frau in Frankreich gelebt hatte, wo bereits seit Jahren ein erbitterter Krieg gegen die Engländer tobte. Aber das vor Zorn gerötete Gesicht des Mönchs und der Abscheu, mit dem er von der französischen Frau gesprochen hatte, standen ihr noch genau vor Augen. Burgundische Ritter hatten sie gefangen genommen und an die mit Burgund verbündeten Engländer ausgeliefert, die sie nach einem kurzen Prozess auf einem Marktplatz öffentlich verbrannten. Es hieß, die junge Frau sei eine verdorbene Zauberin gewesen; insbesondere der Dominikaner war nicht müde geworden, seinen weiblichen Zuhörern die Höllenstrafen auszumalen, die jede erwarteten, die es wagte, der göttlichen Weltordnung zu trotzen und sich Dinge anzumaßen, die Gott in seiner Weisheit den Männern vorbehalten hatte.

Lucia spürte, wie ihr beim Gedanken an die Predigt das Blut in die Wangen schoss. Waren ihre eigenen Pläne nicht fast ebenso lasterhaft und verwerflich wie die Taten der unbekannten Zauberin? Machte auch sie sich der Ketzerei schuldig, wenn sie in eine Rolle schlüpfte, anstatt sich ergeben in ihr Schicksal zu fügen?

Lucias Hände zitterten, als sie das unförmige Bündel mit ihren Habseligkeiten aus dem Versteck unter der Treppe hervorholte. Sie hatte es bereits am frühen Nachmittag in der Scheune geschnürt und unbemerkt ins Haus geschafft. Es gab nur weniges, auf das sie während ihrer Reise nach Mainz nicht verzichten wollte. Nützliche Dinge wie der Bogen ihres Vaters, mit dem dieser ihr vor seinem letzten Feldzug auf dem Acker hinter dem Jakobushospital das Schießen beigebracht hatte. Sie übte noch immer in jeder freien Minute und hatte es inzwischen mit Fleiß und Beharrlichkeit zu einigem Geschick gebracht. Paulyn und seine Freunde jedenfalls hatte sie längst übertrumpft. An guten Tagen traf sie von zehn

Holzscheiben neun im mittleren Kreis. Vorsichtig berührte sie die weichen Gänsefedern, die den Schaft eines eigenhändig geschnitzten Pfeils zierten. Armer Vater, ging es ihr durch den Kopf. Wenn du nur da wärest. Warum musstest du uns so früh verlassen?

Neben einigen Silberhellern, die sie sich beim Nähen einer Robe für eine Ratsfrau verdient hatte, legte sie Brot, Räucherspeck und getrocknete Apfelscheiben in das Bündel. Sie wollte sich gerade aufrichten, als ein Geräusch sie aufhorchen ließ. Gerade noch rechtzeitig konnte Lucia hinter dem Stützbalken in Deckung gehen, als ihr Großvater mit seiner Magd Rosine auch schon aus der Dunkelheit des Flures auftauchte. Vor Lucias Kammer blieb Kastenberg stehen und wartete, bis seine Dienerin die Lampe abgestellt hatte.

Kastenberg atmete schwer, und obwohl es dunkel war, glaubte Lucia, auf seiner Stirn Schweißtropfen sehen zu können. Was, bei allen Heiligen, ging dort unten vor sich?

Mit einem Seitenblick auf Rosine steckte der Gewandschneider einen Schlüssel ins Schloss der Tür und drehte ihn mit knackenden Geräuschen um. Dann trat er zurück, als befürchtete er, die schwere Eichentür könnte wütend aus ihren Angeln springen und ihn unter sich begraben.

«Meine Enkeltochter wird bis auf weiteres in ihrer Kammer bleiben», sagte er mit schleppender Stimme. «Du wirst ihr zweimal am Tag das Essen herauftragen und dafür sorgen, dass sie keine Dummheiten macht. Sollte sich jemand nach ihr erkundigen, schickst du ihn zu mir. Verstanden?»

Die Miene der Magd hellte sich unversehens auf. Dies war ein Auftrag ganz nach ihrem Geschmack. Rasch versicherte sie ihrem Dienstherrn, dass er auf sie zählen konnte. «Wird die junge Meisterin nun diesen Kaufmann Colin heiraten?», erkundigte sie sich mit einem falschen Lächeln.

«Meine Enkeltochter weiß, was sie dem Haus Kastenberg schuldig ist», antwortete der Gewandschneider. «Lucia hat mir nie Kummer bereitet. Sie ist tüchtig, wenn auch etwas zu eigenwillig. Ich konnte mich immer auf sie verlassen, ganz im Gegensatz zu ihrer Schwester. Die hat ihren Kopf doch nur dazu benutzt, um Ärger zu machen. Nun hat sie sich auch noch Schwierigkeiten mit der Kirche eingehandelt.»

Rosine beugte sich vor. «Wenn Frau Magdalena nach Trier zurückkehrt, sind wir verloren, Meister! Ihr habt hoffentlich nicht vergessen, was damals am Michaelistag beim Wolfsgalgen geschehen ist?»

«Halt dein Schwatzmaul, dummes Ding! Ich weiß sehr wohl, was ich meiner Familie schuldig bin. Gott der Herr erlegt mir eine wahrhaft schwere Buße auf; er hat mir nicht verziehen.»

Lucias Herz zog sich schmerzhaft zusammen. Die beiden Alten klangen weniger wütend, vielmehr ängstlich. Was meinte Rosine mit dem Wolfsgalgen? Lucia war die einsame Stätte vor den Mauern bekannt, aber für gewöhnlich machten ehrsame Bürger einen weiten Bogen um den unheimlichen Ort. Es hieß, dort gingen verdammte Seelen um, Menschen, die sich bei Neumond in Wölfe verwandelten.

Lucia hatte stets angenommen, Magdalena habe von sich aus den Kontakt zu ihren Verwandten abgebrochen, weil sie sich in ihrem Hochmut geschämt habe, einer Familie von Schneidern zu entstammen, selbst wenn es bischöfliche Gewandschneider waren. Nun aber schien es so, als habe Melchior Kastenberg andere Gründe, Magdalenas Rückkehr zu verhindern. Einen Moment lang war sie versucht, aus ihrem Versteck zu stürmen und ihren Großvater zur Rede zu stellen. Der Alte hatte kein Recht, ihr etwas zu verheimlichen, was ihre Familie betraf.

Gebeugt schritt Kastenberg zu seiner Kammer. Rosine verweilte noch einen Augenblick vor Lucias Tür. Von ihrem Gesicht war unschwer abzulesen, was in ihr vorging. Sie freute sich, dass Lucias Einfluss nicht mehr ausreichte, um sie des Hauses zu verweisen. Einen Moment lang schien es, als wollte sie noch einen

Blick in Lucias Kammer werfen. Aber sie tat es nicht und ging mit schnellen Schritten davon.

Lucia atmete tief durch, sie fühlte sich hundeelend. Ihr Großvater hatte also vor, sie wie eine Gefangene im Haus zu halten, nein, eher wie ein Kind, dem es nicht erlaubt war, eigene Entscheidungen zu treffen. Betäubt von dem Aufruhr ihrer Gefühle merkte sie nicht, wie sich ihre Fingernägel in die Hand gruben. Erst als sie einen stechenden Schmerz spürte, sammelte sie sich.

Wie konnte er sie so behandeln, nach allem, was sie für die Gewandschneiderei getan hatte? Sie wollte den starrsinnigen alten Mann verwünschen, ihn aus ihren Gedanken und Empfindungen verbannen, so wie er sie in ihre Kammer verbannt hatte. Aber es gelang ihr nicht. Tränen rannen über ihre Wangen, als sie aus der Schlafkammer des Großvaters ein gequältes Husten hörte.

Lucia verließ ihr Versteck und durchquerte den schmalen Gang, vorbei an der rotgestrichenen Tür, die in die Gewandschneiderei führte. Ein Blick genügte, um festzustellen, dass der Eingang verschlossen war. Gern hätte Lucia noch einige Dinge aus der Werkstatt geholt, die ihr während der Reise nützlich gewesen wären, so aber musste sie sich mit dem Inhalt ihres Bündels begnügen.

Eilig verließ sie das Haus und lief durch die vertrauten Gassen, die nun finster und verlassen vor ihr lagen. Viele der Nachbarn waren nach den Aufregungen der vergangenen Nacht erst gar nicht in ihre Häuser zurückgekehrt, sondern hielten sich bei Verwandten im Innern des Stadtbezirks auf. Lucias Blick streifte den hohen Turm der Klosterkirche, dessen Umrisse sich über die gedrungenen Dächer der umliegenden Gebäude erhoben. Beim Gedanken an Vater Reginald wurde ihr Mund trocken. Sosehr der Mönch an Magdalena hing und sich wünschte, die beiden Schwestern wieder vereint zu sehen, er würde Lucias Ungehorsam gegenüber dem Großvater niemals billigen.

Lucias Schulter begann weh zu tun. Ihr Bündel wog schwerer, als sie gedacht hatte. Sehr lange würde sie es gewiss nicht mehr tragen können. Aber vielleicht war das auch nicht nötig. Als sie sich dem schwarzen Tor mit seinen runden Fensteröffnungen näherte, drangen dumpfe Männerstimmen an ihr Ohr, die vom Gekicher einer Frau übertönt wurden.

Lucia ging langsamer. Die Anspannung ließ ihre Handflächen schwitzen; rasch ließ sie ihr Gepäckstück von der Schulter gleiten und stellte sich breitbeinig vor das Tor. Die Wächter oben schienen sich zu langweilen; offensichtlich hatten sie sich zu ihrer Belustigung eine Dirne und Wein in die Wachstube kommen lassen. Lucia wusste, dass solcherlei vorkam, obgleich Schöffenrat und Stadthauptmann gemeinsam dagegen wetterten und strenge Strafen gegen jeden verhängten, der während seines Wachdienstes am Stadttor einschlief oder sich betrank.

Mit klopfendem Herzen starrte Lucia auf die brennenden Pechfackeln, deren Schein auf zwei schmale Luken mit hölzernen Klappläden fiel. Rasch vergewisserte sie sich, dass ihre Kleidung straff saß, und versteckte eine Haarsträhne, die sich gelöst hatte, unter ihrer Kappe. Dann nahm sie all ihren Mut zusammen und schleuderte einen Stein gegen die hölzerne Lade.

Sein Aufprall durchbrach die Stille der Nacht. Nun würde sich zeigen, ob sie in ihrer Verkleidung einen Mann täuschen konnte. Zunächst geschah überhaupt nichts, dann hörte Lucia ein lautes Fluchen. Zwei grobe Hände stießen die angelehnte Holzlade nach außen, und ein kahlrasierter Schädel mit nicht besonders wach dreinblickenden Augen schob sich durch die Luke. Im Hintergrund hörte Lucia, wie ein weiterer Mann leise schimpfend die kichernde Frau zu beruhigen versuchte.

«Was zum Teufel treibst du hier noch so spät, Bursche», keifte der Kahlschädel. «Das schwarze Tor bleibt auf Anordnung des Schöffenrats geschlossen, warte gefälligst bis zum Morgengrauen!»

Lucia starrte den Mann an. Er war nicht nur ein Ausbund an Hässlichkeit, sondern schien auch nicht besonders hell im Kopf zu sein. In der Hoffnung, an diesem Abend nicht mehr kontrolliert zu werden, hatten er und sein Kamerad Wein und Bier offenbar schon ordentlich zugesprochen. Es reizte Lucia, den aufgescheuchten Wächter nach der Frau im Turm zu fragen, aber sie wusste, dass es vernünftiger war, ihn nicht noch mehr aufzubringen. Am vernünftigsten war es wohl, den unschuldigen Narren zu spielen und an seine Kameradschaftlichkeit zu appellieren. Insgesamt betrachtet konnte Lucia zufrieden sein, denn wenn ihre Aufmachung den prüfenden Blicken eines Torwächters standhielt, durfte sie darauf hoffen, auch unter den Bewaffneten des Emmerich'schen Handelszugs keinen Verdacht zu erregen.

«Im Morgengrauen ist es aber zu spät», rief sie dem Mann hinter dem Holzladen zu. «Ich gehöre zu den Bogenschützen, die den Wagenzug des Kaufmanns Emmerich nach Luxemburg begleiten. Emmerich hat uns Waffenknechten aufgetragen, noch vor Mitternacht im Handelshof zu sein. Zu meinem Unglück habe ich in einer gottverlassenen Schenke bei Sankt Paulin zu tief in den Becher geschaut und bin im Stroh eingeschlafen. Lässt du mich nun durch, Kamerad, oder wollen wir beide riskieren, uns mit dem Ratsherrn anzulegen?»

Der Torwächter riss die Augen auf und musterte den Jüngling argwöhnisch. «Du halbe Portion willst ein Bogenschütze sein?» Er wandte den Kopf und brüllte über seine Schulter in die Wachstube: «Bertel, hast du das gehört?»

Obwohl ihre Nerven zum Zerreißen gespannt waren, löste Lucia die Schnüre des Bündels und entnahm ihren Bogen. Nun würde es sich zeigen, ob der Unterricht ihres Vaters Früchte getragen hatte. Dem Torwächter blieb das Lachen im Halse stecken, als sie einen Pfeil auf die Sehne legte, die Waffe mühelos durchspannte und mit einer flinken Bewegung schoss. Ehe der Mann im Turm reagieren konnte, ertönte ein zischendes Geräusch. «Was, bei allen Teufeln, soll das bedeuten, du …»

«Glaubst du nun, dass ich zu den Bewaffneten des Ratsherrn gehöre, mein Freund?» Lucia deutete mit dem Finger auf das geschwärzte Mauerstück zwischen Pforte und Fensterschlitz. Ihr Pfeil hatte die Halterung der Pechfackel getroffen, die unterhalb der Wachluke vor sich hin geflackert hatte. Durch die Wucht des Aufpralls hatte sich der mit Pech beschmierte Holzknüppel aus seiner Verankerung gelöst und war zu Boden gefallen; mit der Spitze ihres Schnürschuhs erstickte Lucia die Flammen.

«Mistkerl», knurrte der Torwächter. «Kaum trocken hinter den Ohren und schon frech wie ein Koblenzer Beutelschneider.» Aber seine Stimme klang nicht unfreundlich. Lucia atmete auf und sandte ein stummes Dankgebet zu allen Heiligen, die ihre Hand geführt und sie irgendetwas zwischen Mauerwerk und Wachstubenluke hatten treffen lassen. Gezielt hatte sie nämlich nicht auf die Fackel, sondern auf den verkrüppelten Ast einer Birke, die zwischen den groben Steinen des schwarzen Turms wucherte. Gleichgültig. Allem Anschein nach hatte die kurze Demonstration ihres Geschicks den Wachhabenden schwer beeindruckt, denn noch ehe sie den Bogen wieder in ihrem Beutel verstaut hatte, vernahm sie das Poltern schwerer Stiefel auf den steinernen Treppenstufen. Nicht der Kahlschädel, sondern dessen Kamerad, ein spindeldürrer Mann mit hervorquellenden Augen, öffnete die kleine Pforte neben dem Haupttor. Er kratzte mit seiner Lanze über den rauen Steinboden und forderte Lucia mit einer unmissverständlichen Geste auf, sich schleunigst davonzumachen.

«Ich danke dir, Kamerad», sagte sie betont höflich. «Und nun lasst euch nicht weiter stören. Wie man unschwer hören kann, habt ihr Kerle da oben in eurer Kammer einen hübschen Gast!» Der Torwächter lief tiefrot an. Mit einem Augenzwinkern schob sich Lucia an ihm vorbei und hoffte inständig, dass der Mann nicht hören konnte, wie aufgeregt ihr Herz schlug.

Lucia bog nicht in die Straße zu Colins Handelshof ein, der nahe der kaiserlichen Palastaula lag, sondern begab sich zum Anwesen der Besselichs. Dort kannte sie einen guten Schlupfwinkel.

Keine Menschenseele war zwischen dem kleinen Markt und dem Domplatz zu sehen, als Lucia sich dem Haus des Trierer Münzmeisters näherte. Das Anwesen der Ratsfamilie, so hatte Paulyn ihr einmal voller Stolz erzählt, war zu einer Zeit errichtet worden, als Trier noch über keine Stadtmauer verfügt hatte. Seine Bewohner waren daher darauf angewiesen, sich im Falle eines Angriffs zu verschanzen und mit eigenen Waffen zu verteidigen. Die schwere, mit Eisen beschlagene Eichentür, die über einen kleinen Lagerhof und hölzerne Treppenstufen zu erreichen war, hatte es damals noch nicht gegeben; sie war erst nachträglich angebaut und mit einer zusätzlichen schmalen Treppe ins obere Stockwerk versehen worden. Die Münzherren von einst hatten das Haus noch umständlich über Leitern und Ziehkörbe durch das rechte Frontfenster betreten müssen, das doppelt so breit war wie alle anderen.

Lucia pirschte sich westlich am Haus vorbei. Zwischen der Prägewerkstatt und dem angrenzenden Gebäude gab es eine kleine Gasse, in der Fässer, Kübel mit Schlacke und unbrauchbar gewordene Krüge zum Auffangen von Eisenerz lagerten. Sie hielt die Luft an, um den Gestank von Moder und Fäulnis nicht einatmen zu müssen. Nach wenigen Schritten stieß sie auf ein Mauerstück aus Feldsteinen, unter dem sich im Verlauf vieler Jahrzehnte der morastige Grund gesenkt hatte. Die Mauer umgab einen Garten, in den sich Barbara Besselich zuweilen zurückzog, wenn sie allein sein und den Aufregungen des Hauses entfliehen wollte. In den warmen Sommermonaten hing über dem hohen Gras ein Duft von Rosen und allerlei Gewürzkräutern. Doch in dieser Nacht nahm Lucia nur den Geruch schwerer, feuchter Erde wahr.

Es kostete Lucia keine Mühe, sich durch das von Ginsterbüschen überwucherte Tor zu zwängen. Sie zuckte zusammen, als ihr Fuß etwas berührte, das sich durch das weiche Leder ihres Schuhs unangenehm anfühlte. Wahrscheinlich waren die Mauernischen von Schnecken und anderen Kriechtieren bevölkert, die nun, von ihrem Eindringen aufgeschreckt, das Weite suchten. Mit beiden Händen kämpfte sich Lucia durch Brombeerhecken und unterdrückte einen Schmerzensschrei, als die Dornen ihre Haut aufschürften. Auf der anderen Seite angekommen, verharrte sie einen Augenblick und lauschte unsicher, ob das Rascheln der Blätter oder das wilde Pochen ihres eigenen Herzens nicht schon längst die gesamte Nachbarschaft alarmiert hatte. Vorsichtig spähte sie hinauf zu den dunklen Fenstern des trutzigen Gebäudes. Entdeckte man sie hier, würde sie einiges zu erklären haben. Der Münzmeister kannte die finanzielle Situation der Gewandschneiderei. Musste er nicht denken, Lucia sei eingebrochen, um sich an den Silbervorräten in den Gewölben der Prägewerkstatt zu vergreifen? Nur hinter einem Fenster sah Lucia den dünnen Schein einer Kerze. Soweit sie wusste, befand sich dort Paulyns Schlafkammer. Ihr Freund schien in dieser Nacht ebenfalls keine Ruhe zu finden. Lucia fragte sich, ob es nicht ein Fehler gewesen war, ihren Plan vor Paulyn zu verbergen. Aber der junge Mann hatte bei seinem kurzen Besuch in der Gewandschneiderei keinen Hehl daraus gemacht, dass er ihr Vorhaben, die Stadt zu verlassen, nicht billigte. Er war Lucia viel zu verstört und übermüdet vorgekommen, um ihr wirklich eine Hilfe zu sein. Doch sosehr sie ihn bedauerte, im Augenblick hatte sie beim besten Willen keine Zeit, sich mit seinen Erlebnissen in dem gebrandschatzten Dorf zu befassen.

Als Lucia das Gartenstück durchquerte, überkam sie einmal mehr das Gefühl, sich auf ein Spiel einzulassen, das ihr kein Glück bringen würde. Doch umkehren durfte sie nun nicht mehr. Als sie auf den Hof trat und sich dem kleinen Butterhäuschen gegenüber fand, sah sie plötzlich an der Außenwand der Pferdeställe einen Schatten vorübergleiten. Lucia schrak zusammen. Eine innere Stimme mahnte sie zum Rückzug, denn wer auch immer auf dem Hof war, würde Krach schlagen, sobald er sie entdeckte. Es sei denn …

Lucia ging auf den größeren der beiden Ställe zu, in den die nach der Plünderung aufgefundenen Tiere getrieben worden waren. Sie nahm einen Schemel, stellte sich darauf und spähte ins Innere des finsteren Raumes. Dass dies ein Fehler war, bemerkte sie erst, als sie plötzlich hart bei den Schultern gepackt und von dem Schemel gerissen wurde. Sie verlor das Gleichgewicht und stürzte. Ein erstickter Schrei entwich ihrer Kehle, dann spürte sie, wie sich eine Hand auf ihren Mund legte. Die Hand war warm, die Finger so gepflegt, dass sie unmöglich die eines Stallburschen sein konnten. Als sich Lucia von dem Schreck erholt hatte, begann sie wild um sich zu schlagen, doch ihre Hiebe prallten an einem harten Lederwams ab. Ohne die Hand von ihrem Mund zu nehmen, zerrte der unbekannte Angreifer Lucia durch die Tür hinein in den Stall, wo er sie ins Stroh schleuderte.

Lucia schaute sich um, doch in der Dunkelheit konnte sie wenig mehr ausmachen als einige Balken, Futterkrippen und einen hochgewachsenen Mann, der zu ihr hinunterstarrte. Trotz des Zwielichts erkannte Lucia, dass der Fremde einen Dolch mit schmalem Griff aus dem Gürtel gezogen hatte, der auf sie gerichtet war. Instinktiv ballte sie die Fäuste.

Die Pferde, die an der gegenüberliegenden Stallwand angebunden waren, schienen die Gefahr zu wittern und wurden unruhig. Doch dann geschah etwas Merkwürdiges. Der Fremde rief einem der Beutepferde im Flüsterton ein Wort zu, das Lucia nicht verstehen konnte. Das Pferd spitzte die Ohren und gab nun seinerseits einen Laut von sich, wobei es kräftig an seiner Vertäuung zerrte. Dann hielt es inne, als warte es auf weitere Befehle. Nur wenig später beruhigten sich auch die übrigen Tiere.

Die Blicke des Fremden verfolgten jede ihrer Bewegungen, ehe er ihr zuraunte: «So, Bursche, und nun wirst du mir sagen, wer du bist und warum du mir hinterherschleichst. Du gehörst nicht zu den Knechten des Münzmeisters, oder?»

Lucia funkelte den Mann wütend an. Wenn er glaubte, sie einschüchtern zu können, nur weil er einen Dolch bei sich trug, irrte er sich. Ihre Augen hatten sich inzwischen an die Dunkelheit gewöhnt, und sie konnte erkennen, dass der Mann vor ihr jung war. Er war nicht so groß und stämmig gebaut, wie sie zunächst angenommen hatte. Doch zeichneten sich durch seine enganliegenden Beinlinge stramme Waden, unter dem Wams muskulöse Arme ab. Langsam ließ er den Dolch vor Lucias Nase hin und her wandern, aber seine freie Hand, die hektisch am Gürtelband des Wamses herumzupfte, strafte seine Selbstsicherheit Lügen.

Dem Kerl brennt der Boden genauso unter den Füßen wie mir, dachte Lucia. Er versteckt sich. Wider Willen musste sie lächeln. Sollte das Schicksal ihr in dieser Nacht vielleicht doch gewogen sein?

«Nun, wird's bald?» Der Fremde machte einen Schritt auf sie zu, wobei sein Fuß gegen ihr Bündel stieß, das Lucia während der Rangelei von der Schulter geglitten war. «Was schleichst du hier herum? Meine Zeit ist zu kostbar, um sie mit einem schweigsamen Bengel zu vergeuden!»

Lucia stieß einen verächtlichen Laut aus. Zwar flößte ihr der gezückte Dolch des Mannes noch immer Unbehagen ein, aber eine innere Stimme sagte ihr, dass der Bursche ihr nichts tun würde. Tatsächlich schien seine Nervosität zuzunehmen, je länger Lucia schwieg. Außerdem hielt er sie wie die Torwächter für einen Knaben.

«Offensichtlich gehört Ihr ebenso wenig zu Meister Besselichs Männern», erwiderte Lucia. «Ihr scheint nicht einmal aus Trier zu kommen, während mich jeder hier kennt. Natürlich wäre es peinlich, wenn die Stadtknechte mich mitten in der Nacht im Pferdestall des Münzmeisters erwischten, aber sicherlich würde mir eine Erklärung einfallen.» Sie lächelte gezwungen. «Ich hoffe, Ihr seid nicht weniger erfinderisch?»

«Darüber brauchst du dir nicht den Kopf zu zerbrechen», knurrte der Fremde. «Ich will mir nur holen, was rechtmäßig mir gehört. Danach verschwinde ich, und du siehst mich nie wieder!»

Lucia dämmerte langsam, wovon der Mann sprach. Natürlich, es ging um die Pferde.

«Ihr gehört zu den Virneburger Raubrittern, die im Auftrag des Manderscheiders das Dorf gebrandschatzt und die Bauern vertrieben haben. Und nun schleicht Ihr Euch heimlich in die Stadt, um die Pferde zu stehlen.» Sie schüttelte den Kopf. «Ich muss schon sagen, für so viel Unverfrorenheit verdientet Ihr einen Strick und ein so hohes Galgengerüst, dass man Euren Leib noch in Kues an der Mosel zappeln sehen kann! Wollt Ihr mir nicht Euren Namen verraten, bevor Ihr nicht mehr genug Luft habt, ihn zu sagen?»

Die versteinerte Miene des Mannes begann zu bröckeln.

«Robert», sagte er nach einigem Zögern. «Aber ob ich zu den Virneburgern gehöre, geht dich nichts an. Was versteht ein halbwüchsiger Bursche wie du schon von ritterlichen Fehden? Eure Ratsherren haben sich auf einen Streit eingelassen, der nur Unheil über die Stadt bringen wird.» Er spuckte in hohem Bogen ins Stroh, wobei er Lucias Stiefel knapp verfehlte.

«Ach, dann glaubt Ihr, dass Ulrich von Manderscheid geeignet wäre, die Messe zu lesen?», entgegnete Lucia spitz. «Unsere Schöffen sind inzwischen der Ansicht, dass er für die Plünderungen vor den Toren der Stadt verantwortlich ist!»

«Dieses Unheil könnte auch über Trier hereinbrechen, wenn ihr Bürger euch nicht endlich für die richtige Seite entscheidet. Ich dachte immer, wenigstens dieser Meister Besselich sei ein vernünftiger Mann, auf den wir uns verlassen können. Immerhin ließ er für Graf Ulrich eine Münze prägen. Kein sehr schmeichelhaftes Konterfei, wenn du meine Meinung hören willst, aber doch wertvoll.»

«Spart Euch Eure dummen Scherze. Mein Freund wäre bei dem Überfall gestern beinahe getötet worden!»

Der junge Mann runzelte die Stirn. «Wer ist dein Freund?»

«Paulyn, der Sohn des Münzmeisters. Er musste mit ansehen, wie Euer Herr gestern das Dorf plünderte. Nur durch ein Wunder war es ihm möglich, sich in Sicherheit zu bringen.»

«Die meisten Menschen müssen eine Pilgerreise nach Rom oder zum Grab des heiligen Jakobus in Spanien antreten, um ein Wunder zu erleben, aber in eurem geliebten Trier scheinen die Wunder wie Steine auf der Straße zu liegen.»

Lucia funkelte den jungen Mann an. Sein Spott reizte sie, aber noch ehe sie antworten konnte, sagte er: «Unsere besten Pferde wurden aus ihren Ställen gestohlen und dann auf die Weiden vor Büschfeld geführt. Mein eigenes Pferd war auch darunter. Ich trenne mich nie von ihm, aber das gehört nicht hierher. Es sollte so aussehen, als seien wir Virneburger für die Plünderung verantwortlich. Aber das ist nicht wahr. Die Untat sollte uns in die Schuhe geschoben werden, damit Manderscheid seinen Anspruch auf den Bischofsstuhl von Trier aufgibt.»

«In Trier weiß aber jeder, dass der Manderscheider bereit ist, sich den Bischofsstuhl wenn nötig mit Gewalt zu erobern.»

«Unfug!»

Ein Geräusch ließ Lucia zusammenfahren. Es klang, als sei ein Tonkrug umgefallen. Mit einiger Genugtuung bemerkte sie, dass auch der junge Mann unruhig geworden war. Er hatte anscheinend schon zu viel Zeit im Stall vergeudet. Verblüfft beobachtete sie, wie der Fremde den Rappen, der zuvor auf seine Stimme reagiert hatte, losband und zur Stalltür führte.

«Wenn Ihr glaubt, dass Ihr mitsamt dem Gaul aus der Stadt verschwinden könnt, ohne dass man Euch am Tor aufhält, seid Ihr ein größerer Narr, als ich angenommen habe!»

Robert hob die Schultern, drehte sich aber nicht zu ihr um. «Es ist mein Pferd, hörst du? Ich werde es keinem anderen überlassen!»

«Na schön, wenn Ihr mit solch abgöttischer Liebe an dem Pferd hängt, lässt man Euch vielleicht auf ihm zum Schafott reiten!»

«Sei still!» Durch einen schmalen Spalt überzeugte sich Robert davon, dass draußen niemand war. Nur ein umgestürzter Eimer lag vor der Mauer und wurde vom Wind über das Pflaster geweht.

«Ob ich entkomme oder mein Körper morgen früh am Galgen zappelt, sollte dich nicht weiter kümmern», raunte Robert ihr zum Abschied zu.

«Das kümmert mich auch nicht!»

«Aber wenn du glaubst, dass deine jämmerliche Verkleidung mich getäuscht hat, so bist du die Närrin. Wer bist du? Eine Gauklerin? Nun, mir kann's gleich sein. Gott befohlen!»

Lautlos schloss sich die Tür hinter ihm und dem Pferd. Lucia stand da wie versteinert. Ihre Blicke glitten an ihrem Leib herab bis zu den Stiefelspitzen. Dieser verflixte Schuft. Er hatte also die ganze Zeit gewusst, dass er keinen Mann vor sich hatte. Aber warum hatte er sie nicht entlarvt? Wollte er sie nur verhöhnen, oder hatte er tatsächlich versucht, ihr zu helfen? Ein sonderbarer Bursche.

Verwirrt lief sie zu einer der Stallluken und starrte hinaus ins Freie. Der Wind kühlte ihre heißen Wangen, aber von Robert war nichts mehr zu sehen.

V

Als sich Lucia im Morgengrauen vor Colin Emmerichs Haus einfand, wimmelte es am Tor bereits von Menschen. Die lange Mauer, die von einer Einfahrt für Ochsenkarren unterbrochen wurde, glühte förmlich im Licht der rußigen Pechfackeln, die entzündet worden waren, um die Gasse zu beleuchten. Knechte und Mägde eilten gähnend und mit bleichen Mienen zwischen Haus und Hof hin und her, um die bereitstehenden Wagen mit den Handelswaren zu beladen. Ein Schreiber verfolgte das emsige Treiben mit finsteren Blicken. Mürrisch inspizierte er jedes Fass und jede Kiste und vermerkte deren Inhalt in einem kleinen Buch mit speckigem Ledereinband. Colins Verwalter, ein älterer Mann mit spitzem Bart, kümmerte sich um die Proviantzuteilung und trieb die ihm unterstellten Dienstboten zu größerer Eile an. Unter seinen Befehlen wurden mehrere Keulen von Schinkenspeck, getrocknetes Hammelfleisch, Säckchen mit Bohnen, Hirse, Hafer, Zwiebeln und Brotfladen aus dunklem Mehl auf die Proviantwagen geladen. Beim Anblick der Schinkenkeulen, die sich ein fetter Knecht pfeifend über die Schulter warf, krampfte sich Lucias Magen schmerzhaft zusammen. Sie hatte nicht gewagt, ihren Beutel mit allzu viel Nahrhaftem zu füllen, was wohl ein Fehler gewesen war. Falls man ihr erlaubte, sich den Kaufleuten anzuschließen, würde sie gemeinsam mit den anderen Bewaffneten verpflegt werden. Sobald sie sich aber vom Wagenzug absetzte, blieb ihr nichts anderes übrig, als in den Herbergen und verräucherten Gasthäusern, in denen Reisende häufig ausgenommen wurden, nach einem Schlafplatz zu fragen.

«He, Junge», riss sie eine Stimme aus ihren Gedanken. Der spitzbärtige Verwalter kam im Laufschritt auf sie zu und begutachtete Lucia mit einem kritischen Blick. Als er den Bogen sah, den sie über der Schulter trug, räusperte er sich. «Stehst du auch auf Herrn Colins Liste? Du musst dich bei seinem Schreiber melden, damit du auf seinem Papier dein Zeichen machen kannst!»

«Und wo finde ich Colins Schreiber?»

«Was heißt hier Colin, du frecher Bengel? Für deinesgleichen ist er der ehrenwerte Kaufherr Emmerich, verstanden?» Er schüttelte missbilligend den Kopf, dann verwies er Lucia an einen dürren Mann in schwarzer Kleidung, der geschäftig von Wagen zu Wagen eilte.

Lucia beobachtete ihn mit bangen Blicken. Sie konnte nur hoffen, dass es dem Mann nicht auffiel, wenn ein Bogenschütze zu viel durchs Stadttor schritt. Sie wollte sich abwenden, doch so rasch ließ sich der Verwalter nicht abschütteln. Mit erstaunlich festem Griff packte er sie beim Ärmel.

«Die besoldeten Wachleute versammeln sich drüben vor dem alten Schellenturm. Ein Mönch vom Kloster St. Maximin nimmt ihnen die Beichte ab und erteilt ihnen den Segen. Lauf, damit du dich nicht verspätest!» Ein prüfender Blick wanderte über Lucias straffgezogenes Wams. Sie senkte den Kopf und hoffte inständig, dass die Augen des Verwalters nicht ebenso gut waren wie die des Mannes vergangene Nacht.

«Ich habe gestern beim Kaplan von St. Antonius die Beichte abgelegt», antwortete Lucia. «Wenn du mich nun in Ruhe lassen würdest? Ich muss meinen Bogen einfetten und die Spannkraft der Sehne überprüfen, bevor die Reise losgeht.»

«Wer nicht mit den anderen die Sakramente empfängt und sich auf unseren gnädigen Herrn Bischof einschwören lässt, wird von der Liste gestrichen!», zischte der Spitzbart beleidigt. Sein Blick wurde zunehmend argwöhnisch. «Du stehst doch auf der Seite des gnädigen Herrn Bischof, oder? Wenn du bloß deinem Lehrherrn davongelaufen bist, um dir auf unsere Kosten ein faules Leben zu machen, rate ich dir, gleich nach Hause zurückzukehren.»

Lucia spürte, wie ihr das Blut in den Kopf schoss. Hastig versicherte sie dem alten Mann, dass weder Lehrherr noch Büttel in der Stadt nach ihr suchten und der Bogen über ihrer Schulter ein Erbstück war, das sie bereits seit Jahren begleitete.

«Dann hast du ja keinen Grund, dich vor dem Segen des Klosterbruders zu drücken, Bürschchen!», stellte der Spitzbart fest. Gönnerhaft klopfte er Lucia auf die Schulter und eilte weiter.

Erleichtert atmete sie auf. Das war gerade noch einmal gutgegangen. Mit der Frage nach ihrer Loyalität dem Bischof gegenüber hatte sie nicht gerechnet. Colin Emmerich interessierte sich doch sonst nur für Geld. Wenn er nun also Wert darauf legte, dass seine Soldaten dem neuen Bischof ergeben waren, musste er einen besonderen Grund haben. Dass die Stimmung in der Stadt zugunsten von Bischof Raban umgeschlagen war, konnte man nicht übersehen. Lucia selbst vermochte indes schon lange nicht mehr zu sagen, auf wessen Seite sie war. Die Kastenbergs hatten sich nie in kirchliche Streitigkeiten eingemischt. Wenn die Ansprüche des Manderscheider Grafen nun doch gerechtfertigt waren? Wenn es gar nicht seine Männer gewesen waren, die das Dorf überfallen und die Pferde zurückgelassen hatten? Dieser Robert mochte ein Sprücheklopfer sein, aber seine Geschichte von der Intrige gegen den Manderscheider hatte sie zugegebenermaßen verunsichert.

Mit einem Seufzer nahm sie den Bogen von der Schulter. Ihr konnte es gleich sein, welcher der Herren den Krummstab in die Hand nahm, solange er sie ihres Weges ziehen und den Großvater nicht in den Schuldturm werfen ließ. Als sie an den alten Gewandschneider dachte, zog sich ihr Magen von neuem zusammen. Warum hatte er sich nur so standhaft geweigert, dass Lucia ihre Schwester zu Hilfe holte?

Sie ging zum Schellenturm, um den durchdringenden Blicken von Colins Verwalter zu entkommen und sich nicht weiter verdächtig zu machen.

Das hohe Gemäuer umschirmte die eng beisammenstehenden Häuser in der Nachbarschaft wie ein angriffslustiges Raubtier. Der Turm hatte einen runden Unterbau aus rostroten Ziegelsteinen, welchem eine hölzerne Brustwehr mit Wandelgang aufgesetzt worden war. Zwischen den schmalen Schlitzen, die den Wachen als Schießscharten dienten, hatte man feingeschmiedete Glöckchen angebracht, die beim leisesten Windhauch läuteten. Sie sollten die oftmals lustlosen Wachhabenden am Einschlafen hindern.

Um den Turm herum hatten sich inzwischen zahlreiche Männer eingefunden, um die Predigt zu hören. Vor einer Tafel, auf der zwei silberne Schüsseln, eine Monstranz und ein Weihrauchbehälter standen, sah Lucia einen Priester in Begleitung dreier verschlafener Jungen. Zwei von ihnen hielten honiggelbe Kerzen in den Händen, der dritte ein Kreuz. Der Priester trug ein weißes Messgewand und eine blaue Stola und begann gerade, den unmittelbar vor ihm knienden Männern die geweihte Hostie zu reichen. Lucias Laune sank, als sie erkannte, dass es sich bei dem Priester ausgerechnet um Vater Reginald handelte.

Es war wie verhext. Lief denn heute alles schief? Warum hatte Colin ausgerechnet ihn damit betraut, den Bewaffneten die Sakramente zu spenden?

«In nomine patris et filii et Spiritus sancti», hallte es durch die Gasse, und die Schellen am Turm bimmelten wie die Schuhe eines fahrenden Gauklers.

Langsam machte Lucia einen Schritt zurück und stieß dabei gegen eine von Colins Mägden, die an einem Kesselgalgen stand und eine dicke Bohnensuppe umrührte. In hohem Bogen schwappte ein Teil der dampfenden Flüssigkeit in den Morast.

«Kannst du nicht aufpassen?» Das Mädchen runzelte die Stirn und bedachte Lucia mit einem vorwurfsvollen Blick. Als Lucia schuldbewusst die Augen niederschlug, füllte die junge Frau eine Schale bis zum Rand und reichte sie ihr. «Ein wenig Eintopf könnte dir nichts schaden», sagte sie in versöhnlichem Ton. «Du siehst nicht gerade aus, als ob du sonst mit diesen Kerlen dort drüben lange Schritt halten könntest. Aber keine Angst, Herr Colin hat mir erlaubt, seinen Wagenzug als Proviantmagd zu begleiten, da der Verwalter im Handelshaus gebraucht wird.»

Lucia kostete von der heißen Suppe. Sie schmeckte köstlich.

«Mein Name ist Mira», erklärte das Mädchen. «Du gefällst mir, Schütze, auch wenn du wie ein Hungerhaken aussiehst. Wenn du willst, darfst du zu meinem Wagen kommen, wann immer dir der Magen knurrt.» Lucia murmelte ein Dankeschön und ging weiter, die wärmende Schüssel in beiden Händen. Dass Mira nicht vorhatte, einen schmächtigen Bogenschützen während des langen Marsches aus Nächstenliebe durchzufüttern, lag auf der Hand. Mira hatte gewiss keine Hemmungen, den ganzen Wagenzug zusammenzuschreien, wenn sie Lucias Geheimnis entdeckte. Besorgt ließ Lucia ihre Blicke über die Schar der Männer wandern. Die meisten der Bewaffneten hatten das dreißigste Lebensjahr bereits überschritten. Ihre Gesichter waren grob, die Haut wirkte spröde. Regelmäßige Fußmärsche durch unwegsame, von Wind und Regen heimgesuchte Landstriche hatten ihre Körper gestählt, wenngleich kaum einer von ihnen einen wirklich wendigen Eindruck machte.

Lucia versuchte, sich unter die Schar der Männer zu mischen, die bereits die Beichte abgelegt hatte. Die meisten standen vor der Hufschmiede, plauderten oder machten Mira schöne Augen. Auf einmal fiel Lucias Blick auf einen jungen Mann, der den übrigen Waffenknechten den Rücken zuwandte. Er kümmerte sich um die Pferde. Scheinbar unbeeindruckt von dem lautstarken Gelächter der Männer ließ er einen Striegel über den Rücken eines Rappen gleiten.

Lucia biss sich auf die Lippen. Nie zuvor im Leben hatte sie eine solche Frechheit erlebt. Der Kerl war ebenso wenig ein Söldner wie sie oder die heilige Barbara. Es war der Virneburger Pferdedieb. Ein Gefühl der Unsicherheit überfiel sie. Und nun? Sollte sie Colins Verwalter rufen und ihm mitteilen, dass sich ein Räuber und Vasall des Manderscheiders unter den Männern befand? Der Name dieses Galgenvogels stand gewiss nicht auf der Liste des Schreibers. Und falls doch, so hatte er bestimmt einen falschen Namen angegeben. Immerhin war es ihm gelungen, sich unter die Waffenknechte zu mischen. Dabei besaß er keine richtige Waffe, nur einen lumpigen Dolch, den er sicherlich irgendwo hatte mitgehen lassen.

Sie stemmte die Hände in die Hüften. Es war nicht gerecht, dass der Dieb ihr ausgerechnet hier in die Quere kam. Am Ende unterstellte man ihr noch, sie habe mit ihm und seinen Auftraggebern gemeinsame Sache gemacht.

Ohne den Virneburger aus den Augen zu lassen, begab sich Lucia zur Hufschmiede. Vor der Esse hatte sich ein Rüstungsmacher auf einem Hocker niedergelassen und begonnen, die Glieder eines Kettenhemdes mit einer Zange zusammenzuknüpfen. Zwanzig Pfund Stahldraht waren nötig, um ein solches Hemd herzustellen, so viel wusste sie aus den Erzählungen ihres Vaters. Aus den Augenwinkeln beobachtete sie, wie Vater Reginald weiterhin seines Amtes waltete. Die Reihen der Söldner lichteten sich zusehends. Nur noch wenige knieten vor dem Tisch mit den Sakramenten und dem Messbuch. Die meisten Männer hatten ihre Beichte bereits abgelegt und die reinigende Hostie empfangen.

Lucia verspürte einen stechenden Schmerz in der Schläfe. Benommen stützte sie ihren Kopf auf und sah zwischen ihren gespreizten Fingern hindurch, wie sich die von Vater Reginald Entlassenen wieder ihren Waffen zuwandten, die sie bei den Wächtern des Schellenturms zurückgelassen hatten. Der Virneburger, der Vater Reginalds misstrauische Blicke weniger fürchten musste als sie, warf eine Decke über den Rücken seines Rappen. Irgendwo musste er einen Sattel aufgetrieben haben. Niemandem schien aufzufallen, dass ein schäbig gekleideter Bursche wie er sich ein Pferd leistete, während die meisten der älteren Knechte die Wagenkolonne zu Fuß begleiten mussten.

Vermutlich wird der dreiste Kerl auch dafür eine gute Ausrede vorbringen, dachte Lucia. Sie atmete tief durch, dann machte sie kehrt und lief zurück in die Gasse, die geradewegs an zwei mächtigen Römersteinen vorbei in Colins Handelshof führte. Sollte der Spitzbart sie noch einmal auf die Beichte ansprechen, so würde sie ihm ins Gesicht lügen, dass sich seine Barthaare kräuselten. Lucia sah, dass die kostbaren Seidenstoffe und Behänge nun auf dem größten Wagen des Zuges verstaut wurden. Bei diesem Anblick erinnerte sie sich daran, wie sie als kleines Mädchen an der Hand ihres Vaters auf der Brücke über dem Stadtgraben gestanden und zugesehen hatte, wie prächtig gekleidete Kaufleute ihren Tross durch das Tor geführt hatten. Voller Staunen hatte sie damals auf das Gewimmel von Tieren und Menschen herabgeblickt und sich nichts sehnlicher gewünscht, als eines Tages eine Reise anzutreten und die lärmende Stadt hinter sich zu lassen. Doch nun, da ihr Wunsch sich auf sonderbare Weise erfüllte, wurde ihr das Herz schwer.

Jemand zerrte an ihrem Wams. Lucia wirbelte herum und blickte zu ihrem Entsetzen in das wütende Gesicht ihres Freundes Paulyn.

«Ich habe mich also doch nicht getäuscht», fuhr er Lucia an. «Darf ich fragen, was die jämmerliche Maskerade zu bedeuten hat? Bist du vollkommen verrückt geworden, dich in dieser Aufmachung unter das Kriegsvolk zu mischen?»

Lucia beschloss, sich nicht einschüchtern zu lassen, wenngleich Paulyns betroffene Miene an ihrem Gewissen nagte. «Ich muss Trier verlassen, aber man darf mich nicht erkennen», erklärte sie kurz angebunden. Wenn ich's nicht tue, sind wir ruiniert.»

«Aber warum?»

«Meine Schwester Magdalena ist die einzige Angehörige, die Großvater noch helfen kann. Wenn sie ihm Geld leiht, um seine Schulden zu begleichen, können wir nach Konstanz oder Basel ziehen und ein neues Leben beginnen.»

«Mein Vater und dein Großvater kennen sich gut», wagte Paulyn einen zaghaften Widerspruch. «Er könnte ihm das Geld für seine Gewandschneiderei leihen.»

«Aber er hat es nicht getan, Paulyn. Er hat es nicht einmal angeboten. Und daraus mache ich ihm auch keinen Vorwurf. In diesen unruhigen Zeiten hat niemand Geld zu verschenken.»

«Es wird wieder aufwärtsgehen, ganz bestimmt. Man erzählt sich, dass der Stadtrat dem Grafen von Manderscheid das Vertrauen entzogen hat. In Kürze werden die Vertreter der Zünfte sich mit dem Domkapitel beraten und dann gemeinsam mit Hauptmann von Sierk eine Abordnung zu Bischof Raban schicken.»

Lucia schüttelte den Kopf. Die Schöffen von Trier hatten ihr in den letzten Stunden bewiesen, dass sie ihr Fähnlein in den Wind hängten, wie es ihnen passte. Nach einer Versöhnung zwischen der Stadt und ihrem Bischof würde der Bann zweifellos aufgehoben und im Dom wieder gepredigt werden. Aber was nutzte ihr das? Sie glaubte nicht, dass Besselich ihrem Großvater unter die Arme greifen würde, und selbst wenn er es tat, hatten die Kastenbergs noch genügend Gläubiger, die sie vertrösten mussten.

«Ich habe alles durchdacht», sagte sie mit betont fester Stimme, obwohl sie wusste, wie überstürzt ihre Flucht vonstattengegangen war. «Bei der ersten Gelegenheit werde ich Colins Wagenzug verlassen und mich nach Mainz durchschlagen, wo Magdalena bereits auf mich wartet. Ich habe dir doch gestern erzählt, dass sie uns geschrieben hat?»

«Nur, dass sie in irgendwelchen Nöten ist.» Paulyn zupfte sich am Ohrläppchen, eine Geste der Ratlosigkeit, die Lucia noch aus Kindertagen vertraut war. Unruhig ließ der Junge seine Blicke über den Handelshof wandern. Aus der Tür des stattlichen Hauses trat Colin Emmerich, ganz in glänzenden schwarzen Pelz gehüllt. In der Hand hielt er sein Kontorbuch, eine in weinrotes Leder gebundene Schrift mit Verzierungen, in die er nicht nur Geschäftsverbindungen, sondern auch allerlei Wissenswertes über Handelsrouten zu Wasser und zu Lande oder Anweisungen für sein Gesinde eintrug. Zwei weitere Kaufleute begleiteten ihn zu den Wagen mit den Stoffen, die für die Herzogin von Luxemburg bestimmt waren. Lucia kannte die Männer vom Sehen, da sie wie Colin im Haus des Münzmeisters verkehrten. Der ältere von beiden, ein magerer Herr mit abstehenden Ohren, handelte mit Gewürzen und seltenen Pflanzen, aus denen Farben gewonnen wurden, welche Buchmaler und Kopisten in den umliegenden Benediktinerklöstern brauchten. Der zweite Mann war ein mürrisch aussehender Hüne mit Hakennase. Sein massiger Körper steckte in einem abgetragenen, wattierten Wams, auf dem Kopf trug er eine Lederkappe mit einer ausladenden Krempe aus Kaninchenfell. In einem Gemisch aus Latein und Deutsch redete er auf Colin ein, doch dieser bedachte die Bemerkungen des Mannes nur mit einem nachsichtigen Lächeln. Weder Paulyn noch Lucia konnten aus der Ferne verstehen, worum es bei dem Wortwechsel der beiden Männer ging, und verloren daher bald das Interesse. Colin ließ sich von seinem Schreiber die Warenlisten und die Aufstellungen über die besoldeten Männer reichen und rollte sie zusammen, ohne sie eines Blickes zu würdigen.

«Wenn du dich wirklich wie ein Dieb aus der Stadt schleichen willst, glaube ja nicht, dass ich dich allein nach Mainz reisen lassen werde», zischte Paulyn Lucia schließlich ins Ohr. Lucia tat so, als hätte sie nichts gehört. Sie begann, das Holz des Bogens mit einem Zipfel ihres Ärmels zu polieren, wie sie es so oft bei ihrem Vater beobachtet hatte.

«Du besitzt ja noch nicht einmal ein eigenes Pferd. Ja, ja, ich weiß. Kaum einer der Bogenschützen hat eines. Du aber bist das

Marschieren doch gar nicht gewöhnt. Noch bevor wir die Weiler vor Niederlosheim erreicht haben, heulst du, weil dir die Füße in deinen komischen Stiefeln brennen. Wir werden uns also hinter den letzten Wagen klemmen und …»

«Vielleicht könntest du mir zuerst einmal erklären, was du hier zu suchen hast», unterbrach ihn Lucia. «Davon, dass du mit Colin nach Luxemburg reisen willst, war gestern noch keine Rede. Nun ja, wirklich miteinander geredet haben wir ja auch nicht.»

Paulyn zuckte zusammen. Stockend erklärte er Lucia, dass sein Vater es für ratsam hielt, dass er nach seinen bestürzenden Erlebnissen in dem geplünderten Dorf eine kleine Reise unternahm. Luxemburg und insbesondere der Hof der Herzogin waren nach Ansicht des Münzmeisters ein ausgezeichnetes Ziel für einen jungen Burschen, der den Kopf von düsteren Gedanken frei bekommen sollte. Noch spät in der Nacht hatte Herr Besselich einen Boten zu Colin Emmerich mit der Bitte gesandt, Paulyn mitzunehmen.

«Eine ungewöhnliche Entscheidung», meinte Lucia, die sich auf Paulyns Bericht keinen Reim machen konnte. «Ich dachte, deinem Vater liegt so viel daran, dass du dich dem Ernst des Lebens stellst und mehr Interesse für die Münzprägung und seine Geschäfte zeigst. Und nun schickt er dich weg? Noch bevor der Schöffenrat dich zum Überfall auf Büschfeld befragt hat?»

«Ach, lass mich in Ruhe», knurrte Paulyn. Aber es klang eher eingeschüchtert als wütend. «Ich habe Vater und den Schöffen doch schon alles gesagt, was ich weiß. Die Männer des Virneburgers haben das Dorf angezündet, angestiftet vom Grafen von Manderscheid. Und nun schweig, damit Herr Colin nicht auf dich aufmerksam wird. Er würde deine Maskerade sicher nicht lustig finden!»

Obwohl Paulyns Ton ihr nicht behagte, fügte sich Lucia. Colin Emmerich hatte ihr unmissverständlich klargemacht, dass er sie nicht mitnehmen wollte. Aber schließlich war es ja auch nicht Lucia Kastenberg, die sich mit ihrem Bogen und abgetragenen Männerkleidern unter die Fuhrleute begab, sondern ein namenloser Schütze, ein Mensch ohne Vergangenheit und ohne Zukunft, der niemandem etwas schuldete und so rasch wieder verschwinden würde, wie er aufgetaucht war.

VI

Es dauerte noch eine Ewigkeit, bis der Kaufmannszug sich in Bewegung setzte. Als endlich das ersehnte Hornsignal ertönte und der erste, vollbeladene Karren auf die Torbrücke zusteuerte, war Lucias Wams vor Aufregung fast durchgeschwitzt. Sie befolgte Paulyns Rat und lief, ihren wertvollen Bogen über der einen Schulter, Köcher und Proviantbeutel über der andern, zwischen den letzten beiden Wagen. Dabei gab sie genau acht, wie sich die Bewaffneten bewegten. Colin hatte dafür gesorgt, dass sich seine Wachen gleichmäßig über den gesamten Wagenzug verteilten. Lucia stellte bald fest, dass die am schwersten beladenen Wagen mehr Zeit brauchten, um aufzuschließen. Sie wurden auch nicht von Pferden, sondern von Ochsen gezogen, die nicht selten strauchelten und damit die hinter ihnen rumpelnden Karren aufhielten. Trotz der frühen Morgenstunde waren viele Menschen am Tor zusammengelaufen, um den Kaufmannszug zu verabschieden. Einem alten Brauch folgend, führte Colin ein Fass besten Moselweins auf einem offenen Leiterwagen mit sich, dessen Spundloch er gleich vor der Mauer aufschlagen ließ. Unter den Hochrufen der Turmwächter, Handwerksburschen und winkenden Mädchen gab Colin Anweisung, einige Kannen und Krüge mit Wein zu füllen und diesen von seinen Knechten unter den Zurückbleibenden zu verteilen.

«Der Pfaffe von St. Maximin hat uns soeben seinen Segen für einen behüteten Weg und einen erfolgreichen Handel gespendet», rief Colin Emmerich, der bereits im Sattel saß. «Ich bitte euch, Nachbarn, betet auch ihr für das Gelingen unseres Unternehmens.» Der Kaufmann lächelte. Er wirkte vergnügt, als er die Huldigungen der Menge entgegennahm. Sein Pelzmantel bauschte sich im Wind auf wie das Segel eines Schiffes. Die Handschuhe aus schwarzem Samt hatte er abgestreift. An seinem Finger blitzte ein Siegelring. Schließlich hob er den Arm, um dem Wagenweibel, der die Aufsicht über die Eskorte hatte, das Zeichen zum Aufbruch zu geben: «Auf denn mit Gott, meine Freunde, die Ostermesse werden wir im Schloss zu Luxemburg feiern!»

Der Lärm der schaulustigen Menge tönte noch in Lucias Ohren, als sie die Stadtmauern längst hinter sich gelassen hatten. Es war alles gutgegangen. Niemand hatte sie aus der Schar der Lanzenträger und Schützen herausgegriffen und am Wachtor oder auf der Brücke aufgehalten. Gedankenversunken blickte Lucia auf das kleine flackernde Licht einer Laterne, die am Gestänge des letzten Wagens hin und her schaukelte. Kein Sonnenstrahl drang durch die düstere Wolkendecke, sodass die vor ihr liegenden Moselauen wie ein grauer, gespenstischer Sumpf wirkten. Alsbald kam ein heftiger Ostwind auf, der über die Ebene fegte und an den Kleidern der Wagenknechte und Söldner zerrte.

«In spätestens zwei Stunden wird es regnen, wenn du mich fragst.» Paulyn zügelte sein Pferd neben Lucia und schwang sich aus dem Sattel, um ein Stück an ihrer Seite zu gehen. Er hatte sich ein ringförmiges, mit verspielten Stickereien versehenes Barett über die Ohren gezogen, dessen langer Schal straff unter dem Kinn saß.

Während der letzten beiden Stunden hatte er Lucia sich selbst überlassen und nur das Nötigste mit ihr gesprochen. Sie hatte Paulyn gebeten, gemeinsam mit den Handelsknechten neben dem ersten Wagen zu reiten, um Colin nicht auf den überzähligen Bogenschützen aufmerksam zu machen, der den Leiterwagen mit dem inzwischen leeren Weinfass bewachte. An der Spitze des Zuges hatte Paulyn mit Colin und dem alten Buchfarbenhändler geschwatzt, der sich mit einem eigenen klapprigen Reisegefährt dem Zug nach Luxemburg angeschlossen hatte. Der Händler mit der Lederkappe schien seine Meinungsverschiedenheit mit Colin noch nicht verdaut zu haben. Seit ihrem Aufbruch hatte er die Einsamkeit der Gesellschaft der anderen Kaufleute vorgezogen.

Gegen Nachmittag wurden die Reisenden von einigen Sonnenstrahlen gewärmt, die jedoch schon bald wieder hinter der Wolkendecke verschwanden. Als gegen Abend das Horn ertönte und Colin die Karren durch das weitgeöffnete Tor eines Herbergshofes wies, atmete Lucia befreit auf; seit geraumer Zeit schon schmerzten ihre Füße.

Jenseits des Gatterzauns, der die heruntergekommene Herberge weiträumig umschloss, wand sich ein Bach durch das Gelände. Für Lucia klang das Geräusch des gemächlich dahinfließenden Wassers so einladend, dass ihr vor Erleichterung ganz warm wurde. Während die Handelsknechte die Pferde und Ochsen ausspannten und die Söldner dem Schankraum entgegeneilten, stieg sie die Böschung hinab. Da sie im Lager viel eher Gefahr lief, Colin zu begegnen, hatte sie sich sogleich von den anderen abgesetzt. Sie verspürte ohnehin kein Verlangen, in einem dunklen Winkel der Schankstube eine Schale verkochten Eintopfs hinunterzuschlingen oder den Handelsknechten beim Saufen oder beim Würfelspiel zuzusehen. Es kam ihr schon wie ein Wunder vor, dass die Männer sie während des Marsches in Ruhe gelassen hatten. Keiner hatte auch nur ein Wort mit ihr gewechselt. Die meisten schienen einander gar nicht zu kennen, obgleich viele von ihnen bestimmt schon seit Jahren ihre Kraft und Erfahrung im Kampf an den Meistbietenden verkauften. Ihr Interesse an Plaudereien hielt sich jedoch in Grenzen. Wer konnte schon sagen, ob der Mann, der hinter einem die Pike oder einen Langbogen trug, bei einer zurückliegenden Fehde Waffenkamerad oder Feind gewesen war? Das Schicksal des Söldners war es nun einmal, das Handgeld von jedem Herrn zu nehmen, der es großzügig versprach. Doch so ganz und gar ließen sich Misstrauen und Vorsicht nicht aus den Köpfen der kampferfahrenen Kriegsknechte verbannen.

Der Aufseher über die Wagen erteilte Befehle, die keiner befolgte. Türen schlugen auf und zu, Hühner brachten sich gackernd vor derben Fußtritten in Sicherheit, Schankmägde lachten oder beschwerten sich lautstark über das grobe Benehmen der Ankömmlinge. Zwei von ihnen verschwanden sogleich mit einigen Männern in der dunklen Scheune.

Lucia ließ das Durcheinander hinter sich und wandte sich dem Bach zu. Auf einem kleinen hölzernen Steg, der die beiden Ufer des Baches miteinander verband, entledigte sie sich ihrer Schuhe und tauchte ihre Füße in das kühlende Nass. Ein Stück weiter des Weges erkannte sie die Umrisse eines hohen Gebäudes, einer Mühle vielleicht, doch ein Mühlrad konnte sie nicht ausmachen. Sie zwängte die Finger unter den Rand ihrer Lederkappe. Die Verlockung, das engsitzende Ding abzunehmen und sich die Haare vom Wind zerzausen zu lassen, war groß; doch obgleich es dämmerte und die Lichter der Schankstube nur schwach durch die Zweige der Büsche zu erkennen waren, mochte sie es nicht riskieren. Jederzeit konnte sich jemand vom Wagenzug hinunter zum Bach begeben, um Wasser zu schöpfen oder sich am Bach zu erleichtern.

Eine Weile saß Lucia einfach auf dem Steg, streckte die Beine aus und versenkte mit verträumter Miene eine Handvoll Kieselsteine im flachen Bachbett. Dabei musste sie an ihren Großvater denken. Längst war ihr Zorn verraucht. Vermutlich hatte er dem Druck, dem er ausgesetzt war, einfach nicht länger standhalten können. Seine Hilflosigkeit hatte ihn dazu getrieben, so mit ihr umzuspringen, aber wohl auch seine Furcht vor Dingen, die weit in die Vergangenheit reichten.

Störrischer alter Mann, dachte Lucia bekümmert. Ich wollte dir doch nur helfen. Weißt du nicht, dass ich dich liebe und mir Sorgen mache? Magdalena kenne ich kaum, und vielleicht ist es wahr, was man sich über sie erzählt. Möglicherweise ist ihr Groll gegen das Haus Kastenberg ja noch immer so stark, dass sie es ablehnen wird, die Gewandschneiderei zu retten. Trotz ihres sonderbaren Schreibens. Aber ich muss es versuchen, Großvater, verstehst du das nicht? Ehe ich Magdalena nicht in Mainz aufgesucht und an ihre Pflicht erinnert habe, gebe ich keine Ruhe.

Es war bereits stockdunkel, als sie wieder in ihre Schuhe schlüpfte. Während sie die Riemen schloss, breitete sich Benommenheit in ihrem Kopf aus. Seit Stunden hatte sie nichts gegessen. Paulyn hatte ihr versprochen, sich gleich nach Einbruch der Nacht für sie um eine Schale Milchsuppe und einen Schlafplatz auf einem der Wagen zu kümmern. Lucia hatte ihm vorgeschlagen, das Gefährt mit einem Kreidezeichen zu markieren, denn vermutlich musste Paulyn den Abend über bei Colin im Wirtshaus bleiben, um ihm und seinen Geschäftspartnern bei Wein und Würfelspiel Gesellschaft zu leisten. Ob er Zeit finden würde, sich mit Lucia zu treffen? Die Kaufmannsgehilfen und Bewaffneten zogen den Schankraum ihren von Wanzen und Flöhen bevölkerten Quartieren in den Stallungen vor. Sobald der letzte Becher geleert war, würden die meisten von ihnen im Stroh einschlafen. Vielleicht konnte sie es dann im Schutz einer Wagenplane riskieren, die leinenen Binden, die sie um ihre Brüste gezogen hatte, zu lockern und die verschwitzten Männerhosen auszuziehen.

Voller Vorfreude auf eine sättigende Mahlzeit und etwas Ruhe erklomm Lucia die Böschung und schlug den Pfad ein, der zurück zur Herberge führte. Trotz des ungemütlichen Wetters war eine schöne Nacht hereingebrochen, die in keiner Weise den Nächten innerhalb der Stadtmauern glich. In den Gassen von Trier kehrte niemals Stille ein. Lucia ging schneller. Der leichte Wind ließ das Laub in den Bäumen rauschen.

In der Nähe der steinernen Viehtränke hatten drei Männer und eine Frau ein Feuer entfacht. Nun hockten sie auf groben Pferdedecken im Halbkreis, wärmten sich die Hände an den züngelnden Flammen und ließen einen Krug kreisen.

Lucia konnte ihr derbes Lachen hören. Die Stimmen klangen rau und eher gierig als vergnügt; offensichtlich war keiner von den vieren, die vermutlich als Wachen für die Wagen und das Werkzeug zurückgelassen worden waren, nüchtern. Lucia runzelte die Stirn. Ihr konnte es zwar gleichgültig sein, ob sich die Kerle dort am Feuer betranken. Was sie jedoch nicht verstehen konnte, war, dass Colin Emmerich sich in die Schenke zurückgezogen hatte, um mit Paulyn und den Händlern zu speisen. Er war schließlich dafür bekannt, sein Handelsgut auf Reisen immer im Auge zu behalten. Einige der geschnitzten Truhen hatte man aber im Innern der Wagen zurückgelassen.

Die Frau am Feuer quiekte in den schrillsten Tönen. Lucia beobachtete, wie sie in gespielter Empörung die Hand eines der Männer abschüttelte, der gerade die Schnüre ihres fleckigen Mieders lösen wollte. An der Stimme erkannte Lucia sie sofort. Es war die Magd Mira. Ungeniert ließ sie es zu, dass einer der Männer sie auf seinen Schoß zog und ihren schlanken Körper mit dem Knie auf und ab schaukelte. Mit einem fast verklärten Gesichtsausdruck legte die Magd ihren Kopf in den Nacken, und während der Mann, auf dem sie hockte, sein Gesicht in ihr langes Haar vergrub, goss ein anderer ihr Wein in den weitgeöffneten Mund. Mira verschluckte sich und musste husten, was die Männer in derbes Gelächter ausbrechen ließ.

«Ihr seid wirklich Scheißkerle», sagte sie, als sie endlich wieder Luft bekam. Doch kurz darauf hob sie bereitwillig ihren Rock und öffnete ihre Schenkel. Nur wenige Augenblicke vergingen, und der Abendwind wehte ein unterdrücktes, aber erregtes Keuchen vom Feuerplatz zu den Wagen herüber.

Angewidert und fasziniert zugleich wandte sich Lucia ab. Hier hatte sie nichts verloren; sie musste den Wagen mit dem Kreidezeichen finden. Um im Dunkeln nicht zu straucheln, tastete sie sich vorsichtig am Proviantwagen vorbei zu dem Gefährt, in dem der mit rotem Leder gepolsterte Schemel des Schreibers stand. Als sie einen Blick ins Wageninnere warf, stieß sie gegen eine Schüssel. Einer der Männer am Feuer schaute auf; argwöhnisch ließ er von Mira ab, zog seinen Kittel über den entblößten Unterleib und wandte sich in die Richtung, aus der das Geräusch gekommen war.

Als er Lucia neben dem Proviantwagen stehen sah, glitt ein anzügliches Grinsen über sein Gesicht.

«Sieh an, wer uns die Ehre gibt», rief er mit schwerer Stimme. «Der schweigsame kleine Bogenschütze. Hast es wohl noch keinen richtigen Mann treiben sehen? Komm ans Feuer, dann erlebst du was, womit du noch in zwanzig Jahren prahlen kannst.» Er winkte Lucia heran und griff nach dem Krug.

Was sollte sie tun? Kehrtmachen und davonlaufen? Aber wohin? Außerdem rannte ein Schütze, dessen Auftrag es war, einen Kaufmannszug mit der Waffe in der Hand zu verteidigen, nicht vor seinen eigenen Kameraden davon. Er schloss sich ihrem Treiben an oder beschwor ihre ewige Feindschaft herauf. Nach keinem von beiden stand ihr der Sinn. Einem ersten Impuls folgend, streifte sie den Bogen von der Schulter und griff nach einem Pfeil. Möglicherweise genügte es ja, dem betrunkenen Kerl zu drohen, damit er verschwand und sie in Ruhe ließ.

«Habt ihr das gesehen?», giftete der Söldner da auch schon. «Der unverschämte Bursche will mir einen seiner Pfeile zwischen die Rippen jagen, dabei habe ich ihn doch nur eingeladen, der kleinen Hure am Feuer zu zeigen, ob sein Pfeil wirklich ins Schwarze trifft, wenn's darauf ankommt!»

«He, wen nennst du hier eine Hure, du besoffenes Aas?», maulte Mira. Als ihr Blick auf Lucia fiel, rappelte sie sich blitzschnell vom Schoß des Waffenknechts auf, dessen Hände noch immer unbeirrt mit ihren Brüsten spielten. «Verdammt nochmal», fuhr sie ihn an. «Lass mich los, du hast deinen Spaß gehabt. Für alles Weitere bist du ohnehin zu besoffen.» Sie schnaubte verächtlich. «Den Schützen dort drüben kenne ich. Er hat nicht nur einen schärferen Pfeil als ihr alle zusammen, er weiß auch, wie man sich einem Mädchen gegenüber benimmt. Au, du verdammter …»

Ihre letzten Worte gingen in einem erstickten Gurgeln unter. Lucia sah, wie der Waffenknecht ausholte und Mira mitten ins Gesicht schlug. Erschrocken wich sie zurück, bis die Seitenwand des Proviantwagens ihr den weiteren Rückzug verwehrte. Neben der Viehtränke erlosch derweil das Feuer mit einem geräuschvollen Zischen. Einer der Kerle hatte die Flammen mit dem Inhalt seines Kruges gelöscht. Funken stoben auf und verglühten in der Abendluft. Als Nächstes hörte Lucia die Magd aufschreien. Der Waffenknecht hatte seinen Gürtel gelöst, ihn Mira um die Handgelenke geschlungen und sie mit einem Ruck zu Boden gerissen. Brutal zwang er ihre Beine auseinander. Als sie wehrlos vor ihm lag, wälzte er sich auf sie. In der Dunkelheit sah Lucia nur ein Knäuel sich windender Leiber. Da Mira nicht mehr schrie, vermutete sie, dass der Söldner ihr den Mund zuhielt.

Seine beiden Spießgesellen verfolgten die abscheuliche Tat ihres Kameraden mit lüsternem Grinsen. Dann wandte sich der Ältere von beiden wieder Lucia zu.

«Und wie würde es dir gefallen, wenn wir beide das Biest nehmen, wenn mein Freund mit ihr fertig ist?»

«Lass sofort die Frau los», schrie Lucia ohnmächtig vor Wut, doch die Waffenknechte lachten nur und feuerten ihren Kameraden an, sich zu beeilen. Lucia nahm ihren Bogen und richtete ihn auf die betrunkenen Männer, ohne ihnen dabei zu nahe zu kommen. Sie wusste, dass ihre Kraft nicht ausreichte, die Magd vom Gewicht des Mannes zu befreien. Immer wieder blickte sie zum Gasthaus hinüber. Doch von dort war keine Hilfe zu erwarten. Im Schankraum herrschte ausgelassenes Treiben; die Klänge einer Sackpfeife, eines Tamburins und mehrerer Flöten drangen in den Hof.

Lucia musste Hilfe holen. Aber wen? Colin konnte sie nicht rufen, er würde sie sofort erkennen. Verflixt, wo steckte nur Paulyn?

Die Männer starrten Lucia an, den Blick lauernd auf ihren Bogen gerichtet. Nun, das konnte ihr nur recht sein. Solange die Kerle nicht einschätzen konnten, ob Lucia ihn gebrauchte oder nur damit drohte, würden sie sich davor hüten, ihr zu nahe zu kommen. Schritt für Schritt bewegte sie sich auf die Herberge zu.

«Du willst uns wohl verraten, nur weil wir hier draußen in der Saukälte ein wenig Spaß haben?», knurrte der älteste der drei Männer. Seine Augen blitzten im Schein der Glut. Lucia ahnte, dass er sie so leicht nicht entkommen lassen würde. Sie schnappte aufgeregt nach Luft, hielt ihre Waffe aber weiterhin auf die beiden Kerle gerichtet. «Ich warne dich zum letzten Mal. Dein sauberer Kumpan soll das Mädchen auf der Stelle laufenlassen, sonst lernt ihr alle meine Pfeile kennen!»

«Ach ja?», höhnte Wolfsauge. «Und wie willst du das Gemetzel dem Kaufmann erklären?»

«Der Kaufmann wird von eurem schändlichen Treiben erfahren», stieß Lucia hervor und versuchte, sich ihre Angst nicht anmerken zu lassen.

Mira röchelte dumpf unter der Hand ihres Peinigers. Noch immer wurde ihr Körper von dessen Stößen geschüttelt. Die Fäuste des Mädchens ballten und öffneten sich in krampfhaften Schüben, schwach gruben sich ihre Fingerspitzen in den Aschehaufen der Feuerstelle.

Lucia entfernte sich einen weiteren Schritt von den dreien, dann war ihr plötzlich, als schwanke der Boden unter ihren Füßen. In der Dunkelheit hatte sie die Pferdedecken übersehen, auf denen Mira und die Söldner zuvor gesessen hatten. Einer der Söldner musste sie während seines Angriffs auf Mira davongeschleudert haben. Die Absätze von Lucias Schuhen verfingen sich zwischen den Falten, und sie verlor das Gleichgewicht. Mit einem erschrockenen Aufschrei ging sie zu Boden.

Darauf hatten Wolfsauge und sein Kumpan nur gewartet. Sie

warfen einander einen triumphierenden Blick zu, dann fielen sie wie Raubtiere über Lucia her. Während der eine ihr den Bogen entriss, packte Wolfsauge Lucia mit einer Hand im Genick und versetzte ihr einen Fausthieb, der das Mädchen zusammenzucken ließ. Lucia stöhnte vor Schmerz. Ihre Lippe war aufgeplatzt, und sie schmeckte ihr eigenes Blut. Vor ihren Augen zerstoben sprühende Funken.

«Wir werden es dir schon abgewöhnen, auf uns zu zielen, Bursche», hörte sie Wolfsauges Stimme dicht an ihrem Ohr. Sie klang nüchtern und zu allem entschlossen. Zweifellos hatte Wolfsauge dem Wein am wenigsten zugesprochen. Seine Bartstoppeln schrammten über Lucias Wange.

«Wer bist du?», erkundigte er sich. «Ein Besoldeter bist du jedenfalls nicht, denn der würde wegen einer dreckigen Trosshure keinen Streit mit Kameraden anfangen!»

Mit einem kräftigen Ruck zerrte Wolfsauge Lucia auf die Beine, dann trieb er sie mit Schlägen in Richtung des Proviantwagens. Lucia versuchte, um sich zu schlagen, doch ihre Kräfte reichten nicht aus. Nicht nach dem Schlag, den sie hatte einstecken müssen. Schluchzend musste sie es sich gefallen lassen, dass die beiden Waffenknechte sie hinter dem Karren des Buchfarbenkrämers in die Knie zwangen. Breitbeinig bauten sie sich vor ihr auf. Die Männer tauschten Blicke. Dann umklammerte Wolfsauge Lucias Hals und würgte sie. Gemächlich, als befände er sich in einer Schlafkammer, löste er seinen Gürtel.

«Jetzt bist du dran», flüsterte er ihr zu, während er Lucias Kopf mit eisernem Griff in seinen Schritt zwang. Brutal machten sich die Männer an ihren Beinkleidern zu schaffen. Nie zuvor in ihrem Leben war Lucia so gedemütigt worden. Das aufreizende Stöhnen der Männer nahm sie nur noch durch das Rauschen des Blutes wahr, das durch ihre Ohren pulsierte und immer stärker wurde, bis es an einen Wasserfall erinnerte. Auf einmal ließ Wolfsauge von ihr ab und blickte hinüber zur Feuerstelle. Dort war es still geworden. Der dritte Mann hockte neben der zusammengekauerten Gestalt der Magd. Mira rührte sich nicht.

«Bei meinem Schwert, das dumme Biest atmet nicht mehr», erklang die Stimme des betrunkenen Waffenknechts durch die Nacht.

«Du Narr, du solltest sie nicht gleich totstoßen!»

Lucia nutzte den Moment, um sich von Wolfsauge loszureißen. Mit einem Schrei rammte sie dem Mann ihr Knie in den Unterleib, so heftig, dass dieser sich zusammenkrümmte und nach Luft schnappte. Sie sah, wie sein Kamerad ausholen wollte, und duckte sich. Der Schlag ging ins Leere. Rasch kroch sie zur Seite und rollte sich unter dem Karren hindurch. Dabei spürte sie, wie ihr die Lederkappe vom Kopf gerissen wurde.

«Der Bursche ist ein Weib», hörte sie Wolfsauge flüstern, als sie auf der anderen Seite des Karrens auftauchte. «Steh nicht so dämlich herum. Fang sie ein!»

Wolfsauges Spießgeselle murmelte etwas Unverständliches. Lucia sah, wie er sich nach etwas bückte, dann hielt er plötzlich ein Messer in der Hand. Gehetzt sah sie sich um. Ihr Bogen lag irgendwo in der Nähe der Viehtränke, er würde ihr nicht helfen. Um sich zu retten, musste sie die Beine in die Hand nehmen und laufen, so schnell wie nie zuvor.

Blindlings stolperte sie vorwärts, dem Licht entgegen, das durch die mit dünnen Tierhäuten vernagelten Fensterrahmen der Schenke auf den Hof drang. Ihr Blick streifte das bleiche Gesicht der Magd. Ihr war nicht mehr zu helfen. Lucia wollte um Hilfe rufen, doch zu ihrem Entsetzen versagte ihre Stimme.

Als sie über die Schulter zurückblickte, sah sie, dass ihr zwei der Männer nacheilten. Sie lief schneller. Hundegebell mischte sich in die Klänge der Musik, die schneller und schneller spielte.

Nur noch wenige Schritte trennten Lucia von der Tür mit ihrem breiten Querbalken, auf dem eine Talglampe stand. Lucia erkannte das Dreikönigszeichen im Holz und schöpfte Hoffnung, als sich von hinten eine schwere Hand auf ihre Schulter legte. Ihr Herz blieb stehen. Sie schloss die Augen und wartete auf den Stich, der ihrem Leben ein Ende setzen würde.

Doch nichts geschah. Die Hand entfernte sich von ihrer Schulter und fasste sanft ihren Arm. Noch bevor ihr Blick auf das Gesicht des Mannes fiel, erkannte sie den eleganten Handschuh aus schwarzem Samt. Handschuhe, wie sie nur Colin trug. Den ganzen Tag lang war sie dem Kaufmann aus dem Weg gegangen, und nun hatte sein unverhofftes Auftauchen ihr Leben gerettet.

Lucia zitterte am ganzen Leib. Verstört blickte sie über den Hof und die Wagen, aber von den Männern, die Mira getötet hatten, war keine Spur zu sehen. Wohin hatte sich Wolfsauge verkrochen?

«Ihr seid es also doch», sagte Colin ruhig. «Ich hätte wissen müssen, dass Ihr meine Weigerung, Euch nach Luxemburg mitzunehmen, nicht so einfach hinnehmen würdet. Ihr werdet mir einiges zu erklären haben, meine Liebe. Ich hoffe für Euch, dass mir Eure Erklärungen besser gefallen als Eure Aufmachung!»

VII

Eine Stunde später saß Lucia in einer Kammer, die über dem Schankraum lag, und ließ Colins Strafpredigt über sich ergehen. Ihre Augen brannten, inzwischen kämpfte sie mit den Tränen. Sie verspürte Colin gegenüber ein schlechtes Gewissen. Zu Recht warf der Kaufmann ihr unverantwortlichen Leichtsinn vor und prophezeite ihr, dass sie ihrem Großvater eines Tages das Herz brechen und vor seiner Zeit ins Grab befördern würde.

«Nur weiter so, Jungfer Kastenberg», hatte er gesagt. «Lauft mit dem Kopf durch die Wand, und Ihr werdet in Trier bald keinen unbescholtenen Mann mehr finden, der Euch einen Antrag machen will!»

Ein schäbiger Teppich aus verfilzter Wolle, der die Dielenbretter bedeckte, verschluckte den Lärm der Sackpfeife. In Anwesenheit von Colin und Paulyn kam sie sich nun albern und dumm vor. Der Staub, der an ihrer Kleidung haftete, stach ihr in die Nase. Die Prellung, die sie Wolfsauge zu verdanken hatte, war rot angeschwollen und pochte. Trotz der wärmenden Wolldecken, in die Colin sie fürsorglich gewickelt hatte, zitterte sie vor Kälte.

Der Kaufmann hatte beim Wirt heißen Würzwein, Brot und etwas Hammelfleisch für Lucia bestellt, doch dies war bereits vor einer halben Stunde gewesen. Bislang hatte sich der faule Kerl nicht gerührt. Colin schien sich darüber ebenso aufzuregen wie über Lucias Verhalten. Er war es nun einmal gewohnt, dass seine Anweisungen auf der Stelle befolgt wurden. Der Erfolg seines Handelshauses hing nicht zuletzt davon ab, ob die Menschen, die für ihn arbeiteten, spurten oder in den Tag hineinträumten.

«Dieser Einfaltspinsel von einem Wirt hat mir ein wahrhaft erbärmliches Loch zugewiesen», sagte er, als er Lucias unglückliche Miene sah. «Und das, nachdem ich ihn entgegen meiner Gewohnheiten im Voraus bezahlt habe. Dem Mann gehört nicht nur diese Herberge, sondern auch noch die Mühle unten am Bach. Nachdem der alte Müller gestorben war, sicherte er sich das Privileg, Korn zu mahlen bis in die dritte Generation seiner Brut.» Verdrossen schlug er mit der Faust auf den Tisch.

«Allesamt Betrüger, diese Müller! Betrüger und Wucherer! Ich möchte nicht wissen, wie viele arglose Reisende in dieser Räuberhöhle ihr letztes Hemd einbüßen!»

«Aber Herr Colin, ich bitte Euch», wandte Paulyn beschwichtigend ein. «Der Mann kann nichts dafür, dass ein Dominikanerpater aus Mainz ihm ausgerechnet heute Abend seine beiden besten Schlafkammern abgeschwatzt hat. Einer seiner Begleiter ist am Fieber erkrankt und konnte nicht mehr weiterreisen. Niemand, der bei Verstand ist, verdirbt es sich in diesen Zeiten mit der Kirche.»

Colin dachte kurz nach, dann klopfte er Paulyn auf den Rücken. «Vielleicht hast du recht, mein Junge», sagte er. «Vor allem sollten wir Lucia rasch etwas Passendes zum Anziehen besorgen, bevor sie diesem Vater Heinrich noch in Wams und Hosen über den Weg läuft!»

Colin schien diese Bemerkung zu belustigen, doch Lucia horchte auf. Im Nu waren Hunger und Müdigkeit vergessen. «Ein Geistlicher auf dem Weg nach Mainz?», hakte sie nach und versuchte, dabei so unschuldig wie möglich zu klingen. «Und er ist hier abgestiegen?»

Colin zog eine Augenbraue hoch. Doch bevor er antworten konnte, wurde die Tür aufgestoßen, und die Frau des Wirts brachte das Essen. Während sie dampfende Schalen auf den Tisch stellte und die heruntergebrannte Kerze auswechselte, musterte sie Lucia mit einem Blick, der nichts Gutes verhieß. Schließlich wandte sie sich an Colin und erklärte mit gesenkter Stimme, seine Bediensteten seien zurückgekehrt. «Der Wagenweibel möchte Euch sofort sprechen, Herr! Er wartet unten im Schankraum.»

Colins Miene hellte sich auf. «Das trifft sich gut. Na los, worauf wartest du noch? Schick die Männer herauf, oder glaubst du, sie fürchten sich vor Wanzen und schiefen Wänden? Und bring dieser Jungfer ein Kleid oder einen Rock. Sie soll nicht länger in diesem närrischen Aufzug herumlaufen. Aber kein Wort darüber, hast du mich verstanden? Zu niemandem hier, sonst werden du und dein lahmer Gemahl mich von einer anderen Seite kennenlernen!»

Die Frau errötete, verzichtete aber auf eine Erwiderung. Es war kaum zu übersehen, dass Lucias Anwesenheit ihr Unbehagen bereitete. Während sie auf den schmalen Flur hinaustrat, sah Lucia, dass sie das Kreuz schlug und zum Zeichen gegen den bösen Blick die Finger kreuzte.

«Ihr lasst nach den Mördern suchen», sagte Lucia voller Erleichterung, nachdem die Frau die Tür hinter sich geschlossen hatte. «Das ist gut. Ich hoffe nur, dass man sie bald aufgreift. Weit werden sie in der Dunkelheit nicht gekommen sein.» Mit zittrigen Händen griff sie nach dem Becher Würzwein und trank in gierigen Zügen. Es war herrlich, die wohlige Wärme des heißen Weines in ihrem Bauch zu spüren. Sogleich fühlte sie sich besser.

«Der Mutter Gottes sei gedankt, dass Lucia nichts geschehen ist», murmelte Paulyn. Er nippte an seinem Becher. «Sie kann bezeugen, was das feige Pack verbrochen hat. Werdet Ihr die Männer unter Bewachung zurück nach Trier schaffen lassen, oder müssen wir sie bis Luxemburg mitschleppen? Mira war doch ein Mädchen aus der Stadt, nicht wahr?» Er streckte die Beine unter dem Tisch aus. «Meine Meinung kennt Ihr ja, Herr Colin. Ich wäre für einen kurzen Prozess, nach dem die Galgenvögel ein Strick erwartet. Sie haben nicht nur als Wachen versagt, sondern auch einen Menschen ermordet!»

Colin antwortete Paulyn nicht. Er schien mit seinen Gedanken weder bei der geschändeten Magd noch bei ihren Mördern zu sein. Nach einer Weile erhob er sich und verließ mit der Bemerkung, er wolle sehen, wo die Männer blieben, die Schlafkammer.

Lucia wartete, bis die Tür hinter Colin ins Schloss gefallen war, dann beugte sie sich zu Paulyn und flüsterte aufgeregt: «Was weißt du noch über diesen Dominikaner, von dem du vorhin erzählt hast? Vielleicht sollte ich ihn aufsuchen und ihn um sicheres Geleit nach Mainz bitten?»

«Bist du noch zu retten?» Paulyn blickte sie verständnislos an. «Du bist gerade erst mit dem Leben davongekommen. Ich mache mir solche Vorwürfe, dass ich nicht in deiner Nähe geblieben bin, sondern dich allein zum Mühlbach gehen ließ. Willst du, dass auch noch dein Blut an meinen Händen klebt?»

Lucia stutzte. «Wieso *auch* noch mein Blut?» Sie ergriff die Hand ihres Freundes, doch der entzog sie ihr rasch.

«Unsinn, so habe ich das nicht gemeint. Der Tag war anstrengend, und ich mache mir Sorgen um dich. Niemals hätte ich deine Launen auch noch unterstützen dürfen. Colin hat schon recht, wenn er um deine Zukunft und deine Tugend bangt.»

«Das, was mir zugestoßen ist, ist doch nicht deine Schuld. Warum zum Teufel glaubt nur alle Welt, dass eine Frau keine eigenen Entscheidungen treffen kann und nur zu Dummheiten fähig ist? Ich war unvorsichtig, das gebe ich zu, aber dafür habe ich mit Blutergüssen und einer Lippe bezahlt, die morgen wie eine Schweinsblase aussehen wird.» Sie musste daran denken, dass es auch noch andere Arten von Schmerz gab. Manche Verletzungen hinterließen keine Kratzer oder blaue Flecken, doch vermochten sie dem, der sie erlitt, das Leben zur Hölle zu machen. Lucia schwor sich, weder Paulyn noch Colin etwas von der Sache hinter dem Wagen zu erzählen. Kein Mensch durfte von dieser Demütigung erfahren. Zu tief saß ihr die Scham in den Knochen.

Paulyn verzog das Gesicht. Lucia wusste, wie sehr er es hasste, mit ihr zu diskutieren. Für ihn war der Schnee immer weiß, die Nacht immer schwarz. Ein Kaufmann hatte klug, eine Frau still und bescheiden zu sein. Erst in den letzten Tagen schien die Mauer, hinter der der Sohn des Münzmeisters seine Sicht des Lebens schützte, Risse bekommen zu haben. Lucia fühlte sich schuldig, weil sie nun auch noch Paulyn in Gewissenskonflikte stürzte. Dennoch war sie fest entschlossen, nicht mit leeren Händen nach Trier zurückzukehren.

«Vielleicht kannst du Colin ja an den Hof der Herzogin von Luxemburg begleiten», schlug der junge Mann vor. «Vermutlich wäre es auch für ihn peinlich, dich nach Trier zurückzuschicken. Wenn die Geschichte vom weiblichen Bogenschützen in seinem Tross die Runde macht, ist er blamiert bis auf die Knochen.»

Lucia nahm eine Scheibe Brot, belegte sie mit Hammelfleisch und begann lustlos zu essen. Paulyns Überlegung klang zwar verlockend, aber was sollte sie im Schloss der Luxemburger anfangen? Über Herzogin Elisabeth von Görlitz erzählte man sich in Trier die wunderlichsten Geschichten. Sie gehörte dem Hochadel an, war eine Nichte Sigismunds und durch Heirat eine Tante des burgundischen Herzogs Philipp, der den Beinamen «der Gute» trug.

«Du bist eine begabte Gewandschneiderin», spann Paulyn den Faden weiter. «Die Luxemburgerin ist dafür bekannt, dass Garn- und Tuchhändler, Gewürzkrämer und Putzmacher öfter bei ihr Einlass finden als die Gesandten des Königs. Wenn sie dich und deinen Großvater in ihre Obhut nähme …»

Rasch fiel ihm Lucia ins Wort. «Paulyn, hör auf zu träumen. Die Herzogin von Luxemburg ist bettelarm. Wären sie und mein Großvater gleichen Standes, würden sie ein vortreffliches Ehepaar abgeben, denn beide verschließen vor ihren Schulden die Augen. Wenn sie nicht das Erbe ihres verstorbenen Gemahls in den Niederlanden verpfändet hätte, säße sie heute auf der Straße oder in einem Nonnenkloster.»

«Woher weißt du das?»

«Vater Reginald hat es mir erzählt, als ich ihn neulich im Klostergarten traf. Einige ihrer Gläubiger sind Trierer Kaufleute. Die Pfandsumme, welche der guten Herzogin zufiel, brachte ihr zwar genügend ein, um mit Kaufleuten wie Colin auch weiterhin Geschäfte zu machen, aber ihr aufwendiges Hofleben kann sie nur aufrechterhalten, solange ihr Neffe einwilligt, burgundische Geldkassetten zu öffnen und ihre Wechsel einzulösen. Gewiss tut er es, um sie bei Laune zu halten. Vater Reginald vermutet, dass Philipp nach dem Tod seiner Tante Luxemburg dem Herzogtum Burgund einverleiben möchte. Der zukünftige Kaiser Sigismund dagegen fürchtet, dass Luxemburg dem Reichsverband verlorengehen könnte, wenn es erst einmal burgundischen Interessen dient. Wie ich gehört habe, soll er Herzog Philipp schon mit Krieg gedroht haben.»

Paulyn starrte sie an. Doch ihm blieb nur wenig Zeit, um über die verfahrene Lage nachzudenken, denn im nächsten Augenblick waren schwere Schritte auf der Holzstiege zu hören. Colin betrat die Schlafkammer. Er sah zum Fürchten aus; das vom Wind zerzauste Haar fiel ihm in die Stirn. Mit einer raschen Bewegung streifte er sich den Mantel von den Schultern und warf ihn mitsamt seiner kostbaren Goldkette achtlos auf das Bett. Wenig später folgten sein Schreiber, der wortkarge Wagenweibel und, zu Lucias maßlosem Erstaunen, auch Robert.

Lucia war so verblüfft, den jungen Mann in Colins Kammer zu sehen, dass sie errötete. Was, bei allen Heiligen, hatte der Virneburger mit Colin zu schaffen?

Colin bemerkte ihre Verwirrung sofort. Einen Atemzug lang fixierte er Robert fragend, doch dieser wich sowohl Colins als auch Lucias Blick geschickt aus. Mit keinem Muskel gab er zu erkennen, dass er sie schon einmal gesehen hatte. Dennoch wirkte der junge Mann besorgt. Einen bedrückenden Moment lang wünschte sich Lucia, er würde irgendetwas zu ihr sagen. Doch Robert blieb stumm.

Colin räusperte sich. «Ich bringe schlechte Neuigkeiten, Lucia! Wie mir scheint, gibt es da einige Dinge, die Ihr mir verschwiegen habt.»

Lucia wusste nicht, was der Kaufmann meinte. Stumm beobachtete sie, wie Colins Schreiber die Schüsseln und Becher vom Tisch räumte, um dort Platz für ein Papier zu finden, das er aus seinem dunklen Wams zog. Als er sich über den Tisch beugte, bemerkte Lucia auf der Wange des Mannes einen hässlichen Striemen, der von einer Peitsche oder einem Lederriemen herrühren mochte. Colins versteinerte Miene bestätigte ihren Verdacht: Der Schreiber war gezüchtigt worden. Nach Ansicht des Kaufmanns trug er die Schuld daran, dass sie sich unter die Bewaffneten hatte mischen und gemeinsam mit Colins Wagenzug hatte reisen können. Dass dies nicht den Tatsachen entsprach, spielte für den Kaufmann keine Rolle.

«Was ist geschehen?», fragte sie. «Sind die Mörder entwischt?»

Colins Schreiber machte einen Schritt auf sie zu. Aus dem Blick, mit dem er sie bedachte, sprach offene Feindschaft.

«Wir haben die Leiche der Proviantmagd draußen bei der Viehtränke gefunden und sogleich ins Haus getragen», erklärte er mit schneidender Stimme. «Die Wirtin hat natürlich gezetert. Sagt, sie wolle keine Tote unter ihrem Dach beherbergen. Besonders jetzt nicht, wo doch ein heiliger Mann im Hause sei, der aus Rom käme und den Papst persönlich kenne. Und der andere fromme Bruder habe das Gallenfieber am Hals, daher verlasse der Pater seine Kammer am Ende des Flurs nur, um sich im Morgengrauen am Brunnen Gesicht und Hände zu waschen.»

«Vielleicht kommst du heute noch zur Sache, Mann», unterbrach ihn Colin. «Es ist schon spät, und du beginnst, mich zu langweilen!»

Der Kopf des Schreibers schien im Kragen seines Mantels zu verschwinden. «Als ich der Wirtin vorschlug, den Leichnam im Weinkeller aufzubahren, konnte sie sich nicht mehr weigern.»

Er winkte den jungen Virneburger zu sich heran, der reglos neben der Tür gestanden hatte.

«Dieser Bursche heißt Robert. Er hat mir geholfen, die Angaben des Mädchens zu prüfen. Der springende Punkt ist, dass an dem Ort, den die Gewandschneiderin uns so ausführlich beschrieben hat, außer der toten Magd noch eine weitere Leiche gefunden wurde.»

«Eine … weitere Leiche?», wiederholte Lucia.

Der Wagenweibel nickte ernst. «Bei dem Toten handelt es sich um einen der Waffenknechte, die ich für die erste Wache eingeteilt hatte. Er und die Frau wurden beide von Pfeilen durchbohrt.» Er griff in seinen Beutel und entnahm ein Stück zersplittertes Holz, das allem Anschein nach zu einem Pfeil gehört hatte. Die Spitze fehlte, aber der untere Teil war erhalten geblieben. Blut klebte daran. «Den Bogen habe ich ebenfalls sichergestellt.»

Wie betäubt lauschte Lucia den Worten des Mannes. Nur mühsam hielt sie sich aufrecht, als sie die steile Treppe hinab zu dem Gelass stieg, in dem der Wirt seine Vorräte lagerte. Ein Schlüssel wurde im Schloss herumgedreht, quietschend sprang die Tür auf. Mit klopfendem Herzen schaute sich Lucia um. Die Wände des Kellerraums waren weiß gekalkt und so niedrig, dass man den Kopf einziehen musste, um sich nicht zu stoßen. Der Boden war mit Platten belegt, die sie an Grabsteine erinnerten. In einer Nische des Mauerwerks standen einige Fässer und Truhen. Trotz des kühlen Luftzugs, der durch zwei mit Schiebesteinen verschlossene Kellerluken drang, roch es hier unten unangenehm nach abgestandenem Bier und verfaultem Gemüse.

Die Magd lag auf einem länglichen Tisch, dessen zahlreiche rostbraune Flecken erahnen ließen, dass auf ihm für gewöhnlich geschlachtete Schweine oder Hammel ausgenommen wurden. Miras Augen schienen auf einen mächtigen gepökelten Schinken gerichtet, der direkt über dem Tisch von der Decke hing. Das Mädchen sah aus, als würde es jeden Augenblick aufspringen oder zumindest eine Hand nach dem fetten Leckerbissen ausstrecken. Lucia erschauerte. Selten zuvor in ihrem Leben war sie so aufgewühlt gewesen. Sie war nahe daran, Colin und seinen Schreiber anzuschreien, weil sie keinen anständigeren Ort gefunden hatten, um die Magd aufzubahren, als einen stinkenden Keller.

Als Lucia zur Seite blickte, bemerkte sie Robert neben sich. In seiner Hand hielt er eine Laterne, mit der er wortlos einen dunklen Winkel unmittelbar hinter dem Tisch beleuchtete. Was Lucia dort sah, war schlimmer als der Anblick der toten Magd. Colins Schreiber hatte die Leiche des Waffenknechts keine drei Schritte von seinem Opfer entfernt aufbahren lassen. Wut stieg in Lucia auf. Dennoch zwang sie sich, einen Blick auf den Toten zu werfen. Seine Lippen waren geöffnet, das Gesicht war zu einer Fratze entstellt.

«Ihr behauptet, drei Männer haben der Magd Gewalt angetan?» Mit einem Fingerschnippen, für das Lucia ihn am liebsten geohrfeigt hätte, forderte der Schreiber Robert auf, ihm seine Laterne zu reichen.

«Was wir hier jedoch sehen, sind ein Mann und eine Frau, beide standen in Herrn Colins Diensten, beide wurden von Pfeilen durchbohrt.» Hämisch lächelte er Lucia an. «Habt Ihr auch dafür eine Erklärung, Gewandschneiderin? Ich gehe nämlich davon aus, dass diese beiden ein Liebespaar waren, das sich heimlich bei der Viehtränke traf, um dort von einem vor Eifersucht rasenden Weib überrascht und heimtückisch ermordet zu werden. Seid Ihr dieses Weib? Wahrscheinlich habt Ihr diese Maskerade ersonnen, um Eurem untreuen Buhlen nachzustellen.»

Kaum hatte der Schreiber seinen Vorwurf erhoben, als Paulyn ihn auch schon mit einem wütenden Laut am Kragen packte: «Aus deinem Maul quillt nur Mist!», rief er. «Ich warne dich, sag noch ein Wort gegen Lucia, und du kannst dir eine freie Bahre suchen!»

«Hört auf!» Lucias Stimme hallte in dem Kellergelass. «Dieser Waffenknecht ist über Mira hergefallen. Er hat ihr Mund und

Nase zugehalten, vermutlich ist sie erstickt. Jedenfalls starb sie nicht durch einen Pfeil, schon gar nicht durch meinen.» Sie wandte sich an Colin. «Jeder Badergeselle wird Euch bezeugen, dass Mira nicht freiwillig mit diesem Schuft …»

Colin winkte ab; mit starrer Miene befahl er Paulyn, den Schreiber umgehend loszulassen. Widerstrebend gab dieser nach, versetzte dem Mann aber einen so heftigen Stoß mit dem Ellbogen, dass der Schreiber rückwärts taumelte und mit dem Kopf gegen den Schinken stieß.

«Die Gründe, warum die Kastenbergerin sich in meinen Wagenzug schlich, sind mir bekannt», erklärte Colin, nachdem Robert und der Wagenweibel für Ruhe gesorgt hatten. «Sie haben wenig mit dem zu tun, was sich mein übereifriger Schreiber zusammenspinnt. Dennoch kann ich meine Augen nicht vor den schweren Vorwürfen verschließen, die hier im Raum stehen. Es ist meine Pflicht …» Der Kaufmann hielt inne. Irritiert beobachtete er, wie Robert um die beiden Bahren herumging und sich über die toten Körper beugte.

«Was sucht Ihr denn nun schon wieder?», fuhr Lucia den Virneburger irritiert an. «Euer Pferd vielleicht?»

Robert hob den Kopf und sah sie vorwurfsvoll an. «Nein, heute versuche ich, Euren zarten Hals aus der Schlinge zu ziehen. Zufälligerweise bin ich nämlich auch der Ansicht, dass auf die Magd erst geschossen wurde, als sie bereits tot war.» Er richtete sich auf, nahm dem Schreiber die Laterne wieder aus der Hand und kehrte mit ihr zu dem Tisch zurück, auf dem Mira lag. Vorsichtig leuchtete er jeden Fingerbreit ihres Körpers ab.

«Der Pfeil traf das Mädchen unterhalb des Brustbeins. Seht Ihr den Blutfleck dort? Er ist nicht besonders groß. Wenn das Herz getroffen worden wäre, so hätte sie nicht einmal mehr Zeit gehabt, um das Paternoster zu sprechen. Aber an einer Wunde dieser Art stirbt eine kräftige junge Frau nicht so schnell. Zweifellos hätte sie geschrien und versucht, zu entkommen. Es wäre seltsam, wenn sie an dem Ort einfach liegen geblieben wäre, bis sie das Bewusstsein verlor.»

«Aber sie könnte ja auch woanders zusammengebrochen sein», wandte Colin ein. Skeptisch betrachtete er sich die Wunde.

«Fragt Euren Schreiber, welchen Sinn das ergeben soll. Mira und ihr angeblicher Liebhaber werden bei der Viehtränke von Pfeilen durchbohrt, die aus einem Hinterhalt abgeschossen wurden. Die Magd läuft los, um sich zu retten, und bricht doch wieder an der Stelle zusammen, von der sie fortgelaufen ist. Und schaut Euch das an!» Robert leuchtete mit der Laterne auf den Hals des Mädchens.

«Das sind eindeutig Abdrücke von Fingern», bestätigte der Wagenweibel sachlich. «Jemand hat versucht, sie am Schreien zu hindern.»

Robert von Virneburg nickte.

«Und wie soll sich die Tat deiner Meinung nach abgespielt haben?», erkundigte sich Colin. Er klang etwas freundlicher; sein anfänglicher Argwohn gegen Robert schien Neugierde gewichen zu sein, während Paulyn den jungen Mann nun mit einem neidischen Blick bedachte.

«Jungfrau Lucia floh vor dem Gesindel, das sie natürlich nicht entkommen lassen wollte. Dann aber mussten die Kerle zu ihrem Schrecken feststellen, dass Ihr, Herr Colin, aus der Herberge tratet. Sie rechneten damit, dass einige Augenblicke vergehen würden, bis sich die Gewandschneiderin so weit gefangen hat, um Euch eine Erklärung zu geben. Also zogen sie sich in die Dunkelheit zurück und suchten einen Ausweg. Einer der Männer schnappte sich den Bogen, den Jungfrau Lucia auf der Flucht verloren hat …»

«Würdet Ihr bitte aufhören, mich dauernd Jungfrau Lucia zu nennen?», unterbrach Lucia Roberts Ausführung. «Außerdem habe ich den Bogen nicht verloren, die Kerle hatten ihn mir entrissen.»

«Ich verstehe nicht viel vom Bogenschießen», fuhr Robert fort. «Aber der Schuss auf die Magd wurde aus der Nähe abgegeben. Die Männer wollten Lucia die Tat in die Schuhe schieben.»

«Aber warum ist dieser Kerl dann auch tot?» Auf Paulyns Stirn standen Schweißperlen. «Ich meine, es wird doch keiner so weit gehen, sich selber zu töten, nur um eine Sache glaubwürdiger aussehen zu lassen.»

Robert hob die Schultern. «Natürlich weiß ich nicht genau, wie es sich abgespielt hat, schließlich war ich nicht dabei. Vielleicht entschieden die beiden anderen, dass ihrem Kameraden nicht zu trauen sei.»

Wolfsauge, schoss es Lucia durch den Kopf. Für sie stand fest, dass Wolfsauge den Mann getötet und die Spuren so gelegt hatte, dass man sie verdächtigen musste. Bevor Robert noch etwas sagen konnte, fügte sie hinzu: «Welcher Bogenschütze ermordet zwei Menschen aus dem Hinterhalt und lässt seinen Bogen danach auf dem Hof liegen? Sie hätten ihn besser verschwinden lassen sollen.»

Colin musste ihr beipflichten. «Viel Zeit blieb den Burschen nicht. Ich fürchte nur, sie werden nicht so töricht sein, sich immer noch in der Gegend herumzudrücken. Landsknechte finden immer einen Unterschlupf, besonders in diesen Zeiten, da fast jeder adelige Herr eine Fehde führt. Wir jedenfalls müssen morgen in aller Frühe weiterziehen.»

«Und was wird aus der toten Magd?», wollte der Wagenweibel wissen. Für ihn war die Angelegenheit erledigt, mit einem Bein auf der Treppe wartete er nur darauf, dass sein Herr ihm auftrug, worum er sich nun kümmern sollte.

VIII

Colin gab dem Wirt einen Beutel mit Münzen und bat ihn, die Leiche der unglücklichen Proviantmagd mit seinem Fuhrwerk ins nächste Dorf zu transportieren. Dort sollte sie auf dem Kirchhof ein anständiges Begräbnis erhalten. «Den elenden Taugenichts von einem Waffenknecht mag er mitnehmen und irgendwo unterwegs verscharren», erklärte er Lucia wenig später.

Doch Lucia hörte ihm nur noch mit halbem Ohr zu. Es kostete sie Mühe, die Augen offen zu halten. Erschöpft folgte sie der Schankmagd, die ihr auf Colins Anweisung hin ihr Kämmerchen abgetreten hatte. In beleidigtem Ton wies die Frau sie darauf hin, dass sie nun selber auf der harten Bank am Rauchfang nächtigen müsse, wo es immer so stank. Das Lager würde zudem ihrem Rücken schaden, denn die Bank sei aus einem alten Mühlstein gefertigt, die besten Polster aber hätten sich die frechen Kaufmannsknechte schon vor Stunden unter den Nagel gerissen.

Auf dem Bett, dessen Decke kaum angenehmer roch als der Platz neben dem Rauchfang, fand Lucia einen vergilbten Schnürkittel sowie einen Bauernrock aus zusammengehefteten Wollstücken vor. In beiden Kleidungsstücken vereinte sich der scharfe Geruch von Schweiß, Rauch und Saustall. Lucia faltete das weite Hemd auseinander. Wenigstens steckt kein Ungeziefer darin, dachte sie.

«Braucht Ihr noch etwas?» Mürrisch stemmte die Schankmagd ihre Hände in die füllige Taille. Offenkundig erregten Lucias Bogen und die Pfeile, die ihr Colin trotz einiger Bedenken zurückgegeben hatte, ihr Missfallen.

Lucia rang sich ein Lächeln ab. «Nein, und es tut mir leid, dass Ihr für mich Eure Kammer räumen sollt. Ich kann doch ebenso gut unten schlafen!» Es wird kaum schlimmer sein als hier oben, ergänzte sie in Gedanken.

«Nichts da, der Kaufherr aus Trier hat dafür bezahlt, dass Ihr es hier warm und gemütlich habt.»

«Vielleicht könnt Ihr mir aber noch eine Auskunft geben?», fragte Lucia vorsichtig.

Die Frau hob abschätzend die Hand.

«In welchen Räumen finde ich den Geistlichen, ich meine, den Dominikanerpater aus Mainz?»

«Was wollt Ihr denn von dem?»

Lucia erklärte, sie wolle den Pater bitten, eine Seelenmesse für die arme Mira lesen zu lassen. Auf die Dorfpfaffen sei doch heutzutage kein Verlass mehr. Der Kaufmann könne nicht einmal sagen, ob es im nächsten Ort noch einen Geistlichen gebe, denn wegen der Trierer Fehde wäre doch inzwischen jede zweite Pfarrei verödet, und jeder zweite Pfaffe, der sich der Entscheidung des Heiligen Vaters in Rom nicht beugen wolle, stehe unter dem kirchlichen Bann.

«Die *arme* Mira habe ich ganz gut gekannt», brummte die Schankmagd gehässig. «Wir sind im vorletzten Sommer gemeinsam mit einem Tross ins Fränkische gezogen. Als Marketenderinnen. Das kleine Biest hat immer die besten Geschäfte gemacht, aber sie hat sich ja auch in schamloser Weise dem Mannsvolk an den Hals geworfen, sobald sich eine Gelegenheit bot. Und die bot sich im Lager nicht nur einmal, falls Ihr versteht, was ich meine. Eigentlich hätte man Mira schon damals das gelbe Kleid mit den fliegenden Bändern verpassen und sie in ein Hurenhaus stecken müssen. Aber nun gut, man soll über die Toten ja nichts Schlechtes sagen, sonst gehen sie des Nachts um und sorgen dafür, dass die Milch sauer wird.»

«Da habt Ihr sicher recht!»

Die Frau sann einen Augenblick lang nach, dann sagte sie: «Folgt nur dem Korridor bis zur Bodentreppe. Dort schläft der Dominikaner. Der arme Mann war auf dem Weg nach Mainz, als sein Begleiter plötzlich über Übelkeit und heftige Schmerzen klagte. Daher sind sie hier bei uns eingekehrt. Aber nun habe ich keine Zeit mehr, um mit Euch zu plaudern, Jungfer. Wenn Ihr mich nicht mehr braucht, werde ich mich zurückziehen. Morgen früh ist die Nacht vorbei.»

Lucia bedankte sich höflich, obwohl die gefühllose Art, in der die Magd von ihrer ehemaligen Gefährtin gesprochen hatte, sie aufwühlte. Doch was half es? Ändern würde sie ihre Meinung gewiss nicht mehr.

Sie kroch ins Bett, löschte die Lampe und wickelte sich in die warme Decke. Dann blickte sie hinauf zu den schwarzen Deckenbalken. Ihre Gedanken wanderten zu Robert. Wie selbstbewusst der junge Mann Colin und den anderen gegenüber aufgetreten war. Warum hatte er ihr geholfen, anstatt sich schleunigst vom Wagenzug abzusetzen? Wie sie hatte auch er Colin und seine Geschäftspartner nur benutzt, um sich mitsamt seinem gestohlenen Pferd heimlich aus der Stadt zu schleichen. Er hatte Glück gehabt, dass niemand ihn eingehender geprüft hatte.

Was aber führte Robert wirklich im Schilde?

Wahrscheinlich ist er ein Späher, dachte Lucia. Er hat die Aufgabe, sich über die Anzahl der Wagen, der Männer und Waffen zu informieren, die Colin auf seiner Reise durch feindliches Gebiet mit sich führt. Sie setzte sich im Bett auf und starrte zum Fenster hinüber. Planten Roberts Auftraggeber einen Überfall, noch ehe der ahnungslose Colin die Wälder von Luxemburg erreicht hatte? Der Gedanke war nicht abwegig. Andererseits hatte Robert in Trier schon einmal vehement abgestritten, dass der Herr von Manderscheid mit der Plünderung des Dorfes etwas zu tun gehabt hatte. Trotz der Heimlichkeiten, die sie beide zusammengeführt hatten, kam Robert ihr nicht wie ein Lügner vor.

Lucias Gedanken verweilten noch eine geraume Zeit bei dem jungen Virneburger. Mit einem Anflug schlechten Gewissens stellte sie fest, dass sie ihm nicht einmal für seine Hilfe gedankt hatte. Späher hin, Späher her, sie hätte sich erkenntlich zeigen müssen. Hatte er sie nicht einige Male erwartungsvoll angesehen? Sie hingegen hatte sich beeilt, den Keller zu verlassen, und nicht ein einziges Mal zurückgeblickt. Während sie und Paulyn im Schankraum auf die anderen gewartet hatten, war Robert einfach verschwunden. Wieder einmal. Verwirrt drehte sich Lucia auf die Seite. Es war sinnlos, sich weiter den Kopf zu zerbrechen. Robert war ein Knecht, möglicherweise sogar unfrei, und sie würde ihn wohl nie wiedersehen. Sie aber hatte einen beschwerlichen Weg vor sich, der ihre ganze Kraft fordern würde. Auf ihn galt es sich nun zu konzentrieren.

Noch vor Morgengrauen erwachte Lucia, weil ihr der Nacken schmerzte. Sie musste einige Stunden geschlafen haben, auch wenn sie sich nicht daran erinnerte, wann sie endlich eingeschlummert war. Ihr Herz klopfte unruhig; der Traum, der sie in den frühen Morgenstunden ereilt hatte, war wirr und erschreckend gewesen. Von Pfeilen hatte sie geträumt, die einen blutenden Schinken durchbohrten, und von Paulyn, der sie unter wildem Gelächter gefesselt hinter seinem Pferd über einen Waldpfad schleifte.

Mit schwerem Kopf quälte sich Lucia aus der muffigen Decke. Sie band ihr zerzaustes Haar so gut es ging zu einem Zopf und schlüpfte dann in Kittel und Rock der Schankmagd. Das steife Leinen war so kalt, dass Lucia eine Gänsehaut bekam. Dennoch war es ein beinahe erhabenes Gefühl, sich wieder wie ein Mädchen kleiden und fühlen zu dürfen. Mit spitzen Fingern zupfte sie an dem Rock herum, bis sie befand, für eine verlotterte Schenke manierlich genug auszusehen.

Im Haus herrschte noch schläfrige Stille, wenn man von schlurfenden Schritten und dem monotonen Geräusch eines Besens absah.

Vermutlich hatte die Schankmagd ihr hartes Lager noch vor Lucia verlassen, um im Herd die Asche auszukehren und anschließend ein Feuer zu entfachen. Unterhalb der Stiege knarrte und raschelte es; ein Hund winselte, verstummte aber gehorsam, als ihn eine verschlafene Stimme zur Ruhe mahnte.

Lucia durchquerte den Flur, bis sie zu der Tür kam, die ihr die Schankmagd beschrieben hatte. Mühelos fand sie das kleine Kreidekreuz, das auf die Anwesenheit geistlicher Herren hinwies. Sie atmete tief durch. Dreimal hob sie die Hand, um anzuklopfen, doch jedes Mal verließ sie der Mut. Der Plan erschien ihr plötzlich töricht. Noch während sie überlegte, öffnete sich die Tür, und ein junger Mönch mit Sommersprossen steckte den Kopf auf den Flur hinaus. In seiner Hand hielt er einen Wasserkrug. Als sein Blick auf Lucia fiel, drückte er ihr den Krug in die Hand und scheuchte sie mit einer flüchtigen Geste zur Stiege.

«Das frische Wasser ist aufgebraucht! Geh, lauf zum Mühlbach und füll den Krug! Aber beeil dich!»

Der junge Mönch hielt sie offenkundig für die Schankmagd. Nun, dies war verzeihlich, denn es verschaffte Lucia einen willkommenen Vorwand, in die Kammer der Mönche zu gelangen, ohne sich dem Vorwurf der Neugierde auszusetzen. Gehorsam nickte sie, eilte die Stufen hinunter und kehrte kurz darauf mit dem bis zum Rand gefüllten Krug zurück.

In der geräumigen Kammer herrschte drückende Hitze, die von einem dreifüßigen Kohleofen ausging. Unschlüssig blieb Lucia stehen und blickte sich um. In der Eile war ihr entfallen, dass der Begleiter des Predigers ja an einer Krankheit litt. Die frommen Brüder besuchten doch für gewöhnlich auch Spitäler und Siechenhöfe. Sie erschrak. Vielleicht hatte sich der Geistliche in der Fremde an den schwarzen Pocken oder einer anderen Seuche angesteckt?

Vor einem länglichen Kastenbett, dessen Vorhänge nur zur Hälfte geöffnet waren, kniete ein hagerer Mann mittleren Alters auf dem Fußboden; er trug das weite Gewand der Dominikaner, eine

Kutte aus graubraunem Sackleinen mit Gürtel und Skapulier. Zwei Leuchter standen neben dem Bett, deren Kerzen einen honiggelben Schein auf das Gesicht des Dominikanerpredigers zauberten. Sein schmales Gesicht mit den klugen, wachsam glitzernden Augen flößte Lucia auf Anhieb Vertrauen ein. Auf den Knien des Mannes lag ein aufgeschlagenes Buch, aus dem er leise Stellen in lateinischer Sprache rezitierte. Von Zeit zu Zeit hob er den Kopf und blickte besorgt auf das zerwühlte Bett des Kranken, der ein schwaches Stöhnen von sich gab.

Der junge Mönch war nicht in der Kammer. Während Lucia noch überlegte, wie sie den Dominikaner auf sich aufmerksam machen konnte, deutete dieser auf einen niedrigen Reisetisch, den die Mönche vor der Kohlenpfanne aufgestellt hatten. Der Tisch bog sich unter der Last zahlreicher Bücher und Schriftrollen.

«Stell den Krug dort ab, wenn du noch ein freies Fleckchen findest.» Lucia tat wie geheißen und warf dabei einen Blick auf eines der dicken Bücher.

«Ist noch etwas?», erkundigte sich der Mönch leise. «Wo ist Bruder Arno?»

Lucia drehte sich um und erschrak, denn der Dominikaner stand unmittelbar vor ihr. Lautlos wie eine Katze hatte er sich von den Knien erhoben und war zum Tisch getreten; das Buch, aus dem er gelesen hatte, hielt er in den Händen. Vorsichtig legte er es auf den Stapel und schob den winzigen Riegel an der Seite des Buches mit einer beinahe liebevollen Bewegung in sein Gehäuse.

«Ich weiß nicht, wohin Euer Begleiter gegangen ist, ehrwürdiger Vater», hauchte Lucia schüchtern. «Er trug mir auf, zum Bach zu gehen und frisches Wasser zu holen.»

Der Dominikaner sah sie flüchtig an, dann nickte er. «Es ist gut, Mädchen, du kannst wieder an deine Arbeit gehen. Im Übrigen ziehe ich die Anrede Vater Heinrich vor.»

Er goss ein paar Spritzer Wasser in eine Schale. Diesem mengte er getrocknete Kräuter und den bläulich schimmernden Inhalt eines Arzneifläschchens bei, das er an einer Kordel um den Hals trug. Das Gebräu verströmte einen beißenden Geruch; Lucia konnte sich nur schwerlich vorstellen, dass ein Mensch davon gesund werden sollte. Doch der Geistliche schien zu wissen, was er tat. Mit ruhiger Hand tränkte er einige Tücher und Binden mit der Flüssigkeit und kehrte mit ihnen zum Krankenbett zurück.

«Es ist ein Fieber, das in seinen Knochen steckt und ihm die Sinne lähmt», erklärte er abwesend, während er die Tücher gleichmäßig auf dem Körper des Kranken verteilte. «Bruder Bartholomäus hat es sich in den italienischen Sümpfen geholt, als er mich auf meiner Mission nach Rom begleitete. Von Zeit zu Zeit bricht es in Schüben aus ihm heraus, als sei der Teufel persönlich in seinen Leib gefahren, um ihn zu quälen.»

«Aber es ist nicht der Teufel, der ihn heimsucht, oder?»

«Natürlich nicht», antwortete Vater Heinrich milde. «Nicht alle Krankheiten werden von Dämonen heraufbeschworen, obgleich der Versucher unsere Treue gegenüber dem Herrn immer wieder auf die Probe stellt.»

«Darf ich Euch etwas fragen, Vater Heinrich?» Lucia machte ein paar Schritte auf den hageren Prediger zu und faltete die Hände. «Ich befinde mich ebenfalls in einer Notlage und hoffe, dass Ihr mir helfen könnt.»

«Das sehe ich deinem verschwollenen Gesicht an. Bist du in anderen Umständen?» Die Frage kam sachlich, ohne jeden Hohn oder Tadel. Vater Heinrich blickte nicht einmal auf, sondern fuhr mit der Pflege seines Ordensbruders fort. Dennoch glaubte Lucia, auf den Lippen des Mannes den Anflug eines Lächelns wahrzunehmen.

«Haben dich die Wirtsleute deshalb verdroschen? Das sähe dem habgierigen Pack ähnlich.»

Lucia schüttelte den Kopf. «Ich bin gar keine Schankmagd. Die Kleider musste ich mir borgen, weil meine eigenen … verschmutzt waren.» Sie warf dem Geistlichen einen vorsichtigen

Blick zu. Zu ihrer Überraschung begann dieser plötzlich mit hoher Stimme zu kichern. «Ich dachte mir doch gleich, dass du nicht in dieses gastliche Haus gehörst. Du bist gestern mit dem Kaufmannszug aus Trier gekommen, nicht wahr?»

«So ist es!»

«Aber du willst deine Reise nicht mit ihm fortsetzen?»

Lucia war verblüfft. Vater Heinrich schien in ihren Gedanken zu lesen wie in dem Buch, das er soeben auf den Tisch gelegt hatte. Einen Atemzug lang überlegte sie, dem Mönch von den furchtbaren Geschehnissen der vergangenen Nacht zu erzählen, doch sie schwieg lieber. Colins Warnung, einem Mann der Kirche nicht in Männerkleidern über den Weg zu laufen, klang ihr noch allzu deutlich in den Ohren. Stattdessen berichtete sie Vater Heinrich vom Brief ihrer Schwester, die schon seit Jahren keinen Kontakt mehr zum Trierer Zweig der Familie unterhielt, nun aber unverschuldet in Not geraten war und dringend Lucias Hilfe benötigte.

«Ich kann nicht mit Kaufmann Emmerich weiterziehen, Vater. Sein Weg führt ihn nach Luxemburg, wo er mit der Herzogin Geschäfte zu regeln hat. Ich aber muss auf dem schnellsten Weg nach Mainz, um meiner Schwester beizustehen.»

«Ist sie auch erkrankt?», erkundigte sich der Mönch teilnahmsvoll.

Lucia senkte betreten den Kopf. «Wir müssen damit rechnen, Herr. Meine Schwester verlor ihren Mann durch ein tragisches Unglück. Seine Verwandtschaft, die im selben Haus lebt wie sie, scheint der Ärmsten nun das Leben zur Hölle zu machen …»

Vater Heinrich richtete sich auf und lächelte Lucia an. «Es ehrt dich, dass du dich um deine Schwester sorgst, meine Tochter, doch du solltest nicht deinen Ruf aufs Spiel setzen, indem du dich unter diesen rohen Kaufmannsknechten herumtreibst. Das ist kein Umgang für dich. Führt deine Schwester denn ein gottgefälliges Leben? Wenn dem so ist, wird sie gewiss Trost in den heiligen Sakramenten unserer Kirche finden. Zufällig kenne ich den Domprediger von Mainz. Wie auch immer, zuweilen läutert es die Seele, das Los, das uns der Herr auferlegt, in Demut zu ertragen.» Er stieß einen Seufzer aus. «Mein ganzes Leben lang bemühe ich mich schon, dieses Credo zu befolgen, und bin doch noch so weit vom göttlichen Licht entfernt, dass mir die Dunkelheit Angst einflößt.» Er nahm einen der beiden Kerzenleuchter vom Boden auf und folgte mit den Augen den Bewegungen der kleinen Flämmchen. «Das Licht in der Welt zu bewahren, ist eine heilige Aufgabe, verstehst du, meine Tochter?»

Lucia zwang sich zu lächeln, doch es wollte ihr nicht recht gelingen. Der hagere Mann wurde ihr zusehends unheimlich.

«Seit mich der Bischof von Mainz nach Basel gesandt hat, um dort beim Konzil die Interessen des erzbischöflichen Stuhls zu vertreten, habe ich kaum noch Zeit, um mich mit meinen Studien zu befassen. Das Konzil verlangt immer neue Gutachten aus meiner Feder. Heute sind es die grotesken Irrtümer der Hussiten in Böhmen, morgen können es schon die italienischen Irrlehrer sein, vor denen wir die Menschen zu schützen haben. Sie alle bekämpfen das Licht, indem sie ihm Dunkelheit entgegensetzen!»

Als der Mönch Lucias Blick begegnete, lächelte er. «Du möchtest also nach Mainz reisen, und dies unter dem Schutz der heiligen Kirche?»

Noch bevor Lucia antworten konnte, betrat der sommersprossige Mönch die Kammer. «Was hast du hier verloren?», herrschte der junge Dominikaner Lucia an, als er sie erblickte. «Du hättest draußen auf meine Rückkehr warten sollen! Wo kommen wir denn hin, wenn jede hergelaufene Wirtshausdirne sich die Frechheit herausnimmt, hier hereinzustürmen?»

«Verzeiht, ich wollte nur das Wasser vom Mühlbach bringen und …» Ertappt biss sie sich auf die Lippe. Vater Heinrich musste gemerkt haben, dass sie nur einen Vorwand gesucht hatte, um ihn zu sprechen. Doch er schwieg.

«Was ist nun mit dem Wasser? Du stiehlst uns die Zeit!» Der junge Mönch schüttelte missmutig den Kopf. An Vater Heinrich gewandt, erklärte er: «Draußen wird es bereits hell, ehrwürdiger Vater. Wenn Ihr Euer Ziel bis Sonnenuntergang erreichen wollt, müssen wir jetzt aufbrechen. Vergesst nicht, dass der Bischof Euren Bericht erwartet, bevor wir unsere Reise nach Basel fortsetzen!»

Der Ältere fuhr sich über den spärlichen Haaransatz, der seine sorgfältig ausrasierte Tonsur umschloss. «Es behagt mir nicht, unseren Freund hier zurückzulassen, Bruder Arno, aber ich fürchte, es geht nicht anders.»

«Das Kloster Himmerod ist doch nur eine Tagesreise von hier entfernt», erwiderte der junge Mönch. Er schien keine Skrupel zu haben, ohne den kranken Ordensbruder weiterzureisen. «Ich habe gestern früh einen berittenen Boten zum Abt gesandt. Man wird Bruder Bartholomäus bald abholen.» Bruder Arno ergriff die Reisetruhe an beiden Henkeln und schleifte sie über die Dielenbretter. «Du bist ja immer noch hier», fuhr er Lucia an. Diese blickte zu Vater Heinrich hinüber, doch der hatte sich wieder über den Kranken gebeugt. Mit einem Tüchlein tupfte er die Stirn des Mannes ab.

«Bist du taub?» Der sommersprossige Mönch wies auf die Tür. «Hinaus!»

Niedergeschlagen wandte sich Lucia zum Gehen. Ihr Versuch war kläglich gescheitert, dabei war sie so nahe dran gewesen, sich Gehör zu verschaffen. Gewiss hätte sie den älteren Ordensmann überzeugt. Wenn nur der eingebildete junge Mönch nicht im unpassendsten Moment aufgetaucht wäre. Sie hatte den dunklen Flur fast erreicht, als Vater Heinrich sie zurückrief.

«Warte, Mädchen.» Er winkte ihr zu. «Hast du außer deiner Schwester in Mainz noch weitere Angehörige, oder stehst du allein auf der Welt?»

Lucias Miene hellte sich auf. Ein winziger Hoffnungsschimmer trieb sie zurück in die Kammer.

«Ich habe einen Großvater», sagte sie. «Er war der Leibschneider Seiner Ehrwürden, des Bischofs von Trier. Aber nach dem Tod des Bischofs ging es mit ihm gesundheitlich bergab. Womöglich bleibt ihm nicht einmal mehr Zeit, um sich mit meiner Schwester auszusöhnen.»

«Was führte denn zu ihrer Entzweiung?»

Lucia hob die Schultern; ihr Kopf begann wieder weh zu tun. «Soviel ich weiß, hielt meine Schwester in einem Familienstreit zu meinem Vater. Später heiratete sie und verließ die Stadt. Wir haben nie wieder etwas von ihr gehört.»

So, nun war es heraus.

Wie würden die beiden Männer auf ihre Geschichte reagieren?

Bruder Arno gab sich keine besondere Mühe, sein Missfallen zu verbergen, doch das war zu erwarten gewesen. Vater Heinrich schien ihr indes zu glauben. Dies war einerseits gut, andererseits vermehrte es Lucias Schuldgefühl. Lehrten die Priester nicht, dass man in die Hölle kam, wenn man einen Geistlichen anschwindelte? Nun, das hatte sie gerade getan, noch dazu einen Inquisitor. Lucia hatte nur vage Vorstellungen von dessen Aufgaben und Befugnissen, doch nach all dem, was sie von Vater Reginald wusste, gehörten Inquisitoren zu den Männern, die überall Sünde und Ketzerei witterten. Die im Leben der Menschen herumstocherten, um Fehler aufzuspüren, und um die man daher besser einen Bogen machte. Und der Bibliothekar war selber Mönch und musste es wissen.

«Es schickt sich nicht für Angehörige unseres Ordens, in Begleitung eines jungen Weibes zu reisen», gab Bruder Arno zu bedenken und ließ eines der Bücher geräuschvoll in die geöffnete Truhe fallen.

Nun wandte sich Vater Heinrich wieder an Lucia. «Was ist mit deinem Vater? Du sagtest vorhin, er sei nicht mehr am Leben? Wie ist er gestorben?»

Lucias Herz begann wild zu klopfen. «Mein Vater war Bogenschütze im Dienst des böhmischen Königs und zukünftigen Kaisers», antwortete sie nicht ohne Stolz. «Er fand den Tod bei der Verteidigung der Stadt Kuttenberg gegen die Hussiten unter ihrem Befehlshaber Andreas Prokop.»

«Hast du gehört, Bruder Arno?» Vater Heinrichs Augen begannen zu leuchten; er schien begeistert. Eilig lief er zu seinem Reisetisch, breitete einen Bogen Papier aus und schüttelte aus einer Zinnbüchse einige Körnchen Streusand über die Schrift. Dann hielt er sie in das schwache Licht der Kerzen. «Der Vater dieser Jungfrau bekämpfte die Ketzerprediger in Böhmen mit seinem Bogen, so wie wir ihre Wortführer auf dem Konzil mit der Kraft unserer Feder bekämpfen. Weißt du, was das für unsere Arbeit bedeutet?»

Der junge Mönch schüttelte verblüfft den Kopf.

«Du begreifst nie etwas», sagte Vater Heinrich. «Dabei könnte das Zusammentreffen mit dieser Jungfer das Zeichen sein, nach dem ich mich schon seit so langer Zeit sehne.»

Bruder Arno zuckte gequält die Achseln; er konnte die Ansicht seines Mentors nicht teilen. «Ich weiß, dass Ihr mich nicht meiner geistigen Fähigkeiten wegen ausgesucht habt», stieß er bitter hervor. «Mein Abt hat mich Euch empfohlen, weil ich kräftig genug bin, Truhen mit Büchern zu schleppen und bei Bedarf die Räder eines Wagens aus dem Morast der Landstraße zu stemmen.» Voller Abscheu blickte er Lucia an.

«Dein Abt wusste genau, was er tat und was du brauchst», erwiderte Vater Heinrich streng. «Eines Tages wirst du ein guter Inquisitor werden, denn du liebst die Strenge unserer Regeln mehr, als ich es vermag.»

«Was heißt das?»

Vater Heinrich lachte. «Das heißt, dass ich der Tochter des Bogenschützen erlauben werde, in der Obhut der Inquisition nach Mainz zu wandern!»

IX

Bis spät in die Nacht hinein hatten die Kaufmannsknechte den Bierkrug kreisen lassen und sich über die Mädchen im Schloss der Herzogin von Luxemburg unterhalten. Nun schliefen sie im Stroh ihren Rausch aus. Lautes Schnarchen drang durch den Stall. Keiner der Männer erwachte, als Robert von Virneburg sich im Morgengrauen erhob, sein Pferd sattelte und es leise zum Gattertor führte.

Wenige Augenblicke später lag der Gasthof hinter ihm.

Robert blickte zu den Wipfeln der Bäume empor, die sich wie dünne Halme im Wind bewegten. Es war noch kalt, doch das störte ihn nicht.

Er genoss es, ohne Gesellschaft zu reiten. In diesen Augenblicken fühlte er sich frei und ungebunden. Und er konnte seinen Gedanken freien Lauf lassen. Gerne wäre er abgestiegen, um sich eine Weile die Beine zu vertreten. Der weiche Waldboden sah einladend aus. Aber er durfte nicht trödeln. Die Aufregung um den Tod der Trossmagd hatte ihn wertvolle Zeit gekostet. Gewiss, niemand hatte ihn gezwungen, nach Hinweisen zu suchen oder sich nützlich zu machen. Er konnte froh sein, dass der misstrauische Kaufmann ihm nicht selbst auf die Schliche gekommen war. Aus irgendeinem Grund hatte er es jedoch nicht über sich gebracht, die kratzbürstige Lucia mit dem Vorwurf des Mordes, den der Schreiber voreilig erhoben hatte, alleinzulassen. Dass ihr Freund Paulyn keine große Hilfe war, hatte er gleich bemerkt. Der Junge konnte froh sein, wenn er den Weg zum Abort fand, ohne sich zu verlaufen.

Robert spornte sein Pferd zum Galopp an. Der kühle Wind fuhr durch sein volles Haar. Befreit ließ er sein Pferd über einen von wilden Brombeersträuchern überwucherten Graben springen. Vielleicht hätte er besser dem Mühlbach folgen und später am Ufer der Mosel entlangreiten sollen. Doch Robert verabscheute fließende Gewässer, seit er als kleiner Junge beim Baden fast ertrunken wäre. Allein der Aufmerksamkeit eines Dieners, der sein Geschrei gehört hatte, verdankte er es, am Leben zu sein. Noch tiefer als die Todesangst im kalten Wasser hatten sich allerdings die Schläge in sein Gedächtnis eingebrannt, die ihm sein Herr an jenem Abend verabreicht hatte.

Seither überfiel Robert eine tiefe Unruhe, wenn er das Plätschern von Wasser vernahm oder ein Gewässer seinen Weg kreuzte. Er hasste Brücken und Stege, deren Holz unter den Fußsohlen stets verdächtig knirschte, und nahm niemals die Dienste eines Fährmanns in Anspruch, selbst wenn er dafür zuweilen große Umwege in Kauf nehmen musste. War er allein, konnte er sich den Weg aussuchen, der ihm behagte. Ritt er im Gefolge anderer, gestaltete sich dies schon schwieriger. Sein Vetter, der um seine Schwäche wusste, wurde nicht müde, ihn damit aufzuziehen.

Robert atmete tief durch, als er sein Pferd an einigen Stapeln aufgeschichteter Baumstämme vorüberlenkte. Ein würziger Geruch von Harz und Sägespänen stieg ihm in die Nase.

Wenn er sich beeilte, würde er seinen Herrn noch vor Sonnenuntergang treffen. Er konnte nur hoffen, dass dieser zufrieden mit ihm war und nicht wieder einen Grund fand, ihn zu maßregeln. Bis auf die Verspätung gab es dafür jedoch keinen Anlass. Den Auftrag, den der Alte ihm nach dem Diebstahl seiner Pferde erteilt hatte, war ausgeführt. Er wusste nun, dass die Trierer die edlen Tiere beschlagnahmt hatten. Allerdings ließen weder dies noch die übrigen Nachrichten, die er seinem Herrn übermitteln musste, darauf hoffen, dass der Streit mit der Stadt Trier im Guten beigelegt werden konnte.

Als Robert aus dem Wald herausritt, tat sich flaches Land vor ihm auf. Sein Blick fiel auf die bestellten Äcker und eine umzäunte Weide, auf der Schafe grasten. Der Weg vor ihm war uneben; tiefe Furchen zeugten davon, dass regelmäßig größere Fuhrwerke zum Gutshof unterwegs waren.

«Ganz ruhig», sagte Robert und tätschelte den Hals seines Pferdes, das den Schlaglöchern mit tänzelnden Schritten auswich. «Wir haben es bald geschafft, dann darfst du dich ausruhen.»

Zwischen einer Gruppe von Bäumen war nun die Spitze eines Glockentürmchens zu sehen, welches das Dach eines Fachwerkhauses schmückte. Aus dem Schornstein stieg dicker Rauch auf.

Als Robert heranritt, sah er vor der Einfahrt einen gähnenden Wächter sitzen. Doch der Mann nahm keinerlei Notiz von ihm, selbst dann nicht, als er unter dem Torbogen hindurch in den Hof trabte.

Der Gutsbesitz vermittelte nicht den Eindruck großen Reichtums, auch wirkte er mit seinen lückenhaften Zäunen und den Dornenhecken, die zerfallene Mauerstücke ersetzen sollten, nicht besonders wehrhaft. Dennoch strahlte das Haus mit seinem Türmchen Behaglichkeit und den Lebensmut seiner Bewohner aus.

Robert sah sich auf dem Hof um. Überall wurde gearbeitet. Aus der Hufschmiede dröhnten Hammerschläge und das Kreischen einer Säge, aus dem Haus drangen Kinderstimmen, die im Chor Verse aufsagten. Robert konnte sich schon denken, wer die Kinder unterrichtete. Die Gutsherrin galt unter den Leibeigenen als mildtätig und tugendhaft. Es hieß, dass sie in harten Wintern die halbe Ansiedlung mit Vorräten aus den Gewölbekellern des Haupthauses versorgte und den Bäuerinnen bei Geburten mit Heiltränken und Trost zur Seite stand.

Vor der Tür, die hinauf zum Glockenturm führte, sah Robert ein betagtes Paar, das mit spitz zugefeilten Knochennadeln Körbe ausbesserte. Wenige Schritte von ihnen entfernt stand ein Waschzuber, und eine Magd rieb mit vor Anstrengung feuerrotem Gesicht die nasse Wäsche über ein Brett. Ihr Überrock war bereits bis zur Hüfte durchnässt, die entblößten Arme waren vor Kälte gerötet, doch ihr schien dies nichts auszumachen.

«Wo finde ich den Grafen von Virneburg?», fragte Robert einen bärtigen Mann, der mit einer Forke in der Hand aus dem Kornspeicher trat. Behände ließ er sich aus dem Sattel gleiten. «Er erwartet mich!»

«Ich weiß, und das bereits seit gestern», erwiderte der Bärtige. Seine vorwurfsvolle Miene ließ Robert erahnen, dass ihn Ärger erwartete. Leise murmelnd lehnte der Mann seine Forke gegen die Scheunenwand und bedeutete Robert, ihm über die Treppe hinauf ins Haus zu folgen. Um sein Pferd sollte sich einer der Stallburschen kümmern.

Robert fand seinen Herrn in einem warmen, mit rötlichem Holz getäfelten Raum, in dem sich allem Anschein nach das Privatleben des Gutsherrn abspielte. Die Mitte der Halle wurde von einem Rauchfang und einer mächtigen Eichentafel beherrscht, auf der noch halbgefüllte Zinnplatten und zwei Milchschalen von der Morgenmahlzeit standen. Um den blankpolierten Tisch verteilte sich eine Handvoll Männer und eine Frau, die sich über die bevorstehenden Osterfeiertage unterhielten. Nicht weit von ihnen entfernt stand ein wuchtiges Kastenbett, vor dem dicke Teppiche aus Schafwolle lagen. Das Bett faszinierte Robert. Es besaß zwei herzförmige Flügeltüren, die man zum Schutz vor Kälte schließen konnte.

Als der Knecht Robert zur Tafel führte, erhob sich ein Mann und winkte ihn freundlich heran. Er war nur wenige Jahre älter als Robert, wirkte aufgrund seiner Leibesfülle aber plump und schwerfällig. Sein Gesicht war von dunklen Bartstoppeln übersät, das schüttere Haar stand ungekämmt vom Kopf ab. Robert erkannte Siegfried von Niedern, den Herrn des Gutes, sofort und erwiderte höflich seinen Gruß. Zu Siegfrieds Linken saß seine

Gemahlin, die bei Roberts Anblick errötete und die Augen niederschlug. Der Platz zur Rechten des Gutsherrn wurde von einem würdevoll aussehenden Herrn eingenommen.

Vermittelte Siegfried von Niedern den wenig schmeichelhaften Eindruck eines unmäßigen Prassers und Trunkenbolds, so entsprach sein Ehrengast vollauf dem Bild eines Edelmannes. Sein schlanker, hochgewachsener Körper steckte in enganliegenden schwarzen Beinlingen und einem kreuzförmig bestickten Seidenwams, das im Schein der Kerzen glänzte. Silbergraue, schulterlange Haare umrahmten sein längliches Gesicht, das kühl und daher unberechenbar wirkte. Seine Nase lief spitz zu, die grauen Augen funkelten. Als sein Blick auf Robert fiel, verzog er jedoch keine Miene. Sein Blick blieb ausdruckslos. Wortlos griff er zu seinem Becher und leerte ihn in einem Zug.

«Wen haben wir denn hier?», rief der Gutsherr mit dröhnender Stimme. Anders als sein Gast im Seidenwams schien er ehrlich erfreut. «Unser junger Freund ist aus Trier zurückgekehrt. Kommt, mein lieber Robert, setzt Euch zu uns an die Tafel! Wir haben uns bereits Sorgen gemacht, nicht wahr, Margitta?» Er stieß seine Frau höchst ungalant mit dem Ellbogen an und lachte schallend, als diese erschrocken zusammenzuckte.

«Nur nicht so schüchtern, mein Junge!» Siegfried von Niedern ließ eine Reihe schadhafter Zähne sehen und gab einem Diener zu verstehen, dass ein weiteres Gedeck benötigt wurde. An der Tafel rückte man eilig zusammen.

Robert wollte gerade seinen Umhang ablegen und am unteren Ende des Tisches Platz nehmen, als der Mann im Seidenwams ihm einen drohenden Blick zuwarf. «Der Junge kann später in der Gesindeküche essen», erklärte er frostig. «Schließlich hat er uns lange genug warten lassen!» Als er den betroffenen Blick seines Gastgebers bemerkte, fügte er mit einem feinen Lächeln hinzu: «Mit Eurer Erlaubnis, Herr Siegfried, werde ich mit meinem Knecht verfahren, wie es mir ratsam erscheint. Ich weiß, Ihr habt ein großes Herz, aber manchmal muss man seine Dienstmannen züchtigen, damit sie nicht vergessen, was sie ihrem Herrn schuldig sind.» Beifälliges Gemurmel erklang.

«Aber Robert ist doch kein Leibeigener, sondern Euer Neffe», platzte es aus dem Gutsherrn heraus. «Euer eigen Fleisch und Blut.» Er setzte sich wieder. Unschlüssig polierte er den goldenen Ring, der seinen Finger schmückte. «Ich fände es nicht richtig, wenn er draußen vor der Türe speisen müsste, während wir uns hier beraten!»

Auf der Schläfe des grauhaarigen Mannes trat eine Ader hervor. Er richtete sich kerzengerade auf und bedachte den Gutsherrn mit einem Blick, der keinen Widerspruch duldete. «Ich möchte Euch bitten, den Knaben nicht wie unseresgleichen zu behandeln. Er ist nichts weiter als die Frucht eines bedauerlichen Fehltritts, den sich mein Bruder nach dem frühen Tod seiner Gemahlin mit einem dahergelaufenen Bauerntrampel geleistet hat.»

Robert ballte die Fäuste hinter seinem Rücken, tat aber, als habe er die Beleidigung nicht gehört.

«Er trägt Euren Namen, Graf von Virneburg!» Margitta von Niedern hob den Kopf und schenkte Robert ein aufmunterndes Lächeln.

Graf Ruprecht von Virneburg, dem diese Geste nicht entgangen war, funkelte die Frau wütend an. Dann besann er sich auf seine ritterlichen Manieren und sagte: «In meinem Haus trägt jeder Ochse, der am Spieß brät, meinen Namen an einem Ring durch die Nase. Aber lassen wir das Geplänkel, wir sind hier, um über wichtigere Dinge zu beraten. Der Bengel ist zuweilen ganz nützlich, das will ich gern zugeben. Vor allem verfügt er über das Talent, sich unauffällig unter dem gemeinen Volk zu bewegen. So kann er für mich Erkundigungen einholen. Vermutlich stammt er von Gauklern oder Beutelschneidern ab.» Er wartete nicht, bis jemand über seinen Scherz lachte, sondern forderte Robert mit fester Stimme auf, sich einen Schemel zu nehmen.

«Also, Junge, was hast du in der Stadt herausgefunden? Sind der Schöffenrat und das Domkapitel immer noch geteilter Meinung darüber, welchem Bischof sie huldigen sollen?»

Robert setzte sich. «Der Trierer Dom ist leider zu einem Ort des Streits verkommen. Eine Hälfte des Domkapitels hält zu Bischof Raban, die andere gibt dem Manderscheider ihre Stimme und nimmt sogar den drohenden Kirchenbann in Kauf. Wenn Ihr mich fragt, so wird es in diesem Jahr kein Hochamt zu Ostern und zu Michaeli keinen Jahrmarkt geben. Ich habe mich ferner davon überzeugt, dass es unsere Pferde waren, die man in die Stadt getrieben hat. Angeblich wurden sie mit blutigen Satteldecken in der Nähe des abgebrannten Dorfes aufgefunden.»

«Aber wie konnte man die Euch entwendeten Tiere so schnell einfangen und nach Trier bringen?», wollte die Gutsherrin wissen.

Robert zuckte die Achseln. «Ein junger Bursche, der Sohn des Münzmeisters, hat sie wohl entdeckt, während er über Land zog. Leider fand ich keine Gelegenheit, mit ihm zu reden. Am Tag nach dem Überfall schickte ihn sein Vater nämlich mit einem Handelszug des Kaufmanns Emmerich nach Luxemburg. Zum Schein schloss ich mich den Bewaffneten an, die den Zug des Kaufmanns bewachen, aber der Kaufmann lässt den Knaben nicht aus den Augen. Ich bin mir sicher, dass der Junge weiß, was sich wirklich in Büschfeld abgespielt hat.»

«Es ist mir gleichgültig, ob ein paar Hütten Feuer gefangen haben und ein paar Rindviecher verendet sind!» Ruprecht von Virneburg schlug mit der Faust auf die Tafel. «Ich will wissen, ob die Sache des Grafen von Manderscheid in Trier gefährdet ist!»

«Nachdem nun alle glauben, dass der Graf hinter dem Überfall steckt, halte ich dies für sehr wahrscheinlich. Freiwillig wird der Rat der Stadt ihm nun kaum mehr die Tore öffnen.»

«Aber was soll nun geschehen?», fragte Siegfried von Niedern und blickte ratlos in die Runde; doch die meisten der Anwesenden, auch seine Frau, hielten ihre Blicke gesenkt und brüteten schweigend vor sich hin.

«Der Graf könnte das Konzil in Basel bemühen und einen Schiedsspruch verlangen», schlug Robert vor. «In der Herberge, in der ich die letzte Nacht verbrachte, sind einige Dominikanerbrüder abgestiegen, die, soweit ich gehört habe, über Mainz nach Basel reisen wollen. Wenn Ihr sie mit dem Auftrag betraut, könnten sie die Dokumente überbringen. Vorausgesetzt natürlich, der Erzbischof von Mainz, dem sie unterstehen, hat keine Einwände.»

Ruprecht von Virneburg presste die Lippen zusammen und starrte seinen Neffen an wie einen Gaukler, dem während der Vorführung die Jonglierbälle aus der Hand gefallen waren. Er dachte einen Moment lang nach, dann schüttelte er energisch den Kopf. «Die Interessen meines eigenen Hauses verbieten es mir, die Kirche auf uns aufmerksam zu machen. Ich werde mich zur Niederburg begeben, um Graf Ulrich Bericht zu erstatten. Anschließend reise ich nach Luxemburg. Der Herzog von Burgund hat mich in einem Schreiben gebeten, ein Auge auf das Treiben seiner Tante zu haben.» Er stand auf und bedankte sich bei Siegfried von Niedern und dessen Frau für die Gastfreundschaft, die sie ihm und seinen Begleitern gewährt hatten.

«Wir hätten Euch gern noch länger unter unserem Dach beherbergt», erwiderte die Hausherrin. «Aber natürlich haben wir Verständnis für Euren Wunsch, die Feiertage auf der Niederburg zu verbringen.»

Robert wusste, dass sie log, und musste widerwillig lächeln. Niemand beherbergte seinen Onkel gern und schon gar nicht länger, als es unbedingt nötig war.

Margitta von Niedern war eine schöne Frau, die ihr leidenschaftliches Temperament vor Fremden geschickt zu verbergen wusste. Als sie mit wenigen Handgriffen Haube und Mantel abstreifte und in Roberts Arme sank, legte sie damit gleichzeitig alles ab, was sie an ihren Mann und ihre Pflichten als Gutsherrin band. Ihr üppiges dunkles Haar, durch das sich bereits einige silberne Fäden zogen, glitt sanft über Roberts Gesicht, während ihre Lippen die seinen suchten.

Im Vorratsraum, der tief unter der Wohnhalle lag, war es warm, trocken und dunkel. Robert hatte eine Kerze auf das Gesims des winzigen Fensters gestellt und den Laden bis auf einen winzigen Spalt verschlossen.

«Ich töte ihn, wenn er dich noch ein einziges Mal demütigt», flüsterte Margitta ihm zwischen zwei Küssen ins Ohr. Ihre weichen Lippen jagten ihm Schauer des Verlangens über den Körper. Behutsam streichelte er ihren Hals, dann berührte er ihr straffes Kinn und sah sie an. Wann immer Margitta über Ruprecht von Virneburg sprach, schien ihr Gesicht wie versteinert. Ihre Augen, die für gewöhnlich so sanft blickten, glitzerten dann so kalt und hasserfüllt, dass Robert ihr jeden Racheschwur, jede Verwünschung, die sie ausstieß, auf der Stelle abnahm.

«Ruprecht meint gar nicht mich, wenn er mir Beleidigungen an den Kopf wirft», erwiderte Robert leise. «Seine Schmähungen gelten meinem Vater, und da dieser nicht mehr greifbar ist, muss ich eben herhalten. Zweifellos hat es meinen Onkel schwer getroffen, dass mein Vater sich zu seiner Liebe bekannt und meine Mutter geheiratet hat.»

«War deine Mutter unfrei?»

Robert zögerte kurz, dann nickte er. «Vater lernte sie auf einer Kirchweih kennen und verliebte sich sogleich bis über beide Ohren in sie. Mein Onkel hatte zunächst auch gar nichts dagegen, dass sich sein kleiner Bruder die Hörner abstieß, wie er es ausdrückte. Seine eigene Gemahlin kann ein Lied von all den Liebschaften singen, die der Alte im Lauf seines Lebens gepflegt hat. Als meine Eltern später in völliger Armut starben, sah Ruprecht von Virneburg dies als die gerechte Strafe Gottes an.» Er lachte bitter auf, während seine Finger mit den widerspenstigen Haken seines Wamses kämpften.

«Er hält mich für verflucht, für einen Wechselbalg!»

Margitta schob seine Hand zur Seite und öffnete die Schnallen mit einem Lächeln. «Quäl dich nicht länger mit diesen düsteren Gedanken herum, ich möchte, dass du Virneburg und Manderscheid jetzt vergisst!»

Sie schlüpfte aus ihrem Kleid und lehnte sich nackt, wie sie war, mit gespreizten Beinen gegen einen Tisch, auf dem Körbe mit eingebrachtem Obst standen. Mit einer Handbewegung stieß sie die Körbe um, sodass die Früchte über den Lehmboden kullerten.

Robert stieß scharf den Atem aus. Einen Moment zögerte er, dann entledigte er sich ebenfalls seiner Kleidung und beugte sich über den Körper der Gutsherrin. Im Rausch des Augenblicks gelang es ihm tatsächlich, seinen Herrn, der eigentlich sein Onkel war, zu vergessen. Margittas leises Stöhnen erregte ihn ebenso wie die Furcht davor, ertappt zu werden.

Wie Siegfried von Niedern reagieren würde, wenn er seine Gemahlin beim Ehebruch mit ihm ertappte, konnte Robert sich vage vorstellen. Falls jedoch Ruprecht von Virneburg davon erfuhr, würde er nicht mehr lange genug leben, um seine Stiefel zuzuschnüren.

Margitta streichelte ihm sanft über die Wange. «Dafür, dass wir einander so lange nicht gesehen haben, wirkst du heute reichlich abgelenkt. Habe ich etwas falsch gemacht? Oder quälen dich etwa Gewissensbisse gegenüber Siegfried?» Sie lächelte. «Keine Bange, mein Gemahl vergnügt sich auch außer Haus, sooft er eine Gelegenheit dafür findet. Jedes zweite Bauernkind, das über den Hof läuft, hat seine trüben, ausdruckslosen Augen. Es ist ekelhaft. Aber ich will ihm nichts vorwerfen. Siegfried mag mit den Jahren fett und behäbig geworden sein, aber er ist gutmütig und lässt mich gewähren. Noch nie hat er die Hand gegen mich erhoben.»

«Ich weiß», sagte Robert. «Und du bedeutest mir viel. Wenn ich mich unterwegs einsam fühlte, habe ich nur an dich gedacht und mich darauf gefreut, dich endlich wiederzusehen. Schließlich bist du in all den Jahren die Einzige gewesen, die mir das Gefühl gab, mehr wert zu sein als ein Leibeigener.» Er senkte den Kopf. Plötzlich bereiteten ihm ihre Blicke Unbehagen. Hatte sie bemerkt, dass seine Gefühle für sie eher Dankbarkeit als Liebe entsprachen? Ja, er war ihr dankbar für ihre Fürsprache und Unterstützung. Er schlief mit ihr, weil er fand, dass er ihr das schuldete. Gleichzeitig musste er sich eingestehen, dass ihre Liebkosungen ihn nicht mehr befriedigten. Irgendetwas hatte sich verändert; er spürte es wie ein Brennen auf der Haut. Waren vielleicht nur die Umstände daran schuld, oder hatte er selbst sich verändert?

Hastig zog er sich wieder an und schnürte den Gürtel dabei so straff über dem Bauch zusammen, dass er vor Schmerz beinahe aufgestöhnt hätte. Aus den Augenwinkeln beobachtete er, wie Margitta ihr nach Kamille und Honig duftendes Haar unter die steife Haube zwang. Schmerzlich ging ihm der Gedanke durch den Kopf, das Privileg, die Herrin von Niedern in ihrer vollen Schönheit ansehen zu dürfen, soeben vielleicht endgültig verspielt zu haben.

«Früher warst du nicht so langweilig, mein Freund», sagte Margitta von Niedern mit einem Kopfschütteln. Kühl fügte sie hinzu: «Aber seit du damals im Auftrag deines Herrn in Frankreich warst, bist du nicht mehr derselbe.»

Robert schnappte nach Luft.

Frankreich. Wie zum Teufel hatte Margitta herausgefunden, was ihn quälte? Konnte sie seine Gedanken lesen? Er hatte bei jeder Begegnung darauf geachtet, seine Erinnerungen an jene schicksalhaften Tage für sich zu behalten, nichts von dem preiszugeben, was er während seiner Reise durch den Norden Frankreichs hatte miterleben müssen.

Ein einziges Mal hatte er in Margittas Gegenwart eine Andeutung gemacht. Offenkundig hatte die Gutsherrin gerade diese Bemerkung geschickt aufgefangen und hielt sie ihm nun entgegen.

«Die Hinrichtung dieser jungen Frau im vergangenen Jahr hat dich mehr mitgenommen, als du zugeben möchtest, nicht wahr? Warum erzählst du mir nicht, was du gesehen hast?»

Brüsk wandte sich Robert zur Tür, doch Margitta hielt ihn am Arm fest. «Lass mich hier nicht stehen wie Potifars Frau», fauchte sie ihn an. «Für einen Josef bist du längst nicht mehr unschuldig genug.»

«Wenn du es unbedingt wissen willst: Auf dem Marktplatz von Rouen erzählte man mir, sie sei eine Zauberin, eine verdammte Seele. Aus purer Verderbtheit soll sie Männerkleider, ja sogar eine Rüstung getragen und ein Heer gegen die Engländer geführt haben. Die Jungfrau hingegen behauptete, der heilige Michael und die heilige Anna wären ihr im Traum erschienen und hätten ihr aufgetragen, ihre Heimat von den Engländern zu befreien.» Er rang nach Worten, schließlich blickte er zu Boden und murmelte: «Ich habe sie sterben gesehen, damals in Rouen. Auf dem Scheiterhaufen hat man sie verbrannt. Ich wollte nicht zusehen, weil mich öffentliche Hinrichtungen schon immer angewidert haben, aber ehe ich wusste, wie mir geschah, befand ich mich in einer Gruppe von Schaulustigen, die mich mit Gewalt nach vorn drängte. Und dann begegneten sich plötzlich unsere Blicke. Sie hatte merkwürdige Augen, doch dafür mit einem Glanz, den ich sonst nur vom Sternenhimmel kenne. Sie schaute mich mehrere Augenblicke an, ehe man mich zur Seite stieß. Auf einmal sah ich die Flammen lodern und hörte sie etwas rufen. Ich verstehe kaum ein Wort Französisch, und dennoch wusste ich, dass sie um ein Kreuz bat. Bevor ein anderer reagieren konnte, suchte ich auf dem Boden nach zwei kleinen Zweigen und band sie zu einem Kreuz zusammen. Ein englischer Soldat, der neben mir stand, nahm es mir aus der Hand und warf es der Verurteilten zu. Aber nicht er, sondern ich empfing ihr Lächeln.»

«Das Lächeln einer verurteilten Zauberin!» Margitta von Niedern nahm einen Apfel vom Fußboden auf und wischte mit einem

Ende ihres weiten Ärmels über dessen runzlige Haut. «Dann hat das Weib dich also doch verhext», fügte sie missbilligend hinzu. «Nun verstehe ich, warum du deinem Onkel nicht die Stirn bietest und warum dich meine Reize plötzlich kaltlassen.»

«Nein, du irrst dich, Margitta. Die Frau in Rouen war ebenso wenig eine Zauberin wie du. Ich glaube vielmehr, dass sie wirklich die Stimmen der Heiligen hörte, genau wie sie es in ihrem Prozess behauptete. Ich hatte die Angelegenheit verdrängt, aber seit ich in Trier war ...»

«Robert, ich warne dich», unterbrach ihn Margitta von Niedern scharf. «Ich erkenne dich nicht wieder. Aus dir ist ein haltloser Träumer geworden, der auf dem besten Weg ist, sein weiteres Leben in Knechtschaft zu verbringen. Dabei bist du der Sohn eines Ritters!»

Verwirrt blickte Robert die Gutsherrin an. Das hatte er nun davon, dass er ihr sein Innerstes offenbart hatte. Was war überhaupt los mit ihm? Warum hatte er ihr die Geschichte von der Frau erzählt, die noch so oft durch seine Gedanken geisterte? Um sich nun von Margitta verspotten zu lassen, die eifersüchtig auf eine Tote war? Er hätte sich ohrfeigen mögen für seinen Leichtsinn.

Das Mädchen aus Trier ist schuld, befand er schließlich. Ja, nur so ließ sich seine Zerfahrenheit erklären. Die Gewandschneiderin Lucia mit ihrem verrückten Einfall, sich als Mann verkleidet und mit einem Bogen über der Schulter einer Söldnertruppe anzuschließen, hatte die längst verheilt geglaubten Narben wieder aufgerissen. An sie hatte er auf dem Weg nach Niedern gedacht.

An sie, und nicht an Margitta.

Den Rest des Tages verbrachte Robert damit, den Knechten seines Onkels bei den Vorbereitungen für die Weiterreise zur Hand zu gehen. Drei Pferde, darunter sein eigenes, mussten dringend neu beschlagen werden. Ein Ritter aus Ruprechts Gefolge klagte über heftige Zahnschmerzen und lernte die Zange des Schmiedes kennen, nachdem dieser die Hufeisen angepasst hatte. Außer Robert waren noch zwei weitere Männer nötig, um den Mann auf dem Stuhl festzuhalten. Robert klopfte dem Gepeinigten freundschaftlich auf die Schulter. Er fand Erholung in der Erfüllung seiner Pflichten, denn sie hielten ihn davon ab, weiter über die Frauen nachzudenken, die in sein Leben getreten waren.

Die Wasserschläuche mussten kontrolliert, die Satteltaschen mit Rauchfleisch, Käse und Brot für drei Tagesreisen gefüllt werden. Dann war alles vorbereitet.

Die Gutsherrin zog sich in ihr Gemach zurück und ließ durch eine Magd ausrichten, sie leide unter Kopfschmerzen und wolle den Tag mit Handarbeiten beschließen. Erst als Siegfried darauf bestand, dass sie die hohen Gäste mit ihm gemeinsam am Tor verabschiedete, raffte sie sich auf und ging, von einer Dienerin begleitet, hinaus. Hocherhobenen Hauptes legte sie die Hand auf den Arm ihres Mannes und murmelte einen Abschiedsgruß. Ruprecht von Virneburg nahm die Zügel seines Pferdes und wandte sich an Siegfried. «Ihr solltet überlegen, ob Ihr Gut Niedern nicht besser verlassen wollt», erklärte er. «Ihr seid hier nicht mehr lange sicher. Bischof Rabans Späher ziehen durch das gesamte Bistum und horchen jeden aus, den sie für treulos halten.»

Siegfried von Niedern stutzte kurz, dann winkte er mit einem fröhlichen Lachen ab. «Ach was, warum sollte Raban sich ausgerechnet für uns interessieren? Gut Niedern ist doch viel zu unbedeutend!»

«Wenn es sich aber herumspricht, dass du Ulrich von Manderscheid unterstützt und einen Teil seiner Gefolgsleute mit Pferden und Vorräten ausstattest, könnte sich dies bald ändern, Siegfried», gab Margitta zu bedenken. Ihre Haut war so weiß wie frischgefallener Schnee, und ihre Hände zitterten vor Kälte, weil der dünne Mantel, den sie sich über die Schultern geworfen hatte, sie nur unzureichend vor der Kälte schützte. Doch sie wirkte besonnen wie eh und je. «Aber keine Sorge, wir werden einem eventuellen Angriff der bischöflichen Truppen nicht unvorbereitet begegnen.»

«Eure Gemahlin ist nicht nur schön, sondern auch klug, Herr Siegfried», bemerkte Ruprecht von Virneburg höflich. Seine Miene machte indes deutlich, dass er von Frauen, die sich in Männergespräche einmischten, nicht sonderlich viel hielt.

Der Gutsherr hob die Schultern. «Margitta ist eine umsichtige Frau, aber … Ich weiß nicht, Graf Ruprecht, vielleicht habt Ihr recht, und wir sind hier nicht mehr lange sicher. Darf ich meine Gemahlin Eurer Obhut anvertrauen, wenn Ihr nach Luxemburg reist? Am Hof der Herzogin Elisabeth wird sie gewiss nicht in Gefahr sein.»

«Warum nicht? Eine ausgezeichnete Idee, mein Lieber!»

Empört sah Margitta von Niedern ihren Mann an. Sein Vorschlag fand bei ihr keinerlei Zustimmung; sie wollte Niedern nicht verlassen. Nur mit Mühe konnte sie ihre Wut zügeln. Ruprecht von Virneburg tat so, als bemerke er die Verstimmung der Gutsherrin nicht. Ungerührt ließ er seine Ritter aufsitzen und gab ihnen den Befehl zum Aufbruch. Als Robert sich den bewaffneten Männern an der Spitze des Zuges anschließen wollte, hielt Ruprecht ihn auf und zwang ihn mit einer herrischen Geste, wieder abzusteigen und zu ihm zu kommen. Eine üble Vorahnung beschlich den jungen Mann, als er sein Pferd zum Tor zurückführte.

«Trägst du eine Waffe bei dir?», wollte Ruprecht wissen. Er musterte seinen Neffen, der ihn um Haupteslänge überragte, von Kopf bis Fuß.

Schweigend deutete Robert auf den Dolch an seinem Gürtelband. Er hatte ihn vom Hufschmied des Gutes schleifen lassen.

«Nun, wenigstens vertraust du dein Leben noch den Waffen eines Ritters an und keiner dieser verfluchten neumodischen Feuerrohre», sagte Graf Ruprecht. «Hör zu!»

«Ja, Herr?»

«Mein Sohn Hatto ist bereits im Morgengrauen vorausgeritten. Wir werden ihn und sein Gefolge in wenigen Tagen eingeholt haben. So lange wirst du auf Gut Niedern bleiben und Herrn Siegfried helfen, die Mauern in Ordnung zu bringen und das Tor zu sichern.»

«Aber Herr …» Mühsam versuchte Robert, seine Enttäuschung zu verbergen. Dieser Auftrag passte ihm gar nicht.

«Schweig, sonst lernst du meine Reitpeitsche kennen», knurrte der Alte verdrießlich. «Sobald die Gutsherrin reisefertig ist, wirst du mit ihr nachkommen. Du stehst mir mit deinem Leben dafür ein, dass der Dame unterwegs nichts zustößt!»

Robert schluckte. Vor wenigen Tagen hätte ihn dieser Auftrag zum glücklichsten Mann der Welt gemacht. Doch der Wind hatte sich gedreht. Wenig begeistert blickte er zu seiner ehemaligen Geliebten hinüber, die reglos neben dem Torpfosten verharrte.

X

Wie eine Schlafwandlerin taumelte Lucia über das holprige Pflaster, die Augen starr auf den knallrot gestrichenen Reisewagen des Inquisitors geheftet.

Bruder Arno, der wie sie zu Fuß ging, schritt über eine bräunliche Wasserlache, in der ein Brei aus Gänsefedern und welken Kohlblättern schwamm. Er schimpfte unentwegt. Die Liste seiner Beschwerden und Klagen über die Stadt, die er am liebsten gar nicht betreten hätte, wurde immer länger. Seit sie vor einer halben Stunde das Mainzer Stadttor durchschritten hatten, beschwerte der Mönch sich einfach über alles. Die Gassen, durch die sie zogen, waren zu eng. Der Gestank des Unrats und der Misthaufen beleidigte seine Nase. Die Leute, die ihnen entgegenkamen, schubsten und bedrängten ihn rücksichtslos. Tatsächlich zog ihnen ein wahrer Strom von Krämerkarren mit störrischen Maultieren über das bucklige Pflaster entgegen; die wuchtigen Scheibenräder zwangen Vater Heinrichs Reisewagen fortwährend anzuhalten. Zu allem Überfluss begann es auch noch zu regnen, was Bruder Arno zum Anlass nahm, lautstark über die Sündhaftigkeit der Menschen zu dozieren, die den Zorn Gottes auf sich und ihre Stadt zogen. Die Vorbeigehenden rührte dies allerdings wenig; spöttisch grinsten sie ihn an.

Als Lucia endlich die Türme des Bischofsdoms vor sich aufragen sah, war sie vor Erschöpfung den Tränen nahe. Für ihre ungeübten Füße war der Marsch eine Tortur gewesen, doch wenigstens hatte Bruder Heinrich sein Versprechen gehalten und sie mitgenommen. Die Begleitung des nörgelnden Arno hatte sie wohl oder übel in Kauf nehmen müssen, sich von Zeit zu Zeit allerdings bei dem unfrommen Wunsch ertappt, dem jungen Klosterbruder die Kapuze in den Mund zu stopfen und ihn endlich zum Schweigen zu bringen.

Wie nicht anders zu erwarten gewesen war, hatte sich Colin Emmerich vehement gegen ihr Ansinnen ausgesprochen, mit Vater Heinrich und dessen Gehilfen nach Mainz zu reisen. Aber gegen die Wünsche eines Inquisitors war selbst er nicht angekommen. Lucias Gewissensbisse waren indes rasch verflogen. Sie musste sich um Magdalena kümmern und um ihren Großvater. Was auch immer ihre Schwester bewogen haben mochte, ihr zu schreiben, es würde sicher nicht leicht werden, sie zur Rückkehr nach Trier zu überreden. Mit Unbehagen musste Lucia an die Worte der alten Rosine denken. Was hatte sie doch gleich vor sich hin gemurmelt? Die alte Närrin hatte behauptet, Magdalenas Rückkehr könnte für ihren Großvater schwerwiegende Folgen haben.

Vor einem weißgekalkten Fachwerkhaus mit rundem Torbogen ließ Vater Heinrich seinen Wagen anhalten. Er steckte den Kopf durch das schmale Fenster und winkte Lucia zu sich heran. «Hier trennen sich unsere Wege. Bruder Arno und ich müssen weiter zum Bischofspalast und danach ins Kloster unseres Ordens. Du kannst dich hier nach dem Verbleib deiner Schwester erkundigen. Gott möge dir den rechten Weg weisen, meine Tochter. Ich bin sicher, dass wir uns eines Tages wiedersehen.»

Lucia zog den Knoten ihres Kopftuches straffer; unsicher spähte sie durch den Torbogen auf einen bescheidenen Hof. Hinter einem Schindeldach erhob sich der schlanke Glockenturm einer Kirche, von dem das Abendgeläut herüberklang.

«Hier? Ihr meint, ich soll …»

«Du hörst wohl schlecht», sagte Bruder Arno in seiner gewohnt mürrischen Art und bedeutete Lucia, den dämmrigen Innenhof zu betreten.

Unter einem mit dürrem Strauchwerk bewachsenen Arkadenbogen erblickte Lucia eine dunkelgekleidete Frau und einen etwa zehnjährigen Knaben, offenbar Mutter und Sohn. Beide beugten sich geschäftig über einen viereckigen Tisch und reinigten mit Messern und hölzernen Schabern Berge von Fischen. Als der Junge Lucia bemerkte, wischte er seine Finger am Wams sauber und flüsterte der Frau etwas ins Ohr. Sogleich nahm die einen Lappen zur Hand und befreite die Tischplatte von schleimigem Blut.

Lucia schüttelte sich angewidert; ernüchtert machte sie einen Schritt zurück. Was um alles in der Welt hatte sie hier verloren? Doch Bruder Arno gab ihr die Antwort.

«Die Fischhändlerin ist bekannt dafür, dass sie in Mainz jedes Haus kennt. Kauf ihr eine Kleinigkeit ab, dann wird sie dich sicher bereitwillig zu deinen Angehörigen führen.»

Lucia wandte sich um. Sie hätte sich gern bei Vater Heinrich bedankt, doch der Wagen des Mönchs war bereits weitergefahren. Mit wehender Kutte setzte Bruder Arno seinem Meister nach.

«Bist du fremd in der Stadt?» Die Fischhändlerin musterte Lucia neugierig, als wollte sie abschätzen, ob sie es mit einer zahlenden Kundin oder einer Bettlerin zu tun hatte. Bei Fremden konnte man sich ja nie sicher sein. Demonstrativ nahm sie ihr Messer zur Hand und begann, einem fetten Butt die Schuppen abzukratzen. Die kalten Augen des Fisches schienen Lucia anzustarren.

«Was darf es denn sein, Jungfer? Mein Mann und die anderen Rheinfischer hatten heute keinen schlechten Fang, wie du siehst. Alles Leckerbissen!» Sie deutete mit dem Fischmesser auf die gefüllten Körbe zu ihren Füßen, denen ein traniger Geruch entstieg. «Das macht sicher das schaurige Wetter, unter dem wir seit Wochen leiden. Die Fische schwimmen bei Regen nicht so tief. Schau dich nur um, Kindchen. Hat dich deine Mutter geschickt, die Fastenspeise auszusuchen?»

Lucia schüttelte den Kopf, trat aber näher an den Tisch heran. Trotz des wollenen Schultertuchs war ihr schrecklich kalt. Sie sehnte sich nach einem Platz vor dem Ofen und einer Schale heißem Eintopf, nicht nach kaltem Fisch.

«Du bist mit den Mönchen gekommen, nicht wahr?»

«Ja, die Dominikaner haben mir ihre Hilfe angeboten.»

«So, so, haben sie das?» Die Fischhändlerin zuckte mit den Achseln. «Ich habe noch nie erlebt, dass die Brüder vom Orden des heiligen Dominikus eine Frau auch nur milde angeschaut hätten. Die meisten wettern bei ihren Predigten im Dom gegen uns Weiber, dass einem die Galle hochkommt. Und das nur, weil ein paar dumme Mädchen die Kleiderordnung des Rats nicht beherzigen und sich in der Öffentlichkeit mit gefärbten Schuhen zeigen. Schau mal her!» Ein schmatzendes Geräusch erklang, als die Händlerin ihren Finger in einen der aufgeschnittenen Fischbäuche gleiten ließ. Mit dem Blut malte sie einige Buchstaben auf die Tischplatte. «Dieses Wort bedeutet Femina, das lateinische Wort für Weib. Mein Mann hat's mir beigebracht. Aber frag mich bloß nicht, wo der Kerl das aufgeschnappt hat. Jedenfalls behaupten die gelehrten Mönche, das Wort bedeute außerdem *weniger Glaube* und beweise daher, dass die Frau von Natur aus nicht so fromm sei wie der Mann. Hört sich da nicht alles auf?»

«Vater Udo von St. Emmeran sagt, das sei so, weil Eva sich im Garten Eden von der Schlange verführen ließ», meldete sich der Fischhändlerssohn mit dünner Stimme zu Wort.

«Wer hat dich denn gefragt, Junge?» Die Händlerin runzelte die Stirn. «Geh runter zum Fluss und sag deinem Prachtstück von Vater, dass ich seit Stunden auf ihn und seinen Fang warte!»

Mit hängenden Schultern trottete der Junge davon.

Lucia sah ihm nach. Sie verspürte wenig Lust, mit der fremden Frau über die Predigten der Mainzer Bettelorden zu diskutieren. «Ich habe mit den Mönchen nicht viel zu schaffen», erklärte sie daher. «Die beiden haben mir nur geraten, Euch nach einer Adresse zu fragen. Ich bin auf der Suche nach meiner Schwester, doch leider kenne ich mich in dieser Stadt nicht aus.»

Die Miene der Fischhändlerin begann sich aufzuhellen. «Nun, das ist wahrhaftig kein Grund, den Kopf hängen zu lassen. Wenn deine Schwester mit einem Mainzer Bürger verheiratet ist, kann ich dir gewiss weiterhelfen. Ich kenne sie alle, die Vornehmen ebenso wie die armen Tröpfe. Du musst mir nur sagen, welcher Zunft oder Gilde ihr Ehemann angehört. Deine Schwester ist doch verheiratet, oder?»

«Mein Schwager ist leider schon verstorben. Aber ich bin sicher, Ihr könnt Euch an seinen Namen erinnern. Er hieß Herrlinger und war Zunftmeister der Schönfärber von Mainz.»

«Martin Herrlinger?» Aus den Wangen der Fischhändlerin wich das Blut. Einen Moment lang starrte sie Lucia so entsetzt an, als habe diese sich soeben nach dem Wohnsitz des Leibhaftigen erkundigt. Doch ihre Erstarrung währte nicht lange. Sie stützte die Arme auf den Tisch und beugte sich über den Berg ausgenommener Fische.

«Mach, dass du von meinem Hof verschwindest», keifte sie Lucia an. «Aber sofort, sonst mache ich dir Beine!»

Lucia fuhr zusammen. Damit hatte sie nicht gerechnet. «Aber warum denn? Was habe ich Euch getan?»

«Ich dachte mir gleich, dass du mich nur aushorchen willst. Aber nicht mit mir. Du kannst deinen Dominikanerschnüfflern von mir bestellen, dass ich mit dieser Magdalena Herrlinger nicht das Geringste zu schaffen habe. Die Zunftmeisterin war sich ja sogar zu fein, ihren Fisch selbst bei mir zu kaufen. Hat immer eine Magd geschickt!»

«Wo ist meine Schwester?», fragte Lucia. Doch sie erhielt keine Antwort. Stattdessen flog ein Fisch in ihre Richtung. Reflexartig duckte sich Lucia, doch der glitschige Fischleib traf sie mitten auf der Stirn. Voller Ekel schrie sie auf.

«Und jetzt pack dich! Mit Mördergesindel pflege ich ebenso wenig Umgang wie mit Leuten, die mit der Inquisition zusammenarbeiten!»

Lucia war viel zu verstört, um sich zur Wehr zu setzen. Eilig schulterte sie ihr Bündel und stolperte unter einer Flut von Beschimpfungen vom Hof.

Inzwischen hatte die Dämmerung eingesetzt. Hinter den mit Kalbshaut vernagelten Fensterrahmen wurden Kerzen entzündet. Lucia konnte ein Schluchzen nicht unterdrücken. Hilflos blickte sie sich um, doch die Häuser schienen alle gleich auszusehen. Schließlich riss sie sich mit einer hastigen Bewegung das Tuch vom Kopf und wischte sich den Schleim des stinkenden Fisches von der Stirn. Es war einfach widerlich. Während sie noch auf der Gasse stand, hörte sie, wie mit lautem Knall ein Tor geschlossen wurde. Aha, das Fischweib riegelte sich ein, Kunden würde es heute nicht mehr bedienen.

Bedrückt ging Lucia weiter. Wie hatte die Frau sie und Magdalena genannt? Mördergesindel? Großer Gott, ihr Aufenthalt in Mainz fing ja gut an. Wie sollte sie mitten in der Nacht das Haus der Familie Herrlinger finden? Sie musste schleunigst eine Herberge suchen. Wenn ein Stadtwächter sie bei Dunkelheit im Freien aufgriff, konnte er sie zu den Trunkenbolden und Dirnen in die Schergenstube sperren.

Doch noch bevor sie das Ende der Gasse erreicht hatte, stand plötzlich der Sohn der Fischhändlerin vor ihr. Der Junge knabberte an einem mit Zucker bestreuten Gebäckstück.

«Ihr habt ja gar keinen Fisch gekauft», stellte er vorwurfsvoll fest.

Lucia fuhr dem Kleinen freundschaftlich über den blonden Schopf. «Das war nicht nötig, denn deine Mutter war so nett, mir einen Fisch zu schenken.»

Der Junge sah sie misstrauisch an, dann huschte ein Lächeln über sein spitzes Gesicht. «Meine Mutter verschenkt niemals etwas.»

«Nun ja, sagen wir, es kam ganz plötzlich über sie.» Lucia rang sich ein Lächeln ab. Dann zeigte sie auf den fettigen Zuckerkringel in der Hand des Jungen. «Dir hat sie doch augenscheinlich auch ein paar Münzen für den Zuckerbäcker zugesteckt?»

Der Kleine senkte den Kopf. Auf einmal wurde er einsilbig. «Ich muss nach Hause, sonst schimpft die Mutter.» Er stopfte sich den Rest des Kringels in den Mund und wollte sich kauend an Lucia vorbeistehlen.

«Warte bitte, nur einen Moment!» Lucia hockte sich vor den Jungen und nahm seine kleinen, klebrigen Hände in die ihren. Vielleicht konnte der Kleine ihr ja weiterhelfen.

«Weißt du zufällig, wo die Schönfärber von Mainz ihre Häuser und Werkstätten haben? Ich muss ihre Gasse finden, am besten das Zunfthaus.»

«Ist weiter unten am Rhein, nicht weit von dem Schuppen, in dem mein Vater und die anderen Fischer ihre Nachen unterstellen. Ein hohes Haus aus Stein mit einem schwarzen Balken, in den so ein komischer Vogel geschnitzt ist. Er hat einen krummen Schnabel und viele bunte Federn!»

«Bunte Federn? Na fein! Kennst du auch den Zunftmeister?»

Der Junge zuckte die Achseln. «Weiß nicht recht», murmelte er. «Muss jetzt wirklich nach Hause.» Mit einem Ruck machte er sich los und lief davon. Doch nach ein paar Schritten blieb er stehen, drehte sich noch einmal um und rief: «Sucht Ihr nach der Mörderin, die den Pakt mit dem Teufel geschlossen hat?»

«Den Pakt mit dem Teufel?» Lucia erschrak bis in die Knochen. «Hier gibt es keine Mörderin, mein Junge», versuchte sie mehr sich selbst als den Jungen zu beruhigen. «Wenn es eine Frau innerhalb der Mauern von Mainz gäbe, die etwas Schlimmes verbrochen hat, so wäre sie längst vor Gericht gestellt und bestraft worden.»

«Die böse Frau wurde aber nicht bestraft», erklärte der Junge trotzig. «Meine Mutter sagt, man dürfe sie noch nicht einmal verhören, weil sie krank sei und sich nicht an die Nacht erinnern könne, in der ihr Mann starb.»

Magdalena ist also noch am Leben, folgerte Lucia erleichtert. In ihrem Kopf brummte es, als nistete ein ganzer Bienenschwarm darin. Sie musste auf der Stelle im Zunfthaus vorsprechen, um mehr zu erfahren. In Trier fanden sich die Handwerksmeister fast jeden zweiten Abend zu Beratungen in ihren Räumen zusammen. Vielleicht hatte sie ja Glück und traf im Zunfthaus wenigstens einen Färber an, der ihr weiterhelfen konnte.

«Geht Ihr nun zum Zunfthaus mit dem bunten Federvieh über dem Eingang?», wollte der Fischhändlersohn wissen und blickte Lucia erwartungsvoll an. «Aber die Zauberin ist doch gar nicht mehr dort.»

Lucia stöhnte auf. Was sollte das nun wieder bedeuten? Auf ihre Frage erklärte der Junge, dass die Witwe des Färbermeisters ins Haus eines wohlhabenden Patriziers gebracht worden sei, das sich in der Nähe des Domplatzes befände. Er selbst habe nach dem Kirchgang an der Hand seiner Mutter gesehen, wie der Arzt die Frau in die Stube getragen habe.

Den Weg zum Domplatz musste Lucia sich nicht erklären lassen, aber sie war froh, dass der Sohn der Fischhändlerin ihr das Hausschild beschreiben konnte, welches das Anwesen des Patriziers kennzeichnete. Eilig bedankte sie sich. «Du hast mir sehr geholfen. Wie ist dein Name?»

«Winfried.»

«Lauf jetzt nach Hause, Winfried!»

Der kleine Bursche kicherte. «Ich werde Mutter nicht erzählen, dass ich mit dir geredet habe!»

Ein kluger Junge, dachte Lucia, als sie sich durch das Gewirr der Gassen zum Domplatz kämpfte. Glücklicherweise überragten die Türme des Gotteshauses alle umliegenden Gebäude, sodass es ihr nicht zu schwerfiel, den Weg zu finden.

Der Marktplatz, um den sich in einer dichten Kette hohe, spitze Häuschen schlossen, lag einsam vor ihr. Zu dieser Stunde war niemand mehr unterwegs. Die schmalen Krämerbuden, die zwischen Marktbrunnen und Pranger standen, waren von ihren Besitzern verrammelt, einige der Klappläden zum Schutz vor Dieben sogar mit Brettern vernagelt worden. Der Platz stank nach Mist; ein leichter Abendwind trieb Stroh und welke Salatblätter über das schmutzige Pflaster.

Zwischen den herrschaftlichen Gebäuden mit Zinnen und vergitterten Fenstern führte ein schmaler Weg in südlicher Richtung zum Dom hinauf. Auf der Nordseite des Platzes stand eine Reihe von Häusern, die offensichtlich von Kaufleuten oder wohlhabenden Domherren bewohnt wurde. Lucia schritt eines nach dem anderen ab, bis sie schließlich vor einem Fachwerkhaus stehen blieb, zu dessen Eingang eine hübsche Treppe führte.

Das musste es sein. Das Hausschild, das sich leicht im Wind bewegte, zeigte einen kleinen Berg, über den eine Gänseschar mit gespreizten Flügeln lief.

Doch auf Lucias Klopfen tat sich zunächst gar nichts. Eine halbe Ewigkeit verging, bevor sich endlich jemand regte. Schlurfende Schritte ertönten, und eine Stimme fragte nach dem Begehr des ungebetenen Besuchers. Lucia trat so dicht es ging an die Tür heran. Sie wollte ihr Anliegen nicht in die Nacht hinausschreien, doch mit dem Gehör der Person auf der anderen Seite stand es anscheinend nicht zum Besten.

Es dauerte noch eine Weile, bis endlich ein Schlüssel im Schloss herumgedreht und die schwere Tür einen Spaltbreit geöffnet wurde. Der helle Schein einer Lampe fiel über die Treppenstufen und blendete Lucia.

«Was willst du?», herrschte sie ein buckliger Mann mit einem zweigeteilten roten Ziegenbärtchen an, der gut einen halben Kopf kleiner war als Lucia. Ungeduldig wippte er auf den Zehenspitzen auf und nieder. «Mein Herr hat mir befohlen, heute Abend niemanden mehr einzulassen.»

«Das mag ja sein, aber wenn dies das Haus zum Gutenberg ist, muss ich deinen Herrn sprechen. Ich komme aus Trier und gehöre der Zunft der Gewandschneider an. Mein Name ist Lucia Kastenberg.»

«Kastenberg?» Der kleinwüchsige Mann dachte angestrengt nach, kam aber zu keinem Ergebnis. «Nein, das sagt mir nichts!»

«Aber den Namen Herrlinger wirst du doch schon gehört haben? Magdalena Herrlinger ist meine Schwester, und ich habe den weiten Weg von Trier nach Mainz zurückgelegt, um sie zu sehen!»

Der Bucklige zuckte schweigend die Achseln.

«Magdalena hat mir einen Brief geschrieben», fiel Lucia plötzlich ein. «Sieh her, er wurde von ihrer Hand versiegelt!»

«Lass mal sehen!»

Lucia wühlte in ihrem Bündel und hoffte inständig, dass sie Magdalenas Schreiben noch bei sich hatte. Doch, da war es. Erleichtert reichte sie dem Knecht das Papier samt Siegelüberrest.

«Nun, dann folge mir», sagte der kleine Mann. «Und nichts für ungut, wir müssen vorsichtig sein!»

Wenige Augenblicke später wurde Lucia in eine spärlich eingerichtete, aber gemütliche Wohnhalle geführt. Mit gemischten Gefühlen blickte sie sich in dem Raum um. Der Fußboden war mit winzigen bunten Steinchen belegt, was Lucia fremdartig, aber sehr hübsch fand. Die Wände waren bis auf einige eiserne Halterungen zur Befestigung von Talglampen oder Pechfackeln kahl und schmucklos. Eine lange Tafel mit fünf Sesseln aus Korbgeflecht, zwei hohe, gepolsterte Lehnstühle vor dem Kamin und ein mannshoher polierter Spiegel, der in einer Nische neben dem Kellerabgang stand, vervollständigten die Einrichtung der Halle. Der Herr des Hauses mochte zu den angesehenen Bürgern gehören, die Einrichtung seines Hauses wies jedoch auf einen bescheidenen Lebensstil hin.

Lucia blieb vor dem Kamin stehen, um sich zu wärmen, doch kaum hatte sie die Hände ausgestreckt, vernahm sie eilige Schritte auf dem Flur. Die Männer, die kurz darauf in die Halle traten, waren älter als sie und vornehm gekleidet. Ihnen folgte eine zerbrechlich wirkende Frau, die bereits ein Nachtgewand und ihre Schlafhaube trug.

Einer der beiden Männer sah Lucia neugierig an, er hielt Magdalenas Brief in der Hand. «Mein Diener Holwink behauptet, Ihr seid Magdalena Herrlingers Schwester?»

«Kann nur das wiedergeben, was mir die Leute auftischen», murmelte der Bucklige beleidigt.

Lucia stellte sich höflich vor, was den Mann freundlicher zu stimmen schien. Er flüsterte der alten Frau etwas zu, worauf diese den Raum verließ und die Tür hinter sich schloss.

«Holwink, die Fenster!», befahl der Mann. Dienstbeflissen sprang der bucklige Diener herbei und warf die hölzernen Läden zu, bis nicht der kleinste Lichtstrahl auf die Gasse dringen konnte.

«Wir müssen sehr vorsichtig sein», erklärte der andere Mann, der Lucia bis dahin nur schweigend betrachtet hatte. Er war in einen knöchellangen Samtmantel gehüllt, dessen Ärmel mit winzigen Sternen bestickt waren. «Mein Freund Friele war so großmütig, Eure Schwester für eine Weile in seinem Haus zu beherbergen, doch ich fürchte, er ahnt nicht, in welche Gefahr er und seine Gemahlin sich damit begeben. Der Pöbel hat bereits Blut geleckt und ist zu allem fähig.»

«Friele?», fragte Lucia irritiert.

«Oh, verzeiht mir!» Der Mann hob mit einem gequälten Lächeln die Hand. «Ich habe versäumt, uns vorzustellen. Das ist Friele Gensfleisch der Jüngere, Besitzer des Hauses zum Gutenberg, Spiegelhändler und Patrizier von Mainz. Ich selbst bin nur ein einfacher Wundarzt. Basilius Fust ist mein Name. Ich wurde damals ins Haus Eurer Schwester gerufen, um ihre Verletzungen zu behandeln, nachdem sie … Nun, Ihr wisst schon.»

Nein, Lucia wusste nichts. Zumindest nicht alles. Magdalena stand im Verdacht, eine Mörderin zu sein oder eine Zauberin. Vielleicht sogar beides. Aber von jenen vagen Anschuldigungen einmal abgesehen, hatte ihr bisher niemand erklärt, um welche Art von Verbrechen es hier eigentlich ging. Eines schien allerdings auf der Hand zu liegen: Die Unterstützung, die Lucia sich von ihrer einstmals wohlhabenden Schwester erhofft hatte, konnte sie sich fürs Erste aus dem Kopf schlagen. Allem Anschein nach gehörte Magdalena hier in Mainz nicht einmal mehr das Kissen, auf das sie ihr Haupt zum Schlafen bettete.

Sie hatte den Gedanken kaum zu Ende gesponnen, als Gensfleischs Frau in die Halle zurückkehrte. Über dem Arm trug sie Wäsche und einige warme Schnürkleider für die Nacht. Unmittelbar hinter ihrem Rücken tat sich Lucia ein sonderbarer Anblick auf. Mit feuerroten Wangen und unter heftigem Keuchen schleppten zwei Hausknechte einen mit Kissen und Rollen ausgestopften Sessel aus Binsengeflecht in die Halle. In dem Sessel kauerte eine Frau und ließ die unkomfortable Beförderung mit stoischer Gelassenheit über sich ergehen. Vor dem Kamin stellten die Knechte den Korbsessel behutsam ab und rückten ihn so nahe ans Feuer, dass sich das Schattenspiel der Flammen auf dem abgemagerten Gesicht der Frau abzeichnete.

Lucia starrte sie ungläubig an. Sie konnte sich nur undeutlich an Magdalena erinnern, doch die ausgemergelte Jammergestalt, die dort am Feuer saß, hatte mit der schillernden Gestalt ihrer Erinnerungen keinerlei Ähnlichkeit.

Zögernd machte sie ein paar Schritte auf den Sessel zu. War das Magdalena, die verschwenderische Verführerin, vor der man sie von Kindesbeinen an gewarnt hatte? Die wissensdurstige Frau, von der Vater Reginald geschwärmt hatte. Magdalena, die ... Mörderin? Die einen Pakt mit dem Teufel geschlossen hatte?

Die Frau hob schwerfällig den Kopf. Ihr braunes, nachlässig aufgestecktes Haar war stumpf. Zunächst sah es nicht so aus, als ob sie Lucia erkennen würde, doch dann huschte ein ermattetes Lächeln über ihre blutleeren Lippen.

«Du bist also tatsächlich hier?» Sie vergrub ihr Gesicht in den Händen und hustete krampfhaft. «Offen gesagt, habe ich nicht erwartet, dass unser Großvater meinen Brief überhaupt zur Kenntnis nimmt. Daher ließ ich ihn auch nicht ihm, sondern Vater Reginald überbringen.» Forschend blickte sie sich um. «Wo ist Großvater? Will er mich etwa nicht sehen?»

«Großvater ist nicht mitgekommen», antwortete Lucia wahrheitsgemäß. «Er weiß nicht einmal, dass ich hier bin, auch wenn er es sich mittlerweile denken kann.»

Magdalena berührte eine kleine Kerbe auf ihrer Stirn. «Er hat dir also verboten, mich nach Hause zu holen! Dann habe ich vergebens gehofft. Ich bin verloren.»

Der Arzt prüfte Magdalenas Pulsschlag. Dann öffnete er seine Gürteltasche und entnahm ihr ein blaues Glasfläschchen. «Regt Euch nicht auf, Zunftmeisterin, das ist schlecht für Eure Genesung. Nehmt einen Schluck von der Medizin, die ich Euch verordnet habe. Der Apothekergeselle in der Korbgasse hat noch ein paar Krümelchen wilden Flachs untergemischt. Die Kräuter werden Euch stärken.»

Magdalena lachte heiser, nahm das Fläschchen des Arztes aber an. «Ihr meint, Euer Tränklein wird mich stärken? Mag sein, dass ich mit meinen Armen bald Ziegelsteine stemmen kann, aber meine Beine werden mich deshalb noch lange nicht tragen. Sie lehnen mich ebenso ab wie die Bürger von Mainz.»

«Seit der Nacht, in der Martin Herrlinger ums Leben kam, kann Eure Schwester ihre Beine nicht mehr bewegen», erklärte Friele Gensfleisch, als er Lucias fassungslose Miene bemerkte. «Sie hat einfach kein Gefühl mehr in ihnen.» Mit einem Seufzer ließ sich der alte Patrizier auf einem der geschnitzten Lehnstühle nieder, dann lud er Lucia mit einer Handbewegung ein, es ihm gleichzutun. Doch sie wollte sich nicht setzen. Sie begab sich zum Kamin und beugte sich über den Sessel ihrer Schwester. «Magdalena, was hat es mit dem Tod deines Mannes auf sich?»

«Ich weiß nicht, was in jener Nacht geschah! Martin besichtigte unser neues Haus in der Färbergasse, aber er kam nicht zurück. Ein heftiger Sturm tobte über dem Rhein. Man redet heute noch von den Schäden, die der Sturmwind verursachte. Ich muss ihn wohl gesucht haben, aber ich erinnere mich nicht daran, ihm begegnet zu sein. Irgendwann kam ich in meiner Schlafkammer zu mir. Meine Kleider waren zerrissen, die Hände voller Blut und meine Beine … meine Beine …» Sie sprach nicht weiter, die Erinnerung an die Geschehnisse quälte sie sichtbar.

«Und dein Mann?»

«Er lag zu diesem Zeitpunkt schon aufgebahrt im Flur unseres Hauses», antwortete der Arzt. «Das behauptet zumindest Herrlingers Schwester. Die Frau schreckte nicht einmal davor zurück, einige Männer der Färberzunft in Magdalenas Schlafkammer zu führen, um sie dort zu begutachten wie eine dahergelaufene Dirne. Annegret hätte es am liebsten gesehen, wenn man Magdalena sogleich in den Schergenturm gesperrt hätte, aber was konnte sie ihr vorwerfen? Sie hat ja selbst keine Ahnung, was mit Martin geschehen ist. Oder warum die Beine ihr nicht mehr gehorchen. Als Wundarzt stehe ich vor einem Rätsel, aber ich bin überzeugt, dass Magdalenas Gedächtnis wie ausgelöscht ist.»

Lucia setzte sich. Sie beobachtete, wie Fust ihrer Schwester das Fläschchen aus der Hand nahm. Täuschte sie sich, oder verharrten seine Finger ein wenig zu lange auf Magdalenas Arm?

«Martins Schwester hat das Gerücht ausgestreut, ihre Schwägerin habe sich mit Ketzern und dunklen Mächten eingelassen, um ihren Gemahl ins Jenseits zu befördern», fuhr Basilius Fust fort. «Er soll Dämonen geopfert und deshalb kopfüber am Balken aufgehängt worden sein. Schon munkelt man zwischen Dom und Marktplatz, Magdalena habe einen heimlichen Geliebten, für den sie frei sein wollte. Wie ich hörte, wurde ein Gelehrter des Dominikanerordens in die Stadt gerufen, um den Fall zu prüfen.»

«Nichts als Lügen», stieß Magdalena hervor. Überraschend energisch schlug sie mit der Faust auf die Lehne ihres Sessels. Ihre dunklen Augen, die noch vor einer Weile so leer gewirkt hatten, blitzten.

«Meine Frau und ich glauben an Eure Unschuld, Zunftmeisterin», versicherte Friele Gensfleisch. «Wir haben nicht vergessen, wie Euer Mann damals die aufgebrachte Menge beruhigt hat, die unsere Eltern wegen des Streits um Zollprivilegien aus der Stadt vertreiben wollte. Auch bei den Hungerkrawallen von 1413 durften wir Patrizier auf Herrlingers Beistand zählen. Mein Haus ist das Eure, so lange Ihr wollt. Dies gilt natürlich auch für Eure Schwester. Da mein Bruder Johannes seit einiger Zeit auf Reisen ist, stehen seine Räume über dem Lager leer.»

Lucia nickte ihm dankbar zu. Für ein sauberes Bett und ein wenig warmes Wasser hätte sie in dieser Nacht alles getan.

XI

Am nächsten Morgen wurde Lucia vom ersten Hahnenschrei geweckt. Müde kämpfte sie sich aus dem Bett und schlüpfte in ein Schnürkleid, das Frau Gensfleisch ihr gegeben hatte. Eine ehrbare Gewandschneiderin, hatte sie gemeint, könne unmöglich in der Aufmachung einer Schankmagd herumlaufen. Lucia ging zum Fenster und blickte gedankenverloren auf den kleinen Hof hinunter. Er besaß zwei Tore, ein schmales zum Marktplatz hin und ein bedeutend breiteres, das auf den angrenzenden Hof des Nachbarn zur linken Hand führte.

Die beiden Hausknechte, die am Abend zuvor Magdalenas Sessel getragen hatten, beluden unter dem kritischen Blick Friele Gensfleischs einen Leiterwagen mit Truhen, Kisten und Heringsfässern. Ein Mädchen führte ein Pferd aus dem Stall, das angeschirrt werden musste.

Gensfleisch, so viel hatte Lucia mitbekommen, handelte wie sein verstorbener Vater mit Glaswaren und Spiegeln, die er aus den oberitalienischen Fürstentümern bezog; vor allem Letztere waren so kostbar, dass er viele seiner Handelsfahrten selbst begleitete. Lucia sah die sorgenvolle Miene des Hausherrn. Vermutlich würde er Blut und Wasser schwitzen, bis er die zerbrechliche Fracht unversehrt am Zielort wusste. Lucia musste an Vater Heinrich und seinen mürrischen Gehilfen denken. Der Mönch hatte behauptet, im Auftrag des Bischofs von Mainz unterwegs zu sein, doch über die wahren Hintergründe seines Aufenthaltes in Mainz hatte er sich ausgeschwiegen. War er der Dominikaner, der Magdalena zu ihrem angeblichen Pakt mit dunklen Mächten befragen sollte? Das erschien gar nicht so abwegig: Selbst wenn der Mönch als Inquisitor in Mainz keine Befugnisse hatte, würde der Bischof seinem Gutachten Glauben schenken und Magdalena der Inquisition überantworten. Heinrich Kalteisen predigte gegen die Hussiten und andere Menschen, die er für Ketzer und Irrlehrer hielt. Hatte er schon von Magdalenas Fall gewusst, als er Lucia zugestand, ihn auf der Reise nach Mainz zu begleiten?

Else, Frieles Gemahlin, rief zur Morgenmahlzeit in die Stube und erlöste Lucia von ihren trüben Gedanken. Die Kaufmannsgemahlin hatte ihr Nachtgewand gegen ein vornehmes, etwas altmodisches Kleid aus rauschendem Damast getauscht. Ihr üppiges weißblondes Haar steckte unter einem Gebende aus Linnen. Schmuck hatte sie aus Ehrfurcht vor der heiligen Karwoche nicht angelegt, wenn man von ihrem Trauring und einer winzigen Silberbrosche in Form eines Bäumchens einmal absah. In der Hand hielt sie ein Gebetbüchlein. Offenkundig war sie auf dem Weg zum Dom.

«Habt Ihr gut geschlafen, Jungfer Kastenberg?», erkundigte sich die Patrizierin. Sie schaute sich in der Kammer um und seufzte. «Mein Schwager Johannes hat nicht viel mitgenommen, als er uns verließ. Es hält ihn nicht mehr in der Stadt, hat er gesagt. Da er dem Patrizierstand angehört, darf er das Handwerk nicht ausüben, das ihm so am Herzen liegt. Er lebt nun schon seit Monaten auf unserem Hof in Eltville und beschäftigt sich mit dem Bau merkwürdiger Gerätschaften, die den Schreibern ihre Arbeit erleichtern sollen.» Sie trat zu Lucia ans Fenster und lauschte. Die Glocken hatten angefangen zu läuten, schwer schallte ihr Klang über die Stadt.

In der Halle wartete Magdalena bereits vor dampfenden Suppenschüsseln, denen ein herrlicher Duft von gekochten Erbsen, Gerste und fettem Rauchfleisch entstieg. Sie lag auf einer gepolsterten Liege, die Lucia am Abend nicht aufgefallen war.

«Und nun heraus mit der Sprache, kleine Schwester», sagte

Magdalena, nachdem die Hausmagd den Raum verlassen hatte. «Warum hast du die Mühen der Reise auf dich genommen, wenn Großvater dich nicht zu mir geschickt hat?» Verlegen senkte Lucia den Blick. Ein wenig schämte sie sich schon, ihrer Schwester gegenüber zuzugeben, dass sie auf deren finanzielle Hilfe gehofft hatte. Doch daran führte wohl kein Weg vorbei.

«Großvater ist hoch verschuldet», erklärte sie nach einigem Zögern. «Der Streit um den Bischofsstuhl von Trier hat in den letzten Monaten zu einer erbitterten Fehde zwischen verschiedenen Parteien geführt. Keiner der Würdenträger bezahlt seine Rechnungen. Aber Großvater muss doch bei seinen Lieferanten in Vorleistung treten. Und seine Gläubiger sind weitaus ungeduldiger als er. Dazu kommt, dass sich die Stadt auf eine Belagerung einstellen muss, falls keine Einigung zwischen unserem neuen Bischof und dem Grafen von Manderscheid erzielt wird.»

Magdalena sah sie verständnisvoll an. «Der Manderscheider will wohl verhindern, dass König Sigismund einem Kontrahenten die Regalien des Kurfürstentums verleiht. Habe ich recht?»

Lucia nickte unglücklich. «Wir wären längst fortgegangen, vielleicht nach Basel, wo zurzeit das Konzil tagt, aber unter diesen Umständen ist das unmöglich. Man hätte Großvater nicht so einfach ziehen lassen.» Sie stand auf und begann, vor Magdalena auf und ab zu gehen. «Ich musste irgendetwas tun, um Geld für die Gewandschneiderei aufzutreiben …»

«Und da erinnertest du dich, dass deine Schwester in Mainz reich geheiratet hat.» Magdalena lächelte.

Erbost sah Lucia ihre Schwester an. «Habe ich dich vielleicht um Hilfe gebeten? Wenn ich mich richtig erinnere, hast du uns einen Brief geschrieben, nicht umgekehrt!»

«Das habe ich, und es tut mir leid, wenn ich dich gekränkt haben sollte. Wenn jemand zu tadeln ist, dann ich, weil ich mich nie um dich gekümmert habe. Dabei wäre es nach Mutters Tod meine Pflicht gewesen, dich zu mir zu holen.»

«Danke, es ging mir gut bei Großvater», entgegnete Lucia kühl. «Ich habe bei ihm das Schneiderhandwerk erlernt. Wir haben dich nicht vermisst, außerdem …» Sie zwang sich, ihren Vorwurf hinunterzuschlucken. Unter den gegebenen Umständen war es gewiss nicht besonders taktvoll, einer Gelähmten ihren zweifelhaften Lebenswandel vorzuhalten. Doch Magdalena lächelte nur.

«In unserer Familie waren es schon immer die Frauen, die in Notzeiten ihrem Herzen folgten und sich in Gefahr begaben, um Unheil von ihren Liebsten abzuwenden. Da fällt mir ein: Bist du jemandem in Trier versprochen?»

Lucia zuckte die Achseln. «Es gab schon einige Bewerber, aber Großvater hat es mir überlassen, eine Entscheidung zu treffen.» Bislang, fügte sie in Gedanken hinzu.

«Und deine Entscheidung fiel wahrscheinlich zu keines Mannes Gunsten aus, der dich heiraten wollte?» Magdalena kicherte. Die Gesellschaft ihrer jüngeren Schwester schien ihr gutzutun; sie war noch immer bleich wie ein Laken, wirkte aber längst nicht mehr so zerbrechlich wie am Vorabend. Sie hatte sich sogar überreden lassen, ein neues Kleid und einen Kopfputz aus glänzendem schwarzem Tuch anzulegen.

«Zuletzt hat sich Colin Emmerich um mich bemüht», sprach Lucia weiter, während sie sich einen Becher Ziegenmilch einschenkte.

«Du meinst den Tuchhändler, der in der Nähe vom Schellenturm wohnt?»

Lucia wunderte es keineswegs, dass sich ihre Schwester an Colin erinnern konnte, schließlich zählte er zu den wohlhabendsten Kaufleuten von Trier und sah zudem auch noch gut aus. «Er hat angeboten, die Gewandschneiderei zu retten, sozusagen als Morgengabe. Aber das hätte zur Folge gehabt, dass der Name Kastenberg bis zum Jüngsten Tag in Colins Schuldbüchern verblieben wäre. Und Colin ist kein Mann, der Schulden tilgt, ohne dafür eine Gegenleistung zu verlangen.»

Magdalenas Glitzern in den Augen schmolz wie ein Eiskristall im Sonnenschein. Nachdenklich senkte sie ihren Blick und richtete ihn auf ihre kraftlosen Beine. Sie schien über etwas zu brüten, wollte jedoch nicht damit herausrücken, was sie beschäftigte.

«Ich werde dich nach Trier begleiten», sagte sie schließlich entschlossen. «Es ist an der Zeit, einige Dinge geradezurücken. Viel ist mir leider nicht geblieben, dafür hat meine raffgierige Schwägerin gesorgt. Aber für einen Wagen und ein Pferd sollten meine Mittel reichen. Martin hat im vergangenen Herbst ein hübsches Sümmchen in Friele Gensfleischs Unternehmen investiert, das soll er mir nun auszahlen.»

Lucia war von der spontanen Entscheidung ihrer Schwester überrascht. Nach all den Aufregungen und Enttäuschungen der vergangenen Tage hatte sie kaum noch damit gerechnet, Magdalena zur Rückkehr nach Trier überreden zu können. Eine innere Stimme flüsterte ihr zwar zu, dass sie nicht um ihretwillen die Reise auf sich nahm, aber das war momentan unwichtig. Hauptsache, sie konnten die Stadt bald verlassen.

«Dann sollten wir keine Zeit mehr verlieren und schleunigst unsere Sachen packen. Mir gehen die Warnungen deines Arztes nicht mehr aus dem Kopf.»

Magdalena warf den Kopf zurück. «Du redest von diesem Dominikanermönch, den man gerufen hat, um mich zu befragen?» Gleichmütig faltete Magdalena die Hände, und ein verächtliches Lächeln glitt über ihr Gesicht. «Basilius Fust ist ein Hasenfuß, er macht sich zu viele Sorgen um mich.»

«Und das zu Recht, wie ich meine. Außerdem warst du gestern selbst noch der Ansicht, dich in einer ausweglosen Lage zu befinden.»

«Das war gestern. Heute ist heute, und außerdem bist du hier. Gemeinsam werden wir schon einen Weg finden, meinen blutgierigen Nachbarn ein Schnippchen zu schlagen.»

Nach dem Mittagsmahl strich Lucia einige Zeit über die Märkte. Friele Gensfleischs Frau war in heiterer Stimmung von der Messe zurückgekehrt und hatte beschlossen, sich Lucia anzuschließen. Die Kaufmannsgemahlin war eine angenehme Gesellschafterin und kannte sich darüber hinaus in der verwirrenden Vielzahl der kleinen Gässchen bestens aus. Schwatzend schlenderten die Frauen an den Buden der Leinweber und Gürtelmacher vorüber, durchsuchten die Auslagen der Taschner, Pelz- und Weinhändler. Der Patrizierin entlockten die farbenfrohen Seidenbänder, die von den Pfosten der Buden herunterflatterten, wahre Begeisterungsrufe, während Lucias Interesse mehr einem breiten, mit schwungvollen Blumenmustern versehenen Gürtel galt. Sie liebte den Geruch des frischen Leders.

Ein wenig länger verweilten die beiden Frauen nahe der Liebfrauenkirche, wo die Mainzer Gewandschneider ihre Werkstätten unterhielten. Aufmerksam verfolgte Lucia die Handgriffe der Männer, die auf den Tischen hockten und ihre Nadeln flink durch Samt, Leinen oder andere Webarten stießen. Unauffällig berührte Lucia einen Ballen Tuch. Sie hatte ganz vergessen, wie wunderbar sich der kühle Stoff anfühlte.

Frau Gensfleisch lächelte ihr zu. Ohne auf Lucias Protest einzugehen, erstand sie bei einem fahrenden Seidenhändler, der seine Ware nicht weit vom Haus zum Gutenberg feilbot, einige Ellen feinsten flandrischen Samtes. «Die Zeit wird nicht ausreichen, um ein neues Kleid zu schneidern», meinte sie seufzend, «aber Ihr und die Zunftmeisterin sollt doch nicht mit leeren Händen in Eure Heimatstadt zurückkehren.»

Lucia drückte ihrer Wohltäterin dankbar die Hand. Es war lange her, dass jemand so freundlich zu ihr gewesen war. «Mein Gemahl ist mit den Knechten hinunter zum Rheinufer gegangen, wo in Kürze eines unserer Boote ablegen wird. Wollt Ihr Euch das nicht ansehen? Sagen wir, in einer Stunde? Es gibt auch noch ein paar Dinge, die Friele mit Euch besprechen möchte. Mich müsst

Ihr nun entschuldigen, ich habe noch wichtige Besorgungen zu machen!»

Lucia blickte der zierlichen Frau nach, bis das Straßengetümmel sie verschluckte. Dann trat sie den Rückweg an.

Als sie das Haus zum Gutenberg erreichte, regte sich das schlechte Gewissen in ihr. Sie hatte Magdalena weder von ihrem Besuch auf dem Markt in Kenntnis gesetzt, noch hatte sie ihr angeboten, etwas für sie zu erledigen. Leise erklomm sie die Stiege, die zu den Kammern des oberen Stockwerks führte. Dabei fiel ihr auf, wie still es im ganzen Haus geworden war. Keiner der Dienstboten ließ sich blicken. Auch auf dem Hof rührte sich nichts. Der Kaufmann war nicht zu Hause, vermutlich begleitete er sein Frachtgut schon hinunter zum Rheinufer.

Lucia dämpfte ihre Schritte. Eine düstere Vorahnung beschlich sie, als sie die Tür zu Magdalenas Kammer öffnete, die gleich neben der ihren lag.

«Bist du da?» Ihre Frage fiel schwer in die Stille des Nachmittags.

Der kleine Raum war düster, da die Zweige eines Birnbaums sich über die gesamte Breite der Fensteröffnung legten. Vor dem Bettkasten flackerte eine Kerze, die mehr Schatten als Licht spendete. Auf dem Korbstuhl neben dem Bett saß jemand. Aber es war nicht Magdalena. Es war ein Mann.

«Du hast mich belogen, und ich frage mich seitdem, was du noch zu verbergen hast.»

Lucia zuckte zusammen, als sie Vater Heinrich erkannte. Der Mönch schien bereits seit einer geraumen Weile auf sie gewartet zu haben. Ihr Magen verkrampfte sich vor Aufregung. Also war er doch hinter Magdalena her.

«Wie seid Ihr hereingekommen?» Eine törichte Frage. Die Tür stand sperrangelweit offen, und die Dienerschaft hatte sich aus dem Staub gemacht.

Vater Heinrich betrachtete sie müde. «Uns Dominikanern bleibt in Mainz keine Tür verschlossen. Immer wieder finden sich reuige Sünder, die ihr Gewissen erleichtern möchten. In deinem Fall erwies sich Bruder Arnos Beharrlichkeit in der Gasse der Fischhändler als überaus lohnenswert. Ich wollte mich zunächst einmal hier umsehen, bevor ich die Stadtwache herbeirufe und einen Aufruhr verursache.»

Lucia dachte an die Fischhändlerin und wie gereizt sie auf die Erwähnung der Dominikaner reagiert hatte. «Warum solltet Ihr für Aufruhr sorgen?», wollte sie wissen. «Meine Schwester hat schließlich nichts verbrochen. Ihr Mann kam durch einen Unfall ums Leben. Dunkle Mächte hatten daran keinen Anteil.»

Vater Heinrich warf ihr einen kalten Blick zu. «So, meinst du? Das klingt beinahe, als wolltest du die Existenz dieser Mächte leugnen. Dabei kennst du den Vorwurf, der gegen die Witwe des Färbermeisters erhoben wird, nur zu gut. Du kanntest ihn schon, als du so tollkühn warst, ausgerechnet mich um Hilfe zu bitten.»

Langsam schob er seinen Stuhl zurück und ließ Lucia dabei keinen Moment aus den Augen.

«Nun, wo versteckt sich die Zunftmeisterin Magdalena Herrlinger?»

Der Mönch wusste offensichtlich nicht mehr als Lucia. War das gut oder schlecht für sie? Sie nahm an, dass Magdalena einen Wink bekommen hatte und mit Hilfe ihrer Gastgeber rechtzeitig geflohen war, während sie und Frau Gensfleisch noch unterwegs gewesen waren. Vater Heinrich hatte demnach keine Ahnung, wo sie sich zurzeit aufhielt.

«Ich habe keine Ahnung, wo sich meine Schwester aufhält», erklärte sie schließlich und hoffte, dass ihre Stimme nicht verriet, wie gespannt ihre Nerven waren.

«Es gibt keinen Grund, mich zu fürchten, meine Tochter.» Heinrich Kalteisen sah Lucia streng an. «Im Gasthof hattest du doch auch Vertrauen zu mir, sonst hättest du mich nicht aufgesucht. Ich werde dich von dem unheilvollen Einfluss der Ketzerin und ihrer verführten Helfer befreien. Doch zuvor muss ich sie aufspüren.»

«Nun soll sie also auch noch eine Ketzerin sein? Das ist doch Unsinn! Ich bin eher der Meinung, dass sich gewisse Kreise in dieser Stadt verschworen haben, um meine Schwester mundtot zu machen. Wie man Euch sicher berichtet hat, ist sie wohlhabend, und ihr Mann stand einer einflussreichen Zunft vor.»

«Eher geht ein Kamel durch ein Nadelöhr, als dass ein Reicher in das Himmelreich Gottes aufgenommen wird!»

«Dann hat meine Schwester ja berechtigte Hoffnung, denn viel ist ihr in dieser Welt nicht geblieben. Ihre Habe wurde auf Betreiben ihrer Schwägerin beschlagnahmt!» Lucia holte tief Luft, ehe sie hinzufügte: «Warum nehmt Ihr Euch die nicht einmal vor und lasst uns in Ruhe?»

«Es ehrt dich, dass du zu deiner Schwester hältst», sagte Vater Heinrich. «Aber wenn du dich nun zu ihrem *advocatus diaboli* machst, setzt du das Wohl deiner eigenen Seele aufs Spiel. Unter den Habseligkeiten deiner Schwester wurden nicht nur ein Abendmahlskelch, sondern auch zwei deutsche Abschriften der sogenannten Prager Artikel gefunden.»

«Der Prager Artikel?» Lucia hatte noch nie davon gehört.

«Es sind Schriften, in denen die ketzerischen Hussiten in Böhmen unsere heilige Kirche verhöhnen! Auf dem Kelch, der im Färberhaus gesehen wurde, soll die Inschrift *Calix ducet ad Christo* gestanden haben, das ist das Zeichen der Hussiten, denen unser katholisches Abendmahl nicht mehr genügt.» Die Wangen des Mönches röteten sich vor Eifer. «Begreifst du die Tragik dieser Begebenheit, meine Tochter? Während euer Vater als Bogenschütze unseres Herrschers sein Leben im Kampf gegen die aufrührerischen Böhmen verlor, ließ sich seine Tochter zur Ketzerei verführen.»

Lucia spürte mit einem Mal einen bitteren Geschmack auf der Zunge. Hatte man der Schwester diese Schriften untergeschoben, oder sagte der Mönch die Wahrheit? Zögernd bewegte sie sich auf die Tür zu, während der Dominikaner ans Fenster trat und mit auf dem Rücken verschränkten Armen in den verhangenen Himmel starrte. Mit düsterer Stimme begann er davon zu reden, dass die Freunde der böhmischen Ketzer seit dem Konstanzer Konzil auch unter Mainzer Patriziern zahlreiche Anhänger gefunden hätten.

«Wenn du glaubst, dass ich dich und die Ketzerin einfach entwischen lasse, hast du dich getäuscht.» Er wandte sich zu Lucia um und musterte sie mit einem scharfen Blick. «Ich habe den Bischof gebeten, mir die Untersuchung anzuvertrauen, sobald ich aus Basel zurückkehre, und diesen Auftrag werde ich auch durchführen.» Vater Heinrichs Lippen begannen zu beben, dann lächelte er plötzlich. «Wirst du mich jetzt hinüber zum Domplatz begleiten? Ich habe das Gefühl, dass du mir helfen kannst, die Ketzerbrut von Mainz aufzuspüren.»

Lucia hatte genug gehört, sie durfte keine Zeit mehr verlieren. Mit einem Satz entwischte sie durch die Tür auf den Korridor. Während sie blind vor Hast die Stufen der Stiege hinunterstolperte, hörte sie die zornige Stimme Vater Heinrichs hinter sich. Doch ihre Flucht stand unter keinem glücklichen Stern. Am Fuß der Treppe erwartete sie bereits Bruder Arno. Der Mönch hatte Lucia vom ersten Moment an misstraut und freute sich nun sichtlich, seinen Verdacht gegen sie bestätigt zu sehen.

«Teufelsbuhle, ich werde dir zeigen, was wir mit deinesgleichen anstellen!»

Lucia strauchelte. Ein heißer Schmerz zuckte durch ihren Fuß und ließ sie straucheln. Ihr Aufprall wurde durch den Körper des Mönches gelindert, der nicht rechtzeitig zur Seite gesprungen war. In einem wilden Knäuel gefangen, kugelten Lucia und Bruder Arno gemeinsam über den Dielenboden.

Bruder Arno fluchte, offensichtlich hatte er sich weh getan. Schnell wandte Lucia den Blick zur Stiege und sah, dass Vater Heinrich schon den letzten Treppenabsatz erreicht hatte. Zornig schrie er seinen Gehilfen an, die Schwester der Ketzerin auf keinen Fall entkommen zu lassen.

«Na los, du Nichtsnutz! Steh auf und bring mir das Mädchen!»

Bruder Arno jammerte wehleidig vor sich hin, mit beiden Armen umklammerte er sein rechtes Bein. Unterhalb des Knies quoll Blut durch das grobe Tuch seiner Kutte. Als Lucia sich aufrappelte, um an dem Mönch vorbei zur Haustür zu laufen, rollte sich dieser plötzlich über den Fußboden, holte aus und versetzte Lucia einen heftigen Stoß in die Kniekehle. Seine Finger krallten sich in den Saum ihres Kleides. «Lass mich los», schrie sie, doch der Mönch klammerte sich nur noch verbissener an sie. Verzweifelt wirbelte Lucia herum und schlug ihre Zähne in Bruder Arnos Hand. Der Mönch schrie vor Schmerz auf. «Verdammte Teufelshure», röchelte er.

Lucia sprang auf und versetzte dem Mönch noch einen Tritt.

«Du bist zu nichts zu gebrauchen», schallte Vater Heinrichs Stimme herüber. Doch das war das Letzte, was Lucia von ihm hörte. Mit aller Kraft riss sie die Tür auf und rannte hinaus in die Gasse.

Zitternd vor Angst und Schmerzen humpelte Lucia über den belebten Marktplatz. Ihre Haare hingen ihr in die Stirn, das Kleid war an der Schulter eingerissen, doch niemand hielt sie auf. Ein paar Frauen schüttelten missbilligend die Köpfe, wandten sich aber sogleich wieder ihren Einkäufen zu.

Im Gedränge der Menschen, die sich um die Buden und Verkaufsstände scharten, kam Lucia nur langsam voran. Ihr Fuß tat höllisch weh, doch sie konnte von Glück reden, dass sie sich bei ihrem Sturz von der Treppe keine schwereren Verletzungen zugezogen hatte. Bruder Arno würde sicher noch lange an ihre unfreiwillige Begegnung zurückdenken. Nun allerdings musste sie schnellstens einen Unterschlupf finden. Wenn sie Vater Heinrich noch einmal in die Hände fiel, würde sie das zweifellos mehr kosten als einen verstauchten Knöchel. Aber wohin sollte sie gehen? Wo war Magdalena? Warum hatte sie sich nicht nach der Wohnung des Arztes erkundigt?

Lucia ging weiter. Da sie nicht schnell genug laufen konnte, wurde sie etliche Male gestoßen oder geschoben. Ein besonders rücksichtsloser Kerl hieb ihr einen Sack mit Getreide in den Rücken. Wütend drehte sie sich um und blickte zu ihrer Überraschung in das kantige Gesicht eines kleinwüchsigen Mannes. Es war Holwink, Gensfleischs Diener. Mit den Augen bedeutete er Lucia, ihm zu folgen.

Sie nickte stumm und folgte dem Buckligen, der sich zeternd und Knüffe verteilend einen Weg durch das Getümmel der Händler, Hausfrauen und Knechte bahnte. Als sie endlich den Marktplatz überquert hatten und in eine ruhigere Seitenstraße bogen, rann Lucia der Schweiß über die Stirn. Fürs Erste war ihre Flucht geglückt, von den beiden Mönchen war weit und breit nichts zu sehen. Doch sie ahnte, dass Vater Heinrich ihre Spur verfolgen würde. Vermutlich waren er und Bruder Arno bereits auf dem Weg zur Stadtwache.

«Wohin führst du mich?», fragte sie Gensfleischs Diener, der es plötzlich nicht mehr eilig zu haben schien. Mit gelangweilter Miene blieb der kleine Mann vor verschiedenen Läden stehen, aus denen ein verführerischer Duft von Gebackenem ins Freie drang. Den kunstvoll geschmiedeten Zunftschildern nach zu urteilen, befanden sie sich in der Gasse der Bäcker.

«Sei still! Niemand darf Verdacht schöpfen, Jungfer. Mein Herr trug mir auf, dich abzufangen, nachdem er die Nachricht erhalten hatte, dass zwei Mönche nach dem Verbleib der Herrlinger forschten. Aber du fegtest ja wie ein Wirbelsturm ins Haus, wie hätte ich dich da aufhalten sollen?»

«Wo ist meine Schwester?» Lucia wich einem schlaksigen Jungen aus, der fröhlich pfeifend ein Brett mit knusprig gebackenen Brotlaiben über die Gasse trug. Doch Holwink gab keine

Antwort. Sehnsüchtig beobachtete er, wie der Geselle sein Tragebrett auf zwei Holzklötzen absetzte, auf dem die Backwaren auskühlen sollten. Neben dem Schragentisch hatte der Bäcker ein kleines Schränkchen aufgestellt, auf dem eine Waage stand. Rasch ließ Holwink seinen Sack zur Erde sinken und pirschte sich an die frischen Brote heran.

«Willst du etwas kaufen?», fragte der Junge argwöhnisch. «Ich verteile kein Brot an Herumtreiber!»

«Meinst du mich mit dem Herumtreiber, du Würmchen? Wahrscheinlich hast du zu viel Sand eingebacken, he? Ich kenne doch die Schliche deines Meisters. Weiß genau, warum sein Brot schwerer ist als das der anderen Bäcker.»

«Wirst du wohl dein Maul halten!», schrie der Geselle ihn mit krebsrotem Gesicht an. «Wir können keinen Ärger gebrauchen.»

«Natürlich nicht», rief der Bucklige spöttisch. «Nicht, nachdem der Bruder deines Meisters kurz nach dem Fest der heiligen Katharina auf sein eigenes Backbrett geschnallt und zur allgemeinen Belustigung bis zum Holzhof geschleift wurde, weil er mit den Gewichten betrogen hatte.»

Lucia verfolgte den Wortwechsel mit wachsender Ungeduld. War Holwink nicht bei Verstand? Was bei allen Heiligen versprach er sich davon, den Bäckergesellen zu ärgern? Bemerkte er nicht, dass ihr der Boden unter den Füßen brannte, während der Bursche kurz davor stand, einen Krawall anzufangen?

«Ich hole jetzt meinen Meister, der wird dir dein Schandmaul mit dem Schieber zurechtstutzen, du frecher Zwerg!»

«Na los, lass dich von mir nicht aufhalten!»

Gensfleischs Diener wartete, bis der wütende Geselle im Haus verschwunden war. Dann spurtete er geschwind zum Schrank neben dem Verkaufstisch, stieß das Türchen auf und zerrte einen unförmigen Sack heraus. «Du könntest mir ruhig helfen», bemerkte er mit vorwurfsvollem Blick. «Ist ja schließlich dein Kram!»

Verständnislos zuckte Lucia mit den Achseln und konnte den Sack, den der kleine Mann ihr zuwarf, gerade noch auffangen. Hastig stopfte Holwink den Beutel mit Getreide, den er mit sich herumgeschleppt hatte, ins Innere des Schränkchens und warf die Tür zu.

«Das ist ja mein Bogen», jubelte Lucia, nachdem sie einen kurzen Blick in den Sack geworfen hatte. «Du hast ihn aus meiner Kammer geholt? Und ich dachte schon, ich hätte ihn und meine anderen Sachen für immer verloren!»

«Mein Herr befahl mir, deinen Plunder einzusammeln. Hat mich viel Mühe gekostet, ihn gegen den Gerstensack auszutauschen, ohne dass der Bäcker etwas merkte.» Einen Atemzug lang strahlte Holwink voller Stolz über den gelungenen Streich. Doch seine Heiterkeit verflog so rasch, wie sie gekommen war. Noch ehe sich Lucia die Riemen ihres Beutels über die Schulter werfen konnte, bedeutete er ihr, die Beine in die Hand zu nehmen.

«Wir müssen hinunter zum Fluss, dort wartet mein Herr auf uns», erklärte er keuchend. «Sein Boot ist schon seit den frühen Morgenstunden bereit, auszulaufen. Jede Minute, die er säumig herumstehen muss, kostet ihn ein Vermögen.»

Lucia horchte auf. Natürlich, der Rhein, dachte sie. Die alte Else hatte ihr doch mit Nachdruck ans Herz gelegt, sie später bei den Anlegestellen der Flussschiffer zu treffen.

Am Ufer herrschten Lärm und Betriebsamkeit. Fässer mit Wein wurden mit Hilfe von Kränen und Seilwinden auf die Rheinschiffe geladen. Kaufmannsgehilfen schleppten Kisten über schmale Stege, während ihre Herren und deren Gehilfen die Waren begutachteten, die auf dem Wasserweg aus der Stadt gebracht werden sollten. Aus einer schmuddeligen Schenke drang Geschrei.

Lucia bahnte sich einen Weg durch die lärmende Menge. Ein ungutes Gefühl beschlich sie, als ihr Blick auf die Lanzen der Stadtwächter fiel, die mit ernsten Mienen von Boot zu Boot gingen.

«Dort drüben, am Ladekran, steht er», brüllte Holwink ihr ins Ohr. «Siehst du ihn? Seine Gemahlin ist auch bei ihm.»

Tatsächlich sah Lucia den alten Patrizier. Gensfleischs gepflegte Haare flatterten im Wind; über einem gerafften Leinenkittel trug er einen Mantel aus rostroten Fuchspelzstücken, dessen Ränder mit Perlen bestickt waren. Seine Füße steckten in schlammverkrusteten Stiefeln. Als er Lucia auf sich zukommen sah, nickte er ihr mit verschlossenem Gesichtsausdruck zu.

«Da seid Ihr ja endlich, den Heiligen sei gedankt!» Elses Stimme zitterte; sie hatte sich Sorgen gemacht. Immer wieder blickte sie zum Steg, über den Gensfleischs Knechte nun eine stabile Holzkiste zum Kahn trugen.

«Ich habe leider keine guten Nachrichten», sagte Friele leise zu Lucia. «Die Zunftmeisterin soll doch angeklagt werden!»

Mit beiden Armen presste Lucia ihren Beutel an sich. Dann berichtete sie dem Spiegelhändler atemlos, was sich in seinem Haus zugetragen hatte und wie es ihr gelungen war, sich aus den Fängen des Inquisitors zu befreien.

«Macht Euch keine Vorwürfe, Lucia. Es ist nicht Eure Schuld, dass die Inquisition ihr Augenmerk auf uns gerichtet hat. Wir Patrizier sind dem Bischof von Mainz schon seit längerer Zeit ein Dorn im Auge. Basilius Fust hat uns gewarnt, dass es gefährlich werden könnte, Magdalena im Haus zum Gutenberg aufzunehmen.» Friele Gensfleisch ergriff den Arm seiner Frau und zog sie schützend an seine Seite. «Deshalb werden wir die Stadt für eine Weile verlassen und auf dem Erbhof meiner Frau Zuflucht suchen, bis Gras über die Sache gewachsen ist.»

«Ihr dürft gerne mit uns kommen, bis sich die Aufregung etwas gelegt hat», schlug Else Gensfleisch vor.

Lucia zögerte. «Zunächst muss ich meine Schwester finden. Wisst Ihr, wo sie ist?»

Die Eheleute blickten sich um, als fürchteten sie heimliche Lauscher. Dann nahm der Patrizier Lucias Beutel und bedeutete ihr mit einer Kopfbewegung, ihm zu seinem Frachtkahn zu folgen. Ohne sich umzublicken, marschierte Gensfleisch drauflos, dass der Schlamm nur so spritzte. Nur leidlich gelang es Lucia, mit ihm Schritt zu halten, ohne auf den Holzbohlen den Halt zu verlieren. Ihr Fuß war angeschwollen, doch zu ihrer Überraschung hielt sich der Schmerz in Grenzen.

«Unser Freund Basilius Fust wird sich später darum kümmern», entschied Friele Gensfleisch nach einem flüchtigen Blick auf ihren Knöchel.

Sie erreichten das Boot gleichzeitig mit drei wichtig dreinblickenden Männern, deren aufgestickte Wappen sie als städtische Zollwächter auswiesen. Zwei von ihnen verstellten ihnen breitbeinig den Weg zum Steg, der zur Steuerbordseite des Lastkahns führte. Ihr Anführer, ein dicker Kerl, der nach Bier und geräuchertem Fisch roch, kramte einige engbeschriebene Schriftstücke hervor. Es schien sich um die Auflistung zollpflichtiger und von Abgaben befreiter Ware zu handeln. Aus den Augen des Mannes war Enttäuschung abzulesen, als er die Kisten auf dem Lastkahn nicht in seinen Unterlagen verzeichnet fand. Umständlich faltete er seine Papiere zusammen, dann taxierte er Truhen und Fässer, die Gensfleischs Kahn geladen hatte. Doch damit nicht genug. Seine Blicke wanderten aufdringlich über Lucias Körper.

«Kann ich Euch weiterhelfen?», fragte Friele Gensfleisch, der seinen aufsteigenden Zorn nur mühsam bändigen konnte.

«Seid Ihr Kaufmann Gensfleisch vom Haus Gutenberg?»

«Der bin ich, und Ihr haltet mich auf. Ich habe wertvolles Handelsgut aus Italien an Bord. Spiegel, wenn Ihr es genau wissen wollt, die ich weiter nach Koblenz verschiffen muss. Bis zum Einbruch der Dämmerung möchte ich wenigstens Lorch hinter mir wissen.»

Der Zöllner zog die Augenbrauen hoch und wechselte einen vielsagenden Blick mit seinen Kameraden. Ehe Gensfleisch einschreiten konnte, betraten die Zollwächter auch schon das Boot. In wessen Auftrag sie auch handeln mochten, sie schienen fest entschlossen, sich die Ladung des Spiegelhändlers genauer anzusehen.

«Was fällt Euch ein?» Gensfleisch ballte zornig die Fäuste. «Runter von meinem Kahn, aber ein bisschen plötzlich, wenn ich bitten darf! Ihr solltet wissen, dass Eure Zollknechte nicht das Recht haben, in meiner Ware herumzuwühlen. Die Privilegien, die den Mainzer Patriziern verliehen wurden, schließen das Wegerecht und die Zollfreiheit zu Wasser und zu Lande binnen dreißig Meilen ein. Das ist seit Jahrhunderten verbrieft und gesiegelt! Meine Papiere habe ich schon vor Tagen im Gildenhaus beglaubigen lassen.»

Der Zöllner setzte zu einer wütenden Entgegnung an, schien sich aber zu besinnen. «Ist das Mädchen dort drüben Eure Tochter?», wollte er wissen.

«Sie gehört zur Verwandtschaft meiner Gemahlin und wird auf meinem Boot bis nach Koblenz reisen. Würden Eure Leute jetzt wohl endlich verschwinden, damit wir an Bord gehen können?»

Lucias Herz schlug schneller. Sie durften keine Zeit mehr verlieren. Möglicherweise ließen Vater Heinrich und sein dümmlicher Handlanger just in diesem Moment ihre Beziehungen zum Bischof spielen, um die Tore bewachen und nach ihr suchen zu lassen. Dabei wusste sie noch immer nicht, wo Magdalena sich aufhielt.

«Der Kaufmann ist als Angehöriger des Stadtpatriziats von Zollbestimmungen für ausländisches Handelsgut ausgenommen, das ist richtig. Aber wie steht es mit Euch, Jungfer? Zeigt mir doch einmal, was Ihr da in Eurem Beutel habt.»

Hilfesuchend sah Lucia Friele Gensfleisch an, doch der gab ihr durch ein Zeichen zu verstehen, dass sie sich der Forderung des Zöllners nicht verweigern durfte. Langsam öffnete sie den Beutel und zeigte dem Zöllner den Bogen ihres Vaters. Bewundernd pfiff der Mann durch die Zähne, dann griff er nach dem Bogen.

«Was habt Ihr mit dieser Waffe vor, Jungfer?», fragte der Zollbeamte, während er die Spannkraft des Bogens prüfte. Dann betrachtete er anerkennend den kunstvoll verzierten Köcher und die wenigen Pfeile, die noch in ihm steckten.

«Der Bogen ist mein Geschenk für den Vater des Mädchens», warf Friele Gensfleisch hastig ein. Er wurde rot. «Sie wird ihn meinem alten Freund aushändigen, sobald sie in Koblenz angekommen ist. Die Gebrauchsspuren an den Rändern sollten Euch eigentlich davon überzeugen, dass der Bogen alt und bereits seit geraumer Zeit in Gebrauch ist!»

Der Zöllner grinste. «Der Rat der Stadt Mainz hat mir die Genehmigung erteilt, Waffen einzuziehen, die von Angehörigen des Handwerkerstandes aus der Stadt geschafft werden sollen. Und wie es scheint, ist das hier der Fall.» Er wollte den Bogen samt Köcher gerade an einen seiner Knechte weiterreichen, als ein Schrei zu hören war.

«Der Ladekran», ertönte eine Männerstimme. «Er schwankt!» Überrascht hob Lucia den Kopf. Im nächsten Moment rissen die Seile der Winde. Ein hässliches Knirschen war zu hören, als eine schwere Kiste auf der Ladefläche neben den Kähnen zerbarst. In der Kiste waren Weinkrüge gewesen, deren Scherben wie scharfe Geschosse in alle Richtungen flogen. Wenige Schritte vom Kran entfernt kauerten zwei Burschen, ihre Gesichter waren aschfahl. Ihre Wämser und Beinlinge trugen Weinspritzer, einer der Burschen blutete an der Stirn, doch sie waren am Leben. Der schrille Warnschrei schien ihnen das Leben gerettet zu haben. Als sich die Leute vom ersten Schreck erholt hatten, stürmten die Flussschiffer, Fischer, Krämer und Wachsoldaten zur Ladestelle hinüber. Ärgerliches Geschrei erhob sich unter den Männern. Der Weinhändler, dem die zerschellten Krüge gehörten, stürmte auf die Hafenknechte zu, die mit betretenen Mienen an den Stricken herumzogen. «Idioten», brüllte der Zöllner. Wütend über den Aufruhr drückte er Gensfleisch Lucias Bogen mit der Aufforderung in die Hand, auf ihn zu warten und sich nicht von der Stelle zu rühren. Dann rief er seinen Männern, die unschlüssig an Bord des Kahns standen, zu, ihm die Böschung hinaufzufolgen. Folgsam sprangen die beiden Zollknechte über den Steg und setzten ihrem Anführer nach.

«Der Aufruhr kam zur rechten Zeit», sagte Gensfleisch trocken. Er blickte zu seiner Frau, die noch immer oberhalb des Hanges nahe der Schiffertaverne stand. Eine einsame, hochaufgerichtete Gestalt, die in ihrem feinen Samtumhang nicht hierherpasste. Gensfleischs Hausknecht stand neben ihr und grinste schelmisch.

«Ich habe keine Lust zu warten, bis dieser Holzkopf zurück ist», bemerkte der Patrizier und legte Lucia väterlich den Arm um die Schultern. «Kommt schon, folgt mir an Bord. Wir können in wenigen Augenblicken ablegen.»

«Ablegen?» Lucia blickte hilflos über die Schulter zurück auf die Türme von Mainz. «Aber was ist mit Magdalena? Ich bin nicht so weit gereist, um nun einfach zu verschwinden und sie ihrem Schicksal zu überlassen.»

«Wisst Ihr denn immer noch nicht, wo sie stecken könnte?» Ungeduldig schritt er voran und wartete, bis Lucia den schmalen Steg überquert hatte, der über das spritzende Wasser führte. Als sie sich schließlich erschöpft auf einer der Kisten mit Handelsware niedergelassen hatte, erklärte er ihr mit einem dünnen Lächeln: «Ich habe Blut und Wasser geschwitzt, als der Zöllner seine Männer auf mein Boot gesandt hat. Es hätte nicht viel gefehlt, und diese armseligen Taugenichtse hätten die Kisten geöffnet und meine wertvollen Spiegel beschädigt.» Er betonte dabei das Wort Spiegel so auffällig, dass Lucia aufhorchte. Der Blick des Alten fiel auf den längsten der Holzkästen, die verdeckt von einer abgeschabten, braun-weißen Kuhhaut in dem Mittelschiff des Kahns aufgestellt worden waren.

Gerade als Lucia aufspringen wollte, begann der Boden unter ihren Füßen zu schwanken. Mit Stangen stießen Gensfleischs

Knechte den Lastkahn von der Mauer des Rheinhafens ab. Lucia klammerte sich an einer der Ruderschlaufen fest und sah zum Verladeplatz hinüber. Noch immer herrschte dort Aufruhr. Als sie sah, wie der Zollmeister wütend mit den Armen herumfuchtelte, konnte sie ein spöttisches Lächeln nicht unterdrücken. Auch Gensfleisch stieß ein brummiges Lachen aus, und seine Knechte stimmten ein Lied an, das von einem betrogenen Betrüger handelte. Lucia nickte Gensfleisch zu; nach den beängstigenden Erlebnissen in Mainz empfand sie die ausgelassene Stimmung, die sich unter der Besatzung ausbreitete, als geradezu ansteckend.

Gemächlich trieb der Kahn auf die Mitte des Rheins zu. Der schlammige Stapelplatz der Kaufleute, die schmuddelige Taverne, aus deren Schornstein dichter Rauch quoll, und die Arbeiter, die mit dem Zöllner stritten, entschwanden allmählich ihren Blicken, bis nur noch verschwommene, tanzende Punkte zu sehen waren.

«Dann wollen wir uns mal meine Prunkstücke anschauen», rief Gensfleisch, als auch das hölzerne Schleusentor hinter ihnen lag. Mit flinken Bewegungen zog er vier eiserne Bolzen aus dem Kasten und schlug den Deckel auf.

Magdalena lag ruhig auf einem weichen Lager aus Decken und Kissen. Von der Sonne geblendet, blinzelte sie, und Tränen liefen ihr über beide Wangen.

«Ich habe es geahnt», stieß Lucia hervor, während einer von Gensfleischs Knechten die Frau behutsam auf eine mit Rosshaar gefüllte Matratze bettete. «Dann war das Unglück mit dem Kran kein glücklicher Zufall?» Sie brauchte nicht weiterzufragen. Das zufriedene Grinsen auf Holwinks Gesicht verriet ihr, dass er für den Auflauf am Stapelplatz gesorgt hatte, um den Zollmeister und seine Männer vom Boot seines Herrn abzulenken.

Der Patrizier lächelte milde. «Es ist gewiss nicht die beste Art, eine Reise anzutreten, aber die Umstände ließen mir leider keine Wahl. Als ich erfuhr, dass ein Inquisitor vorhatte, Eure Schwester in meinem Haus zu befragen, war höchste Eile geboten. Ich kann es mir nicht erlauben, den Rat der Stadt gegen mich aufzubringen. Mein Sohn Johannes ist den Mainzer Patriziern bereits unangenehm aufgefallen, weil er sich in den Kopf gesetzt hat, ein Handwerk auszuüben. Aber das ist im Augenblick nicht wichtig.»

«Ich weiß nicht, wie ich Euch danken soll, Herr», sagte Magdalena. Ihre Stimme klang schleppend und müde, aber das wunderte Lucia nicht. Schließlich wurde man nicht jeden Tag in eine Kiste gelegt und wie Handelsware an Bord eines Lastkahns verfrachtet.

«Leider kann ich nicht dafür garantieren, dass Eure Weiterreise ebenso glimpflich verlaufen wird.» Friele Gensfleisch sah plötzlich bekümmert aus. Er schien sich Sorgen um seine Familie und seinen Besitz zu machen, den er nun für einige Zeit zurücklassen musste. Was würde er bei seiner Rückkehr vom Erbsitz seiner Frau vorfinden? Wie er selbst erklärt hatte, wartete der Bischof nur darauf, dass Friele einen Fehler machte, der ihm, dem geistlichen Herren von Mainz, die Gelegenheit gab, die Privilegien des alten Stadtadels einzuschränken. Die Zünfte würden gewiss nicht lange zögern, die Beschneidung dieser Rechte nach Kräften zu unterstützen. Nach dem, was Lucia gehört hatte, war einzig der Zunftmeister der Schönfärber, Magdalenas Mann, für Ausgleich und Verständigung zwischen den sich befehdenden Gruppen eingetreten. Doch der Zunftmeister war tot und seine Witwe auf der Flucht.

«Magister Fust ist mit einem Wagen vorausgefahren», sagte Magdalena nach einer Weile. Sie ergriff Lucias Hand und drückte sie. «Er hat versprochen, uns bis Trier zu begleiten.»

Lucia nickte. Allem Anschein nach hatten Magdalena und Gensfleisch ihre Flucht aus Mainz besser vorbereitet, als sie gedacht hatte. Natürlich hatte ihre Schwester absehen können, dass man sie irgendwann verhaften würde; denn nur wenn man Magdalena eines Verbrechens, ob nun Mord oder Ketzerei, überführen würde, konnte ihre Schwägerin den Besitz des Zunftmeisters auf ihren Namen überschreiben lassen. Magdalenas Flucht lieferte ihren Feinden natürlich jede Handhabe, ihr alles wegzunehmen, was sie besaß. Andererseits gab es schon jetzt nicht mehr viel, an dem sich festzuhalten lohnte. Lucia fand, dass ihre Schwester den Verlust ihrer Habe mit erstaunlicher Gelassenheit hinnahm, dabei hatte Großvater immer behauptet, seine ältere Enkelin sei geradezu versessen darauf, Reichtümer anzuhäufen. Als sie Magdalena darauf ansprach, winkte die ab. «Seit Martin tot ist, liegt mir nichts mehr an Kleidern und bequemem Hausrat. Schau mich doch an! Ich kann mich kaum rühren, bin dem Spott der Leute ausgesetzt, die mein Gebrechen für eine Strafe des Himmels halten. Doch all das wäre noch zu ertragen, wenn ich mich wenigstens daran erinnern könnte, was in jener Nacht geschehen ist, die mein Leben so verändert hat.» Sie schwieg einen Moment, bevor sie hinzufügte: «Tief in meinem Innern spüre ich, dass ich Schuld auf mein Gewissen geladen habe. Ich träume nachts davon, wie ich mich auf der Suche nach Martin durch den Sturmwind kämpfe. Ich höre Geräusche, die mir fremd und vertraut zugleich sind. Und dann sehe ich stets ein Gesicht vor mir. Ein Gesicht, das mir Angst macht, obwohl ich es kennen sollte.»

«Ein Gesicht?»

Magdalena zupfte an ihrem schwarzen Witwenschleier, der ihr Gesicht spitz und kränklich aussehen ließ. «Martin hatte beileibe nicht nur Freunde in der Stadt, selbst in seiner Zunft gab es manchen Neider. Und doch kann ich mir nicht vorstellen, dass einer von ihnen es gewagt hätte, ihn heimtückisch zu erschlagen. Nein, es muss einen anderen Grund dafür gegeben haben, dass er sterben musste.»

Lucia schluckte, ein beklemmendes Gefühl überkam sie. Was ihre Schwester nicht aussprach, war die Befürchtung, dass sie selbst Martin getötet haben könnte.

Zwei Stunden später legte der Lastkahn in der Nähe eines kleinen Fischerdorfes an. Die Bewohner des Fleckens, an dessen Hängen Weinberge zu sehen waren, schienen sehr zurückgezogen zu leben, denn mit Ausnahme einiger Katzen, die auf der Suche nach Abfällen über den staubigen Anger streunten, kamen nur paar ärmlich gekleidete Gestalten vorbei.

Mit seinen finsteren, verwinkelten Gassen verbreitete das Dörfchen keine besonders heitere Stimmung. Vorsichtig trug Gensfleischs Knecht Magdalena über den Platz. An den sanft abfallenden Hängen sah Lucia eine Schar von Männern, die mit Hämmern Pfähle in den Erdboden schlugen. Dann fiel ihr Blick auf Basilius Fust, der sie vor einer kleinen Kapelle mit spitz zulaufendem Ziegeldach erwartete. Wie Magdalena vorausgesagt hatte, war er dem Lastkahn mit einem Gespann vorausgeeilt.

«Gott sei Dank, ihr habt es geschafft», rief er und schüttelte Gensfleischs Hand. «Als ich Mainz in den frühen Morgenstunden verließ, durchsuchten die Torwächter jeden Karren. Selbst meiner wurde nicht ausgenommen, obwohl mich jedermann in der Stadt kennt. Ich habe dem Wächter gesagt, das Weib eines Kaufmanns in Ingelheim sei erkrankt.»

Lucia beobachtete, wie Fust ihrer Schwester einen vielsagenden Blick zuwarf. Im selben Augenblick riss die Wolkendecke auf. Goldgelb fielen die Sonnenstrahlen auf den runden Turm der Kapelle, dessen Mauern mit dunkelgrünen Weinranken bemalt waren.

«Wir sollten hier nicht länger verweilen», entschied Magdalena mit fester Stimme und tat so, als würde sie die schmachtenden Blicke des Arztes nicht bemerken. Doch Lucia war sich inzwischen sicher, dass zwischen der Witwe und Fust mehr war als nur Wohlwollen und Dankbarkeit. Während der Fahrt auf dem schwankenden Kahn hatte sie es vermieden, ihre Schwester darauf anzusprechen, aber allmählich hatte sie genug von der Heimlichtuerei.

Spielte Magdalena ihr nur etwas vor? Wie ließen sich all ihre Launen erklären? Mal schien sie hilfebedürftig, teilnahmslos und schwach, dann wieder überlegen und kühl. Lucia kannte ihre

Schwester nicht gut genug, um sich ein Urteil über sie zu erlauben. Doch einen schrecklichen Moment lang fragte sie sich, ob Magdalena ihre Erinnerungslücken nur vortäuschte, um sich keinen peinlichen Fragen aussetzen zu müssen. Und wenn Basilius Fust ihr heimlicher Liebhaber war? Gehörte das Gesicht, das Magdalena in ihren Träumen verfolgte, möglicherweise ihm? Lucia spürte, wie sich das alte Misstrauen gegen ihre Schwester von neuem in ihr zu regen begann. Angst beschlich sie. War Magdalenas freundliches Lächeln am Ende gar die schlaue Maskerade einer gewissenlosen Mörderin, die nicht davor zurückschreckte, ihre jüngere Schwester für ihre finsteren Pläne zu benutzen?

Lucia wurde erst wieder aus ihren düsteren Gedanken gerissen, als sich Gensfleisch von den Reisenden mit zahlreichen Warnungen und guten Wünschen verabschiedete. Er prägte Fust den Weg über abgelegene Straßen und Pfade ein, die er aus eigener Erfahrung als Kaufmann für die sichersten hielt, und drückte sein Bedauern aus, dass seine Pflichten ihn daran hinderten, sich weiterhin um Lucia und Magdalena zu kümmern. «Gott behüte Euch», rief er ihnen zum Abschied zu.

Errötend wehrte Fust ab. «Ihr habt Euer Wort als Patrizier gehalten und Euch als Wohltäter erwiesen. Eines Tages werden Magdalena und ich gewiss in der Lage sein, Euch für Euren Beistand in angemessener Weise zu danken.»

Magdalena und *er*! Seine Worte rumorten in Lucias Kopf. Basilius Fust rechnete offensichtlich damit, dass die Wegstrecke, die er und Magdalena gemeinsam zurücklegten, nicht in Trier endete.

«Steig auf den Wagen», hörte sie Magdalena gebieterisch rufen. «Wir müssen weiter.» Lucia schluckte. Verunsichert blickte sie Friele Gensfleisch nach, der, gefolgt von seinem Knecht, die einsame Dorfstraße überquerte, um zurück zu seinem Kahn am Rheinufer zu gelangen. Als sein wallendes Haar hinter einer Dornenhecke verschwand, die den Dorfanger umgab, wäre Lucia ihm am liebsten hinterhergeeilt.

Mit entschlossenem Griff nahm Basilius Lucia ihr Bündel aus der Hand. «Wenn Ihr erlaubt, werde ich Euren Kram verstauen. Unter meinem Schutz braucht Ihr keinen Bogen. Und nun tut gefälligst, was Eure Schwester Euch befohlen hat!»

«Der Bogen gehörte meinem Vater, und ich weiß, wie man damit umgeht! Außerdem glaube ich nicht, dass Magdalena mir etwas zu befehlen hat.»

«Warum so unleidlich, kleine Schwester?» Magdalena hob den Kopf und lächelte sie an. Inzwischen hatte sie den schwarzen Witwenschleier gegen eine mit kunstvollen Kreuzstickereien geschmückte Seidenhaube eingetauscht.

XII

Heinrich Kalteisen kniete auf den eisigen Steinplatten der Mönchszelle, die der Abt des Mainzer Dominikanerklosters ihm zugewiesen hatte. Es war feucht. Zugig. Die Wände rochen nach Moder und Schimmel, der sich durch das Flechtwerk fraß. Aber mit den Jahren hatte es sich Vater Heinrich angewöhnt, Unannehmlichkeiten dieser Art zu übergehen. Mit gefalteten Händen dachte er über den vergangenen Tag nach. Zumindest versuchte er es, denn das monotone Gerede der Mönche, die sich unmittelbar vor der winzigen Fensteröffnung im Kräutergarten aufhielten, machte es ihm unmöglich, sich auf das Problem zu konzentrieren, das in seinem Kopf herumgeisterte.

Zwei Stimmen, eine davon gehörte ohne jeden Zweifel Bruder Arno, diskutierten lautstark über die Frage, ob die Passion Jesu Christi bereits im Garten von Gethsemane ihren Anfang genommen hatte oder ob der Herr sein Opfer erst am Kreuz dargebracht hatte. Bruder Arno sprach sich aufgeregt für das Kreuz aus, der unbekannte Mönch führte die Auslegungen eines Gelehrten an, um ihn zu widerlegen.

Seufzend erhob sich Vater Heinrich und zog das Lederband an seinen Sandalen stramm. Ruhe würde er hier keine finden, denn Bruder Arnos Stimme war inzwischen zu einem unangenehmen Zetern angeschwollen.

Der Junge hatte noch viel zu lernen, doch Vater Heinrich bezweifelte stark, dass er für den missmutigen jungen Mönch ein geeigneter Lehrmeister war. Er blieb mit seinen Gedanken lieber allein. Am besten war es wohl, den Knaben bei nächster Gelegenheit loszuwerden. Wenn er ihn einfach hier in der Abtei zurückließ, würde dies die Freundschaft, die ihn seit Jahren mit dem Prior verband, jedoch schwer belasten. Kein Mensch war dankbar für einen spitzen Stein in seinem Schuh. Nein, es war wahrhaftig nicht einfach, mit Menschen auszukommen. Ob sie nun Weiberröcke oder Mönchskutten trugen.

Vater Heinrich bewegte den Kopf, um den Schmerz aus seinen verspannten Muskeln zu vertreiben. Schwerfällig ging er zu dem wackeligen Schreibpult hinüber, dem einzigen Luxus, auf den er als Hausgast des Mainzer Klosters bestanden hatte. Schließlich musste er zahlreiche Dokumente einsehen und Briefe an seinen Orden schreiben, und der Weg zu den Kopisten, die oben im abgeschiedenen Lesesaal des Klosters ihrer Arbeit nachgingen, war weit. Ohnehin war Vater Heinrich nicht bereit, irgendeinem Bruder Einblick in seinen umfangreichen Briefwechsel zu gewähren. Selbst im Kloster des eigenen Ordens machten zuweilen üble Gerüchte und müßiges Geschwätz die Runde, eine Untugend, vor der bereits der heilige Paulus in seinem Brief an die Epheser nachdrücklich gewarnt hatte.

Während Vater Heinrich die Protokolle durchsah, die der Schreiber des Bischofs ihm auf das Pult gelegt hatte, entwich der letzte Rest Wärme aus der Zelle. Doch noch immer sah er keinen Grund, sich zu beklagen oder einen Kohleofen zu verlangen. Auf seinen Reisen durch Europa hatte er selten etwas anderes als Mühsal und Armut kennengelernt. Aber hatte er sich nicht einem Bettelorden angeschlossen, um gerade diese Armut zum Inhalt seines irdischen Lebens zu machen? Er war davon überzeugt, dass es Formen des Reichtums gab, die weitaus erstrebenswerter waren als das Geld der hochnäsigen Patrizier oder stolzen Handwerker, die häufig aufbrausten, wenn man sie zu Mäßigung und Reue anhielt. Seit drei Jahren schon diente Vater Heinrich als Lehrer der Heiligen Schrift im hiesigen Dom. Der Bischof schätzte seine mahnenden

Reden und Auslegungen, ja, er las ihm jeden Wunsch von den Augen ab. Manchmal kam es Vater Heinrich sogar so vor, als ob der Kirchenfürst ihn, den einfachen Dominikaner, fürchtete. Zumindest sah er ihn als brauchbaren Mitstreiter an. Aber gegen die Schliche der Ketzer, der verdammenswerten Abtrünnigen von Gesetz und Ordnung der Kirche, war er noch immer machtlos. Noch fehlten Vater Heinrich die Befugnisse, für die heilige Inquisition in Mainz zu fungieren. Wenn der alte Bischof doch nur nicht so unentschlossen gewesen wäre … Ein Schatten glitt über sein Gesicht. Es wurde höchste Zeit, dass der Ordensgeneral der Dominikaner ihm die Erlaubnis erteilte, sich um die Züchtigung derer zu kümmern, die vom rechten Weg abgekommen waren.

Vater Heinrich verließ das Kloster, ohne Bruder Arno von seinem Besuch der Stadt in Kenntnis zu setzen. Er konnte nicht sagen, warum ihn ausgerechnet die Geschichte der verschwundenen Ketzerin aus dem Haus der Gensfleischs so berührte. Sein Gefühl, auf das er sich all die Jahre verlassen hatte, trieb ihn an, den Fall der Magdalena Herrlinger ein wenig genauer in Augenschein zu nehmen. In weiser Voraussicht hatte er niemandem von der Unterhaltung erzählt, die er mit der jungen Gewandschneiderin in dem vornehmen Haus am Markt geführt hatte. Bruder Arno, der noch immer wegen der Prellungen jammerte, die er sich bei dem Gerangel zugezogen hatte, würde lieber ein lebenslanges Schweigegelübde auf sich nehmen, als anderen Brüdern von seiner schmachvollen Niederlage zu berichten. Dies gab Vater Heinrich freie Hand, sich eingehender mit der Familie zu befassen, die es gewagt hatte, sich dem Lauf der Gerechtigkeit in den Weg zu stellen.

Aus dem Haus der Gensfleischs drang kein Lichtstrahl ins Freie, das Tor zum Hof war ebenso verschlossen wie die Eingangstür. Nichts rührte sich hinter den hohen, spitz zulaufenden Fenstern.

Eine Nachbarsfrau erklärte Vater Heinrich bereitwillig, dass die Frau des Spiegelhändlers mitsamt ihren Leibdienern und einigen Mägden die Stadt verlassen habe. Mit bitterer Miene bedankte sich Vater Heinrich und ging weiter. Der unsichtbare Schutzwall, den die Stadt um die Reichen zog, zeigte ihm, dass es nicht einfach werden würde, ihrer Schützlinge habhaft zu werden.

Vater Heinrich ließ den Marktplatz hinter sich und schlug den Weg zu den kleineren Gassen ein, die mit Menschen, Viehzeug, Buden und Sänften kaum weniger überfüllt waren als am Abend seiner Ankunft. Auf Schritt und Tritt wurde er angerempelt; zahllose Bettler hielten ihn an und streckten die Hand nach einem Almosen aus. Ungerührt bahnte sich der Dominikaner seinen Weg. Nach einer Weile sprach er eine Wachshändlerin an, die ihre Ware in einem Bauchladen sicheren Schrittes durch die Menge bugsierte.

«Weißt du, wo sich das Haus des Zunftmeisters Herrlinger befindet?», erkundigte er sich sichtlich erschöpft.

Die freundliche Miene der Frau wich einem verschlossenen Ausdruck. Sie schlug die Augen nieder und blickte auf die goldgelben Waben, die wie kleine Kuchenstücke an Schnüren aufgereiht waren.

«Die Färber wohnen in einer der Gassen, die zum Rheinufer führen», antwortete sie nach einigem Zögern. «Dort, wo auch die Knochenhauer arbeiten.»

«Aber das weiß ich, meine Tochter. Mich interessiert das Haus zum Rindsrücken, in dem die Familie Herrlinger lebt.»

«Warum fragt Ihr dann nicht die dort drüben?» Die Wachshändlerin deutete mit dem Kinn auf eine beleibte Frau, die sich heftig schnaufend einen Weg durch das Gewühl der Gasse bahnte. Als Vater Heinrich sich umwandte, senkte die Händlerin ihre Stimme, als fürchte sie, die dicke Frau könnte sie hören. «Seht Ihr das Weib mit dem teuren Mantel, Bruder?»

«Ja.»

«Das ist Annegret Herrlinger, die Schwester des Zunftmeisters der Färber. Seit er tot ist, lebt sie allein im Haus zum Rindsrücken und verprasst das Geld der armen Meisterin. Aber die ist ja auch auf Nimmerwiedersehen verschwunden, ebenso wie der Lehrjunge, der früher im Haus der Färber gewohnt hat. Wisst Ihr, was man sich in der Stadt erzählt?»

«Was?»

Sie beugte sich so weit vor, wie es ihr der Bauchladen erlaubte. «Man sagt, der Teufel habe der Meisterin in der Todesnacht ihres Mannes erst die Beine gebrochen und sie dann mit sich genommen, um …»

«Genug!» Vater Heinrich warf der Händlerin einen strengen Blick zu, der sie augenblicklich verstummen ließ. Er hatte erfahren, was er wissen musste, am Klatsch der Marktweiber war er nicht interessiert. Nun aber galt es, die Schwester des toten Zunftherrn nicht aus den Augen zu verlieren. Es konnte interessant werden, ihr ein wenig auf den Zahn zu fühlen. Wohin mochte die Frau um diese Zeit so eilig wollen?

Vater Heinrich bedachte die kleine Wachshändlerin mit einem flüchtigen Nicken. Dann machte er sich an die Verfolgung der dicken Frau.

Annegret Herrlinger bemerkte nicht, dass ein Verfolger sich an ihre Fersen geheftet hatte. Zielstrebig ging sie durch einen Torbogen, bog danach bald rechts, bald links in eine Gasse ein, bis sie schließlich zu einem von einer Mauer umfriedeten Hof gelangte, der mit seinen hohen Bäumen wie ein Gottesacker aussah.

In einigem Abstand folgte Vater Heinrich der Frau. Sein Herz schlug ihm vor Anstrengung bis zum Hals, es war lange her, dass er so schnell hatte laufen müssen. Einige Male war er versucht, die Schwester des Zunftmeisters einfach aufzufordern, stehen zu bleiben und ihn anzuhören. Doch dann hätte ihn die Färberschwester wohl kaum an diesen Ort geführt.

Unselige Neugier, ein Laster, dessen er niemals Herr geworden war.

Das Viertel, in dem er sich nun befand, erschien ihm bedeutend ärmlicher als die umtriebigen Straßen, die zwischen Markt und Domplatz lagen. Hier gab es nur eine Handvoll windschiefer, mit Stroh oder Dornengeflecht bedeckter Hütten, deren Läden und Türen im Wind klapperten. Auf der Schwelle eines Häuschens hockte ein blinder Greis, der mit einem Stecken Kreise in den Staub malte. Seine erloschenen Augen fixierten einen unsichtbaren Punkt in der Luft. Als Vater Heinrich an ihm vorüberging, trällerte er ein unanständiges Lied, bis ein Weib aus dem Fenster blickte und mit rauer Stimme Ruhe forderte.

In Gedanken schlug der Mönch ein Kreuz. Die wenigen Menschen, die er in den verwahrlosten Werkstätten und Scheunen bei der Arbeit sah, trugen geflickte Lumpen und machten keinen besonders vertrauenswürdigen Eindruck auf ihn. Falls er aus diesem Labyrinth jemals wieder hinausfand, würde er der heiligen Jungfrau Maria im Dom eine Wachskerze entzünden. Aus der Ferne beobachtete er, wie Annegret Herrlinger ihren schweren Leib durch eine Pforte zwängte, die am hinteren Ende der Mauer versteckt zwischen zwei Ginsterbüschen auftauchte. Langsam bewegte er sich auf die Pforte zu. Weit und breit war weder eine Kapelle noch eine Kirchturmspitze zu sehen, die ihm die Orientierung hätte erleichtern können. Als sein Blick wie zufällig auf einige der größeren Mauersteine fiel, erkannte er Aufschriften, doch er war zu sehr in Eile, um sie zu entziffern. Annegret Herrlinger folgte der Mauer noch eine Weile, dann trat sie plötzlich durch ein Tor und verschwand in einem Hof.

Vater Heinrich steckte seinen Kopf durch die Pforte und spähte in den schattigen Innenhof. Er beobachtete, wie die Färberschwester auf die Rückseite eines kleinen Hauses zuhielt, das mit einem Teil der Mauer zu verschmelzen schien. Das Haus wirkte ebenso baufällig wie die Mauer und der Stall, der aus einigen Brettern zusammengenagelt war. Schäbiges Gerümpel verteilte sich auf dem Hof. Zwei kleine Mädchen, die in ihren knöchellangen dunklen Kleidern und den aufgenähten gelben Ringen unschwer als Jüdinnen erkennbar waren, saßen auf einer wackeligen Bank und kämmten Wolle.

Vater Heinrich presste die Lippen aufeinander. Er beobachtete, wie Annegret Herrlinger stehen blieb und eines der jüdischen Mädchen anfuhr, ihr die Tür zu öffnen und sie ins Kontor ihres Vaters zu führen. Das ältere der beiden Mädchen erhob sich und lud Annegret mit einer schüchternen Verbeugung ein, ihm ins Innere des Hauses zu folgen.

Vater Heinrich hustete. Sein Kopf tat ihm weh, doch er ignorierte den Schmerz. Es lag auf der Hand, dass die Schwägerin der geflohenen Magdalena Herrlinger den Juden aufsuchte, um sich Geld zu beschaffen. Womöglich verkaufte sie in diesem Moment ein wertvolles Schmuckstück, das der ehemaligen Zunftmeisterin gehört hatte. Aber selbst wenn dies so war, was ging es ihn an? Die Geschäfte der Färberschwester hatten nichts mit seinem Auftrag zu tun, die Ketzerei in dieser Stadt zu bekämpfen. Dass er dem Weib hier, an der Pforte zum Judenpferch, auflauerte, erschreckte ihn. Hatten die Ketzer ihn etwa bereits vor ihren Karren gespannt, ohne dass er es gemerkt hatte? Juden oder Ketzer. Welche Rolle spielte das schon in dieser Zeit, in der die Zahl der Ungläubigen wuchs wie ein Geschwür?

Das Mädchen Lucia fiel ihm ein. Er musste zugeben, dass sie ihn beeindruckt hatte. Vater Heinrich ballte die Fäuste; er konnte sich die sonderbaren Gefühle nicht erklären, die die Gewandschneiderin in ihm auslöste. Je länger er über sie nachdachte, desto klarer wurde ihm, dass die Frau seinen Plänen im Wege stand. Sie und ihre Schwester waren eine Gefahr für ihn, für die Kirche und für die Stadt Mainz, wo immer sie sich auch verkrochen haben mochten.

Er entschied, auf Annegret Herrlinger zu warten und sie gleich hier, vor der Pforte, ins Gebet zu nehmen.

Es vergingen kaum zehn Minuten, bis die Schwester des Zunftmeisters das Haus des Juden verließ. Mit einem zufriedenen Gesicht hastete sie auf die Pforte zu; an ihrer Hüfte schaukelte ein prallgefüllter Lederbeutel. Vater Heinrich musterte die Frau und stellte fest, dass er sie nicht mochte. Äußerlich erweckte sie zwar den Eindruck einer ehrbaren Person, doch in ihren Blicken lauerten Stolz und Habgier.

«Einen Moment, gute Frau», sprach er sie an, nachdem sich die Pforte zum Judenhof hinter ihr geschlossen hatte. Entgeistert blickte Annegret den Mönch an. Doch ihre Überraschung währte nur kurz, dann zeichnete sich Argwohn auf ihrem Gesicht ab. «Ihr seid doch ein Domprediger, nicht wahr? Was wollt Ihr von mir?»

«Ihr habt gerade einen der jüdischen Pfandleiher aufgesucht. Darf ich fragen, was Ihr zu ihm getragen habt?»

Empört starrte Annegret den Mönch an, aus ihrem Blick stoben Funken. «Das geht Euch einen Schmutz an, Bruder», stieß sie wenig respektvoll hervor. «Wie kommt ein Mann wie Ihr nur dazu …»

«Oh, keine Sorge, meine Fragen dienen der Aufklärung eines merkwürdigen Unfalls, der ganz Mainz in helle Aufregung versetzt.» Dies war eine kühne Übertreibung. Vater Heinrich war sich im Klaren, dass die Stadtväter sich längst nicht mehr für den Fall Herrlinger interessierten. Den Gensfleischs, die als Patrizier Verbindungen zum Rat unterhielten, war es gelungen, den Verdacht gegen die Frau des toten Zunftmeisters zu zerstreuen. Doch war das nicht ein weiterer Beweis dafür, dass sie es mit Ketzern und Magiern hielten, die ihr übles Treiben zu verschleiern wussten?

«Ihr forscht nach meiner Schwägerin?», fragte Annegret und schien erleichtert. «Warum habt Ihr das nicht gleich gesagt, Bruder? Ich bin der heiligen Inquisition gern behilflich, das schamlose Frauenzimmer festzunehmen.»

«Nun, dann heraus mit der Sprache! Was habt Ihr dem Juden überbracht? War es etwa ein Kelch mit lateinischer Aufschrift?»

Annegret winkte verärgert ab. «Nur ein paar nutzlose Stücke aus einem Kasten, den ich nicht länger in meinem Haus aufbe wahren wollte. Versteht Ihr, der Kram könnte verwünscht sein. Teufelszeug, das bei den ungläubigen Juden am besten aufgehoben sein dürfte. Ich selbst war mehr als einmal Zeuge, wie meine Schwägerin oben in ihrer Kammer hockte und merkwürdige Dinge trieb. Aber wie hätte ich sie zur Ordnung rufen sollen? Ich durfte ihre Räume ja nicht einmal betreten.»

Kein Wunder, dachte Vater Heinrich. Dein Gift hätte ich auch nicht in meiner Nähe ertragen können. Davon abgesehen, widersprach Annegret sich selbst. Wie konnte sie etwas bezeugen, das sie doch gar nicht persönlich gesehen hatte? Vater Heinrich zwang sich zu einem Lächeln. Dann bat er die Schwester des Zunftmeisters, ihn zu dem Ort zu führen, an dem Martin Herrlinger tot und seine Frau bewusstlos aufgefunden worden waren.

Die Bauarbeiten an dem Haus, das der Zunftmeister für sich und seine Frau am Rhein hatte errichten wollen, waren seit Martins Tod seit Wochen vollständig zum Erliegen gekommen. Selbst im Schein der Nachmittagssonne wirkte die verlassene Baustelle gespenstisch. Die Menschen schienen einen weiten Bogen um das Anwesen zu machen. Hier regierte der Tod so spürbar, dass Vater Heinrich nicht umhinkonnte, das Kreuz, das er an einer Kette um seinen Hals trug, furchtsam mit den Lippen zu berühren. Vorsichtig ging der Mönch um einen hochaufgeschichteten Haufen mit Schutt, Abfällen und Hobelspänen herum, während Annegret Herrlinger mit verschränkten Armen am Eingang der Baustelle stand. Nicht einmal Vater Heinrichs Drängen hatte sie dazu bewegen können, den düsteren Ort zu betreten.

Zwischen den Mauern streunten Katzen umher und spähten gierig zu den Vogelnestern in den kargen Fensternischen empor. Als sie Vater Heinrich bemerkten, schossen sie wie kleine Blitze davon.

«Was glaubt Ihr denn, hier noch zu finden?», keifte Annegret erbost. «Mein Bruder ist tot, er stürzte vom Gerüst in den Tod, weil

Magdalena einen Sturm heraufbeschwor. Sie und ihre Ketzerfreunde haben ihn in dieses Unwetter gelockt.»

Vater Heinrich drehte sich unwillig um, allmählich verlor er die Geduld mit diesem Weib, das begann, sich in unhaltbaren Ausreden zu verfangen. «Habt Ihr nicht bei Eurer Vernehmung erklärt, Euer Bruder sei nicht nach Hause gekommen und Eure Schwägerin sei von ihrem Lehrjungen aufgefordert worden, ihn hier draußen zu treffen?»

«Was wollt Ihr eigentlich?», fragte Annegret beleidigt. «Ich dachte, Ihr sucht nach Beweisen für Magdalenas Schuld?»

Das dachte ich auch, schoss es Vater Heinrich durch den Kopf. Und ich wollte, ich würde sie finden, bevor ich mich hier völlig zum Narren mache. Er legte den Kopf in den Nacken und maß in Gedanken die Entfernung zwischen dem Gerüst, das vor einem Teil der Fassade stand, und dem Boden. Aufgewühlte dunkle Sandspuren, über welche die Zinken eines Rechens geglitten waren, deuteten an, dass hier Blut geflossen war. War der Färber gestoßen worden und mit dem Rücken voran gefallen, so konnte er sich die schweren Verletzungen wohl zugezogen haben, an denen er letzten Endes verstorben war.

Aber irgendetwas stimmte nicht, die Einzelheiten ergaben einfach keinen Sinn. Falls Magdalena Herrlinger ihren Mann ermordet hatte, ob durch Magie oder durch gemeine Heimtücke, so musste es doch einen Grund gegeben haben, der sie zu der Tat getrieben hatte. War es die Sorge vor Entdeckung ihrer ketzerischen Machenschaften gewesen? Möglicherweise hatte sie im Auftrag ihrer obskuren Glaubensbrüder gehandelt. Die Schriften, die man in ihrer Kammer gefunden hatte, sprachen für ihre Verstrickung in die Netze der böhmischen Irrlehrer. Andererseits war sie, wenn man den Zeugen des Geschehens glauben durfte, völlig unvorbereitet in die Sturmnacht hinausgerufen worden. Ihre Beine trugen sie seither nicht mehr, und ihre Erinnerung an die schrecklichen Vorgänge war entschwunden. Ein Gottesurteil?

Vater Heinrich näherte sich einem Schuppen, in dem die Handwerker ein paar Geräte, Seile und Winden zurückgelassen hatten. Neben dem Gebäude stand ein wuchtiger Bottich aus Schwemmholz, dessen Fugen sorgsam mit Pech verschlossen worden waren. Der Bottich war so groß wie die Zuber, die in Badestuben benutzt wurden, ein richtiges Wasserbecken, zu dem eine Holzstufe hinaufführte. Er war bis zum Rand mit einer trüben, übelriechenden Flüssigkeit gefüllt.

«Geht besser nicht so nah an das Becken heran», hörte der Mönch Annegret Herrlinger rufen. Mit großen Schritten stapfte die Frau auf ihn zu, wobei ihre dicken Wangen wie Schweinesülze zitterten. Offensichtlich hatte ihre Neugier über das Unbehagen vor dem verlassenen Ort gesiegt. «In solchen Bottichen pflegten die Knechte meines Bruders Tuche zu färben. Der hier wird allerdings schon lange nicht mehr benutzt. Die rostrote Farbe rührt übrigens von der Krappwurzel her, während man den Braunton in der Färberei durch zerstoßene Walnussschalen gewinnt.»

«Dieser strenge Geruch …»

«Pisse», meinte Annegret schulterzuckend. «Daran gewöhnt man sich schon, wenn man als Tochter eines Färbers aufwächst.»

Vater Heinrich runzelte die Stirn und musterte die unwirsch dreinblickende Frau. «Ihr scheint Euch gut auszukennen. Wahrscheinlich war es nicht leicht für Euch, unverheiratet im Haus Eures Bruders zu leben und ihm die Wirtschaft zu führen, während seine Frau als Meisterin die Achtung seiner Zunftbrüder genoss.»

Mit sichtlicher Genugtuung beobachtete er, wie das Blut aus Annegrets Wangen wich. Er hatte ihren wunden Punkt getroffen und beschloss, noch ein wenig in ihm zu stochern. «Frau Magdalena war doch bei allen Färbern beliebt. Auch bei den Knechten und Gesellen?»

«Beliebt?» Annegret spie das Wort aus wie eine faule Frucht. «Bei ihren Liebhabern vielleicht, denn die ehrbaren Mainzer Bürger mieden sie. Ich weiß bis heute nicht, warum Martin sie ins Haus geholt hat. Er hätte wahrlich eine tugendhaftere Frau finden können als diese dahergelaufene Söldnertochter. Von denen weiß man doch, dass sie es mit jedem treiben, der ihnen schöne Augen macht. Dabei gibt es in Mainz viele Töchter befreundeter Schönfärber.»

Als ob dir eine andere Frau im Haus gepasst hätte, du scheinheiliges Herz, dachte Vater Heinrich, aber er schwieg. Eine Weile blickte er auf die Oberfläche der stinkenden Flüssigkeit, die vom Wind hin und her bewegt wurde und in kleinen Strudeln gerann. Dann machte er, von einem beklemmenden Gefühl getrieben, einen Schritt auf das Wasserbecken zu und erbleichte.

«Was habt Ihr, Bruder?», fragte Annegret, als der Inquisitor sich abwandte, den Ärmel vor Mund und Nase hielt und sich krümmte, als müsse er sich jeden Augenblick übergeben. Er würgte zum Gotterbarmen, rang nach Atem. Mit kreideweißem Gesicht wandte er sich wieder dem Färberbottich zu.

«Seid Ihr von Sinnen?», kreischte Annegret, als Vater Heinrich beide Arme in die zähe Brühe tauchte und nach etwas zu greifen schien. Doch sie vermochte den Blick nicht von dem Bottich abzuwenden. Als ihr klarwurde, worauf der Dominikaner da auf dem Grund des hölzernen Behälters gestoßen war, stieß sie einen erschrockenen Laut aus und taumelte wie von einem Schlag getroffen rückwärts. In der Färberbrühe lag ein Mensch oder vielmehr die grässlich zugerichteten Überreste eines Körpers, der zu lange der scharfen Flüssigkeit ausgesetzt gewesen war.

«Holt Hilfe», fauchte Vater Heinrich die Frau an. Sein Gesicht leuchtete feuerrot vor Anstrengung. Keuchend mühte er sich ab, den glitschigen, aufgequollenen Arm des Toten nicht wieder zu verlieren. Annegret stob davon.

Es vergingen nur wenige Augenblicke, bis sie mit einigen Männern auf die stillgelegte Baustelle des Zunfthauses zurückkehrte. Die Nachbarschaft hatte längst gemerkt, dass sich auf dem verlassenen Anwesen etwas regte. Aufgeregtes Gemurmel war zu hören. Wortlos deutete Annegret Herrlinger auf einen breitschultrigen Mann mit feuerrotem Bart, dessen Schürze ihn als Angehörigen der Mainzer Färberzunft auswies.

Der Mann trug einen langen gebogenen Stab aus Erlenholz bei sich, den die Färber benutzten, um Tuchstreifen gleichmäßig durch die Farbmischung zu ziehen. Vater Heinrich richtete sich auf und machte dem Schönfärber Platz. Die Ärmel seiner Kutte waren bis zur Armbeuge durchnässt. «Es ist ein Knabe», flüsterte er mit tonloser Stimme. «Holt ihn heraus!»

Schon beim ersten Versuch erwies sich die Stange als unbrauchbar, immer wieder glitt der Leichnam zurück; zuletzt mussten der Rotbart und zwei seiner Gehilfen selber in den Farbbottich steigen. Mit vereinten Kräften hoben sie den entstellten Körper heraus und ließen ihn vorsichtig neben dem Zuber zu Boden gleiten. Entsetzt wichen die Umstehenden zurück, denn sowohl Gesicht als auch Glieder des Toten bestanden nur noch aus einer formlosen Hülle, aus der schleimiges Wasser rann.

Vater Heinrich warf Annegret Herrlinger einen scharfen Blick zu. «Seht ihn Euch genau an, Frau», verlangte er. «Vermute ich richtig, dass wir den Lehrling Eures verstorbenen Bruders gefunden haben? Den Jungen, der Frau Magdalena damals zu später Stunde auf die Baustelle führen sollte?»

Doch an ihrer Stelle antwortete der Rotbart. «Ich kenne ihn. Sein Name war Claus. Ein aufgeweckter Bursche, der Martin Herrlinger treu ergeben war. Wir dachten, er sei nach dem Tod seines Meisters zurück nach Kusel gegangen. Von dort stammte er doch, nicht wahr, Annegret?»

Die Schwester des Zunftmeisters antwortete nicht. Stattdessen starrte sie wie gebannt auf das, was einmal die rechte Hand des Jungen gewesen war. Vater Heinrich folgte ihrem Blick und entdeckte zu seiner Überraschung einen goldenen Ring am Finger des Toten. Sogleich beugte er sich nieder, um das Schmuckstück an sich zu nehmen, das für einen einfachen Färberlehrling viel zu kostbar war. Doch so fest Vater Heinrich auch an ihm zerrte, der Ring ließ sich einfach nicht abstreifen. Enttäuscht richtete er sich auf. Wenn er keine Leichenschändung betreiben wollte, musste er es wohl oder übel einem Baderchirurgen überlassen, den Ring vom Finger des Toten zu lösen.

«Der Ring gehört mir», knurrte Annegret ihn an. Sie schien sich erstaunlich schnell von dem Schrecken erholt zu haben. «Er stammte aus der Truhe meiner Mutter, aber mein törichter Bruder musste ihn ja dieser Hexe schenken. Claus hat ihn bestimmt gestohlen, bevor …» Sie sprach nicht weiter, sondern zuckte zusammen. Vater Heinrich hätte schwören mögen, dass ein Rippenstoß des Rotbarts, der neben ihr stand, sie zum Schweigen gebracht hatte.

«Claus hat sich wohl nicht freiwillig in diesen Bottich gelegt, er wurde vorher angegriffen», verkündete er, nachdem er die Verletzungen des Toten oberflächlich untersucht hatte. Er war kein Infirmarius, wie die heilkundigen Brüder im Kloster genannt wurden, so genau kannte er sich mit Wunden nicht aus, doch das klaffende Loch in der bleichen Stirn des Jungen ließ keinen anderen Schluss zu. Sein Blick wanderte von dem Leichnam zu der gebogenen Stange, die der kräftige Färber noch immer in der Hand hielt.

«Wahrscheinlich hat der Lehrling zu viel von dem gesehen oder gehört, was sich hier zwischen dem Zunftmeister und seiner Frau zutrug. Aus diesem Grund wollte man ihn für immer mundtot machen.»

Vater Heinrich erwartete von den Umstehenden weder Einspruch noch Zustimmung. Er ließ die schweigsamen Handwerker stehen und machte sich davon. Von Annegrets argwöhnischen Blicken begleitet, schlug er den Weg zum Ufer des Rheins ein. Es war spät geworden. Und kalt. Ein beißender Wind ließ das Laub der Sträucher unheimlich rascheln. Der Bischof wartete bereits seit dem Vesperläuten auf ihn und seinen Bericht. Doch was konnte er dem geistlichen Herrn von Mainz schon sagen?

Er war nicht länger davon überzeugt, dass es allein die Ketzer waren, die für das Unheil im Färberviertel die Verantwortung trugen. Die gelähmte Magdalena Herrlinger hatte seiner Meinung nach zwar Schuld auf sich geladen, aber möglicherweise war sie nur das Opfer eines Unbekannten, der im Hintergrund die Fäden zog.

In Gedanken ging Vater Heinrich durch, was er in Erfahrung gebracht hatte. Etwas fiel ihm auf, ein scheinbar winziges Detail, das ihm jedoch bei seinem ersten Aktenstudium entgangen war. Aufgeregt fuhr er mit den Fingern durch sein gelichtetes Haar. Immer wieder versuchte er sich zu sagen, dass es nicht seine Aufgabe war, den Ursachen für den Tod eines Handwerkers nachzuspüren. War er nicht wegen der Verteidigung der römischen Lehre in diese Stadt gekommen? Doch schließlich hastete er schneller zum Kloster zurück, als sein Alter und die Würde seines Amtes es ihm eigentlich erlaubten.

XIII

«Wacht auf, Herr!»

Siegfried von Niedern schrak aus dem Schlaf hoch, als sich eine schwere Hand auf seine Schulter legte. Verschlafen rieb er sich die Augen, bis er das Gesicht seines Verwalters erkannte. Der Mann schien besorgt, mehr noch: Er schlotterte vor Angst.

«Warum weckst du mich in aller Herrgottsfrühe?», knurrte der Gutsherr und rollte sich demonstrativ auf die andere Seite. «Geh zum Brunnen und wasch dich! Du stinkst, als hättest du dich im Schweinestall vergnügt!» Instinktiv streckte er die Hand zur anderen Seite des Bettes aus, doch dann fiel ihm ein, dass seine Frau gar nicht neben ihm lag. Margitta war bereits gestern mit Robert von Virneburg nach Luxemburg aufgebrochen. Auf seinen eigenen Wunsch hin. Wie dumm von ihm, nun würde er die hohen Feiertage allein verbringen müssen.

Gähnend setzte sich Siegfried im Bett auf und reckte seine steifen Glieder. Margittas warmer Leib fehlte ihm. Ein Schluck Wein und ein Bissen von der Hasenkeule fehlten ihm auch. An Schlaf war nun nicht mehr zu denken.

Ohne um Erlaubnis zu bitten, zog der Verwalter die schweren Bettvorhänge zur Seite. «Es kommen Reiter auf das Gut zu, Herr! Viele Reiter, und sie sind gerüstet, als würden sie in eine Schlacht ziehen. Wenn Ihr mich fragt, bedeutet das nichts Gutes!»

«Was sagst du da?»

Auf bloßen Füßen stieg Siegfried von Niedern die Treppe zur Dachstube empor, stieß den Laden des kleinen Fensters auf und wuchtete seinen massigen Oberkörper über das Gesims. Nun sah er sie auch: zwei Dutzend Männer, die meisten hatten glänzende Rüstungen angelegt und waren von Kopf bis Fuß gepanzert. Ihre Gesichter waren unter drohend wirkenden Helmen mit buschigem Schweif verborgen. Den Reitern folgten einige Männer zu Fuß. Sie trugen grobe, warme Kleidung aus grauen Fellstücken, die sie wie ein Rudel hungriger Wölfe aussehen ließen. Ein Schauer rann dem Gutsherrn über den Rücken.

Noch ehe er einen Befehl aussprechen konnte, begann jemand unten im Hof, auf eine Blechpfanne zu schlagen, deren scheppernder Klang die Menschen des Gutes Niedern in Sekundenschnelle alarmierte. Einige Bauern stürzten auf das Tor zu und trieben ihre Nachbarn, die mit Frauen und Kindern Schutz hinter den Mauern suchten, zur Eile an. Doch die erschrockenen Schreie und das Weinen der Kinder wurden vom durchdringenden Ruf einer Fanfare übertönt.

«Ein violettes Banner mit drei Querstreifen», murmelte Siegfried entgeistert. «Aber ich kann kein Wappen erkennen. Was zum Teufel wollen diese feigen Kerle von uns?» Unsicher winkte er den Verwalter heran, der seinem Herrn in das Gemach gefolgt war. Allem Anschein nach hatte Ruprecht von Virneburg mit seiner düsteren Prophezeiung recht behalten. Der Bischof von Trier zog ihn als Bundesgenossen des Manderscheiders zur Rechenschaft.

«Gott steh uns bei!», murmelte der Verwalter und berührte den Rosenkranz an seinem Gürtel.

«Steh doch nicht herum wie ein Fass schales Bier!» Siegfried brüllte, um seine Angst zu bezwingen. «Bring mir mein Wams, das gute mit dem Lederpanzer, und hol einen Spieß aus der Jagdkammer! Anschließend machst du dich durch die kleine Pforte davon, die vom Vorratskeller hinaus auf die Felder führt.»

Der Mann rührte sich nicht und starrte seinen Herrn verständnislos an.

«Hilfe sollst du holen, Kerl, verstanden?» Rasch nahm Siegfried die Kette ab, die er sogar im Bett trug, und drückte sie seinem Verwalter in die Hand. Es war eine hübsche, kunstvoll geschmiedete Kette, an der ein blanker Golddukaten hing. Margitta hatte ihm den Schmuck geschenkt, kurz bevor sie nach Niedern gekommen war. «Hier, damit man dir glaubt, dass ich dich schicke. Wehe, wenn du sie verlierst. Und nun verschwinde!»

Während Siegfried von Niedern die Treppe zum Eingang seines Hauses hinunterhastete, fiel ihm ein, dass Karfreitag war. Der Tag, der an die Leiden Christi gemahnte und den er eigentlich in der Pfarrkirche des nächsten Ortes hatte verbringen wollen. Wer auch immer den Frieden seines Gutes störte, er würde in die Hölle fahren für diesen Frevel. Unschlüssig verharrte er auf dem Treppenabsatz, sein Blick richtete sich auf den Spieß, der in seiner Hand schwer wie Blei zu werden drohte.

Dann hörte er ein dumpfes Geräusch und das Splittern von Holz, leichter Brandgeruch stieg ihm in die Nase. Eine Frau schrie markerschütternd.

Über den Wipfeln der Bäume erhob sich ein Schwarm schwarzer Vögel und bahnte sich mit schaurigem Krächzen den Weg durch die Wolkendecke.

Lucia stieß fröstelnd die Luft aus, als der Wagen des Arztes über eine Baumwurzel holperte. Viel lieber wäre sie zu Fuß weitergegangen, seit den frühen Nachmittagsstunden war es auf dem zugigen Gefährt so kalt geworden, dass sie ihre Zehen nicht mehr fühlte. Die nach Pferdestall riechende Wolldecke, die Basilius Fust ihr zugeworfen hatte, wärmte sie nur unzureichend.

Magdalena hatte die Augen geschlossen, ihr schien weder der Regen noch die kühle Zugluft etwas auszumachen; ruhig und gleichmäßig ging ihr Atem. Die Duldsamkeit in Person, dachte Lucia. Ihr Blick glitt über die Ebene, die sich vor ihr auftat. Nebelschwaden stiegen über dem Gras auf, und der feine Sprühregen setzte sich winzigen Kristallen gleich in Lucias Haare und Wimpern. Trotz allem fand Lucia den leicht abfallenden Landstrich anziehend. Er hatte etwas Märchenhaftes, ja Verwunschenes an sich, das sie an die Auen der Mosel und andere Stätten ihrer Kindheit erinnerte.

«Seht ihr den Flecken dort unten?», riss Basilius Fust Lucia aus ihren Gedanken. «Dort liegt das Rittergut Niedern. Die Herrin ist eine sehr gastfreundliche Frau. Auf ihrem Hof können wir die Pferde ein wenig ausruhen lassen.»

Wie schön, dass die Pferde eine Ruhepause brauchen, dachte Lucia müde. Seit den Morgenstunden hatte der Arzt seinen Mitreisenden keine Rast mehr gegönnt. Zunächst war er überwiegend auf den alten römischen Straßen entlang des Rheins gefahren, doch gegen Mittag hatte er, nach einem kurzen Getuschel mit Magdalena beschlossen, den Wagen durch die Wälder zu lenken.

«Du bist so schweigsam», begann Magdalena nach einer Weile ein Gespräch. Lucia sah ihre Schwester überrascht an. Sie hatte geglaubt, die Ältere habe geschlafen, stellte nun aber fest, dass Magdalena wach war und sie aufmerksam beobachtete.

«Ich fühle mich nicht wohl», gestand Lucia und bedachte den Arzt, der teilnahmslos die Pferde im Zaum hielt, mit einem misstrauischen Seitenblick.

Magdalena lachte auf. «Im Augenblick haben wir noch keinen Grund zu klagen.»

«Das würde ich auch sagen, wenn ich wie du unter dem Verdeck hocken würde. Ich werde hier draußen nass und friere wie ein frischgeschorenes Schaf. Warum ist dein … ich meine, Magister Fust von der Handelsstraße abgewichen?»

«Falls wir verfolgt werden, wäre es gewiss nicht sinnvoll, weiter am Rhein entlang zu reisen», sagte Magdalena. «Glaub mir, Schwester. Der Weg durch die Wälder ist sicherer, auch wenn wir einen Umweg machen.»

Lucia zuckte die Achseln. Auch nach der kurzen Aussprache

im Haus der Mainzer Patrizier geisterten tausend Fragen durch ihren Kopf, doch in Gegenwart von Basilius kostete es sie reichlich Überwindung, diese zu stellen. «Warum bist du damals so plötzlich aus unserem Leben verschwunden?», wagte sie schließlich einen Versuch.

«Was meinst du?»

«Du hast nach Mutters Tod weniger Zeit gebraucht, Trier zu verlassen, als ich benötige, um eine Nadel einzufädeln. Daraus folgere ich, dass du vor etwas oder jemandem geflohen bist.»

«Du übertreibst», konterte Magdalena. «Was du als Flucht bezeichnest, nennt man gemeinhin Heirat. Wenn du dich auch einmal mit etwas anderem als Nähten, Säumen und Rockschößen befassen würdest, wüsstest du, wovon ich spreche.»

Nähte und Säume? Empört wollte Lucia aufspringen, doch angesichts der Tatsache, dass ihr Magen ihr ohnehin schon grollte, ließ sie es bleiben. «Du hast keine Ahnung von mir oder meinem Leben», erwiderte sie trotzig. «Nur weil ich nicht auf jeden Mann hereinfalle, der mich in sein Bett ziehen will, heißt das nicht, dass ich niemals verliebt war.»

Magdalenas forschende Blicke waren ihr unangenehm, und Lucia wünschte sich, das Thema niemals aufgegriffen zu haben. Mochte ihre Schwester doch mit ihren Geheimnissen glücklich werden. Sie verschränkte die Arme und überlegte, wie sie nach ihrer Ankunft in Trier vorgehen sollte. Ob Großvater sie aus seinem Haus jagen würde? Es war anzunehmen, dass ihr Ungehorsam ihn schwer getroffen hatte. Hinzu kam seine sonderbare Furcht vor Magdalenas Rückkehr. Und wenn es gar kein Zuhause mehr gab, in das sie zurückkehren konnte? Ahnte Magdalena überhaupt, was sie auf sich nahm? Zu ihrer Überraschung berührte diese plötzlich sanft Lucias Schulter.

«Ich wollte dich weder ärgern noch verletzen. Mein Leben ist in unserer Heimatstadt nicht gut verlaufen, da ergriff ich die Gelegenheit, einen ehrbaren Zunftmeister und Ratsherrn zu heiraten.»

«Also bist du doch vor etwas davongelaufen», sagte Lucia. Ihre Genugtuung wich jedoch rasch einem schlechten Gewissen. Hatte nicht auch sie das Weite gesucht, anstatt sich den Vorwürfen des Dominikaners zu stellen und herauszufinden, warum Magdalena sich an die Todesnacht ihres Mannes nicht erinnern konnte? Nun kauerte sie auf einem unbequemen Gefährt und ließ sich über Stock und Stein schaukeln.

«Es gab einen jungen Mann in Trier, der aus einer angesehenen Familie stammte», begann Magdalena zu erzählen. «Er machte mir den Hof, aber Vater hatte Vorbehalte gegen ihn und wies ihn ab, als er sich erklärte und um meine Hand anhielt. Er drohte ihm sogar mit einer Tracht Prügel, falls er es nochmal wagen sollte, sein Haus zu betreten.»

«Vater soll ihn abgewiesen haben?» Lucia runzelte die Stirn. Was Magdalena da erzählte, passte nicht zu dem Bild, das sie von ihrem gütigen, verständnisvollen Vater im Herzen trug. Außerdem war er doch ständig unterwegs gewesen. «Wenn er diesen Mann nicht mochte, hatte er sicher seine Gründe. Wahrscheinlich hätte der Kerl dich nicht glücklich gemacht.»

«Wer weiß? Jedenfalls war die Familie dieses Mannes nicht bereit, die Kränkung, die ein Bogenschütze ihr zugefügt hatte, einfach hinzunehmen. Innerhalb weniger Wochen musste ich erfahren, was es bedeutet, sich in Trier ein adeliges Geschlecht zum Feind zu machen.»

«Die Leute sorgten dafür, dass dein Ruf Schaden nahm?»

«Eine nette Umschreibung für das, was mir diese Sippschaft angetan hat. Eines Morgens erwachte ich und stellte fest, dass man mir meinen guten Namen gestohlen hatte. Anstatt mir beizustehen, kippten unsere Nachbarn ganze Kübel voller Gossenschmutz über meinem Kopf aus. Im Dom rückten alte Freunde und Verwandte von mir ab. Großvater war verzweifelt, denn allmählich begannen sich auch gute Kunden von seiner Gewandschneiderei zurückzuziehen. Sie gaben anderen Schneidern Aufträge oder zahlten ihre Schulden nicht. Er beschloss, das alte Haus aufzugeben und in die Nähe des Klosters zu ziehen, weil er dort auf die Unterstützung von Vater Reginald hoffen konnte.»

«Dann war das also der Grund, warum wir uns in der Klostersiedlung niederließen», murmelte Lucia nachdenklich. «Vater Reginald unterrichtete mich wohl, weil er Mitleid mit mir hatte.»

Magdalena lachte. «Da kennst du ihn aber schlecht! Vater Reginald durchschaute die Machenschaften unserer Feinde, aber seine Freundschaft hat nichts mit Mitgefühl zu tun. Allerdings stieß sein Protest auf taube Ohren, als Großvater schließlich entschied, dass ich mich davonmachen soll.»

«Wie bitte?»

«Nun, einen Rat möchte ich dir geben, Lucia. Beherzige meine Worte, dann bleibt dir im Leben so manches erspart. Ein Mann mag sich austoben und sich die Hörner abstoßen, solange er lustig ist. Niemand wird ihm deswegen seine Ehre absprechen. Aber an einer Frau, die einmal öffentlich mit Dreck beworfen wurde, bleiben stets ein paar Krümelchen hängen, so eifrig sie auch ihre Kleider waschen mag. Mir blieb nichts übrig, als den Antrag eines Handwerksgesellen anzunehmen, der mit seinem Vater in die Stadt kam, um Angelegenheiten seiner Zunft zu regeln.»

«Martin Herrlinger?»

Magdalena nickte. Sie dachte einen Moment lang nach, ehe sie weiterredete: «Martin war ein guter Ehemann. Er hat nie wissen wollen, was in meiner Jugend vorgefallen ist, auch wenn er von den Gerüchten über mich gehört haben muss. Meine Schwägerin, diese falsche Schlange, wird nicht gezögert haben, ihm alles aufs Brot zu schmieren.»

Lucia verstand, was ihre Schwester meinte. Allmählich löste sich der Nebel in ihrem Kopf, die Andeutungen, die sie als Kind aufgeschnappt hatte, begannen, einen Sinn zu ergeben. Doch erklärten Magdalenas Worte nicht das Verhalten ihres Großvaters. Sie selbst konnte nicht sagen, dass es auch nur einen Moment in ihrer Kindheit gegeben hatte, in dem sie sich lieblos, zurückgesetzt oder rücksichtslos behandelt gefühlt hatte. Magdalena hingegen war aufgrund seiner geschäftlichen Interessen förmlich geopfert worden. Und wofür? Lucia schüttelte den Kopf. Wie einsam musste sie sich in jenen Tagen gefühlt haben, als nicht einmal mehr die Familie zu ihr gehalten hatte. Ihr Vater hatte sich aus dem Staub gemacht, anstatt seine Tochter vor den Verleumdungen einer rachsüchtigen Patrizierfamilie zu schützen, dabei hatte er durch seine Weigerung, Magdalena zu verheiraten, das ganze Unglück erst heraufbeschworen. War er zu dieser Zeit noch in Trier gewesen, oder hatte man ihn bereits in Böhmen vermisst? Lucia überlegte fieberhaft, ohne dass sie zu einem Ergebnis kam. Sie konnte sich nur noch schemenhaft an die langen Diskussionen erinnern, die der Abreise ihres Vaters vorausgegangen waren. Fremde Kriegsknechte hatten vor den Stadtmauern ihr Lager aufgeschlagen. Werber waren mit trommelnden Ausrufern durch die Gassen und Wirtshäuser gestreift, um Freiwillige für den Kreuzzug gegen die aufrührerischen Böhmen zu begeistern. Lucia hatte indessen nur Augen für den kostbaren Bogen, das Abschiedsgeschenk ihres Vaters, gehabt. Die Ursache für all die Aufregung war ihr darüber entgangen.

«Wer war der Mann, der dich damals heiraten wollte? Wenn er einer Trierer Familie entstammte, müsste ich ihn doch kennen?»

«Möglich», erwiderte Magdalena. Plötzlich wurde sie einsilbig. Lucia konnte ihr ansehen, dass die Unterhaltung eine Wendung nahm, die Magdalena unangenehm war. «Aber dieses Kapitel meines Lebens habe ich vor langer Zeit abgeschlossen, und ich wünsche nicht, es noch einmal aufzurollen.»

«Und vom Wolfsgalgen hast du auch noch nie etwas gehört?»

Magdalena blickte sie erschrocken an. «Vom … Wolfsgalgen? Wer zum Teufel hat mit dir darüber gesprochen?»

«Niemand. Aber wenn ich dir helfen soll, wird es allmählich Zeit, dass du mir vertraust und mich nicht fortwährend mit Andeutungen abspeist. Kurz bevor ich Trier verließ, hörte ich, wie Großvater und seine Dienstmagd sich unterhielten. Die Alte meinte, es könnte für ihn und das ganze Haus Kastenberg eine Menge Unheil heraufbeschwören, falls die Sache mit dem Michaelitag und dem Wolfsgalgen jemals bekannt würde.»

«Unheil», stieß Magdalena bitter hervor. «Das ist schon wahr, aber sie haben mich einst schwören lassen, dass ich niemals wieder darüber spreche.»

«Wen meinst du mit *sie*?»

Unter Magdalenas Lidern glitzerten Tränen. «Womöglich hätte mein Mann nicht sterben müssen, wenn ich diesen Schwur bereits früher gebrochen hätte. Aber so … Ich kann nicht darüber sprechen, es geht einfach nicht!»

«Bitte, ich muss wissen, was vor sich geht, bevor wir Trier erreichen! Hat unser Großvater …»

«Dort unten stimmt etwas nicht», unterbrach sie Basilius. Der Arzt hatte während ihrer Unterhaltung teilnahmslos geradeaus gestarrt. Nun aber zügelte er die Pferde und warf den beiden Frauen einen besorgten Blick zu.

«Warum halten wir?» Magdalena bemühte sich, überrascht zu klingen, aber Lucia spürte, dass ihr die Ablenkung gerade recht kam. Fust zuckte mit den Schultern und stieg vom Wagen. «Ist so ein Gefühl!»

Magdalena schlug das Verdeck zur Seite, beugte sich ein wenig vor und blickte über die Ebene. Schließlich zuckte sie die Achseln. «Ich kann nichts erkennen.»

«Habt Ihr nicht von einem Gutsbesitz erzählt, auf dem Ihr die Pferde rasten lassen wollt?», fragte Lucia. Sie musste beinahe schreien, um den Wind zu übertönen, der unerwartet heftig geworden war. Geschwind kletterte sie vom Wagen und gesellte sich zu dem Arzt. Dort bemerkte sie, dass der Boden um sie herum von Hufspuren geradezu umgepflügt worden war. Vor kurzem mussten Reiter diesen Weg genommen haben. Eine ganze Schar von

Reitern, soweit sie beurteilen konnte, und die Männer waren in höchster Eile gewesen.

«Wo genau liegt denn dieses Gut?»

«Genau das ist das Problem, Jungfer Kastenberg. Gut Niedern müsste dort unten in der Senke zwischen den Feldern liegen, aber alles, was ich in dieser gottverdammten Einöde erkennen kann, ist eine dunkle Nebelwand, welche die Gebäude einhüllt. Nicht einmal den Turm des Haupthauses oder dessen Dachreiter kann ich sehen.»

Magdalena klopfte energisch gegen die Wagenwand. «Hallo, seid ihr denn beide blind? Das ist kein Nebel, das ist Rauch! Ich rieche ihn bis hierher.»

Basilius Fust biss sich auf die Unterlippe. Er musste es sich bereits gedacht haben, denn auf einmal klang er überhaupt nicht mehr selbstsicher und überlegen; er stotterte vor sich hin und strich sich unschlüssig durch sein dunkles Haar. Lucia kämpfte sich derweil durch den Sturmwind, bis sie eine Umzäunung erreichte, hinter der ein brachliegender Acker war. Auf den benachbarten Feldern weidete kein Vieh, obwohl mehrere Unterstände und Hütten darauf hinwiesen, dass auf den Weiden Schafe gehalten wurden.

Wenn auf Gut Niedern ein Feuer ausgebrochen war, so konnte das mehrere Ursachen haben, aber es war nicht schwer zu erraten, dass der Rauch, der sich über die Ebene erhob, etwas mit den Reitern zu tun hatte, die hier entlanggejagt waren.

Eilig lief Lucia zum Wagen zurück und holte Bogen und Köcher aus ihrem Bündel. Ohne auf Magdalena zu achten, hängte sie sich die Waffe über die rechte Schulter.

«Was soll das?», fragte Magdalena. «Steig gefälligst wieder zu mir auf den Wagen und gib Basilius den Bogen. Du bist keine Amazone!»

Lucia hatte nur eine vage Vermutung, was ihre Schwester unter einer Amazone verstand, aber aus ihrem Mund klang der Vergleich nicht gerade schmeichelhaft.

«Wir müssen am Gut vorbeifahren, so viel steht fest. Es gibt nun einmal keinen anderen Weg, der in östlicher Richtung verläuft. Oder siehst du einen?»

Magdalena unterdrückte ihren Ärger und warf Basilius Fust einen durchdringenden Blick zu. «Ist das wahr?»

«Die Felder sind zu matschig, weil sich der Boden nach dem anhaltenden Regen mit Wasser vollgesogen hat», bestätigte der Arzt. «Die Wagenräder könnten in dem verdammten Sumpf stecken bleiben, wenn ich die Straße verlasse. Es gibt nur zwei Möglichkeiten. Entweder, wir nehmen die Straße, die zum Gut von Niedern führt, oder wir kehren um und folgen dem Weg, bis wir wieder auf das Rheinufer stoßen.»

«Wir kehren nicht um», entschied Lucia, während sich ihre Finger fest um das Holz des Bogens schlossen. «Wenn dieser Inquisitor uns seine Schergen hinterhergeschickt hat, laufen wir ihnen am Fluss geradewegs in die Arme. Nein, wir müssen weiter und dürfen keine Zeit vergeuden.»

«Vielleicht sollten wir eine Weile hier bleiben», schlug Magdalena vor. «Wenn es dunkel ist, können wir immer noch am Tor vorbeifahren.»

«Falls die Männer, die das Feuer gelegt haben, sich noch auf Niedern herumdrücken, werden sie kaum so dumm sein, die Landstraße unbewacht zu lassen», erwiderte Lucia. «Aber wahrscheinlich haben sie das Gut längst verlassen. Ich werde ein Stück über die Felder laufen und einen Blick wagen. Es wird mich schon keiner entdecken!»

«Du forderst das Schicksal heraus!» Magdalena strich sich das Haar aus dem Gesicht. Die weiten Ärmel ihres Kleides fielen über die Ellbogen und rauschten wie das Gefieder eines Raben.

Und du flatterst wie ein Vogel, dem man die Flügel gestutzt hat, dachte Lucia. Sie hätte ihre Schwester gern daran erinnert, dass die Begegnung mit Vater Heinrich in Mainz nicht weniger gefährlich gewesen war als die Erkundung eines zerstörten Weilers. Aber sie schwieg. Bevor Magdalena oder der Arzt etwas erwidern konnten, hatte sie sich auch schon ihren Köcher mit den Pfeilen geschnappt und war im Nebel verschwunden.

«Du läufst in dein Verderben», hörte sie Magdalena rufen. «Aber gib uns wenigstens ein Zeichen, damit wir wissen, wann wir nachkommen können.»

Das Erste, was Lucia sah, als sie das andere Ende des schlammigen Feldes erreicht hatte, war eine Ansammlung geschwärzter Mauern, die aus dem Nichts aufzuragen schienen, und ein hölzernes Tor, dessen Balken wie vom Sturm geknickte Halme aussahen. Sie blieb stehen und blickte sich vorsichtig um. Ein rotangemalter Torflügel mit einem von Menschenhand unkenntlich gemachten Wappen wurde vom Wind hin und her bewegt. Lucia ging weiter. Eine innere Stimme riet ihr, umzukehren, zurück in die Felder. Irgendwohin, denn hier an diesem Ort gab es nichts, was sie ausrichten konnte. Mochte Gut Niedern noch vor wenigen Stunden ein blühender Landsitz gewesen sein, nun war es nichts weiter als eine Einöde, ein Unterschlupf für wilde Tiere. Abgesehen vom anklagenden Quietschen des zerstörten Tores lag über dem einsamen Anwesen eine geradezu geisterhafte Stille. Kein Lebewesen war zwischen den Zäunen zu sehen. Die Männer, die das Gut überfallen und die Felder zertrampelt hatten, mussten nicht nur die Bewohner, sondern auch deren Vieh weggetrieben haben. Sie ließ ihre Blicke über die zerstörten Nebengebäude schweifen. Die Behausungen der Bauern, die den äußeren Mauerring umgaben, waren entweder niedergebrannt worden, oder man hatte ihren Dachstuhl zum Einsturz gebracht; von ihren Bewohnern fehlte jede Spur. Doch zuweilen bezeugte eine Spindel auf der Erde, ein Wäschestück unter einem Stein oder ein verschütteter Eimer mit Molke, dass noch vor kurzer Zeit Menschen in den Häusern und Stallungen ihr Tagwerk verrichtet hatten.

Schaudernd wandte sich Lucia zum Hof, in dessen Mitte das Haupthaus mit dem kleinen Turm stand. Der mit Sand und Stroh bedeckte Platz war ebenso menschenleer wie die Werkstätten und Behausungen der Tagelöhner. In der Nähe eines Brunnens, der einen steinernen Sockel mit zwei Stufen besaß, blieb sie abrupt stehen. Ihr Blick fiel auf ein Beil, das gleich neben dem Schöpfeimer lag. Sie hob es auf, denn inmitten dieser Verwüstung fühlte sie sich trotz ihres Bogens schutzlos. Die Schneide des Beils war schartig und gerötet. Blut klebte an ihr wie auch am Griff. Entsetzt ließ Lucia die Waffe fallen. Ihre Augen begannen zu tränen, auch das Atmen fiel ihr schwer; obwohl es nicht mehr brannte, hing doch noch immer ein beißender Brandgeruch über dem Hof. Der Qualm lähmte ihre Sinne. Ohne lange zu überlegen, trennte Lucia ein Stück Stoff aus dem Saum des Kleides, das ihr Frau Gensfleisch geschenkt hatte, tränkte den Fetzen mit Wasser aus dem Schöpfeimer des Brunnens und presste ihn sich vor Mund und Nase. Sie fühlte sich sofort ein wenig besser.

Ihr Blick fiel auf die kunstvoll geschnitzte Treppe, die zur Galerie des Hauses führte. Nichts rührte sich dort oben. Die Bewohner des Fleckens scheinen vor dem Überfall geflohen zu sein, überlegte Lucia und erinnerte sich plötzlich an das, was ihr Paulyn vor einigen Tagen von seinen Erlebnissen in dem geplünderten Dorf erzählt hatte. Ein Überfall von Reitern, die aus dem Nichts aufgetaucht waren und die Bauern innerhalb weniger Augenblicke aus ihren Häusern vertrieben hatten. Lucia begann zu frieren. Ob der Graf von Manderscheid so kühn gewesen war, auch das Rittergut Niedern zu überfallen? Wenn dem so war, musste sie auf der Hut sein. Möglicherweise lungerten seine Söldner noch immer in den Wäldern herum oder lagen auf der Lauer, um Reisende noch vor den Mauern Triers gefangen zu nehmen. Die Eindringlinge waren, wie die Hufspuren im Sand verrieten, in höchster Eile auf den Hof galoppiert, dann aber wieder verschwunden, ohne allzu viel mitzunehmen. In einigen der Balken entdeckte Lucia schwarzverkohlte Pfeilschäfte mit dünnem Federflaum. Also hatten die Männer das Gut zunächst mit

Brandpfeilen attackiert, welche das Stroh der Hütten entzündet hatten.

Aber was war mit dem Gutsherrn geschehen? Wo waren seine Knechte und Mägde? Wo die Leibeigenen, die in den Hütten lebten? Lucia konnte sich nicht vorstellen, dass ein Ritter kampflos Hab und Gut zurückgelassen hatte.

Während sie noch mit sich rang, ob sie das einsame Haus betreten sollte, drang plötzlich eine Flut von Geräuschen an ihr Ohr. Streitrösser. Metallisches Klirren von Rüstungen. Dann zerschnitt ein Ruf, der ein Käuzchen imitierte, das Rauschen des Windes. Jenseits des Tores waren nun ganz deutlich Stimmen zu vernehmen.

Lucia eilte zum Brunnen und verbarg sich hinter dem ausladenden Steinsockel. Ihr Herz klopfte so stark, dass sie befürchtete, es würde ihr jeden Moment aus dem Leib springen. Wertvolle Augenblicke vergingen, ehe ihre zitternden Glieder es Lucia gestatteten, einen Blick auf die Reiterschar zu werfen.

Etwa zwanzig Männer waren in wilder Hast auf den Hof gestürmt. Ihr Anführer war ein gedrungener junger Mann, unter dessen Helm eine dichte blonde Löwenmähne hervorquoll. Mit einem triumphierenden Ausruf rammte er sein Banner in den Erdboden, dass der Sand in alle Richtungen stob. Lucia kannte das Banner nicht, sah aber sogleich, dass der Mann von Kopf bis Fuß gerüstet war. In seiner rechten Hand blitzte eine geschliffene Streitaxt auf, während die Landsknechte seiner Gefolgschaft ihre Schwerter gezogen hatten. Der Ritter gab seinen Männern Befehle, woraufhin sie abstiegen und auf die Hütten und Ställe, die das Feuer verschont hatte, zueilten. Lucia stutzte. Die Stimme des Ritters, die sich vor Atemlosigkeit überschlug, klang in ihren Ohren wie das Blöken eines Schafes. Doch er schien über Autorität zu verfügen, denn die Reiter gehorchten ihm und verloren keine Zeit, seinen Befehlen Folge zu leisten. Ein halbes Dutzend von ihnen blieb indes im Sattel; anscheinend hatten sie einen anderen Auftrag erhalten. Lucia beobachtete, wie die Männer ihren Pferden die Sporen gaben und mit einem wilden Schrei durch das Tor in Richtung der Felder preschten. Eine dichte Wolke aus Schlamm, Sand und Asche folgte ihnen.

Lucia dachte an Magdalena, die auf ihre Rückkehr oder zumindest auf ein Zeichen von ihr wartete. Doch wie sollte sie ihr ein solches geben? Im Moment gab es keine Möglichkeit, sie und Basilius Fust zu warnen.

Sie ließ den Bogen von der Schulter gleiten. Warum durchsuchten die Männer des Ritters mit gezückten Schwertern die Hütten?

Hatten sie nicht genug geplündert? Ihr Vorgehen verriet Vorsicht, als befürchteten sie einen Hinterhalt. Aber von wem? Fürchteten sie, jemanden auf dem Gut übersehen zu haben? Noch war keiner der Landsknechte auf sie aufmerksam geworden, doch das war nur eine Frage der Zeit. Lucias Finger knackten verräterisch, als sie einen ihrer letzten brauchbaren Pfeile aus dem Köcher zog und vorsichtig über die gespannte Sehne legte.

Von ihrem Versteck aus sah sie, wie der Ritter mit der Löwenmähne einen kräftigen Landsknecht und einen Mann, der wie ein Bauer gekleidet war, auswählte und befahl, ihm ins Haus zu folgen. Der Bauer schwankte; er schien am Ende seiner Kräfte zu sein. Sein Haar hing ihm wirr ins Gesicht, das grobe Wams war so schmutzig, als sei der Mann in höchster Eile durch Morast gewatet. Lucia fiel die Kette auf, die er um den Hals trug und die zu seiner bäuerlichen Kleidung einfach nicht passen wollte.

Die Männer verschwanden im Haus. Ihre Stiefel polterten die Treppe hinauf. Dann vernahm Lucia nur noch das Gebrüll der Kriegsknechte und das Schnauben ihrer Pferde.

Die drei Männer kamen aus dem Haus heraus. Auf dem Gesicht des Landsknechts, der einen ledernen Brustharnisch mit eisernen Nieten trug, zeichnete sich ein Ausdruck des Entsetzens ab. Seine Kameraden wichen vor ihm zurück. Hinter dem Mann war ein ersticktes Keuchen zu hören. Zu Lucias Schrecken taumelte der Mann auf ihr Versteck zu, aber noch ehe er es erreichen konnte, erbrach er sich in den Sand. Der Bauer mit der Goldkette hatte die Hände vor sein Gesicht geschlagen und schluchzte hemmungslos.

Einer der Landsknechte wollte zu einer spöttischen Bemerkung ansetzen, doch er schwieg, als sein Blick auf die Rüstung seines Herrn und den schäbigen Kittel des Bauern fiel. Beide waren blutverschmiert. Die Männer sahen aus, als wären sie soeben aus einer Schlacht zurückgekehrt.

«Hol mir einen Eimer Wasser», befahl der Ritter einem seiner Männer mit rauer Stimme. «Gott weiß, welcher Dämon für diese Schandtat verantwortlich ist, aber Ulrich von Manderscheid wird ihn persönlich zur Rechenschaft ziehen, darauf gebe ich mein Wort!»

Der Landsknecht beeilte sich, den Auftrag seines Herrn auszuführen. Er beugte sich tief über den Rand der Zisterne. Als er den Eimer gefüllt hatte, stutzte er plötzlich, seine Schöpfkelle schlug hart gegen die Umschalung des Brunnens.

«Herr, seid vorsichtig!» Er nahm den Wassereimer auf und schleuderte ihn mit einem wütenden Aufschrei gegen die Brunnenmauer, sodass er in tausend Stücke zerbarst.

«Komm heraus», donnerte da auch schon die Stimme des hakennasigen Ritters über den Hof. Sie klang drohend, zu allem entschlossen. Der Mann machte einige Schritte auf den Sockel zu, hinter dem Lucia inzwischen Blut und Wasser schwitzte. Was sollte sie tun? Es gab keinen Ausweg mehr, die Kerle hatten sie entdeckt. Mit klopfendem Herzen richtete sie sich auf, überrascht, dass ihre Glieder ihr den Dienst nicht verweigerten.

«Ein Weib», knurrte der Ritter, doch in seine Stimme mischte sich Erstaunen. «Ein junges Weibsbild, und noch dazu bewaffnet! Was soll dieses Posse bedeuten, Mädchen?»

Lucia antwortete nicht. Ihre Hand zitterte, dennoch hielt sie die

Sehne des Bogens straff gespannt, entschlossen, den ersten Plünderer, der sich ihr näherte, mit dem Pfeil zu durchbohren.

«Wer zum Teufel bist du?», fragte der Ritter argwöhnisch. Er nahm seinen Helm ab und schüttelte sein üppiges, weizenblondes Haar. Den Pfeil, der auf ihn gerichtet war, strafte er nur mit einem verächtlichen Blick. Seine Arroganz ließ nicht zu, einer Waffe in den Händen einer Frau irgendeine Bedeutung zuzumessen.

«Bist du eine Leibeigene des Herrn von Niedern?»

Lucia presste die Lippen aufeinander, hielt es aber für vernünftiger, ihm die Antwort nicht schuldig zu bleiben. «Nein, Herr! Ich befinde mich auf dem Heimweg und wollte hier, auf Gut Niedern, nur um eine Unterkunft bitten.»

«Deine Aufmachung passt auch nicht recht zu einem Bauerntrampel», brummte der Ritter. Lucia warf einen Blick in die Runde und bemerkte, wie die verhärteten Züge der Männer, die ihren Anführer wie eine Mauer umgaben, weicher wurden. Ihr Schreck hatte sich gelegt, mehr noch, er schien der Lust, Beute zu machen, gewichen zu sein. Mit gierigen Blicken musterten sie Lucias Körper.

«Hast du die Halle des Gutsherrn von Niedern betreten?»

Warum diese Frage, überlegte Lucia. Oben im Gutshaus musste etwas Schreckliches vorgefallen sein. Die hässlichen Blutflecke auf dem Harnisch des Ritters ließen keinen anderen Schluss zu. Aber die Gesichter der Männer verrieten ihr auch, dass sie von dem, was sie im Haus gesehen hatten, überrumpelt worden waren. Würde dies nicht bedeuten, dass sie am Überfall auf das Gut gar nicht beteiligt gewesen waren? Oder war es nur ein grausames Spiel, eine Kriegslist, um sie aus ihrer Deckung zu locken? Lucia beschloss, diese nicht aufzugeben. Der Ritter ließ sie nicht aus den Augen. Was sollte er auch von einer Frau halten, die bewaffnet hinter einem Brunnensockel auftauchte?

Aus den Augenwinkeln beobachtete sie, wie zwei der Landsknechte sich seitlich auf den Brunnen zubewegten. Sie war der

Übermacht nicht gewachsen, so viel stand fest. Ein Pfeil mochte sein Ziel treffen, aber was geschah dann? War es nicht vernünftiger, sofort die Waffe zu strecken? Ein Ziehen in der Magengegend verriet Lucia, dass sie dann den nächsten Morgen nicht erleben würde.

«Bleibt mir vom Leib», rief sie verzweifelt. «Mein Vater war ein im ganzen Reich bekannter Bogenschütze des Kaisers. Er hat mich gelehrt, diese Waffe zu benutzen, um mich vor Strolchen wie Euch zu schützen.»

«So, dein Vater war also Bogenschütze!» Die Stimme des Ritters klang spöttisch, er schien Lucia kein Wort zu glauben. Allerdings konnte er auch nicht einschätzen, was von ihrer Drohung zu halten war. Umständlich zog er ein weißes Tuch aus seinem Wams und tupfte sich den Schweiß von der Stirn. Zum ersten Mal blickte ihm Lucia richtig ins Gesicht. Er war wesentlich jünger, als sie zunächst gedacht hatte. Seine Augen waren wasserblau, verfügten aber nicht über das Feuer, das auf einen wachen Verstand schließen ließ.

«Im Haus liegen mehr Tote als auf dem Virneburger Gottesacker», brüllte der Ritter plötzlich. «Der Hausherr selbst schaukelt mit dem Kopf voran von einem Balken herab. Man hat ihn an den Beinen aufgehängt. Kein hübscher Anblick. Also noch einmal: Was hast du hier verloren? Gehörst du zu den Spähern des Kerls, der sich Bischof von Trier nennen lässt?»

Lucia schluckte. Mit Schrecken bemerkte sie, dass ihre Finger müde wurden. Doch ungeachtet der Schmerzen zwang sie sich, den Bogen nicht sinken zu lassen.

«Ich bin keine Späherin. Aber mit dem Bogen weiß ich umzugehen!»

Der Ritter schnaubte. «Weißt du überhaupt, wer vor dir steht?»

«Da ich Euer farbenfrohes Banner nicht kenne, werdet Ihr so gütig sein müssen, es mir zu verraten!»

«Deine Frechheit wird sich legen, wenn du erst mal unter mir zappelst, du dreckige Metze! Ich bin Hatto, Graf von Virneburg!»

Virneburg? Lucia starrte ihn verblüfft an. Das Schicksal spielte ihr wahrlich grausame Streiche. Musste sie denn immer wieder über diesen Namen stolpern, als ob es auf der weiten Welt keine Männer anderen Namens gäbe?

«Gehört Ihr etwa zur Familie des Robert von Virneburg?», fragte sie widerwillig.

«Du meinst Robert den Bastard?»

Nein, ich meine Robert den Pferdedieb, dachte Lucia. Mit Mühe hielt sie ihre Tränen zurück, denn sie wusste, dass ihre letzte Stunde geschlagen hätte, sobald sie vor dem Ritter und seinen Leuten Schwäche zeigte.

«Robert ist mein nichtsnutziger Vetter, er ist der Sohn einer Hure und nicht wert, den Namen eines alten Grafengeschlechts zu tragen», schimpfte Hatto los. «Woher kennst du den Burschen? Habt ihr etwa …?» Er sprach nicht weiter, stattdessen legte sich ein boshaftes Grinsen über sein aufgeschwemmtes Gesicht. «Ihr beiden steckt demnach unter einer Decke. Mein Vater hat mir erzählt, dass Robert, dieser Schwachkopf, erst vor kurzem hier auf Gut Niedern aufgetaucht ist. Angeblich, um über seine Reise nach Trier zu berichten. Wahrscheinlich habt ihr gemeinsam den Plan ausgeheckt, das Gut zu überfallen und euch die Taschen zu füllen. Wo ist mein Vetter? Wo erwartet er dich?»

Suchend blickte Hatto von Virneburg zum Dach hinauf, als erwartete er, seinen Vetter dort oben zu sehen. Dann stieß er weitere Schmähungen gegen Robert und den angeblichen Verrat aus, dem er dank seines Scharfsinns auf die Schliche gekommen sei.

Lucia hätte sich am liebsten die Ohren zugehalten, um das unsinnige Gerede des Ritters nicht länger mit anhören zu müssen. Der Verdacht, den Roberts Vetter äußerte, war ebenso absurd wie unlogisch; sogar seine eigenen Männer schüttelten verdutzt den

Kopf. Eines bewiesen die Worte des Ritters jedoch: Hatto von Virneburg war kein Freund seines Vetters. Mehr noch, er schien ihn aus tiefstem Herzen zu hassen und nach Wegen zu suchen, Robert loszuwerden.

Du einfältiger Schweinekopf, dachte Lucia verächtlich. Ihre Angst verwandelte sich allmählich in ohnmächtige Wut auf den selbstgefälligen Grafensohn. Dieser lächelte sie jedoch nur böse an und sagte: «Unter der Folter werdet ihr beide schon gestehen!»

«Was soll ich gestehen? Dass ich mit meinen bloßen Füßen das Tor eingetreten und dann mit fünf Pfeilen im Köcher ein Rittergut bezwungen habe?»

Sie hielt inne, als auf der anderen Seite der zerstörten Mauer plötzlich Pferdegetrappel und das erschrockene Jammern einer Frau erklangen.

Lucia trat der Schweiß auf die Stirn. Magdalena, schoss es ihr durch den Kopf. Man hat sie und Basilius aufgespürt. Wenig später fand sie ihre Vermutung auf grausame Weise bestätigt. Der Wagen wurde auf den Hof gezogen. Einer der Landsknechte hatte sich auf dem Bock breitgemacht, drei weitere begleiteten das Gefährt zu Pferde. Mit einem zufriedenen Lächeln breitete Hatto von Virneburg die Arme aus. «Meine Späher sind schon zurückgekehrt», rief er triumphierend. «Wollen wir uns nicht anschauen, wie die Fische aussehen, die ihnen ins Netz gegangen sind?»

Lucia verließ den Schutz des Brunnensockels und lief langsam auf den Wagen zu. Keiner der Landsknechte hielt sie auf.

Zusammengesunken kauerte Magdalena unter dem Verdeck und versuchte mit matten Gesten, die zahlreichen Hiebe und Stöße abzuwehren, welche die Berittenen ihren Armen und Brüsten unter spöttischem Gelächter versetzten. Sie trug keinen Schleier mehr, ihr schwarzes Witwenkleid war unterhalb des Halses zerrissen. Doch sie schien unverletzt zu sein. Basilius Fust, der sich vermutlich gegen die Gefangennahme zur Wehr gesetzt hatte, hatte deutlich mehr abbekommen. Die Landsknechte hatten sich einen

Spaß daraus gemacht, den Arzt mit Stricken zu fesseln und ihn bäuchlings über den Rücken seines Pferdes zu werfen. Lucia hörte ihn leise stöhnen, doch er bewegte sich nicht. Aus einer Wunde am Hinterkopf rann Blut und tropfte in den Sand.

«Wie mir scheint, kennst du die beiden, obwohl du doch angeblich allein unterwegs bist?», zischte Hatto von Virneburg höhnisch. «Wenn du deinen Bogen nicht fallen lässt, gebe ich den Befehl, ihnen die Kehlen durchzuschneiden.»

Lucia konnte nicht verhindern, dass sich ihre Augen mit Tränen füllten. Sie erkannte, dass nun, nachdem sich auch Magdalena und Basilius in der Gewalt des Virneburgers befanden, Widerstand sinnlos geworden war. Zögernd ließ sie den Bogen sinken, nahm den Pfeil von der Sehne, zerbrach ihn und warf ihn geradewegs vor Hattos Füße.

«Die Frau auf dem Wagen ist meine Schwester, die Witwe eines unbescholtenen Zunftmeisters und Ratsherrn aus Mainz», erklärte sie stockend. «Sie hatte einen schlimmen Unfall und kann seither nicht mehr gehen.»

«Wie bedauerlich!» Hatto von Virneburg spuckte voller Verachtung in den Sand. «Wenn ich mit dir fertig bin, Hure, wirst du nicht einmal mehr Beine haben, auf denen du stehen kannst!» Er sprang auf Lucia zu und verpasste ihr einen so heftigen Schlag, dass sie zu Boden stürzte.

Benommen und auf allen vieren versuchte Lucia, auf den Wagen zuzukriechen. Sie sah das vor Entsetzen erstarrte Gesicht ihrer Schwester und eine behandschuhte Hand, die sich ihrer Brust näherte. Hinter ihr brandete Lärm auf. Die Landsknechte zollten der Strafaktion ihres Herrn voller Begeisterung Beifall. Ehe Lucia sich aufrappeln und weiterstolpern konnte, beugte sich Graf Hatto auch schon wieder über sie und blies ihr seinen heißen Atem in den Nacken. «Du willst dich doch nicht klammheimlich davonmachen, Mädchen? Das wäre zu schade, denn ich habe versprochen, dich mit meinen Männern zu teilen.»

Unsanft zerrte er Lucias Tuch vom Kopf, seine Hand grub sich in ihre Haare. Sie schrie auf; der Schmerz, der durch ihre Schläfen jagte, war heftiger als der Schlag, der sie zu Boden gestreckt hatte. Graf Hatto lachte nur. Es schien ihm Spaß zu machen, sie vor seinen Männern zu erniedrigen. Mit einem harten Griff zwang er sie, sich vor ihm hinzuknien, dann drückte er ihr Gesicht in den Schlamm. Lucia röchelte; mit aller Kraft kämpfte sie gegen das Gewicht des Mannes an; das kalte Metall des Brustharnischs presste sich gegen ihre Rippen. Eine Woge des Schmerzes durchfuhr sie, und sie spürte, wie es um sie herum dunkel zu werden begann. Aber sie wollte nicht sterben, schon gar nicht unter den Stiefeln dieses abscheulichen Virneburgers.

Gerade als ihr die Sinne zu schwinden drohten, ließ der Druck, der auf ihrem Körper lastete, unvermittelt nach. Lucia rang nach Atem; sie merkte, wie ihr Körper jäh in die Höhe gerissen und ins Leben zurückgeschüttelt wurde. Wie aus weiter Ferne vernahm sie zwei Stimmen, eine zaghafte und eine wütende, die einen Wortwechsel austrugen.

Als sie die Augen aufschlug, lehnte sie mit dem Rücken gegen die Brunnenwand, ihr Kopf wurde durch den Sockel gestützt. Vor sich erkannte sie den Mann in dem Bauernkittel, der gemeinsam mit Hatto in das Haus gestürmt war. Mit abweisender Miene beugte er sich über sie; eine Schöpfkelle mit Wasser näherte sich ihren Lippen. Dankbar nickte sie ihm zu und öffnete den Mund. Die kühle Flüssigkeit linderte den Schmerz, auch wenn sie sich auf ihrer Zunge mit dem toten Geschmack von Staub und Erde mischte.

«Danke! Wo ist …»

«Er ist ins Haus gegangen», raunte der Bauer ihr zu, nachdem sie getrunken hatte. «Es war nicht leicht, ihn zu überreden, dich am Leben zu lassen. Aber wenn du tot bist, werden wir nicht erfahren, was sich hier zugetragen und wer meinen Herrn ermordet hat.»

«Deinen Herrn? Aber … Ich weiß nicht, von wem du redest.»

«Siegfried von Niedern. Er hat mich fortgeschickt, um Hilfe zu holen, aber ich kam zu spät. Nun schulde ich es ihm und meiner Herrin, die sich zurzeit in Luxemburg aufhält, seinen Tod nicht ungesühnt zu lassen. Ich möchte wissen, wer die Männer in den grauen Wolfshemden waren.» Ehrfürchtig berührte er die goldene Kette, die noch immer seinen mageren Hals zierte. «Herr von Virneburg hat deine Gefährten in unseren Zinskeller gesperrt. Zumindest was die Frau angeht, hast du wirklich die Wahrheit gesagt. Die ist lahm wie ein ausgemergelter Gaul.»

«Was geschieht nun mit uns?»

Der Mann machte ein erstauntes Gesicht. Offenbar hielt er ihre Frage für überflüssig. «Ihr werdet morgen als Gefangene auf die Burg Manderscheid gebracht. Unter Graf Ulrichs Verhör hat noch jeder Missetäter gestanden. Aber du darfst dich freuen, Mädchen. Solange ihr unterwegs seid, wird dir nichts geschehen. Hatto von Virneburg hat seinen Männern verboten, dich anzurühren.»

Fürs Erste war sie also dem Tod entronnen. Doch als sie den Kopf bewegte, glaubte sie, mit glühendem Metall gemartert zu werden. «Ich weiß nichts über den Überfall auf deinen Herrn», stöhnte sie. «Wir sahen den Rauch von dem Hügel hinter den Feldern aus, aber als ich den Hof erreichte, fand ich alles so vor, wie ihr. Ich …» Sie wollte noch mehr sagen, doch dann verstummte sie. Sie ahnte, wie hohl ihre Worte in den Ohren des Mannes klingen mussten. Er hatte Schreckliches mit angesehen, war voller Trauer und viel zu erschöpft, um ihr zuzuhören. Ohne Umschweife hob er sie vom Boden hoch und trug sie hinüber zum Haus.

XIV

Burg Manderscheid, April 1432

Ulrich von Manderscheid stand im Erker seiner Burg, der ihm einen hervorragenden Blick auf die tiefer gelegenen Gebäude und das aus wenigen Häusern bestehende Dorf gestattete. Beugte er sich nach rechts, so konnte er den sich gabelnden Bach und die sanft ansteigende grüne Hügellandschaft erkennen. Manderscheid war eine große Burg, zu der etliche Eigenhöfe und Lehngüter gehörten.

Nachdenklich beobachtete er die Burgwächter, die auf den Wehrgängen ihren Dienst verrichteten. Er war erschöpft; dunkle Ringe unter seinen Augen kündeten von Übermüdung, denn in der vergangenen Nacht hatten ihn finstere Albträume am Schlafen gehindert. Wenn man es genau nahm, schlief er schon seit Wochen kaum noch. Die Nächte verbrachte er entweder beim Studium von Rechtsschriften und geistlichen Beschlüssen oder aber im Gebet. Ulrich von Manderscheid war ein frommer Mann; die Pflichten, die er der Kirche schuldete, hatte er schon als Knabe ernst genommen. Am liebsten hätte er sich auch heute in die Abgeschiedenheit der Burgkapelle zurückgezogen, um in stiller Zwiesprache mit der Jungfrau Maria sein Handeln zu überdenken. Ein Lächeln stahl sich auf Graf Ulrichs Lippen, als er an die Kapelle dachte. Er liebte es, wenn nach einer Messe die letzten Schleier würzigen Weihrauchs noch in der Luft des kleinen Betraums hingen. Er liebte die lateinischen Gesänge, die farbenfrohen Gewänder, ja selbst die harten Kniebänke. Einst hatte er auch die Predigten und Lesungen seines Kaplans geliebt, eines einfachen Dorfpriesters, den nicht einmal

Eis und Schnee davon abgehalten hatten, hinauf zur Burg zu kommen, um dem Dompropst von Köln und Archediakon von Trier den Kopf zurechtzurücken. Doch seit zwei Jahren durften auf Manderscheid keine Messen mehr gelesen und keine Sakramente mehr gespendet werden. Der stille Raum am Fuße des Bergfrieds war kalt, wenn Ulrich auch nach wie vor Kerzen vor den Gnadenbildern anzünden ließ. Diese kleine Geste verstand er als heimlichen Widerstand gegen die Entscheidung des Papstes, ein Aufbegehren, das ihm niemand verbieten konnte. Doch was brachte ihm seine Hartnäckigkeit? Der beruhigende Duft des Weihrauchs hatte sich längst verflüchtigt; nun strahlten die groben Mauern eine Kälte aus, die den Grafen an die Ausdünstungen des Bösen denken ließ.

In den einsamen Nächten, in denen er wach lag und nachdachte, beschlich ihn zuweilen die Angst, er könnte sterben, ohne sich mit dem Papst, der ihn aus der Gemeinschaft der Gläubigen gedrängt hatte, versöhnt oder den Kaiser von seinen guten Absichten überzeugt zu haben. Musste er ohne Beichte und Sterbesakramente nicht unweigerlich zur Hölle hinabfahren?

Ein Gefühl von Beklemmung legte sich auf seine Brust. Die Auseinandersetzungen um das Erzstift Trier hatten sein Leben grundlegend verändert. Ein Leben, das er beschaulich begonnen und erfüllt zu beenden gehofft hatte. Stattdessen reiste er nun durch das Reich, um neue Bündnisse zu schließen, Unterhändler zu bevollmächtigen und Gutachten von Universitäten und wichtigen Klöstern einzuholen. Hinzu kamen die Klagen der benachbarten Adelsfamilien und Gutsherren, die um die Sicherheit ihrer Ländereien fürchteten. Auch die Vorbereitungen auf die Reise zum Baseler Konzil, wo Manderscheid sein Anliegen vorzubringen gedachte, nahmen viel Zeit in Anspruch.

Raban von Helmstadt war ein falscher Bischof, davon war er heute überzeugter denn je. Niemals durften er und seine Getreuen es zulassen, dass König Sigismund einem Betrüger wie Raban die Reichsregalien verlieh und ihn zum Fürsten erhob.

Doch wie um alles in der Welt sollte er das verhindern? Um Bischof Raban aus dem Erzbistum Trier zu vertreiben, bedurfte es weder der Fürsprache eines Gelehrten noch der Unterstützung des burgundischen Adels. Was Ulrich von Manderscheid brauchte, war nichts weniger als ein handfestes Wunder. Ein Wunder, das den Adel aufrüttelte und ihn überzeugte, sich seiner Sache anzuschließen.

Manderscheid blickte zu seinem Schreibpult, auf dem sich ein Berg von Arbeit türmte. Das große Rechnungsbuch seines Burgverwalters lag ganz oben, und er hatte versprochen, einen Blick auf dessen neueste Berichte zu werfen. Es ging um Verträge über die Nutzung von Viehweiden, die Verpachtung einer Bannmühle, in der die zur Herrschaft gehörende Bevölkerung ihr Korn mahlen lassen musste, und das Gesuch einer Bauernfamilie, die Manderscheid verlassen wollte, um sich im Osten des Reiches niederzulassen. Die Aufstellungen des Verwalters enthielten aber auch Rechnungen über die Ausrüstung neuer Söldnertruppen, ihre Pferde, Verpflegung, Handgeld und Waffen, die sogar einen reichen Mann an den Bettelstab gebracht hätten. Kanonen und Sturmgeschütze mussten gekauft werden, was ein empfindliches Loch in die Kasse riss.

Manderscheid war schon lange kein reicher Mann mehr. Nur den Zuwendungen der Herzogin von Luxemburg und einiger wohlhabender Familienangehöriger verdankte er es, dass er seine Ländereien noch nicht hatte verpfänden müssen.

Lustlos überflog er die erste Seite des Berichts und kniff die Augen zusammen, um die schnörkelige Schrift seines Verwalters, eines ehemaligen Subdiakons aus der Pfalzgrafschaft, zu entziffern. Sein letzter Aufenthalt auf dem Familienstammsitz lag Monate zurück, dabei wollte eine Festung, die vielen Menschen Schutz und Auskommen bot, sorgfältig verwaltet werden. Während er die Eintragungen über den Feldzehnt, das Mühlen- und Fischfangrecht auf seinen Ländereien überflog, überlegte er, ob der Papst ihm wohl sein Verhalten verzieh, wenn er auf all seine Ansprüche verzichten würde, um auf seiner geliebten Niederburg das stille Leben eines Gelehrten und Grundherrn zu führen.

Nach einer Antwort suchend, blickte er zu den mächtigen Holzbalken empor, welche die Decke abstützten. Hier oben war man dem Himmel so wunderbar nah. Näher konnte man ihm doch auch im Bischofspalast zu Trier unmöglich kommen. Oder etwa doch? War es sein vorbestimmter Weg, den Himmel schon im Diesseits zu suchen? Sein Schicksal? Wenn dem so war, konnte es nicht schaden, nach einem Wunder Ausschau zu halten.

Eine Weile später begann sein Rücken zu schmerzen. Manderscheid war kein junger Spund mehr, und wenngleich er sich gut hielt, spürte er doch, wie das Alter unbarmherzig an die Tür seines Lebens klopfte. Es gemahnte, dass es Zeit wurde, sein Lebenswerk zum Abschluss zu bringen. Müde fühlte er sich heute, ausgebrannt. Sein Haar war noch so blond und glänzend wie früher, sein Gang aufrecht. Befehle pflegte er mit fester Stimme zu erteilen. Niemand wagte, über seine Entscheidungen zu murren oder sie in Frage zu stellen. Bei der Jagd überflügelte er sogar die jungen Waffenknechte, die in seinen Diensten standen. Er hatte ihnen beigebracht, dass es töricht war, einen Mann zu unterschätzen, nur weil er die Weihen abgelegt hatte und an besonderen Tagen das Gewand des geistlichen Würdenträgers trug, selbst wenn es ihm verboten worden war.

Ein langgezogenes Hornsignal holte Manderscheid aus seinen Gedanken. Dankbar über die Ablenkung legte er die Pergamentseiten auf das Pult zurück und ging zum Fenster, um nach der Ursache des Lärms zu sehen. Als er seine Blicke über den starken Mauerring schweifen ließ, entdeckte er auf der tief unter ihm gelegenen Straße eine Schar bewaffneter Reiter, die in wildem Galopp auf das Tor zuhielt. Ihnen voran ritt ein Fahnenträger, der das Banner der Virneburger schwenkte. Den Reitern folgte ein Wagen, der von zwei mageren Pferden bergan gezogen wurde.

Manderscheid war verwirrt. Soweit man ihn unterrichtet hatte, befand sich der Graf von Virneburg zurzeit auf den Gütern der Herzogin von Luxemburg. Wenn jemand unter seinem Banner zur Niederburg ritt, konnte es sich eigentlich nur um Ruprechts Sohn Hatto handeln.

Manderscheid seufzte. Er mochte Hatto von Virneburg nicht besonders. Anders als sein Vater, der ihn abgöttisch liebte, hielt er ihn für streitsüchtig, träge und hinterlistig, Eigenschaften, die eines Ritters unwürdig waren. In den Dörfern, die zum Besitz der Herren von Manderscheid gehörten, häuften sich Klagen über den jungen Virneburger, dessen Jagdausflüge in die Wälder von Manderscheid Raubzügen gleichkamen. Es gab kaum eine Scheuer, einen Weinkeller oder ein Bauernmädchen zwischen Eifel und Hunsrück, das vor ihm und seinen wilden Kumpanen sicher war.

Wäre er nicht der Sohn eines mächtigen Verbündeten, hätte ich ihm längst die Tür gewiesen, dachte Manderscheid grimmig. Aber auch so werde ich über sein Verhalten nicht mehr lange hinwegsehen können.

Wenige Augenblicke später betrat Jost, sein Burghauptmann, die Stube in Begleitung eines Turmwächters. Den mürrischen Mienen der Männer war zu entnehmen, was sie von dem überraschenden Besuch des Virneburgers hielten.

«Der junge Graf Hatto steht mit einigen Junkern vor unserem Tor und bittet um Einlass, Herr!»

«Und was führt ihn zu mir? Meine Keller hatten doch noch gar keine Gelegenheit, sich von seinem letzten Besuch zu erholen. Fast alle Fässer haben er und seine Gesellen mir im Winter leer gesoffen!» Er machte eine abweisende Handbewegung. «Richte ihm aus, er soll im Herbst wiederkommen, wenn die Weinlese im Moseltal abgeschlossen ist. Am besten würde es mir gefallen, wenn er sich nie wieder auf der Niederburg blicken ließe, aber auf ein solches Wunder hoffe ich wohl vergebens.»

Der Burghauptmann verzog den Mund zu einem mitleidigen Lächeln. Er freute sich, dass sein Herr, der ihn oft wie einen Sohn behandelte, dem überraschenden Auftauchen des Virneburgers ebenso wenig abgewinnen konnte wie er selbst.

«Ein Jammer, dass Hattos Vater nicht einwilligen wollte, ihn als Befehlshaber der Wachmannschaft unserer Eisenhütte in die Südeifel zu schicken», sagte er. «Dort hätte er kaum Schaden anrichten können, nicht wahr?»

«Hatto hätte selbst Noahs Arche zum Kentern gebracht. Ich begreife einfach nicht, wie Ruprecht von Virneburg so blind sein kann, wenn es um seinen Nachwuchs geht. Er weiß doch genau, wie wichtig uns der Schutz des Erzabbaus auf unserem Land ist. Mit der Eisenhütte halten wir immerhin ein letztes Faustpfand, über das Raban von Helmstadt sich schwarzärgert. Seit 1388 beansprucht der Bischof von Trier zwei von drei Teilen für das Erzbistum. Die Urkunden, die darüber Auskunft geben, wurden von meines Vaters eigener Hand gesiegelt und befinden sich in dieser Kammer.» Suchend blickte er sich um, schüttelte aber angesichts der Unordnung in den Regalen den Kopf. «Egal, vermutlich hielt Hatto es für unter seiner Würde, die Wachmannschaft der Eisenhütte zu befehligen. Da kann man leider nichts machen.» Er dachte einen Augenblick lang nach. «Ich sollte ihn demnach zum Teufel jagen?»

«Das solltet Ihr in der Tat», erwiderte der Hauptmann.

«Leider wissen wir beide, dass das nicht geht. Graf Ruprecht von Virneburg würde uns diese Kränkung niemals verzeihen. Er hält große Stücke auf seinen Sohn, der Himmel weiß, warum. Also beten wir um Geduld und hören uns an, was der Sohn unseres lieben Freundes zu sagen hat. Offen gestanden bin ich sogar ein wenig neugierig, was in dem klapprigen Wagen ist, den er den Burgweg emporziehen lässt.»

Hatto wurde im Rittersaal empfangen, der mit seinem offenen Kamin auch an kalten Tagen einigermaßen warm wurde. Auf Manderscheids Wink hin eilte ein Diener herbei und schenkte ihm Wein ein.

Hatto erhob seinen Becher und trank auf das Wohl des Hausherrn. Dann streckte er mit einem genüsslichen Stöhnen die Beine aus. Sein Gesicht glänzte vor Schweiß; seine struppigen Haare ringelten sich über der Stirn. Um die Dringlichkeit seiner Botschaft zu unterstreichen, hatte er es abgelehnt, die Badestube aufzusuchen, um sich vor der Unterredung mit Manderscheid zu reinigen. Sein Waffenrock und sein Umhang waren staubig von dem langen Ritt, die Reitstiefel mit braunem Schlamm verkrustet.

«Mein Burghauptmann berichtete mir, das Rittergut Niedern sei überfallen und Herr Siegfried getötet worden?», richtete Ulrich von Manderscheid das Wort an Hatto. Die Miene des Burgherrn war düster. «Ist das wahr?»

«Zweifelt Ihr daran?» Hatto gab sich gekränkt. «Im Haus des Siegfried von Niedern erwartete uns ein schrecklicher Anblick. Meine Männer zählten vierzehn Tote. Männer und Frauen, nicht einmal das Vieh blieb von dem Mordgesindel verschont. Die Leibeigenen fanden wir von Pfeilen durchbohrt und von Schwerthieben niedergestreckt in den Scheunen, einige aber auch in den Kellergewölben des Herrenhauses, wo sie sich vermutlich verschanzen wollten.»

«Keine Überlebenden?»

«Ein einziger Mann konnte entkommen, weil Siegfried von Niedern ihn beauftragte, die Nachbarn zu Hilfe zu rufen. Leider kamen wir nicht rechtzeitig an. Es scheint, als sei der Überfall sorgfältig vorbereitet worden.»

«Was soll das heißen?»

Hatto hob verwundert die Augenbrauen. «Wisst Ihr denn nicht, dass mein Vater erst kürzlich noch auf dem Gut weilte? Er riet Siegfried von Niedern, seine Mauern in Ordnung zu bringen oder wenigstens mehr Männer unter Waffen zu stellen als die paar Bauernlümmel, die auf seinem Gut die Schweine hüteten. Mein Vater ist der Meinung, dass irgendjemand die Überfälle der letzten Wochen benutzt, um den Kaiser gegen Euch aufzubringen. Aber Siegfried hat ihm nicht geglaubt. Seine Gemahlin schickte er zwar zur Herzogin nach Luxemburg, er selbst blieb aber auf seinem Gut. Hätte er Vaters Rat befolgt, würde er jetzt noch leben!»

Unverwandt starrte Ulrich von Manderscheid den jungen Virneburger an. Dann sprang er plötzlich auf, nahm einen Hocker und warf ihn gegen die Wand. «Er hat es tatsächlich gewagt, mich herauszufordern», rief er zornentbrannt. «Dieser Feigling, der sich hinter den Mauern des Bischofspalasts versteckt wie ein greinendes Weib, lässt also die Güter meiner Nachbarn verwüsten, um mich zu treffen!»

Hatto verfolgte Ulrich von Manderscheids Ausbruch mit wachsendem Unbehagen. Er kannte den Grafen seit seiner Kindheit, doch nie zuvor hatte er ihn so wütend erlebt. Wie es aussah, hielt er es für möglich, dass sein Gegenspieler Raban von Helmstadt den Überfall auf Niedern befohlen hatte, um ihn einzuschüchtern.

Hatto nahm einen Schluck aus seinem Becher und überlegte, wie er den Ärger des Grafen zu seinem eigenen Vorteil nutzen konnte. Wenn er es geschickt anstellte und den Streit der Bischöfe noch ein wenig schürte, würde Manderscheid ihm bald aus der Hand fressen. Mit seiner Unterstützung würde er aus dem Schatten seines Vaters treten und Gelegenheit finden, sich ohne Mühen die Taschen zu füllen.

«Euer Hauptmann hat Euch sicherlich mitgeteilt, dass ich bei einem Erkundungsritt Gefangene gemacht habe, oder?», fragte er, nachdem sich sein Gastgeber wieder beruhigt hatte.

Manderscheid nickte. «Aber er hat mir nicht gesagt, wer die Strauchdiebe sind, die es wagen, den guten Namen meiner Familie zu beschmutzen!»

Konzentriert setzte Lucia einen Fuß vor den anderen. Nicht stolpern, befahl sie sich. Nur nicht stolpern. Doch es war gar nicht so einfach, sich aufrecht vorwärts zu bewegen; nicht, wenn man an Händen und Füßen mit Ketten gefesselt war. Wo zum Teufel hatte Hatto von Virneburg so plötzlich Fußfesseln aufgetrieben? Schleppte er solche Dinger etwa in seinen Satteltaschen mit sich herum?

Zunächst waren sie und Basilius im geplünderten Gutshaus nur mit Stricken aus Hanf gefesselt worden, doch unmittelbar vor dem Aufbruch hatte der junge Ritter mit schneidender Stimme befohlen, sie in Ketten schmieden zu lassen. Allein Magdalena entging diesem Schicksal, weil sogar Hatto begriffen hatte, dass sie ihre Lahmheit nicht vortäuschte. Freuen konnte sie sich darüber nicht.

Grobe Hände stießen Lucia in den Burgsaal. Dort befahl ihr der Wächter, in einigem Abstand zu den Wartenden niederzuknien und den Mund zu halten. Lucia gehorchte, obwohl sie vor Wut kochte. Was bildeten sich diese Schergen eigentlich ein? Ihr Blick fiel auf ein Kaminfeuer, das den Raum heizte. Die munter züngelnden Flammen vermochten nicht, ihr die Kälte aus den steifen Gliedern zu vertreiben. Zu eisig waren die Blicke der Männer, die hinter einer langen Tafel standen und sie und ihre Begleiter wie lästiges Ungeziefer musterten.

Ihr Blick streifte Basilius, der sich neben ihr mit klirrenden Ketten zu Boden fallen ließ. Lucia schmerzte es, den Arzt so hilflos zu sehen; während der Reise hatte sie die Wunde an seinem Kopf nach Magdalenas Anweisungen behandelt und verbunden. Doch der Fetzen Stoff hatte kaum ausgereicht, um die Blutung zu stoppen. Basilius' Gesicht war fast ebenso grau wie die hohen Wände des Rittersaals, seine Augen glänzten fiebrig. Magdalena wurde von drei Männern auf einem Brett hereingetragen und einfach auf dem Boden abgestellt wie ein Möbelstück. Sie hielt ihre Hände gefaltet.

«Wer bist du, Mädchen?», fragte einer der Männer mit scharfer Stimme. Sein erregtes, aber würdevolles Gebaren ließ Lucia keinen Zweifel, dass sie es mit dem Hausherrn, Ulrich von Manderscheid, zu tun hatte. Zu seiner Rechten stand Hatto von Virneburg. In lässiger Pose hatte der junge Ritter die Arme über der Brust gekreuzt, auf seinen wulstigen Lippen zeichnete sich ein triumphierendes Lächeln ab.

Lucia wich seinem Blick aus. Sie nahm ihren ganzen Mut zusammen und wandte sich an Graf Ulrich: «Erlaubt mir bitte, für meine Gefährten zu sprechen, Herr! Wir …»

«Sprich lauter, damit der Herr von Manderscheid dich auch versteht!», herrschte sie einer der Burgwächter an. Er hob die Faust, um seiner Aufforderung durch eine Ohrfeige Nachdruck zu verleihen. Doch ehe er zuschlagen konnte, hielt ihn Manderscheids Kopfschütteln zurück.

«Das Mädchen ist bereits verletzt», stellte der Burgherr mit einem prüfenden Blick auf Lucias geschwollenes Gesicht und die Blutspuren auf ihrer zerlumpten Kleidung fest. «Wie mir scheint, seid Ihr nicht nachsichtig mit Euren Gefangenen umgesprungen, mein guter Hatto!»

Hatto von Virneburg zuckte die Achseln. «Ich habe mir nichts vorzuwerfen. Das Biest erwies sich als äußerst verstockt! Lasst Euch von ihrem harmlosen Aussehen nicht täuschen. Auf Herrn Siegfrieds Hof legte sie sich auf die Lauer, um auch mich noch zu ermorden. Davon abgesehen erzählte mir mein Vater, dass auch Ihr nicht lange zu zögern pflegt, wenn es gilt, Gefangene zum Reden zu bringen.»

Manderscheid schwieg. Lucia ahnte, dass es ihm missfiel, ausgerechnet von Hatto an seine Pflichten erinnert zu werden. Als er sich wieder seinen Gefangenen zuwandte, war sein Gesichtsausdruck noch ernster geworden. «Die Frau dort drüben scheint krank zu sein. Was hat sie? Gehört sie zu deiner Familie?»

Lucia nickte.

«Sag mir die Wahrheit, Mädchen: Was hattet ihr auf Gut Niedern zu suchen? Seid ihr Kundschafter im Sold des Mannes, der sich voller Anmaßung Erzbischof von Trier nennt?»

«Nein, Herr, ich schwöre Euch, dass wir keine Kundschafter sind!», fuhr Lucia auf. «Wir befanden uns doch nur auf dem Weg nach Trier, um meine Schwester nach Hause zu bringen. Wie Euer Gnaden richtig erkannt haben, ist sie krank und kann sich kaum rühren. Als wir in die Nähe des Gutes Niedern kamen, bemerkten wir Rauchschwaden und dachten an eine Feuersbrunst. Ich wollte nicht spionieren, sondern nachsehen, was auf dem Gut geschehen ist, als dieser Mann mich überwältigte.» Lucia warf Hatto von Virneburg einen vernichtenden Blick zu.

«Diese Metze hat wohl vergessen, dass sie mit Pfeil und Bogen auf der Lauer lag», stieß Hatto hervor. Er wirkte empört. «Sie bedrohte nicht nur meine Waffenknechte, sondern wagte es auch, den Bogen auf mich zu richten. Ich glaube nicht, dass sie ihn wirklich zu führen versteht. Keine Frau kann mit einer Waffe dieser Art umgehen. Dennoch hätten ihre verirrten Pfeile Schaden anrichten können.»

«Das habt Ihr Euch natürlich nicht bieten lassen, Herr Ritter! Immerhin ging es um Eure Ehre, nicht wahr?» Einige der Männer lachten, aber ein kalter Blick ihres Herrn brachte sie auf der Stelle zum Schweigen. Einen Moment lang betrachtete Manderscheid Lucia nachdenklich, dann packte er sie am Oberarm und zog sie mit einem kräftigen Ruck auf die Füße. «Ich hasse es, wenn eine Frau vor mir auf dem Fußboden kniet», sagte er leise. «Auch wenn ich hohe geistliche Ämter getragen habe und noch tragen werde: Vor Gott allein sollten die Menschen auf die Knie gehen, nicht vor einem Mann, der in Ungnade gefallen ist. Wie ist dein Name?»

«Lucia Kastenberg.»

«Stammt deine Familie aus dem Erzstift?»

«Ja, Herr. Mein Großvater ist bischöflicher Gewandschneider, und ich bin bei ihm in die Lehre gegangen.»

«Dann gehört sie ja tatsächlich zu den Gefolgsleuten des Bischofs … Ich meine, des falschen Bischofs», rief Hatto erfreut. «Damit hat sie ihr Todesurteil unterzeichnet und besiegelt. Schafft sie und diese beiden Krüppel weg. Ich werde persönlich dafür sorgen, dass sie uns unter der Folter ihre Helfershelfer nennen!»

«Nicht so voreilig, Hatto!» Mit einer Kopfbewegung rief Manderscheid die Wachen zurück. «Vielleicht stehen diese Leute in Rabans Diensten, aber es könnte auch sein, dass das Mädchen die Wahrheit sagt.»

«Ist das Euer Ernst?» Ungläubig blickte Hatto den älteren Mann an. «Diese Frau ist verschlagen wie die Schlange aus dem Garten von Eden. Um ihr armseliges Leben zu retten, würde sie lügen, dass sich selbst die Erzengel täuschen ließen. Ich habe Euch noch nicht erzählt, was ich über sie herausgefunden habe.» Er rief Manderscheids Diener, der mit seinem Krug erneut die Runde machte, und hielt ihm fordernd seinen Becher entgegen.

«Und was habt Ihr herausgefunden?»

Hatto leerte den Becher bis zur Neige. «Eigentlich wollte ich nicht darüber reden, um die Verwandtschaft meines Vaters zu schonen», sagte er leise. «Aber Euch darf ich es nicht verschweigen. Ich gehe davon aus, dass Vaters Neffe ein falsches Spiel mit uns treibt. Es ist gut möglich, dass er uns hintergeht und sich von Raban bezahlen lässt.»

«Ihr sprecht von Eurem Vetter Robert. Hatte er nicht den Auftrag, nach Trier zu reisen, um herauszufinden, ob uns der Rat der Stadt noch gewogen ist?»

Hatto nickte eifrig. «Außerdem sollte er unsere Pferde holen, die von den Trierern eingefangen wurden. Aber der Nichtsnutz kam nur mit seinem eigenen Pferd nach Niedern zurück. Fragt die Gefangene doch, ob sie Robert kennt und wo sie ihm zum ersten Mal begegnet ist!»

«Was hast du dazu zu sagen?», erkundigte sich Manderscheid bei Lucia. «Kennst du Robert von Virneburg? Hat er dir Geld zugesteckt oder irgendeinen Auftrag gegeben, bevor er Gut Niedern verließ? Hat er dir ein Versprechen gegeben?»

Lucia stutzte. Schon wieder brachte Robert von Virneburg sie in Schwierigkeiten. Er schien ein besonderes Talent dafür zu haben. Allerdings hatte er ihr auch geholfen, das durfte sie nicht vergessen. Ob der Graf sich davon jedoch beeindrucken ließ, wagte sie zu bezweifeln. «Worauf wartest du noch, Lucia?» Magdalena warf ihr einen verzweifelten Blick zu. «Sag den hohen Herren, dass du von diesem Mann noch nie etwas gehört hast!»

Mit einem Kopfschütteln mahnte Lucia sie, still zu sein, aber Hatto hatte ihre Worte aufgeschnappt. «Willst du plötzlich leugnen, dass du Robert kennst? Mir gegenüber hast du es doch bereits zugegeben. Soll ich dir die Zunge unter der Folter lockern?»

«Ich kenne den Mann flüchtig, aber unsere Bekanntschaft hat nichts mit dem zu tun, was sich auf Gut Niedern zugetragen hat. Das kann ich beim heiligen Kreuz beschwören. Ich wusste nicht einmal, dass Robert von Virneburg mit diesem Ritter verwandt ist. Ich dachte, er sei nur ein Knecht. Bitte, Herr, lasst uns gehen.»

«Ich muss schon sagen, das alles kommt mir sehr merkwürdig vor», gab Ulrich von Manderscheid zu. «Leider befindet sich Robert auf dem Weg nach Luxemburg, daher kann er zu der heiklen Angelegenheit nicht Stellung nehmen.»

«Wahrscheinlich hat er sich längst zu Raban abgesetzt», meinte Hatto patzig. «Er ist ein Mann niederer Gesinnung. Eifersucht gebiert Verrat, und Robert war schon immer eifersüchtig auf mich. Schließlich wurde ihm seiner zweifelhaften Herkunft wegen der Ritterschlag verweigert.»

Der Graf verzichtete auf eine Erwiderung und musterte Lucia eindringlich. Im Saal wurde es still, gespannt warteten die Getreuen auf das Urteil des Grafen. Doch Manderscheid zögerte. Offensichtlich tat er sich schwer, über das Schicksal seiner Gefangenen zu befinden.

«Wem soll ich glauben?», sagte er nach einem Moment des Schweigens. «Dem Mädchen oder unserem Freund Hatto? Die Jungfer wirkt nicht eben wie eine Kundschafterin, die kaltblütig dabei zusieht, wie Männer und Frauen getötet werden. Wenn sie im Auftrag unserer Feinde unterwegs war, warum sollte sie sich nach der Plünderung noch auf Gut Niedern herumgedrückt haben? Hätte sie nicht wissen müssen, dass man sie dort findet?»

«Was wollt Ihr damit sagen?», rief Hatto. «Ein Weib kann nicht so denken wie wir Männer!»

«Herr, ich möchte Euch nicht drängen», mischte sich nun der Burghauptmann ein. «Aber ich bin der Ansicht, dass Eile geboten ist. Raban wartet nur darauf, dass Ihr einen Fehler macht und er das Wohlwollen der Trierer erringt. Wir sollten herausfinden, ob weitere Überfälle auf die Güter unserer Verbündeten geplant sind.»

«Falls die Plünderung von Siegfrieds Besitz auf Rabans Rechnung geht.»

«Auf einmal zweifelt Ihr daran?» Hatto ballte die Fäuste, seine Lippen bebten vor Wut. «Wegen dieser kleinen Hexe? Ich sagte Euch doch, dass sie mich und meine Männer mit einer Waffe bedroht hat. Angeblich hat sie das Bogenschießen von ihrem Vater, einem von König Sigismunds Schützen, erlernt. Lächerlich, nicht wahr? Eine Jungfrau mit Bogen!»

Manderscheid straffte die Schultern. Lucia konnte sich vorstellen, dass es ihn Mühe kostete, dem Virneburger nicht über den Mund zu fahren. Zu viel hatte er zu verlieren. Die Krönung Sigismunds zum Kaiser des Heiligen Römischen Reiches war nur noch eine Frage der Zeit, und sobald der Monarch Zepter und Reichsapfel in den Händen hielt, war er ermächtigt, die Reichsregalien zu verleihen. Sigismund erwartete, dass seine Getreuen in den ihnen anvertrauten Gebieten den Frieden wiederherstellten, statt neue Fehden heraufzubeschwören.

«Ein Wunder», murmelte der Graf abwesend. «Was ich brauche, ist ein Wunder!»

Unvermittelt hellten sich seine Züge auf, der rötliche Schein des Kaminfeuers ließ sein Gesicht aufleuchten. Er deutete auf Lucia. «Du sagst, dein Vater habe dich im Bogenschießen unterrichtet, Mädchen?»

Lucia schlug die Augen nieder und nickte.

«Dann bete zur Heiligen Jungfrau, dass du deine Geschicklichkeit nicht eingebüßt hast. Da ich nicht sicher bin, ob du die Wahrheit sagst, werde ich dir im Namen Gottes zwei Prüfungen auferlegen. Bestehst du sie, ist die Gottesmutter Maria, der meine ganze Ergebenheit gehört, auf deiner Seite. Dann erhaltet ihr eine Entschädigung von fünf Goldgulden aus meiner Tasche und dürft in Trier über die Großmut des künftigen Bischofs berichten!»

«Ihr wollt sie auf die Probe stellen?», fragte der Virneburger stirnrunzelnd. Seiner Miene war anzusehen, dass er die Entscheidung des Grafen für Zeitverschwendung hielt. «Und was geschieht, wenn sie versagt?»

«In diesem Fall darf ich sie Euch wohl guten Gewissens überlassen!»

Ulrich von Manderscheid stand der Sinn nicht nach einer weiteren Unterhaltung. Er befahl einem Wachsoldaten, die Frauen im Bergfried unterzubringen, während Basilius mit einer weniger komfortablen Unterkunft in den Gewölben der Burg vorliebnehmen musste.

XV

Lucia und Magdalena verbrachten die Nacht damit, sich über ihre Lage Gedanken zu machen. Keine von beiden hatte es für möglich gehalten, ausgerechnet dem Manderscheider in die Hände zu fallen. Vor wenigen Wochen noch wäre das kein Problem gewesen. Aber die Zeiten hatten sich geändert. Offensichtlich vertraute Graf Ulrich niemandem mehr, der aus Trier kam oder in die Stadt wollte.

Schweigend brütete Lucia vor sich hin. Sie und Magdalena waren im höchsten Turm eingesperrt worden, daher konnte sie die Dächer zahlreicher mächtiger Gebäude überblicken, auf denen die aufgehende Morgensonne glänzte. An Flucht war nicht zu denken, denn der Burgherr hatte vor ihre Tür zwei Wachen gestellt.

«Womit könnte der Manderscheider dich nur prüfen?», zerbrach sich Magdalena den Kopf. Sie stocherte lustlos in dem Gerstenbrei herum, den ein Diener ihr und Lucia gebracht hatte. Keine der beiden Schwestern war hungrig. «Ich begreife nicht, warum er ausgerechnet uns hier festhält, als wären wir seine Feinde. Immerhin war er einmal Chorherr von Trier. Er hat immer noch Freunde in der Stadt, die seinen Kampf um den Bischofsstuhl unterstützen.»

«So viele Verbündete hat er in Trier doch gar nicht mehr. Im Übrigen gab Hatto von Virneburg sein Bestes, ihn gegen uns aufzubringen!» Lucia legte den Löffel zur Seite und begab sich zu der irdenen Waschschüssel, die Manderscheids wortkarger Diener mit eiskaltem Wasser gefüllt hatte.

Wie lange hatte sie kein sauberes Wasser mehr auf der Haut

gespürt? Ihre Haut fühlte sich spröde an und war vom Staub und Schmutz beinahe so schwarz wie die eines Köhlers. Während sich das Waschwasser unter ihren Händen dunkel färbte, dachte sie darüber nach, was der Virneburger während des Verhörs zu ihr gesagt hatte.

«Hast du nicht bemerkt, wie erschrocken Hatto aussah, als der Graf seine Meinung änderte?», fragte sie Magdalena mit blitzenden Augen.

«Was erwartest du? Er ist ein Mann. Und Männer reagieren nun mal beleidigt, wenn man sie mit einem Bogen bedroht. Vater hätte dir als Kind eine Haarspange schenken sollen, keine Waffe.»

«Verrätst du mir auch, wie ich mir Hattos Männer mit einer Haarspange vom Hals hätte halten sollen? Ich habe auf dem Weg zu dir nach Mainz erfahren müssen, wozu Kriegsknechte fähig sind, wenn sie eine wehrlose Frau vor sich haben.»

«Du hättest dich doch als Überlebende des Angriffs ausgeben und an ihr Mitgefühl appellieren können. Virneburg hat einen Eid als Ritter abgelegt. Er hätte gewiss nicht zugelassen, dass seine Männer sich an dir vergehen.»

Lucia schüttelte den Kopf. Sie fand es erstaunlich, dass ihre sonst so kluge Schwester einen solchen Unsinn von sich gab.

«Glaubst du im Ernst, dass ein Mann wie Hatto sich um ritterliche Tugenden schert? Er und seinesgleichen haben nur ihren Aufstieg, Macht und Geld im Kopf. Sie beobachten voller Neid, wie die Städte an Bedeutung zunehmen. Ihre Vorfahren haben Kaufleute und Handwerker noch verachtet, und heute könnte selbst der Kaiser nicht mehr ohne deren Geld auskommen.»

«Mag ja sein, aber es war dennoch nicht klug, sich einen Grafensohn zum Feind zu machen. Du solltest ihn um Verzeihung bitten.»

Lucia blickte betroffen auf die schmutzige Brühe, in der sich ihr Gesicht spiegelte. Sie würde Manderscheids Diener bitten müssen, das Wasser zu erneuern, damit auch Magdalena sich waschen konnte. Eilig nahm sie die Schüssel und kippte den Inhalt mit Schwung aus dem Fenster. Tief unten im Hof erklang ein dumpfes Aufklatschen. Niemals würde sie Hatto von Virneburg um Verzeihung bitten.

Gegen Mittag betrat ein asketisch aussehender Mann ihre Kammer. Auf seinem kahlgeschorenen Schädel saß eine schmale Haube aus weinrotem Samt. In den Händen trug er ein Buch und zwei Schiefertafeln. Nervös rieb sich Lucia die Hände. Ulrich von Manderscheid hatte von einer Prüfung gesprochen, der sie sich unterziehen musste. Hatte der Mann etwa damit zu tun?

«Ich bin Stiftskanonikus Nikolaus Doeser», stellte sich der Fremde vor, nachdem er Lucia und Magdalena flüchtig gemustert hatte. «Gelehrter des Kirchenrechts und Rektor der Universität zu Löwen. Herr von Manderscheid hat mich gebeten, die Jungfrau Lucia Kastenberg aus Trier einer Prüfung auf Ehre und Gewissen zu unterziehen.» Kaum hatte der Mann die Worte gesprochen, schwang die Tür ein weiteres Mal auf, und Ulrich von Manderscheid und Hatto drängten sich in die Kammer. Offensichtlich wollte sich keiner von beiden die Prüfung entgehen lassen.

«Ihr habt die Frauen bereits kennengelernt?»

«Mein lieber Freund, wir sind hier nicht in Köln», bemerkte der Stiftskanonikus mit mildem Tadel. «Damals an der Universität wart Ihr der Schrecken unserer Magister, wenn ich das einmal sagen darf. Keiner von uns hatte so viele Fragen auf der Zunge wie Ihr. Und keiner war so ungeduldig. Lasst mir ein wenig Zeit, das Problem richtig anzugehen.»

«Man lernt nicht nur, indem man Antworten gibt, sondern auch, indem man die richtigen Fragen stellt.» Manderscheid bedeutete Lucia, auf einem Schemel Platz zu nehmen. «Mein alter Weggefährte hat beschlossen, sich in meine Dienste zu begeben. Mit seiner und der Jungfrau Maria Hilfe wird es mir gelingen, mein Recht in Trier durchzusetzen.»

Lucia hob fragend die Schultern.

«Du behauptest, dein Großvater habe für den verstorbenen Bischof von Trier und andere Geistliche gearbeitet», sagte der Stiftskanonikus mit leiser Stimme. «Und es war deine Aufgabe, ihm dabei zur Hand zu gehen?»

Lucia nickte.

«Nun, mein Freund, Graf von Manderscheid, erinnert sich nur dunkel an einen älteren Gewandschneider, der Talare und Tuniken genäht hat, aber nicht an dessen Enkeltochter.»

«Mein Großvater hat mich nie mitgenommen, wenn er mit Geistlichen Anproben durchführte. Die Herren wünschten es nicht. Für die Nachproben ließ er sich den Sohn eines Freundes in die Werkstatt kommen.»

«Aber wenn du bist, was du behauptest, so wird es dir nicht schwerfallen, mir zu schildern, welche Farben die heilige Kirche für die verschiedenen geistlichen Gewänder vorgesehen hat und aus welchen Pflanzen oder Wurzeln die Farben gewonnen werden.»

Lucia dachte angestrengt nach. Sie erinnerte sich vage, dass ihr Großvater sie einmal in die Färbergasse mitgenommen hatte, aber damals hatte sie die Farbgewinnung nicht sonderlich interessiert. Sie wusste nur noch, dass aus den Bottichen der Färber unangenehme Gerüche aufgestiegen waren.

«Nun, für die Tuche werden Farbstoffe aus der Birke gewonnen», begann sie stockend. «Außerdem aus dem Rainfarn und dem Gilbkraut.»

«Aber die wichtigste Pflanze für rote Töne ist die Krappwurzel», half Magdalena mit gleichmütiger Miene weiter. «Daneben eignen sich aber auch Gänsefuß, Ahornwurzeln, Schlehdorn und bestimmte Flechten, die in Laubwäldern und auf Wiesen wachsen. Blaue Färbungen werden mit Hilfe von Waid erzeugt, das sich gerne an die Mauern der Häuser setzt. Aber für die hohe Geistlichkeit dürfte die wichtigste Farbe der Purpur sein, und den gewinnen geschickte Färber aus einer Schnecke. Das Tier ist sehr selten und daher überaus kostbar.»

Lucia warf ihrer Schwester einen verblüfften Blick zu, dann begriff sie. Als Gattin eines Färbermeisters wusste Magdalena über dieses Handwerk natürlich besser Bescheid als jede Schneiderin. Sie schien sich mit dem Gewerbe ihres verstorbenen Mannes sorgfältig befasst zu haben.

Der Stiftskanonikus lächelte. «Gewiss hat dein Großvater auch Stolen genäht. Sag mir, wird diese Stola über oder unter dem Messgewand getragen?»

Nun, diese Frage war schon schwieriger. Magdalena blickte zur Decke, was bedeutete, dass sie keine Ahnung hatte. Lucia überlegte fieberhaft. Sie glaubte sich zu entsinnen, dass der längliche Streifen über dem Gewand getragen werden musste. Aber warum? Schließlich antwortete sie: «Die meisten Priester, für die wir nähten, trugen die Stola über dem Messgewand. Aber für diesen Fall rieten wir unserem Auftraggeber, keine gewöhnliche Albe zu tragen, sondern einen Mantel, der bis zu den Knöcheln reicht. Die Stola soll nach alter Sitte über dem Gewand getragen werden, damit die Gläubigen während der Messe die Abzeichen sehen können, die das Amt des Priesters festlegen. Schließlich soll sie an das *iugum christi* erinnern, das Joch des Herrn.»

«Und wie steht es mit den übrigen liturgischen Gewändern?», hakte Nikolaus Doeser nach.

«Hält der Priester nur eine Andacht ab, anstatt die Messe zu lesen, so kann er ein Rochett tragen. Das ist ein Leinengewand, das nur bis zu den Knien reicht.» Lucia nahm ein Stück Kreide zur Hand und zeichnete mit einigen Strichen das gewünschte Kleidungsstück auf die Schiefertafel.

Der Kanoniker wirkte überrascht, mit diesen Antworten schien er nicht gerechnet zu haben. Mit einem anerkennenden Lächeln wandte er sich an Ulrich von Manderscheid: «Das Mädchen weiß offenbar genau, wovon es redet. Ich habe mir auch die

Hände der Jungfrau angesehen. Sie hat die Nadel bereits seit frühester Kindheit geführt. Nun, dies allein ist natürlich kein Beweis für ihre Redlichkeit, denn die meisten Mädchen lernen von ihren Müttern, sich mit Handarbeiten zu beschäftigen. Aber ihr Wissen über liturgische Kleidung ist enorm und weist darauf hin, dass sie oft mit Klerikern Umgang pflegte.»

«Aber beweist dieser Unsinn wirklich, dass das Frauenzimmer keine Spionin ist?», warf Hatto nörgelnd ein. «Vielleicht hing sie so oft an Raban von Helmstadts Rockzipfel, bis sie die Nähte seiner Weiberröcke im Schlaf kannte?»

Ulrich von Manderscheid schwieg.

«Als Euer Ratgeber möchte ich Euch empfehlen, die Jungfrau und ihre Schwester einen Eid schwören zu lassen, dass sie mit dem Überfall auf das Rittergut von Niedern nichts zu tun hatten», sagte der Stiftskanonikus.

Lucia bedankte sich mit einem Lächeln. Der Gelehrte glaubte ihr. In ihm hatte sie möglicherweise einen wertvollen Verbündeten gefunden. Plötzlich schien der Himmel nicht mehr ganz so schwarz. Der Graf würde sein Versprechen halten und sie, Magdalena und Basilius freilassen. Bald würde sie wieder zu Hause sein.

«Die Kastenbergerin hat auch behauptet, mit dem Bogen umgehen zu können wie ein Mann», rief Hatto von Virneburg plötzlich. Sein Gesicht war vor Zorn gerötet. «Habt Ihr vergessen, dass es einer Frau nicht zukommt, sich die Waffen eines Mannes anzueignen und damit durchs Land zu ziehen? Die Kirche kann so etwas gewiss nicht gutheißen. Was sagt Ihr dazu, Stiftskanonikus?»

«Die Kirche hat sich dazu noch nicht eindeutig geäußert», erklärte Doeser stockend. «Es gab fromme Frauen, die zur Verteidigung der Kirche und des Namens Gottes Waffen führten. Dabei ging es aber nicht darum, weltliche Ziele durchzusetzen, sondern der Wahrheit des Glaubens zu ihrem Recht zu verhelfen.»

Hatte Ulrich von Manderscheid dem Wortwechsel bislang schweigend beigewohnt, so kam plötzlich Leben in ihn. Aufgeregt durchquerte er die Kammer, nahm eines der Binsenlichter von seiner Wandhalterung und trat mit diesem an den Tisch, hinter dem Lucia noch immer saß. Sie wagte kaum zu atmen, als der Burgherr ihr die Flamme vor das Gesicht hielt. Ängstlich wich sie zurück.

«Eine Jungfrau, die zu den Waffen greift, um das Licht vor der Finsternis zu retten», murmelte er, seine Augen glänzten vor Begeisterung. «Eine ehrbare, fromme Jungfrau, deren Pfeile die Wahrheit gegen den Irrtum verteidigen. Ich vertrete die Wahrheit, also muss sie mich unterstützen.»

Aus den Augenwinkeln sah Lucia, wie sich Hattos Blicke mit denen des Stiftskanonikus kreuzten. Die beiden Männer schienen nicht weniger verwirrt als sie selbst. Worauf, bei allen Heiligen, wollte Manderscheid hinaus? Was auch immer es sein mochte, es lag auf der Hand, dass er sie so schnell nicht ihres Weges ziehen lassen würde. Ihr Mut sank.

«Ich fürchte, ich kann Euren Gedanken nicht folgen, Herr!» Erschöpft stützte Lucia ihr Kinn auf die gefalteten Hände. Manderscheid hatte sie in seine Studierstube bringen lassen, um mit ihr allein zu sprechen. Der Stiftskanonikus und Hatto von Virneburg warteten gemeinsam mit zwei Waffenträgern vor der Tür.

«Ich habe nur den Wunsch, meine Schwester nach Trier zu begleiten und meinen Großvater wiederzusehen. Er ist hoch verschuldet. Die Fehde, die Ihr gegen den vom Papst eingesetzten Bischof führt, hat ihm alle Aufträge genommen …»

«Du hast ja keine Ahnung, worum es mir geht», unterbrach sie Manderscheid. Sein Gesicht leuchtete noch immer vor Eifer. Hastig lief er zu seinem Stehpult und begann, in einem Stapel von Papieren zu wühlen.

«Kannst du lesen?»

«Ein Mönch hat mir und meiner Schwester eine Zeitlang Unterricht erteilt.» Sie sog die Luft ein, dann fügte sie hinzu:

«Aber mit dem Bogen weiß ich besser umzugehen als mit Büchern!»

Er lachte, als hätte sie einen Scherz gemacht. «Eine gute Antwort, mein Kind, aber manchmal ist es nicht genug, mit den Fingern und der Zunge geschickt zu sein. Du wirst lesen und schreiben lernen. Vielleicht auch ein wenig Latein und ein paar Begriffe in der französischen Sprache.»

«Wozu?» Lucia kniff die Augen zusammen. Die Täfelung des Raumes schien plötzlich rot zu glühen, das Tintenfass und die Streubüchse auf dem Pult des Grafen schienen vor ihr zu verschwimmen. Was geschah mit ihr? Hatten die Augen des Grafen sie verhext? Sie wollte fort. Warum ließ er sie nicht in ihre Kammer zurückführen? Zu Magdalena, die schon voller Angst und Ungeduld auf ihre Rückkehr wartete. Wieder würde sie der Schwester keine guten Nachrichten bringen können. Und der arme Basilius Fust hockte nach wie vor in irgendeinem feuchten Rattenloch.

«Hast du von dem Krieg gehört, den die Franzosen gegen die Engländer führen?» Ulrich von Manderscheid stellte die Frage in sachlichem Ton. Er hob nicht einmal den Kopf, während er weiter in seinen Papieren stöberte. «Er tobt bereits seit vielen Jahren und hat schon einen großen Blutzoll gekostet, ohne dass eine Einigung erzielt werden konnte. Jede Seite beharrt auf ihrem Anspruch und glaubt, den Willen Gottes zu vertreten.»

Lucia nickte nur, sie wusste nicht, worauf der Graf hinauswollte. Ihr Vater hatte vor Jahren von einem englischen Waffenmeister erzählt, der in Frankreich gefochten und ihn später in die Kunst des Langbogenschießens eingeführt hatte. Dieser Mann hatte im Jahr ihrer Geburt an der Schlacht von Azincourt teilgenommen, wo eine Übermacht von 25 000 französischen Soldaten zu Fuß und zu Pferd von nicht mehr als 5000 englischen Bogenschützen niedergemacht worden war. Die Pfeile der englischen Bogenschützen hatten die schweren Panzerrüstungen ihrer Feinde wie Butter durchdrungen. Griffen die Franzosen einen von ihnen auf, schnitten sie ihm Daumen und Zeigefinger ab, damit er niemals wieder den Bogen spannen konnte. So sehr fürchteten sie die Bogenschützen des feindlichen Heers.

«Eines Tages tauchte ein Mädchen auf, das erklärte, Gott und seine Heiligen hätten ihm aufgetragen, den französischen Thronfolger zu krönen und das Land von den Engländern zu befreien», sprach Manderscheid weiter. «Nach allem, was man von ihr weiß, war diese Jungfrau so mutig wie ein Mann. Sie legte eine Waffenrüstung an und schaffte es, die Truppen des Thronfolgers von einem Sieg zum nächsten zu führen. Ihr hat es König Karl von Frankreich zu verdanken, dass heute eine Krone seinen Kopf ziert.»

«Ich habe von dieser Frau gehört», gab Lucia zögerlich zu.

«Ach wirklich, bist du ihre Jüngerin?»

«Wo denkt Ihr hin? Ihre Vermessenheit gehörte zu den Lieblingsthemen der Dominikanerprediger von Trier. Die Mönche lehren, dass eine Frau zur Hölle fährt, wenn sie versucht, den Platz eines Mannes einzunehmen.»

«Nun, die Dominikaner betrachten manches Problem nur von einer Seite.» Er dachte kurz nach, während er mit seinen Urkunden raschelte. «Welche Farbe hat ein Ei?»

Lucia runzelte die Stirn. «Manche sind weiß, andere braun. Aber ich verstehe nicht, was Eier mit …»

«Du erkennst ihre Farbe, solange es hell ist, mein Kind. Aber wärst du dir deiner Sache auch noch sicher, wenn ich das Ei heute Nacht in deine Kammer legte? Bei völliger Dunkelheit?»

Lucia zuckte die Achseln. Sie musste zugeben, dass der Graf ein kluger Mann war, der sich nicht zu fein war, in der Sprache der einfachen Leute mit ihr zu reden. Er hatte einiges mit Vater Reginald gemeinsam. Auch der Bibliothekar von St. Maximin hatte sie aufgefordert, sich nicht mit einer oberflächlichen Sichtweise der Dinge abzufinden, sondern einem Problem mit Verstand und Neugier auf den Grund zu gehen.

«Warum erzählt Ihr mir von dieser Frau aus Frankreich? Soweit ich weiß, wurde sie vor ein Gericht der Kirche gestellt. Sie sollte ihre Erscheinungen widerrufen, die Männerkleidung ablegen und sich von ihren Taten lossagen. Da sie sich aber weigerte, verbrannte man sie auf dem Scheiterhaufen.»

«Sie fiel den Burgundern in die Hände, ja. Und die lieferten sie an die Engländer aus. Aber das ist für mich nebensächlich. Faszinierend finde ich, was das Auftreten der Frau beim einfachen Volk bewegte. Die Franzosen schöpften neuen Mut, als die Jungfrau an der Spitze ihres Heerzuges in die Schlacht ritt. Ihre Feinde waren sich plötzlich nicht mehr sicher, ob nicht sie selber die Verworfenen Gottes waren. Das Beispiel der Jungfrau trieb die Menschen an, für ihre Überzeugung alles zu wagen.» Manderscheid trat hinter seinem Stehpult hervor. «Es lehrte sie, bis zum Äußersten zu gehen.» Sein Gesicht nahm plötzlich einen verklärten Ausdruck an, der Lucia eine Gänsehaut über die Arme jagte.

«Was habt Ihr, Herr?»

«Ich habe von der heiligen Jungfrau Maria ein Zeichen erbeten, ein Wunder, das mir hilft, zu meinem Recht zu gelangen.» Seine Lippen berührten beim Sprechen beinahe Lucias Ohr. «Keiner meiner Verbündeten war in der Lage, die Trierer davon zu überzeugen, dass mir die Kurwürde und der Stuhl des Erzbischofs zustehen. Weder die Bischöfe von Mainz und Köln noch die Fürsten, die geschworen haben, das Unrecht zu rächen, das mir widerfahren ist. Und dann taucht eines Tages ein Handwerkermädchen auf, das die Kleider eines Bischofs genäht hat und eine Waffe zu führen versteht.»

Lucia begriff allmählich, was der Burgherr im Schilde führte. Ungestüm schob sie den Herrn von Manderscheid mit dem Ellbogen zur Seite und floh vor ihm auf die andere Seite der Kammer. «Ihr glaubt doch nicht wirklich, dass ihr aus mir eine zweite Jungfrau von Frankreich machen könnt!»

Er lächelte listig. Ihr Aufbegehren ließ ihn vollkommen ungerührt. «Wehre dich nicht gegen dein Schicksal, mein Kind. Plötzlich ergibt alles einen Sinn für mich.»

«Für Euch vielleicht, aber nicht für mich. Ich habe weder Erscheinungen, noch bin ich besonders mutig. Im Augenblick fürchte ich mich sogar vor Euch so sehr, dass ich mich zusammenreißen muss, um nicht ohnmächtig zu Boden zu sinken.»

«Es kommt vor, dass wir von Zweifeln heimgesucht werden», meinte Manderscheid nachsichtig. «Doch mit Gottes Hilfe werden wir sie besiegen.»

«Ich verstehe, dass Ihr aufgebracht darüber seid, wie man Euch als Domherrn von Trier in der Stadt behandelt. Aber es gibt Männer, die auf Eurer Seite stehen.» Sie überlegte kurz, dann fügte sie hinzu: «Das heißt, sie standen auf Eurer Seite, bevor die Sache mit dem niedergebrannten Dorf geschah. Aber Robert von Virneburg hat mir versichert, dass Ihr die Plünderung nicht veranlasst habt.»

Mit müden Schritten kehrte Manderscheid zu seinem Pult zurück. Er zog eine Lade auf und entnahm ihr ein kleines Medaillon aus Silber. Nachdenklich wog er es in der Hand.

«Vermutlich werde ich nicht darum herumkommen, die Stadt für ihren Treuebruch zu bestrafen», sagte er düster. «Einen Missetäter stellt man an den Pranger, damit seine Schande öffentlich wird und die Gemeinde wenigstens eine Zeitlang vor ihm sicher ist. Das Gleiche gilt auch für eine Stadt, die sich nicht fügt. Ich werde die unentschlossenen Geister züchtigen, die es wagen, mir den Zugang zu meinem Dom zu verbieten, und ihre Schande im ganzen Reich bekanntmachen. Und du, Lucia, wirst die Fahne meines Zorns tragen!»

Lucia war einer Ohnmacht nahe. Sie wollte keine Fahne tragen, sondern einfach mit Magdalena nach Hause reisen. Was der Graf von ihr verlangte, klang völlig verrückt. Begriff er nicht, dass er mit einem solchen Plan seinen Untergang nur beschleunigte?

«Aber in Trier kennt man mich und meine Familie», warf sie kleinlaut ein. «Kein Mensch würde mir glauben, dass ich im Auftrag des Himmels komme, um Euch den Weg zum Bischofsstuhl zu ebnen. Die Ratsherren würden mich auslachen, wenn sie mir nicht gar wegen groben Unfugs das Fell gerben. Die Kirche wird das auch nicht lustig finden. Vielleicht lässt man mich wegen Ketzerei verhaften.» Lucia fand noch eine ganze Reihe von Gründen, die vernünftig klangen, doch Manderscheid tat jeden einzelnen mit finsteren Blicken ab. In seinem Kopf hatte sich ein Plan festgesetzt, der ihn blind machte für alle Folgen, die seiner Vorstellung von einem göttlichen Zeichen widersprachen.

«Meine Freunde werden dafür sorgen, dass dich niemand auslacht. Du wirst im Gebrauch ritterlicher Waffen unterwiesen und lernen, wie man mit Männern höheren Standes Gespräche führt. Der Rektor der Universität von Löwen ist auf meiner Seite. Er wird ein Gutachten erstellen, das dich als Jungfrau mit gutem Ruf und besonderen Fähigkeiten ausweist. Glaub mir, Mädchen, noch ehe sich das Jahr dem Ende zuneigt, werden die Menschen in den Dörfern und Städten entlang der Mosel von nichts anderem mehr reden als von der Jungfrau, die dem wahren Hirten des Erzbistums den Weg bereitet und ihm die Tür zum Dom von Trier öffnet.» Unter den Schichten seiner Kleidung beförderte er eine Kette hervor, an der ein silberner Schlüssel hing.

«Weißt du, zu welchem Schloss dieser Schlüssel passt?» fragte er mit vor Aufregung zitternder Stimme.

Lucia konnte es sich denken. «Ich vermute, er gehört zum Dom.»

Manderscheid nickte zufrieden. Er nahm Lucias Hand und ließ die Kette langsam hineingleiten. Dann schloss er ihre Finger behutsam um das kühle Metall. «Du wirst die Kette tragen und den Schlüssel eines Tages benutzen.»

«Und wenn ich mich weigere?»

Der Burgherr hob das Kinn, als habe er sich verhört. «Wie meinst du das?»

«Nun ja, vielleicht sieht mein Schicksal etwas anderes für mich vor. Das Haus einer Schneiderin hat ein viel kleineres Schlüsselloch. Ich möchte mich nicht gegen meine Nachbarn und Verwandten stellen, sie bedrohen und zu etwas zwingen, von dem ich nicht einmal selbst überzeugt bin.»

Manderscheid sah sie an, als habe sie den Verstand verloren. Vor Zorn begann eine Ader auf seiner hohen Stirn hervorzutreten. «Was glaubst du, wen du vor dir hast, Mädchen?», schrie er sie unbeherrscht an. «Hör zu und merk dir genau, was ich sage: Wenn du alles tust, was ich verlange, wirst du unter meinem Schutz stehen und unter dem Schutz aller, die mit mir verbündet sind. Weder Hatto von Virneburg noch deine Trierer werden es wagen, dem Schützling Ulrichs von Manderscheid ein Haar zu krümmen. Solltest du dich aber weigern, mir zu helfen, muss ich Hattos Anschuldigungen glauben. Dann bist du eine Späherin, die Raban von Helmstadt ausgesandt hat. Was das für dich und deine Schwester bedeutet, sollte dir klar sein. Ihr und dieser komische Arzt werdet Burg Niedermanderscheid dann nie mehr verlassen.»

«Er ist ein einsamer Mann», murmelte Lucia, als sie eine Weile später wieder in ihrer Kammer war und Magdalena von ihrer Unterhaltung berichtete. «In seiner Seele brennt ein Kummer, der seinen Körper wie im Fieber glühen lässt.» Resigniert hob sie die Schultern. «Aber was er vorhat, kann nicht gutgehen. Niemals werden die Trierer sich aufgrund der Worte eines Mädchens dazu überreden lassen, Ulrich von Manderscheid die Tore zu öffnen.»

Magdalena hörte zu, ohne ihre Schwester zu unterbrechen. Während Lucias Abwesenheit musste sie sich gewaschen haben, denn ihr Haar war feucht und duftete leicht nach Kamille und Wiesenkräutern. Im Schein der Öllampe schimmerte ihre Haut seidig. Auch die Kleider, die sie trug, waren inzwischen notdürftig gereinigt worden. Offensichtlich hatte der Burgherr befohlen, seine Geiseln gut zu behandeln. Lucia fiel auf, dass das dunkelrote Tongeschirr auf dem Tisch durch ein hübsches Zinngedeck ersetzt worden war. Frisches Leinen auf den Betten und eine dicke Wachskerze, die in der Ecke flackerte, wiesen darauf hin, dass sie und Magdalena für Manderscheid über Nacht an Bedeutung gewonnen hatten.

«Wie soll ich mich entscheiden?», fragte Lucia. «Nehme ich Manderscheids Angebot an, mache ich mich der Ketzerei schuldig und laufe Gefahr, neben meinem Leben auch meine Seele zu verlieren. Lehne ich ab, wird der Graf uns hinrichten lassen oder Hatto übergeben, was im Grunde auf dasselbe hinausläuft.»

Magdalena warf ihre Haare zurück und band sie mit einer Lederschnur zusammen. «Ich verstehe nicht, wie du noch zögern kannst», meinte sie verständnislos. «Wenn dieser verrückte Graf glaubt, du seiest die Antwort auf seine Gebete, solltest du alles tun, um ihn in seinem Glauben zu bestärken!»

«Ist das dein Ernst?»

«Natürlich! Überleg doch, was es bedeutet, von einem solch mächtigen Mann wie Ulrich von Manderscheid beschützt zu werden. Er ist mit fast allen bedeutenden Fürsten des Reiches verschwägert und genießt außerdem das Vertrauen des Herzogs von Burgund. Wenn er erst einmal Erzbischof von Trier ist, wird er sich an alle erinnern, die ihm geholfen haben. Willst du dein Leben lang Gewänder schneidern oder einem Meister die schmutzige Stube fegen? Mit Manderscheids Hilfe könnten wir nach Luxemburg oder Burgund gehen, und das nicht als Bettler, sondern als wohlhabende Leute.»

«Was nützt mir ein Sack voll Gulden, wenn ich als Ketzerin auf dem Scheiterhaufen verbrannt werde?»

Magdalena winkte ab. «Wir haben es mit Gottes Hilfe geschafft, aus Mainz zu entkommen, obwohl die Inquisition uns schon auf den Fersen war …»

«Genauer gesagt, war sie *dir* auf den Fersen», entgegnete Lucia. «Ich hatte nie Ärger mit der Kirche. Das Schlimmste, was ich mir je zuschulden kommen ließ, war, hin und wieder während einer

Predigt einzunicken. Soll ich mich nun als Gesandte Gottes ausgeben, um den Ehrgeiz eines Mannes zu befriedigen, der uns, falls ich mich weigere, mit dem Tode bedroht?»

«Ich würde sogar auf dem Jahrmarkt mit einem Bären tanzen, wenn es meine Beine zuließen.»

Erschöpft ließ sich Lucia auf das Bett fallen, dessen Laken schwach nach Heublumen roch. Es hatte keinen Sinn, mit Magdalena zu streiten, sie war unverbesserlich. Aber vielleicht hatte sie recht damit, dass sie um ihr Leben kämpfen mussten, mit welchen Mitteln auch immer. Noch vor fünfzig Jahren war es die Pflicht eines Ritters gewesen, Witwen und Waisen beizustehen. Heute erhielten Männer wie Hatto von Virneburg den Ritterschlag und kümmerten sich keinen Deut um das Wohlergehen anderer. Warum sollte sie also nicht einmal an sich selbst denken?

Weil es ein unverzeihlicher Fehler wäre, mahnte sie eine innere Stimme. Weil du im Kampf der Mächtigen wie ein Bauer aufs Feld geführt wirst, um im entscheidenden Moment geopfert zu werden.

Ein Klopfen störte Lucias Überlegungen. Ohne eine Antwort abzuwarten, stolperte ein halbwüchsiger Diener in die Stube. Über dem rechten Arm trug er einige Ellen aufgerollten Tuches in verschiedenen Farben. Er warf die Rollen auf den Tisch und zog ein kleines Holzkästchen aus seinem Wams, das er danebenstellte. Dann räusperte er sich geräuschvoll.

«Was soll ich damit?» Verwirrt nahm Lucia einen Zipfel des kostbaren purpurnen Tuches auf und prüfte seine Verarbeitung, wie sie es von ihrem Großvater gelernt hatte, mit Daumen und Zeigefinger. Der Stoff war von ordentlicher Machart, was auch Magdalena bestätigte, die von Farben mehr verstand als sie.

«Mein Herr trägt Euch auf, ihm binnen drei Tagen aus diesem Tuch das Gewand eines Erzbischofs zu schneidern», erklärte der Junge von oben herab. «Mit allem, was dazugehört!»

«Aber wir haben nicht einmal seine Maße», erhob Magdalena Einspruch.

«Mein Herr sagt, die Jungfrau ...» Er unterdrückte ein Kichern. «Die Jungfrau von Trier würde diese Aufgabe schon meistern, auch ohne seine Maße zu nehmen. Ihre Hand wird vom Himmel geführt.»

Lucia ließ das Tuch los und stemmte die Hände in die Hüften. «Sag deinem Herrn, die Jungfrau sei verreist. Er kann sich sein Tuch von mir aus in ...»

«Meine Schwester bedankt sich für die Ehre und verspricht, ihr Bestes zu geben, um den ehrwürdigen Herrn zufriedenzustellen», fiel ihr Magdalena schroff ins Wort. Sie schenkte dem Diener ein zuckersüßes Lächeln, worauf dieser errötete und sich ohne jeden weiteren Kommentar aus der Kammer schlich.

«Was zum Teufel sollte das Süßholzraspeln?», fauchte Lucia erbost. Sie öffnete das Kästchen und warf einen Blick auf dessen Inhalt: Nadeln in verschiedenen Längen, Garn und teure Seidenfäden, Scheren, Fingerhüte aus purem Gold. «Kann ich nicht mehr für mich selbst sprechen? Ich will dem verrückten Manderscheider kein Bischofsgewand nähen. Von mir bekommt er nicht einmal ein Nachthemd, und wenn er noch so tobt!»

«Dann möchtest du wohl lieber den Kerker kennenlernen?» Magdalenas Mund nahm einen harten Zug an. «Glaub mir, Schwester, dorthin möchtest du bestimmt nicht.» Sie griff nach einer der Rollen vom Tisch und warf sie ihrer Schwester mit erstaunlicher Leichtigkeit zu. «Du erinnerst dich bestimmt an Bruder Alfred, den Mönch, der Vater Reginald in der Bibliothek zur Hand ging? Großvater hat ihm regelmäßig neue Kutten geschneidert, weil er seine beim Himbeerpflücken oft zerriss. Später wird er dich damit beauftragt haben, nicht wahr? Manderscheid ist von ganz ähnlicher Statur wie Bruder Alfred. Du solltest nur die Ärmel ein wenig breiter zuschneiden und Luft in der Taille lassen.»

«Hast du sonst noch einen weisen Ratschlag für mich?»

«Du wirst einen Rock nähen, der ihn von deinen Fähigkeiten überzeugt. Du weißt, was für uns alle auf dem Spiel steht, also gib dir Mühe und zeig, dass Großvater dich nicht umsonst in seinem Handwerk unterwiesen hat.»

Lucia murrte, doch sie gab ihren Widerstand schließlich auf. Soll er doch mit dem Fetzen selig werden, dachte sie verdrossen. Dann nahm sie aus dem Kasten ein Stück Leder und einen Kreidestift, um eine erste Skizze anzufertigen.

XVI

Ulrich von Manderscheid lenkte sein Pferd an das Ufer eines kleinen Bachs, während Ritter Hatto und Nikolaus Doeser den Waldweg entlanggaloppierten. Wenige Augenblicke später hatten sie ihn eingeholt.

«Mein Freund, ich muss sagen, dass ich Eure Überlegungen nicht nachvollziehen kann», sagte der Stiftskanonikus mit säuerlicher Miene. Er war erhitzt und außer Atem. Unter seinem schweren Mantel aus dunkelblauer Wolle rann ihm der Schweiß den Rücken hinunter. Stöhnend ließ er sich aus dem Sattel gleiten, wobei jede seiner Bewegungen verriet, dass er nicht oft auf einem Pferd saß. Als die Füße des Mannes den weichen Waldboden erreichten, seufzte er erleichtert auf. Hatto von Virneburg nahm einen großen Schluck Wein aus seinem Jagdschlauch, ohne die beiden älteren Männer auch nur einen Moment aus den Augen zu lassen.

«Ihr billigt meine Entscheidung also nicht?», fragte Manderscheid. «Das betrübt mich, Ihr wisst, wie wichtig mir Eure Meinung ist. Außer meinen Brüdern steht mir keiner der alten Streiter so nahe wie Ihr.»

Der Stiftskanonikus nahm sein Pferd am Zügel und spazierte mit ihm einige Schritte am Bach entlang. Manderscheid und Hatto folgten ihm.

Es war ein herrlicher Tag. Das regnerische Wetter der vergangenen Wochen war mildem Sonnenschein gewichen, der die grünen Blätter der Bäume mit hellen Tupfen sprenkelte. Überall am Wegesrand leuchteten Mandelblüten in Weiß und Rosarot.

Die Natur verkündete das Ende des langen Winters und ließ sogar die dunklen Mauern von Burg Niedermanderscheid zwischen den Bäumen einladend wirken.

«Ich hoffe, Ihr wisst, wie gefährlich der Weg ist, den Ihr beschreitet», sagte Doeser nach einer Weile. «Wenn Euer Plan misslingt, werdet Ihr Euch wünschen, niemals um den Bischofsstuhl gekämpft zu haben. Ich kenne Vertreter der Inquisition, die schon jetzt darauf brennen, Euch den Prozess zu machen. Auf dem Konzil werdet Ihr Euch ebenfalls verantworten müssen. Seid Ihr von der Aufrichtigkeit dieses Mädchens wirklich überzeugt? Könnt Ihr ihm bedingungslos vertrauen?»

«Einer verlogenen Hexe und Hure kann man nicht vertrauen», knurrte Hatto von Virneburg. Der junge Ritter hatte sich bislang in Schweigen gehüllt, da er sich nicht traute, dem Herrn von Manderscheid offen die Stirn zu bieten. Nun aber machte er seinem Unmut mit harschen Worten Luft. «Wie könnt Ihr nur annehmen, dieses Weib stehe unter dem Schutz der Heiligen? Das ist doch haarsträubend.»

«Haarsträubend ist Euer Mangel an Einfühlungsvermögen und Verstand», erwiderte Manderscheid scharf. «Im Übrigen würdet Ihr mir einen Gefallen tun, wenn Ihr Eure Meinung künftig für Euch behieltet. Von Euch wird nur erwartet, dass Ihr den Bischof zu Köln von der Trierer Jungfrau in Kenntnis setzt und ihm meinen Brief überbringt. Habt Ihr Eure Reisevorbereitungen endlich abgeschlossen? Ihr könntet schon seit Tagen unterwegs sein.»

Hatto von Virneburg schoss das Blut in die Wangen. Beleidigt zügelte er sein Pferd und jagte dann den Pfad zurück, den sie gekommen waren.

«Ich kann nicht behaupten, dass ich den jungen Mann mag», meinte Doeser, während er sein Gesicht mit dem Ärmel vor der Staubwolke schützte, die Hattos Pferd aufwirbelte.

Manderscheid zuckte die Achseln. «In seinem Alter sind die meisten Männer seines Standes wild und ungestüm.»

«Gewiss, mein Freund, aber der junge Virneburg hat auch etwas an sich, das mir bedeutet, wachsam zu sein. Er hat hochfliegende Pläne und verachtet seinen Vetter, weil der im falschen Bett zur Welt kam. Aber er versteht nicht, dass Stolz häufig der Totengräber der Vernunft ist.»

Manderscheid lachte, doch insgeheim musste er seinem Freund beipflichten. Ihm war gar nicht wohl dabei, Hatto in seine Pläne einzuweihen. Aber er brauchte einen Boten, den er nach Köln schicken konnte, um dort seine Verbündeten vom Erscheinen einer neuen Prophetin in Kenntnis zu setzen.

«Warum wollt Ihr die Jungfrau schon so bald nach Luxemburg schicken?», fragte Doeser. «Wäre sie nicht besser auf der Burg oder in einem Nonnenkloster der Umgebung aufgehoben? Ich kann mir nicht vorstellen, dass sich das Mädchen im Haus der Elisabeth von Görlitz besondere Tugenden aneignen wird.»

Ulrich von Manderscheid lachte. «Mag sein, aber dafür kenne ich zurzeit keinen Ort im Reich, an dem sich wichtigere Menschen herumdrücken.» Er schlug dem Stiftskanonikus freundschaftlich auf die Schulter. «Lucia Kastenberg ist nicht auf den Mund gefallen, aber sie hat keine Ahnung, wie gefährlich es sein kann, sich unter den Mächtigen des Reiches zu bewegen. Das Mädchen ist weder adeliger Herkunft, noch hat sie eine besondere Erziehung genossen. Am Hof der Herzogin wird sie eine harte Schule durchlaufen, dafür werden die Helfer Philipps von Burgund schon sorgen. Sie wird Männern und Frauen begegnen, die ihr freundlich zulächeln, während sie ihren Wein vergiften. Wölfe im Schafspelz und lichtscheues Gesindel. Bevor Lucia an der Spitze meiner Söldnertruppen nach Trier ziehen kann, muss sie gelernt haben, Freund und Feind zu unterscheiden. Abgesehen davon wird ihre Lehrzeit am Hof von Luxemburg uns die nötige Zeit geben, das Bistum auf ihre Ankunft vorzubereiten. Bischof Raban soll vor Furcht zittern!»

Nikolaus Doeser zog ein Tuch aus dem bequemen Wams, das

ihm Manderscheid für den Ausritt ins Tal geliehen hatte. Stöhnend tupfte er sich den Schweiß von der Stirn. «Ich muss schon sagen, der Bischof ist nicht der Einzige, dem Ihr Angst einflößt», sagte er leise. «Ich bin jedenfalls froh über meine Entscheidung, Löwen zu verlassen. Sicherlich würde es die Universität nicht gutheißen, wenn sie erführe, in welche Angelegenheiten sich ihr eigener Rektor verstricken lässt.»

«Vergesst aber nicht, dass Euer Gutachten das Siegel der Universität tragen muss», mahnte Ulrich von Manderscheid. Sein fester Blick gab zu erkennen, dass in diesem Punkt nicht mit ihm zu spaßen war. «Ihr versteht, dass ich mit der Jungfrau nicht in Verbindung gebracht werden darf. Nicht, solange unsere Sache noch auf tönernen Füßen steht. Erst wenn Lucias Einfluss gewachsen ist und sie mir als dem wahren Bischof von Trier die Tür zum Dom öffnet, können wir Raban die Stirn bieten.»

Diesem Argument konnte sich selbst der Kanonikus nicht verschließen. «Aber wie wollt Ihr die Geschichte vom Erscheinen Eurer sogenannten Prophetin im Erzbistum verbreiten, ohne durchblicken zu lassen, dass das Mädchen aus Eurem Beutel bezahlt wird?»

Manderscheid grinste. Auf einmal war er voller Übermut. Er spornte seinen Rappen an, über einen von wilden Brombeerhecken überwucherten Graben zu springen, und lachte lauthals, als er sich zu seinem Freund umwandte, der nach einem ungefährlicheren Weg suchte.

«Unterschätzt nie den Wert eines guten Gerüchts, mein Lieber», rief er ihm zu und schwenkte seinen Hut. «Was meint Ihr: Welche Personengruppen eignen sich wohl am besten dafür, gewisse Gerüchte weiterzutragen?»

Darüber musste Nikolaus Doeser nicht lange nachdenken. «In den Bauerndörfern blüht der Aberglaube. Die Bauern fürchten sich vor Seuchen, die sie als Strafe Gottes ansehen, vor Nebel, Frost, Hagelschlag und Unholden. Sie fürchten sich, weil diese

Unbilden ihr Leben sowie das ihrer Weiber und Kinder bedrohen. Hinter jeder düsteren Erscheinung wittern sie eine dämonische Verschwörung oder erwarten Erlösung durch die Fürsprache von Wunderheilern. Ewige Seligkeit empfangen wir natürlich nur durch die Sakramente der heiligen Kirche!»

«Amen», sagte Manderscheid hastig und führte das Medaillon, das er um den Hals trug, an seine Lippen. «Also sind leibeigene Bauern und Knechte diejenigen, auf die wir zählen sollten?»

«Nun ja, nicht ausschließlich. Die Bauern sind nicht nur der Kirche verpflichtet, sie haben auch Grundherren, denen sie den Feld- und Blutzins schulden. Die wenigsten von ihnen haben die Möglichkeit, ihre Gehöfte und Weiler zu verlassen, es sei denn, sie reisen auf die Märkte der Städte. Um ein Gerücht in die Welt zu setzen, braucht man aber Menschen, die oft und regelmäßig auf Wanderschaft gehen und nicht leicht zu beeindrucken sind. Ich denke an wandernde Handwerksburschen, Kriegsknechte, Händler und Mönche, die zu Fuß von Kloster zu Kloster reisen. Die sind auch in der Lage, Schriften zu lesen.»

Manderscheid lächelte; der Eifer des Gelehrten belustigte ihn. Außerdem brachten ihn seine Worte auf eine neue Idee. Ungestüm riss er an den Zügeln und rief: «Ich wusste, dass ich mich auf Euren scharfen Verstand verlassen kann, mein Freund. Auf, lasst uns umkehren. Meine Zunge ist trocken wie ein Bündel Reisig. Ich sehne mich nach einem Krug Bier und einer Anprobe! Wahrscheinlich wartet in meinem Gemach bereits das Gewand eines Erzbischofs auf mich.»

«Wenn Ihr meint?», entgegnete der Stiftskanonikus zurückhaltend. «Aber habt acht, dass Euch die Mitra nicht über die Ohren rutscht! Ihr erinnert Euch, was ich vorhin über den Stolz gesagt habe?»

«Ich werde die heilige Anna bitten, meine Schwäche in eine Stärke zu verwandeln.» Er dachte einen Augenblick lang nach, ehe er hinzufügte: «Ich habe lange überlegen müssen, woher ich das Gesicht der Jungfrau Lucia kenne. Nun aber ist es mir wieder eingefallen. Erinnert Ihr Euch an die wunderschöne Holzschnitzerei in St. Gangolf zu Trier, mein Freund? Der Erzengel in silberner Rüstung, der das Schwert schwingt? Ihm zur Linken bildete der Holzschnitzer ein Mädchen ab, das eine Waffe trägt, um dem Engel in seinem Kampf gegen die bösen Mächte beizustehen. Ich möchte mein Hab und Gut zu Michaeli auf den Markt tragen, wenn die Gesichtszüge unserer Jungfrau mit dem Bogen nicht haargenau denen der Schnitzfigur entsprechen. Wollt Ihr nach Trier reiten und das für mich prüfen? Niemand wird Verdacht schöpfen, wenn ein Stiftskanonikus die Kirche betritt, um seine Gebete zu sprechen.»

«Ich werde sehen, was sich machen lässt», versprach Doeser. «Aber wie steht es nun mit der Stärkung, die Ihr mir versprochen habt?»

Die beiden Männer trabten plaudernd zur Burg zurück. Manderscheid war bester Laune; der Ausritt hatte seine Wangen gerötet. Sein alter Freund schien zwar noch einige Zweifel am Gelingen seines Plans zu hegen, aber es war abzusehen, dass er sich wie das Mädchen fügen würde. Er würde ihm auch beistehen, wenn es darum ging, sein Anliegen auf dem Baseler Konzil vorzubringen.

Hatto starrte auf den braunen Tonkrug, dessen Inhalt viel zu schnell in seinem Magen verschwunden war. In der Schenke befanden sich an diesem Abend nur wenige Leute. Ein Händler, der dem Wirt Apfelwein aufgeschwatzt hatte, schleppte auf den Schultern ein Fass an ihm vorüber, suchte aber sogleich das Weite, als Hatto ihn mit schwerer Stimme beschimpfte.

Wie hatte Manderscheid es nur wagen können, ihn abzukanzeln wie einen dummen Knaben? Auch noch in Gegenwart von Doeser, der ihn stets behandelte, als sei er ihm ebenbürtig. Hatten die beiden vergessen, welcher Familie er entstammte? Ulrich von Manderscheids Verhalten war eine Kränkung, die er jedem anderen Mann mit dem Schwert heimgezahlt hätte. Er bedauerte zutiefst, dass es nicht in seiner Macht stand, den mächtigen Grafen zum Kampf zu fordern. Aber das sollte nicht bedeuten, dass sich der Alte sicher fühlen durfte.

Von nun an hat er einen Feind, dem er den Rücken besser nicht zuwenden sollte, dachte Hatto und fühlte sich bei diesem Gedanken nicht einmal unwohl.

Mit herrischer Stimme rief er den Wirt herbei und bestellte einen weiteren Becher Wein. Dann lehnte er sich zurück und lauschte dem Knistern des Feuers, das inzwischen im Kamin entfacht worden war. Außer ihm befanden sich nur noch ein Sackpfeifenspieler und ein gedrungener Kerl mittleren Alters im Schankraum. Der Wirt, ein schmächtiger Mann, dessen Gesicht von den Narben einer überstandenen Pockenerkrankung entstellt war, kam mit dem Wein. Er wollte keinen Ärger in seinem Haus. Mit ruhiger Hand füllte er den Becher seines ungeduldigen Gastes bis zum Rand.

«Das Gesöff schmeckt wie verdammter Essig», fauchte ihn Hatto zum Dank für seine Gefälligkeit an. «Ist auch kein Wunder, dass der Wein sauer wird, bei diesem grässlichen Gedudel. Sorg dafür, dass dieser Tölpel dort drüben aufhört, seinen Sack zu quälen.» Er vollführte eine obszöne Geste in Richtung des Pfeifers, der neben dem Schanktisch auf einem Weinfass saß und die Beine baumeln ließ. «Ich muss nämlich nachdenken!»

Der Wirt nickte. Nur wenige Augenblicke später herrschte Stille im Raum.

«Na also, es geht doch!» Mit einem grimmigen Brummen zog Hatto sein Messer aus dem Gürtel und begann, in den Rand der Tischplatte Kerben zu schnitzen. Draußen war es dunkel geworden. Der Mond sandte seinen blassen Schein in die Wirtsstube, die von einigen Tranfunzeln in den Zwischenräumen des Gebälks beleuchtet wurde. Es gab keine Glasfenster; der Wirt hatte längliche Schweinsblasen in die Rahmen gespannt. Ein Geruch von Rauch, Bratfett und Schwarzbier hing über der einfachen Einrichtung.

Hatto störte die ärmliche Umgebung nicht. Im Augenblick fühlte er sich überall wohler als auf der Niederburg.

Sein Plan, den alten Freund seines Vaters für sich einzunehmen, war gescheitert.

Der Narr vertraute einem bleichen Kanoniker und einer dahergelaufenen Hure, aber ihn stieß er vor den Kopf. Hatte das fremde Mädchen ihn verhext? Hatto kannte sich nicht aus mit Dämonen und Teufelsspuk, aber wer konnte schon wissen, was in einer solchen Kratzbürste vorging? Wenn Manderscheid tatsächlich einem Zauber verfallen war, verdiente er es keineswegs, Erzbischof von Trier zu werden. Er verdiente es auch nicht, von einem Virneburger unterstützt zu werden.

Hastig griff Hatto nach dem Becher. Er nahm einen Schluck und verzog den Mund. Der Wein, den dieser Kerl hier ausschenkte, schmeckte wirklich widerlich.

«Komm her», winkte er den Wirt von neuem herbei, der am Schanktisch stand und mit einer Bürste Holzteller säuberte.

«Ja, Herr?»

«Du hast doch eine Tochter? Wie alt mag sie wohl sein? Sechzehn Jahre?»

Der Wirt antwortete nicht; bestürzt senkte er den Kopf.

«Warum sagst du nichts?» Hatto grinste höhnisch. «Ist sie etwa auch eine Hure, die ehrbare Männer mit Waffengewalt vom Weg der Tugend abbringt?» Ohne Vorwarnung packte er den Wirt am Kragen, zog ihn nahe zu sich heran und blies ihm seinen schweren Atem ins Gesicht.

«Meine Tochter ist ein anständiges Geschöpf, Herr», stöhnte der alte Mann. Seine Augen weiteten sich vor Schreck, was Hatto das Gefühl eines Triumphs gab.

«Sie ist einem Müllerssohn versprochen und wird zu Lätare heiraten.»

«So, sie will also heiraten?»

Als hätte sie die Gefahr gespürt, in der ihr Vater sich befand, erschien ein Mädchen im Schankraum, das ein hölzernes Tablett trug. Als es den Wirt in Hattos Würgegriff erblickte, blieb es wie vom Donner gerührt stehen. Die Krüge auf seinem Tablett begannen zu schwanken. Der Wirt hob beide Hände, weniger um Hatto abzuwehren, als vielmehr seiner Tochter die Gelegenheit zu geben, sich wieder zurückzuziehen.

Doch dafür war es zu spät. Hatto hatte das Mädchen bemerkt. «Sieh an, wir haben soeben von dir gesprochen!» Er gab dem Alten einen Stoß, der ihn gegen einen der Stützbalken schleuderte.

Hatto ging auf das Mädchen zu. «Na, mein hübsches Kind. Hast du etwa auch einen Bogen?»

«Einen … Bogen, Herr? Ich verstehe nicht, was Ihr meint.»

Hatto grinste. «Aber ja, mein Schatz. Wusstest du nicht, dass Weiber sich in Männer verwandeln können, wenn sie einen gespannten Bogen in die Hand nehmen? Ich habe es mit meinen eigenen Augen gesehen.» Er nahm das Mädchen beim Handgelenk und zog es so nahe an sich heran, dass er sein Herzklopfen spürte. Die Furcht in seinen Augen erregte ihn so sehr, dass sich seine Männlichkeit trotz des vielen Weins zu regen begann. «Du wirst mich doch nicht etwa einen Lügner nennen wollen, oder?» Mit einer Handbewegung schlug er der jungen Frau das Tablett aus der Hand und beobachtete ungerührt, wie die Krüge auf dem Fußboden in tausend Stücke zersprangen. Wie Blut floss der Wein über die Dielen, bis er vom Stroh aufgesogen wurde. Er zog sie eng an sich.

«Ich würde gerne überprüfen, ob du dich auch schon verwandelt hast oder ob ich noch ein richtiges Weib vor mir habe», flüsterte er. «Denn oben auf der Burg, das kann ich bei meiner Seele beschwören, haust ein Mannweib. Niemand weiß, aus welcher Höllenspalte es gekrochen ist.»

Das Mädchen schlug entsetzt die Hand vor den Mund. Während es sich vergeblich mühte, Hattos Griff zu entkommen, redete ihr Vater begütigend auf den Ritter ein. Mit einem verärgerten Blick gebot Hatto dem Wirt, den Mund zu halten. Die beiden

Männer, die noch im Raum waren, senkten die Köpfe. Sie verspürten wenig Lust, sich in die Auseinandersetzung einzumischen. Es war gefährlich, einem hohen Herren Widerworte zu geben, wenn dieser sich einen Spaß mit einem Schankmädchen machen wollte. Der Sackpfeifer stand schließlich leise auf und schlich mit seinem Instrument zur Tür. Als Hatto es bemerkte, forderte er ihn brüsk auf, stehen zu bleiben.

«Ihr denkt, ihr könntet mich hintergehen, was?» Er grunzte ärgerlich. «Ihr denkt, ich würde es nicht merken, wenn ihr die Köpfe zusammensteckt, um euch über mich lustig zu machen?»

«Niemand macht sich über Euch lustig, Graf Hatto», wimmerte die Wirtstochter mit tränenerstickter Stimme.

Hatto stutzte, seine Mundwinkel zogen sich forschend nach unten, während er das Mädchen von Kopf bis Fuß musterte. «Du kennst meinen Namen? Woher?»

«Es gibt hier niemanden, der nicht schon von Euch gehört hat.» Ihre Stimme war nur noch ein Flüstern, dennoch blickte sie ihm in die Augen. Das allein war schon bemerkenswert. Nicht viele Leute in diesem ärmlichen Dorf trauten sich, seinen Blick zu erwidern. Die meisten sahen durch ihn hindurch, als existierte er gar nicht. Sein Vater, Graf Ruprecht, blickte ihn zwar an, aber in seinen Augen fand Hatto zumeist nur Kälte. Sein Vetter Robert der Bastard erlaubte es sich ebenfalls ohne Scheu, ihm entgegenzutreten, und verspottete ihn dadurch gewollt oder ungewollt. Ulrich von Manderscheids Blicke aber waren die schlimmsten, denn sie drückten Verachtung aus. Geringschätzung. Und dabei hatte er sich gewünscht, so zu sein wie er.

Hatto zuckte zusammen; er ließ das Handgelenk des Mädchens los, als habe er sich an ihr verbrannt wie an einem glühenden Eisen.

«Herr?», hörte er sie wie durch das Tosen eines Sturmwinds fragen. «Herr, was ist mit Euch?» Er winkte ab, seine Lippen formten die Worte: «Nein, geh weg. Lass mich in Ruhe!»

Die Wirtstochter hatte ihn nicht verspottet wie diese Lucia. Sie war anders, eine Frau eben. Und sie hatte sich vor ihm gefürchtet. Das gefiel ihm, er hatte nichts gegen Leute, die folgsam waren und ihn fürchteten. Er beschloss, sie nicht anzurühren. Mochte sie ruhig mit ihrem Müllerburschen selig werden.

Ungelenk taumelte er einen Schritt zurück und stützte sich dabei mit dem Ellbogen auf den Schanktisch, ein einfaches Brett, das auf drei stabile Fässer genagelt worden war.

Ein heftiger Würgereiz krümmte seinen Körper. Er beugte sich herab, um seinem Drang freien Lauf zu lassen. Diese Bewegung rettete sein Leben. Doch das wurde ihm erst klar, als er die zitternde Klinge im Holz des Fasses stecken sah, an derselben Stelle, wo er soeben noch gestanden war.

«Was zum Teufel …» Ernüchtert zog Hatto den Griff des Messers aus dem Weinfass und wog es in seiner Rechten. Es war sein Dolch, den er auf dem Tisch neben seinem Becher hatte liegenlassen. Sein eigener Jagddolch, mit dem er für gewöhnlich erlegtes Wild ausweidete. Welch aberwitzige Vorstellung: Hatto, Sohn des Grafen von Virneburg, vom eigenen Dolch durchbohrt.

Erstochen von einem Bauerntölpel und verscharrt hinter einer verräucherten Schenke.

Lähmende Stille legte sich über den Raum, niemand wagte, sich zu bewegen oder auch nur einen Laut von sich zu geben. Dann sprang plötzlich einer der Zecher, ein vierschrötiger Kerl mit struppigem Bart, auf und wies auf den unglücklichen Sackpfeifer. «Er war es, edler Herr, ich habe genau gesehen, wie er zu Eurem Tisch ging! Und der Wirt hat ihm mit den Augen ein Zeichen gegeben!»

Die anklagenden Worte vermischten sich mit einem langgezogenen Schrei.

Schwerfällig schob Hatto seinen Fuß in den Steigbügel. An seinem Stiefel klebten Blut und Strohhalme.

«Edler Herr, bitte wartet!» Der Mann, der ihm den Messerwerfer gezeigt hatte, war ihm unbemerkt auf den Hof gefolgt und näherte sich seinem Pferd. Hatto runzelte die Stirn. Dem Kerl gefiel es offenbar, mit seinem jämmerlichen Leben zu spielen. Waren ihm die drei Münzen aus dem Geldkasten des Wirtes, die er ihm als Lohn für seinen Dienst vor die Füße geworfen hatte, nicht genug? Die Sackpfeife hatte er ihm auch überlassen. Was also wollte er noch von ihm? Ein paar abgeschnittene Ohren? Die konnte er haben, wenn er ihm weiterhin auf die Nerven ging.

«Was willst du noch?»

«Verzeiht, Graf Hatto, aber ich habe vorhin gehört, wie Ihr über eine Frau oben auf der Burg gesprochen habt, eine …»

«Sie gehört mir, Kerl», herrschte Hatto den Mann an. «Hast du verstanden? Weder Manderscheid noch die Kirche hat das Recht, mir meine Beute abspenstig zu machen, denn ich habe sie gefangen! Ich kann mit ihr und den anderen anstellen, was immer ich will. Du warst soeben Zeuge dessen, was geschieht, wenn jemand es wagt, mir zu drohen oder sich mir in den Weg zu stellen.»

Der Mann nickte unterwürfig. Er war mittelgroß, aber seine Schultern waren breiter als Hattos. Er trug ein Kapuzenwams aus geflicktem Sackleinen, das nicht sein eigenes zu sein schien, denn es passte zu einem weitaus kleineren Mann. Die enganliegenden Beinlinge aus gelber Wolle waren fadenscheinig und über beiden Knien zerrissen.

«Also, heraus mit der Sprache: Warum fragst du nach dem Mädchen auf der Burg?» Eigentlich stand Hatto nicht der Sinn nach einer Unterhaltung mit diesem jämmerlichen Gesellen, aber aus irgendeinem Grund war er neugierig geworden. Er erlaubte dem Mann sogar, neben seinem Pferd einherzugehen.

«Euer Strafgericht über die Leute in der Schenke war hart, aber gerecht, Herr. Der Kerl mit der Sackpfeife hatte in der Tat sein Leben verwirkt.»

Hatto schnaubte verächtlich. «Das haben sie alle, verstehst

du? Alle. Der Feigling, der geschworen hat, unschuldig zu sein, und die Wirtsleute, die ihn zu verteidigen suchten. Sie werden in diesem Leben keinen sauren Wein mehr ausschenken, und der Musikant wird keinem Instrument mehr peinigende Töne entlocken!»

Der Mann lächelte versonnen, bis Hatto von Virneburg ihn streng zurechtwies: «Das findest du wohl komisch?»

«Aber nein, edler Herr. Ich musste nur soeben daran denken, dass auch ich mich erst vor wenigen Tagen eines heimtückischen Anschlags erwehren musste.»

«Was du nicht sagst. Und nun erzählst du mir gewiss, du seiest in Wirklichkeit kein Herumtreiber, sondern ein Kaufmann, der von Wegelagerern überfallen wurde und nun meinen Beistand sucht?» Hatto zog die Zügel straffer. «Du bist besoffen!»

Er versuchte, tief durchzuatmen. Bei jedem Schritt, den sein Pferd machte, war ihm, als würde sein Kopf mit heißen Nadeln gepeinigt. In seinen Ohren hallten noch immer die gellenden Hilferufe des Mädchens und das erstickte Röcheln seines Vaters, als der Dolch sich in sein Herz gebohrt hatte. Hatto nahm sich vor, beide Ohren mit Wachs zu verstopfen, bevor er sich heute Nacht zur Ruhe begab. Insgeheim hoffte er, dass Ulrich von Manderscheid erst nach seiner Abreise von den Geschehnissen im Dorf erfahren würde. Seinem Vater musste er vielleicht eines Tages Rede und Antwort stehen, aber wenn der erfuhr, dass der Anschlag dem Haus Virneburg gegolten hatte, würde er ihn sicher verstehen.

«Ich bin kein Kaufmann.»

Hatto hob irritiert den Blick. «Was sagst du?» Einen kurzen Augenblick lang hatte er seinen aufdringlichen Begleiter vergessen.

«Ihr wolltet wissen, ob …»

«Schon gut», murmelte der junge Ritter, ehe ihn eine weitere Schmerzwelle erfasste. «Du musst nicht so schreien, ich habe dich ja verstanden.» Der fremde Kerl ging ihm mit seiner Anbiederei mächtig auf die Nerven. Und dennoch musste er zugeben, dass ihm momentan sogar die Gesellschaft eines Strauchdiebs angenehmer war als das hochnäsige Gesindel, das Manderscheid in seinem Haus beherbergte. Die allein waren doch schuld an allem, was ihm widerfahren war. «Warum hast du vorhin nach dem Mädchen auf Burg Manderscheid gefragt?»

Sein Begleiter schlug die Kapuze zurück, sodass Hatto zum ersten Mal sein Gesicht sehen konnte. Es trug den Zug unnachgiebiger Härte, der einen verbissenen Kämpfer zu erkennen gab. Hatto wunderte das nicht, denn die harten Muskeln an den Armen und Beinen des Fremden wiesen darauf hin, dass er das Waffenhandwerk erlernt hatte.

«Ich glaube, ich kenne das Biest, Herr», sagte der Mann mit einem bösartigen Lächeln. «Als ich ihm vor den hohen Feiertagen begegnete, trug es Männerkleider und war mit einem Bogen bewaffnet.»

Hatto horchte auf. Die Beschreibung des Burschen passte. Aber wo zum Teufel hatte der Kerl Lucia getroffen?

«Sie verbarg sich unter den Söldnern, die ein Trierer Kaufmann zum Schutz seines Wagenzugs angeworben hatte. Der arme Tropf hatte keine Ahnung von dem Kuckucksei in seinem Nest. Ich hielt es für meine Pflicht und Schuldigkeit, ihr die Maske vom Gesicht zu reißen. Daraufhin tötete sie ein Mädchen aus dem Wagenzug und einen meiner Kameraden mit ihren Pfeilen. Mir blieb nichts weiter übrig, als mich in Sicherheit zu bringen, denn wie Ihr Euch denken könnt, ist den Lügen einer solch verschlagenen Person nicht mit gewöhnlicher Waffenkunst beizukommen. Da sie noch immer auf freiem Fuß ist, muss ich annehmen, dass sie für ihre Taten nicht zur Rechenschaft gezogen wurde, sondern einflussreiche Fürsprecher gefunden hat?»

Hatto antwortete nicht, er hatte genug gehört. Also doch, dachte er befriedigt. Das Mädchen mit dem Bogen, in dem Manderscheid eine vom Geist erfüllte Prophetin sehen wollte, war in

Wahrheit eine flüchtige Mörderin. Mit ihrer Tücke würde sie Manderscheid endgültig das Genick brechen. Nun musste er nur noch einen Weg finden, wie er Ulrichs Sturz zu seinem Vorteil nutzen konnte. Es musste doch etwas geben, was die Niederlage Manderscheids und seiner Helfer beschleunigen würde.

Jäh zügelte er sein Pferd und löste die Schnüre seines Hüftbeutels. Für gewöhnlich trennte er sich ungern von den wenigen Münzen, mit denen sein Vater ihn aushielt, aber unter diesen Umständen war es angebracht, sich großzügig zu zeigen. Er warf seinem Begleiter einen weiteren Goldgulden vor die Füße.

«Du behauptest also, ein erfahrener Landsknecht zu sein?», erkundigte er sich. «Wie heißt du?»

«Bürlin Wolker, und ich habe mir mein Handgeld bereits in zahlreichen Fehden und Gefechten verdient.»

«Würde es dir gefallen, in meine Dienste zu treten, Bürlin? Einen Burschen wie dich könnte ich möglicherweise brauchen. Vorausgesetzt, dass deine Arme leisten, was deine Zunge verspricht. Für Sprücheklopfer ist nämlich kein Platz in meinen Reihen. Ich brauche einen Mann, der mir persönlich dient, nicht dem Waffenmeister meines Vaters. Hast du mich verstanden?»

Der Mann nickte, ohne eine weitere Frage zu stellen.

«Nun, wenn du dir Mühe gibst, kannst du es in meinen Diensten weit bringen», sagte Hatto. «Ich belohne Treue ebenso großzügig, wie ich Nachlässigkeit und Dummheit bestrafe.»

«Wegen keiner dieser Untugenden bin ich jemals getadelt worden, Herr», gab Bürlin Wolker ungerührt zurück. Es klang kalt, aber nicht respektlos.

Hatto stockte; gewiss hatte er bemerkt, dass der Fremde nicht schüchtern war, doch was ihn irritierte, war das Fehlen jeden Gefühls in seiner Stimme. Als er in die Augen des Mannes blickte, entdeckte er in ihrem Glimmen einen schier unbändigen Hunger. Es war kein Hunger auf Brot oder Speck, sondern eine Gier, die Hatto bislang nur von der Jagd auf Wölfe kannte. Ein Verlangen nach Zerstörung ging von dem Fremden aus. Ein Verlangen nach Macht, Geltung und Unterwerfung.

Einen Augenblick lang verschlug es selbst ihm die Sprache. Er erwog, sein großzügiges Angebot auf der Stelle zurückzunehmen und den Fremden zum Teufel zu jagen. Doch das hätte ihm den Ruf eines unentschlossenen Schwächlings eingebracht. Also erklärte er Bürlin Wolker, bei wem er sich wegen eines Quartiers auf der Burg melden sollte.

«Aber vorher kehrst du zur Schenke zurück und …» Er sprach nicht weiter, plötzlich fehlten ihm die Worte. Aber das war auch nicht nötig, denn Bürlin Wolker schien seine Gedanken längst erraten zu haben.

«Ich werde die Leichen verschwinden lassen», versprach er in gleichmütigem Ton. «Keine Sorge, edler Herr, Ihr könnt Euch auf mich verlassen. Wenn Ihr weitere Auskünfte über die sogenannte Jungfrau wünscht, werde ich mich sogleich mit ihr befassen. Natürlich nur, wenn Ihr mir den Auftrag erteilt, mich um sie zu kümmern.»

«Um die werde ich mich persönlich kümmern», erwiderte Hatto. Er bemerkte, dass Bürlins Wolfsaugen gefährlich aufblitzten, sobald er von Lucia Kastenberg sprach. «Und wenn ich mit ihr fertig bin, ist es mit ihrer Jungfernschaft vorbei!»

Als Hatto seinen Weg fortsetzte, verspürte er plötzlich ein peinigendes Gefühl in der Brust, das ihm den Atem raubte. Was ist das, fragte er sich voller Angst. Solange Bürlin an seiner Seite gewesen war, hatte Hatto nicht an das Wirtshaus gedacht. Nun aber holte ihn die Erinnerung an die Schreie wieder ein. Verstört blickte er zu Boden, seine Blicke stolperten über die Steine und Baumwurzeln, die sich wie feine Adern durch den Waldboden zogen. Ob er das Gefühl loswurde, wenn er die gräfliche Badestube aufgesucht und ein paar Becher Wein geleert hatte? Er hoffte es. Aber zuvor musste er die mit Blut besudelten Stiefel entsorgen, bevor jemand unangenehme Fragen stellen konnte.

Als das Burgtor von Manderscheid vor ihm auftauchte, fasste Hatto den Entschluss, den Tag und alles, was an ihm geschehen war, aus seiner Erinnerung zu streichen.

XVII

Einige Tage später durfte Lucia die Turmkammer verlassen, um im Burghof ein wenig frische Luft zu schnappen. Sie hatte den gesamten Bischofsornat fristgemäß fertiggestellt und von einem Diener überbringen lassen, doch seitdem hatte sie Ulrich von Manderscheid nicht mehr zu Gesicht bekommen. Er schien sie zu meiden, und sie fragte sich, was er und der Stiftskanonikus noch alles aushecken würden.

Tief in Gedanken stieg sie die Stufen zu den Wehrgängen hinauf, von wo aus man eine herrliche Aussicht über das Tal hatte. Sie beugte sich weit über die Mauer. Unterhalb des mächtigen Mauerrings teilte sich der Bach. Über jeden Arm des Gewässers führte ein flacher Steg hinüber zum anderen Ufer. Auf der im Sonnenschein vor ihr liegenden Wiese herrschte seit den frühen Morgenstunden lärmendes Treiben. Manderscheid schien einen Teil seiner Kriegsleute auf die Burg bestellt zu haben, denn vor Lucias Augen machten Dutzende von gerüsteten Kriegsknechten verschiedene Waffenübungen. Blanke Schwerter wurden gekreuzt, Schilde schlugen scheppernd gegeneinander. Das schroffe Geschrei der Waffenmeister, die ihre Untergebenen bis zur Erschöpfung antrieben, hallte bis zu den Wehrgängen hinauf. Einige Reiter jagten in wildem Galopp über das vom Tau glänzende Gras und versuchten, einander im Nahkampf aus dem Sattel zu heben.

Lucia beobachtete, wie ein Stück weiter aus Stroh geflochtene Zielscheiben aufgebaut wurden, vor denen eine Handvoll Schützen stand. Sehnsuchtsvoll sah sie zu, wie die jungen Männer ihre

Pfeile prüften und die Bogen spannten. Dabei konnte sie nicht umhin, an ihren eigenen Bogen zu denken, den Ulrich von Manderscheid gleich nach ihrer Ankunft beschlagnahmt und in der Halle in einen Schrank hatte einschließen lassen.

Ob sie ihn jemals wieder in den Händen halten durfte? Ihre Finger waren ein wenig steif geworden, das hatte sie beim Nähen und Zurechtschneiden gemerkt.

«Wie ich sehe, interessierst du dich für die Waffenübungen meiner Leute?» Ulrich von Manderscheid hatte sich unbemerkt zu ihr gesellt. Er trug einen weiten, bodenlangen Mantel aus goldbesticktem Samt und eine braune Pelzkappe mit einer goldenen Schnalle.

«Wir müssen uns wohl oder übel darauf vorbereiten, Trier mit Waffengewalt zum Einlenken zu zwingen.» Der Burgherr schüttelte den Kopf. Die Hingabe, mit der seine Männer sich im Kriegshandwerk übten, schien ihn mehr zu besorgen, als dass sie ihn befriedigte.

«Als Kind habe ich oft die Bogenschützen beobachtet, wenn sie vor den Stadtmauern zum Wettstreit gegeneinander antraten», beantwortete Lucia die Frage des älteren Mannes. «Mein einziger Wunsch war, zu ihnen zu gehören. Aber da das unmöglich war, schenkte mir mein Vater eines Tages einen eigenen Bogen und zeigte mir, wie man damit umgeht. Anfangs war es sehr schwer, ihn zu spannen, aber ich gab nicht auf. Jeden Tag versuchte ich es aufs Neue. Als es mir schließlich gelang, glaubte ich, mein Herz würde vor Freude zerspringen. Als ich ein wenig älter war, schlich ich mich in jeder freien Minute heimlich auf den Besitz eines Jugendfreundes und übte dort so lange, bis mein erster Pfeil ins Schwarze traf. Es dauerte nicht lange, da übertraf ich jeden meiner Kameraden.»

Ulrich von Manderscheid lächelte. «Ich habe auch nichts anderes von dir erwartet, mein Kind. In dir steckt eine Kraft, von der du vermutlich selbst noch nichts ahnst.»

Lucia schwieg, sie wusste inzwischen, dass der Burgherr keine Widerrede duldete. Mit einer entschiedenen Geste forderte er sie auf, ihm hinab in den sonnigen Burghof zu folgen. Dort hatten Knechte einen Tisch aufgestellt, auf dem einige Überraschungen auf sie warteten.

«Für mich?» Verwundert beugte sich Lucia über die Gegenstände, die Manderscheid ohne ihr Wissen für sie hatte anfertigen lassen. Da lag ein knielanger Waffenrock aus weichem Damast, der mit silbernen Knöpfen besetzt war. Außerdem Beinschienen und ein Paar neue Stiefel aus feinem Kalbsleder. Silberne Stulpen und ein Helm mit Wappen vervollständigten die Ausrüstung.

«Aber was, bei allen Heiligen, soll ich denn damit anfangen?», fragte Lucia, obwohl sie bereits ahnte, was nun auf sie zukam.

«Du hast meinen Wunsch erfüllt und das Gewand eines Erzbischofs genäht», sagte Manderscheid nicht ohne Stolz. «Es passt wie angegossen. Ich werde es an dem Tag tragen, an dem Raban verschwindet und der Kaiser mir in Gegenwart aller Fürsten des Reiches die Kurwürde zuerkennt. Als Zeichen meines Wohlwollens bekommst du diese Rüstung von mir. Ich hoffe, der Waffenrock ist nicht zu groß ausgefallen?»

Lucia ergriff das weiße Gewand und hielt es sich prüfend vor den Leib. Er schien haargenau zu passen. Leider. Sie konnte sich schon denken, wer dem Burgherrn ihre Maße verraten hatte. Magdalena hatte sich in den vergangenen Wochen auffallend oft und lange mit dem Stiftskanonikus unterhalten. Lucia hatte sich daher gefragt, welche Pläne die beiden hinter ihrem Rücken schmiedeten. Während Manderscheid sie nun wie ein Raubvogel umkreiste, warf Lucia einen wütenden Blick hinauf zu den Fenstern der Turmkammer, hinter denen sie ihre Schwester wähnte.

«Vielleicht wird es dich ein wenig aufheitern, wenn ich dich mit den Schützen auf der Wiese üben lasse», meinte Manderscheid. «Ich habe beschlossen, dir den Bogen deines Vaters zurückzugeben.»

Er führte Lucia in die Halle, die um diese Tageszeit im Schatten lag, und öffnete den Waffenschrank. Lucias Finger strichen liebevoll über das Holz. Sie bemerkte auf Anhieb, dass Manderscheid den Bogen hatte wachsen und polieren lassen. Sie prüfte die Sehne und stellte fest, dass sie neu aufgezogen worden war. Den Köcher, in dem nur noch wenige Pfeile gewesen waren, hatte Manderscheids Burghauptmann aufgefüllt. Schwungvoll streifte sich Lucia den Bogen über die Schulter.

«Wenn Ihr erlaubt, würde ich gerne sofort zu den Zielscheiben gehen!»

Manderscheid lachte. «Nicht so hastig, kleine Jungfrau. Du wirst verstehen, dass ich dich nicht allein mit einer Waffe über die Wiesen streifen lassen kann.»

Lucias gute Laune verflog. Einen Moment lang hatte sie verdrängt, dass sie nur eine Gefangene auf Niedermanderscheid war, eine Gefangene in einem silbernen Käfig. Ihr Hinweis, dass sie gewiss nicht fliehen und ihre Schwester sowie Basilius Fust ihrem Schicksal überlassen würde, schien Ulrich von Manderscheid wenig zu beeindrucken.

«Es bleibt dabei», entschied er. «Morgen um die Mittagsstunde wirst du gegen einige meiner Schützen im Wettstreit antreten. Ich bin sehr gespannt, wie du dich schlagen wirst, also enttäusche mich nicht. Anschließend wirst du mit einigen meiner Männer nach Luxemburg aufbrechen.»

Lucia nickte. Der Beschluss, sie nach Luxemburg zu bringen, hatte ihr anfänglich zu schaffen gemacht, doch wenn man die Dinge richtig betrachtete, war es vielleicht keine schlechte Idee. Mit etwas Glück hielten sich Colin Emmerich und Paulyn noch im Schloss der Herzogin auf. Wenn sie ehrlich war, hoffte sie aus tiefstem Herzen, die beiden dort anzutreffen. Und sie hoffte, dass die beiden ihr nicht mehr böse waren, weil sie mit den Dominikanern nach Mainz gegangen war, anstatt auf den Rat des Kaufmanns zu hören. Colin war ein erfahrener Mann, der ihre Familie mochte und ihr mehr als einmal seine Hilfe angeboten hatte. Vielleicht würde er verstehen, dass sie keine andere Wahl gehabt hatte; schließlich hatte sie sein Angebot nicht leichtfertig ausgeschlagen. Es war nötig gewesen, um Magdalena zu finden. Auch wenn Manderscheids Späher sie auf Schritt und Tritt verfolgten, würde sich in einem Palast wie dem der Herzogin gewiss eine Gelegenheit ergeben, mit Colin oder Paulyn Kontakt aufzunehmen.

«Worüber denkst du nach?» Manderscheid sah sie misstrauisch an. Mit einer flinken Bewegung nahm er ihr den Bogen von der Schulter und legte ihn zurück in den Schrank. «Ich verwahre ihn für dich bis morgen. Übrigens, vielleicht interessiert es dich zu erfahren, dass der Stiftskanonikus die Burg gestern verlassen hat, um in Trier einige Aufträge für mich zu erledigen.»

«Aufträge in Trier?»

«Ich habe ihn gebeten, von einer bestimmten Figurengruppe in der Kirche zu St. Gangolf eine Skizze anzufertigen. Danach wird er den Gewandschneider Melchior Kastenberg aufsuchen und ihm ein hübsches Sümmchen aushändigen. Nicht genug, um reich zu werden, fürchte ich, aber sicher genug, um seine Schulden, von denen du mir berichtet hast, zu begleichen. Ich fühle mich ein wenig schuldig an Eurem Verhängnis, denn wenn der Streit um den Bischofsstuhl das Domkapitel und den Rat nicht entzweit hätte, wären die Leute, die für den Bischof arbeiten, nicht in Schwierigkeiten geraten. Das alles kann kein Zufall gewesen sein, meinst du nicht auch? Deine Schritte wurden gelenkt.»

Lucia zwang sich zu einem Lächeln. Nun fing das schon wieder an. Was sollte sie auf diese Frage antworten? Ulrich von Manderscheid war nicht nur von hohem Adel, er war auch ein Gelehrter und ein Mann der Kirche. Zumindest hatte er die Weihen empfangen. Sie verstand, dass er an ein Wunder glauben wollte. Viele wollten das. Sie selbst konnte es nicht. Ihr einziges Ansinnen bestand darin, die Angelegenheit so rasch wie möglich hinter sich zu bringen. Danach würde sie, sofern sie ungeschoren davonkam, ein neues Leben beginnen. Nicht in Trier, doch vielleicht fand sich irgendwo auf dieser Welt ein Ort, an dem sie und ihre Familie eine sichere Bleibe finden würden.

Als Lucia den Burgherrn darauf ansprach, runzelte dieser kurz die Stirn, versprach ihr aber, sich darum zu kümmern. Immerhin hatte er noch einige mächtige Freunde und zudem gute Verbindungen nach Köln, Flandern und in andere Teile des Reiches.

Manderscheids Worte konnten Lucia zwar nicht vollkommen beruhigen, doch für den Moment fühlte sie sich etwas getröstet. Sie wagte sogar, den Grafen zu bitten, Basilius Fust, den sie noch immer in einer Kerkerzelle vermutete, die Gefangenschaft zu erleichtern. «Er hat meine Schwester und mich aus reiner Freundschaft begleitet. Dafür ist ihm von Graf Hatto übel mitgespielt worden.»

Manderscheid zog verwundert die Brauen hoch. «Glaubst du, ich lasse einen Begleiter der Jungfrau Lucia von Trier im Kerker versauern? Der Mann liegt bereits seit Tagen in einer eigenen Stube. Nikolaus Doeser, der auch in Fragen der Heilkunst bewandert ist, hat sich vor seiner Abreise um ihn gekümmert und ihn mit dem Nötigsten versorgt. Ich dachte, deine Schwester hätte dir das erzählt?»

Nein, das muss sie wohl vergessen haben, dachte Lucia verärgert. Aber warum? Wem sollte diese Geheimniskrämerei nützen? Sie nahm sich vor, Magdalena am Abend zur Rede zu stellen.

«Ich bin der Meinung, dass du am Hof der Herzogin jemanden brauchst, der dich in die Gepflogenheiten des hohen Adels einführt», sprach Manderscheid weiter, während er Lucia durch die Gänge der Burg begleitete. «Du wirst von ihm lernen, richtig zu lesen und zu schreiben, denn wie willst du sonst meine Briefe beantworten? Gewiss könntest du sie dir auch vorlesen lassen, aber ich rate dir, in Luxemburg niemandem zu vertrauen, nicht einmal der Herzogin selbst.»

«Aber ich dachte, Herzogin Elisabeth stünde auf Eurer Seite.»

Ulrich von Manderscheid schüttelte den Kopf. Er sah bekümmert aus. «Elisabeth ist mit jedem verbündet, der ihr Geld für ihre prunkvolle Hofhaltung gibt. Außerdem tummeln sich nicht nur die Abgesandten ihres Neffen, des Herzogs von Burgund, an ihrem Hof, sondern auch Spione des Kaisers. Nein, halte dich an den Mann, den ich dir zur Seite stelle. Er wird dir beibringen, was du wissen musst.»

«Und in wessen Obhut wollt Ihr mich geben?»

Manderscheid lachte. «Ich fürchte, meine Entscheidung wird Graf Hatto nicht schmecken, aber ich möchte, dass sich sein Vetter Robert deiner annimmt.»

Lucia öffnete den Mund. Sollte das ein Scherz sein? Sie hatte mit allem gerechnet, aber nicht mit dieser Entscheidung. Sie war so durcheinander, dass sie nicht bemerkte, wie der Burgherr sie mit einem knappen Nicken stehen ließ und hinter einem Vorhang verschwand. Unter ihren Füßen drohte der Boden nachzugeben. Nicht einmal der Entschluss des Burgherrn, sie für seine Zwecke zu gebrauchen, hatte in ihrer Brust einen solchen Tumult der Gefühle ausgelöst. Vielleicht wurde sie krank, dann konnte sie einen Aufschub ihrer Reise erwirken. Doch vielleicht war es an der Zeit, sich endlich einzugestehen, was sie bislang tief in ihrem Innern verborgen gehalten hatte: dass sie Robert von Virneburg nicht vergessen konnte und sich darauf freute, ihn wiederzusehen. Aus unerfindlichen Gründen vertraute sie ihm, auch wenn ihre ersten Begegnungen immer recht stürmisch verlaufen waren. Ob er ähnlich empfand? Vielleicht hatte er sie längst vergessen und war von Manderscheids Auftrag alles andere als begeistert. Sie wusste nur zu gut, dass er es mit ihr nicht leichthaben würde, und hasste sich schon jetzt dafür.

Ohne jede Eile erklomm sie die Treppe zum Turm; unter ihr knarrte das Holz der Stufen, als würde es ihre Schritte als Zumutung empfinden. Wie sehr sehnte sie sich nach einem Ort, an dem es ruhig war, an dem sie allein sein und ihren Gedanken freien

Lauf lassen konnte. Aber solange sie sich mit Magdalena die Kammer teilte, war daran nicht zu denken. Sie ertappte sich bei dem Wunsch, der morgige Tag möge schnell vorübergehen. Der Wettstreit der Bogenschützen flößte ihr keine Angst ein. Auch wenn sie lange nicht geübt hatte, wusste sie, dass sie die Sehne nur spannen, zielen und das Gewicht verlagern musste, wie es ihr Vater ihr einst beigebracht hatte. Das Schicksal würde ihre Pfeile lenken, so wie es ihm, nicht Manderscheid gefiel.

Wenn Bürlin Wolker in den vergangenen Jahren eine Fähigkeit entwickelt hatte, dann die, sich Gesichter einprägen zu können. Er hatte auch keinerlei Schwierigkeiten, sich an Namen und Ereignisse zu erinnern, wie lange auch immer sie zurückliegen mochten. Seine rasche Auffassungsgabe und das zweifelhafte Talent, überzeugend zu lügen, empfand er als Stärken, die ihn mit Stolz erfüllten. Seine größte Schwäche bestand eindeutig darin, sich aus Eitelkeit zu oft mit den falschen Leuten abzugeben. Ihre Bewunderung schmeichelte ihm ebenso, wie ihn ihre Dummheit ärgerte.

Nicht anders war es ihm unter den Waffenknechten des Kaufmanns Colin Emmerich ergangen. Ein winziger Augenblick der Unachtsamkeit hatte ihn zu einem Vogelfreien gemacht. Tagelang hatte er sich durch die Wälder geschlagen, die großen Straßen mit Bedacht gemieden, denn wer konnte sagen, ob der Kaufmann den falschen Spuren, die er ausgelegt hatte, um das Mädchen zu belasten, nicht auf die Schliche kommen und seine Leute auf ihn hetzen würde.

Zuerst hatte es so ausgesehen, als würde sein Plan aufgehen, doch dann hatte der aufgeblasene junge Ritter das Mädchen mit dem Bogen erwähnt. Sie war also hier, ganz in der Nähe. Das war schlecht. Aber Hatto von Virneburg hasste sie, und das kam ihm wiederum gelegen. Bürlin lächelte in sich hinein, als er an den Abend in der Schenke dachte. Zweifellos war sein Messerwurf tollkühn und höchst riskant gewesen, aber der Ritter hatte natürlich ihm geglaubt, nicht dem Sackpfeifer, dessen Musik ihn bereits vorher geärgert hatte.

In Graf Hattos Dienst hatte er vorerst nichts zu befürchten. Im Gegenteil, die Stellung konnte ihm noch nützlich werden.

Leise pfeifend erklomm er die Stiege, die zu den oberen Stockwerken des Bergfrieds führte. Sein neuer Herr hatte ihm einen Auftrag erteilt, der ganz nach seinem Geschmack war. Er sollte einen Mann, der gemeinsam mit der Jungfrau und deren Schwester nach Niedermanderscheid gebracht worden war, aushorchen. Nun, das würde nicht weiter schwer werden, er war Meister darin, anderen Geheimnisse zu entlocken.

Bürlin fand die Kammer, die sein Herr ihm beschrieben hatte, ohne Schwierigkeit. Verstohlen blickte er sich um, konnte aber keinen Wächter sehen. Vermutlich gingen die Männer noch auf der Wiese ihren Waffenübungen nach. Einige der Soldaten hatten ihm am Kohlenfeuer erzählt, ihr Herr würde in Kürze das verstockte Trier belagern. Nun, dies konnte ihm egal sein.

In der Kammer lag ein unrasierter Mann, der ihn überrascht anstarrte. Bürlin spürte den Argwohn des Kranken wie ein Jucken auf der Haut und nahm sich vor, wachsam zu sein. Er kannte Männer dieser Art. Ihre Zunge saß meist weniger locker, als er es sich wünschte. Während er noch nach passenden Worten suchte, schlug der Mann die Decke zurück und schob seine Beine aus dem Bett.

«Was … hast du in meiner Kammer verloren?», fragte er. «Wer schickt dich?»

«Bleibt liegen, Meister!» Bürlin lächelte einnehmend. «Ihr seid Basilius Fust, der Wundarzt aus Mainz, nicht wahr?»

«Und wer bist du? Nein, sag es mir nicht. Ich will's gar nicht wissen. Wo zum Teufel steckt dieser Stiftskanonikus?»

Bürlin war irritiert, doch er lächelte weiter. Graf Hatto hatte ihm zwar von dem Gelehrten aus Löwen erzählt und dabei mit Beschimpfungen nicht gegeizt, doch er hätte ihm besser verraten sollen, wohin der Mann unterwegs war. Etwas verstimmt entschied er sich für eine Lüge der unverfänglichen Art.

«Der Stiftskanonikus hält sich zurzeit im Kloster der Benediktiner zu Himmerod auf, um den Abt vom guten Willen des Herrn von Manderscheid zu überzeugen. Wie Ihr wisst, ist er auf die Unterstützung der geistlichen Herren angewiesen.»

Basilius Fust verzog das Gesicht.

«Hoffentlich geht es Euch besser? Unser Herr hat sich Sorgen um Euer Befinden gemacht.»

Fust schnaubte. «Dein Herr sollte sich Sorgen um sein Seelenheil machen, mein Freund. Er wurde bereits aus der Gemeinschaft der Heiligen ausgestoßen. Nun fügt er der Liste seiner Schandtaten auch noch die Entführung und Gefangennahme eines ehrbaren Mainzer Bürgers hinzu.» Basilius Fust zog die Decke wieder über seine entblößten Füße und funkelte Bürlin an. «Richte ihm aus, dass ich Schreibzeug verlange; außerdem brauche ich einen zuverlässigen Boten, der meinen Brief unverzüglich nach Mainz bringt.»

Bürlins Lächeln gefror. «Und was, verehrter Meister, wollt Ihr schreiben?»

«Ich werde den Bischof von Mainz und den Rat der Stadt davon in Kenntnis setzen, was der Virneburger mir und den beiden Frauen, die mit mir reisten, angetan hat. Der Bischof soll erfahren …»

Beinahe amüsiert beobachtete Bürlin, wie dem Arzt vor Verlegenheit das Blut in den Kopf stieg. Nun war es ihm doch gelungen, ihn zum Sprechen zu bringen.

«Ich vermute, Ihr habt es Euch gerade anders überlegt. Ich denke, Ihr wollt dem Bischof gar nicht schreiben, oder?» Mit katzenhafter Geschmeidigkeit näherte sich Bürlin der Bettstatt und beugte sich über den Mann, der ihn wütend ansah.

«Was willst du?»

Die Maske fiel. Bürlins Wolfsaugen leuchteten drohend auf. «Ich will, dass Ihr mir alles über die Jungfrau Lucia erzählt.

Woher sie kommt, wo Ihr sie traft und was sie vorhat. Ihr und ihrer Schwester droht nämlich Gefahr.»

«Gefahr?» Basilius Fusts zaghafter Versuch, sich zur Wand zu drehen und ein Glöckchen von der Ablage zu nehmen, scheiterte, denn Bürlin war schneller. Im Handumdrehen versenkte er das Glöckchen im Wasserkrug, der neben Basilius' Bett auf dem Fußboden stand.

«Ich stehe nicht in Ulrich von Manderscheids Diensten, auch wenn ich mich frei bewegen kann», herrschte Bürlin den Kranken an. «Also redet!»

Hartnäckig presste Basilius die Lippen aufeinander.

«Ihr wollt also nicht?» Gemächlich lief Bürlin zum Fenster hinüber und stieß es auf. Er blickte hinunter in den Hof, der zu dieser Stunde menschenleer war. Dann wandte er sich wieder zu Basilius um. Der Arzt bekam es nun wirklich mit der Angst zu tun. Stöhnend kämpfte er sich auf die Füße und versuchte, zur Tür zu gelangen. Doch auch diesmal war Bürlin schneller. Er packte Basilius und stieß ihn über den Dielenboden zum geöffneten Fenster. Basilius schlug um sich, aber seine kraftlose Gegenwehr entlockte Bürlin nur ein mitleidloses Schnauben. Mit festem Griff schob er den Kopf des Arztes weit aus dem Fenster.

«Schau hinab in den Hof», befahl er leise. «Wenn du nicht willst, dass dein Körper dort unten auf dem Pflaster zerschellt, solltest du meine Fragen beantworten. Und denk an diese Magdalena. Ich könnte ihr auch einen Besuch abstatten. Und sie kann sich nicht einmal rühren.»

«Lass mich los, ich … Also gut. Ich werde dir sagen, was du hören willst.»

Bürlin verstärkte den Druck in Basilius' Genick. «Nicht, was ich hören will, mein Freund, sondern die Wahrheit.» Er zerrte den zitternden Mann vom Fenster weg und deutete auf den Lehnstuhl. Schwer atmend sank Basilius auf das Lederkissen. «Du bist der Teufel», stieß er ächzend hervor.

«O nein, nur ein treuer Diener meines Herrn.» Jedenfalls bis auf weiteres, fügte er in Gedanken hinzu. «Also, was hast du mir zu sagen?»

Mit Abscheu begann Basilius Fust zu berichten. Er erklärte Bürlin, unter welchen Umständen er Lucia Kastenberg in Mainz kennengelernt hatte und wie es dazu gekommen war, dass Magdalenas Beine taub waren. Selbst die überstürzte Flucht der Schwestern aus Mainz verschwieg er Bürlin nicht.

«Du meinst, das Mädchen war in Männerkleidern unterwegs, weil sie glaubte, ihre reiche Schwester könnte für die Schulden ihrer Familie aufkommen?» Bürlin zog die Augenbrauen hoch.

«Das ist die Wahrheit», rief Basilius Fust verängstigt. «Ich habe den Frauen meine Hilfe angeboten, weil ich mit Magdalenas verstorbenem Gemahl befreundet war.»

Bürlin hatte genug gehört. Graf Hatto würde gewiss zufrieden sein, insbesondere die Neuigkeit, dass die Inquisition sich in Mainz für die Schwestern interessierte, sollte dem Ritter eigentlich ein paar zusätzliche Gulden wert sein. Nun verstand Bürlin auch, warum Basilius gezögert hatte, einen Brief nach Mainz zu schicken. Er konnte ihn nicht schreiben, ohne gleichzeitig den Aufenthaltsort der beiden Schwestern zu verraten. Zweifellos war er in Magdalena verliebt.

«Graf Hatto von Virneburg wird sich freuen, dass es Euch bessergeht, Meister», sagte Bürlin schließlich. «Keine Sorge, gegen Euch will er nichts unternehmen. Ich hoffe nur, Ihr seid so verständig, im Bett zu bleiben und den Mund zu halten, denn es würde mir leidtun, ihn von einem bedauerlichen Rückschlag unterrichten zu müssen.»

XVIII

Lucia erwachte mit dröhnendem Schädel. So ähnlich müssen sich Männer nach einer durchzechten Nacht fühlen, dachte sie, als sie sich aus dem Bett quälte und auf bloßen Füßen zur Waschschüssel schleppte. Bei jeder Bewegung spürte sie einen stechenden Schmerz im Genick. Auch der Rücken tat ihr weh. Konnte sie sich in diesem Zustand überhaupt den Bogenschützen des Grafen stellen? Am liebsten wäre sie auf schnellstem Weg zurück unter die Decke gekrochen, doch die Sonne war bereits aufgegangen. Auf dem Gang vor ihrer Kammer verkündete das Geklapper von Holzpantinen und Eimern, dass auch das Gesinde bereits auf den Beinen war.

«Dir fehlt weiter nichts», befand Magdalena mit einem Blick auf ihre Schwester. Sie war bereits seit dem Morgengrauen munter und thronte mit einem Wollschal um die Schultern auf dem Bett wie eine Königin, die Audienz hielt.

«Ein heißer Sud aus Brombeerblättern, vermengt mit ein paar Kamillenblüten und einem Spritzer Molke wird dich wieder auf die Beine bringen.» Einem mütterlichen Impuls gehorchend, strich sie ihrer Schwester, die vor ihr auf den Dielen kniete, eine widerspenstige Locke aus der Stirn und lächelte sie an. Spontan schloss sie Lucia in die Arme.

Genauso hat Mutter geduftet, bevor die Krankheit ihre Haut grau und durchsichtig machte, erinnerte sich Lucia. Sie schloss die Augen, atmete tief ein und hoffte, sich wenigstens einen Augenblick lang in dem Nest aus Wärme und Geborgenheit verlieren zu können. Doch ihr blieb keine Zeit, um den kostbaren Moment der Verbundenheit zu genießen. Genau genommen zerstörte sie ihn selbst, indem sie Magdalena vorwarf, ihr nichts von Basilius' Befreiung aus dem Kerker erzählt zu haben.

Das Leuchten in den Augen der Älteren verschwand. «Ich erfuhr selbst erst gestern davon», erwiderte Magdalena in einem Ton, der zu erkennen gab, dass sie sich vor Lucia nicht rechtfertigen wollte. Im Gegenteil, ihre Worte flickten das Loch in der Mauer, die beide Schwestern zwischen einander errichtet hatten, flink und kompromisslos, so wie es eben Magdalenas Art entsprach.

«Mach dir wegen Basilius keine Sorgen. Er wird bald wieder gesund. Das hat mir zumindest der Stiftskanonikus gesagt. Solltest du dich jetzt nicht ankleiden? Sonst bleibt dir kaum Zeit, mit deinem Bogen zu üben.» Wie immer dachte Magdalena praktisch und vorsehbar. Mit fester Stimme rief sie den Burgwächter, der nach wie vor die Tür zu ihrer Kammer im Auge behielt, und trug ihm auf, eine Dienstmagd zu ihnen zu schicken.

«Sie wird dir beim Anlegen deiner Kleidung behilflich sein», versprach sie. Aber sie lächelte nicht mehr.

«Das Tuch kneift bei jedem Schritt», beklagte sich Lucia, nachdem die Frau wieder gegangen und sie im Waffenrock eines Bogenschützen zurückgelassen hatte. Sie drehte sich vor der polierten Metallscheibe, die in Ermangelung eines Spiegels an einem Haken neben der Tür hing.

«An den Schultern sitzt es auch viel zu eng. Kannst du mir vielleicht verraten, wie ich mich so bewegen, geschweige denn den Bogen spannen soll? Entweder hast du Manderscheid die Maße eines Zwergs gegeben, oder er hat den miserabelsten Gewandschneider beauftragt, den er auftreiben konnte.»

Magdalena war anderer Meinung. «Deine Ungeduld schlägt deinen Verstand noch immer um Längen», sagte sie ungerührt.

«Hast du vergessen, worauf es unserem Gastgeber ankommt? Ulrich von Manderscheid möchte, dass seine Leute die Reinheit einer Jungfrau zu sehen bekommen, nicht die weiblichen Reize eines jungen Mädchens. Daher hat er auch fünf Lilien als Symbol der Mutter Maria auf die Brustseite des Gewandes aufsticken lassen. Es wird schon gehen, meinst du nicht?»

Doch Lucia blieb bockig; außerdem ertrug sie es nicht, wenn Magdalena den Burgherrn als ihren Gastgeber bezeichnete. Manderscheid hielt sie gegen ihren Willen fest, und ihre Schwester tat so, als sei das alles nur ein hübscher Zeitvertreib. Gewiss, seit der hohe Herr sich darauf verstiegen hatte, sie als himmlisches Zeichen zu betrachten, war ihr und Magdalenas Leben in diesen Mauern erträglicher geworden. Die Speisen hatten an Geschmack zugenommen, das Gesinde war höflich und zuvorkommend. Manderscheids Einfluss hielt ihnen auch Hatto von Virneburg vom Leibe. Seit Tagen hatten sie den Ritter nicht mehr zu Gesicht bekommen. Die Wächter zuckten nur die Achseln, sobald Lucia nach ihm fragte. Sie hoffte, dass Hatto die Burg inzwischen verlassen hatte, befürchtete jedoch, dass ihr Feind sich das Bogenschießen nicht entgehen lassen würde.

Während sie voller Sorge an die näher kommende Mittagsstunde dachte, verstand es Magdalena, ihrer Lage immer auch einige gute Seiten abzutrotzen. Lucia beneidete sie dafür.

«Hast du denn gar keine Angst vor der Zukunft?», wollte sie wissen.

Magdalena wich ihren Blicken aus und starrte auf ihre Handarbeit. Während der letzten Tage hatte sie wie eine Besessene genäht und gestickt, doch niemals hatte Lucia ein Ergebnis ihrer Mühen zu Gesicht bekommen. Sie vermutete daher, dass ihre Schwester es einfach nicht ertragen konnte, die Glieder, die ihr noch gehorchten, untätig ruhen zu lassen.

«Martin ist meine Vergangenheit», sagte Magdalena leise. Sie überlegte eine Weile, dann fügte sie hinzu: «Ich weiß nicht, ob ich ihn so geliebt habe, wie eine Ehefrau ihren Mann lieben sollte. Aber ich weiß, dass ich ihm viel verdanke. Er war so geduldig, so viel stärker und schlauer, als ich es bin. Er hätte sich nicht aus seinem Haus vertreiben lassen.»

«Aber du lebst, während er …» Lucia verfluchte ihre Unachtsamkeit. Auf keinen Fall wollte sie im Streit von ihrer Schwester scheiden. Aber Magdalena lächelte nur; sie nahm ihr die unbedachten Worte nicht übel.

«Du willst sagen, dass ich vielleicht am Ende doch schlauer gewesen bin, da man mich nicht mit gebrochenem Genick von einem Balken hängend aufgefunden hat?»

«Entschuldige …»

«Du musst dich nicht entschuldigen, Lucia», sagte Magdalena ernst. «Martin mag meine Vergangenheit gewesen sein, aber du, Schwester, bist unser beider Zukunft. Du hast das Zeug dazu, die Menschen, die uns heute noch verachten, in ihre Schranken zu verweisen. Aber …»

Ein ungeduldiges Klopfen an der Tür unterbrach sie. Längst war Zeit zu gehen. Manderscheids Burghauptmann Jost war die Aufgabe zugefallen, Lucia hinaus auf die Wiese zu begleiten; er wartete bereits auf dem Gang. Auch Magdalena durfte dem Wettstreit der Bogenschützen beiwohnen, sollte danach aber umgehend in ihre Kammer zurückgebracht werden. Lucia nahm ihre wenigen Habseligkeiten und stülpte sich die Kappe ihres Vaters auf. «Du wolltest mir doch noch etwas sagen?»

Magdalena war blass geworden. Wie sie auf dem Bett kauerte, die Haare offen, den Blick voller Spannung auf sie gerichtet, wirkte sie wieder so zerbrechlich wie an jenem Abend in Mainz, als Lucia sie zum ersten Mal nach vielen Jahren wiedergesehen hatte. Lucia spürte, dass ihr etwas auf dem Herzen lag.

Das Klopfen wurde lauter. Fordernder.

«Die Nächte werden allmählich wärmer», bemerkte Magdalena. Sie klang abwesend. «Aber wenn der Wind in den frühen

Morgenstunden um den Turm saust, kommt es mir so vor, als müsste ich die Nacht, in der Martin starb, noch einmal durchleben. Vorgestern glaubte ich zum ersten Mal, das Gesicht zu erkennen, das immer wieder in meine Träume dringt.»

Lucia blickte sie erwartungsvoll an. Fing Magdalena tatsächlich an, sich zu erinnern?

«Du wirst in Luxemburg auf diesen Robert von Virneburg treffen?», erkundigte sich Magdalena.

Lucia nickte, obwohl sie nicht verstand, was Magdalena mit all diesen Andeutungen bezweckte. Warum erwähnte sie Robert in Verbindung mit Martins Tod? Die beiden waren einander niemals begegnet. Stockend erzählte sie, dass Ulrich von Manderscheid den Neffen des Virneburger Grafen zum Lehrer für sie bestimmt hatte.

«Du magst den jungen Mann, nicht wahr?»

Verlegen senkte Lucia den Blick. Ja, Robert gefiel ihr. Weil er in die Köpfe der hohen Herren und der kleinen Leute gleichermaßen schlüpfen und ihre Absichten ergründen konnte. Weil er die Überheblichkeit derer, die ihn zum Knecht machten, mit Verachtung strafte und dennoch seine Pflicht tat. Weil er nicht vergessen hatte, was Freiheit bedeutete.

«Ich ziehe ihn jedenfalls einem Mann vom Schlag Hattos vor», antwortete sie schließlich. «Aber warum stellst du mir all diese Fragen?»

Magdalena senkte den Blick. «Ich möchte nur, dass du dich in Luxemburg vorsiehst. Heute Nacht hatte ich einen Traum, seither fürchte ich …»

Was sie befürchtete, erfuhr Lucia nicht mehr, denn im nächsten Moment steckte der Burghauptmann seinen Kopf in die Kammer und forderte sie auf, ihm umgehend zum Übungsplatz zu folgen.

«Meine Schwester wollte mir soeben etwas mitteilen, als Ihr hereinplatztet», erhob Lucia aufgebracht Einspruch. Doch es nutzte ihr nichts. Höflich, aber bestimmt wurde sie auf den Gang hinausbefördert, wo bereits ihr Bogen auf sie wartete. Er roch nach frischem Wachs.

«Eure Schwester wird mit ihrer Mitteilung warten müssen, bis das Turnier zu Ende ist», meinte Jost. «Mein Herr hat bereits zweimal fragen lassen, ob Ihr mit Euren Vorbereitungen begonnen habt. Und, habt Ihr?» Obwohl er wie immer betont höflich mit ihr sprach, war die Mahnung in seinen Worten nicht zu überhören. Überhaupt schien er für das Spektakel, das sein Herr mit dieser Jungfrau trieb, nur wenig Verständnis zu haben. Auf das bevorstehende Bogenschießen hinter der Burg freute er sich jedoch ganz offensichtlich, denn Jost hatte aus gegebenem Anlass nicht nur seinen Bart einen Fingerbreit stutzen lassen, sondern auch das schmucklose Wams, das er für gewöhnlich trug, gegen einen knielangen Rock aus dunkelrotem Samt eingetauscht.

Lucia bestand darauf, das Übungsschießen in einem abgeschiedenen Teil des Burghofs zu absolvieren. Neugierige Blicke würden sie früh genug treffen, das wusste sie. Aber wenigstens ein kurzer Moment sollte ihr allein gehören. Sie brauchte diese Zeit. Kommentarlos gewährte ihr der Hauptmann diesen Wunsch. Er hatte dafür zu sorgen, dass es später, wenn die Schützen gegeneinander antraten, gerecht zuging. Wie sie sich bis dahin die Zeit vertrieben, war nicht seine Angelegenheit.

Als Lucia zur Mittagsstunde in Begleitung von Jost und fünf weiteren Burgsoldaten durch das Tor geführt wurde, stand ihr der Schweiß auf der Stirn. Sie war erleichtert, dass der Hauptmann sie nicht über Erfolg oder Misserfolg ihrer Übungen befragte. In sich gekehrt folgte sie den Männern.

Auf der Wiese herrschte bereits ausgelassene Stimmung. Ulrich von Manderscheid hatte es sich nicht nehmen lassen, das Turnier in einen Jahrmarkt zu verwandeln. Zum ersten Mal sollte die geheimnisvolle Jungfrau aus dem Turm ihren Bogen sprechen lassen und im Wettstreit mit Manderscheids Schützen ihre Tüchtigkeit unter Beweis stellen. Das musste gefeiert werden.

Als Lucia ihre Blicke über die Tribüne mit den Bänken, gehissten Fahnen und erhöhten Ehrensesseln schweifen ließ, kam ihr alles wie ein großer Irrtum vor. Sie konnte nicht begreifen, dass die Männer und Frauen hinter der eilig errichteten Absperrung, vor der Wächter mit glänzenden Tellerhelmen standen, nur gekommen waren, um sie schießen zu sehen.

Allmählich füllte sich die Tribüne; plaudernd und scherzend strömten die Menschen herbei. Manderscheid musste Boten ausgesandt haben, um die Herren der umliegenden Landgüter mit ihren Damen und Kindern, Dienerinnen und Pagen einzuladen. Die Wachen verteilten sich über den abgesteckten Platz, während einige Männer hölzerne Zielscheiben von zwei Ochsenkarren abluden und sie zu den bereits aufgestellten Scheiben schleppten.

Der Jüngling, der Magdalena und ihr während der vergangenen Wochen das Essen gebracht hatte, schleppte einen Ballen violettes Tuch herbei und rollte es vor der Tribüne über das feuchte Gras.

Als Lucia an Josts Seite die Wiese überquerte, war aufgeregtes Getuschel zu vernehmen. Einige der Soldaten tauschten vielsagende Blicke aus, andere übten weniger Zurückhaltung. Ihr Gelächter und die anzüglichen Bemerkungen trafen Lucia wie Steinwürfe. Auch die Schützen, die sich unterhalb der Tribüne eingefunden hatten, machten nicht den Eindruck, als würden sie sich über Lucias Anwesenheit freuen. Keiner der Männer machte Platz, als sie zu ihnen trat.

«Wer der Jungfrau Lucia von Trier keine Achtung entgegenbringt, verlässt auf der Stelle den Platz», donnerte da auch schon Ulrich von Manderscheids Stimme von der Tribüne herab. Überrascht hob Lucia den Kopf und sah, wie der Burgherr in Begleitung des Stiftskanonikus und einiger vornehm gekleideter Herren an das Geländer trat. Er wirkte ungehalten. Kurz darauf tauchte auch Hatto von Virneburg auf, der sein feinstes Gewand angelegt hatte. Der junge Ritter stimmte nicht in das Gelächter der Umstehenden ein, sondern begnügte sich damit, Lucia verächtlich zu mustern.

Lucias Mut drohte zu sinken, doch da entdeckte sie zwischen den Köpfen einiger Frauen Magdalena. Ihr Korbsessel stand etliche Spannen weit vom Geländer entfernt; mühsam reckte ihre Schwester den Hals, um durch die schmalen Spalten der Holzverkleidung hinab auf die Wiese blicken zu können.

Eine Ewigkeit verging, ehe sich Ulrich von Manderscheid endlich von seinem Platz erhob und die Zuschauer um Ruhe bat.

«Ich stelle den Wettstreit der Bogenschützen von Manderscheid unter den Schutz unserer Heiligen Jungfrau Maria», verkündete er mit lauter Stimme. Die Köpfe der Männer und Frauen senkten sich, manche in gespielter, andere in aufrichtiger Demut. Die Bogenschützen knieten nieder und legten ihre Bogen vor sich, als Nikolaus Doeser vortrat und einige lateinische Formeln sprach. Andere Geistliche waren nicht erschienen.

Lucia betete im Stillen; sie bat Gott um eine sichere Hand. Als sich die Schützen endlich erheben und zu ihren Plätzen auf der anderen Seite der Wiese begeben durften, kniete sie immer noch. Ein energisches Räuspern drang an ihr Ohr. «Es ist so weit», raunte ihr der Burghauptmann zu. «Enttäuscht unseren Herrn nicht, Ihr wisst, was für ihn auf dem Spiel steht.»

Bischofshut und Krummstab, dachte Lucia missmutig, während sie sich noch einmal zur Tribüne umwandte. Mit unschuldiger Miene lächelte ihr Manderscheid zu. Sie hasste ihn für seine Unbekümmertheit, mehr aber noch dafür, dass er mit ihr umging wie ein Knabe mit seinem Spielzeug. Erlitt sie eine Niederlage, musste er seine Pläne ändern, aber er wahrte sein Gesicht. Ihr hingegen drohte ein düsteres Schicksal.

Zwölf Schützen standen drei Zielscheiben gegenüber. Die Regel besagte, dass stets vier der Männer in ausgelosten Gruppen gegeneinander in den Wettstreit traten. Doch wie zu erwarten gewesen war, war keiner der Schützen bereit, Lucia in seine Gruppe aufzunehmen. Kurzerhand schaffte der Aufseher das Problem aus der Welt, indem er sie zu den jüngsten Teilnehmern befahl.

Eine Fanfare verkündete den Beginn des Wettstreits. Die Bogen wurden gespannt, beifällige Rufe begleiteten das Surren der Pfeile. Begeisterung brandete auf, je näher die Schützen den inneren Kreisen auf den Scheiben kamen. Das Ziel, einen leuchtenden roten Punkt, traf kein Schütze der ersten Gruppe, dennoch stand schon nach wenigen Schüssen ihr Sieger fest. Ein kleiner, kräftig gebauter Mann, dessen schulterlanges Haar bereits ergraut war, schulterte seinen Bogen. Sein triumphierendes Lächeln begleitete die Ausgeschiedenen, die sich niedergeschlagen vom Platz entfernten, um missmutigen Rufen aus den Zuschauerreihen zu entgehen. Lucia wusste, warum sich einige der Schaulustigen ärgerten. Es war üblich, Wetten auf die Schützen abzuschließen. Die Kriegsknechte, die ihre Geldbörsen nun öffnen mussten, verliehen ihrer Wut auf die erfolglosen Kameraden mit Murren, Schimpfworten oder Steinwürfen Ausdruck.

Während sich die Gruppe der übriggebliebenen Schützen neu formierte, bemerkte Lucia einen Halbwüchsigen, der mit einem Krug in der Hand über die Wiese spurtete und den Männern eine Erfrischung reichte.

«He, gib dem Mädchen auch zu trinken», mahnte der Sieger der ersten Turnierrunde und wies in Lucias Richtung. Ihm war nicht entgangen, dass der Junge die Becher der Männer bereits zum zweiten Mal füllte, Lucia jedoch wie Luft behandelte. Der Mann wartete einen Moment, dann platzte ihm der Kragen. Er ließ seinen Bogen ins Gras sinken und versetzte dem Jüngling einen kräftigen Fußtritt, woraufhin dieser strauchelte und mit einem erschrockenen Laut in die Knie ging.

Die umstehenden Männer blickten ihren Kameraden erstaunt an, dann brachen sie in spöttisches Gelächter aus.

«Wird Zeit, dass der Bursche lernt, wie man sich benimmt», brummte der Schütze. Er gab sich ruppig, konnte ein belustigtes

Grinsen jedoch nicht unterdrücken. «Niemals würde ich es ihm durchgehen lassen, eine edle Jungfrau verdursten zu lassen!» Gutgelaunt reichte er Lucia seinen Becher und forderte sie mit einem Blick auf, daraus zu trinken. Dankbar nahm sie einen großen Schluck.

«Woher willst du denn wissen, ob die Kleine wirklich eine Jungfrau ist?», rief einer seiner Kameraden, dem der Schalk im Nacken saß. «Der Manderscheider kann uns viel erzählen. Wollen wir uns nicht erst mal davon überzeugen?»

«Vielleicht hat sich der Bursche mit dem Krug ja schon heute Nacht davon überzeugt», bemerkte ein anderer Schütze. «Vermutlich will er uns besoffen machen, damit sein Liebchen das Turnier gewinnt.»

«Das ist nicht wahr», schrie der Junge. «Ich habe kein Liebchen, und wenn ich eines hätte, dann gewiss keine Hexe. Mit so einer wie der würde ich bestimmt nichts anfangen!» Beleidigt rappelte er sich auf, griff seinen Krug und lief unter dem Gelächter der Männer davon.

Lucias Augen blitzten gefährlich auf. Es lag auf der Hand, dass die Männer sich auf ihre Kosten amüsieren wollten. Keiner würde es wagen, hier draußen Hand an sie zu legen. Aber allmählich hatte sie genug von ihrem Spott. Wütend warf sie den Becher zu Boden und sagte: «Noch ist der Wettstreit nicht zu Ende, Freunde. Im Gegenteil, er hat gerade erst begonnen.»

Kaum hatte sie ihren Köcher aufgehoben, kündigte auch schon ein weiterer Fanfarenstoß die nächste Runde an. Das Los entschied, dass diesmal Lucia beginnen sollte.

«Nun denn, Mädchen, viel Glück», raunte ihr der Grauhaarige vergnügt zu. «Möge der Bessere gewinnen.» Seine Worte klangen aufrichtig.

Lucias erster Pfeil fand die Scheibe zielsicher, dennoch war sie mit dem Ergebnis nicht zufrieden. Ihre Hand war erstaunlich ruhig geblieben, ihr Blick wach und konzentriert, und doch steckte der Pfeil nicht wie erhofft zwischen dem dritten und dem vierten Ring, sondern lediglich am Rand des zweiten. Nachdenklich befeuchtete sie ihren Finger und hielt ihn in die Luft. Der Wind wehte aus westlicher Richtung, hatte er ihren Pfeil womöglich so weit abgelenkt?

Von der Tribüne klang kein Laut zu ihr herüber. Keine Hand hob sich zum Gruß, keine Dame ließ ihr Band flattern. Weder Ulrich von Manderscheid noch Hatto gaben zu erkennen, was in ihnen vorging. Aber zu Lucias Erleichterung waren auch die beleidigenden Rufe verstummt.

Lucia gab dem nächsten Schützen mit einem Wink zu verstehen, dass er an der Reihe war. Der Mann ließ sich Zeit. Er wechselte mehrmals seine Position, kniete sich auf ein Bein, um sich dann wieder zu erheben. Als sein Pfeil endlich durch die Luft surrte, ging ein erleichtertes Raunen durch die Menge. Einige der weiblichen Zuschauer klatschten verhalten Beifall. Doch selbst von der Tribüne aus war zu erkennen, dass Lucias Pfeil dem Ziel deutlich näher gekommen war.

Das Kräftemessen ging weiter, nach jeder erfolgreich abgeschlossenen Runde wurden die Zielscheiben von Knechten um zehn bis fünfzehn Schritte zurückgesetzt und die Mienen der Teilnehmer verbissener. Längst kamen den Männern keine derben Scherze oder Pfiffe mehr über die Lippen. Ihr Kampfgeist war erwacht. Das Einzige, was nun zählte, waren ein klarer Kopf und kaltes Blut.

Um sich herum sah Lucia einen Schützen nach dem anderen die Waffen strecken, unter den scharfen Blicken der Schiedsrichter schmolzen die Gruppen wie Kerzenwachs. Ein hoffnungsvolles Lächeln glitt über ihre Lippen, als sie an ihren Vater dachte. Nicht für Manderscheid wollte sie aus diesem Wettstreit als Siegerin hervorgehen, sondern für ihn. Es war merkwürdig, aber fast glaubte sie, seine Gegenwart zu spüren. Das Schnalzen der Bogensehnen klang plötzlich wie Musik in ihren Ohren, der Geruch von Öl und Fett, die das Holz geschmeidig halten sollten, umschmeichelte sie wie der Duft eines Festmahls.

«Nun, was ist, Mädchen? Träumst du mit offenen Augen?»

Der Schütze, der ihr seinen Becher gereicht hatte, nickte ihr aufmunternd zu. «Wie es aussieht, sind nur wir beiden Hübschen übriggeblieben. Ein alter Knochen aus dem hohen Norden und ein Mädchen, das den Bogen besser zu führen versteht, als so manches Weib den Kochlöffel.» Er lachte, und seine Fußspitzen gruben sich in die feuchte Erde. «Verzeih mir, das sollte keine Beleidigung sein!»

Lucia warf den Kopf in den Nacken und stimmte in sein Lachen ein. Sie spürte, dass der Schütze sie weder verachtete noch etwas Böses wollte. Dass er darüber hinaus ein ernstzunehmender Gegner war, hatte schon sein erster Pfeil verraten. Er würde nicht so leichtsinnig sein wie die anderen, die sich aus reiner Eitelkeit geweigert hatten, sie überhaupt wahrzunehmen. Seine Geschicklichkeit paarte sich mit jahrzehntelanger Erfahrung, und er würde kämpfen wie ein Löwe, um sie aus dem Feld zu schlagen.

Ich werde es dir nicht leichtmachen, dachte sie, während der Turnieraufseher ihr den Beutel mit den beiden verbliebenen Losen reichte.

«Mein Name ist Thomas», stellte sich der ältere Schütze vor. Dann öffnete er die Hand und zeigte Lucia den roten Stein, den er aus dem Beutel gezogen hatte.

Lucia nickte ihm zu. «Du darfst beginnen.»

«Viel Glück, kleine Jungfrau!»

Thomas drehte sich nicht mehr nach ihr um. Den Blick starr auf die Zielscheibe gerichtet, stapfte er durch das hohe Gras. Die letzten beiden Pfeile würden über den Ausgang des Turniers entscheiden. Lucia spürte, wie die Aufregung, die sie während des Turniers besiegt geglaubt hatte, sie wieder überfiel. Gern hätte sie etwas getrunken, um den bitteren Geschmack in ihrem Mund zu vertreiben, aber weit und breit war kein Wasserträger in Sicht, und sie traute sich nicht, einen Aufseher herbeizurufen. Es sah so aus, als wollte Ulrich von Manderscheid diese letzte Prüfung für sie und ihren Gegner so schwer wie möglich machen. Zu allem Überfluss hatte der Turnieraufseher auch noch befohlen, die Scheibe nahe an die Tribüne der Ehrengäste zu rücken, sodass die beiden Schützen zwangsläufig die erwartungsvollen Gesichter der Zuschauer sahen.

Lucia bemühte sich, die tuschelnden Menschen zu ignorieren, die sich über das Geländer lehnten. Die Frage war, ob ihr das auch später gelingen würde.

Beifall erklang. Thomas schwang den Bogen und verbeugte sich mit der Eleganz eines Gauklers, der glücklich war, die Menge mit seiner Kunst unterhalten zu haben. Seine Miene spiegelte vorsichtige Zufriedenheit wider, doch als Sieger schien er sich noch nicht zu fühlen. Mit einer einladenden Handbewegung forderte er Lucia auf, seinen Treffer zu begutachten.

Dieser war nicht zu verachten, das musste Lucia neidlos anerkennen. Hielt man den Kopf ein wenig geneigt, so schien Thomas' Pfeilspitze den roten Bereich zumindest zu berühren. Berücksichtigte man zudem den stärker werdenden Wind und das trübe Licht, so hatte Thomas in der Tat einen begnadeten Schuss abgegeben.

«Wir sollten die Entscheidung aufschieben», schlug Thomas dem Turnieraufseher vor. Skeptisch blickte er zum Himmel, der sich mit dunklen Wolken zugezogen hatte. «Mir fiel es schon schwer, die Scheibe anzuvisieren, denn der Wind hat sich gedreht und macht es von Moment zu Moment schwerer, die Hand ruhig zu halten. Nun sieht es auch noch nach Regen aus.»

Der Aufseher zog den Kopf ein. Schon sah es so aus, als wollte er einlenken, dann aber fing er einen Blick seines Herrn auf und schüttelte energisch den Kopf. «Könnt Ihr als Bogenschütze Euren Feind auf morgen vertrösten, weil Euch das Wetter nicht gefällt?», fragte er. «Der Wettstreit geht weiter. Diese Jungfrau hat alle Manderscheider Bogenschützen herausgefordert, nun soll sie zeigen, ob sie so geschickt ist, wie sie behauptet. Außerdem wird Graf Ulrich morgen früh nach Köln aufbrechen.»

Lucia beendete den Wortwechsel der beiden Männer, indem sie ihren Bogen ergriff und auf das straffgezogene Band zulief, hinter dem sie Aufstellung nehmen musste. Es war freundlich von Thomas gewesen, für sie zu sprechen, aber ein Aufschub war das Letzte, was sie wollte. Der letzte Pfeil war unvermeidlich, sie durfte sich nicht drücken.

Auf den Rängen kehrte wieder Ruhe ein, und gespannte Blicke richteten sich auf die zierliche Gestalt, die im Waffenrock eines Junkers die Sehne spannte.

Lucia hatte den Wind unterschätzt. Diesmal verlagerte sie ihr Gewicht stärker auf die linke Seite; mit der Fußspitze prüfte sie den Boden, auf dem sie stand. Sie durfte nicht einknicken, wenn sie den Bogen spannte. Ihr Herz pochte, als sie leicht in die Knie ging und den Pfeil auf die Sehne legte. Das Ziel, der blutrote Punkt, war genau vor ihr. Sie musste ihr Gewicht noch ein wenig mehr zur Seite verlagern, und dann …

Vor dem Zugang zur Tribüne erklangen laute Stimmen. Lucia runzelte die Stirn. Ein schäbiger Trick, um sie abzulenken. Ausgerechnet jetzt verlangte ein Mann, durch die Absperrung gelassen zu werden. Lucia kniff das rechte Auge zu und spannte den Bogen erneut.

Der Mann hatte sich durchgesetzt und erklomm unter vorwurfsvollem Raunen die Stufen. Er hielt direkt auf Hatto von Virneburg zu.

Lucia wagte einen Blick aus den Augenwinkeln und erstarrte. Das Gesicht des Mannes mit den stechenden Augen, der Hatto etwas ins Ohr flüsterte, hatte sie schon einmal gesehen.

Wolfsauge, durchfuhr es sie.

Er war hier, ausgerechnet auf Burg Manderscheid. Aber warum? Ihretwegen? Was um alles in der Welt hatte er mit Hatto zu schaffen? Sie wusste, dass sie weder darüber nachdenken noch sich ablenken lassen durfte, doch genau das schien der Virneburger beabsichtigt zu haben.

Unsicher setzte sie ihren Fuß auf, aber der Boden schien plötzlich weich wie Mehlgrütze zu sein. Sie machte einen Schritt zur Seite, doch ihr gekrümmter Zeigefinger verkrampfte sich nun. Nein, es war unmöglich, so hatte das keinen Zweck. Sie musste von neuem ansetzen.

Im selben Moment, als sie den Bogen sinken ließ, schnellte ihr letzter Pfeil wie von selbst von der Sehne.

Entsetzt stöhnte Lucia auf.

Verloren, war ihr einziger Gedanke. Aus. Ich habe verloren.

Schluchzend wandte sie sich ab und schlug den Ärmel ihres weißen Gewands vor das Gesicht, um ihre Tränen vor den Wachsoldaten und den noch am Rand des Feldes stehenden Schützen zu verbergen.

Auf der Tribüne herrschte eine furchteinflößende Stille. Dann, es mochten nur wenige Augenblicke vergangen sein, begann eine einzelne Person zu klatschen. Es klang weder tröstend noch hämisch, eher ungläubig. Weitere Hände schlossen sich dem zaghaften Beifall an.

Lucia drehte sich um, verwirrt bemerkte sie, wie die Soldaten mit geweiteten Augen auf die Zielscheibe starrten. Auf ihren Gesichtern machten sich Verwunderung und Ehrfurcht breit. Nun erklangen auch anerkennende Pfiffe.

Lucia konnte nicht glauben, was sie sah. Ihr Pfeil, den sie für vergeudet gehalten hatte, steckte zwar nicht genau in der Mitte, war aber immerhin in das innere rote Feld gedrungen, während Thomas' Pfeil mit der blauen Fiederung zwei Fingerbreit entfernt am Rande saß.

«Die Jungfrau hat gewonnen», dröhnte Thomas' Stimme über die Wiese. Obwohl der kleine Mann eine Niederlage erlitten hatte, strahlte er über das ganze Gesicht. «Ihr Pfeil hat getroffen!»

Ulrich von Manderscheid sprang begeistert von seinem Stuhl auf und reichte dem Stiftskanonikus die Hand. Dann sagte er etwas zu Hatto, der erst empört den Mund öffnete, sich dann aber mit finsterer Miene an den Umstehenden vorbeidrängte. Schlecht gelaunt kam er auf Lucia zu.

Er war blass, seine Augen lagen tief in den Höhlen.

«Kommt Ihr, um mir zu gratulieren?», fragte Lucia. Ihr Atem ging schnell. Noch konnte sie nicht recht glauben, dass ausgerechnet ihr missglückter Schuss ins Schwarze getroffen haben sollte. Welche Macht hatte ihr die Hand geführt?

«Spar dir deine dummen Bemerkungen», knurrte Hatto. Er versuchte, gleichmütig zu klingen, konnte seinen Ärger aber schlecht verbergen. «Der Teufel hat deinen Bogen berührt, deshalb hast du gewonnen!»

Lucia schaute zur Zielscheibe, vor der sich eine Menschentraube versammelt hatte, um sich den Pfeil der Siegerin anzusehen. Sie zuckte die Achseln und konnte es sich nicht verkneifen, den hochmütigen Ritter zu ärgern, auch wenn sie wusste, dass sie ihn damit noch mehr reizte. «Dann scheint der Teufel aber ein wenig aus der Übung zu sein», bemerkte sie mit einem Lächeln. «Vom großen Meister der Täuschung hätte ich mehr erwartet als das.»

«Du wagst es, auch mit der Welt des Unsichtbaren deinen Spott zu treiben? Du bist nichts als ein Wechselbalg, eine widernatürliche Kreatur, die durch einen Zufall ein paar altersschwache Schützen besiegt hat. In Zukunft solltest du dir überlegen, wen du dir zum Feind machst!»

Hattos Drohungen machten auf Lucia keinen besonderen Eindruck. Sie schulterte ihren Bogen, ohne den wütenden Blicken des Virneburgers auszuweichen. Die Zeiten, in denen er ihr Angst eingejagt hatte, waren vorbei. Nach dem Erfolg des heutigen Nachmittags würde er es nicht mehr wagen, sie oder Magdalena anzurühren. Sie lächelte in sich hinein. Vielleicht hatte es ja auch seine guten Seiten, eine Zeitlang die Auserwählte zu spielen.

Lucias Laune sank erst, als sie bemerkte, dass sich Wolfsauge auf Hatto zubewegte. Der Mann benahm sich nicht gerade wie ein Mörder auf der Flucht. Tatsächlich schien er weder gehetzt noch vorsichtig, wie man es von jemandem erwartete, der sich vor der Obrigkeit vorsehen musste. Im Gegenteil, er grüßte einen der Burgwächter und schien sich so sicher zu fühlen wie in Abrahams Schoß.

Lucia bemerkte, dass er ein funkelnagelneues Wams mit bauschigen, blau-weiß gestreiften Ärmeln trug. Auf seinem Kopf saß ein Barett aus verwaschenem, aber sauberem Filz. An seinem Gürtelband hing ein prallgefüllter Beutel aus Leder.

Lucia machte einen Schritt zurück. Übelkeit stieg in ihr auf. «Ihr befindet Euch in schlechter Gesellschaft, Herr Hatto», stieß sie hervor.

«So, meinst du?» Hatto spuckte ihr vor die Füße. «Glaubst du etwa, ich sei freiwillig zu dir gekommen? Nun beeile dich, dein edler Beschützer, der Erzbischof werden möchte, hat mit dir zu reden.»

Einige der Umstehenden waren auf den Wortwechsel aufmerksam geworden und lachten amüsiert, doch als Lucia Hatto voller Zorn ansah, verstummten sie jäh. Zwei Mädchen verbeugten sich sogar vor ihr. Noch schienen sich die Leute nicht sicher, ob die Blicke der Jungfrau von Trier segensreich oder schädlich wirkten. Und eine Warze auf der Nase wollte sich gewiss keiner der Schaulustigen einhandeln.

«Der Mann ist ein gemeiner Mörder!»

Lucia weinte beinahe, so aufgeregt war sie. Ihre Freude über den Sieg war im Nu verpufft.

Ulrich von Manderscheid hatte einige seiner Männer in die Halle befohlen, die bereits für ein bescheidenes Festmahl hergerichtet worden war; missmutig starrte er auf die fließenden Tafeltücher aus venezianischer Seide, die seine Mägde aufgelegt hatten. Lucia konnte sich denken, dass sie ihm die Laune verdarb. Aber das war nicht ihr Problem. In Abwesenheit seiner älteren Brüder oblag ihm die Rechtsprechung über alle Ländereien, Wälder und Dörfer, die den Grafen von Manderscheid unterstanden. Es war seine Pflicht, Wolfsauge das Handwerk zu legen; noch einmal durfte er nicht entkommen.

«Und du bist sicher, dass du dich nicht täuschst?», versuchte Nikolaus Doeser zu vermitteln. Er musterte zuerst Hatto, der unbeteiligt auf einem Sessel saß und sich die Sohlen seiner Stiefel mit einem Stecken reinigte, dann Bürlin Wolker, der gleichmütig hinter seinem Herrn stand.

«Spricht vielleicht der Geist der Prophezeiung aus dem Mädchen?» Erwartungsvoll hellte sich Manderscheids Miene auf. «Hast du nach deinem glänzenden Sieg eine besondere Erscheinung gehabt? Ein Gesicht? Ist dir der Mann im Traum erschienen?»

Lucia schüttelte unwirsch den Kopf. Was war das nun wieder für ein Unsinn? Sie hatte draußen auf dem Feld gekämpft und überhaupt keine Zeit gehabt zu träumen. Kein Wesen aus der anderen Welt hatte ihr zugeflüstert, dass Hattos Freund gemordet und ihr die Schuld in die Schuhe geschoben hatte. Sie hatte es erlebt. Vielleicht wäre es geschickter gewesen, sich auf ihre neue Position als gesegnete Jungfrau zu berufen und nur das zu bestätigen, was die beiden Männer ihr in den Mund legen wollten. Einen Moment lang rang sie mit sich, dann zuckte sie die Achseln und sagte: «Ich habe nicht geträumt. Der Mann hat mich belästigt und dann eine Frau getötet, die den Zug des Trierer Kaufherrn Emmerich nach Luxemburg begleitete.»

Hatto warf seinen Stecken auf den Fußboden und funkelte Lucia lauernd an. «Unterstellst du mir, ich würde einen Verbrecher unter meinen Dienern dulden?», rief er. «Das ist ungeheuerlich.»

Lucia sah, wie er und Wolfsauge sich mit Blicken verständigten, doch außer ihr schien das niemandem in der Halle aufzufallen.

Unsicher hob sie die Hand und bat Ulrich von Manderscheid, die Frage des Ritters beantworten zu dürfen.

Manderscheid nickte ihr zu.

«Ich weiß nicht, wie es diesem Kerl gelungen ist, sich das Vertrauen des Grafen zu erschleichen», sagte sie. «Vermutlich hat er ihm einen Berg von Lügen aufgetischt, um seine Schandtaten zu verschleiern.» Sie wandte sich an Ulrich von Manderscheid, der sich mit einem Stück Papier Luft zufächelte. «Hochwürdiger Herr, als ich in diese Burg gebracht wurde, trug ich an Händen und Füßen Fesseln. Aber diesen Mann wollt Ihr davonkommen lassen?»

«Es sprach so manches gegen dich», bemerkte der Burgherr lakonisch. Seine Miene warnte Lucia davor, zu weit zu gehen. Trotz ihres Sieges war sie noch immer seine Geisel. Lucia tat, als bemerke sie seine Blicke nicht. «Ihr habt mir geglaubt, als ich meine Unschuld beteuerte. Warum wollt Ihr mir jetzt nicht glauben? Habt Ihr nicht verkündet, mein Erscheinen sei die Erfüllung einer Prophezeiung?»

«Genug!» Mit der Faust schlug Manderscheid auf die Tafel. «Graf Hatto, wer ist der Mann, den die Jungfrau des Mordes beschuldigt? Steht er in Euren Diensten?»

Hatto nickte zögerlich. «Bürlin dient dem Haus Virneburg bereits seit Jahren. Ich sandte ihn vor einiger Zeit mit einer Botschaft zu einem Freund, der mehrere Tagesreisen weit entfernt im Norden lebt. Daher kann er keinen Trierer Kaufmannszug begleitet haben. Die Jungfrau muss sich getäuscht haben.»

«Ihr sagt doch hoffentlich die Wahrheit?»

Hatto schien bereits die Frage für eine Zumutung zu halten. «Wollt Ihr, dass ich die Hand auf eine Bibel lege?», fragte er ungehalten. «Mein Vater wird erschüttert sein, wenn er erfährt, wie in Eurem Haus neuerdings mit Virneburgern umgesprungen wird. Solltet Ihr Hand an meinen Dienstmann legen, so schwöre ich Euch, dass mein Vater davon erfahren und Euch seine Unterstützung entziehen wird. Wollt Ihr das Wort einer dahergelaufenen Schneiderin höher bewerten als das eines Ritters?»

Manderscheids Gesicht lief rot an, aber als der Stiftskanonikus ihm begütigend die Hand auf den Rücken legte, zügelte er seine Wut. «Ich schätze es nicht, wenn man mir droht», sagte er. «Aber um Eures Vaters willen sollte ich Eurem Ehrenwort Glauben schenken. Die Jungfrau mag auf ihrer Reise durch unwegsames Gebiet schreckliche Dinge mitangesehen haben. Ich erinnere nur an den Überfall auf das Gut unseres Freundes Siegfried von Niedern, den man brutal ermordet hat. Aber es kann auch sein, dass sie den Mann, von dem sie uns erzählt hat, mit Eurem Knecht verwechselte. Schließlich ist sie ihm, wie sie sagte, bei Nacht über den Weg gelaufen.»

Lucia hoffte, sich verhört zu haben, aber dem war nicht so. Sie wollte bereits aufbegehren, als sie Nikolaus Doesers warnenden Blick bemerkte. Der Geistliche legte einen Finger über die Lippen. Eine gutgemeinte Warnung, die Angelegenheit fürs Erste auf sich beruhen zu lassen.

«Graf Hatto wird nicht wollen, dass das Banner des Hauses Virneburg durch einen dunklen Flecken verunstaltet wird», mischte sich stattdessen der Burghauptmann ein. Er schien mit der Entscheidung seines Herrn, wie so oft, nicht ganz glücklich zu sein. Vielleicht waren ihm die Blicke, die Bürlin und Graf Hatto miteinander getauscht hatten, doch nicht entgangen. Aber Lucia wusste auch, dass der Hauptmann allein den Interessen Manderscheids diente.

«Unser Wappen wurde noch nie in den Schmutz gezogen», begehrte Hatto auf. «Außerdem, was geht uns eine erschlagene Trossmagd an? Sollen sich doch die Trierer darüber den Kopf zerbrechen, wenn sie keine anderen Sorgen plagen. Ich sage es noch einmal: Die Grafen von Virneburg dulden in ihren Diensten weder Mörder noch deren Helfershelfer.»

«Davon bin ich überzeugt», pflichtete Jost bei. «Aber um die leidigen Vorwürfe aus der Welt zu schaffen, sollten wir Euren Vater bitten, den guten Ruf seines Dieners zu bestätigen.»

«Mein Vater?» Hatto machte ein dummes Gesicht. «Was hat mein Vater damit zu tun? Er ist ja nicht mal hier. Außerdem ist Bürlin *mein* Diener!»

Ulrich von Manderscheid schüttelte den Kopf. «Da dieser Bürlin seit Jahren in Euren Diensten steht, wird sein Gesicht ja wohl auch Graf Ruprecht bekannt sein. Ich werde Eurem Vater einen Brief schreiben, den die Jungfrau Lucia ihm gewiss gerne übergeben wird, sobald sie in Luxemburg ist.»

Lucia presste die Lippen aufeinander. O ja, diesen Brief würde sie mit dem größten Vergnügen abliefern. Ulrich von Manderscheid würde bald erfahren, dass sie die Wahrheit gesagt und sich keine Geschichte aus den Fingern gesogen hatte. Doch warum um alles in der Welt stellte sich Hatto von Virneburg schützend vor Wolfsauge? Was hatte er davon, sich immer tiefer in einem Geflecht aus Lügen zu verstricken? Sie konnte sich das nicht erklären. Trieb den Virneburger allein sein Hass auf sie, oder gab es noch einen Grund, der Lucia bislang verborgen geblieben war? Vielleicht wusste Wolfsauge etwas über den Ritter, was dieser verheimlichen wollte.

Ein beklemmendes Gefühl regte sich in Lucias Brust, als sie an die bevorstehende Reise durch feindliches Gebiet dachte. Manderscheid hatte natürlich nicht das Recht, Graf Hatto und Wolfsauge auf der Burg festzuhalten, daher musste sie in den kommenden Tagen und vor allem während der Nächte wachsam sein. Aber wie sollte sie sich verteidigen, wenn es tatsächlich zu einem Überfall kommen sollte? Der sich zuspitzende Streit um Trier gestattete es Ulrich von Manderscheid nicht, mehr als drei Bewaffnete freizustellen, um Lucia auf der Reise nach Luxemburg zu beschützen.

Sie sah ein, dass sie in der Burg nichts mehr ausrichten konnte, und ließ sich zu ihrem Quartier führen, das sich nicht mehr im Turm, sondern in einem flachen Gebäude der Vorburg befand.

Viel lieber hätte sie die letzte Nacht in Magdalenas Gesellschaft verbracht, aber da sie die Burg mit dem ersten Hahnenschrei verlassen sollte, hatte Manderscheid befohlen, sie in der Nähe des äußeren Tores unterzubringen.

Die Stube, die man ihr zuwies, lag über der Werkstatt des Burghafners. Sie war eng und spartanisch eingerichtet, aber sauber. Und die Tür verfügte über einen brauchbaren Riegel, was sie angesichts der feindseligen Blicke, die Graf Hatto und Wolfsauge ihr zugeworfen hatten, wenigstens einigermaßen beruhigte.

Zutiefst erschöpft von den Ereignissen des Tages warf sich Lucia auf die Matratze und streckte ihre verspannten Glieder. Mit geschlossenen Augen lauschte sie den Knechten des Hafnermeisters, die unten auf einer Bank hockten und sich über den unerwarteten Sieg der Jungfrau unterhielten. Ihre Stimmen klangen begeistert, sie tranken auf das Wohl der Fremden. Ja, ein junger Bursche brüstete sich sogar damit, die Jungfrau aus der Nähe gesehen und ihren Zauberbogen berührt zu haben. Lucia musste schmunzeln, obwohl die Beliebtheit, deren sie sich plötzlich erfreute, gleichzeitig ein flaues Gefühl in ihrem Magen verursachte. Anscheinend hatte der Prahlhans keine Ahnung, dass sie bei offenem Fenster jedes seiner Worte mithören konnte.

Bevor ihr die Augen zufielen, dachte sie an ihren Vater und fragte sich, ob er wohl heute mit seiner Schülerin zufrieden gewesen wäre.

XIX

Luxemburg, Sommer 1433

Margitta von Niedern teilte die Vorliebe der Herzogin für alles, was farbenfroh war, duftete und blühte. Daher bedauerte sie es zutiefst, dass ihr Gemahl ihr nie erlaubt hatte, auf seinem Grundbesitz einen bunten Garten anzulegen. Siegfried hatte sich Zeit seines Lebens darauf konzentriert, seine Vorratskeller und Scheunen zu füllen. Sie hatte ihn darin unterstützt, weil es nun einmal die Aufgabe einer umsichtigen Hausfrau war, ihrem Mann bei der Verwaltung seines Gutes zur Seite zu stehen. Aber das hatte nichts daran geändert, dass ihr der Duft von Rosen und Veilchen mehr bedeutete als Säcke voller Erbsen und Bohnen.

Gemächlich schlenderte Margitta über den breiten Kiesweg, vorbei an einem Meer aus Vergissmeinnicht und Flieder. Es war ein wahrer Garten Eden, ein Paradies. Von Zeit zu Zeit beugte sie sich über eines der Beete, um Blumen zu pflücken und die aromatischen Düfte einzuatmen, die ihre Sinne betörten.

Es dauerte nicht lange, bis sie müde wurde. Das war das Seltsame am Paradies. Auf Gut Niedern hatte ein langer, arbeitsreicher Tag hinter dem Spinnrad oder auf dem Schafhof sie nicht annähernd so angestrengt wie ein Tag im Schloss ihrer Gastgeberin. Vermutlich stumpften die Sinne ab, wenn man nichts anderes tat, als in einer verschwenderisch komfortablen Umgebung hübsch auszusehen. Vielleicht war es ja gar nicht Ungehorsam gewesen, der Adam und Eva aus dem Paradies vertrieben hatte, sondern die Langeweile.

Margitta zuckte zusammen, als sie plötzlich eine Hand auf ihrem Arm spürte. Robert von Virneburg stand im Gegenlicht, doch für Margitta war es ein Leichtes, Menschen an ihrem Geruch zu erkennen. Da gab es den Herzog von Burgund, dessen Erscheinung sie aus unerfindlichen Gründen mit eingelegten Gurken in Verbindung brachte. Und Ruprecht von Virneburg, dem ein widerlicher Geruch von schwarzer Galltinte anhaftete. Das mochte daran liegen, dass der Graf seine Tage damit zubrachte, einen langweiligen Brief nach dem anderen zu schreiben. Zumindest stellte sie sich vor, dass seine Briefe langweilig waren, denn was konnte ein Mann schon schreiben, der sich vornehmlich in seinen Gemächern aufhielt und das Hofleben mit all seinen glanzvollen Festen mied?

Die einzigen Menschen im Palast, die Margitta beeindruckten, waren Herzogin Elisabeth, die stets ein Hauch von Rosenwasser umgab, und Robert, dessen jugendliche Frische für sich selber sprach. Für sie duftete er nach den Äpfeln, die er heimlich aus dem Schlossgarten stahl.

«Hast du mich gesucht?», fragte sie, während sie den Stoff ihres Kleides glättete. Sie trug ein luftiges Gewand mit blauen Borten, das ihr Dekolleté vortrefflich betonte. Ihr Haar hatte sie unter einem modischen Spitzhut verborgen; ein schmaler Schleier aus durchsichtigem schwarzem Seidenstoff war an ihm befestigt. Auf Schmuck hatte sie verzichtet, wenn man von der Goldkette mit dem rubinroten Kreuz absah, die Herzogin Elisabeth nach Siegfrieds Tod Margitta als Zeichen ihres Mitgefühls hatte überbringen lassen.

Sie suchte in Roberts Gesicht nach Anzeichen von Verärgerung oder Sorge, Gefühlen, mit denen Margitta umgehen konnte und die sie zu nutzen verstand. Doch der gleichgültige Blick des jungen Virneburgers verletzte sie. Seinem Vorsatz, sie nicht mehr allein zu treffen, war er während der vergangenen Monate treuer geblieben als ein Mönch seinen Gelübden. Als die Nachricht vom Tod ihres Gemahls Luxemburg erreicht hatte, war er zwar unter den Ersten gewesen, die sie aufsuchten, um ihr Mitgefühl zu bekunden; doch Margitta hatte rasch gespürt, dass er sich in ihrer Gegenwart unbehaglich gefühlt hatte und froh gewesen war, als die Zeit gekommen war, sich zu verabschieden.

War es immer noch die Erinnerung an den Tod der französischen Jungfrau, die ihm die Ruhe raubte? Margitta hatte gehört, Herzogin Elisabeth habe trotz des erheblichen Widerstands Burgunds die beiden Brüder der Jeanne d'Arc aus Lothringen eingeladen. Dabei waren die Männer nichts weiter als bessere Bauern. Aber so war Elisabeth. Unberechenbar und ständig auf der Suche nach Zerstreuung.

«Mein Onkel hat mich gebeten, dir auszurichten, er würde sich freuen, wenn du heute Abend an seiner Tafel erscheinst», sagte Robert mit einer galanten Verbeugung. «Er hat etwas mit dir zu besprechen.»

Margitta hob überrascht die Augenbrauen. «Er hat dich gebeten, mich einzuladen?»

Zögernd antwortete Robert: «Vermutlich ließ er dich bisher in Frieden, weil er dich in der Trauer um deinen Mann nicht mit überflüssigen Aufgaben behelligen wollte. Außerdem zerreißen sich die Leute hier nur allzu gern die Mäuler, wenn eine attraktive Edeldame, deren Gemahl erst kürzlich Opfer eines feigen Überfalls wurde, an Geselligkeiten teilnimmt.»

Margitta schluckte. Auch wenn Roberts Bemerkung wie eine Rüge klang, musste sie doch zugeben, dass sie nicht ganz unberechtigt war. So leichtlebig es am Hofe der Herzogin zugehen mochte, die Regentin war eine Enkelin des Kaisers; nicht einmal sie konnte schweigend darüber hinwegsehen, wenn die Regeln höfischer Schicklichkeit verletzt wurden. Aber Margitta hatte den Klatschmäulern bei Hof keine Gelegenheit gegeben, in gehässiger Weise über sie herzuziehen. Ihre Leidenschaft für Robert war das einzige Laster, das sie sich erlaubte. Und davon wusste niemand. Manchmal verspürte Margitta ein schlechtes Gewissen, weil sie kaum noch an Niedern dachte, obwohl der Gutsbesitz, geplündert und verarmt, wie er war, nun ihr gehörte. Siegfried hatte weder männliche Verwandte noch Erben. Sie fühlte sich schuldig, weil sie nicht so um Siegfried trauern konnte, wie es von ihr als Witwe erwartet wurde.

Es gab aber auch Nächte, in denen sie Siegfrieds warmen Körper vermisste und sich danach sehnte, nicht länger als Bittstellerin unter einem fremden Dach schlafen zu müssen. Einen eigenen Rosengarten anzulegen, war ihr großer Traum.

«Warum will mich dein Onkel ausgerechnet heute sehen?», erkundigte sich Margitta vorsichtig. «Hat er Neuigkeiten von Graf Ulrich? Wurden die Männer, die Gut Niedern überfallen haben, endlich gestellt?»

Roberts Antwort blieb unverbindlich. Ja, sein Onkel habe Nachrichten aus der Heimat, die er mit ihnen teilen wolle. Mehr konnte Margitta ihm nicht entlocken. Nun gut, dann musste sie eben darauf hoffen, dass der Alte heute Abend etwas gesprächiger war. Schweigend ließ sie sich von Robert über die kleine Brücke begleiten, welche die Vorhöfe des herzoglichen Schlosses mit dem eigentlichen Palasthof verband. Tief unter ihnen döste die Stadt Luxemburg träge in der Nachmittagssonne vor sich hin.

Eine Jagdgesellschaft überholte sie auf halbem Weg. Gellende Hornstöße kündeten vom Jagdglück der Edelleute, die aus den rauen Wäldern der Ardennen zurückgekehrt waren. Ihre Burschen schleppten ganze Bündel von Rebhühnern hinter sich her. Auch ein Reh und ein Eber, dessen Läufe an eine Stange gebunden waren, fanden den Weg in die Küchen und Vorratshäuser. In den nächsten Tagen würde es an der herzoglichen Tafel reichlich Wildbret geben.

Mindestens zwanzig aufgedrehte Jagdhunde, die von Treibern nur mühsam im Zaum gehalten wurden, rannten an Margitta und Robert vorbei und machten mit ihrem Gebell die Pferde scheu.

Ein hagerer Edelmann, der vom Hut bis zu den Schuhen schwarz gekleidet war, schwang sich aus dem Sattel, verabschiedete sich von seinen Gefährten mit einem Nicken, bevor er leichten Fußes die breiten Steintreppen hinaufsprang. Robert und Margitta verbeugten sich, als der Mann ihren Weg kreuzte. Es war Philipp, der mächtige Herzog von Burgund. Erst vor wenigen Tagen war er mit seinem Gefolge nach Luxemburg gezogen, um mit seiner Tante über dringende Geschäfte zu verhandeln. Doch bislang hatte sich Herzogin Elisabeth weder durch Drohungen noch durch schmeichelnde Worte überreden lassen, ihren Neffen zu empfangen. Es war allgemein bekannt, dass sie sehr starrsinnig sein konnte. Um es sich mit den wohlhabenden Burgundern nicht ganz zu verderben, hatte Ruprecht von Virneburg, der Elisabeth als Berater diente, daher verkünden lassen, die Regentin leide unter den Folgen einer fiebrigen Erkältung und müsse sich auf Anraten ihrer Leibärzte noch schonen, ehe sie sich wieder mit Staatsgeschäften befassen könne.

Margitta blickte dem Herzog interessiert nach. Natürlich durfte sie nicht erwarten, dass er sie, eine einfache Gutsherrin niederen Adels, beachtete. Aber wer wusste schon, was in den Köpfen der hohen Herren vorging? Herzog Philipp war in mancherlei Hinsicht faszinierend. In jungen Jahren war er ein gutaussehender Mann gewesen, ein Genießer, der die Damenwelt mit Charme und Höflichkeit bezaubert hatte. Aber die Ermordung seines Vaters, die ihm die Verantwortung für das Herzogtum auf die Schultern gelegt und ihn tief in den Krieg zwischen England und Frankreich verstrickt hatte, hatte aus ihm einen vorsichtigen, grüblerischen Menschen gemacht. Man erzählte sich sogar, dass Philipp hinter jedem Vorhang im Palast einen gedungenen Mörder lauern sah und nur in Gesellschaft seines Leibdieners schlafen konnte, dem er bedingungslos vertraute. Doch konnte man ihm das in diesen unruhigen Zeiten verdenken?

Vielleicht gelang es Margitta ja, Herzog Philipps Aufmerksamkeit zu erringen. Wenn ihr jemand helfen konnte, dem eintönigen Leben hier zu entkommen, dann war es ein Mann wie er.

Graf Ruprecht von Virneburg hatte ein paar Männer zu einer Besprechung eingeladen. So mancher Besucher wunderte sich, dass der Graf es vorzog, fernab vom Treiben der Hofgesellschaft in einem kleineren Nebengebäude zu wohnen. Sein Empfangszimmer, in dem er Gäste bewirtete, Briefe verfasste und sich mit seinen Vertrauten beriet, war elegant, aber längst nicht so prunkvoll ausgestattet wie andere Gemächer des Palasts. Außerdem war es hier still wie in einem Kloster. Es hieß, die Herzogin habe ihrem Berater unlängst prächtigere Räumlichkeiten angeboten, was Ruprecht jedoch höflich abgelehnt hatte. Angeblich behielt er gern das breite Tor im Auge, das seinem Balkon gegenüberlag. Aber der wahre Grund war, dass es ihm in den Gemächern, die in der Nähe des großen Saals lagen, einfach zu laut war. Das Geplärr der Flöten und Leiern und das Gelächter der nach Lustbarkeiten gierenden Edelleute schmerzten seine Ohren ebenso sehr wie das Geschrei der Gaukler und Akrobaten. Dabei war Ruprecht durchaus kein Kostverächter; er hatte nichts gegen ein ordentliches Gelage mit Wein und feinen Speisen einzuwenden und ließ des Nachts seine Kissen gern von weiblicher Haut wärmen. Doch er hatte sich angewöhnt, Maß zu halten und seine Sinne zu schärfen, anstatt sie durch Müßiggang zu schwächen.

Ein Diener füllte die Gläser der Gäste mit Wein. Robert, der nach alter Gewohnheit nicht bei den Herren am Tisch Platz genommen hatte, stand mit verschränkten Armen neben dem Eingang. Auf einen Wink seines Onkels legte er den Riegel vor die Tür.

«Ich habe Euch zu mir gebeten, weil es im Streit um den Bischofsstuhl von Trier Neuigkeiten gibt», eröffnete Ruprecht von Virneburg die Versammlung. Er erhob sich.

«Diese Neuigkeiten könnten auch die Interessen Luxemburgs berühren.»

«Und auch den Herzog von Burgund etwas angehen, nicht wahr?», bemerkte der junge Baron de La Salle, dessen Vater weitläufig mit Herzogin Elisabeth verwandt war. Ihm unterstand seit einiger Zeit die Ausrüstung der herzoglichen Waffenkammer, worauf er sich einiges einbildete. «Wenn Eure Neuigkeiten so wichtig sind, frage ich mich, warum kein Abgesandter Philipps von Burgund hier bei uns am Tisch sitzt!»

Robert musterte den jungen Baron. Er mochte eitel sein, aber er war nicht so töricht zu vergessen, wer in Luxemburg das Sagen hatte.

Graf Ruprecht setzte sich wieder und klopfte auf den Tisch, um für Ruhe zu sorgen. «Dazu komme ich noch, werter Baron. Ich kenne die ungestüme Jugend, die voller Ungeduld für alles sogleich Rechenschaft verlangt, aber wir wollen das Pferd doch nicht von hinten aufzäumen. Lasst mich zuerst erklären, was mir zugetragen wurde, danach werde ich Eure Frage beantworten.»

Robert warf einen Blick zu Margitta hinüber, der man ansah, dass sie sich als einzige Frau in der Runde alles andere als behaglich fühlte. Warum sein Onkel ausgerechnet auf ihre Anwesenheit Wert legte, war Robert ein Rätsel.

«Im Erzbistum erzählt man sich von einer jungen Frau, die angeblich über besondere Fähigkeiten verfügt. Sie soll eine geradezu begnadete Bogenschützin sein. Man hält sie zudem für eine Prophetin, die in den Herzen der Menschen lesen kann wie in einem offenen Buch! Einige Pfaffen sollen sie bereits in ihren Predigten zitiert haben.»

Der junge Baron strich sich über das Haar. Ihm war anzusehen, dass er aus Ruprechts Worten nicht recht schlau wurde. Robert konnte es ihm nicht verdenken. «Darf ich fragen, was das mit Luxemburg zu tun hat?», fragte er.

«Ulrich von Manderscheid ist um die Sicherheit der Bogenschützin besorgt», antwortete sein Onkel. «Sie hat bei der heiligen Margaretha geschworen, für Manderscheids Ansprüche auf den Bischofsstuhl in den Kampf zu ziehen und die Menschen von seiner Aufrichtigkeit zu überzeugen. Was das für seinen Gegner Raban von Helmstadt bedeutet, dürfte auf der Hand liegen. Ich habe gehört, dass er sich in Trier nicht mehr allzu großer Beliebtheit erfreut. Die Leute reden selbst auf dem Domplatz nur noch über die Jungfrau. In den Städten entlang der Mosel, durch die sie geritten ist, sollen sich wundersame Dinge zugetragen haben. Heilungen und dergleichen. Der Manderscheider bittet uns als seine Verbündeten, die junge Frau für eine Weile hier in Luxemburg aufzunehmen. Sie soll Gelegenheit haben, sich auf ihren Kampf um Trier vorzubereiten.»

«Das kann doch nicht wahr sein», stieß Margitta hervor, die bislang geschwiegen hatte. Sie warf Robert einen vielsagenden Blick zu. «Allem Anschein nach möchte Euer Freund die Geschichte dieser Jeanne wieder aufwärmen. Ist er etwa so vermessen zu glauben, die Ketzerin sei in Gestalt dieser Bogenschützin zurückgekehrt, um für ihn zu kämpfen?»

«Verdammt nochmal, da hat Burgund ja wohl auch ein Wörtchen mitzureden», fügte der junge Baron wichtigtuerisch hinzu. «Ich hoffe doch, dass Ihr es nicht versäumen werdet, den Herzog zu gegebener Stunde von der Ankunft dieser Frau zu unterrichten.»

«Und wenn wir das nicht tun?» Roberts Stimme klang gleichmütig, aber er machte keinen Hehl daraus, wie sehr er den jungen Edelmann verachtete, der alles tat, um sich bei den Burgundern anzubiedern. Natürlich stellte Burgund demjenigen, der die Gunst seines Herrschers gewann, beträchtliches Ansehen und Reichtum in Aussicht. Der Scharfsinn der Herzöge, die auch über Flandern, Holland, Limburg und Friesland herrschten, hatte dazu beigetragen, dass in Burgund Ackerbau, Gewerbe und Handwerk in höchster Blüte standen. Doch jede Münze hatte eine Kehrseite. Der unselige Krieg in Frankreich verschlang nicht nur Unsummen, nun mussten sich die flämischen Kaufleute, die mit feinem Tuch und Garn handelten, auch noch gegen die aufkommende englische Konkurrenz behaupten.

«Was meinst du, Junge?» Ruprecht von Virneburg warf

Robert einen gereizten Blick zu. «Ich habe dir schon hundertmal gesagt, dass du schweigen sollst, wenn Herren höheren Standes sich unterhalten!»

«Verzeiht, Onkel, aber ich möchte nur zu bedenken geben, dass Herzog Philipp nicht sehr erfreut sein wird, wenn Ihr diese kleine Bogenschützin im Schloss aufnehmt. Ihre Anwesenheit könnte ihn daran erinnern, dass Burgund vor weniger als drei Jahren eine unschuldige Jungfrau an die Engländer ausgeliefert hat. Wird Philipp das Auftauchen einer Frau, die Jeanne nachahmt, nicht als offene Provokation empfinden? Gerade jetzt, wo das Schicksal Luxemburgs in der Waagschale liegt? Womöglich macht er Elisabeth dafür verantwortlich, die zurzeit wahrhaftig genug Probleme hat. Es wird nicht mehr lange dauern, dann gehört ihr in diesem Schloss nicht mal mehr die Nachtschüssel unter ihrem Bett.»

Ruprecht von Virneburg starrte abwesend zu den steinernen Löwen, deren mächtige Schädel den Kamin stützten. «Zerbrich dir den Kopf nicht über Philipp von Burgund», sagte er nach einer Weile. «Ich werde dafür sorgen, dass die Jungfrau ihm vorerst nicht über den Weg läuft. Wir werden abwarten, bis er und seine Männer Luxemburg verlassen haben.» Er wandte sich an La Salle. «Euch habe ich ebenfalls etwas mitzuteilen, mein Freund. Ihr habt vorhin behauptet, ich hätte keinen Abgesandten Burgunds geladen, nicht wahr? Nun, das entspricht keineswegs den Tatsachen!»

«Wie meint Ihr das?» Nicht nur La Salles Augen richteten sich auf den alten Grafen, dessen schmale Lippen ein listiges Lächeln umspielte. «Herzog Philipp möchte mir eine besondere Gunst erweisen», verkündete er nicht ohne Stolz. «Er hat angeboten, mich zum Seneschall von Luxemburg zu erheben.»

Robert schluckte. Das hatte der alte Fuchs ja geschickt eingefädelt. Nun gehörte er offiziell zu den mächtigsten Edelleuten des Landes. Ihm zu widersprechen, würde fortan gefährlicher sein, als in einem Fass die Mosel hinunterzubrausen.

Auf Befehl seines Onkels wartete Robert, bis sich die Edelleute verabschiedet hatten. Margitta blieb zurück. Offenbar hatte der Graf mit ihnen beiden zu reden. Was mochte nun kommen, fragte sich Robert unruhig. War sein Onkel hinter ihre frühere Liebelei gekommen? Wollte er ihn dafür zur Rechenschaft ziehen? Er verwarf den Gedanken. Obwohl Ruprecht Margitta nicht mochte, würde er sie in Roberts Beisein nicht des Ehebruchs anklagen. Immerhin war sie eine Witwe adeliger Herkunft und stand hoch in der Gunst der Herzogin.

Zu Roberts Überraschung schien Ruprecht ausnahmsweise einmal nicht ärgerlich auf ihn zu sein. Aufgeräumt verkündete er, er habe noch einen Brief zu schreiben, dann würde er sich um sie kümmern. Bevor er sich in sein Privatgemach zurückzog, bat er Margitta, ihren Stuhl an den Kamin zu rücken.

«Dir spukt dieses Mädchen im Kopf herum, nicht wahr?», fragte ihn Margitta nach einer Weile.

«Wie kommst du darauf?»

Sie lächelte. Der Widerschein der Flammen verlieh der grünen Seide ihres Kleides einen zauberhaften Schimmer. Robert unterdrückte einen Seufzer, zugleich schalt er sich. Hätte er nicht wissen müssen, dass er Margitta so leicht nichts vormachen konnte? Sie hatte ihn jedenfalls gleich durchschaut, und das gefiel ihm nicht. Noch mehr plagte ihn jedoch die Ahnung, dass jene rätselhafte Prophetin für ihn keine Unbekannte war. Es gelang ihm nicht, den unliebsamen Gedanken aus seinem Kopf zu verbannen. Diese Person war eine Hochstaplerin. Eine Lügnerin. Manderscheid war einem schlauerdachten Gaunerstück aufgesessen, aber er, Robert, würde dieser Sirene gewiss nicht ins Netz gehen. Wenn es auf dieser Welt einen Menschen gab, den er über den Tod hinaus bewunderte, so war das jene Jungfrau, die mutig für ihre Überzeugung gekämpft und ihr Leben schließlich auf dem Scheiterhaufen beendet hatte. Woher nahm Manderscheid das Recht, das Andenken dieser Heiligen mit einer solchen Posse zu schmähen? Vermutlich hatte er ein verwirrtes Bauernmädchen in eine viel zu schwere Rüstung gesteckt und ihm einen Bogen in die Hand gedrückt. Was mochte ihm als Nächstes einfallen? Sprechende Fische? Eine tanzende Kuh, auf deren Rücken «Stirb, elender Raban!» stand?

Es war bereits spät, als Ruprecht von Virneburg sich endlich dazu herabließ, ihn und Margitta zu empfangen.

«Ich musste einen Brief schreiben, der noch zu dieser Stunde das Schloss verlassen wird», entschuldigte er sich, während er seinen Stuhl über den Fußboden zum Kamin zog. Mochten die Sommertage heiß und drückend sein, innerhalb der feuchten, auf Felsen errichteten Mauern des herzoglichen Schlosses kühlte es nach Einbruch der Dunkelheit schnell ab. Seinen Diener hatte Ruprecht bereits schlafen geschickt.

«Was soll die Heimlichtuerei?», erkundigte sich Margitta, die ihren Verdruss nicht länger verbergen konnte. «Hättet Ihr mich nicht auch morgen in meinen Gemächern aufsuchen können? Ich muss sagen, Graf, dass ich es nicht leiden kann, vor Eurer Tür warten zu müssen wie eine Bedienstete.»

Ruprecht von Virneburg mochte ein aufmerksamer Beobachter sein, doch von den Empfindungen einer Frau verstand er nicht viel. Mit einem kühlen Blick gab er Margitta zu verstehen, dass ihre Klagen ihn nicht interessierten. Dann erklärte er: «Ulrich von Manderscheid hat die Betreuung der Jungfrau in meine Hände gelegt. Aber da mich meine Aufgaben am Hof in Anspruch nehmen, überlasse ich es Robert, sie in das höfische Leben einzuführen.»

Wenig begeistert verzog Robert das Gesicht. «Ich soll meine Zeit mit dieser Person vergeuden?»

«Natürlich, oder siehst du hier noch einen Mann, der Robert heißt?» Virneburgs Miene wurde um eine Spur freundlicher. «Du hast dich doch immer beklagt, dass ich dir keine Aufgaben übertrage, die deinen Fähigkeiten entsprechen, mein Junge. Dabei lag es nur in meiner Absicht, dich zu schützen.»

«Mich zu schützen?»

«Jawohl, mein Lieber. Nach dem Tod meines armen Bruders fiel mir die schwere Verantwortung zu, dich vor deiner maßlosen Eitelkeit und Selbstüberschätzung zu bewahren. Du bist gewiss nicht auf den Kopf gefallen und hättest es als Kaufmann weit bringen können. Sicher hast du nicht vergessen, dass ich dir schon vor drei Jahren ein hübsches Sümmchen anbot? Mit dem Geld hättest du das Bürgerrecht einer Stadt erwerben und einen Handel eröffnen oder in einen Orden eintreten können. Nun, ich sehe ein, dass ein kraftstrotzender Bursche wie du zu viel Unruhe in ein Kloster tragen würde. Aber als du mein Angebot ablehntest, hast du mir bewiesen, wie viel Arroganz und wie wenig Demut in dir steckt.»

Robert schluckte seine Erwiderung hinunter wie einen Schluck sauren Weins. Sollte der Alte doch denken, was er wollte. An das Angebot, das er ihm unterbreitet hatte, erinnerte er sich genau. Roberts hartnäckige Weigerung, Geld aus Virneburgs Beutel anzunehmen, hatte ihm damals zehn Peitschenhiebe eingebracht, deren Narben seinen Rücken noch heute entstellten. Was Ruprecht von Virneburg verschwiegen hatte, war, dass das Geld Robert und keinem anderen zustand.

«Ihr verwaltet die Hinterlassenschaft meines Vaters, Onkel», sagte er leise. Obwohl ihm immer wieder eingeschärft worden war, dass er nur ein lästiger Schandfleck auf dem Wappen des Hauses Virneburg darstellte, war es ihm unangenehm, persönliche Angelegenheiten in Margittas Gegenwart zu erörtern. «Hätte ich das Geld aus Eurer Hand angenommen, hätte ich damit für alle Zeiten auf meine Erbansprüche verzichtet. Außerdem habt Ihr von mir nicht weniger verlangt, als den guten Namen meines Vaters abzulegen.»

Ruprechts rasiertes Kinn begann zu zittern. «Hören zu müssen, wie du dich mit meinem Namen schmückst, macht mich krank», zischte er. «Aber lassen wir unseren Zwist für einen Augenblick ruhen. Ich gebe dir eine weitere Gelegenheit, mich von deinen Fähigkeiten zu überzeugen. Stellst du mich zufrieden, kannst du in Gottes Namen den Plunder haben, den dein Vater und seine Kuhmagd dir hinterlassen haben.»

«Und womit kann ich Euch dieses Mal dienen?»

«Da du dich so gut mit Bauerntrampeln auskennst, wirst du diese Jungfrau von Trier in das Leben am Hof einführen und sie in den Waffenkünsten ausbilden», erklärte der alte Graf ruhig. «Aber rühre sie nur einmal unzüchtig an, und du bist ein toter Mann!»

«Ich dachte, die wundertätige Frau sei fähig, sich zu verteidigen?»

«Vermutlich nicht mit dem Schwert», wandte Ruprecht ein. «Und von den neumodischen Pulvergeschützen, die dich so begeistern, dürfte sie ebenso wenig Ahnung haben.»

«Die sind eines wahren Ritters ja auch unwürdig, nicht wahr?» Robert lächelte spöttisch, aber sein Onkel tat, als bemerke er es nicht.

Margitta erhob sich; die Auseinandersetzung der beiden Männer und die Hitze des Kaminfeuers setzten ihr zu. Erschöpft strich sie sich mit der Hand über die Stirn.

«Fühlt Ihr Euch nicht wohl?», erkundigte sich Ruprecht unerwartet aufmerksam. «Ich hoffe, unser kleiner Wortwechsel hat Euch nicht zu sehr erschüttert. Zuweilen gibt es nun mal kleinere Unstimmigkeiten unter Familienangehörigen.»

«Ich wäre Euch dankbar, wenn Ihr mich damit verschonen und mir endlich sagen würdet, was ich mit Eurer Jungfrau von Trier zu tun habe.»

Ruprecht von Virneburg neigte den Kopf. «Aber natürlich, Frau Margitta. Um es auf den Punkt zu bringen: Es würde mich freuen, wenn Ihr das unerfahrene Mädchen ebenfalls unter Eure Fittiche nehmen könntet. Es stammt, wie gesagt, aus einfachen Verhältnissen und wird sich anfangs nur schwer an unsere Lebensweise gewöhnen. Ulrich von Manderscheid meint, dass ein wenig Unterricht in den höfischen Sitten und Gepflogenheiten ihr nicht schaden kann. Allem Anschein nach hat sie Manieren wie eine Stallmagd.»

«Wann wird diese Jungfrau in Luxemburg erwartet?», fragte Margitta. Ihre Stimme klang brüchig wie dünnes Pergament.

«Sie ist bereits eingetroffen!»

Lucia war todmüde von dem langen Ritt, jeder Knochen im Leib tat ihr weh, und ihr Rücken fühlte sich an wie ein Waschbrett. Dennoch staunte sie mit offenem Mund, als Nikolaus Doeser sie über das spiegelblanke Parkett der herzoglichen Eingangshalle führte. Die Burg der Herren von Manderscheid, in der sie die letzten Monate verbracht hatte, war gewiss nicht klein, doch im Vergleich zum Luxemburger Palast hoch oben auf einem schroffen Felshang mutete sie wie ein ärmlicher Ziegenstall an.

Während Manderscheids Gemächer eine düstere Kälte verströmten, wirkten die Räume der Herzogin hell und freundlich. Lucia war fasziniert von den bodenlangen Vorhängen aus rotem Brokat, den prächtigen Leuchtern und weichen Teppichen, mit denen der Boden teilweise ausgelegt war. An die Seitenwände hatten Künstler mit sicherer Hand Malereien gezaubert. Die schwere Luft des Sommerabends, die durch die Fenster drang, mischte sich mit dem Duft von reifen Pfirsichen, Lilien und Rosenwasser.

Elegante Damen schwebten wie Wesen aus einer anderen Welt an Lucia vorüber, ihre zarten Füße schienen niemals den Boden zu berühren. Hin und wieder blieben sie stehen, lauschten den Melodien der Flötenspieler, die auf der Galerie saßen, oder unterhielten sich miteinander in französischer Sprache; ihr helles Lachen verursachte Lucia eine Gänsehaut; und sie beneidete die Frauen um ihre Sorglosigkeit. Jenseits der großen Halle wurde getanzt und gesungen; allerdings war durch den Wirrwarr aus Gelächter und Geschrei von der Musik kaum mehr zu hören als ein undeutliches Brausen.

Während Lucia versuchte, all die Eindrücke aufzunehmen, hasteten junge Pagen in farbenfroher Aufmachung die Treppen zwischen Halle und Galerie hinauf und hinunter. Lächelnd servierten sie den Hofleuten frisches Obst, scharfgebratene Fleischwürfel und in Milch schwimmenden Zuckerkuchen. Halbwüchsige Knaben kredenzten unter den strengen Augen der herzoglichen Mundschenke Würzwein aus goldenen Kannen und achteten sorgfältig darauf, dass die Gläser der Damen und Herren stets bis zum Rand gefüllt waren.

Lucia flüchtete an Nikolaus Doesers Seite. Wie gut, dass der Stiftskanonikus ihr erlaubt hatte, den Waffenrock gegen ein Kleid zu tauschen. Es reichte natürlich nicht an die kostbaren Roben der Hofdamen heran, doch zumindest fiel sie nicht weiter auf. In den silberfarbenen Beinkleidern, die man ihr für die Begegnung mit der Herzogin eingepackt hatte, wäre sie zweifellos bestaunt worden wie ein sprechendes Pferd.

Lucia hatte von den Torwächtern erfahren, dass die Herzogin einige Wochen krank gewesen war, sich nun aber wieder besser fühle. Aus Anlass ihrer Genesung sollte in den nächsten Tagen ein glanzvolles Gastmahl gegeben werden.

Der Stiftskanonikus war an diesem Abend bleich wie gesiebtes Mehl und wirkte, als würde er jeden Augenblick ohnmächtig zusammenbrechen. Der ohrenbetäubende Lärm der Maultrommeln, Pfeifen und Lauten schien seinen Nerven zuzusetzen. Mitfühlend drückte Lucia seine Hand. Während der Reise nach Luxemburg war ein zartes Band der Vertrautheit zwischen ihr und dem älteren Mann entstanden. Doeser war Manderscheid zwar ein ergebener Weggenosse, aber er betrachtete die Fehde um das Bistum dennoch kritisch. Lucia hatte den Eindruck, dass sich der Stiftskanonikus aufrichtig für sie und ihr Schicksal interessierte, und war ihm dankbar dafür. Insgeheim freute sie sich sogar auf die Unterweisung in den schönen Künsten und der lateinischen Sprache, die Doeser ihr in Aussicht gestellt hatte. Der Stiftskanonikus tupfte sich den Schweiß vom Gesicht. Sein Blick fiel auf einen dicklichen Burschen, der sich ein Stück Zimtgebäck schmecken ließ, und seine Miene hellte sich auf.

«Der Knabe gehört zu den Dienern des Grafen von Virneburg», teilte er Lucia mit. «Er wird uns zu den Gemächern seines Herrn bringen!»

Lucia hätte sich das muntere Treiben gern noch eine Weile länger angesehen, aber sie ahnte, dass Doeser keine Verzögerung dulden würde. Er wollte sie so rasch wie möglich dem alten Grafen vorstellen. Während sie dem Pagen folgten, musste Lucia daran denken, was der Stiftskanonikus ihr unterwegs über das Zeremoniell erzählt hatte, das am herzoglichen Hof herrschte. Lucia hätte gern mehr über die Menschen erfahren, die hier lebten. Welcher Stil galt am Hof der Herzogin als modern, der deutsche, italienische oder der burgundische? Wie wurde das Land verwaltet? Gab es eine Garde der Bogenschützen im Schloss? Aber Doesers Berichte waren eher nüchtern ausgefallen. Das durchwachsene Verhältnis zwischen der Regentin und ihren Untertanen schien ihm größere Sorgen zu bereiten als die Frage, womit die Höflinge ihre Zeit totschlugen. Die Anstrengungen des Kaisers und des Herzogs von Burgund, Luxemburg zum Spielball ihrer politischen Interessen zu machen, schienen Doeser immerhin so zu erregen, dass er ständig darüber redete.

Graf Ruprechts Page schleuste sie durch eine schwindelerregende Flucht von Sälen und Gängen, bis sie einen abgelegenen, nur spärlich beleuchteten Bereich des Palastes erreichten. Vom warmen Glanz der herzoglichen Halle war hier nicht mehr allzu viel zu spüren.

Als Lucia das schmucklose Audienzzimmer betrat, pochte ihr Herz so laut, dass sie befürchtete, der Mann, der sie erwartete, könnte es hören. Der Graf war indes nicht allein; neben ihm saß eine Frau und wärmte ihre Hände an einem Becher dampfendem Würzwein. Dann fiel ihr Blick auf Robert.

Lucia freute sich, ihn wiederzusehen; sie wollte ihn begrüßen, doch ein mahnender Blick von Nikolaus Doeser erinnerte sie daran, dass sie nicht ungefragt reden sollte. Robert schien überrascht, sie zu sehen. Ja, beinahe schockiert starrte er Lucia an. Sie senkte den Blick. Was hatte sie erwartet? Schließlich konnte Robert von Virneburg nicht gewusst haben, wer sich hinter der Jungfrau von Trier verbarg. Vielleicht hatte er aber bereits geahnt, dass sie einander wiederbegegnen würden. Langsam kam der junge Mann auf sie zu. «Lucia Kastenberg?» Seine Stimme klang belegt. Einen Moment blickte er sie an, dann lachte er laut auf. «Das hätte ich mir eigentlich denken können.»

«Du kennst die Jungfrau von Trier?» Ruprecht von Virneburg schob seinen Stuhl zurück. Mit einer Handbewegung bedeutete er Lucia, ins Licht zu treten, damit er sie besser sehen konnte.

«So ist es, Onkel», antwortete Robert. «Ich hatte schon das Vergnügen, die Jungfrau kennenzulernen.»

«Vortrefflich. Du kannst mir später erzählen, unter welchen Umständen du ihre Bekanntschaft gemacht hast.» Ruprecht musterte Lucia eine Weile, dann bedankte er sich höflich bei Doeser, dass er Lucia nach Luxemburg begleitet hatte. «Ich hoffe, Eure Reise war nicht zu unbequem?»

«Wir hatten das Glück, uns dem Schutz einiger Edelleute anvertrauen zu dürfen, die dasselbe Ziel hatten», erklärte Doeser vorsichtig.

Ruprecht nickte zerstreut. «Seit bekannt ist, dass der Herzog von Burgund den Sommer hier verbringt, scheint sich alle Welt nach Luxemburg aufzumachen, um ihn zu treffen. Ritter, Kleriker, Gelehrte und sogar Kaufleute. Wo wir gerade von Kaufleuten sprechen, habt Ihr bei Eurer Ankunft am Stadttor zufällig einen Wagenzug bemerkt?»

Doeser hob verwirrt die Schultern.

«Macht nichts. Ich dachte nur, er wäre Euch vielleicht aufgefallen. Man berichtete mir, ein Kaufmann aus Trier sei soeben angekommen. Er ist der Letzte, der Ihre Hoheit, die Herzogin, noch persönlich beliefern darf. Sie scheint einen Narren an dem Pfeffersack gefressen zu haben.»

«Ein Trierer Kaufherr?» Lucia vergaß Doesers Warnung, zu schweigen. «Ach, bitte, Herr, heißt der Mann Colin Emmerich?»

«Soweit ich mich erinnere, ist das sein Name. Warum fragt Ihr?»

«Ich vermute, unsere verehrte Jungfrau interessiert sich für jeden Mann, der aus ihrer Heimatstadt kommt», bemerkte Robert trocken. «Wir haben uns auch in Trier getroffen. Damals, als ich nach unseren Pferden suchte.»

«Wirklich?» Margitta errötete. «Es war also Euer Ernst, dass Ihr dem Mädchen bereits begegnet seid?»

«Würde ich in einer solch wichtigen Angelegenheit scherzen? Schließlich haben wir nicht jeden Tag die Ehre, eine Botin Gottes zu sehen.»

Graf Ruprecht trat ein aus dem Kamin ragendes Holzscheit zurück in die Glut. «Ich möchte dir nicht raten, dumme Witze zu reißen. Wenn mein Sohn hier wäre, würdest du den herzoglichen Schweinehirten zur Hand gehen, aber da ich dich wohl oder übel hier brauche, wirst du der Jungfrau morgen früh die Zitadelle und die Stadt zeigen. Sei bitte pünktlich.» Er holte tief Luft, dann wandte er sich an Margitta: «Euch, meine Liebe, gehört der Nachmittag. Sorgt dafür, dass das Mädchen in Euren Gemächern gebadet und angemessen gekleidet wird. Ihr Gewand wirkt so streng, als sei es von einem alten Pfaffen geschneidert worden.»

Nun war es an Nikolaus Doeser, verlegen zu Boden zu blicken.

«Hättest du die Güte, mir zu verraten, was der Unfug mit der Jungfrau von Trier zu bedeuten hat?»

Robert von Virneburg hockte auf einer geschnitzten Eichentruhe in Lucias Gemach und verfolgte ungeduldig, wie sie ihr Haar mit einer langen silbernen Kordel zu bändigen versuchte.

Lucia war enttäuscht, verzog aber nicht die Miene. Warum war er so schroff zu ihr? Und woher nahm er das Recht, so mit ihr zu reden? Konnte er, nach allem, was sie durchgestanden hatte, nicht zur Abwechslung mal etwas Nettes sagen? Überhaupt: Was suchte er zu dieser Stunde schon bei ihr? Pünktlich, hatte sein Onkel gesagt. Nicht kurz nach Sonnenaufgang.

«Du riechst wie eine Klosterapotheke», behauptete Robert und rümpfte die Nase.

Lucia blieb ihm nichts schuldig. «Die Kräuterpaste stammt von deiner Vertrauten, dieser Margitta von Niedern. Beschwere dich bei ihr, wenn dir von dem Duft schlecht wird.»

Als Lucia mit dem Verschluss ihrer Schuhe kämpfte, verspürte sie plötzlich ein leichtes Schwindelgefühl. Vermutlich hatte sie nicht genügend Schlaf bekommen. Außerdem knurrte ihr der Magen. Robert hätte wenigstens so galant sein können, für ein Frühstück zu sorgen, wenn er es sich schon ungeniert im Zimmer einer Dame bequem machte. Sie selbst hatte keine Zeit gehabt, auch nur einen Bissen zu sich zu nehmen, denn Margittas Zofe, eine zänkische Alte, hatte sie in aller Frühe aus dem Schlaf gerissen, um sie für den anbrechenden Tag herzurichten. Lucia war viel zu überrascht gewesen, um sich dieses Angriffs zu erwehren. Inzwischen begriff sie jedoch, warum die Edeldamen bei Hofe sich in aller Herrgottsfrühe aus den Federn quälten. Es dauerte Stunden, bis all die Duftwässerchen, Pasten und Salben, welche die Frauen verwendeten, um ihrer Haut eine geisterhafte Blässe zu verleihen, ihren Weg auf Arme, Beine und Gesicht gefunden hatten. Bis die Haare geflochten, Handschuhe und Hauben parfümiert und der Schmuck passend zu den Schuhen ausgesucht waren, verging wiederum Zeit.

Lucia, die so viel Aufhebens um ihre Person nicht gewöhnt war, hatte die nörgelnde Zofe schon bald fortgeschickt. Mochte die Alte sie für einen undankbaren Trampel halten, Lucia hatte Besseres zu tun, als sich wie ein Pfau ausstaffieren zu lassen.

«Margitta ist nicht meine Vertraute», stellte Robert richtig. Er sprach betont ruhig, nicht ahnend, dass Lucia sich über seinen Gleichmut ärgerte. Warum erhob er niemals die Stimme? Gab es denn gar nichts, das ihn aufregen konnte?

«Ich habe sie lediglich nach Luxemburg begleitet, weil mein Onkel es mir befahl.» Er verschränkte die Arme und sah Lucia mit einem entwaffnenden Lächeln an. «Sie sucht nach dem Paradies.»

«Schön für sie!»

«Du hast meine Frage noch nicht beantwortet.»

«Vielleicht, weil sie albern und überflüssig war? Was möchtest du von mir hören?» Lucia wischte sich mit einem Tuch die zinnoberrote Farbe von den Lippen. Bei der heiligen Katharina, sie roch ja tatsächlich wie ein Kräuterbeet. «Dass ich nur eine Schwindlerin bin, die eine günstige Gelegenheit wittert, ein Vermögen zu ergaunern?»

«Das wäre zumindest ein Anfang!»

Lucia schüttelte den Kopf. «Nein. Ein falsches Wort von mir, eine Geste, die Manderscheid oder dein Onkel für unpassend halten, und die bewunderte Jungfrau von Trier verschwindet mitsamt ihrem Bogen in einem modrigen Burgverlies. Gefällt dir das besser?»

Robert begann, im Raum auf und ab zu laufen. Offensichtlich wusste er nicht, was er sagen sollte, doch zumindest schien er zu begreifen, dass sich Lucia nicht aus freien Stücken in die Rolle der Jungfrau gedrängt hatte; ja, dass sie große Angst verspürte und nichts so sehr benötigte wie eine starke Schulter, die ihr ein wenig Halt und Zuversicht versprach.

Verlegen räusperte er sich. «Aber wenn nicht du Manderscheid diesen Floh ins Ohr gesetzt hast, wer war es dann?»

«Ich vermute, er ist von allein darauf gekommen», erwiderte Lucia spitz. «Jedenfalls hasse ich es, meinen Kopf für eine Sache hinhalten zu müssen, die ich nicht richtig finde.»

«Und doch hast du dich dazu überreden lassen.»

Lucia hob hilflos die Arme. «Welche Wahl hat eine Maus, die morgens aufwacht und feststellt, dass sie im Katzenkorb übernachtet hat? Meine Schwester befindet sich als Geisel auf Burg Niedermanderscheid. Solange ich Graf Ulrich in dem Glauben lasse, die auserwählte Jungfrau zu sein, gewährt er ihr wenigstens ein gewisses Maß an Schutz.»

«Und warum benötigt sie seinen Schutz?» Robert ließ sich wieder auf Lucias Kleidertruhe nieder und blickte sie erwartungsvoll an.

«Sie musste Mainz verlassen, weil dort das Gerücht die Runde gemacht hat, sie sei in den Tod ihres Mannes verwickelt. Erinnerst du dich an den Mönch, der damals im selben Gasthof übernachtete wie wir?»

Robert nickte. «Ein älterer Klosterbruder und ein junger Tölpel, die einen Kranken versorgten?»

«Der Ältere von beiden ist Heinrich Kalteisen, ein Gelehrter der Dominikaner und zugleich Inquisitor. In Mainz wollte er Magdalena zum Verhör laden, weil er sie für eine Ketzerin hält.»

«Deine Schwester scheint ein aufregendes Leben geführt zu haben.» Robert klopfte mit der Faust auf den geschlossenen Deckel der Kleidertruhe. «Ich hoffe nur, dass wir dich hier wieder heil herausbringen.»

Lucia ging zum Fenster, das durch eine zierliche, mit Weinranken bewachsene Säule in zwei Hälften geteilt wurde, und blinzelte in den beginnenden Tag. Die Luft war hier so anders als zu Hause. Sie war wärmer, weniger staubig und duftete nach Dingen, die sie nicht einmal beim Namen nennen konnte. Tief unter dem schroffen Abhang aus Felsgestein erwachte die Stadt zum Leben.

Lucia hatte bislang nicht viel von Luxemburg gesehen, und was der Stiftskanonikus ihr gezeigt hatte, war ihr nicht besonders bedrohlich vorgekommen. Die Herzogin schien merkwürdige Menschen anzuziehen, aber da seit einiger Zeit ihr Neffe im Land weilte, hoffte sie, dass auch ein gewisses Maß an Ordnung eingekehrt war.

«Ich bin froh, endlich hier zu sein», gab sie widerwillig zu. «Zumindest darf ich mich im Palast frei bewegen und muss nicht ständig fürchten, deinem schrecklichen Vetter zu begegnen.»

Robert stutzte. «Was hast du denn mit Hatto zu schaffen?»

Lucia fiel das Schreiben ein, das Ulrich von Manderscheid widerstrebend aufgesetzt hatte. Um Graf Ruprecht nicht gleich gegen sich aufzubringen, hatte sie bisher darauf verzichtet, es ihm auszuhändigen. Sie wollte auf eine günstige Gelegenheit warten. Zögerlich berichtete sie Robert von Hatto und Wolfsauge.

«Wenn du meinem Onkel diesen Brief übergibst, wird er dir das Leben zur Hölle machen», sagte Robert nach einer Weile. «Der Alte vergöttert Hatto und mag sich nicht eingestehen, dass ausgerechnet sein Lieblingssohn falsch und unfähig ist.»

Robert streckte fordernd die Hand aus. «Das Beste wird sein, du überlässt mir den Brief. Ich werde ihn sicher verwahren.»

«Das könnte dir so passen. Manderscheid bat die Jungfrau, ihn zu überbringen.»

«Im Evangelium gibt es fünf kluge und fünf törichte Jungfrauen. Du scheinst über Letztere zu herrschen. Begreifst du nicht, dass dem Grafen als Seneschall nichts daran liegen kann, sich wegen der Eskapaden seines Sohnes eine Blöße zu geben? Er wird dir nicht helfen.»

«Aber ich kann doch nicht zulassen, dass ein Mörder ungestraft davonkommt, nur weil er sich unter dem warmen Wams eines Ritters verkriecht.» Lucia sah ihn trotzig an. «Und nenne mich nicht töricht!»

Robert gab sich geschlagen. «Na schön, reden wir nicht mehr davon. Wenn du so weit bist, werde ich dich durch das Schloss und die Ställe führen und dir ein wenig über die Gepflogenheiten des Hofes erzählen.»

Lucia nickte zufrieden. Das hörte sich schon wesentlich besser an.

Gegen Nachmittag wurde die Hitze so drückend, dass Robert Lucia erlaubte, sich für einige Stunden in ihr Gemach zurückzuziehen. Nach Einbruch der Dunkelheit sollte sie an einem Bankett teilnehmen, das der Herzog von Burgund veranstaltete, um sich für den freundlichen Empfang seiner Tante zu revanchieren. Graf Ruprecht teilte Nikolaus Doesers Meinung, dass es an der Zeit war, die Jungfrau von Trier in die Gesellschaft einzuführen oder ihr doch zumindest einige der wichtigsten Leute am Hof zu zeigen. Diese mussten ja nicht wissen, wer an ihrer Tafel speiste. Robert fiel es zu, Lucia zu begleiten. Zu diesem Zweck bestach er den herzoglichen Zeremonienmeister, seinem Schützling einen Platz am unteren Ende der Tafel zuzuweisen, wo sie möglichst wenige Blicke auf sich zog.

Als Lucia es sich auf dem flauschigen Schafwollteppich bequem machte, der die Steinplatten ihres Gemachs bedeckte, musste sie an Magdalena denken. Sie hätte an einem feierlichen Bankett ihre Freude gehabt. Obgleich sie nur dem Handwerkerstand angehörte, verfügte sie über Geschmack und natürliche Anmut. Lucia hingegen bekam weiche Knie, wenn sie an den bevorstehenden Abend dachte. Es würde nicht leicht werden, mit Robert und dem alten Grafen zurechtzukommen.

Erschöpft schob sie eine Nackenrolle unter ihren Kopf und wartete darauf, dass Margittas grantige Zofe an die Tür hämmerte, um ihr das Haar zu richten.

Zu ihrer Überraschung erschien Margitta persönlich. Sie hatte ein Schmuckkästchen bei sich, dessen Inhalt sie sogleich ausbreitete. Rasch vergewisserte sie sich, ob das Kleid, das Lucia für den Abend gewählt hatte, angemessen war.

«Herzog Philipp und seine burgundischen Edelleute werden uns heute an der Tafel mit ihrer Anwesenheit beehren», erklärte die ehemalige Gutsherrin, während sie den dünnen Stoff des Kleides befühlte. Falls sie es als Zumutung empfand, dass sie sich um ein ungebildetes Mädchen kümmern musste, so ließ sie es Lucia nicht spüren. Sachlich setzte sie ihr auseinander, welches Geschmeide Graf Ruprecht für sie vorgesehen hatte.

«Ihr werdet kaum Gelegenheit haben, Philipp von Burgund aus der Nähe zu sehen. Aber glaubt deshalb nicht, ihr bliebet unbeobachtet. Ich habe gehört, dass der Herzog sich die Gesichter aller seiner Gäste einzuprägen pflegt.»

«Dann muss er ein vortreffliches Gedächtnis haben, bei den vielen Menschen, die hier ein und aus gehen.»

Margitta von Niedern lächelte. «Glaubt mir, meine Liebe, es ist gar nicht so schwer, die Menschen verschiedenen Gruppen zuzuordnen. Nach einer Weile weiß jeder, in welche Lade der andere gehört. Die strikte Kleiderordnung ist dabei hilfreich, auch wenn die Geistlichen sich immer darüber aufregen, dass die Schleppen der Edeldamen beim Kirchgang zu viel Staub aufwirbelten. Angeblich stört das die Gläubigen beim Gebet. Aber wenigstens hat hier alles seine Ordnung. Jeder weiß, wo sein Platz ist, der Küchenjunge ebenso wie die Gemahlin des Herzogs. Da gibt es die gemeinen sowie die höheren Schreiber und Beamten der herzoglichen Kanzlei, die ihrem Herrn mit Urkunden und Siegeln hinterherlaufen und nach Aufmerksamkeit gieren. Ihre Augen sind rund wie Glasperlen, ihre Mundwinkel stets ein wenig nach unten gezogen. Überzeugt Euch nur selbst davon, wenn Ihr mir nicht glaubt. Dann haben wir die Scheuen, die Angst vor zu großer Aufmerksamkeit haben und nur auf persönliche Einladung in den Saal kommen, außerdem die geistlichen Würdenträger und die Männer fürstlichen Geblüts, die sich ohne die Großzügigkeit der Herzogin zwar keine warme Mahlzeit leisten könnten, aber dennoch der Meinung sind, dass sie bei Hofe etwas zu sagen haben. Herzogin Elisabeth bezeichnet das Schloss gern als ihren Vogelkäfig. Ich finde diesen Vergleich gar nicht so unpassend.» Sie hielt inne und hob Lucias Kinn mit dem Zeigefinger an. «Aber genug davon. Ihr befindet Euch hier unter dem Dach eines der mächtigsten Fürsten der Welt. Gewiss wollt Ihr nicht, dass Seine Hoheit zerzauste Haare und die dunkle

Farbe Eures Gesichts in Erinnerung behält? Tragt Ihr denn keinen Schleier, wenn Ihr das Haus verlasst?» Sie reichte Lucia ein Armband, das aus einer Reihe aufgefädelter Perlen bestand. «Es widerspricht allen guten Sitten, das Gesicht der Sonne zuzuwenden.»

Lucia fragte sich, was nur alle Welt an ihrem Haar auszusetzen hatte. Warum die Damen bei Hofe ihres mit Essig oder Weinhefe befeuchteten und danach bis zur Erschöpfung bürsteten, war ihr ein Rätsel. Gute Sitten hin oder her. Schließlich trugen die Frauen trichterförmige Hüte oder seidene Schleier, wann immer sie sich in der Öffentlichkeit zeigten. Auch Margittas Haare waren unter einer Haube verborgen, die tief in ihrer Stirn saß. Ja, richtig, sie war ja offiziell noch in Trauer um ihren Mann. Lucia überlegte, ob sie die Sprache auf das Rittergut Niedern bringen sollte, denn immerhin gehörte sie zu den wenigen, die wussten, wie es dort nach dem Überfall ausgesehen hatte. Aber sie spürte, dass Margitta nichts davon hören wollte. Was hatte Robert gesagt? Sie sei auf der Suche nach dem Paradies?

Wer ist das nicht, dachte Lucia, während Margitta ihr ohne zu fragen einen Ring an den Finger steckte. Zufrieden nickte sie Lucia zu. «Na bitte, wenn Ihr Euch nur ein wenig Mühe gebt, könnt Ihr ganz hübsch aussehen. Jammerschade, dass die Jungfrau von Trier keinem Mann gefallen darf.»

Lucia blickte sie fragend an.

«Nun, ich meine ja nur, Ihr solltet daran denken, warum Ihr hier seid. Insbesondere, wenn Robert von Virneburg sich in Eurer Nähe aufhält.»

«Ich verstehe nicht ...»

Margitta wurde ernst. Sie kniff die Augen zusammen und musterte Lucia. «Natürlich versteht Ihr, meine Liebe», sagte sie. Ihre Stimme gefror zu Eis. «Glaubt Ihr im Ernst, mir wären die Blicke entgangen, die Ihr dem Virneburger zugeworfen habt, als Ihr in das Arbeitszimmer seines Onkels kamt? Wartet ab. Robert wird irgendwann versuchen, Euch den Kopf zu verdrehen, aber er ist unfähig, Liebe zu empfinden. Nichts geht ihm wirklich nah. Ich kann ein Lied davon singen.»

«Ihr, Herrin?» Lucia machte einen Schritt zurück. Sie hatte gleich gemerkt, dass zwischen Robert und dieser Frau eine eigentümliche Beziehung bestand. War sie etwa eifersüchtig auf sie? «Aber Ihr wart doch mit Siegfried von Niedern verheiratet!»

Die Frau schien Lucias Einwand amüsant zu finden, denn sie lachte leise. «Es ist wohl doch wahr, was die anderen von Euch behaupten.» Mit ihren langen, schmalen Fingern umschloss sie Lucias Handgelenk, wobei sie vorgab, den Verschluss des Armbands zu prüfen. Doch ihr Griff war fest und alles andere als sanft. «Ihr seid die Jungfrau von Trier», raunte sie Lucia ins Ohr. «Vergesst das besser nicht, wenn Ihr und Robert allein seid. Wehrt Euch gegen seine Berührungen. Verschließt Eure Ohren vor seinen Schmeicheleien. Ansonsten könnte es passieren, dass Ihr hier in Luxemburg unangenehme Überraschungen erlebt!»

«Wollt Ihr mir drohen?»

Sie erhielt keine Antwort. Stattdessen zerrte Margitta das Band von Lucias Gelenk und sah zu, wie die kleinen Perlen über den Fußboden tanzten. «Nun seht, was Ihr angerichtet habt», rief sie. «Ich schätze, es war doch kein Fehler, dass Euch Ruprecht von Virneburg meiner Obhut unterstellt hat. Ich werde Euch eine Menge beibringen können. Und nun klaubt gefälligst die Perlen auf. Auch wenn sie nur aus billigem Glas sind, solltet Ihr doch auf die Euch anvertrauten Dinge achten.»

So, wie ich in Zukunft auf dich achten werde, dachte Lucia. Wütend blickte sie auf den Boden. Nein, sie würde die Perlen nicht aufsammeln, mochte Margitta sich auf den Kopf stellen.

XX

Vor der Halle standen mehrere Bogenschützen, als Lucia an Roberts Seite durch die Türe schritt. Sie wunderte sich darüber, dass Herzog Philipp, der ja immerhin Gast im Haus seiner Tante war, seine eigenen Wachsoldaten in den Räumen des Palastes postieren ließ. Traute er der luxemburgischen Garde nicht? Unübersehbar waren die wallenden Banner, auf denen das Wappen Burgunds prangten: zwei Felder mit Lilien und aufrechte Löwen in weißer, goldener und schwarzer Farbe.

«Die Lilien weisen auf die Abstammung des Herzoghauses von der französischen Herrscherfamilie hin», erklärte Robert. «Die Löwen stehen für die Gebiete, die Herzog Philipp seiner Herrschaft nach dem Tod seines Vaters unterworfen hat, nämlich Limburg und Brabant.»

Lucia nickte höflich, doch es fiel ihr schwer, den Ausführungen des jungen Mannes zu folgen. Sie war viel zu sehr von dem in Anspruch genommen, was sich vor ihr in der Halle tat. Noch ehe sie ihren Fuß über die Schwelle setzen konnte, eilten Pagen mit silbernen Lampen auf sie und Robert zu und wiesen ihnen unter Verbeugungen den Weg zur Tafel. Dort unterhielten bereits närrisch kostümierte Taschenspieler, Feuerschlucker und andere Gaukler die Anwesenden mit ihren Künsten.

Die burgundischen, deutschen und luxemburgischen Ritter hatten sich, dem Anlass entsprechend, in Damastgewänder geworfen, dazu trugen sie hohe, randlose Kappen. Die Hofdamen buhlten mit schillernden Roben sowie zierlichen Diademen, ins Haar geflochtenen Perlen und Gemmen um die Gunst der jungen Edelleute.

Lucia spürte einen bitteren Geschmack auf der Zunge. Obgleich sie in ihrem ganzen Leben vermutlich kein teureres Kleid getragen hatte, spürte sie, dass sie den Edeldamen nicht das Wasser reichen konnte. Ihr einziger Trost war, dass Robert von Virneburg sich nicht für die Aufmachung der Hofleute zu interessieren schien. Im Gegenteil, die glutvollen Blicke, die ihm manche der elfenhaften Schönheiten im Saal zuwarfen, veranlassten ihn, seine Hand umso fester um ihre Finger zu legen. Als alle Kerzen entzündet waren, lenkte er Lucias Aufmerksamkeit auf die prachtvollen Wandbehänge, die Szenen aus dem Leben griechischer Helden darstellten. Lucia ließ sich von Roberts Begeisterung anstecken. Die geschmackvolle Auswahl der Farben gefiel ihr, ebenso die Eleganz der ausgeführten Stiche. Nie zuvor hatte sie etwas Schöneres gesehen. Dunkel erinnerte sie sich daran, dass auch Colin Emmerich der Herzogin Teppiche für die Wände ihres Palastes geliefert hatte. Ob sie hier aufgehängt worden waren?

Während sie ehrfürchtig den schmalen Gang vor den Gobelins entlangschritt, hallte plötzlich ein durchdringender Schrei durch den Saal. Erschrocken zuckte Lucia zusammen und drückte Roberts Hand fester, als sie es eigentlich wollte. Aber der junge Mann deutete nur lächelnd auf zwei Pagen, die durch eine rote Seitentür traten. Sie trugen eine gewaltige runde Platte aus Silber, auf der ein lebendiger Pfau hockte. Das Tier funkelte die Gäste des Banketts vorwurfsvoll an und reckte den Hals, den eine mit Smaragden und Perlen besetzte Kette schmückte.

«Ein kleiner Spaß unseres Gastgebers», bemerkte Robert von Virneburg trocken. Er musste die Stimme heben, damit Lucia ihn in all dem Trubel verstand. «Gestern hat der Herzog den Schmuck seiner Tante beschlagnahmen lassen.»

Lucia betrachtete das verängstigte Federvieh auf dem Silbertablett und empfand Mitleid mit ihm. Das sollte ein Spaß sein? Die

Menge applaudierte verzückt, was dem Pfau einen weiteren Schrei entlockte. Danach trugen die Pagen die Platte durch die Reihen der Edelleute, die lachend ihre Gürtelbeutel öffneten und das Tier mit Münzen bewarfen. Einige der Damen folgten ihrem Beispiel. Nach einer Weile war das Silbertablett von Ringen und Perlen so schwer geworden, dass die jungen Träger ihre Mühe hatten, es die Stufen zum Podest der Herzogin hinaufzutragen.

«Philipp von Burgund wird auch der Gute genannt», sagte Robert. In seine Stimme schlich sich leiser Spott. «Aber diesen Beinamen hat ihm weniger sein Herz als vielmehr sein scharfer Verstand eingebracht. Er versteht es, erfolgreich zu wirtschaften und sich diejenigen gewogen zu machen, die tief in seiner Schuld stehen. Herzogin Elisabeth ist so gut wie ruiniert. Mein Onkel hat ihr geraten, Philipp ihren Schmuck zu überlassen, damit er einen Teil ihrer Schulden begleicht. Doch um dem Volk zu zeigen, wie großmütig er sein kann, wird er ihr heute Abend das schönste ihrer Schmuckstücke wieder zurückgeben.»

«Die Kette ist wirklich prachtvoll», pflichtete Lucia bei. «Von ihrem Erlös könnte ein Taglöhner in Trier seine Familie zehn Jahre lang ernähren.»

Robert zwinkerte ihr belustigt zu. «Willkommen in Luxemburg, Jungfrau von Trier! Müsste Herzogin Elisabeth für die Kosten des heutigen Banketts aufkommen, könnte sie die Kette sogleich von neuem verpfänden. Und das würde wiederum den Kaiser ganz schön ärgern, denn das Schmuckstück gehörte einst seiner Großmutter. Du weißt doch, dass Elisabeth von Görlitz mit Kaiser Sigismund verwandt ist?» Er wartete keine Antwort ab, sondern schnupperte. Inzwischen duftete es in der Halle nicht nur nach Lampenöl, sondern auch nach gewürztem Fleisch und süßen Früchten. Es wurde aufgetragen.

«Es ist doch eine freundliche Geste vom Herzog, die Kette zurückzugeben», meinte Lucia.

«O ja. Das werden alle verkünden, die Zeugen des Schauspiels wurden. Sie werden es weitererzählen und die Güte des Herzogs gegenüber seiner verarmten Verwandten rühmen. Bedauerlicherweise wird das Herzog Philipp nicht davon abhalten, seine Hand weiterhin nach Elisabeths Ländereien auszustrecken. Er möchte Luxemburg regieren und schreckt vor nichts zurück, um dieses Ziel zu erreichen.»

«Wäre er denn ein so schlechter Regent?» Nach allem, was Lucia gehört hatte, war der Herzog umsichtig und fleißig. Er würde nicht ruhen, bis er die Löcher mit eiserner Nadel gestopft hatte, die Elisabeths verschwenderische Wirtschaft gerissen hatte.

«Die Ständeversammlung hat sich gegen Philipps Einflussnahme ausgesprochen und der Herzogin das Versprechen abgerungen, ihn zu ihren Lebzeiten nicht zum Regenten zu machen. Elisabeth hat zugestimmt, aber sie ist schwach und leicht zu beeinflussen. Niemand weiß, was in ihrem Kopf vorgeht. Sie ist … sagen wir mal, recht eigenwillig. Sollte sie es sich anders überlegen und Philipp die Regierungsgeschäfte überlassen, werden der Kaiser und die Reichsfürsten aufschreien wie der Pfau.»

«Du meinst, es könnte zum Krieg kommen?»

Robert nickte. Verstohlen deutete er auf einen hochgewachsenen Mann, der eine betont schlichte dunkle Schecke trug. Entgegen der Mode des burgundischen Hofes war sein Haar lang und seine Haut von der Sonne gebräunt. Er schien seine Tage nicht in dunklen Gemächern, sondern an der frischen Luft zu verbringen. Außerdem trug er einen Bart. Angeregt unterhielt er sich mit einem jüngeren Ritter aus dem Gefolge Herzog Philipps. Die beiden Männer lachten; sie schienen sich prächtig zu verstehen.

«Wer ist das?», fragte Lucia.

«Sein Name ist Johann von Rodenmacher. So wie mein Onkel für Philipp arbeitet, ist Rodenmacher der verlängerte Arm von Kaiser Sigismund am Hof. Alle zwei Tage schickt er einen berittenen Boten mit Briefen über die Grenze. Aber er beauftragt niemals denselben Mann, weil er Angst hat, dass einer von Herzog

Philipps Spähern seinen Kurier unterwegs überfallen und die an den Kaiser gerichteten Briefe stehlen könnte. Man sollte meinen, es handele sich um ein Spiel. Das Spiel gelangweilter Knaben, aber das ist es ganz und gar nicht. Rodenmacher hasst Burgund mehr als die schwarzen Pocken. Sein Sohn befindet sich seit mehr als zwei Jahren in burgundischer Gefangenschaft. Bislang war der Herzog durch nichts zu bewegen, ihn und seinen Lehnsherrn, den Herzog von Lothringen, freizulassen.»

Erstaunt beobachtete Lucia den unscheinbar wirkenden Mann, der zu den engsten Vertrauten des deutschen Kaisers gehören sollte, und fragte sich, wie er trotz seines Grolls gegen Herzog Philipp so unbefangen mit einem burgundischen Edelmann lachen und scherzen konnte. Er musste doch Angst um seinen Sohn haben.

«Johann von Rodenmacher ist ein Diplomat, der mit allen Wassern gewaschen ist», sagte Robert lächelnd. «Er würde lieber sterben, als zuzulassen, dass persönliches Leid oder Missgunst die Sache seines Herrn gefährdet. Niemals lässt er andere wissen, was er wirklich denkt. Da kommt es ihm sehr gelegen, dass Herzogin Elisabeth in ihrem Palast nur fröhliche Gesichter sehen möchte. Und obwohl die Regentin nicht mehr allzu ernst genommen wird, tut ihr mein verehrter Onkel doch gerne diesen kleinen Gefallen. Zuweilen peinigt das Lächeln unsere Muskeln, aber wir haben uns alle daran gewöhnt, unsere Gefühle nicht zu offen zur Schau zu stellen. Die Menschen lächeln, während sie miteinander reden. Sie lächeln bei der Jagd, bei Spiel und Tanz, aber auch dann, wenn sie einander hintergehen. Man sagt, hier im Palast morden und sterben die Menschen sogar mit einem Lächeln auf den Lippen.»

Lucia senkte peinlich berührt den Kopf, doch sie nahm Roberts Worte ernst. Sie war bereits von Manderscheid davor gewarnt worden, jemandem den Rücken zuzuwenden. Sie nahm sich vor, den lächelnden Höflingen so weit wie möglich aus dem Weg zu gehen. Doch weder Manderscheid noch Graf von Virneburg konnten von ihr erwarten, gute Miene zum bösen Spiel zu machen. «Ich werde mich nicht verstellen», murmelte sie leise. «Mag sich dein Onkel auf den Kopf stellen, mit meiner Meinung werde ich nicht hinter dem Berg halten! Wenn er und Manderscheid schon eine Jungfrau von Trier brauchen, dann doch wohl eine, die aufrichtig ist.»

Robert grinste. Ihm blieb indes keine Zeit, etwas darauf zu entgegnen, denn nun verkündeten schrille Fanfarentöne die Ankunft des Herzogs von Burgund und seiner Tante. Auf der Stelle verebbte der Lärm im Saal. Ein unsichtbarer Wink genügte, um eine breite Gasse in das Gedränge zu schlagen. Hofdamen, deren Köpfe auf steifen Schalkragen saßen, schritten würdevoll vor der Herzogin her. Sie fächelten sich Luft zu, während ihre schmalen Schleppen über die Steinplatten tänzelten wie Libellen über einen See.

Hunderte von seidenen Kleidern raschelten, als sich die Edelleute vor dem Herzog von Burgund verneigten. Lucia bedauerte es, dass sie so weit hinten stand und nur wenig sehen konnte, aber Robert ließ sich nicht dazu bewegen, den Platz vor der Wand zu verlassen. Als Lucia sich darüber beschweren wollte, fielen ihr seine Worte und ihr eigener Entschluss ein, sich von der Menge fernzuhalten.

Herzog Philipp trug eine schwarze Schecke mit Pelzkragen, enganliegende Beinkleider und einen breitkrempigen, mit Perlen bestickten Hut. Vorsichtig führte er seine Tante, die schwergewichtig an seinem Arm hing, zu einem Sessel und wartete höflich, bis zwei Zofen die Kleiderschichten ihrer Herrin so weit geordnet hatten, dass sich die schnaufende Frau auf den Kissen niederlassen konnte.

Elisabeth von Görlitz erweckte nicht den Eindruck, als ob sie der Verlust ihrer von Burgund beschlagnahmten Juwelen schmerzte. Ihre Miene verriet vielmehr, dass das Bankett ihres burgundischen Neffen ihren Geschmack getroffen hatte. Mit leuchtenden Augen redete sie auf Graf Ruprecht ein, der als Seneschall von Luxemburg neben ihr sitzen durfte. Dem Gesandten des Kaisers schenkte sie ein zuckersüßes Lächeln, und für ihre Hofdamen gab es kleine Geschenke aus einer eigens dafür mitgebrachten Schatulle. Als sie den geschmückten Pfau entdeckte, der aufgeregt nach den Pagen schnappte und sich kaum noch bändigen ließ, stieß sie einen Freudenschrei aus. Ihr einfältiges Lächeln wurde breiter.

«Monsieur, mein Neffe, Ihr schenkt mir einen schillernden Hahn, der den Weg aus den Himmelsgärten zu mir gefunden hat?»

Herzog Philipp verzog keine Miene, aber er ergriff die Hand seiner Tante und führte sie galant zu seinen Lippen. Lucia bemerkte, dass seine Augen dabei kalt wie Eis blieben.

«Das ist ein Pfau, Hoheit», stellte Ruprecht von Virneburg richtig. «Kein Hahn.» Er gab sich Mühe, laut zu sprechen, um das beifällige Gemurmel im Saal zu übertönen. «Herzog Philipp möchte Euch sein Wohlwollen beweisen. Daher überlässt er Euch das Geschmeide Eurer seligen Urgroßmutter, denn an wessen Hals kämen die herrlichen Juwelen besser zur Geltung als dem Euren!»

«Und den hübschen Hahn bekomme ich nicht?» Elisabeth verzog schmollend den Mund. «Jammerschade, ich wäre gerne an seiner und an Burgunds Seite durch meine Gärten spaziert!» Eine Weile blieb alles still, dann legte die Herzogin den Kopf in den Nacken und begann aus vollem Halse zu lachen. Ihr Gefolge stimmte in das Gelächter mit ein, selbst Virneburg und Philipp von Burgund, die rasch einen säuerlichen Blick gewechselt hatten, blieb nichts anderes übrig, als ihre Mundwinkel zu einem müden Lächeln zu heben.

Robert schüttelte den Kopf. «Elisabeth hat sich längst in ihr Schicksal gefügt», flüsterte er Lucia zu. «Gegen Philipps Bestrebungen kann sie nichts mehr ausrichten, aber noch kann er nicht auf sie verzichten. Sie wiederum macht sich einen Spaß daraus, ihn bei jeder Gelegenheit zum Popanz zu machen.»

Lucia nickte. Obwohl sie mit Elisabeth von Görlitz nichts verband, konnte sie doch nicht umhin, der ruinierten Fürstin Achtung zu zollen. Sie mochte leichtfertig und träge sein, aber die Last der Regentschaft zwang sie offensichtlich, Waffen ganz besonderer Art zu schmieden. Vielleicht spielte Elisabeth die Einfältige, um den Herzog von Burgund zu ärgern und sich so für die Erniedrigungen, die sie durch seine Politik erdulden musste, zu rächen.

Herzog Philipp hatte indessen nicht vor, sich den Ablauf des Abends aus der Hand nehmen zu lassen. Mit einer feierlichen Rede in französischer Sprache eröffnete er das Bankett. Dann ließ sein Zeremonienmeister einen kirschroten Vorhang öffnen, der einen Teil des herzoglichen Saales vor den Blicken der Gäste abgeschirmt hatte. Dort befand sich eine Platte, in deren Mitte die Zitadelle von Luxemburg aus Kuchenteig aufgerichtet worden war. Tage und Nächte mussten burgundische Zuckerbäcker und ihre Gesellen an diesem Kunstwerk gearbeitet haben. Anerkennendes Gemurmel erhob sich. Vor dem Modell saßen vier Musikanten, die sogleich die Kappen zogen und auf ihren Instrumenten zu spielen begannen.

Philipp von Burgund hatte sich noch weitere Aufmerksamkeiten für seine Tante einfallen lassen. Fasziniert beobachtete Lucia, wie sich von den kleinen Türmen aus gebranntem Zucker Orangenwasser in die genau nachgebildeten Miniaturgräben vor dem Palast ergossen. Daneben gab es niederländische Windmühlen zu bestaunen, deren Flügel sich langsam drehten, Sandwüsten aus Mandeln und geschnitzten Granatäpfeln. Streuglas und Spiegel täuschten an anderer Stelle eine Winterlandschaft vor.

Nachdem die Gäste ihr Entzücken über die erlesenen Kostbarkeiten zum Ausdruck gebracht hatten, konnte das Mahl beginnen. Mittlerweile war es dunkel geworden. Lucia rutschte auf ihrem Platz hin und her. Sie fühlte sich hier so viel unsicherer als auf dem Turnierplatz, wo sie wenigstens ihren Bogen bei sich gehabt hatte. Nun aber saß sie inmitten einer Schar kichernder Frauen, die keine Notiz von der fremden Jungfrau nahm. Sie fühlte sich verloren in dieser Gesellschaft. Das Protokoll sah nicht vor, dass Robert sich neben sie setzte, dafür fand sie sich plötzlich Margitta von

Niedern gegenüber, die im Gefolge der Herzogin die Halle betreten und ihren Platz unter den Gästen niederen Adels eingenommen hatte.

Die Gutsherrin war elegant gekleidet und sittsam frisiert; allem Anschein nach hatte Graf Ruprecht es durchgesetzt, dass sie ihre strenge Witwentracht für den heutigen Abend gegen ein heiteres Gewand hatte eintauschen dürfen. Dankbar schien sie ihm dafür nicht zu sein. Sie verfolgte Lucias Bewegungen mit der Entschlossenheit, sie für jede unpassende Geste, für jedes falsche Wort unbarmherzig zur Verantwortung zu ziehen.

Die Pagen legten zunächst der Herrin des Hauses und ihrem Gastgeber vor. Danach bewegten sich die jungen Männer durch die Halle. In goldenen Schüsseln wurden Salate gereicht, außerdem Ragouts in dicker brauner Tunke und Kraftbrühen.

Lucia atmete den Duft eines goldbraun gebratenen Vogels ein, der unmittelbar vor ihren Augen zerteilt wurde. Das weiche Fleisch dampfte, als man es ihr auf den Teller tat, und obwohl sie schrecklich hungrig war, stocherte sie nur lustlos auf ihrem Teller herum. Margittas kritische Blicke und spitzen Bemerkungen verdarben ihr den Appetit.

Nach einer Weile stand Lucia auf, entschuldigte sich mit einem Nicken und hielt auf den Ausgang zu. Noch immer wurde aufgetragen, was Küche und Keller zu bieten hatten. Herzogin Elisabeths Leibkoch überzeugte sich persönlich davon, dass sein berühmtes Gericht der achtundvierzig Speisen warm auf die Tafel kam. Lucia hatte Margitta und eine der Damen an der Tafel davon schwärmen hören. Soweit sie erkennen konnte, bestand die Speise aus einer Vielzahl mundgerecht geschnittener Bratenstücke, in Safran gekochter Ente, scharfem Kastanienbrei und verschiedenen Zutaten, die der Koch selbst auf der Streckbank nicht verraten hätte.

«Darf ich fragen, was du vorhast? Du kannst nicht einfach während des Banketts die Halle verlassen, ohne mir Bescheid zu geben!» Robert stand plötzlich vor ihr, als sie sich an den Bogenschützen vorbeidrängen wollte. Um kein Aufsehen zu erregen, legte er seine Hand unter ihren Ellenbogen und geleitete sie freundlich lächelnd in einen nur mäßig beleuchteten Gang, der neben der Treppe zur Galerie lag.

«Johann von Rodenmacher hat ein Auge auf jeden Gast, der heute Abend an der Tafel sitzt. Es würde mich nicht wundern, wenn er längst auf dich aufmerksam geworden ist. Das Geheimnis der Jungfrau von Trier wird sich im Palast ohnehin nicht mehr lange bewahren lassen. Aber soll denn gleich der Kaiser von dir hören?»

«Warum nicht?», begehrte Lucia auf. «Ich dachte, die Jungfrau von Trier soll ihre Anhänger auch in Luxemburg um sich scharen. Wie soll das geschehen, wenn niemand von mir Notiz nimmt?»

«Du bist noch nicht so weit!»

«Ach nein?» Sie schüttelte seine Hand ab. Durch eines der Fenster drang Wind in den Flur und kühlte ihre Wangen. «Die Wachen schauen nicht mehr herüber, du kannst mich also getrost allein lassen. Im Übrigen werde ich heute Abend nicht mehr an Frau Margittas Tisch zurückkehren. Ich kann diese Frau nicht leiden, und sie mag mich genauso wenig.»

Robert starrte sie erst fragend, dann verständnisvoll an. «Ich habe befürchtet, dass es zwischen euch zu Spannungen kommen könnte», gestand er. «Vermutlich bin ich an dieser Situation nicht unschuldig. Ich habe Margitta enttäuscht, nachdem sie viel für mich getan hat.» Er hielt inne, Lucia bemerkte, dass es ihn quälte, ausgerechnet mit ihr über Herzensangelegenheiten reden zu müssen. «Aber das alles ändert nichts an der Tatsache, dass Margitta von Niedern beauftragt wurde, sich um dich zu kümmern.»

«Ich denke aber nicht daran, mich bei ihr abzumelden. Andere Damen verlassen auch das Bankett. Zu welchem Zweck muss ich dir hoffentlich nicht erklären.»

«Keine der Damen zieht dabei ein Gesicht, als habe sie vor, den Palast anzuzünden. Wenn Margitta meinem Onkel berichtet, dass du dich ihren Anordnungen widersetzt, wird er nicht ihre, sondern deine Freiheiten empfindlich einschränken.»

«Natürlich», schnappte Lucia. «Ich könnte meine jungfräulichen Dienste ja auch der Partei des Kaisers anbieten, nicht wahr? Wie hieß sein Spion doch gleich?»

Sie senkte rasch den Blick, als zwei junge Ritter lachend vorüberschlenderten. Die beiden unterhielten sich lautstark über die Vorzüge einiger Damen, deren Namen Lucia nichts sagten. Robert hingegen errötete, das konnte Lucia trotz der schlechten Beleuchtung erkennen. Er schien die Ansicht der Herren nicht ganz zu teilen, denn seine Mundwinkel rutschten angewidert nach unten. Dann wandte er sich wieder Lucia zu und fuhr fort: «Die Leute des Kaisers würden dich rösten wie diesen Magister aus Böhmen», knurrte er. «Dem hatte man auch freies Geleit nach Konstanz zugesichert. Aber auf dem Konzil wollte sich plötzlich keiner mehr daran erinnern.»

«Schon gut», sagte Lucia leise. Sie bemühte sich, ihre Stimme versöhnlich klingen zu lassen, wem half es schon, wenn sie sich Roberts Wohlwollen verscherzte? Was auch immer ihn und Margitta verband, er war immerhin so anständig, sich Sorgen um sie zu machen. Vielleicht ging sie ihm aber auch einfach nur auf die Nerven.

«Vermutlich werde ich mich morgen früh für diese Worte hassen, aber ich brauche dringend deine Hilfe!»

Robert runzelte argwöhnisch die Stirn. «Bei dir sollte man stets auf Überraschungen gefasst sein. Also, womit kann ich der Jungfrau von Trier dienen?»

«Ich habe schon seit Monaten nichts mehr von meinem Großvater gehört. Stiftskanonikus Doeser hat ihm zwar in Manderscheids Auftrag Geld überbracht, aber wie es ihm geht, konnte oder wollte er mir nicht sagen.»

«Hat dein Großvater das Geld angenommen?»

Lucia zuckte die Achseln. Sie wusste es nicht. Nikolaus Doeser hatte vorgegeben, im Auftrag eines Schuldners, dessen Namen er nicht nennen dürfe, offene Rechnungen zu begleichen. Aber Lucia fürchtete, dass ihr Großvater ihm nicht geglaubt hatte. «Er kann so störrisch sein wie ein Esel», sagte sie seufzend.

«Das liegt offensichtlich in der Familie.»

Lucia überhörte die wenig schmeichelhafte Bemerkung. Hielt er sie wirklich für so unerträglich? Alles, worum sie ihn bat, war, herauszufinden, wie es um ihren Großvater stand. Nach einigem Zögern ließ sie die Katze aus dem Sack. «Ich möchte, dass du mir hilfst, Colin Emmerich in der Stadt ausfindig zu machen. Er gehört zu den Ratsherren von Trier. Wenn einer weiß, wie es momentan dort aussieht, ist er es. Insgeheim hoffte ich, er wäre heute Abend auch eingeladen worden.»

Robert kniff die Augen zusammen; Lucia war nicht sicher, ob er müde oder einfach verärgert war.

«Du scheinst vergessen zu haben, dass Manderscheid gerade seine Truppen sammelt, um sie gegen deine Heimatstadt in die Schlacht zu führen. Die Jungfrau von Trier soll ihm behilflich sein, Burgen und Stützpunkte auf Trierer Gebiet zu besetzen. Der Kaufmann wird Verrat schreien, sobald er dich sieht. Es tut mir leid, aber Manderscheids Herolde haben dafür gesorgt, dass du für ihn und seine Leute zur Feindin geworden bist.»

Lucia winkte ab; kein Wort mehr wollte sie von diesem Unfug hören. «Wenn ich Colin meine Lage auseinandergesetzt habe, wird er verstehen, dass …»

«Dass du keine andere Wahl hast, als deinen hübschen Waffenrock anzulegen und an der Belagerung von Trier teilzunehmen?» Er lachte spöttisch.

«Zur Hölle mit der Belagerung. Ich will überleben. Und meine Familie wird ebenfalls überleben, das schwöre ich bei Gott! Colin wird mir nichts tun. Er mag mich. Er wollte mich sogar zur

Frau nehmen, obwohl ich als Gewandschneiderin keine große Mitgift zu erwarten habe. Aber keine Sorge, ich werde ihm nicht auf die Nase binden, dass Manderscheid mich in die Jungfrau von Trier verwandelt hat.»

«Wenn ich dich in die Stadt zu dem Kaufmann begleite, wirst du dann tun, was ich dir sage? Ein einziges Mal in deinem Leben?»

Lucia reichte ihm die Hand und versprach es.

Margitta von Niedern beugte sich über die steinerne Brüstung des Balkons und spähte suchend in den von Fackeln beleuchteten Hof hinab. Ihre Augen durchforsteten jeden Winkel der Anlage. Wo konnte das Mädchen bloß abgeblieben sein? Es hatte sie nicht um Erlaubnis gebeten, sich frühzeitig entfernen zu dürfen.

Sie erkannte die Umrisse einiger Edelleute, die der rauchgeschwängerten Halle entflohen waren, um sich an der frischen Luft die Beine zu vertreten. Einige der Jünglinge benutzten eine Leiter, um auf die Felsenmauer zu klettern. Dort kreuzten sie voller Übermut die Klingen. Keiner von ihnen blickte zu Margitta hinüber.

Das kleine Biest verdirbt mir das Gastmahl, dachte sie wütend. Ihre Unruhe wuchs, als plötzlich Schritte auf dem Balkon zu hören waren.

«Guten Abend, Frau Margitta!»

Sie wirbelte auf dem Absatz herum. Wie dumm. Ausgerechnet ihm musste sie hier draußen begegnen. War es ein Zufall, dass er ihren Weg immer dann kreuzte, wenn sie aufgebracht war? Sie musterte den Mann kurz. Seine Kleidung war nicht anders als die der burgundischen Edelleute, aber seinem kräftigen Körper haftete ein Geruch an, der sich nur schwer beschreiben ließ.

«Ihr genießt die milde Abendluft?»

Er machte sich über sie lustig. Es war nicht mild, sondern ausgesprochen kühl. Sein wallender Mantel und das Donnergrollen, das über die schlafende Stadt zog, gaben ihr recht.

«Ihr habt mich beinahe zu Tode erschreckt. Wie oft habe ich Euch schon gesagt, dass ich es nicht leiden kann, wenn uns jemand zusammen sieht? Herzog Philipp könnte davon erfahren. Manchmal glaube ich, er kann durch Wände sehen.»

«Und das wäre schlecht für den Ruf der trauernden Witwe, nicht wahr?» Er lachte. «Ihr seht heute Abend tatsächlich ein wenig ängstlich aus, aber das macht Euch umso begehrenswerter.»

Margitta schwieg. Widerstrebend gestand sie sich ein, dass seine Art zu lachen sie erregte. Sein Benehmen drückte Stärke aus. Stärke und das Verlangen, sie zu besitzen. Margitta, die ihr halbes Leben an der Seite eines langweiligen Mannes verbracht hatte, hielt ihn weder für liebenswürdig, noch vertraute sie ihm. Aber sie bewunderte seine Schlauheit und seinen Sinn für das Praktische. Sie brauchte einen Verbündeten wie ihn.

Wie anders ist doch Robert, schoss es ihr durch den Kopf. Aber mit Robert hatte die ganze Angelegenheit nichts zu tun, und das sollte auch so bleiben. Margitta spürte, wie ihr ein langer Mantel über die Schultern gelegt wurde. Eine aufmerksame Geste, das musste sie zugeben. Das Tuch war warm, trotzdem zitterte sie.

Das ausgelassene Lachen der jungen Edelmänner war inzwischen verklungen, sie waren in die Halle zurückgekehrt. Auf dem Weg zum Portal knirschte der Kies, doch es waren nur einige Hunde, die sich jaulend um Knochen und Küchenabfälle balgten.

«Ich weiß, dass Ihr für den Überfall auf Gut Niedern verantwortlich seid», sagte sie plötzlich. «Ihr habt meinen Gemahl auf dem Gewissen und mich um mein Hab und Gut gebracht.»

Er stutzte. Sie konnte hören, wie er den Atem ausstieß. «Umso erfreulicher, dass Ihr es für Euch behalten habt, liebe Margitta. Ich hätte es außerordentlich bedauert, Eure hübschen Lippen für immer versiegeln zu müssen. Eigentlich habe ich Euch nur einen Gefallen getan.»

«Einen Gefallen?»

«Oder habt Ihr schon vergessen, wie sehr Ihr unter dem Gestank gelitten habt, der auf Gut Niedern herrschte? Mehr war das Ganze doch nicht. Ein Bauernhaus mit einem Haufen Jauche.»

«Das Bauernhaus, wie Ihr es nennt, war mein Zuhause», begehrte Margitta etwas halbherzig auf. «Euch brachte der Überfall auf meinen Hof doppelt so viel Beute ein wie die Dörfer, die Ihr vorher … besucht habt. Allein der Schafhof von Niedern war ein Vermögen wert. Ich muss es wissen, denn ich habe ihn mit aufgebaut und später die Schur sowie den Verkauf der Wolle überwacht, während Siegfried unseren Weinkeller leer gesoffen hat.»

Margitta ballte die Fäuste, denn die Erinnerung an die Zeit als Gutsherrin drohte sie zu überwältigen. Nur mühsam konnte sie die Wut zügeln, die in ihr emporstieg.

«Das Geld steht jedenfalls *mir* zu, nicht Euch», zischte sie. «Und ich will es haben, habt Ihr verstanden? Ich verlange weitere viertausend rheinische Gulden für mein Schweigen, andernfalls werden Euch Herzog Philipps Soldaten einen Besuch abstatten! Oder wäre es Euch lieber, wenn ich Graf Ruprecht verständige? Er hat nicht vergessen, wer damals die Virneburger Pferde aus ihren Ställen gestohlen hat, um die Trierer von Manderscheids Schuld an der Plünderung des Dorfes zu überzeugen.»

Das Lächeln verschwand aus seinem Gesicht. Margitta hatte einen Fehler gemacht. Wie groß dieser Fehler war, erfuhr sie, als der Mann sie mit seinem gestählten Leib gegen die Balkonbrüstung drängte. Margitta wollte aufschreien, aber seine Hand, die ihren Mund verschloss, war schneller. Entsetzt merkte sie, wie sich seine Rechte um ihren Gürtel schloss; im nächsten Moment schwebten ihre Füße auch schon in der Luft.

«Ich könnte Euch mit einer Hand hinunter in den Burghof werfen, niemand würde es sehen», flüsterte er ihr ins Ohr. «Wollt Ihr wirklich so enden? Als Schandfleck auf luxemburgischen Pflastersteinen?»

Margitta schluchzte, während sie sich in Todesangst an seinen Arm klammerte. Sie zweifelte nicht, dass er seine Drohung wahr machen würde, und verfluchte ihre vorlaute Zunge. Wie hatte sie nur so dumm sein können, einen Mann wie ihn herauszufordern? Dass er gefährlich war, hatte sie bereits an dem Abend erfahren, als er ihr im Garten der Herzogin aufgelauert hatte. Er hatte von ihr verlangt, dass sie ihm Informationen über die Pläne des Virneburgers zukommen ließ. Dafür war er großzügig gewesen. Ihre Kleider und Hauben, das Pferd im Stall: Nichts davon stammte aus der mageren Zuwendung, die ihr Graf Ruprecht widerstrebend ausbezahlte.

«Ihr werdet mir nun genau zuhören, Margitta von Niedern», sagte er leise. Während er sie von der Brüstung fortzerrte, holte er ein Fläschchen aus seinem Gürtel und hielt es ihr unter die Nase. Er würde sie am Leben lassen, denn noch brauchte er sie. «Ihr seid noch immer für diese Jungfrau von Trier verantwortlich, von deren Ankunft Ihr mir berichtet habt?»

Margitta nickte, der Kloß in ihrem Hals hinderte sie am Sprechen.

«Sie darf niemals nach Trier zurückkehrern, versteht Ihr? Nicht lebend!»

Margitta verstand kein Wort. Sie hatte angenommen, dass es ihm nur um Geld und Macht ging. Um die Dinge, die Männer eben begehrten. Anfangs hatte er sich die Auseinandersetzungen des Trierer Bischofsstreits zunutze gemacht, aber den Überfall auf das Gut Niedern ließ sich weder Ulrich von Manderscheid noch Bischof Raban in die Schuhe schieben. Was also hatte er vor? Was ging ihn dieses alberne Mädchen an?

Margitta nahm das Fläschchen und entfernte mit zittrigen Fingern den Korken. Sie roch nichts. Sollte sie damit die Jungfrau von Trier vergiften?

«Das Mädchen soll morgen der Herzogin vorgestellt werden», raunte er ihr ins Ohr. «Sicher findet Ihr eine Gelegenheit, ihr das Mittel zu verabreichen.»

«Aber man wird mich verdächtigen, wenn die Jungfrau so überraschend das Zeitliche segnet.»

«Euch wird schon etwas einfallen, um den Verdacht von Euch abzulenken. Gebt mir Bescheid, wenn Ihr meinen Auftrag ausgeführt habt.»

Margitta antwortete nicht. Reglos starrte sie hinunter in den Hof. Als sie den Kopf hob, stand sie allein auf dem Balkon.

XXI

Die Stadt Luxemburg war zu Lucias Erleichterung überschaubar. Ein ummauerter Ring aus Gässchen schien das Herzstück der Stadt zu bilden. Wie ein Sternenkranz wies er auf eine Reihe schmaler, aber stolzer Bürgerhäuser, die sich um den belebten Marktplatz und einen benachbarten Kirchhof drängten. Das Rathaus, an dessen Vorderfront das Banner der Bürgerschaft im Sommerwind flatterte, bestand aus hellem Sandstein, der im Sonnenlicht glitzerte. Die meisten Dächer waren mit schwarzem Schiefer, nur wenige mit Schindeln aus Holz bedeckt. Über sauber gefegte Hinterhöfe gelangte man zu den Werkstätten der Handwerker und in die Kontore der ansässigen Kaufleute. Dem Rathaus gegenüber erhoben sich die beiden schlanken Türme einer Kirche.

Auf ihrem Weg über den Platz kamen Lucia und Robert nur im Schneckentempo vorwärts. Alle zehn Schritte wurden sie aufgehalten: von Krämern, die in deutscher und französischer Sprache lautstark ihren Trödel anpriesen. Von Männern der Schlossgarde, die Robert kannten und über das Bankett ausfragten, von Kindern, die sich über den Brunnenrand beugten und die Passanten mit Wasser bespritzten, sowie von einem Bettler, der die Leute, die zur Kirche gingen, um Almosen bat.

Lucia warf dem Mann eine Münze in den Schoß und eilte weiter. Um sich vor der Sonne zu schützen, hatte sie eine ausladende Haube gewählt, unter die gewiss zwei Köpfe gepasst hätten. Während Robert noch mit den Wachsoldaten plauderte, sah sie sich das reichverzierte Portal der Kirche an. Vom Lärm des Marktes hatte sie rasch genug.

«Manchmal ist es von Vorteil, wenn man in der Stadt auf Bekannte trifft», meinte Robert, nachdem er wieder zu ihr gestoßen war. Mit der Hand wischte er sich den Schweiß von der Stirn. Obwohl es noch nicht Mittag war, lag eine drückende Hitze über der Stadt. Der Unrat in den Gassen und die Ausdünstungen von Vieh machten die Luft nicht gerade besser. Schwärme von Fliegen umkreisten die Tische der Händler. Wer es sich leisten konnte, zog sich in den Schatten der von dichten Reben bewachsenen Arkaden zurück oder legte seine Waren unter große Zeltdächer, die wenigstens ein wenig Schutz vor der Sonne boten.

«Einer der Männer, mit denen ich mich unterhalten habe, schiebt Wachdienst an der Ringmauer. Er hat gesehen, dass die ausländischen Kaufleute ihre Wagen auf dem Hof eines Kürschners in der Mariengasse abgestellt haben.»

«Dann lass uns keine Zeit vergeuden!» Lucia ging einen Schritt schneller, obwohl sie keine Ahnung hatte, wo die Mariengasse lag. Robert hielt sie lachend auf. «Nicht so eilig. Du kannst zum Kürschner gehen, aber dort wirst du Colin Emmerich nicht antreffen. Er und die anderen Kaufleute vergnügen sich heute im Badehaus.»

Lucia nahm diese Neuigkeit mit mäßiger Begeisterung auf. Zwar galten die Bader als ehrgeizig und fleißig und waren oft auch in Fragen der Heilkunde bewandert, aber dem lockeren Treiben innerhalb ihrer Stuben, wo Männer und Frauen oft gemeinsam in gewaltige Zuber stiegen und sich von leichtbekleideten Bademägden bedienen ließen, konnte sie wenig abgewinnen. Schon gar nicht heute.

«Die Jungfrau von Trier wird keinen Fuß in eine Badestube setzen», erklärte sie und wunderte sich gleichzeitig, wie zwanglos ihr diese Worte über die Lippen gekommen waren. Noch vor wenigen Tagen hatte sie sich geärgert, wenn Nikolaus Doeser oder

Robert die ihr aufgezwungene Rolle auch nur erwähnt hatten. Drohte ihr Bewusstsein etwa schon, in zwei Hälften zu zerfallen? In eine Hälfte, die sich dafür schämte, ausgenutzt zu werden, und in eine andere Hälfte, welche die Bewunderung genoss? Gab es einen verborgenen Winkel ihrer Seele, der an die Jungfrau von Trier glauben wollte, obwohl ihre Geschichte nur erdichtet war?

Robert wurde ungeduldig. Die steile Falte auf seiner Stirn deutete an, dass sie ihm mit ihrem Eigensinn gewaltig auf die Nerven ging, was Lucia ihm allerdings nicht verübeln konnte. Sie verstand sich ja selbst nicht mehr.

Zögerlich machte sie ein paar Schritte auf die hohe Kirchentreppe zu. Das Portal zog sie magisch an. Außerdem war es lange her, dass sie ein Gotteshaus betreten hatte, und für den Moment wünschte sie sich nichts so sehr, wie ein paar stille Momente im Gebet zu verbringen, der Jungfrau Maria ihr Herz auszuschütten und die Fürbitte der Heiligen zu erflehen. Aber vor der Kirchenpforte stand ein dicker Priester und blickte sie mit strenger Miene an.

Lucia blieb wie angewurzelt stehen. Vielleicht hatte sie ja längst jedes Recht verwirkt, eine Kirche zu betreten. Wenn Gott so streng war, wie die Dominikaner behaupteten, duldete er sie nicht mehr in seinem Haus. War sie nicht eine Betrügerin, unehrlich wie eine Spielmannsdirne? Aber sie wollte doch niemandem schaden, ganz im Gegenteil. Zählte das in den Augen der Kirche überhaupt nicht? Sie schloss die Augen. Wie sehr sehnte sie sich danach, ihre Qual jemandem anzuvertrauen. Oder wenigstens die Beichte abzulegen, ohne fürchten zu müssen, dass der Geistliche sie verdammte.

«Was ist denn?», rief ihr Robert zu. Sie wandte sich von der Kirchentreppe ab und folgte ihm.

Das Badehaus zum zweiten Wassermann war am Ufer des Flüsschens Elz gelegen. Lucias Laune hob sich ein wenig, denn im Gegensatz zu Robert liebte sie Wasser, gleichgültig, ob es nur träge vor sich hin plätscherte oder kraftvoll durch ein Flussbett tobte.

Das Haus wirkte recht neu. Es besaß zwei Stockwerke und einen ausladenden Balkon, dessen Geländer aus hübsch gedrechselten Holzstäben bestand. Eine Scheune und ein Pferdestall, in dem die Gäste des Hauses ihre Tiere versorgen lassen konnten, gehörten ebenfalls zum Anwesen des Baders.

Als Lucia die Tür öffnete, schlug ihr aus dem hinteren Teil der Badestube feuchte Wärme entgegen. Benommen fuhr sie zurück und schnappte nach Luft. Am liebsten hätte sie auf der Stelle kehrtgemacht, aber sie wusste, dass Robert sie nicht noch einmal in die Stadt begleiten würde.

Hinter einer Holzwand, welche die düstere Diele von der eigentlichen Bade- und Hitzstube abteilte, waren heiteres Gelächter und die Klänge einer Laute zu hören.

Unschlüssig verharrte Lucia davor, bis eine der Bademägde heranschlurfte und mit verkniffenem Mund verkündete, ihr Meister sei noch im oberen Geschoss beschäftigt, würde sich aber gleich um sie kümmern.

Robert spähte durch einen Spalt des Vorhangs. Das Badevergnügen schien ihn zu amüsieren. Vermutlich säße er selber gern im Zuber, dachte Lucia mit gemischten Gefühlen. Einen Moment war sie versucht, ihn sich ohne seine Kleider vorzustellen. Nackt. In einem Bottich sitzend, die drahtigen Beine genüsslich über den Rand gestreckt. Rasch verscheuchte sie den Gedanken und hoffte, dass Robert ihre geröteten Wangen nicht bemerkte. Je eher sie Colin hier aufgestöbert hatte, desto schneller konnte sie das Haus wieder verlassen.

«Ich sehe weder Colin Emmerich noch einen seiner Handelspartner», sagte Robert schulterzuckend. Er pfiff erstaunt durch die Zähne. «Ansonsten versammelt sich in den Zubern aber die Blüte der burgundischen Ritterschaft. Meine Güte, der Baron La Salle sollte ein paar Brathähnchen weniger verzehren. Sein Bauch wird immer runder.»

Trotz ihrer Anspannung brachte Roberts Bemerkung Lucia

zum Schmunzeln. Sie ließ sich auf einem Stuhl neben dem Treppenabgang nieder.

Nur wenig später kam der Bader zu ihnen. Er begrüßte Lucia freundlich, teilte ihr aber voller Bedauern mit, dass seine Stube momentan überfüllt sei. «Die Herren haben sich schon zum dritten Mal Wein nachschenken lassen», sagte er, während er seine Hände an der Schürze abwischte.

«Wir sind nicht zum Baden hier, wir suchen Kaufmann Emmerich!» Lucia stand auf. «Man sagte uns, er sei hier zu finden.»

Der Bader war kein guter Lügner. Offensichtlich war er dafür bezahlt worden, niemanden zu Colin zu lassen, doch die verstohlenen Blicke, die er zur Treppe warf, verrieten Lucia, dass sich der Kaufmann in einer der oberen Kammern aufhielt.

«Ich muss ihn unbedingt sprechen», erklärte sie hartnäckig und erklomm die Stiege. Das Protestgeschrei des Baders kümmerte sie nicht. Robert folgte ihr seufzend.

Sie fanden Colin in einem großzügigen, unaufgeräumten Zimmer, das schwach nach den Salben und Ölen roch, die der Bader unten in seiner Stube verwendete. Der Kaufmann saß mit entblößtem Oberkörper auf einer Bank; er war bleich und wirkte schläfrig. Während er zu den Deckenbalken blickte, beugte sich ein Mann über Colin und öffnete ihm mit einem Stilett eine Ader. Sein Blut wurde von einer Zinnschüssel aufgefangen.

Als Colin Lucia erblickte, weiteten sich seine Augen vor Überraschung. Er machte Anstalten aufzuspringen, doch dann besann er sich und forderte den Baderknecht auf, ihm ein sauberes Leintuch zu reichen. Danach schickte er den Mann hinaus.

«Lucia, was zum Teufel macht Ihr hier?», polterte er los.

«Das ist aber eine freundliche Begrüßung. Ich dachte, Ihr freut Euch, mich gesund und munter wiederzusehen.» Damit tastete sie sich weit vor. Wenn er von ihrem Pakt mit Manderscheid wusste, würde er ihr nun auf den Kopf zusagen, dass er sie für eine Verräterin hielt. Für eine Hure, die sich eines schnöden Vorteils wegen verkauft hatte, und für eine Ketzerin, die sich mit Wundertaten schmückte, die nur Heilige vollbringen konnten.

Colin schwieg, vermutlich hatte der Aderlass ihn geschwächt. Lucia blickte sich in der Kammer nach etwas Essbarem um, aber sie fand nur einen Krug mit Wasser. Colin lehnte dankend ab.

«Für die Ratsherren seid Ihr gestorben», sagte er schließlich mit düsterer Stimme. Er deutete auf sein Hemd, das über einem Stuhl hing, und wartete, bis Robert es ihm gereicht hatte.

«Und mein Großvater? Wie geht es ihm?»

Colin hob erstaunt die Brauen. «Man hat ihm berichtet, Ihr wäret tot. Erschlagen von Wegelagerern auf dem Rückweg von Mainz. Aber Meister Kastenberg wollte es nicht glauben. Er weigerte sich sogar, bei den Mönchen von St. Maximin eine Seelenmesse zu bestellen. Dabei scheint er neuerdings an Geld gekommen zu sein. Als ich ihn das letzte Mal sah, arbeitete er wieder in seiner Werkstatt. Das war kurz bevor ich Trier verließ.»

Lucia nickte erleichtert. Doeser. Er hatte es also doch geschafft, ihrem Großvater das Geld unterzuschieben.

«Was erzählt man sich denn sonst noch im Bistum?», erkundigte sich Robert. Lucia fiel auf, dass er den Kaufmann aufmerksam betrachtete.

Colin warf dem jungen Mann einen feindseligen Blick zu. «Was fragt Ihr mich? Euch würde ich nicht mal den Weg zum nächsten Hurenhaus verraten, Virneburg! Ihr habt mich arglistig getäuscht, als Ihr Euch damals in meinen Wagenzug geschlichen habt. Womit hatte ich es eigentlich verdient, heimtückisch ausspioniert zu werden? Ausgerechnet ich, der alles unternommen hat, um den Rat noch einmal mit Manderscheid zu versöhnen?»

«Ich hatte weder den Auftrag noch die Absicht, Euch auszuspähen», verteidigte sich Robert. «Mir lag nur daran, Eure Stadt nicht als Krüppel oder Leichnam zu verlassen. Oder was glaubt Ihr, hätte die Menge mit mir angestellt, wenn sie mich nach der

Plünderung dieses Dorfes als Virneburger erkannt hätte? Mich zu Wein und Braten eingeladen?»

Lucia trat ungeduldig auf der Stelle. Der Streit der beiden Männer war ihr unangenehm, und das nicht nur, weil sie beide mochte, sondern weil Colin sie daran erinnerte, dass Robert nicht der Einzige gewesen war, der ihn hintergangen hatte.

«Habt Ihr Eure Schwester inzwischen gefunden?», fragte Colin unvermittelt. «Ist sie mit Euch nach Luxemburg gekommen?»

Lucia wechselte einen hilflosen Blick mit Robert. Es war unrecht, Colin anzulügen, immerhin war er ein Freund der Familie. Aber sie durfte ihm auch nicht die Wahrheit sagen. Colin konnte Magdalena nicht helfen. Das konnte nur sie, vorausgesetzt, dass sie sich keine weiteren Fehler leistete.

Sie wollte gerade zu einer Erklärung ansetzen, als die Tür aufging und Paulyn in die Kammer trat. Der junge Mann stutzte kurz, dann lief er mit einem Jubelschrei auf Lucia zu, nahm sie in die Arme und wirbelte sie herum, ohne sich an Colins und Roberts Blicken zu stören. Lächelnd versuchte sich Lucia aus der Umarmung ihres Jugendfreundes zu befreien. «Schon gut, Paulyn, du erdrückst mich ja!»

«Du lebst? Und es geht dir gut? Ich habe mir große Vorwürfe gemacht, weil ich dich mit den Pfaffen allein nach Mainz gehen ließ. Mitten durch feindliches Gebiet. Aber gegen deinen Sturkopf ist ja nichts auszurichten.»

«Hört, hört», murmelte Robert, wofür er einen giftigen Seitenblick von Lucia erntete.

«Aber diesmal lasse ich dich nicht aus den Augen, bis du wieder wohlbehalten in Trier bist.» Auf Paulyns Stirn entdeckte Lucia eine schlechtverheilte kleine Narbe, die er unter seinem struppigen Haarschopf zu verstecken suchte. Die Freude über das Wiedersehen mit Lucia hatte seine Augen für einen kurzen Moment zum Leuchten gebracht. Doch ansonsten wirkte Paulyn besorgt und erschöpft. «Nicht wahr, Herr Colin, wir werden Lucia mitnehmen? Sie muss sich auch nicht wieder als Kerl verkleiden!»

Lucia schüttelte den Kopf. Sie fühlte sich schlecht dabei, Paulyn schon wieder zu enttäuschen, zumal ihr nicht entging, dass er am Ende seiner Kräfte war. Was zur Hölle trieb er nur? War er krank? Colin bürdete ihm doch gewiss nicht zu viel Arbeit auf.

«Es tut mir leid, aber in nächster Zeit werde ich nicht nach Trier zurückkehren», sagte sie. «Ich bin auf Einladung der Herzogin in Luxemburg und muss an ihrem Hof bleiben, solange man mich dort haben will.»

«Wieso sollte man dich oben im Schloss brauchen?» Paulyns Augenlider zuckten nervös. «Dienst du der Herzogin nun doch als Gewandschneiderin?»

Colin erhob sich und stieß dabei mit dem Fuß versehentlich die Zinnschüssel um, die der Baderknecht nach seinem Aderlass hatte stehen lassen. Das Blut rann ein Stück über die Dielen, bis es zwischen den Ritzen versickerte.

«Ich vermute, die Weigerung deiner Freundin, nach Hause zurückzukehren, hat andere Gründe. Sie ist die Frau, über die neuerdings so viel geredet wird, nicht wahr? Die Frau, die auch Jungfrau von Trier genannt wird!»

Obwohl der Kaufmann seine Bemerkung sachlich vorgetragen hatte, kam es Lucia plötzlich so vor, als öffnete sich der Boden unter ihr. Ängstlich spähte sie zu Robert hinüber. Eine ganze Weile fiel kein Wort.

Dann stöhnte Paulyn auf. Fassungslos starrte er seine Jugendfreundin an, als sähe er sie zum ersten Mal. «Das … ist nicht wahr! Diese Jungfrau ist eine Zauberin, eine verdammte Schwarzkünstlerin, die einen Fluch über Trier ausgesprochen hat.»

«Warum fragen wir Lucia nicht selbst?» Colin sah Lucia unverwandt an. «Seid Ihr diese Jungfrau? Habt Ihr vor, gegen Trier zu ziehen, um Manderscheid die Tore zu öffnen?»

«Ich würde lieber sterben, als etwas zu tun, was meiner Heimatstadt schadet», antwortete Lucia mit zittriger Stimme. «Aber es geht nicht nur um mich und um mein Gewissen. Es geht auch um das Leben meiner Schwester, die als Geisel zurückbehalten wurde, und um das Leben meines Großvaters. Ja, im Grunde um Euer aller Leben. Es sieht so aus, als könnte nur noch ich Ulrich von Manderscheid davon überzeugen, dass er seine Ansprüche auf den Bischofsstuhl nicht mit dem Schwert durchsetzen darf.»

Colin lachte bitter. «Aber genau das hat er im Sinn, meine Liebe! Ein Bote berichtete mir erst gestern, Ulrich von Manderscheid habe dem Rat ein Ultimatum gestellt. Im Namen der Jungfrau von Trier fordert er die Stadt auf, ihn mit seinem ganzen Gefolge am Dreikönigstag zum Dom ziehen zu lassen, damit die Jungfrau am Grab des heiligen Matthias ihre Gebete sprechen und der Weihung des Wassers beiwohnen kann. Sollte der Rat sich weigern, soll ihn ihr Fluch treffen!»

«Du willst uns verfluchen?», schrie Paulyn. Für ihn lag die Sache auf der Hand. «Nur weil deine dämliche Familie in Trier nichts mehr zählt, hast du dich mit dem Satan gegen uns verschworen?» Er kam drohend auf Lucia zu, aber Robert schob sich zwischen sie und den aufgebrachten jungen Mann.

«Vorsicht, mein Freund», knurrte er Paulyn an. «Rühr sie nur einmal an, und du wirst morgen deine Knochen in einem Sack spazieren führen!»

Lucia spürte, wie ihr trotz der stickigen Luft in der Kammer ein eisiger Schauer über den Rücken lief. Es war genau das geschehen, wovor sie sich gefürchtet hatte. Ihre Freunde wendeten sich gegen sie. Manderscheids gerissener Plan hatte sie nicht nur zur Heimatlosen gemacht, er nahm ihr auch die Hoffnung, sich wieder mit ihren Nachbarn zu versöhnen. Nur mühsam konnte sie die Tränen unterdrücken.

«Ich wusste nichts von diesem Ultimatum», sagte sie zu Colin. Colin war Kaufmann, ein Mann, der sich nicht von Gefühlen leiten ließ, sondern seinen Verstand einsetzte. Im Gegensatz zu Paulyn dachte er nach, anstatt zu toben.

«Ihr müsst mir glauben, dass ich ohne eigenes Zutun in eine Situation geraten bin, die ich meinem ärgsten Feind nicht wünsche. Aber ich verspreche Euch, dass ich alles tun werde, um Manderscheid umzustimmen. Sein Berater, der Stiftskanonikus Doeser, hat mich nach Luxemburg begleitet. Vielleicht hört er ja auf mich.»

«Du kannst ja zur Abwechslung einmal ihn verhexen», lästerte Paulyn. Er sah an Lucia vorbei, als sei sie Luft. Fürchtete er sich vor ihrem Blick?

Colin verzog verächtlich den Mund. «Halt den Mund, Junge! Ich glaube nicht, dass Lucia uns anlügt. Sie war immer ehrlich, auch wenn sie dazu neigt, sich durch ihre spitze Zunge in Schwierigkeiten zu bringen. Bedauerlicherweise hat ihr Vater diese Schwäche gefördert, indem er Lucia wie einen Knaben behandelte. Im Unterschied zu Magdalena. Aber das spielt nun keine Rolle mehr. Wie können Paulyn und ich Euch helfen?»

«Ihr helft Lucia, wenn Ihr Luxemburg so bald wie möglich verlasst und niemandem verratet, dass Ihr sie hier getroffen habt», sagte Robert. Dabei behielt er Paulyn genau im Auge, denn er traute ihm nicht.

Lucia nickte. «Auch mein Großvater darf vorerst nicht erfahren, dass ich am Leben bin. Es würde die Sache nur erschweren.»

Als Lucia wieder im Palast war, stand ihr der Sinn nicht mehr nach Unterricht. Aber Nikolaus Doeser, der die Aufgabe übernommen hatte, sie in Latein und Griechisch zu unterrichten, wartete bereits voller Ungeduld. Mit skeptischen Blicken musterte er ihr verschwitztes Gesicht und das zerdrückte Kleid, das wie eine zweite Haut an ihrem Leib klebte. Robert hatte sich bereits aus dem Staub gemacht, um sein Pferd im Stall zu versorgen.

«Diese verschwenderischen Bankette stehlen uns schon genug unserer wertvollen Zeit», brummte Doeser, während er Lucia mit strengem Blick einen Stuhl in seinem Gemach anbot. Noch nie hatte sie ihn so schlecht gelaunt erlebt. Einsilbig teilte er ihr mit, dass Margitta von Niedern sie in Kürze abholen und zur Herzogin begleiten werde.

Lucia ergab sich ihrem Schicksal und vertiefte sich in die Bücher, die Doeser vor ihr ausgebreitet hatte. Unter anderen Umständen hätte sie seinen Unterricht interessant gefunden, aber wie sollte sie sich nach dem Disput mit Paulyn und dem Kaufmann auf lateinische Redewendungen, griechische Buchstaben und die Geschichte des Propheten Jeremia konzentrieren? Wie zornig Paulyn sie angesehen hatte. Hielt er sie tatsächlich für eine Zauberin, die ganze Städte mit ihren Flüchen belegen konnte? Und wie konnte Ulrich von Manderscheid es wagen, ihren Namen zu missbrauchen, um der Stadt Trier zu drohen?

«So wird das nichts, Ihr träumt mit offenen Augen», mahnte Doeser kopfschüttelnd. «Ich weiß, dass Ihr lieber mit dem jungen Virneburger durch die Stadt streifen oder mit Pfeil und Bogen üben würdet, aber könntet Ihr Eure Sinne nicht wenigstens beisammenhalten, während ich Euch den Heiligenkalender auseinandersetze?»

Lucia straffte die Schultern. «Ich muss mit Euch reden!»

«Nicht jetzt, wir …»

«Ich bestehe aber darauf, Herr! Wisst Ihr von dem Ultimatum gegen Trier?»

Der Stiftskanonikus errötete. «Ich habe davon gehört», gab er widerstrebend zu. Es klang nicht gerade begeistert, was Lucias Unmut keineswegs milderte.

«Und da könnt Ihr seelenruhig hier sitzen und mir von den Wundertaten der heiligen Barbara erzählen? Wir müssen etwas unternehmen, Euren Freund zur Vernunft bringen, ehe es vor den Mauern Triers auf ein Blutbad hinausläuft. Ich kenne den Stadthauptmann von Sierk. Er brennt geradezu darauf, Manderscheid zu vernichten!»

Doeser lachte verbittert. «Wir hängen an den Fäden der Mächtigen wie Marionetten, die keinen eigenen Willen haben.»

«Schneidet die Fäden durch und stärkt Euren Willen», sagte Lucia. «Schließlich seid Ihr ein Gelehrter von tadellosem Ruf!»

Eine Weile sah er sie an. Ein kleiner, dunkelgekleideter Mann, dessen Wangen schlaff herunterhingen. Dann aber nickte er. «Ihr habt recht, Lucia. Dieses Mal ist er zu weit gegangen. Ich werde Manderscheid schreiben, dass ich mich an den Bischof von Köln und das Konzil zu Basel wenden werde, falls er nicht zur Vernunft kommt.»

«Und Ihr glaubt, diese Drohung wird ihn aufhalten?»

«Seid unbesorgt, Lucia. Ohne die Waffenhilfe Kölns werden Manderscheids Söldner nicht weit kommen.»

Das Vesperläuten war kaum verklungen, als Margitta ins Studierzimmer rauschte. Ihre griesgrämige Zofe folgte ihr auf dem Fuß. Lucia wusste nicht, warum Margitta die Alte mitgenommen hatte. Vielleicht sollte ihre sauertöpfische Miene Lucia daran erinnern, dass sie Elisabeth von Görlitz nicht zum Vergnügen vorgestellt wurde.

«Graf Ruprecht wünscht, dass Ihr heute Eure unmöglichen Männerkleider anlegt», verkündete Margitta, nachdem sie Lucias Kammer erreicht hatten. Über einem Bügel hing bereits ihr knielanger weißer Waffenrock. Eine der Bediensteten, vielleicht sogar Margitta persönlich, schien das Gewand aus der Truhe genommen zu haben. Als Lucia es auseinanderfaltete, stieg ihr ein schwacher Lavendelduft in die Nase.

«Beeilt Euch, wir dürfen die Herzogin nicht warten lassen!»

Lucia ließ den Rock sinken und stemmte, einer plötzlichen Ahnung folgend, den Deckel der Truhe hoch. Sie bemerkte auf den ersten Blick, dass jemand in ihren Sachen gewühlt hatte. Nicht, dass Unordnung herrschte. Im Gegenteil, man hatte sich viel Zeit genommen, die Truhe aufzuräumen. Ordentlicher, als Lucia es jemals gekonnt hätte.

Aufgeregt warf sie Strümpfe, Bänder, Kappen und Kleider auf den Fußboden, um den Boden abtasten zu können. Als sie auf ihren Bogen und den Köcher mit Pfeilen stieß, beruhigte sich ihr Herzschlag ein wenig. Dann aber bemerkte sie das leere Lederfutteral. Der Brief, schoss es ihr durch den Kopf. Er war nicht mehr da. Jemand hatte Manderscheids Schreiben an Graf Ruprecht gestohlen. Lucia hätte heulen können. Warum hatte sie auch versäumt, den Brief auszuhändigen? Was sollte sie nun tun? Den Stiftskanonikus um Hilfe bitten oder Virneburg persönlich darauf hinweisen, in welch schlechter Gesellschaft sich sein Sohn bewegte?

«Darf ich fragen, was in Euch gefahren ist?» Verständnislos betrachtete Margitta die Unordnung auf dem Fußboden. «Wir werden zu spät kommen, wenn Ihr Euch nicht endlich ankleidet!»

Lucia presste die Lippen aufeinander, ihr war es gleichgültig, ob sie zu spät kam oder nicht. Aber es ärgerte sie, dass Margitta von Niedern die Ahnungslose spielte. Gleichwohl gab es keinen Beweis, dass die Gutsherrin heimlich in ihre Kammer gedrungen war, um einen Brief zu stehlen, von dessen Existenz sie nichts hatte wissen können.

Es gab nur einen, mit dem Lucia über den Brief gesprochen hatte. Gesprochen? Nein, gestritten hatten sie sich deswegen. Grimmig nahm sie ihren Bogen zur Hand und zupfte an der Sehne. Na warte, Robert, dachte sie. So leicht lasse ich mich von dir nicht übers Ohr hauen.

Elisabeth, Herzogin von Görlitz, Pfandherrin zu Luxemburg und Gräfin von Chiny, versprach sich nicht viel von einer Begegnung mit der sogenannten Jungfrau von Trier. Als Ruprecht von Virneburg ihr von dem wundertätigen Mädchen erzählt hatte, hatte die Fürstin es zunächst als weinselige Laune eines Bücherwurms abgetan. Doch das wollte nicht recht zu dem Grafen passen. Hatte der jemals Geschichten erzählt oder gescherzt? Nein, sie kannte keinen Mann, der ernsthafter war. Und langweiliger. Er trank weder zu viel Wein, noch würfelte er. Stattdessen verbrachte er seine Tage in der höfischen Kanzlei, wälzte Rechtsbücher oder brütete über Urkunden, Verträgen und Berichten. Vermutlich kannte er die Verhältnisse im Herzogtum Luxemburg inzwischen besser, als sie das jemals tun würde. Virneburg war ein guter, fleißiger Mann, aber Elisabeth wusste auch, dass dieser Umstand ihn für das Herzogtum Burgund unentbehrlich machte. Ihr Neffe Philipp, der sich bereits als heimlicher Herr im Lande ansah, brauchte Männer, die nicht nur arbeitsam, sondern auch klug genug waren, sein kompliziertes Verwaltungssystem umzusetzen. Virneburg gehörte zweifellos zu ihnen, und obwohl er burgundische Interessen vertrat, schienen ihm die luxemburgischen Stände, die Elisabeth so viel Verdruss bereiteten, mit Respekt zu begegnen.

Gegen Abend hielt sich die Herzogin am liebsten in ihrem Sonnengemach auf. So nannte sie das großzügige Eckzimmer hoch oben im Turm, weil es einen gewaltigen Erker und vier hohe Fenster besaß. Wenn Elisabeth etwas hasste, war es Dunkelheit. Sie gab Unsummen für Wachskerzen und Lampenöl aus, um die Gänge, Treppen und Höfe ihres Hauses zu beleuchten. In manchen Gemächern brannten die Lichter sogar während der Nacht, und in der Schlossküche, in der zu jeder Tageszeit gekocht, geröstet und gebacken wurde, durften die Herdfeuer niemals verlöschen. Die Herzogin hatte eine besondere Vorliebe für Musik und Malerei. Nachdem sie die Regentschaft angetreten hatte, waren die fähigsten Kunsthandwerker Frankreichs und Flanderns nach Luxemburg gezogen, um die Wände des Sonnengemachs und des großen Saales zu schmücken. Kaufleute, die mit seidenen Teppichen handelten, fanden in ihr eine großzügige Auftraggeberin, die das Geld mit vollen Händen ausgab.

Lucia fühlte sich verloren, als sie an diesem Abend in das Sonnengemach trat. Dabei war sie beileibe nicht die Einzige, die der Fürstin ihre Aufwartung machen sollte. Geschäftstüchtig scharten sich mindestens zwölf Krämerinnen im Halbkreis um den Erker, in dem der Sessel der Regentin wie ein Thron stand. Einige Frauen schwenkten Ballen feinsten Tuches, andere priesen parfümierte Salben, Zitronenwasser und Haarseifen an.

Zwei ältere Hofdamen begutachteten jedes einzelne Stück, bevor sie es an ihre Herrin weiterreichten. Sie bemühten sich nach Leibeskräften, die laut schnatternden Krämerinnen im Zaum zu halten. Aber sie führten einen aussichtslosen Kampf. Zwei Wächter standen an der Tür und beobachteten das bunte Treiben amüsiert.

Die Herzogin wirkte gelangweilt; die hübschen Waren der Krämerinnen bereiteten ihr heute nur mäßiges Vergnügen. Sie hatte sich einen Hausmantel aus besticktem Satin übergeworfen, der ihre unförmige Matronenfigur unvorteilhaft betonte. Fortwährend rutschte Elisabeths ausladender Kopfputz über die Ohren und musste von einer Hofdame wieder zurechtgerückt werden.

Während eine Dienerin den Kelch der Herzogin mit Kirschwein füllte, begutachtete diese ein paar zierliche Schuhe aus weichem Kalbsleder, gab sie aber rasch zurück, als sie Margitta und Lucia auf den Erker zusteuern sah.

«So, das ist also die Jungfrau von Trier?» Elisabeth gab den Krämerinnen mit einer Handbewegung zu verstehen, dass die Audienz für sie beendet war. Enttäuscht packten die Frauen ihre Waren ein und folgten den Kammerzofen zur Tür hinaus.

Die Herzogin wartete, bis die Tür ins Schloss gefallen war, dann musterte sie Lucia von Kopf bis Fuß. Offensichtlich wollte sie sich allein mit ihr unterhalten. «Eine sonderbare Aufmachung für ein Mädchen, das muss ich schon sagen. Aber es hat ein liebenswertes Gesicht und Augen wie …» Ihr fiel kein passender Vergleich ein, darum sprach sie rasch weiter. «Doch ich kann beim besten Willen nichts Ungewöhnliches an dem Kind entdecken. Was kann es denn?»

Margitta zuckte mit einem überforderten Lächeln die Achseln, aber da die Herzogin auf einer Antwort bestand, musste sie sich etwas einfallen lassen. Zögernd erklärte sie, dass die Jungfrau von Trier eine geschickte Bogenschützin sei, die sich im Auftrag der Heiligen und der seligen Gottesmutter nach Trier begeben wolle, um die umkämpfte Stadt auf die Ankunft ihres wahren Hirten vorzubereiten.

«Die meisten Ortschaften, durch die sie auf ihrer Reise kam, bereiteten ihr einen stürmischen Empfang. Einige Menschen wurden sogar von Gebrechen geheilt, als sie ihren Worten lauschten.»

Noch während Margitta sprach, sprang die Herzogin plötzlich auf, lief in den Erker und kehrte kurz darauf mit einem Buch zurück. Die Maske aus Nachsicht und Einfalt, die sie beim Bankett getragen hatte, war gefallen. «Eure Erzählung erinnert mich an die Geschichte von Jeanne, dem Mädchen aus Lothringen, das die Stimmen von Heiligen hörte und sich daraufhin in der Rüstung eines Mannes aufmachte, um ihr Land von Feinden zu befreien», sagte sie aufgeregt und wandte sich dann an Lucia. «Du kannst nicht Jeanne sein, Mädchen, denn Jeanne lebt nicht mehr. Also, wer bist du dann?»

Lucia war von Nikolaus Doeser auf diese Frage vorbereitet worden, dennoch spürte sie, wie ihr vor Aufregung das Blut in den Kopf schoss.

«Ich bin ein einfaches Mädchen aus dem Volk, das sich als Werkzeug der Wahrheit erweisen wird, sobald die Zeit reif ist.»

«Kennst du die Werke der Christine de Pisan?»

«Nein, Euer Durchlaucht», antwortete Lucia wahrheitsgemäß.

Die Herzogin befeuchtete ihre Fingerspitze, um eine Seite umzuschlagen. «Christine de Pisan war die Frau eines königlichen Sekretärs am französischen Hof. Nach dessen Tod kämpfte sie vor den hohen Gerichten so lange um ihr Erbe, bis man ihr ein kleines Anwesen zusprach, auf dem sie mit ihren Kindern in Frieden leben konnte. Dort, auf dem Land, hat sie fünfzehn Bücher geschrieben.»

«Bücher, Euer Durchlaucht?»

«O ja, Bücher. Sie bewunderte die Jungfrau von Orléans und verfasste einige Gedichte über deren fromme Taten.» Sie ließ das dicke Buch sinken und kam langsam auf Lucia zu. «Hast du eine Botschaft für mich, Mädchen?», flüsterte sie. «Weißt du, ich könnte ein wenig Beistand und Zuversicht gut gebrauchen. Einem klugen Mädchen wie dir ist sicher nicht entgangen, dass Luxemburg und seiner Regentin harte Zeiten bevorstehen.»

Ein Schauder durchlief die Herzogin, als sie zu den Buntglasscheiben ihres Erkers hinüberblickte. «Manderscheid hofft also auf ein Wunder? Das würde ich auch gern, glaube mir. Aber Wunder muss man sich verdienen, es reicht nicht, einfach darauf zu warten, dass sie sich ereignen.» Sie legte Lucia eine Hand auf die Schulter. «Mir läuft die Zeit davon, verstehst du? Philipp von Burgund bietet mir viel Geld, wenn ich ihm die Regierungsgeschäfte übertrage und mich nach Arlon zurückziehe. Meine Erbrechte habe ich ihm schon vor sechs Jahren verkauft, und ich erhielt wenig mehr dafür als ein warmes Linsengericht.»

Lucia schluckte. Einerseits tat ihr die Herzogin leid, weil diese als Enkeltochter Kaiser Karls IV. nie gelernt hatte, ein Land zu verwalten. Andererseits erschreckte sie die Offenherzigkeit, mit der Elisabeth von Görlitz über ihre Nöte sprach. Anscheinend verspürte sie nur wenig Zuneigung für ihren Neffen aus Burgund. Wie hatte Lucia nur annehmen können, dass seine Spitzen sie kaltließen? Hatte Elisabeth vor, etwas gegen Philipp zu unternehmen? Das war nicht ungefährlich, zumal die Herzogin zu schwach war, um an eine Verschwörung auch nur zu denken. Wie die Dinge lagen, konnte sie sich nicht einmal mehr auf die Wachen verlassen, die auf den Korridoren ihren Dienst taten. Nach allem, was Lucia erfahren hatte, bezahlte Herzog Philipp inzwischen selbst die luxemburgischen Stallburschen und Waschmägde aus seiner Tasche.

Unsicher blickte Lucia zu Margitta von Niedern hinüber, die zwei weitere Gläser mit Kirschwein füllte und auf ein Tablett stellte. Margitta arbeitete für den Grafen von Virneburg, und der hatte sich, wenn man Doeser glaubte, den Herren aus Burgund verpflichtet. Wie konnte die Herzogin bei der Wahl ihrer Vertrauten nur so unvorsichtig sein?

Schließlich gab sie sich einen Ruck und sagte: «Herrin, ich weiß, dass es mir nicht zusteht, Euch einen Rat zu erteilen, aber ich halte es für einen Fehler, gegen Burgund Partei zu ergreifen. Denkt daran, wie schlecht es Jeanne, der Jungfrau von Lothringen, ergangen ist, als sie es wagte, sich gegen Burgund zu stellen.»

«Jeanne fiel einem Verrat zum Opfer. Für zehntausend Francs lieferte man sie an die Engländer aus. Das allein wäre ein Grund, ihn zur Verantwortung zu ziehen!»

«Ihr meint Euren Neffen?»

Elisabeths Augen blitzten auf. «Er ist der Neffe meines verstorbenen Gemahls, nicht der meine. Wenn ich Philipps Bestrebungen auch nicht mehr aufhalten kann, werde ich ihm doch vor Augen führen, dass mehr in meinen alten Knochen steckt, als er ahnt!»

Margitta kam mit dem Tablett auf sie zu. Sie ging langsam, als befürchtete sie, über den Saum ihres Kleides zu stolpern. Lucia entging nicht, wie nervös sie war. Ihre Hand zitterte, während sie ihrer Herrin einen der Kelche reichte.

Hatte sie das Gespräch doch mit angehört?

«Sind Jeannes Brüder noch in Luxemburg, Madame?», erkundigte sich die Herzogin. Ihr schien etwas eingefallen zu sein. «Wie war ihr Name doch gleich? Jean und Pierre?»

Margitta hob erstaunt die Augenbrauen. «Soviel ich weiß, wollten sie abreisen, als sie von der Ankunft Seiner Hoheit, des Herzogs, erfuhren. Aber es ist möglich, dass sie sich noch in der Stadt aufhalten.»

Elisabeth von Görlitz lächelte. «Ihr werdet persönlich dafür sorgen, dass sie auf der Stelle in den Palast zurückkehren und ihre alten Gemächer beziehen. Sagt ihnen, dass ich sie für eine kleine Darbietung brauche, danach dürfen sie mit Gottes Segen in ihre

Heimat zurückkehren. Aber erwähnt weder die Jungfrau von Trier noch den Herzog von Burgund. Die Herren werden mir diesen Wunsch nicht abschlagen, immerhin habe ich ihnen um Jeannes Andenken willen eine großzügige Summe aushändigen lassen.»

Lucia hatte keine Ahnung, was die Herzogin vorhatte, aber die plötzlich erwachte Leidenschaft der Frau war ihr unheimlich. Von Doeser hatte sie erfahren, dass die beiden Brüder der hingerichteten Jeanne, die Söhne wohlhabender Bauern, Herzogin Elisabeth in ihrem Rechtsstreit um Hilfe gebeten hatten. Gemeinsam mit ihrer Mutter wollten sie sich dafür einsetzen, dass das Urteil gegen ihre Schwester aufgehoben und sie wenigstens nachträglich durch die Kirche rehabilitiert wurde. Die Familie hatte bei der Pariser Universität Sorbonne ein Gutachten in Auftrag gegeben, aber solche Dinge dauerten ihre Zeit und waren teuer. Beeinflusst von den Gedichten der Christine de Pisan, hatte Herzogin Elisabeth den Lothringern Hilfe zugesagt; es bedeutete ihr eine heimliche Genugtuung, dass das Geld, das sie ausgab, um Jeannes Unschuld zu beweisen, aus Philipps Kasse stammte.

«Ich spüre, dass von dir etwas Reinigendes ausgeht», erklärte Elisabeth von Görlitz. Aufmerksam wanderten ihre Augen über Lucias Gesicht, dann betrachtete sie das krause Haar und die schlanke Gestalt des Mädchens. «Wenn schon eine Jungfrau gesandt wurde, warum sollte das kein weiteres Mal möglich sein? Da gebe ich dem Grafen von Virneburg recht. Vielleicht ist Jeannes Geist ja in dieses Mädchen gefahren?»

Lucia wollte widersprechen, aber sie sah ein, dass es zwecklos war. Die Herzogin hatte sich längst entschieden. Sie wollte an die Jungfrau glauben.

«Bevor Jeanne die Engländer aus Orléans vertrieb, zog sie hinauf zur Burg Chinon. Dorthin hatte sich der heutige König von Frankreich mit seinen Getreuen zurückgezogen. Es wird erzählt, unser Vetter Charles habe die Jungfrau auf die Probe stellen wollen, indem er sich unter seinen Höflingen verbarg. Aber

Jeanne erkannte ihn sofort, obwohl sie ihn nie zuvor gesehen hatte. Sie war ja nur ein Bauernmädchen.»

Margitta runzelte die Stirn. Irgendetwas schien sie zu erschrecken, denn die Gläser auf dem Tablett, das sie wie eine Waffe vor sich hielt, stießen laut klirrend aneinander. «Aber Herrin, ich verstehe nicht …»

Die Herzogin lachte. «Wenn Jeannes Geist in diesem Mädchen wiedererwacht ist, so wird es die leiblichen Brüder der Jungfrau von Lothringen erkennen, auch wenn es die beiden nie gesehen hat. Wir werden es herausfinden. Ein herrlicher Spaß, nicht wahr? Philipp wird vor Wut rasen, wenn er davon erfährt!»

Lucia sah das ähnlich, aber sie hatte Angst davor; dem Herzog würde diese Posse nicht gefallen, und sie verspürte wenig Lust, Zielscheibe seines Zorns zu werden. Ehe sie jedoch etwas erwidern konnte, schlug Margittas Tablett auf dem Fußboden auf.

Gläser und Karaffe zersprangen in tausend Scherben.

XXII

Im Bankettsaal des Schlosses waren die langen Tafeln inzwischen abgetragen, die Leintücher zusammengelegt und das Silbergeschirr in Truhen verstaut worden.

Trotz der plötzlichen Schlichtheit erstrahlte die Halle an diesem Abend im Licht vieler Fackeln und ließen die Geladenen hoffen, Zeugen eines besonderen Schauspiels zu werden. Doch trotz aller Neugier waren die Hofleute ein vorsichtiges Volk. Unverhoffte Einladungen wurden für gewöhnlich mit Misstrauen zur Kenntnis genommen. Doch natürlich konnte man nicht fernbleiben, wenn die Herzogin rief.

So drängte sich alles, was in Luxemburg Rang und Namen hatte, in den großen Schlosssaal und wartete voller Spannung auf die Ankunft der Herzogin. Sie hatte durch einen Herold verkünden lassen, den Adel und die Stände ihres Landes mit einer besonderen Darbietung überraschen zu wollen.

Schon beim Eintreten spürte Lucia, wie sich neugierige Blicke auf sie richteten. Die älteren Edelleute, an denen sie gesenkten Hauptes vorüberschritt, musterten sie mit ungläubigem Staunen, während ihre Gemahlinnen es mit gerümpften Nasen vorzogen, durch sie hindurchzusehen. Ein Mädchen, das die Kleidung eines Schützen und zudem einen Langbogen über der Schulter trug. Wo gab es denn so etwas? Wollte die Herzogin ein Schelmenstück aufführen lassen? Eine Antwort auf Philipps Ulk mit dem geschmückten Pfau? Doch wo blieben dann die Gaukler und die Musikanten?

Herzogin Elisabeth tat so, als höre sie die kritischen Bemerkungen nicht, die wie frostige Windstöße durch die Halle brausten. Es war Zeit für ihren Auftritt, und den würde sie sich von niemandem nehmen lassen. Würdevoll nahm sie auf ihrem Sessel Platz und ließ sich von einem Pagen Wein bringen.

Wenigstens bleibt mir eine Begegnung mit Herzog Philipp erspart, dachte Lucia. Sie hatte aufmerksam verfolgt, wer in Elisabeths Gefolge in den Saal getreten war, und der Burgunder zählte nicht dazu. Dafür entdeckte sie seinen Seneschall auf der Empore. Graf Ruprecht war mit der spontanen Einberufung des Hofstaates offenbar nicht einverstanden, dem sonst so beherrschten Virneburger gelang es kaum, seine Wut zu verbergen.

Nicht weniger finster wirkte Johann von Rodenmacher, der Gesandte des Kaisers, der einen Platz weit vorne im Gefolge des Barons La Salle gefunden hatte. Ihn schien es ebenfalls zu wurmen, dass ihm die Pläne der Herzogin für diesen Abend entgangen waren.

Lucia straffte die Schultern und bemühte sich, den Herold nicht aus den Augen zu verlieren, der sie energischen Schrittes durch die Menge schleuste.

Robert von Virneburg wartete in der Nähe der Treppe, die zu den Plätzen der hohen Würdenträger und Hofbeamten führte. Seine Blicke drückten Ratlosigkeit aus, doch er unternahm keinen Versuch, mit Lucia Kontakt aufzunehmen. Wie jedem anderen auch hatte Elisabeth Robert verboten, sich seinem Schützling zu nähern. Wer ein Wort mit ihr wechselte, musste damit rechnen, bestraft zu werden. Kein Wunder, dass die burgundischen Edelleute, die im Gefolge Philipps angereist waren, beleidigt ihre Köpfe senkten. Wie Graf Ruprecht mussten sie annehmen, dass die Regentin Herzog Philipps Abwesenheit ausnutzte, um die Stände zu versammeln, ja, vielleicht sogar überstürzt gefällte Entscheidungen über Luxemburgs Zukunft zu verkünden. Der Herzog von Burgund war, wie nun erklärt wurde, schon vor drei Tagen zu einem Jagdausflug in die Ardennen aufgebrochen und bislang nicht zurückgekehrt.

Eine Fanfare ließ das Stimmengewirr verstummen. Angeführt von Elisabeths Herold marschierten nun zwei Dutzend edelgekleideter Männer auf, die sich vor den Sessel der Regentin aufreihten. Respektvoll begrüßten die Auserwählten die Herzogin, wirkten aber ebenso ahnungslos wie der Rest des Hofstaates. Fragend blickten die Männer einander an. Sie waren etwa gleichen Alters und von ähnlicher Statur. Die meisten hatten das Haar kurz geschoren, einige waren blond, andere dunkel. Lediglich drei vornehm gekleidete Edelleute trugen Bärte.

«Meine geliebten Nachbarn und Freunde», begann die Herzogin, nachdem endlich Ruhe eingekehrt war. «Ich habe Euch eingeladen, um Euch eine Freundin Luxemburgs vorzustellen, der ich seit einiger Zeit meine Gastfreundschaft gewähre.» Sie deutete auf Lucia.

«Vermutlich habt Ihr alle vom Schicksal der unglückseligen Jungfrau von Lothringen gehört, die vor zwei Jahren zu Tode kam. Die Heiligen sprachen zu ihr, sie erwählten die Jungfrau, weil sie Frankreichs Klage über die Bedrohung durch seine Feinde vernommen und im Auftrag des Himmels eine Retterin berufen hatten. Aber die Jungfrau durfte ihr Werk nicht vollenden. Dabei gibt es noch viel Unrecht auszumerzen, noch so manchen Stolz zu brechen, ehe sich ihr Geist in Frieden zurückziehen kann. Auch Burgund hat Schuld auf sich geladen!»

Lucia zuckte zusammen, ihr Herz begann, wie wild zu klopfen. Sie tut es tatsächlich, dachte sie unglücklich. Sie fordert Burgund heraus. Wie kann sie nur?

Das Gemurmel sowie die wütenden Mienen der burgundischen Edelleute bestätigten ihr, dass sie von den Worten der Regentin nicht weniger entsetzt waren. Lucia sah, wie Ruprecht von Virneburg eine Hand vor den Mund schlug.

«Jawohl, auch Burgund hat Schuld auf sich geladen», wiederholte die Herzogin. «Und das seit einiger Zeit verwaiste Erzbistum Trier, dem Luxemburg und seine Pfandherrin stets gewogen waren, steht im Begriff, Burgunds Fehler nachzuahmen.»

Elisabeth raffte ihre Röcke und stieg die wenigen Stufen des Podestes hinunter. Ihr Gesicht leuchtete im Widerschein der Fackeln vor Eifer. Sie ergriff Lucia am Handgelenk, zog sie mit sanfter Gewalt hinter sich her auf das Podest und bot ihr ihren eigenen Sessel an.

«Diese Jungfrau, Lucia von Trier, hat erklärt, Jeannes Erbschaft angetreten zu haben», verkündete Elisabeth mit lauter Stimme. «Zum Beweis dafür habe ich vierundzwanzig junge Männer gebeten, sie zu prüfen, so wie es einst der König von Frankreich mit der jungen Jeanne aus Lothringen tat. Einige der Herren stammen aus Familien des umliegenden Adels, andere aus Burgund oder Flandern, doch keinem von ihnen ist die Jungfrau jemals begegnet. Mitten unter den Edelleuten befinden sich auch die leiblichen Brüder der Jungfrau Jeanne von Lothringen, Jean und Pierre d'Arc. Sie werden sich weder durch Worte noch durch Blicke oder Gesten zu erkennen geben. Sollte das Mädchen sie nicht erkennen, werde ich noch in dieser Nacht allen Regierungsgeschäften zugunsten meines lieben Neffen entsagen und seine großzügige Abfindung annehmen.»

«Großer Gott, Herrin», stöhnte Ruprecht von Virneburg fassungslos. «Wie könnt Ihr ein derartiges Versprechen geben, ohne Euch vorher mit mir beraten zu haben?»

Elisabeth lächelte kalt. «Ist es nicht das, was Ihr wolltet, Graf von Virneburg? Es war doch stets Euer Wunsch, Luxemburg im mächtigeren Burgund aufgehen zu lassen. Habt Ihr geglaubt, ich merke das nicht?» Sie winkte ihren Berater so nahe heran, dass ihre Lippen beinahe sein Ohr berührten. «Schließlich habt Ihr Eure kleine Bogenschützin doch nicht ohne Hintergedanken in mein Haus geholt, oder? Aber das ist mir nun egal, mein Freund. Ob sie Jeannes Brüder erkennt oder nicht, aus diesem Spiel gehe ich als

Siegerin hervor. Philipp wird es sich etwas kosten lassen, den Mythos von Jeannes Erbin im Keim zu ersticken, ehe sie ihm gefährlich wird. Und ich bin die Einzige, die ihm das Mädchen ausliefern kann.»

Virneburg kniff die Augen zusammen; er verstand, worauf die Herzogin anspielte. Sie hatte wenig zu verlieren, denn arm, wie sie war, würde sie die Pfandherrschaft über Luxemburg und auch die Vogtei der elsässischen Gebiete in Kürze einbüßen. Nun kam es nur noch darauf an, wie viel Geld sie Philipp für eine Verzichtserklärung entlocken konnte.

«Herrin, Ihr habt versprochen, mir Schutz zu gewähren», erhob Lucia aufgeregt Einspruch. Sie konnte nicht glauben, dass die Herzogin sie hinterlistig getäuscht hatte. Aber offenkundig war genau das der Fall. Elisabeth glaubte nicht an die Jungfrau; alles, was sie gesagt hatte, war Teil eines Schachzugs gewesen. Sie wollte Rache für die erlittene Kränkung. «Wollt Ihr mich jetzt Burgund ausliefern?»

«Ich werde nicht zulassen, dass sie dich auf den Scheiterhaufen schicken», sagte die Herzogin. «Vorausgesetzt, du gehorchst und tust, was man dir aufträgt. Wenn du jetzt versagst, wird mein Volk erfahren, dass Virneburg dich hierhergeschafft hat, um mich zu betrügen. Dann wirst du morgen am Galgen hängen. Aber wenn du Erfolg hast …»

«Dann verkauft Ihr mich an Burgund, genauso wie Jeanne einst verkauft wurde», fiel ihr Lucia verzweifelt ins Wort. «Sagt mir, wie viel Geld wollt Ihr vom Herzog für mich haben? Dreißig Silberlinge?»

«Halte gefälligst deine Zunge im Zaum», knurrte Virneburg, obwohl er eigentlich keinen Grund hatte, die Herzogin zu verteidigen. Vielleicht fühlte er sich immer noch für Lucias Benehmen verantwortlich. Aber ehe er zu weiterem Tadel ausholen konnte, gebot ihm Elisabeth mit einer beschwichtigenden Geste Einhalt. «Nein, lasst sie reden. Sie hat ja recht mit ihrem Vorwurf. Ich habe sie im Unklaren darüber gelassen, was ihr hier noch widerfahren könnte.» Sie holte Luft. «Ich möchte, dass du dir nun die Männer ansiehst und mir und dem Hof von Luxemburg sagst, unter welchem Gewand sich Jeannes Brüder verstecken! Lass dir Zeit, aber gib dir Mühe und enttäusche mich nicht. Dann werde ich tun, was ich kann, um dich in Sicherheit zu bringen, bevor Herzog Philipp von seinem Jagdausflug zurück ist.»

«Und wie wollt Ihr an Philipps Geld kommen, wenn Ihr das Mädchen laufenlasst?», wollte Ruprecht von Virneburg wissen. Er klang kleinlaut, wie ein Klosterschüler, der eine schlechte Zensur erhalten hatte und sich deswegen schämte.

Elisabeth von Görlitz zog die Brauen hoch. «Oh, das lasst getrost meine Sorge sein, werter Graf!»

Lucias Herz raste, als sie den Halbkreis der Männer abschritt. Welcher von ihnen sah aus wie der Bruder einer gottgesandten Prophetin? Sah man es jemandem überhaupt an, dass ein Mensch in seiner Familie gelebt hatte, der anders gewesen war als andere Kinder? Blickten seine Augen wacher oder verklärter, weil er Zeuge unbeschreiblicher Begebenheiten geworden war? Hielt er sich aufrechter, weil die Taten ihn mit Stolz erfüllten? Oder ging er gebeugt vor Kummer über dessen gewaltsamen Tod?

Wie mochte er fühlen, was ging in seinem Kopf vor? Senkte er den Blick, weil er sich schämte, mit einer Frau verwandt zu sein, die als Ketzerin, als Buhlteufel und aufrührerische Dirne geschmäht wurde? War er getrieben von dem Wunsch, Rache zu nehmen? Möglicherweise bedeutete ein niedergeschlagener Blick aber auch Demut und Hingabe. Ein stilles Einvernehmen mit gewissen Mächten, die auch das eigene Leben bestimmten.

Lucia verstand sich nicht auf das Deuten himmlischer Zeichen. Mit irdischen wusste sie besser umzugehen. In der Schneiderstube ihres Großvaters hatte sie sich oft die Zeit damit vertrieben, die Männer und Frauen zu beobachten, die an ihrem Fenster vorbeiliefen. Sie hatte das Mienenspiel frommer Mönche studiert und dabei herausgefunden, dass manch einer wohl eher an geräucherten Schinken und an einen Krug schäumenden Biers dachte als an das nächste Stundengebet. Sie war in die Köpfe vorwitziger Gesellen gekrochen, die überlegten, wie sie ihrem Meister ein paar Heller aus der Tasche betteln konnten. Nun aber war ihr Kopf leer.

Dreimal wandelte sie wie in einem Traum an den Männern vorbei und wünschte sich inständig, einen einzigen Blick in ihre Seelen und ihre Gedanken nehmen zu dürfen. Sie betete zu Gott, zur Jungfrau Maria, zu allen Heiligen, die ihr einfielen. Dann blieb sie plötzlich stehen.

Durch ihren Körper fuhr ein Schauer, kälter als eine Gebirgsquelle. Er drang durch ihre Beine, ihre Arme und wirbelte die stockenden Gedanken in ihrem Kopf auf wie ein Windstoß einen Haufen welkes Laub. Ihr Puls begann zu rasen. Es war einfach unmöglich, eine Wahl zu treffen. Jeder dieser Männer konnte einer von Jeannes Brüdern sein. Hastig wandte sich Lucia um. Sie wollte einen Blick von Robert erhaschen. Tatsächlich schaute er zu ihr herüber. Er durfte sich ihr nicht nähern, aber die Herzogin hatte ihm nicht verboten, ihr ein warmes Lächeln zu schenken. Dieses Lächeln stärkte sie, gab ihr neuen Mut und vertrieb schließlich sogar die Kälte aus ihren Gliedern.

«Seid Ihr zu einer Entscheidung gelangt?» Die hohe Stimme des Herolds durchbrach die gespannte Stille im Saal. Aus den Reihen des Hofstaats war ein Raunen zu vernehmen, als Lucia langsam den Kopf hob und nickte.

«Nun, wenn Ihr die Jungfrau von Trier seid, dann beweist es, indem Ihr mit dem Finger auf Jeannes Brüder deutet!»

Lucia lief auf einen dunkelhaarigen Mann zu, der während ihrer Runde starr auf einen der Wandbehänge geschaut hatte. Der Mann war nicht besonders groß, verfügte aber über breite Schultern und muskulöse Arme. Eine aristokratisch gebogene Nase, die ihm etwas Verwegenes, zugleich aber Anziehendes verlieh, beherrschte sein Gesicht. Ein Gesicht, das gerne fröhlich dreinschaute, nun aber ernst blieb. In seinem dunkelgrünen Rock mit den aufgebauschten Ärmeln und dem weißen Stehkragen sah er aus wie jeder beliebige Ritter.

Mit zitternden Knien bat Lucia ihn, aus dem Halbkreis zu treten. Der Mann zögerte einen Atemzug lang; unsicher presste er die Lippen aufeinander. Dann aber zuckte er die Achseln und kam ihrer Aufforderung nach.

Wenige Augenblicke später traf Lucia ihre zweite Wahl. Diesmal fiel sie auf einen jungen, beinahe knabenhaften Burschen, der, anders als der erste, schmächtig gebaut war und seinen Kopf ruckartig hin und her bewegte. Unter einer Samtkappe quoll üppiges, flachsblondes Haar hervor. Der junge Mann hatte blaue Augen und trug einen stoppeligen Bart, der die hässliche Narbe unterhalb seines rechten Ohrs kaum verdecken mochte. Auch er war kostbar gekleidet. Beide Männer bemühten sich, einen selbstbewussten Eindruck zu vermitteln, aber sie konnten ihre Nervosität schlecht verbergen.

Lucia atmete tief durch. Sie nahm ihren Bogen von der Schulter und wies mit ihm auf die Männer, die sie ausgesucht hatte. «Die beiden sind es!»

«Spricht das Mädchen, genannt Lucia von Trier, die Wahrheit?», wandte sich der Herold an die beiden Männer. Er ließ sich eine Holzklemme reichen, auf der ein Stück Papier lag, und begann mit ungelenken Bewegungen, etwas darauf niederzuschreiben. Die Blicke der Angesprochenen kreuzten sich, sie bedeuteten einander, vorsichtig zu sein. Dann aber trat der Jüngere von beiden vor.

«Ich darf für meinen Bruder sprechen, der Eurer Sprache nicht mächtig ist. Die Jungfrau sagt die Wahrheit. Ich bin Jean d'Arc aus Domremy in Lothringen, und das ist mein Bruder Pierre!»

Den Umstehenden stockte der Atem. Staunende Blicke schwebten wie Wolken durch die Halle, glitten von Lucia zu den beiden Brüdern hinüber und dann zurück zur Herzogin und ihrem Berater. Lautes Gemurmel erhob sich.

Wie war das möglich? War das Mädchen wirklich eine Prophetin, wie die Herzogin vermutete? Eine Gottgesandte?

Elisabeth von Görlitz sah zufrieden aus. Sie erhob sich und begann zu klatschen, worauf ein zunächst zaghafter, dann immer stürmischer werdender Beifall die Halle erbeben ließ. Selbst diejenigen, die Lucia von oben herab gemustert hatten, neigten anerkennend ihr Haupt, als zuerst Jean und dann Pierre d'Arc das Mädchen gerührt auf die Wange küssten.

Elisabeth ließ Graf Ruprecht stehen und lief beflügelten Schrittes auf Lucia und die Brüder zu. «Habe ich es nicht gesagt?», rief sie. «Die Jungfrau von Trier wird von Engeln begleitet!» Mit einer überschwänglichen Geste breitete sie die Arme aus und zwang Lucia an ihren gewaltigen Busen.

«Du hast mir einen guten Dienst geleistet, Mädchen», flüsterte sie ihr dabei ins Ohr. «Ich werde dir nun sagen, wie du dich retten kannst. Du musst nur …»

Jubelrufe und schallende Fanfarenstöße vereitelten jede Erklärung. Verwirrt bemerkte Lucia, wie die ältere Frau erstarrte, als ihr Blick auf das von zwei Gardisten bewachte Hauptportal fiel. Jean d'Arc, der in dieselbe Richtung schaute, stieß einen Fluch aus. Ohne auf Elisabeth zu achten, zog er seinen Bruder mit sich fort.

Lucia wäre den beiden gerne gefolgt. Keuchend befreite sie sich aus der Umarmung der Herzogin, dann stolperte sie zwei Schritte zurück. Der Bogen entglitt ihrer Hand; der Jubel erstarb und machte einer bedrohlichen Stille Platz.

Am Eingang des Saales stand Philipp von Burgund. Sein Blick verhieß nichts Gutes.

«Ihr haltet Hof, Madame? Empfangt die Edlen des Landes? Eine ungewöhnliche Zeit, um die Stände zu versammeln!»

Das Gesicht des Herzogs wirkte noch verkniffener als sonst.

Während er mit raschen Schritten den großen Saal durchquerte, wanderten seine Augen durch die Reihen der Edelleute, als wollte er sie zählen und sich einen Überblick über Freund und Feind verschaffen. In den breiten Hüftgürteln der sieben Männer, die ihn wie Leibwächter umgaben, klirrten Waffen: Schwerter und Hakenbüchsen.

Mit einem Wink gab Philipp seinen Getreuen zu verstehen, zurückzubleiben und die Türen der Halle im Auge zu behalten. Die wenigen Gardisten der Herzogin hatten keine andere Wahl, als seinen Männern Platz zu machen. Niemand durfte mehr hinein oder hinaus.

Der Herzog selbst machte einen gehetzten Eindruck; auf dem freien Fleckchen Stirn, das nicht von seinem spitzen Jagdhut bedeckt wurde, glitzerten Schweißtropfen. Er und seine Jagdgefährten mussten die Serpentinen zum Schloss wie Besessene hinaufgeritten sein. Philipp hatte sich nicht einmal die Zeit genommen, seinen staubigen Jagdrock gegen frische Kleider einzutauschen.

Lucia spürte ein unangenehmes Ziehen im Magen, als der gefürchtete Fürst näher kam. Da sich ihre Sinne inzwischen für gefährliche Situationen geschärft hatten, nahm sie ihren Bogen auf und flüchtete sich an Roberts Seite, der ihr die Waffe aus der Hand nahm und sie hinter einem der wuchtigen Pfeiler verbarg.

«Ich dachte, Philipp sei noch auf der Jagd», raunte Lucia Robert zu. «Was geschieht jetzt?»

Der junge Mann zuckte die Achseln. «Er scheint gerochen zu haben, dass seine Tante in seiner Abwesenheit Dummheiten plante. Oder jemand hat es ihm verraten. Beinahe stündlich verlassen burgundische Boten das Schloss. Wir sollten dem Beispiel der Brüder d'Arc folgen und verschwinden, ehe man dich nicht mehr hinauslässt!»

«Aus der Halle, meinst du?»

Er schüttelte den Kopf. «Aus dem Land, meine Liebe.»

Die Herzogin schien vom plötzlichen Auftauchen ihres Neffen

nicht weniger erschrocken zu sein als Lucia. War sie eben noch frohen Mutes gewesen, drohten nun ihre Beine zu versagen. Zwei Zofen halfen Elisabeth in ihren Armsessel und schoben ihr ein weiches Polster in den Nacken.

Philipp wartete, bis sich die Zofen zurückgezogen hatten, dann sprang er behände die drei Stufen zur Empore hinauf und ergriff die schlaff über der Stuhllehne hängende Hand seiner Tante.

«Habe ich Euch nicht gebeten, keine Hofversammlungen abzuhalten, solange die Entscheidung über Luxemburgs Zukunft aussteht?» Seine Stimme klang scharf wie ein Rasiermesser.

Aus Elisabeths Gesicht wich jede Farbe. Unter den vorwurfsvollen Blicken des Herzogs verwandelte sie sich wieder in die plumpe, gelangweilte Frau, die sich am Abend des Gastmahls über den Pfau amüsiert hatte. Ein zerstreutes Lächeln huschte über ihre fleischigen Wangen, als sie eine ihrer Dienerinnen bat, dem Herzog eine Erfrischung zu reichen.

«Keinen Wein», lehnte dieser ab. «Mir scheint, Madame, in diesem Schloss wurde bereits zu viel Wein ausgeschenkt, anstatt ihn auf den Märkten und in den Kellereien zu verkaufen, wo er etwas einbringt. Aber keine Sorge, das werde ich bald ändern!»

«Darüber dürfte das letzte Wort noch nicht gesprochen sein!»

Die Stimme, die ihren Protest lautstark durch die Halle sandte, gehörte Johann von Rodenmacher. Energisch raffte der Gesandte des deutschen Kaisers den Saum seines langen Fuchspelzmantels und stapfte auf die Empore der Regentin zu, die er bislang gemieden hatte. Eingeschüchtert machten ihm die Edelleute Platz. Keiner von ihnen hatte damit gerechnet, dass der Abend eine solche Wendung nehmen konnte.

Philipp von Burgund kniff den Mund zusammen.

«Herr von Rodenmacher …» Herzogin Elisabeth warf dem Gesandten ihres Onkels einen warnenden Blick zu, aber Rodenmacher ließ sich nicht bremsen. Er schien nur darauf gewartet zu haben, dem Herzog gegenüberzutreten.

«Ich vertrete die Interessen des Kaisers, die der Herzog von Burgund durch seine ständige Einmischung in Reichsangelegenheiten stört», verkündete er. «Die Worte der Herzogin lassen hoffen, dass Luxemburg sich nun wieder der kaiserlichen Sache zuwendet und Burgund eine Absage erteilt. Schließlich ist Herzogin Elisabeth selbst kaiserlichen Blutes.»

«Was Ihr nicht sagt! Meine Tante …»

«Witwe Eures Onkels hört sich in meinen Ohren besser an, Herr. Ihr seid nicht einmal blutsverwandt.»

Herzog Philipp schnappte kurz nach Luft, doch er wahrte die Fassung. «Gut, dann reden wir eben über die Witwe meines Onkels», erwiderte er. «Ihr wisst so gut wie ich, dass Elisabeth von Görlitz, ungeachtet ihres kaiserlichen Blutes, Burgund gegenüber Verpflichtungen eingegangen ist.»

«Verpflichtet ist sie aber auch ihrem Land und ihren Vasallen, die dem Kaiser treu ergeben sind. Sigismund wird nicht dulden, dass Ihr über dem Stammland des Hauses Luxemburg, dem Land seiner Ahnen, die burgundische Fahne hisst!»

«Das werden wir noch sehen», erklärte Philipp kalt. «Ich schlage vor, unseren kleinen Wortwechsel später in meinen Gemächern fortzusetzen. Wie Ihr seht, ist meine Tante müde und möchte sich zurückziehen!»

Elisabeth, die schweigend zugehört hatte, wie sich die beiden Männer über sie und ihr Land stritten, deutete diese Worte als Erlaubnis, sich entfernen zu dürfen. Ächzend wuchtete sie ihren Körper aus den Kissen. Philipps Anwesenheit schien auf sie wie eine lähmende Droge zu wirken. Nur mit äußerster Mühe gelang es ihr, einen Fuß vor den anderen zu setzen.

«Aber Ihr werdet doch zu Eurer Entscheidung stehen, Madame?», hakte der Gesandte des Kaisers nach, bevor die Regentin die Treppe hinuntergestiegen war. Ihr Herold und Virneburgs Diener hatten inzwischen die Versammlung aufgehoben. Die geladenen Edelleute strömten den Ausgängen entgegen, ohne dass

Herzog Philipps Männer sie aufhielten. Manch einer trödelte und versuchte, Gesprächsfetzen zu erhaschen. Es lag auf der Hand, dass der Streit zwischen Burgund und der kaiserlichen Partei noch zu großen Spannungen führen würde, aber insbesondere Virneburg lag daran, die Unterhaltung der Kontrahenten nicht vor den Ohren halb Luxemburgs fortzusetzen.

«Wenn ich die Jungfrau richtig verstanden habe, werdet Ihr die Regierungsgeschäfte selber weiterführen», sagte Rodenmacher schließlich. «Ohne burgundische Hilfe.»

Elisabeth schrak zusammen. Rodenmacher hätte keinen ungünstigeren Zeitpunkt wählen können, um sich mit Burgund anzulegen. Ihre Bemühungen, ihn mit Blicken zu besänftigen, blieben erfolglos.

«Die Jungfrau?» Der Herzog runzelte die Stirn, von der noch immer Schweißtropfen perlten. «Seid Ihr verrückt geworden, Rodenmacher? Wovon, zum Teufel, redet Ihr?»

«Wer hier verrückt ist, wird sich noch erweisen. Ihre Durchlaucht hat dem Hof heute Abend die Jungfrau von Trier vorgestellt. Sie folgt den Fußstapfen Jeannes, die Ihr an die Engländer verkauft habt. Erinnert Ihr Euch, oder seid Ihr zu sehr davon in Anspruch genommen, Wein auf die Märkte zu fahren?» Rodenmacher schien sich von seiner Politik der diplomatischen Zurückhaltung völlig verabschiedet zu haben. Schonungslos schilderte er Philipp, wie Lucia die Brüder der Jungfrau von Orléans aus der Menge herausgefunden hatte.

Philipp hörte dem Gesandten des Königs zu, ohne ihn zu unterbrechen. Eine Weile stand er einfach nur da; doch der Ausdruck in seinen Augen ließ erahnen, dass sich die Räder in seinem Kopf in Bewegung setzten.

«Wo ist diese Frau?», herrschte er seine Tante schließlich an. «Bringt sie auf der Stelle zu mir!»

Die Herzogin blickte dem Strom der Edelleute nach, die sich durch das große Portal entfernten. Ebenso erleichtert wie verwirrt stellte sie fest, dass Lucia nicht unter ihnen war. Auch Graf von Virneburg schien wie vom Erdboden verschluckt zu sein. Elisabeth konnte sich denken, warum ihr Berater so schnell das Weite gesucht hatte. Wenn Philipp herausfand, dass ausgerechnet sein neuer Seneschall die Jungfrau an den Hof geholt hatte, würde er um einige peinliche Erklärungen nicht herumkommen.

«Wie mir scheint, hat sich Eure neue Jeanne d'Arc in Luft aufgelöst, Madame?» Die Stimme des Herzogs klang spöttisch, aber seine Augen ließen erkennen, dass ihm nicht nach Scherzen zumute war. Er spielte mit dem Knauf seines Jagdmessers.

«In Luxemburg ist alles möglich», erwiderte Elisabeth leise. «Wenn Ihr die Jungfrau sehen wollt, solltet Ihr mit mir darüber verhandeln!»

«Mit Euch, verehrte Tante? Ihr beliebt zu scherzen.»

Auf Johann von Rodenmachers Gesicht zeigte sich ein breites Grinsen. «Vermutlich könnte ich für die Jungfrau von Trier einen kaiserlichen Schutzbrief erwirken, der ihr freies Geleit zusichert, wohin auch immer sie sich begeben möchte!»

Herzog Philipp verschlug es die Sprache. Rodenmachers Drohungen berührten ihn nicht, denn er wusste, dass kaiserliche Geleitbriefe nicht die Tinte wert waren, mit der sie geschrieben wurden. Zumal die Frau, die es wagte, ihn und damit ganz Burgund zu verhöhnen, sich momentan keines starken Beschützers erfreute. Dennoch wurde ihm Rodenmacher allmählich lästig. Einen Moment lang beobachtete er den Mann im Fuchspelzmantel. Er musste mehr über die sonderbare Jungfrau herausfinden. Über sie und die Männer, die sie für ihre Zwecke einspannten. Doch dafür musste er ihrer erst einmal habhaft werden.

Der Herzog rief seine Gardisten herbei. Die Männer trugen stählerne Brustpanzer und auf den Köpfen Tellerhelme. Mit knappen Worten befahl er ihnen, Johann von Rodenmacher in Gewahrsam zu nehmen.

Der Gesandte erbleichte. «Das werdet Ihr noch bereuen», zischte er, während ihn die Wachsoldaten des Herzogs am Arm packten und die Treppen hinunterzerrten.

«Kaiser Sigismund wird davon erfahren!» Rodenmacher wehrte sich, aber gegen die kräftigen Männer konnte er nichts ausrichten. Am Treppenabsatz stolperte er über den Saum seines Mantels und schlug hart gegen das Geländer.

Die Herzogin stöhnte auf, als Philipps Gardisten den aus einer Platzwunde blutenden Mann packten und mit Fußtritten aus der Halle trieben.

«Was habt Ihr mit ihm vor?»

«Es war ein Fehler, mich herauszufordern», erklärte der Herzog ausweichend. Dann ergriff er die Hand seiner Tante und hauchte ihr einen Kuss auf den goldenen Ring, der unübersehbar das Wappen des Hauses Luxemburg trug.

«Von Euch und dieser Jungfrau übrigens auch, liebe Tante. Falls Ihr Rodenmacher nicht in Eurem eigenen Kerker Gesellschaft leisten wollt, rate ich Euch, diese Betrügerin ausfindig zu machen und in meine Räume zu bringen! Ferner verlange ich, dass Ihr die beiden Brüder der verbrannten Hexe Jeanne d'Arc des Landes verweist, ehe sie Lügen über mich verbreiten. Habt Ihr mich verstanden, Madame? Burgund lässt sich niemals hintergehen!»

Elisabeth nickte. Sie wusste, dass der Herzog keine leeren Drohungen ausstieß.

XXIII

«Und wohin nun?»

Völlig außer Atem warf Lucia einen Blick über die Schulter und verwünschte das lange Kleid, das ihre Bewegungsfreiheit einschränkte. Robert hatte darauf bestanden, in ihre Kammer zu gehen und ein weniger auffallendes Gewand für sie zu holen. Mit dem Schleier, der ihr wildes Haar bändigte, hätte Lucia wie eine von hundert Hofdamen aussehen können; zumindest, wenn sie nicht darauf bestanden hätte, ihren Bogen samt Köcher über der Schulter zu tragen. Was sie brauchte, war ein Unterschlupf, in dem sie den Morgen abwarten konnte. Zweifellos ließ der Herzog von Burgund bereits den Palast nach ihr absuchen.

Doch Robert wollte von einem Versteck nichts wissen. «Wir müssen verschwunden sein, bis der Tag anbricht», rief er atemlos, während er durch die Gänge eilte. «Mein Onkel kann dich nicht mehr beschützen, die Herzogin schon gar nicht.»

Lucia biss sich auf die Lippen. Schutz verlangte sie auch nicht von ihnen. Es wurde Zeit, dass sie an sich selbst dachte und sich nicht länger wie eine Schachfigur hin und her schieben ließ. Robert hob seine Fackel, um den Gang auszuleuchten. Vor ihnen lag ein schlauchartiger Flur, der vermutlich die Gemächer der Hofbeamten und Sekretäre mit den Wirtschaftsräumen, dem Brauhaus und den Rüstkammern verband. Diese Kammern wurden für gewöhnlich bewacht; es war unklug, ihnen zu nahe zu kommen. Aber der Weg zum Küchentrakt lag frei vor ihnen.

«Unter dem Gesinde wird man uns vielleicht nicht sofort

suchen», mutmaßte Robert. Sehr überzeugt klang er nicht, doch Lucia, die sich gegen die Wand lehnte, um ihr stürmisch klopfendes Herz zu beruhigen, pflichtete ihm bei. Es tat so gut, ihn an ihrer Seite zu wissen.

Die Küche bestand aus einem verwinkelten Gewölberaum, der so niedrig war, dass Lucia beim Eintreten den Kopf einziehen musste, um sich nicht am kahlen Felsgestein zu stoßen. Schwere Dünste trieben ihr die Tränen in die Augen. Wie durch einen Schleier sah sie die Umrisse zweier Frauen, die vor einem Tisch standen und Gemüse schnitten, während ein Knabe auf einem Schemel neben der geschwärzten Feuerstelle saß und einen Bratspieß drehte.

«Der junge Virneburg», rief eine der Frauen erfreut aus. Sie war alt und runzlig. Ihre Arme steckten in einem Haufen aus Kohlblättern.

«Habt Ihr heute Zeit für ein Schwätzchen vor dem Schlafengehen, oder wollt Ihr nur den Schlaftrunk für Euren Onkel abholen?» Sie warf der zweiten Küchenmagd einen schelmischen Blick zu. «Diesmal hat die alte Hella eine Prise Mäusegift hinzugemischt, damit er Euch endlich in Ruhe lässt, was, Marie?»

Ihre Helferin, ein junges Mädchen mit schwarzen Knopfaugen, starrte sie entgeistert an, dann begann sie zu kichern.

Mit einem entwaffnenden Lächeln wandte sich Robert wieder der Alten zu. «Eigentlich wollte ich dich nicht um einen Schlummertrunk bitten, sondern um deinen Schlüssel für die Pforte neben dem Rauchfang», begann er in unverfänglichem Ton. Seelenruhig blickte er sich in der Küche um, schnupperte an den Brathühnchen und wies dann mit dem Kinn auf einen von Motten zernagten Vorhang.

«Die Pforte führt doch hinaus zu deinen Kräuterbeeten, nicht wahr?»

Die Magd hörte auf zu lachen. Hastig berührte Hella das lederne Band ihrer Schürze, an dem ein ganzer Bund Schlüssel hing. Lucia vermutete, dass sie die Aufsicht über die Küche und die Speisekammern führte und den Zugang zu den Gewürzkräuteranlagen ebenso hartnäckig verteidigte wie Zerberus das Tor zur Unterwelt.

«Nichts da!», erwiderte die Alte energisch. «Und hört gefälligst auf, mich mit Euren Hundeblicken zu quälen. Ich darf meine Schlüssel nicht aus der Hand geben. Wollt Ihr etwa, dass mich der Leibkoch auf meine alten Tage rauswirft und sich statt meiner ein junges Mäuschen in die Küche holt? Ich muss doch auch an meine beiden Enkelkinder denken.» Zur Bekräftigung ihrer Worte ermahnte sie den schläfrigen Knaben am Bratspieß, die Hühnchen nicht verbrennen zu lassen. Dann musterte sie Lucia, ihr Blick fiel auf den Bogen, den das Mädchen wie ein Musikinstrument über der Schulter trug, und auf den Köcher, aus dem einige Pfeile herausschauten. Allmählich schien ihr zu dämmern, wer da in ihre Küche gekommen war.

«Beim Blut des Herrn, seid Ihr etwa das Mädchen, das …»

Hella fand keine Zeit, um ihre Frage zu stellen, denn auf dem Gang ertönte plötzlich Lärm. Das Geräusch schwerer Stiefel ließ vermuten, dass nicht nur die Gemächer im oberen Teil des Schlosses abgesucht wurden. Dumpfe Männerstimmen brüllten Befehle durch die Nacht.

«Mein Gott, sie haben uns aufgestöbert!» Lucia riss der verdutzten Küchenmagd das Beil aus der Hand, an der noch Kohlblätter klebten, und starrte auf die Tür. Wenn des Herzogs Männer Wert auf blutige Nasen legten, dann sollten sie kommen. Kampflos würde sie sich dieses Mal nicht gefangen nehmen lassen.

Robert schlug geistesgegenwärtig den Riegel vor, dann sah auch er sich nach einer Waffe um.

«Heilige Maria, Mutter Gottes, in welchen Aufruhr zieht Ihr mich nur hinein! Hättet der alten Hella gleich sagen können, dass diese Schwachköpfe aus Burgund Euch ans Leder wollen. Burgund. Bah.» Die Magd spie die letzten Worte förmlich aus. Mit wippenden Hüften stürmte sie auf den Vorhang zu. «Vorsicht», rief sie, «hier ist der Boden glitschig!»

Auf der anderen Seite der Küche wurde gegen die Tür gehämmert.

«Ouvrez tout de suite», bellte eine Stimme in französischer Sprache, wiederholte die Aufforderung unmittelbar auf Deutsch: «Macht auf, im Namen der Herzogin! Wir haben den Auftrag, jeden Raum des Schlosses zu durchsuchen.»

Die Magd blickte sich unentschlossen um. Ihr halbes Leben hatte sie im Waschhaus zugebracht, ehe man ihr Arbeit in der Küche gegeben hatte. Hier fühlte sie sich wohl, sie war stolz auf das, was sie durch harte Arbeit erreicht hatte; außerdem konnte sie für ihre beiden verwaisten Enkelkinder sorgen. Dennoch brachte sie es nicht übers Herz, Lucia und Robert ihre Hilfe zu verweigern. Rasch drehte sie ihren Schlüssel im Schloss um und öffnete die Tür.

Ein Schwall frischer Luft wehte ihr um die Nase; er vertrieb zwar nicht die Angst der Alten, aber dafür die Rauchschwaden, die gleichmäßig durch den Raum waberten. «Rasch, lösch alle Lichter», rief Hella dem Mädchen am Tisch zu. Während sich Lucia mit einem dankbaren Nicken durch die Pforte zwängte, berührte Robert den Arm der Magd. «Es ist nicht die Herzogin, die uns verfolgen lässt, sondern ihr Neffe, Philipp von Burgund. Ich habe bei meiner Ehre versprochen, dieses Mädchen zu beschützen, und dieses Versprechen werde ich halten.»

Die Alte nickte hastig, als sie sich zum Eingang umdrehte. Das Klopfen an der Tür wurde derweil lauter, fordernder. Die Garde des Herzogs schien sich gewaltsam Zutritt verschaffen zu wollen. Durch das Holz klang die Stimme dumpf und bedrohlich.

«Vertrödelt nicht Eure Zeit», brummte Hella. «Sie können jeden Augenblick die Tür aufbrechen. So stabil ist der Riegel nun auch nicht. Hier …» Sie warf Robert das Bündel zu, das er beim Eintreten in die Küche abgestellt hatte. «Das habt Ihr vergessen, und nun verschwindet! Ich werde versuchen, die Burschen so lange hinzuhalten, bis Ihr in die herzoglichen Gärten gelaufen seid. Hinter dem Kräutergarten senkt sich der Weg, dort ist die Mauer so niedrig, dass selbst ich mit meinem dicken Bauch sie bezwingen könnte. Ich hoffe nur, Eure Jungfrau kann nicht nur mit dem Bogen umgehen, sondern versteht auch, in der Dunkelheit einen Felsen hinunterzuklettern.»

«Du weißt von ihr?»

«Zu uns gelangen Neuigkeiten rascher als in die Audienzräume der Herzogin. Ist sie wirklich eine Prophetin? Eine Gottgesandte?»

Im nächsten Moment gab der Riegel unter den Tritten der Wachleute nach. Robert und Lucia hörten sie durch den Raum stürmen.

Pfannen und Töpfe fielen scheppernd auf die Erde, ein schrilles Kreischen hob an. Robert gab Lucia ein Zeichen, sich hinter den Fässern zu verstecken, die neben der Treppe zum Weinkeller lagerten. Sie sollte allein in die Gärten fliehen, während er die Männer aufhielt. Lucia wollte davon aber nichts hören. «Du kannst es doch nicht allein mit den Wachen aufnehmen», sagte sie verzweifelt. «Außerdem wollen sie mich und nicht dich!»

Robert schnitt ihr das Wort mit einer bestimmenden Geste ab. Dann stürmte er die Stufen wieder hinauf. In der Küche erwarteten ihn bereits zwei Gardisten des Herzogs. Sie hatten den Vorhang entdeckt, der vor der Seitenpforte hing. Hella, die sich ihnen in den Weg gestellt hatte, lag benommen auf dem Boden. Ohne zu zögern, zückte Robert sein Messer und sprang auf den nächstbesten Wachsoldaten zu.

Der Mann hatte die Statur eines Bären, das konnte Robert selbst im Dämmerlicht erkennen. Sein Messer schien ihn indes zu verunsichern, denn einen Atemzug lang standen sich beide nur unschlüssig gegenüber.

«Wir wollen nur das Mädchen», sagte der Gardist. «Weißt du,

wo sie ist? Der Herzog wird dich belohnen, wenn du uns die Hexe auslieferst.»

Robert schüttelte den Kopf. «Nichts zu machen.»

Der Wachsoldat fluchte, als Robert sich ihm in den Weg stellte. Unvermittelt stürzte er sich auf den jungen Virneburger, der gerade noch rechtzeitig aus dem Weg springen konnte. Die Lanze des Gardisten verfehlte seine Brust nur um wenige Fingerbreit. Robert hechtete zur Seite, parierte den Angriff aber, indem er sein Bein zwischen die Füße des Gardisten hebelte. Der Mann strauchelte, was Robert ausnutzte, um ihm seine Faust in den Magen zu rammen. Doch er hatte nicht mit dessen harter Muskulatur gerechnet. Unbeeindruckt schlug der Gardist mit dem Schaft seiner Lanze Robert das Messer aus der Hand. Dann versetzte er ihm einen Stoß, der Robert nach Luft schnappen ließ. Krachend schlug der junge Mann gegen ein Bord, auf dem irdene Gefäße gestanden hatten, die nun scheppernd zu Boden fielen.

Der Gardist erhob seine Lanze, doch gerade, als er sie dem hilflos daliegenden Robert in die Brust jagen wollte, regte sich etwas hinter ihm. Klauenartige Finger schnellten im Dämmerlicht empor, und im nächsten Augenblick durchbrach ein dumpfes Geräusch die Stille.

Fluchend drehte sich der Gardist zu Hella um, die einen Krug nach ihm geworfen hatte. Er beugte sich über die wehrlose Frau und zog sie unsanft auf die Füße. Diesen Moment nutzte Robert, um nach einem Schemel zu greifen.

Hella begann zu schreien.

«Bring die Alte zum Schweigen», rief der Soldat seinem Kameraden zu. «Ich schicke währenddessen diesen Bastard zur Hölle!»

Der zweite Gardist legte seine Hände um Hellas Hals, dann erstarrte er plötzlich. Sein Kopf fiel schlaff auf die Brust, während seine Beine wie dürre Hölzer einknickten.

In seinem Leib steckte ein Pfeil.

Lucia stand mit gespanntem Bogen an der Pforte. Die Sehne zitterte leicht.

Der Gardist blickte von seinem bewusstlosen Kameraden zu dem Mädchen hinüber. Doch noch gab er sich nicht geschlagen. Mit einer blitzschnellen Bewegung schleuderte er seine Lanze auf Lucia, die mit einem harten Geräusch den Stoff des Vorhangs durchschlug und sich in den Türrahmen fraß.

Als der Mann begriff, dass sein Wurf ins Leere gegangen war, pirschte er sich an Robert heran, der noch immer zwischen Scherben vor dem Wandbord kauerte. Während Lucias zweiter Pfeil lediglich einen Sack traf, entwand der Gardist Robert den Schemel, den er wie ein Schutzschild vor seinen Leib gehalten hatte, und packte den jungen Mann. Seine Hand griff so fest in Roberts Haar, dass der vor Schmerz aufschrie.

«Leg den Bogen nieder, oder dein Freund wird mit gebrochenem Genick zur Hölle fahren», stieß er hervor.

Lucias Hand begann mit der Bogensehne um die Wette zu zittern. Sie blickte auf den Gardisten, dann auf Robert, der sich hilflos in dessen Griff wand. Sie ließ den Bogen sinken. Lucia hatte den geeigneten Augenblick verpasst, wollte sie Roberts Leben nicht gefährden, musste sie aufgeben.

«Warum zum Teufel bist du nicht geflohen?»

Robert wiederholte die Frage nun schon zum … wievielten Mal? Stumm beobachtete sie, wie sich der junge Mann auf der steinernen Bank zu ihr umwandte und dabei gequält das Gesicht verzog.

«Du hättest über die Gartenmauer verschwinden sollen, solange die Burschen Hellas Küche auf den Kopf stellten», sagte er. «Warum tust du eigentlich nie, was man dir rät?»

Ja, warum nicht? Es war müßig, sich darüber den Kopf zu zerbrechen. Wenn Robert nicht von selbst darauf kam, durfte er nicht erwarten, dass sie ihm auf die Sprünge half.

Stöhnend richtete sie sich auf und klopfte ihr Kleid ab, dass es nur so staubte. Das Stroh, das sie wie ein Nest auf den kalten Steinplatten zusammengescharrt hatte, pikste bei jeder Bewegung durch den dünnen Stoff ihres Kleides.

In der Kerkerzelle, in die man sie gesteckt hatte, war es nicht stickig, sondern dank einer schmalen Fensteröffnung erfrischend kühl. Über die Frage, welche Lebewesen sich in den Strohschütten noch tummelten, mochte Lucia indes lieber nicht nachdenken. Auf einem Schemel stand eine Schüssel Hirsebrei, in dem getrocknetes Dörrobst schwamm. Bereits der Anblick genügte, um einem den Appetit zu verderben.

Vorsichtig reckte Lucia ihre verspannten Glieder, dann trat sie vor das Gitter, das die Kerkerzelle von der Außenwelt trennte. Wie es wohl draußen aussah? Ob man von hier aus die Gärten der Palastanlage sehen konnte? Nur ein winziges Eckchen davon? Von der Küche aus hatte man sie nur durch zwei Gänge und eine Treppe in den düsteren Schacht getrieben, in dem sich das Verlies der Burganlage befand.

Enttäuscht stellte sie fest, dass sie selbst auf Zehenspitzen zu klein war, um einen Blick ins Freie zu werfen. Robert hätte es gekonnt, aber der lag unbeweglich auf seiner Bank und starrte ins Leere.

Draußen wurde es allmählich hell. In die Zelle rechts von ihnen hatte man den kaiserlichen Gesandten Johann von Rodenmacher gesperrt. Jedenfalls nahm Lucia an, dass er es war, der bis spät in die Nacht hinein Verwünschungen gegen Herzog Philipp ausgestoßen hatte. Doch irgendwann war Ruhe eingekehrt. Rodenmacher schien eingesehen zu haben, dass ihm sein Geschrei hier unten nichts nutzte.

In ihrem ganzen Leben war Lucia noch nie in einer Kerkerzelle eingesperrt gewesen. In Trier hatte sie hin und wieder an der Schergenkammer vorbeilaufen müssen und sich jedes Mal schaudernd vorgestellt, wie die Missetäter dort in völliger Finsternis auf fauligem Stroh hockten oder an Ketten hingen, bis man sie dem Henker übergab. Lucias Mutter hatte zuweilen einen Korb mit Brot und Käse gepackt und ihn heimlich auf der Schwelle des Gefängnisses abgestellt. Aber sie hatte nie erfahren, ob die Gefangenen ihre Gaben erhalten hatten.

Seufzend vertrieb Lucia die Erinnerungen und versuchte stattdessen, sich auf ihre momentane Lage zu konzentrieren. Es war seltsam. Eigentlich hätte sie am Boden zerstört sein, weinen, hadern oder zumindest resignieren müssen. Aber diese Gefühle blieben aus. Sie machte sich Sorgen um Robert, aber nicht um sich selber. Lucia kam sich vor wie eine ferne Beobachterin, die mit der ganzen Sache nichts zu tun hatte. Vielleicht lag es daran, dass sie schon seit vielen Monaten eine Gefangene war. Nun hatte man sie also in eine Zelle gesteckt. Na und? War die prunkvolle Halle oder das Sonnengemach der Herzogin besser? Nein, nicht, solange man in der ständigen Angst leben musste, eines Tages alles zu verlieren. Elisabeths Beispiel hatte ihr die Augen geöffnet. Auch die Regentin war nur eine Gefangene. Möglicherweise tat der Herzog von Burgund ihr ja einen Gefallen, wenn er den Weg der Jungfrau von Trier hier unten enden ließ?

«Du bist geblieben, weil du mich nicht zurücklassen wolltest, nicht wahr?» Diesmal lag kein Vorwurf in Roberts Stimme. Sie klang vielmehr zärtlich. «Soll ich dir ein Geheimnis verraten?»

Dagegen war nichts einzuwenden; Lucia liebte Geheimnisse.

«Ich wollte es dir eigentlich nicht sagen», erklärte er umständlich. «Ich meine, nicht hier. Du könntest denken, ich öffnete mein Herz nur, weil ich mit dem Schlimmsten rechne und mich noch eine Weile ...» Er sprach nicht weiter. Vielleicht fielen ihm keine komplizierten Worte mehr ein.

Er machte ihr Platz, damit sie sich zu ihm auf die Bank setzen konnte. Dann sah er ihr in die Augen, mit einem Blick, der den düsteren Raum wie im Licht von hundert Kerzen erstrahlen ließ. Zumindest erschien es Lucia so.

«War das dein ganzes Geheimnis?»

«Bitte?»

«Du hast doch eben angefangen, mir zu erklären …»

Er unterbrach sie, indem er behutsam ihre Hand suchte und sie schließlich zu seinen Lippen führte. Sie fühlten sich rau an. Spröde. Und gleichzeitig so weich und samten wie eine Haut aus süßem Rahm.

«Du bist eine geheimnisvolle Frau, Lucia!»

Sie schüttelte widerwillig den Kopf. Sie wollte keine geheimnisvolle Frau sein. Nicht für ihn. Konnte er sie denn nicht ein einziges Mal als das Mädchen sehen, das sie wirklich war? Ihr war es doch ganz gleichgültig, ob sie sich in einem Kerker, in einer Badestube oder in einem schäbigen Pferdestall aufhielten. Hauptsache, er war bei ihr und ließ sie nicht mehr allein.

Robert schien ihre Gedanken zu ergründen. Lächelnd streckte er die Hand aus und begann, mit einer Strähne ihres Haars zu spielen. Als er die Linien ihrer Brauen mit dem Finger nachzeichnete, schloss sie die Augen. Sie wollte die Wirklichkeit vergessen, wenigstens ein paar Herzschläge lang, und seine Nähe genießen. Sie überließ sich seinen sanften Berührungen. Nicht sie war die Zauberin, sondern Robert schien über magische Kräfte zu verfügen. Im Knistern ihrer Haare glaubte sie beinahe, die gespannte Sehne ihres Bogens schwingen zu hören.

Mühelos löste er die Schnüre ihres Kleides und ließ seine Hände zärtlich über ihren Rücken wandern, kaum dass sie ihren Kopf gegen seine Brust gelegt hatte. Seine Hände waren warm und trotz der Kratzer und Schürfwunden, die er sich beim Kampf mit Philipps Wachen zugezogen hatte, angenehm zart. Erst zögernd, dann immer fordernder erkundeten seine Finger verschlungene Pfade, die Lucia nicht einmal in ihren Träumen beschritten hätte. Als seine Lippen über ihren Hals glitten, stöhnte sie leise auf.

«Habe ich dir weh getan?», fragte er besorgt.

Sie schüttelte den Kopf. Nein, natürlich nicht. Er hatte ihr vielmehr den schönsten Augenblick geschenkt, den sie bislang erlebt hatte. Gleichzeitig wurde ihr jedoch klar, dass die Bogensehne nicht weiter gespannt werden durfte.

«Ich liebe dich, Lucia Kastenberg. Das war es, was ich mich nicht zu sagen traute, weil ich Angst hatte, du könntest es missverstehen.»

«Aber wieso sollte ich es missverstehen? Ich fühle doch ebenso für dich!»

Robert runzelte die Stirn. «Das weiß ich. Aber gerade eben, als du vor meinen Berührungen zurückschrecktest, warst du nicht Lucia. Nicht die Lucia, in die ich mich verliebt habe. Du warst die Jungfrau von Trier!»

«Ja, aber ...»

Er legte ihr einen Finger auf den Mund, um ihren Widerspruch zu unterdrücken. «Lass mich bitte ausreden. Ich habe vom ersten Augenblick an verabscheut, was mein Onkel und Ulrich von Manderscheid aus dir gemacht haben. Ich kann nichts dafür, aber die Jungfrau von Trier kann ich nicht lieben.»

Lucia zuckte zusammen wie unter einem Keulenschlag, dabei verstand sie nur zu gut. Er spürte, dass sie anfing, sich zu verändern. Irgendetwas nahm Besitz von ihrem Inneren, und sie verlor mehr und mehr die Kontrolle über ihre eigenen Wünsche und Ängste. An die Stelle ihrer Sehnsüchte traten die Pläne der Jungfrau. Als sie vor der Kirche gestanden und dem misstrauischen Priester in die Augen geblickt hatte, war ihr die Jungfrau noch zutiefst zuwider gewesen. Sie hatte sie gehasst, weil sie, Lucia, sie in ihrem Leib beherbergen musste. Eine Fremde, die sich in ihr ausbreitete, die ihr Gedanken aufzwang, die sie nie zuvor gedacht, Gefühle, die sie nie zuvor erlebt hatte. Als Paulyn sie als Zauberin und Dirne beschimpft hatte, war sie jedoch auch ein wenig stolz gewesen. Und gestern? In dem Moment, als die beiden Brüder der Jeanne d'Arc sie geküsst und damit anerkannt hatten, hatte sie allem Unbehagen zum Trotz begonnen, wie die Jungfrau von Trier zu denken.

«Manderscheid hat Trier ein Ultimatum gestellt», sagte sie mit zittriger Stimme. «Stellst du mir nun auch eines?»

«Ich möchte nur, dass du dich selbst nicht verlierst. Verrate mir, wie der Schwindel mit Jeannes Brüdern zustande gekommen ist. Und behaupte jetzt bitte nicht, dass du Engel gesehen hast, die dich an der Hand nahmen und auf Jean und Pierre zuführten.»

Lucia hatte sich bemüht, seinem Blick auszuweichen, aber sie musste ihn einfach ansehen. Verfluchter Bogen, dachte sie. Selbst in diesem Augenblick muss ich an ihn denken. Warum kann ich keine liebliche Musik hören, wenn ein Mann mich küsst?

In der Nachbarzelle begann Rodenmacher zu rumoren. Es klang, als schlüge er mit einer Tonschale gegen das Guckloch der Zellentür. Ein verschlafener Wärter stapfte durch den Gang und setzte dem Lärm mit seinem Knüppel ein abruptes Ende.

«Nun?», hakte Robert nach. Er nahm Lucia bei den Schultern. Dabei bemerkte er nicht, dass die Tür zum Trakt von neuem geöffnet wurde. «Hältst du dich inzwischen selbst für die Jungfrau?»

Lucia schwieg.

«Ich habe in den vergangenen Monaten mit einem Schatten gelebt», sagte Robert leise. «Dem Schatten der Jungfrau von Lothringen, deren Tod ich auf dem Marktplatz von Rouen mit ansehen musste. Als sie starb, spürte ich, dass sie eine … Ja, was? Vielleicht eine wahre Heilige war. Wenn ich dich ansehe, regt sich ein ähnlich starkes Gefühl in meiner Brust. Aber ich kann keine Frau lieben, die ständig mit einem Bein auf dem Schafott steht.»

Wütend trat Lucia gegen den gemauerten Unterbau der Bank. «Aber dafür kann ich doch nichts. Wie oft muss ich dir das noch erklären?»

«Niemand wirft dir vor, dass du von skrupellosen Menschen wie Manderscheid und meinem Onkel benutzt wurdest. Aber möglicherweise werden wir die Burg nicht lebend verlassen. Wenn der Priester kommt, um dir die Beichte abzunehmen, wer wird sich ihm dann anvertrauen? Lucia Kastenberg oder die Jungfrau?»

Lucia dachte nach. Doch sie kam nicht mehr dazu, Robert zu antworten. Schritte erklangen, und wie aus dem Nichts tauchte plötzlich Philipp von Burgund vor der Zelle auf. Der Herzog befahl dem Wächter mit schneidender Stimme, ihm die Tür zu öffnen.

Philipp kam nicht allein. Er wurde von einem vierschrötigen Leibwächter begleitet, dessen Haut so dunkel war wie die eines Sarazenen. Hinter seinem Rücken schoben sich ein Schreiber, ein burgundischer Ritter und Margitta von Niedern in den kargen Raum. Sie fröstelte in der ungewohnten Umgebung; vermutlich hatte Margitta sich nicht träumen lassen, jemals in einem Verlies zu stehen. Warum Philipp die ehemalige Herrin von Niedern an diesen Ort mitgenommen hatte, war Lucia nicht recht klar. Kannten sich die beiden?

«Ich hatte nicht die Absicht, Eure Unterhaltung zu stören, *mes amis*», sagte Philipp mit gefährlich ruhiger Stimme. «Obgleich ich sagen muss, dass mir ähnliche Fragen unter den Nägeln brennen wie diesem jungen Mann!» Er nickte Robert kühl zu, ehe er Lucia eindringlich musterte.

Lucia sah, wie Robert sich verneigte, und folgte seinem Beispiel.

«Nun, mein Kind? Was habt Ihr mir zu sagen, bevor ich mein Urteil über Euch fälle?»

«Würdet Ihr mir denn glauben, wenn ich Euch sage, dass mich ein Missverständnis zu Eurer Gefangenen gemacht hat?»

Der Herzog lachte. «Ihr befindet Euch in der Obhut Luxemburgs, denn offiziell bin ich hier nur ein Gast. Nicht mehr und nicht weniger als Ihr. Meine verehrte Tante ist Eure Gastgeberin.»

«Ein Gast, Euer Hoheit, darf gehen, wohin er möchte. Er wird nicht in einem Kerker unter der Erde gefangen gehalten!»

Philipp wandte sich amüsiert zu Margitta um, die mit verschränkten Armen neben der Tür stand. «Ich muss Euch danken, dass Ihr mich überredet habt, sie mir anzuschauen. Das Mädchen ist wirklich nicht auf den Mund gefallen. Und sie stand wirklich in Eurer Obhut? Nun, ich darf nicht zulassen, dass schon wieder ein Jungfrauenmythos geboren wird, der den Interessen Burgunds schadet. Vielleicht habt Ihr davon gehört, dass meine Tante beabsichtigte, mich mit der Jungfrau zu erpressen? Sie wollte sie mir doch tatsächlich verkaufen, ohne die Ware zu liefern. Elisabeth hatte vor, sie nach Valenciennes zu schicken.»

«Valenciennes?» Lucia hatte noch nie von diesem Ort gehört.

«Eine Stadt für Spitzbuben», sagte Robert gleichmütig. «Ein sicherer Hafen für alle, die Grund haben, sich vor der Obrigkeit zu verstecken. Die Stadt liegt im Herzen des burgundischen Reiches. Irgendwann wurde ihr das Privileg verliehen, dass sie niemanden, der innerhalb der Stadtmauern Zuflucht sucht, ausliefern muss. Ursprünglich sollte damit jenen geholfen werden, die durch Krieg oder Unglück in Bedrängnis geraten waren und Asyl brauchten. Heute tummelt sich dort allerdings jede Art von lichtscheuem Gesindel.»

«Nicht mehr lange, mein Freund!» Herzog Philipp schnaubte verächtlich. «Kennt Ihr schon meinen Kanzler, den guten Rolin?» Er deutete auf den Edelmann, der neben Margitta stand. «Er arbeitet daran, der Stadt ihr Privileg wieder zu entziehen. In meinem Reich soll es künftig ein einheitliches Recht geben, das niemanden übervorteilt und denjenigen bestraft, der die Gesetze bricht.» Er dachte einen Moment lang nach, dann sagte er: «Margitta von Niedern war so klug, mir zu verraten, warum mein Freund, der Graf von Virneburg, das Mädchen ins Land geholt hat. Sie hat vorgeschlagen, Euch nach Burgund zu bringen, aber das halte ich für keine gute Idee. Seinerzeit hatten wir schon Jeanne von Lothringen angeboten, mit uns und England gegen unsere französischen Vettern in den Kampf zu ziehen, aber sie wollte davon nichts hören. Ich bin der angeblich von Gott gesandten Jungfrauen müde, die sich berufen fühlen, unsere Schlachten zu schlagen. Aber wenn der

Herr von Manderscheid Euch unbedingt haben will, so soll er Euch bekommen. Manderscheids Absicht, Bischof von Trier zu werden, wird von Burgund gebilligt. Zumal sein Gegenspieler, Raban von Helmstadt, inzwischen offen vom deutschen Kaiser unterstützt wird. Sollte die Jungfrau von Trier in die Fehde um den Bischofsstuhl eingreifen und etwas Verwirrung stiften, wird das den Kaiser noch einige Monate lang von Luxemburg ablenken.»

Lucia runzelte die Stirn. «Soll das heißen, Ihr werdet uns freilassen?»

«Das habe ich vor, mein Kind. Mit meiner und der Herzogin Erlaubnis werdet Ihr Luxemburg unverzüglich verlassen und nie wieder zurückkehren. Vorher müsst Ihr aber einen heiligen Eid leisten, dass die Jungfrau von Trier eine Freundin des Hauses Burgund ist und weder in Wort noch in Schrift beabsichtigt, gegen dessen Herrscher vorzugehen.»

«Aber Ihr könnt doch eine Ketzerin nicht einfach entkommen lassen!» Margitta wurde bleich, und ihre Hände begannen zu zittern. «Sie darf auf keinen Fall nach Trier zurückkehren!»

«Wie könnt Ihr Lucia nur so in den Rücken fallen?», rief Robert entrüstet. «Schämt Ihr Euch nicht?»

Margitta wich dem Blick ihres ehemaligen Geliebten aus.

Philipp beendete den Disput, indem er Margitta mit strenger Miene bedeutete, sich nicht noch einmal einzumischen. Dann befahl er seinem Kanzler und dessen Schreiber, ins Licht der Fackel zu treten. Der Schreiber hatte bereits eine Urkunde aufgesetzt und breitete das Schriftstück mit beiden Händen auf der Kerkerbank aus. Einem purpurnen Filzbeutel entnahm er einige Federn sowie ein Tintenfüllhorn aus Zinn.

Lucia betrachtete die verschnörkelten Buchstaben mit gemischten Gefühlen. Doesers Unterricht war gut gewesen, denn obwohl das Schriftstück aus der Feder eines Kanzleibeamten geflossen war, schaffte sie es ohne Mühe, die erste Zeile zu entziffern. Um das gesamte Schriftstück zu lesen, fehlte jedoch die Zeit.

Robert schaute ihr über die Schulter und atmete aus, während sie mit ungelenken Bewegungen ihren Namen über das scharlachrote Siegel des Herzogs schrieb: *Lucia Kastenberg, Jungfrau von Trier.*

«Und was wird aus dem Gesandten des Kaisers?», wollte Robert wissen, nachdem auch der Herzog das Papier unterzeichnet hatte. «Ihr könnt Rodenmacher doch nicht hier unten vermodern lassen.»

Philipp strich das Pergament glatt, dann reichte er es an seinen Kanzler weiter und griff mit einer herrischen Bewegung nach Margittas Arm, um sie hinauszugeleiten. Lucia vermutete, dass seine Hände einfach niemals still sein konnten. Wenigstens das hatte sie mit ihm gemeinsam.

«Seid unbesorgt, junger Freund. Rodenmacher ist ein Staatsmann durch und durch. Er wird mir das bedauerliche Missverständnis verzeihen, sobald er die frohe Botschaft erhält, dass sein Sohn soeben aus burgundischer Kriegsgefangenschaft entlassen wurde und sich auf dem Heimweg befindet. Kommt Ihr, Madame? Ihr habt mir versprochen, mich ein wenig auf der Laute zu unterhalten.»

Margitta rührte sich nicht von der Stelle. In ihrer Brust schien eine Schlacht zu toben, die mit der Unterzeichnung der Urkunde nicht beendet war. Zumindest nicht für sie. Schließlich schenkte sie Philipp von Burgund ein aufreizendes Lächeln. «Eure Güte wird in der Tat nicht umsonst gerühmt, Herr. Werdet Ihr auch das Versprechen halten, das Ihr mir gegeben habt, bevor ich Euch alles über die Jungfrau berichtete?»

«Mein Versprechen?» Philipp hob erstaunt die Augenbrauen. «Was um alles in der Welt sollte ich Euch versprochen haben, Madame?»

«Aber … Ihr habt versprochen, mich nach Burgund mitzunehmen, an Euren Hof. Ich habe Euch erzählt, dass ich von Euren wunderschönen Gärten träume und …»

Sie redete nicht weiter, obwohl Lucia zu gern erfahren hätte, was die Gutsherrin sich davon versprach, Burgund zu unterstützen. Ihr fiel auf, wie blass Margitta war und wie ihr Blick unruhig durch den Kerker wanderte. Es sah beinahe so aus, als fürchtete sie sich vor etwas und würde alle ihre Hoffnungen darauf setzen, so rasch wie möglich aus Luxemburg zu verschwinden.

Ein nachsichtiges Lächeln glitt über Herzog Philipps Gesicht. «Ich habe Euch versprochen, dass es Euch in Burgund an nichts fehlen wird, meine Liebe. Doch alles Weitere werden wir in angenehmerer Atmosphäre besprechen. Meint Ihr nicht auch?»

XXIV

Burg Marientraut bei Speyer, August 1433

Über den Feldern wurde es bereits dunkel, als Heinrich Kalteisen seinen Wanderstab auf die Brücke setzte, die über den Wassergraben zum Tor führte. Irgendwo kreischten Vögel, die sich beim Brüten gestört fühlten. Er blieb stehen, um ein Kieselsteinchen aus dem Schuh zu schütteln, und ließ seine Blicke über die weitläufige Anlage schweifen. Gegenüber der Brücke stand eine Kornmühle, deren Flügel im Zwielicht wie die Arme eines Ungetüms aussahen. Der Mond stand bereits am Himmel und sandte sein weißes Licht über die sanft abfallenden, von hohem Gras bewachsenen Ufer hinunter zum Wasser.

Ein leiser Wind wehte über die Felder und umspielte die Röcke einiger Bäuerinnen, die mit Obstkörben auf dem Rücken ihren Heimweg ins nahe Dorf antraten. Die Frauen schauten zu Vater Heinrich hinüber und steckten die Köpfe zusammen. Bereitete ihnen der Anblick eines Mönchs, der die Wasserburg des ehemaligen Bischofs von Speyer besuchte, etwa Unbehagen?

Unter Vater Heinrichs Füßen gluckerte das Wasser leise. Ein Fisch schnappte nach den Schlingpflanzen, die auf dem Wasser trieben. Vater Heinrich hatte in Speyer gehört, wie stolz der Bischof auf seine Karpfenzucht war. Neben dem Mühlstein entdeckte der Mönch nun auch Netze, die zum Trocknen an Pflöcke gehängt worden waren.

Marientraut war ein idyllischer Ort, still und beschaulich. Hier gab es herrliche Wälder, und in der Ferne erhob sich eine sanfte

Hügelkette. Vater Heinrich konnte verstehen, warum Raban von Helmstadt diese Burg mit ihrem breiten Wassergraben dem Getümmel der Stadt Speyer vorzog. Auch war es zwischen dem Bischof und der Bürgerschaft bereits vor zwanzig Jahren zu heftigen Auseinandersetzungen gekommen. Im Kloster der Dominikanerinnen, wo Vater Heinrich eine kurze Rast eingelegt und zum Dank für die freundliche Bewirtung gepredigt hatte, war darüber gesprochen worden, dass die Errichtung der Burg nicht nur in der Stadt, sondern auch in den Dörfern der Umgebung für viel böses Blut gesorgt hatte. Zuletzt hatten die Speyrer Bürger sich erhoben, Mauern und Wachtürme waren eingerissen, Gebäude und Ställe in Schutt und Asche gelegt worden. Nur langsam hatten sich die Wogen wieder geglättet, und dennoch schien sich Raban heute in der Abgeschiedenheit seines wiederaufgebauten Landsitzes sicherer zu fühlen als in den Palästen von Speyer oder Trier.

Vater Heinrich wurde umgehend zum Bischof vorgelassen. Raban von Helmstadt verbarg seine Freude über den späten Gast keineswegs. Obwohl er bereits gespeist hatte, ließ er es sich nicht nehmen, dem Inquisitor beim Nachtmahl Gesellschaft zu leisten und persönlich dafür zu sorgen, dass er kräftig zulangte. Vater Heinrich war zwar hungrig, rührte aber außer einem Stück schwarzem Brot und etwas Wildschweinschinken keine der üppigen Speisen an, die der Bischof auftischen ließ. In letzter Zeit litt er häufig unter Magenbeschwerden, die sich während der Nächte in einem krampfartigen Stechen entluden. Zumeist fühlte er jedoch nur einen Druck, als steckte ein Stein zwischen seinen Eingeweiden.

«Wäre schade um den leckeren Braten», bemerkte Bischof Raban mit einem weichen Lächeln und machte sich über die Reste her.

Eine Weile später bat er Vater Heinrich in sein persönliches Gemach und bot ihm einen Sessel an. Er selbst ließ sich auf eine mit Kissen gepolsterte Liege fallen. Stöhnend legte er eine Hand auf seinen vollen Bauch. Raban von Helmstadt war kein kleiner

Mann, doch aufgrund seiner beträchtlichen Leibesfülle wirkte er schwerfällig und schlaff. Er trug ein knöchellanges Gewand, aus dessen Halsausschnitt ein wildes Gestrüpp von Brusthaar quoll. Im Licht der Fackeln leuchtete sein glattrasiertes Gesicht mit den vollen Lippen rosig. Auf Vater Heinrich machte er einen abstoßenden Eindruck, zumal er nach Schweiß und Wein roch. Doch trotz allem war er ein gesalbter Bischof, der Achtung und Ergebenheit erwarten durfte. Der Papst hatte ihn berufen und seiner besonderen Gunst versichert. Mehr brauchte Vater Heinrich nicht zu wissen.

«Ich danke Euch, dass Ihr den weiten Weg von Basel nach Speyer nicht gescheut habt, lieber Freund», sagte Raban nach einer Weile. «Aber die Angelegenheit, in der ich Euch sprechen muss, duldet keinen Aufschub. Welche Neuigkeiten bringt Ihr mir vom Konzil?»

Vater Heinrich holte Luft. An die endlosen Debatten und Verhandlungen in Basel erinnerte er sich nur ungern. Zwischen dem Papst und dem erst im Mai gekrönten Kaiser war unlängst ein Streit entbrannt, der die in Basel tagenden Würdenträger, und mit ihnen die gesamte Kirchenversammlung, in verschiedene Lager spaltete. Einige Kardinäle standen treu zu Papst Eugen IV., die anderen stritten, unterstützt von Kaiser Sigismund, für die Absetzung des Kirchenoberhaupts. Vater Heinrich fürchtete, dass die Bekämpfung der Ketzer, für die er als Inquisitor verantwortlich war, darüber in den Hintergrund zu treten drohte. Nach anfänglichem Zögern hatte er sich daher der Gruppe des Papstes zugewandt, die seiner Ansicht nach im Streit der Meinungen die deutlichsten Argumente vorbrachte.

«Das Konzil hat eine Übereinkunft mit den gemäßigten Hussitenführern gefunden», antwortete er dem Bischof nach einer Weile. Im Licht der Lampe sah er, dass seine Zehen schwarz vom Straßenstaub waren. Das ärgerte ihn, zumal er mehr als andere Klosterbrüder auf Reinlichkeit bedacht war. Er hätte sich im

Wassergraben waschen sollen. Doch glücklicherweise nahm der Bischof keine Notiz davon.

«Sie haben eingelenkt?»

Vater Heinrich nickte mit düsterer Miene. «Wir sollen tatsächlich zulassen, dass die böhmischen Ketzer beim Abendmahl aus dem Kelch des Priesters trinken. Sie nennen das den Laienkelch!»

Ein Diener schlüpfte in den Raum. Auf leisen Sohlen begab er sich zur Liege seines Herrn und flüsterte ihm etwas ins Ohr. Raban hob den Kopf, stutzte und entließ den Boten mit einem knappen Nicken.

«Ihr müsst sehr enttäuscht sein, Vater Heinrich», sagte er. «Eure Schriften über die Irrtümer der böhmischen Ketzer sind brillant. Es macht mich betroffen, dass unsere Brüder in Basel Eurem Gutachten so wenig Aufmerksamkeit geschenkt haben.»

Heinrich Kalteisen zwang sich zu einem Lächeln, das jedoch recht säuerlich ausfiel. Warum musste Raban ihn auch erneut an seine Schmach erinnern. Dass seine Warnungen in Basel auf taube Ohren stießen, wog schon schwer genug. Was also wollte der Bischof noch von ihm hören? Er hatte ihn doch sicher nicht auf seine Burg eingeladen, um über Auslegungen der Heiligen Schrift zu diskutieren.

Doch ohne Umschweife kam Raban nun zur Sache. «Ich habe Euch zu mir gebeten, weil ich einen Mann brauche, der sich mit der Einleitung von Ketzerprozessen auskennt. Vielleicht habt Ihr schon gehört, dass der ehemalige Dompropst von Köln, Ulrich von Manderscheid, meine Stadt belagern lässt?»

«Eure Stadt?»

«Ich meine Trier!»

Vater Heinrich runzelte die Stirn. Nein, davon hatte er nichts gewusst. «Er wagt es, den Schiedsspruch des Papstes zu ignorieren?»

Rabans feistes Gesicht errötete vor Erregung. «Manderscheid tritt alle Erlasse mit Füßen. Er akzeptiert keine Autorität mehr, weder den Papst noch den Kaiser. Und nun hat er sich auch noch ein Weibsstück an den Hof geholt, das behauptet, Gott wolle ihn auf den Bischofsstuhl setzen.»

«Eine … Ketzerin?»

«Sollte sie keine sein, war Judas auch kein Verräter und Maria Magdalena keine Hure. Die Frau ist eine Teufelsanbeterin übelster Sorte. Sie trägt Männerkleider und Waffen und lässt sich Jungfrau von Trier nennen! Meine Späher sagen, sie befände sich mit einigen Männern auf dem Weg ins Lager der Manderscheid'schen Truppen, um gemeinsam mit ihnen Trier einzunehmen!»

Aufgewühlt griff der Bischof nach einer Korbflasche, die neben seinem Polstergestell stand, und füllte seinen Becher. Dabei verschüttete er mehr, als er eingoss; wie Blut spritzte der rote Rebensaft über sein weißes Gewand.

Vater Heinrich achtete nicht darauf; er geriet ins Grübeln. In Mainz, wo er dem Fall der entflohenen Färberswitwe nachgegangen war, hatte er von einem Mädchen gehört, dem haarsträubende Dinge nachgesagt wurden. Einige sagten, es sei eine dem Kloster entsprungene Ordensschwester, die nun in einer Höhle hauste, Heiltränke aus Kräutern braute und die Zukunft aus einem glühenden Stein weissagte. Andere bezeichneten es als begnadete Bogenschützin, die im Wettstreit die geschicktesten Männer besiegt haben sollte.

Ein unangenehmes Kribbeln breitete sich in Vater Heinrichs Magengegend aus. Der Stein, der ihm sonst nur zusetzte, wenn er zu viel gegessen hatte, schien seine Eingeweide zu zermahlen.

«Ihr müsst mir helfen, diese Frau unschädlich zu machen», verlangte Bischof Raban. «Ulrich von Manderscheid hat nicht nur die Gunst des Papstes, sondern auch die des Kaisers verspielt. In Kürze erwartet ihn die Reichsacht. Muss sich nun nicht auch das Konzil gegen ihn aussprechen?»

«Wenn er sich mit einer Hexe eingelassen hat, wird es das gewiss tun, ehrwürdiger Bischof. Aber um einen Prozess zu eröffnen, muss ich die Frau zunächst befragen und genaue Protokolle anfertigen. So etwas kann dauern.»

Der Bischof schüttelte verärgert den Kopf. «Ich habe aber keine Zeit! Habt Ihr eigentlich eine Ahnung wie viel es kostet, Landsknechte anzuwerben und Waffen zu kaufen?»

Nein, dachte Vater Heinrich. Aber mir ist bekannt, wie viel Wildschweinbraten und Wein kosten. Er seufzte. Aus Erfahrung wusste er, dass es müßig war, mit hohen geistlichen Würdenträgern über deren verschwenderischen Lebensstil zu diskutieren. Die Franziskaner hatten es unlängst versucht und waren mit ihren Bemühungen gescheitert, da selbst der Papst Wert auf eine aufwendige Hofhaltung legte. Vermutlich würden er und seine Bischöfe noch am Vorabend des Jüngsten Gerichts prassen.

Raban erhob sich, schleppte sich durch den Raum und betätigte ein Klingelband. «Hat unser junger Gast sich gewaschen und ausgeruht?», wollte er von einem grauhaarigen Domestiken wissen, der kurz darauf das Zimmer betrat.

«Wie Ihr befohlen habt, hochwürdige Exzellenz.»

«Dann führe ihn jetzt zu uns.»

Vater Heinrich hob überrascht die Brauen. Er hörte zum ersten Mal von einem weiteren Gast in der Bischofsburg, aber er musste seine Neugier nicht lange zügeln. Nur wenige Augenblicke später wurde die Tür für einen jungen Ritter aufgestoßen, der von einem älteren Mann begleitet wurde. Der Edelmann war kostbar gekleidet. Er trug ein orangefarbenes Wams, dessen Brustseite mit winzigen Silberringen besetzt war, dazu enge Beinlinge aus schwarzer Wolle und einen reichverzierten Mantel, der mit einer goldenen Wappenbrosche zusammengehalten wurde. Unbeeindruckt schaute er sich im Zimmer des Bischofs um, während sein Begleiter am Eingang stehen blieb.

Raban streckte seine Hand aus und nötigte dem Gast einen gehauchten Kuss auf den Ring ab. Der Edelmann würdigte Vater Heinrich keines Blickes.

«Euer Brief erreichte mich erst vor wenigen Tagen», sagte Raban, nachdem er dem Ritter einen Becher Wein angeboten hatte. «Aber ich bin froh, dass Ihr nicht gezögert habt, Eure Reise zu unterbrechen und Burg Marientraut aufzusuchen. Dieser fromme Bruder ist Heinrich Kalteisen, Gelehrter im Kirchenrecht und Inquisitor des Dominikanerordens. Er sollte hören, was Ihr mir bereits in Eurem Schreiben mitgeteilt habt.»

Der junge Mann deutete ein knappes Nicken an, verzog aber keine Miene. Seine abweisende, ja beinahe hochmütige Haltung erinnerte Vater Heinrich an Bruder Arno. Er hatte seinen ehemaligen Gehilfen leichten Herzens in Basel zurückgelassen, eine Entscheidung, die er bislang nicht bereut hatte.

«Ich bin Hatto, Graf von Virneburg», stellte sich der Ritter vor. «Der Mann, der mich begleitet, heißt Bürlin, er dient mir als Bote und Waffenknecht.»

«Graf von Virneburg hat dem Scheusal, das seine edle Familie verblendet hat, den Rücken gekehrt», frohlockte Bischof Raban. «Natürlich konnte er das bislang nicht verkünden. Offiziell genießt er noch immer Manderscheids Vertrauen.»

Vater Heinrich nickte höflich, auch wenn er sich nicht recht vorstellen konnte, was einen halbwegs verständigen Mann wie den Bischof dazu bewog, ausgerechnet diesen eitlen Schnösel ins Vertrauen zu ziehen. Raban schien jedoch entzückt von dem jungen Ritter. Vermutlich störte es ihn nicht mehr, von welcher Seite ihm Waffenhilfe winkte. Solange sie ihm überhaupt winkte.

Während der nächsten halben Stunde hörte der Inquisitor zu, wie sich die beiden Männer über die Situation in der belagerten Stadt Trier berieten. Graf Hattos Bericht zufolge war in der Nacht zum Dreikönigstag ein erster Versuch gescheitert, Trier zu besetzen, da die wachhabenden Armbrustschützen auf den Wehrgängen die Angreifer rechtzeitig bemerkt und im Sturm zurückgeschlagen hatten. Die Söldnertruppen hatten sich dafür an den Pfarreien St. Isidor und St. Viktor schadlos gehalten und die schutzlos am Moselufer liegenden Vororte in Brand gesteckt. Der Rat der Stadt und das Domkapitel, in dem Manderscheid bis dahin noch Freunde gehabt hatte, riefen in ihrer Furcht vor weiteren Angriffen nun vereint das Konzil zu Basel um Hilfe.

«Was könnt Ihr uns über die sogenannte Jungfrau von Trier sagen?», brachte Vater Heinrich das Gespräch schließlich auf den einzigen Punkt, der ihn interessierte. «Habt Ihr sie jemals von Angesicht zu Angesicht gesehen?»

Hatto machte ein Gesicht, als wollte er jeden Moment auf den Fußboden spucken. «Natürlich habe ich sie gesehen, Vater Heinrich! Ich war sogar derjenige, der ihr als Erster auf die Schliche kam. Leider hat Ulrich von Manderscheid sie meiner Gewalt entzogen. Diese Jungfrau ist ein verschlagenes Biest, das kann ich Euch versichern. Sie hat keine Bedenken, sich durch Hochstapelei und Verrat die eigenen Taschen mit Gold zu füllen. Dabei wurde sie selbst in Trier geboren. Sie entstammt einer Sippe von Gewandschneidern, die sich Kastenberg nennt.»

Vater Heinrich sprang so unvermittelt auf, dass der Bischof zusammenzuckte. «Was habt Ihr denn, mein Freund? Sagt Euch der Name dieser Ketzerin etwas?»

«Lucia Kastenberg», murmelte der Inquisitor, während er begann, im Raum auf und ab zu gehen. Obwohl es eine warme, sternenklare Nacht war, begann er zu frösteln. Er dachte an seine Untersuchungen in Mainz zurück, an die Leute, die er dort geladen und befragt hatte. Und nun eröffnete ihm dieser Ritter, dass die Jungfrau von Trier und das Mädchen, das sich damals unter seinem Schutz in die Stadt geschlichen hatte, ein und dieselbe Person waren.

Vater Heinrich presste die Zähne so fest aufeinander, dass ihm der Kiefer weh tat. Er mochte nicht an einen Zufall glauben, der seinen Weg nun so unverhofft wieder mit dem des Mädchens kreuzte. Sie musste eine Ketzerin sein, denn sie war nur eine Frau und daher nicht berechtigt, Gottes Stimme zu hören. Bei ihm sah das anders aus. Er war ein Mann, hatte in Wien und Köln die Schriften studiert und sein ganzes Leben der Kirche gewidmet.

Wenn der Himmel jemandem ein Zeichen sandte, dann ihm, weil er den Platz kannte, an den der Papst ihn berufen hatte, und weil er Irrlehrern wie dieser Jungfrau klarmachte, dass es für sie auf der Welt eben keinen Platz gab. Diesmal würde er aufmerksamer sein als in Mainz; er durfte das Mädchen nicht noch einmal entkommen lassen. Der Gedanke an den Prozess, den er der Aufrührerin machen würde, beruhigte seinen Herzschlag.

«Diese Lucia Kastenberg hat doch eine Schwester, nicht wahr? Wo hält sie sich zurzeit auf?»

Hatto stieß ein raues Lachen aus. «Ihr meint Magdalena Herrlinger? Die sitzt mit ihren tauben Beinen noch immer in Manderscheids Burg und lässt es sich gutgehen.»

Vater Heinrich dachte einen Moment angestrengt nach. Dann runzelte er die Stirn. «Was heißt das?»

«Angeblich kann sie sich nach einem Unfall im vorigen Jahr nicht mehr bewegen. Es kursieren Gerüchte, dass sie ihren Mann getötet hat, weil sie einen Liebhaber hatte, diesen Arzt. Der Mann klebt immer noch an ihr wie eine Klette, obwohl Manderscheid ihn längst nach Hause entlassen wollte. Inzwischen hat der alte Narr den Mann sogar zu seinem Leibarzt erhoben.» Hatto machte ein paar Schritte auf Vater Heinrich zu. «Könnt Ihr Euch nicht denken, wer Manderscheid bei dem Schwindel mit der Jungfrau von Trier unterstützt?»

Der Inquisitor schüttelte verwundert den Kopf. «Ihr meint …?»

«Magdalena natürlich. Sie hockt in ihrer Kammer und erfindet Wundertaten, die ihre Schwester im Gewand der Jungfrau angeblich vollbringt. Aus ihrer Feder fließen die Pamphlete über die tugendhafte Prophetin; Manderscheids Boten tragen sie durch die Städte und Dörfer entlang der Mosel und lassen sie dort verlesen.»

«Dann müssen wir diese Magdalena ebenfalls unschädlich machen», sagte Raban. Er trat zum Fenster und starrte mit unheilverkündender Miene in die Nacht hinaus. Es war kühler geworden; der Wind fuhr durch das Laub der Bäume, die den Wassergraben säumten, und vertrieb die angestaute Hitze des Tages. Unten, auf dem Gesindehof, glommen ein paar Kienspäne auf; vermutlich waren einige der Knechte noch damit beschäftigt, die Pferde des Ritters und seines Waffenknechtes trockenzureiben.

«Ich bin ganz Eurer Meinung, hochwürdiger Herr!» Hattos Miene hellte sich auf; auf eine Weise, die Vater Heinrich darin bestärkte, ihn nicht zu mögen. «Die Jungfrau von Trier tut alles, um ihre Schwester zu beschützen. Wollt Ihr ihrer habhaft werden, müsst Ihr Euch zuerst Magdalena schnappen. Wenn sie in Eurer Hand ist, wird Lucia nicht lange zögern, um sie zu befreien.» Er schnaubte verächtlich. «Ich werde dafür sorgen, dass die beiden ihre Schandtaten gestehen, bevor sie auf dem Scheiterhaufen brennen!»

«Darf ich Euch daran erinnern, dass ich der Inquisitor bin», wies ihn Vater Heinrich zurecht. Die Anmaßung des jungen Ritters war nur schwer zu ertragen. «Ob und wer verbrannt wird, entscheide ich nach Befragung und Prozess. Euch brauche ich dafür jedenfalls nicht!»

«Na schön, wie Ihr wollt. Aber jammert später nicht, wenn sie Euch doch durch die Lappen geht.»

Der Bischof hob beschwichtigend die Arme. «Vater Heinrich wollte Euch nicht kränken, junger Freund. Es ist nur … Wie bei allen Heiligen sollen wir an die Frauen herankommen? Wenn die Dominikaner mit der Vollmacht der heiligen Inquisition ihre Auslieferung verlangten, würde Manderscheid nur darüber spotten.»

«Der Spott wird ihm schon bald vergehen», sagte Hatto. «Der Graf hält sich zurzeit in Köln auf, um mit seinem Busenfreund, Nikolaus Doeser, eine Verteidigungsrede für das Baseler Konzil auszuarbeiten. Niedermanderscheid war niemals schlechter bewacht als in diesen Tagen. Die meisten bewaffneten Männer lagern ohnehin seit drei Wochen vor Trier.»

«Ihr wollt die Herrlingerin mit Gewalt aus der Burg zerren?», fragte Vater Heinrich erschrocken. «Blutvergießen lehne ich ab!»

Hatto wechselte einen Blick mit Bürlin, dann grinste er den Mönch verächtlich an. «Ihr scheint ja einen äußerst empfindlichen Magen zu haben, Vater. Ein wenig Blut jagt Euch Angst ein? Da habt Ihr aber Glück, dass die heilige Inquisition es vorzieht, ihre Ketzer zu verbrennen.»

Bischof Raban verzog beschämt das Gesicht. Eigentlich hätte er Hatto für diese respektlose Bemerkung tadeln oder ihm wenigstens eine Entschuldigung abverlangen müssen. Doch er tat nichts dergleichen.

«Macht Euch keine Sorgen, ehrwürdige Exzellenz», sagte Hatto. «Wenn mein Plan gelingt, werden Vater Heinrich und ich bald vom Turm der Manderscheid'schen Burg aus ins Tal hinabblicken und die Ankunft der Jungfrau erwarten. Sie wird kommen, glaubt mir!»

Vater Heinrich zuckte die Achseln. Sein Blick streifte den schlammverkrusteten Wanderstab zu seinen Füßen und die Ledertasche, die er auf Reisen stets mit sich führte. In der einfachen Kutte der Dominikaner mochte er auf den herausgeputzten Ritter wenig Eindruck machen, aber er würde dem Burschen noch beibringen, dass sich die Inquisition nicht verspotten ließ. Zu dumm, dass er einen Mann wie den jungen Virneburg brauchte, um der Ketzerin den Prozess zu machen. Aber er musste Bischof Raban recht geben: Hier war Eile geboten. Gelang es der Irrlehrerin, ihren Samen auch in andere Teile des Reiches zu streuen, konnte aus ihm ein Baum wachsen, der schwerer zu fällen war als die Heere der Hussiten und der Türken.

«Was habt Ihr eigentlich davon, wenn uns die Jungfrau von Trier in die Hände fällt?», fragte Vater Heinrich. «Verzeiht meinen Argwohn, aber die Inquisition muss wissen, wem sie in Fragen der Sicherheit ihr Vertrauen schenkt. Wollt Ihr der Wahrheit zum Sieg verhelfen, oder hegt Ihr einen persönlichen Groll gegen die sogenannte Jungfrau?»

Hattos Augen verengten sich. Es dauerte lange, sehr lange, bis er sich dazu herabließ, die Frage des Inquisitors zu beantworten. «Sollte es Euch nicht gleich sein, warum ich Euch helfe? Na schön, wenn Ihr es unbedingt wissen wollt: Manderscheid hat mich beleidigt, doch mein Vater hält dennoch starrsinnig zu ihm. Und dann ist da noch mein Vetter Robert. Ich habe gehört, dass er zusammen mit Lucia Kastenberg aus Luxemburg zurückgekehrt ist. Mein Vater war so töricht, ihm Geld zu versprechen, wenn er sich um die Jungfrau kümmert. Geld, das mir zusteht, nicht einem Bastard. Es würde mich nicht wundern, wenn Lucia ihn längst verhext und zu ihrem willenlosen Liebhaber gemacht hätte. Die Angelegenheit hat meiner Familie nur Ärger eingebracht. Als Entschädigung dafür verlange ich einen Ablass des Bischofs für begangene Sünden.»

«Ist das alles?», rief Bischof Raban erfreut.

«Nicht ganz, Ehrwürdigkeit. Ferner verlange ich Niedermanderscheid mitsamt allen umliegenden Dörfern und der Eisenhütte in der südlichen Eifel.»

«Ihr wollt, dass ich Euch Manderscheids Güter übereigne?»

«Kein Gulden soll dem verdammten Ketzerfreund mehr bleiben», bekräftigte Hatto seine Forderung. «Denkt darüber nach. Ihr könnt mir Eure Entscheidung morgen früh mitteilen, sobald Bürlin und ich von der Jagd zurück sind. Ich weiß, dass Ihr mit dem Besitz Eures Feindes andere Pläne habt. Aber bedenkt: Was ist eine Eisenhütte gegen ein Erzbistum?»

Macht, dachte Vater Heinrich. Grenzenlose Macht in einem Reich, das immer mehr aus den Fugen gerät.

Der Morgen graute, als eine Gruppe von zwanzig Rittern die Ebene durchquerte, nahe der Moselniederung einen scharfen Haken schlug und dann in wildem Galopp auf die Mauern von Trier zupreschte. Die Hufe ihrer Pferde gruben sich in den von Regen und Tau aufgeweichten Boden und trampelten eine Schneise in die gelblichen Grasbüschel. Angeführt wurde die Schar von einem Mann auf einem dunklen Wallach, der eine Stange mit wallendem Banner schwenkte. Direkt hinter ihm schlossen zwei weitere Reiter auf, der eine hochgewachsen, der andere schmächtig. Beide trugen zum Schutz vor Armbrustgeschossen schwere Brustharnische, gepolsterte Beinschienen und Schwerter. Über der Schulter des Schmächtigen hing ein Bogen. Als die Reiter sahen, dass ihr Anführer beim Anblick des starken Mauerrings zögerte, verharrten sie einen Moment.

Blicke wurden ausgetauscht.

Dann erhob der Anführer der Gruppe plötzlich den Arm und machte die Ritter auf die Sturmgeschütze und sanft im Wind flatternden Fahnen der Belagerer aufmerksam. Die Männer stießen laute Jubelrufe aus.

Lucia befreite sich von dem Helm, der ihren Kopf zu zerquetschen drohte, und versicherte sich, dass ihr Bogen nach dem Galopp noch fest mit dem Harnisch verbunden war. Dann folgte sie den Männern. Sie konnte nicht umhin, verstohlene Blicke in Richtung des Walls zu werfen, der ihre Heimatstadt wie die schützenden Hände eines Riesen umschloss. Der Anblick war überwältigend und schmerzhaft zugleich, rief er ihr doch ins Gedächtnis, dass es falsch war, wofür sie sich hergab. Nun war das eingetreten, was sie immer gefürchtet hatte. Sie befand sich im Lager der Kriegsknechte, die Trier erobern wollten. Die Söldner waren auf ihre Ankunft gut vorbereitet worden. Die meisten von ihnen, vor allem die älteren, gingen respektvoll mit ihr um. Manch einer der Männer sprach mit ihr sogar wie mit einem Beichtvater, was Lucia merkwürdig vorkam. Man bewunderte sie, aber selbst die wohlwollenden Blicke der Kriegsknechte konnten ihre Beklemmung nicht mildern.

Dort drüben, jenseits des Feldes, war ihr Zuhause gewesen. Im Schatten des Doms, dessen Türme durch die fahlen Nebelschwaden ragten, hatte sie ihre ersten Schritte gemacht; unweit des mächtigen Torturms, auf dem nun die städtischen Armbrustschützen und Pulvermeister standen und den nächsten Angriff abwarteten, hatte sie, zuerst mit ihrem Vater, später mit Paulyn, Bogenschießen geübt. Bei dem Gedanken, dass unter den Schaulustigen, die sich über das Geländer der Brustwehr beugten, auch Bekannte oder ehemalige Nachbarn waren, wurde ihr flau im Magen. Ihr einziger Trost war, dass die Trierer sie in der Rüstung nur schwer erkennen konnten. Selbst Robert, der bei den älteren Rittern in vorderster Linie mitritt, war zusammengezuckt, als er sie zum ersten Mal in dem silbernen Brustpanzer und den Beinschienen gesehen hatte. Angerührt hatte er sie seit jenem Morgen in Luxemburg nicht mehr.

Lucia riss energisch die Zügel herum und gab Robert und den anderen ein Zeichen, der Westmauer fernzubleiben; sie erinnerte sich, dass dieser Abschnitt der Befestigungsanlagen gern von Bogen- und Armbrustschützen besetzt wurde, die vom Turm aus eine besonders gute Sicht über die Ebene hatten. Ihre Warnung kam spät, war jedoch nicht umsonst, denn kaum hatte Robert sein Schild hochgerissen, um seinen Kopf zu schützen, ging auch schon ein Hagel von Pfeilen über den Köpfen der Anstürmenden nieder.

Lucia stockte der Atem. Auf der Stelle ließ sie zum Rückzug blasen. Manderscheids Hauptmann hatte ihr erst am Abend zuvor eröffnet, dass sie dicht vor die Mauern reiten sollte, um sich dem Trierer Stadthauptmann Arnold von Sierk zu zeigen. Angeblich hatte dieser zugestimmt, die Jungfrau in die Stadt zu lassen, um innerhalb der Mauern mit ihr zu verhandeln. Das dumpfe Gefühl in ihrem Magen verwandelte sich in Taubheit, was vielleicht daran lag, dass sie seit vielen Stunden keinen Bissen mehr zu sich genommen hatte. Sie hatte es vorgezogen, sich mit Fasten und Nachsinnen auf die Begegnung mit dem Rat von Trier vorzubereiten.

Robert schloss auf und musterte sie mit einem forschenden Blick. Mit einer wahren Engelsgeduld hatte er ihr beigebracht zu reiten, aber ganz sicher fühlte sie sich noch immer nicht im Sattel.

Nicht, wenn sie gepanzert wie eine Schildkröte die Zügel halten musste. Sie konnte ja kaum ihre Arme bewegen, um die Bogensehne zu spannen.

Die Ritter verließen Lucia vor der nächsten Niederung, denn der Trierer Rat wollte außer der Jungfrau keinen Manderscheider Ritter in der Nähe des Stadttores dulden. Lucia erwiderte den Gruß der Männer, die sie, dem Pfeilhagel zum Trotz, bis hierher begleitet hatten, und blickte ihnen nach, als sie mit ihren Pferden über die Felder jagten. Der größere Teil der Söldnertruppen hatte sein Quartier in einem nahe gelegenen Dorf an der Mosel genommen, was Lucia unangenehm berührte, aber nicht hatte verhindern können. Wenigstens hatte ihre Anwesenheit die Landsknechte davon abgehalten, die Häuser und Scheunen der Bauern, die in der Stadt Zuflucht gesucht hatten, zu plündern oder niederzubrennen. Viel zu plündern gab es allerdings auch nicht. Die Dorfbewohner lebten bereits seit Ausbruch der Fehde mit der ständigen Bedrohung; sie hatten fast ihre ganze Habe, ihre Schweine, Ziegen, Hühner und einen Großteil der Ernte mitgenommen und nicht mehr als ein Geisterdorf zurückgelassen.

Robert zügelte sein Pferd neben Lucia. «Es ist Wahnsinn, das von dir zu verlangen», stieß er hervor. «Was ist, wenn der Stadthauptmann dir einen Pfeil zwischen die Rippen jagen lässt, bevor du ihm Manderscheids Botschaft überbringen kannst? Ich traue diesem Arnold von Sierk nicht mehr, als ich Manderscheid oder Philipp von Burgund traue. Lass mich wenigstens mitkommen!»

«Damit *du* den Pfeil abbekommst? Kommt nicht in Frage!»

Lucia seufzte; ihr Blick folgte den Sonnenstrahlen, die sich durch die Wolkendecke schoben und die Dächer der Bischofskirche zum Glühen brachten. Ein Stück weiter südlich sah sie die Breschen, die Manderscheids Geschütze beim letzten Kanonenfeuer ins Mauerwerk gerissen hatten. Einige der Kugeln waren durch die eilig errichteten Barrikaden gedrungen; nur knapp hatten sie ihr Ziel, das große Tor neben dem Pulverturm, verfehlt.

Aber die Breschen in der Mauer waren ohnehin nicht breit genug, als dass die Manderscheider Fußsoldaten in großer Anzahl in die Stadt hätten eindringen können. Sie im direkten Sturm zu nehmen, würde auf beiden Seiten zahlreiche Opfer fordern. Und das, genau das, musste sie verhindern.

Kurz entschlossen zog Lucia die weiße Fahne aus Roberts Satteltasche. Das Friedenszeichen bestand aus einem schmalen Streifen Linnen. Mit der Fahne in der Hand sollte sie langsam auf das Stadttor zureiten.

«Die Männer bewundern deinen Mut und deinen festen Willen», sagte Robert, während er sich mit Schwung aus dem Sattel gleiten ließ. «Aber dir sollte klar sein, dass ihr Gedächtnis nicht so gut ist wie das eines Stadtschreibers. Die Söldner werden dich vergessen, sobald das Handgeld eines neuen Herrn in ihrem Beutel klingt. Die dort drüben», er deutete auf die Mauern, «werden dich hingegen so schnell nicht vergessen. Auch wenn sie deine weiße Fahne achten, darfst du dich vom heutigen Tag an nie wieder auf Trierer Gemarkung blicken lassen.»

Lucia reckte störrisch das Kinn. Es war unnötig, sie daran zu erinnern. «Du bist doch auch ein Heimatloser», sagte sie. «Ein vogelfreier Vagabund.»

«Ja, aber ich habe mich daran gewöhnt, dass mein Onkel mich in der Weltgeschichte herumhetzt. Gewünscht habe ich mir das nicht. Wenn die Virneburger mir endlich das Erbe meines Vaters ausbezahlen, werde ich mir einen kleinen Hof kaufen. Irgendwo. Vielleicht erwerbe ich auch das Stadtrecht von Nürnberg oder Regensburg und lasse mich dort als Händler nieder. Meinst du, das Leben in der Stadt wäre etwas für mich?» Bevor Lucia entgegnen konnte, dass sie sich Robert nur schwer als biederen Kaufmann am Stehpult vorstellen konnte, spürte sie auch schon seine Hände um ihre Taille, die sie aus dem Sattel hoben.

Mit dem Gewicht ihres silberbeschlagenen Harnischs hatte Robert nicht gerechnet. Mit einem Prusten ging er zu Boden.

Lucia fiel weich. Lachend rollte sie sich auf den Rücken, die Gefahr verdrängend, die über ihr schwebte. In diesem Moment wollte sie an nichts anderes denken als an den Himmel über ihr. Ein wolkenloser, blauer Sommerhimmel, dessen Anblick unter anderen Bedingungen zum Träumen eingeladen hätte.

«Du scheinst deine Abneigung gegen die Rüstung der Jungfrau überwunden zu haben», flüsterte sie, als Roberts Gesicht sich zwischen sie und den Himmel schob. Er lächelte. Es war das schönste Lächeln, das ein Mann ihr jemals geschenkt hatte. Sie bedauerte, dass es keine Gefäße gab, in denen man Momente des Glücks aufbewahren konnte. Roberts Lächeln und das Gefühl, das seine Nähe in ihr auslöste, hätte sie gerne mitgenommen.

Er küsste sie sanft. Zuerst auf die Stirn, wobei er ihr zerzaustes Haar zur Seite schieben musste. Dann glitten seine Lippen abwärts, auf der Suche nach ihrem vor Verlangen geöffneten Mund. Ihr Herzschlag untermalte die zärtlichen Berührungen sowie das Rascheln des Grases und das Summen der Insekten. Sie vergaß Zeit und Ort. Sie stellte sich weite Landstriche vor , in denen sich hohe Bäume unter der Last von Früchten bogen, sie sah Berge und Täler, die mit Sonnenstrahlen gefüllt waren, Weiden mit saftigem Gras und Blumen in jeder Farbe des Regenbogens.

Eine halbe Ewigkeit verging, bevor Lucia ihre Hand auf Roberts Schulter legte. Eine unschuldige Geste, die das Zauberschloss zum Einsturz brachte. «Ich muss gehen», flüsterte sie. «Arnold von Sierk könnte Reiter aussenden, um die Gegend auszuspähen. Nicht auszudenken, wenn sie uns beide hier entdecken würden.»

Robert sagte nichts. Stattdessen half er Lucia auf die Füße und hielt das Pferd am Zügel, damit sie ihren Fuß in den Steigbügel setzen konnte. Sie blickte in sein Gesicht; in seine Wangen hatte sich das Muster zerdrückter Grashalme eingeprägt. Doch in seinen Zügen fand sie auch Verständnis, das ihr Herz wärmte.

«Ich werde unten im Lager auf dich warten», sagte er lächelnd.

Unweit des Stadttores wurde Lucia von zwei wortkargen Soldaten der Stadtwache in Empfang genommen. Die Männer musterten sie argwöhnisch, verloren aber rasch das Interesse an ihr. Lucia konnte förmlich hören, was die beiden dachten: Das soll die berüchtigte Jungfrau von Trier sein? Lachhaft. An der ist doch gar nichts Besonderes!

Die Wächter forderten sie auf, ihr Pferd am Torhaus zurückzulassen, dort würde es versorgt. Sie könne es am Abend wieder abholen. Dann nahmen sie Lucia in ihre Mitte und führten sie durch das Tor.

Fremd und vertraut zugleich kam ihr das mit Fahnen geschmückte Gebäude vor, in dessen Nähe sie sich damals unter Colin Emmerichs Waffenknechte gemischt hatte. Wie gern wäre sie stehen geblieben, um den vertrauten Geruch ihrer Heimatstadt in sich aufzunehmen, aber ihre Bewacher trieben sie zur Eile an. Für sie war Lucia nur eine dubiose Fremde, deren Gesellschaft sie sich so rasch wie möglich entledigen wollten.

Auf dem Weg stadteinwärts wurde sie von den Blicken der Anwohner verfolgt, die sich am Tor oder auf den Mauern eingefunden hatten, um die Ankunft der Jungfrau mitzuerleben. Furchtsame Augen starrten sie aus den Fenstern der umliegenden Häuser an, die trotz des Geschützfeuers nicht geräumt worden waren. Kinder wurden an der Hand gepackt und eilig in die Stuben getrieben, als sie über den Torplatz auf die Straße zum Dom zusteuerte. Alte Frauen bekreuzigten sich oder berührten ihre Amulette.

Niemand sprach ein Wort, weder mit ihr noch über sie. Wohin sie auch blickte, sah sie in ernste Gesichter.

Eine Stadt des Schweigens.

Schließlich stieß sie auf eine größere Abordnung der Stadtgarde, die vermutlich schon lange auf sie gewartet hatte. Das Herz klopfte Lucia bis zum Hals; unbeschreiblich das Gefühl ihrer Beklemmung, als sie zwischen ellenlangen Lanzen und Schildern durch die Gasse geschleust wurde, an deren Ende sie einige vornehm gekleidete Männer stehen sah. Unter ihnen befanden sich Mitglieder des Rates und des Trierer Domkapitels, der junge Stadthauptmann Arnold von Sierk und Münzmeister Besselich, Paulyns Vater. Als der Münzmeister Lucia erkannte, wurde er bleich. Entsetzt starrte er sie an, dann schüttelte er den Kopf. Wie es aussah, hatte Paulyn tatsächlich Wort gehalten und seinem Vater nicht verraten, wer sich unter der Maske der Jungfrau verbarg.

Das Gespräch mit dem Rat fand nicht in Besselichs Haus statt, sondern in einem der Domherrenhöfe, was Lucia als Zugeständnis an das Domkapitel wertete. Im Verlauf der Manderscheid'schen Fehde hatte es lange so ausgesehen, als müsste die Schlacht auch innerhalb der Stadtmauern geschlagen werden, so tief waren die Gegensätze zwischen Manderscheids Gönnern und denen, die seine Ansprüche ablehnten. Die Plünderung der Vororte hatte die zerstrittenen Gruppen wieder zusammengeführt. Alle waren sich einig, dass Ulrich von Manderscheid eine Gefahr für Trier war, die gebannt werden musste.

«Du wirst Jungfrau von Trier genannt», eröffnete der Stadthauptmann das Gespräch. Er und Lucia waren die Einzigen im Raum, die stehen geblieben waren, während sich die Ratsherren und Kleriker auf Bänke und Stühle gesetzt hatten.

«Sollen wir dich so anreden oder …»

«Was soll die Posse?», fuhr Besselich dazwischen. Der Münzmeister hatte den ersten Schreck offensichtlich verdaut, nun fuchtelte er erregt mit den Armen in der Luft herum. «Seid Ihr denn blind, von Sierk? Erinnert Ihr Euch nicht an den Tag, als Ihr in meinem Hause wart? Als die Bewohner der Klostersiedlung sich hinter die Mauern von St. Maximin flüchteten, weil sie Angst vor einem Angriff hatten? Damals habt Ihr das Mädchen doch gesehen. Sie kam zu uns, um nach ihrem Großvater zu suchen, dem Gewandschneider Kastenberg. Das hier ist Kastenbergs Enkeltochter Lucia. Ich kenne sie, seit sie ihren ersten Schrei ausgestoßen hat!»

Arnold von Sierk zeigte sich überrascht, doch in keiner Weise verunsichert. «Ist es wahr, was der Ratsherr behauptet, Mädchen? Wurdest du in Trier geboren?»

Lucia nickte. «Es ist wahr. Ich bin Melchior Kastenbergs Enkeltochter.»

«Warum trägst du dann diese für ein Weib unpassende Kleidung? Was treibt dich ins Lager unserer Feinde?»

«Ich muss den Waffenrock tragen, solange ich nicht frei bin, über mein Schicksal selbst zu bestimmen», antwortete Lucia nach kurzem Zögern.

«Jeder kann entscheiden, welcher Sache er dienen mag und welcher nicht», brach es aus einem der Kapitelherren heraus, einem dicken Mann mit rotgeschwollener Nase. Empört drohte er Lucia mit dem Zeigefinger, als habe er ein unartiges Kind vor sich. «Du hast uns verraten, du …»

«Ihr wisst, dass das nicht stimmt», widersprach Lucia. «Entscheidet der Leibeigene, welchem Herrn er seine Abgaben entrichtet? Hat eine Frau das Recht, sich ihren Gatten auszuwählen? Über meinem Haupt wurden schon so viele Entscheidungen getroffen, dass ich sie nicht mehr zählen kann.»

«Aber du behauptest, von Gott beauftragt worden zu sein.» Der Kapitelherr ließ sich nicht beschwichtigen. Mit der flachen Hand schlug er auf die Lehne seines Stuhles.

«Wenn Ihr Ulrich von Manderscheid Gott nennt …»

Besselich kam mit geballten Fäusten auf Lucia zu. Es sah aus, als könne er sich nur mühsam beherrschen, ihr nicht ins Gesicht zu schlagen. Dann aber verharrte er und sah sie an. «Du warst immer ein wildes Geschöpf», wisperte er wie einer, dem das Sprechen schwerfällt. «Weißt du eigentlich, dass ich dich und Paulyn oft beim Spielen beobachtet und mir gewünscht habe, mein Sohn wäre ebenso kühn wie du? Ob ihr von einer Mauer geklettert seid oder in der Mosel gebadet habt, immer warst du die Waghalsigere von euch beiden.»

Lucia erinnerte sich nur ungern an diese Zeiten. «Ihr habt recht, Meister Besselich», sagte sie mit zitternder Stimme. «Ich war leichtsinniger und ungehorsamer als Paulyn. Euer Sohn hätte Euren Zuspruch gebraucht, nicht Euer Misstrauen.»

«Du vergeudest nur unsere Zeit, Mädchen!» Arnold von Sierk schüttelte wütend den Kopf, als wäre Lucia schuld an der Verzögerung. «Wir haben dir freies Geleit bis zum Einbruch der Dämmerung zugesagt, aber keine Stunde darüber hinaus! Wenn du also mit uns reden willst, dann solltest du unsere Geduld nicht zu sehr beanspruchen. Wir haben schließlich eine Stadt zu verteidigen.»

Lucia konnte dem nur beipflichten. Die hohen, von geraden Balken durchzogenen Wände des Domherrenhofs schienen sie zu erdrücken, je länger sie vor dem Münzmeister und den Ratsherren stand. Auge in Auge mit ihnen bestätigte sich, was Lucia schon unterwegs festgestellt hatte: Die Stadt und ihre Bewohner waren ihr fremd geworden. Nichts verband sie mehr mit ihnen.

«Ich möchte dem Rat und dem Domkapitel einen unbegrenzten Waffenstillstand vorschlagen», erklärte sie schließlich. «Manderscheid wird den Spruch des Konzils in Basel abwarten und bis dahin die Belagerung aufheben.»

Von Sierk verzog höhnisch das Gesicht. «Dann hat er wohl eingesehen, dass weder seine Söldner noch eine dahergelaufene Jungfrau unsere Mauern zum Einsturz bringen konnten.»

«Vielleicht hättest du es einmal mit einer Posaune versuchen sollen», spottete der dicke Kapitelherr. «Wie die Juden vor Jericho!»

«Manderscheids Männer werden ferner die Blockade der Handelsstraßen aufheben. Auch die Lastkähne, die von Trier aus die Mosel hinunterfahren, werden vor Angriffen seiner Bogenschützen sicher sein. Dafür behält sich der Graf das Recht vor, die Burgen, die er besetzen ließ, als Grenzposten zwischen seinen Ländereien und dem Umland von Trier aufrechtzuerhalten. Außerdem darf der Rat keinen Kontakt zu Bischof Raban von Helmstadt aufnehmen, solange das Konzil seine Ansprüche nicht geprüft hat und zu einer Entscheidung gekommen ist.»

«Ist das alles?», fragte der Stadthauptmann. Er warf einen skeptischen Blick in die Runde, doch seine Miene verriet Lucia, dass er ihre Bedingungen zumindest in Erwägung zog. «Nein, da wäre noch etwas.» Sie senkte den Kopf. «Lebt mein Großvater noch in der Stadt?»

Ihre Frage richtete sich an Besselich, da Lucia davon ausgehen konnte, dass sich sonst keiner der anwesenden Herren an den Gewandschneider Kastenberg erinnerte. Nach einem Augenblick des Schweigens bestätigte der Münzmeister, dass Lucias Großvater einigermaßen gesund und rüstig mitten unter ihnen lebte. «In der Nacht zum Fest der Heiligen Drei Könige brannte die Klostersiedlung nieder», sagte er leise. «Euer Haus mit der Schneiderstube fiel damals den Flammen zum Opfer. Da Melchior Kastenberg über keinen Grundbesitz verfügt und auch keine Verwandten mehr hat, wurde ihm ein Kämmerchen in der Ronengasse zugewiesen.»

Lucia starrte Besselich betroffen an; sie erinnerte sich an die enge Gasse, die zu den ärmeren Vierteln der Stadt führte. Vor den Lehmhütten, in denen mehrheitlich unehrliche Stadtbewohner wie Henkersknechte und Abdecker hausten, türmte sich der Unrat. Es wimmelte dort von Ratten und Ungeziefer. Wie hatte Besselich es über sich bringen können, seinen Freund in diese Gasse ziehen zu lassen? Gewiss, ihr Großvater war stur wie ein Maulesel, aber der Münzmeister war ein Mann, dem so rasch niemand etwas abschlug.

«Sobald sich herumgesprochen hat, dass ich die Jungfrau von Trier bin, wird das Leben für meinen Großvater noch schwerer werden», sagte sie, ihre Wut mühsam unterdrückend. «Daher möchte ich, dass er mich heute Abend aus der Stadt hinausbegleitet.»

«Er hat Schulden», wandte Arnold von Sierk ein. Urplötzlich schien er sich doch wieder an die Kastenbergs zu erinnern. Lucia fragte sich, ob unter den anwesenden Patriziern nicht auch der große Unbekannte saß, dessen Nachstellungen Magdalenas Ruf ruiniert und sie in die Ehe mit Martin Herrlinger getrieben hatte. Arnold von Sierk? Nein, der Stadthauptmann war zwar blasiert genug, aber eindeutig zu jung für eine Liebschaft mit Magdalena. Besselich hingegen war zu alt und darüber hinaus seit Urzeiten mit Barbara verheiratet. Lucia zwang sich, den Gedanken nicht weiterzuverfolgen. Die offenen Fragen ihrer Familiengeschichte mussten warten, bis sie ihren Großvater und Magdalena in Sicherheit wusste.

«Nehmt Ihr meine Bedingungen an?», fragte sie die Männer.

Arnold von Sierk warf ihr einen giftigen Blick zu, gab ihr jedoch mit einer Geste zu verstehen, dass er einverstanden war. Die Vertreter des Domkapitels wurden erst gar nicht gefragt. Kurz darauf wurde ein Bote beauftragt, sich in die Ronengasse zu begeben und den Gewandschneider zu holen. Der Mann stutzte kurz, nahm dann aber die Beine in die Hand.

Melchior Kastenberg atmete schwer, als man ihn etwa eine halbe Stunde später in den Raum schob. Er wirkte magerer, als Lucia ihn in Erinnerung hatte. Monate der Sorge hatten sein Gesicht kantig, seinen Blick trüb werden lassen. Unvorstellbar, dass dieser klapperige alte Mann, dessen Finger sich bewegten, als müssten sie die unsichtbaren Saiten einer Harfe zupfen, überhaupt noch imstande war, eine Nadel durch fremder Leute Tuch zu führen. Das Einzige, was an Kastenberg unverändert schien, war sein sauberes, haselnussbraunes Wams, das, einer alten Marotte entsprechend, nicht mit Knöpfen, sondern mit Haken versehen war. Allein an den Kleidern hätte Lucia ihren Großvater unter tausend Männern herausgefunden.

Der alte Mann ging zögerlich durch den Domherrenhof, als befürchtete er, auf den glatten Steinplatten auszugleiten; seinem ratlosen Gesichtsausdruck war zu entnehmen, dass er keine Ahnung hatte, warum der Stadthauptmann ihn hatte herbefehlen lassen. Erst als er den Münzmeister sah, hellte sich seine Miene auf.

Lucia, die nur wenige Schritte hinter Besselich stand, bemerkte er nicht.

«Erkennt Ihr diese Frau?», herrschte von Sierk den alten Mann an. Kastenberg wandte den Kopf und versteinerte. Aus seinen zerfurchten Wangen wich der letzte Rest Farbe. «Lucia …», stammelte er. «Aber wie ist das möglich? Alle sagten, du seiest tot, und nun stehst du plötzlich vor mir.» Er streckte seine Hand nach ihrem Gesicht aus, ließ sie aber sogleich wieder sinken. Misstrauen schlich sich in seine Züge. «Was … hat das zu bedeuten?»

«Eure Enkeltochter ist die Jungfrau von Trier», gab Arnold von Sierk ihm Auskunft. Rasch erklärte er, warum Lucia in den Kleidern eines Bogenschützen nach Trier gekommen war. Lucia hätte ihn erwürgen mögen.

«Ihr werdet mit ihr die Stadt verlassen und nie wieder zurückkehren.»

«Aber das geht nicht, das ist völlig unmöglich. Meine Arbeit … Das Gewand, an dem ich seit Wochen nähe …»

«Was redet Ihr da?», polterte der dicke Kapitelherr los. «Ihr könnt doch schon lange keine Nadel mehr in der Hand halten. Ihr seid am Ende, Kastenberg!»

Fassungslos wandte sich der Gewandschneider an seinen alten Freund Besselich, doch der wich seinem Blick aus. «Es ist besser, wenn du mit mir kommst, Großvater», sagte Lucia, während sie nach der Hand des alten Mannes griff. Er hatte es nicht verdient, von diesen Männern verhöhnt zu werden. «Hier gibt es nichts mehr, was uns hält.»

Einen Atemzug lang starrte Melchior Kastenberg seine Enkelin an, als habe sie den Verstand verloren. Lucia spürte, dass mit ihm etwas nicht in Ordnung war, aber darauf konnte sie momentan keine Rücksicht nehmen. Arnold von Sierk gab seinem Boten unterdessen den Befehl, Lucia und ihren Großvater aus der Stadt zu begleiten.

Melchior Kastenberg brach in ein schrilles Gelächter aus. «So ist das also?», brüllte er die Ratsherren an. «Ihr wollt mich loswerden, um Euer schlechtes Gewissen zu beruhigen. Nach all den Jahren, in denen ich stillgehalten habe, verbannt Ihr mich aus der Stadt, in der meine Vorfahren schon zur Zeit der heidnischen Römer gelebt haben.»

«Großvater!»

Lucia versuchte, ihn zu beschwichtigen, aber Kastenberg hörte nicht auf sie. Außer sich stolperte er auf Besselich zu und klammerte sich an dessen Ratsherrenmantel. «Und du sagst kein Wort dazu? Lässt zu, dass die mein Haus zerstören und mich wie einen Gebrandmarkten hinaustreiben? Meine Stadt ist ein Grab geworden, ein Wolfsgalgen ... Das Grab meines Sohnes!»

«Du bist ja von Sinnen, alter Mann», zischte der Münzmeister. «Unser Schöffenrat hat dich nicht ins Elend gestürzt. Ulrich von Manderscheids Söldnertruppen waren es. Die haben die Klostersiedlung überfallen und ihre Bewohner vertrieben. Meinst du denn, das Unglück habe dich allein getroffen? In der Ronengasse hattest du wenigstens ein Dach über dem Kopf. Und nun ist auch noch deine geliebte Enkeltochter wieder aufgetaucht, von der es hieß, sie sei tot. Freu dich, anstatt uns zu beschimpfen. Von nun an soll sich Lucia um dich kümmern. Schließlich hat sie einflussreiche Gönner!» Mit einem ärgerlichen Laut schüttelte er die dürren Finger des alten Schneiders ab.

Kastenberg fing wieder an zu lachen; seine Augen flatterten unruhig. «Wenn mein Sohn kommt, müsst Ihr mir mein Haus zurückgeben», rief er mit hoher Greisenstimme. «Mein Sohn steht in Diensten des Königs!»

Lucia schlug entsetzt die Hand vor den Mund. Nun begriff sie, was die höhnischen Bemerkungen des Kapitelherrn, die verächtlichen Blicke von Sierks und das schroffe Verhalten des Münzmeisters zu bedeuten hatten. Kastenbergs Geist war verwirrt; er war nicht mehr fähig, zwischen Traum und Wirklichkeit zu unterscheiden.

Besselich wurde plötzlich zugänglicher. Er setzte sogar gegen von Sierk durch, dass Lucia und ihr Großvater die Nacht in seinem Haus verbringen durften, ohne ihr freies Geleit aus der Stadt zu gefährden.

Lucia sträubte sich zunächst gegen diesen Vorschlag, weil sie fürchtete, dass ihr Ausbleiben im Söldnerlager für Unruhe sorgen würde. Doch schließlich fand sich ein Knecht des Münzmeisters, der für etwas Geld bereit war, eine Botschaft hinaus vor die Stadtmauern zu tragen. Lucia sah ein, dass sie ihrem Großvater mehr als nur einige Augenblicke Zeit lassen musste, um Abschied von der Stadt zu nehmen. Als sie durch die Räume lief, in der sie als Kind so viele frohe Stunden verlebt hatte, musste sie gegen ihre aufsteigenden Tränen kämpfen.

Barbara Besselich empfing die lange Vermisste mit einem liebenswürdigen Lächeln. Kein böses Wort fiel an diesem Abend, und obwohl Lucia sich nach der Unterredung mit von Sierk innerhalb der Trierer Mauern nicht ganz sicher fühlte, wusste sie doch, dass die Frau des Münzmeisters es niemals zulassen würde, dass man ihr in ihrem Haus ein Haar krümmte. Barbara redete wie ein Wasserfall auf sie ein. So erfuhr Lucia, dass Paulyn noch immer auf Reisen war und wegen der Belagerung der Stadt vorläufig nicht nach Trier zurückkehren konnte. Was Lucia mit dem Söldnerlager zu schaffen hatte, interessierte Barbara nicht. Das war eine Angelegenheit, welche die Männer unter sich ausmachen mussten.

«Mir fiel schon vor einigen Wochen auf, dass dein Großvater verwirrt ist», gestand Besselich, als er Lucia am nächsten Morgen zum Stadttor brachte. Es war noch früh. Ein feiner Nieselregen sprenkelte die groben Pflastersteine. Auf dem Hauptmarkt waren nur ein paar streunende Hunde zu sehen, die sich um Abfälle balgten.

«Was hätte ich mehr tun können, als ihn heimlich zu unterstützen? Der Ärmste hat den Verlust seiner Schneiderstube nicht verwunden. Seine Magd hat sich bald darauf eine neue Bleibe gesucht, sie dient inzwischen der Gemahlin des Stadthauptmanns von Sierk.»

Lucia seufzte. Etwas Ähnliches hatte sie sich bereits gedacht.

«Ins Siechenhaus wollte ich ihn nicht bringen, dort wäre er zugrunde gegangen», fuhr Besselich fort. «Seit dem Brand faselt er nur noch von seinem Sohn, dem Bogenschützen, und dass die Stadt ihm und seiner Tochter zum Verhängnis geworden ist. Keine Ahnung, was er damit meint.»

Lucia blickte zu ihrem Großvater, der mit schleppenden Schritten einen Handkarren über die Pflastersteine zog. Auf dem Karren befanden sich einige Habseligkeiten, von denen sich der Alte nicht trennen mochte. Um was es sich dabei handelte, verriet er ihr nicht. Überhaupt hatte Kastenberg seit seinem wütenden Ausbruch im Domherrenhof kein Wort mehr gesprochen. Zu niemandem.

Das kann ja heiter werden, dachte Lucia. Eine Schwester, die nicht mehr gehen kann, und ein Großvater, der nicht mehr reden will.

«Wird Ulrich von Manderscheid den Waffenstillstand einhalten?», fragte Besselich.

«Er wird Trier nicht mehr angreifen.»

«Woher weißt du das? Hast du wirklich Ahnungen, so wie die Leute behaupten?»

Ahnungen. Vermutungen. Zweifel. Lucias Hände zitterten. Wie gern hätte sie den Eingebungen ein Gesicht oder wenigstens einen Namen gegeben, die sie seit kurzem heimsuchten. Nicht nur im Schlaf, sie überfielen sie auch, wenn sie wach war. Es schien, als hätte sich eine unauslöschbare Gewissheit in ihrem Herzen breitgemacht, die jeden Zweifel besiegte, noch ehe er sich in ihrer Brust regen konnte.

Lucia wusste es einfach. Sie wusste, dass die Dinge, die sie sah, eintreffen würden. Vor gar nicht langer Zeit hatte sie sich noch darüber empört, wenn man ihr besondere geistige Fähigkeiten zugeschrieben hatte. Doch dann hatte sie Jeannes Brüder erkannt. Dieses Erlebnis hatte ihre Sinne geschärft und etwas in ihrem Innern veränderte.

Zwei verschlafene Wächter, dieselben, die Lucia empfangen und zu den Stadtoberen gebracht hatten, schoben die Torflügel auf und steckten vorsichtig ihre Nasen hinaus. Sie machten Lucia keinen Ärger, als sie mit ihrem Großvater an ihnen vorbeischritt. Das freie Geleit, das Arnold von Sierk versprochen hatte, galt.

Mit düsteren Blicken verfolgten die Männer, wie die Jungfrau von Trier der Stadt den Rücken kehrte.

Währenddessen bereitete man in Luxemburg alles für die Abreise des Herzogs von Burgund vor. Philipp konnte zufrieden sein. Der Aufenthalt im Schloss seiner Tante hatte sich trotz einiger unvorhergesehener Schwierigkeiten doch noch ausgezahlt. So konnte er die Heimreise nicht nur mit gesiegelten Verträgen, sondern auch mit dem angenehmen Gefühl antreten, bald Herr über Luxemburg zu sein. Nun stand nichts mehr zwischen ihm und dem Herzogtum. Die Affäre um die falsche Jungfrau war nicht einmal so schlecht für ihn gewesen.

Margitta von Niedern wartete in einem prachtvollen himmelblauen Kleid vor dem reichverzierten Portal und beobachtete, wie die mit Fahnen geschmückten Reisewagen des Herzogs beladen wurden. Von Zeit zu Zeit legte sie sogar selbst Hand an, wenn sie der Meinung war, dass die Dienerinnen zu langsam arbeiteten oder zu grob mit den Truhen und Koffern ihrer Herrschaft umgingen.

Umfangreiche Ballen kostbarer Brokatstoffe, Tafelsilber aus Venedig, Trinkgefäße, die mit Smaragden und funkelnden Rubinen besetzt waren, Festgewänder und zuletzt zwei schwere Wandbehänge aus Seide, die nach dem letzten Gastmahl die große Halle der Herzogin geschmückt hatten, zählten zu den Dingen, die nun gemeinsam mit Philipp und seinen burgundischen Edelleuten die

Reise nach Dijon antreten sollten. Margittas Erregung wuchs, als sie ihre eigene, schon reichlich abgenutzte Truhe unter dem Reisegepäck entdeckte. Sie sollte in einem der letzten Wagen Platz nehmen, weit entfernt von Philipp, der mit seinen Rittern die Spitze des bewaffneten Zuges bildete. Aber das war unwichtig. Es zählte einzig, dass er sie nach Burgund mitnahm. Dafür hatte sie alles gegeben, dem Herzog nichts verweigert, sondern ihm fürsorglich jeden Wunsch von den Lippen abgelesen. Ja, sie hatte sich wie eine Hure aufgeführt, war oft erst kurz vor Mittag aus dem Schlafgemach des Herzogs geschlichen. Halb nackt und mit zerzausten Haaren. Aber auch das störte sie nicht.

Nicht mehr.

In weniger als zwei Stunden lag Luxemburg endgültig hinter und Burgund mit seinen lieblichen Gärten und hellen Palästen vor ihr. Wenn sie erst einmal ihren Platz am Hof erstritten hatte, konnte ihr keiner mehr etwas anhaben.

Als Margitta den Kopf hob, entdeckte sie Herzogin Elisabeth auf einem der Balkone. Mit offenen Haaren und geröteten Augen lehnte sie sich gegen die Balustrade.

Margitta tat so, als sähe sie die Herzogin nicht. Ihr Abschied von der Frau, die ihr nach der Zerstörung ihres Gutsbesitzes ein Dach über dem Kopf gegeben hatte, würde kühl ausfallen, am liebsten hätte sie Elisabeth gar nicht mehr aufgesucht, aber das ließ sich nicht vermeiden. Konnte die Alte nicht froh sein, dass ihr nichts Schlimmeres drohte als eine künftig bescheidenere Hofhaltung? Nur wenige Edeldamen hatten sich bereiterklärt, bei ihr zu bleiben, bis sie im Herbst auf einen kleineren Landsitz in Arlon übersiedeln würde.

Margitta kümmerte das nicht. Sie hatte Philipp sogar bei der Auswahl der Gobelins beraten. Nun durfte sie mit ihm nach Burgund, und das war gut so.

Sie hatte ihren Auftrag nicht ausgeführt. Die Jungfrau von Trier lebte noch immer. Eine seltsame Unruhe erfasste sie, wenn sie an das Fläschchen in ihrer Ärmelfalte dachte. Einen Rest des Giftes trug sie noch immer bei sich, auch wenn es ihr Unbehagen einflößte und sie daran erinnerte, mit wem sie sich eingelassen hatte.

Ein Grund mehr, Luxemburg auf der Stelle zu verlassen, dachte sie. In Burgund war sie gerettet. Dort würde er keine Gelegenheit finden, sich ihr zu nähern und sie für seine gescheiterten Pläne zur Rechenschaft zu ziehen. Sie musste nur hier unten im sonnigen Hof stehen bleiben und warten, bis der Hornbläser das Zeichen zum Aufbruch gab.

Das Signal ließ auf sich warten.

«Madame, die Herzogin wünscht Euch zu sprechen, um Abschied zu nehmen!» Ein Page des Grafen von Virneburg tauchte neben ihr auf und verbeugte sich. «Aber bitte beeilt Euch, Seine Durchlaucht möchte bald aufbrechen.»

Margitta hob den Kopf und schirmte mit der Hand ihre Augen vor der Sonne ab. Die Herzogin stand nicht mehr auf dem Balkon.

Einen Moment verharrte sie unschlüssig, dann raffte sie ihre Röcke und eilte die Treppen hinauf.

«Herrin?» Das Gemach, in dem die Herzogin für gewöhnlich Audienzen abhielt, war leer. Kein Wächter ließ sich blicken, als Margitta auf den Erker zuging. Der Wind bewegte den scharlachroten Vorhang, der wie die Schleppe einer Robe über den Fußboden fiel. Margitta fröstelte plötzlich, eine böse Vorahnung überfiel sie. Unschlüssig machte sie ein paar Schritte auf die Tür zu, um die Vorhänge zuzuziehen. Als sie kehrtmachte, fiel ihr Blick plötzlich auf den zusammengesunkenen Körper eines Menschen.

Mit einem Schrei sprang Margitta zurück, als sie in das verzerrte Gesicht ihrer eigenen Zofe starrte. Die Frau konnte noch nicht lange tot sein. Aus einer Wunde am Hals quoll dickes Blut.

Margitta verspürte kein Bedürfnis, sich ihre Dienerin näher anzusehen oder ihr die erloschenen Augen zu schließen. Sie musste hier raus. In ihrer Angst nahm sie nicht den Weg, den sie gekommen war, sondern lief auf den Erker zu. Doch plötzlich verharrte sie. Als sie die leisen Schritte auf dem Dielenboden hörte, wusste sie, dass sie es nicht mehr schaffen würde, den Raum zu verlassen.

«Es hätte nicht so weit kommen müssen, wenn Ihr mir gehorcht hättet, anstatt die Jungfrau entkommen zu lassen», sagte er kalt. Er war also doch noch nicht abgereist. Er hatte sie nicht vergessen.

Unten auf dem Hof knirschte der Kies. Das Zeichen zum Aufbruch wurde gegeben. Ein langer, heulender Ton, der an den Klagelaut eines in die Falle geratenen Tieres erinnerte.

Wie von Sinnen lief Margitta zum Erker, stolperte, als sie die dicken Vorhänge zur Seite riss und schließlich mit den Fäusten gegen die Scheiben trommelte.

Irgendjemand musste doch zu ihr hinaufblicken. Musste sie sehen. Wo steckte die Herzogin? Und Philipp? Er hatte ihr versprochen, sie mitzunehmen; er durfte nicht ohne sie aufbrechen.

Niemand sah sie. Es war, als wäre sie für den Hof unsichtbar geworden. Sie vernahm das Gelächter der Damen, als sich die Räder in Bewegung setzten, die Scherze der Ritter. Hundegebell. Doch all das hörte sie nur verzerrt, gedämpft durch ihr eigenes Schluchzen und durch ein Rauschen.

«Ihr werdet nicht nach Burgund reisen», raunte er ihr zu. «Eines Tages würde Euch dort mein Name entschlüpfen, und das werde ich nicht zulassen.»

Wie betäubt sah sie zu, wie er ein Seil unter seinem Mantel hervorzog und es über die Deckenbalken warf.

XXV

Burg Manderscheid, Herbst 1433

Jost hatte keine Ahnung, was er von dieser Meldung halten sollte. Man hatte ihm ausrichten lassen, die Jungfrau sei mit einem kleinen Gefolge aus Trier zurückgekehrt. Nun warte sie darauf, dass man ihr das Tor öffnete.

Der Burghauptmann stieg zum Turm hinauf und beugte sich weit über die Brüstung. Um die Reiter unten im Tal besser sehen zu können, musste er seine Augen zusammenkneifen, so stark blendete ihn die Sonne. Er erkannte einen schimmernden Fleck, der aussah wie die silberne Rüstung, die sein Herr für das Trierer Mädchen hatte anfertigen lassen. Das blanke Metall blitzte durch das frische Laub der Bäume; es schien jeden einzelnen Sonnenstrahl auf sich zu ziehen.

Immer noch unschlüssig stapfte Jost die Treppe zum Burghof hinunter. Solange sein Herr auf Reisen war, lag die Verantwortung für die Niederburg auf seinen Schultern.

«Hauptmann?»

Der Mann, der ihm die Nachricht von der überraschenden Ankunft der Jungfrau gebracht hatte, war bereits zum Haupttor gelaufen, verharrte nun aber in Erwartung eines Befehls.

«Die Jungfrau bringt gewiss eine Botschaft aus dem belagerten Trier», rief er.

Ja, vermutlich tat sie das. Jost fragte sich nur, warum sie selbst kam, anstatt einen Boten zu schicken. Er wurde das Gefühl nicht los, dass da draußen etwas nicht in Ordnung war. Sein Gespür für Gefahr hatte ihn bislang selten getrogen.

Nervös blickte Jost hinauf zum Turm. Einen Moment lang erwog er, Magdalena von der Ankunft ihrer Schwester in Kenntnis zu setzen. Die Frau war nicht auf den Kopf gefallen. In den letzten Monaten hatte er des Öfteren ihre Gesellschaft gesucht, obwohl sein Amt ihn nicht dazu verpflichtete. Jost verwarf den Gedanken. Noch hatte er hier das Sagen, er brauchte den Rat der lahmen Witwe nicht. Wenn die Jungfrau und ihr Gefolge um Einlass baten, musste er ihrer Bitte Folge leisten. Sein Herr würde ihm bestimmt schwere Vorwürfe machen, wenn er sie abwies.

Mit fester Stimme gab Jost dem jungen Soldaten den Befehl, das Tor zu öffnen.

Ein Eichelhäher stieß klagende Schreie aus, während er dicht über Lucias Kopf hinwegflog. Rasch duckte sie sich. Einige Augenblicke lang schien der Vogel in der Luft zu stehen, bevor er zwischen den Baumkronen verschwand.

Lucia zügelte ihr Pferd und blickte sich zu den Männern um, die ihr Geleit gaben. Nur langsam kam der Tross vorwärts, doch schließlich tauchten Mauern vor ihr auf. Auf dem Bergfried mit seinen rotgedeckten Türmchen wehte das Banner des Hauses Manderscheid.

Robert sah die Burg im selben Moment wie Lucia. Er hatte Lucia sein Pferd überlassen, von dem er sich normalerweise nicht trennte, und lenkte den Wagen, den man der Jungfrau im Söldnerlager überlassen hatte. Er musste höllisch aufpassen, um die beiden Pferde im Gespann über den schmalen, kurvenreichen Pfad zu steuern.

Lucias Großvater hatte sich gegen Mittag unter die Wagenplane zurückgezogen, um ein wenig auszuruhen. Bislang hatte er nicht einmal gefragt, wohin die Reise ging. Doch der alte Mann schien Vertrauen zu Robert gefasst zu haben; zumindest lächelte er zaghaft, wenn Robert ihm abends am Lagerfeuer einen Becher mit Bier füllte oder ihm eine Decke um die Schultern legte. Lucia war dankbar dafür. Gleichzeitig fürchtete sie jedoch, Robert zur Last zu fallen. Sie konnte sich beim besten Willen nicht vorstellen, wie sie in Zukunft für ihren Großvater und Magdalena sorgen sollte. Von Manderscheid, das hatte sie sich geschworen, würde sie jedenfalls keinen einzigen Gulden annehmen.

Roberts Pferd wich einer Baumwurzel aus, die unweit der äußeren Burgmauer aus dem Boden kam.

«Ich staune noch immer, dass man dich einfach hat ziehen lassen», rief er Lucia zu. «Als du abends nicht zurückkehrtest, hätte ich am liebsten eigenhändig die nächste Kanone gezündet, um dich da rauszuholen.»

Lucia verspürte den Anflug eines schlechten Gewissens. Natürlich hatte Robert sich schreckliche Sorgen um sie gemacht. Daran hatte auch Lucias Botschaft nichts ändern können, die ihm von einem Boten ins Lager gebracht worden war. Für sie bestand das größere Wunder allerdings darin, dass man ihr erlaubt hatte, das Söldnerlager zu verlassen, um nach Niedermanderscheid zurückzukehren.

«Manderscheid hat es dir versprochen», erklärte Robert gleichmütig. «Du hast getan, was er von dir verlangt hat.»

«Habe ich das wirklich?»

«Na schön, die Pforten des Trierer Doms sind für ihn ebenso unerreichbar wie die heiligen Stätten Jerusalems. Aber wenigstens hat Nikolaus Doeser ihm inzwischen den Kopf zurechtgerückt. Er wird die Belagerung aufheben und den Schiedsspruch des Konzils abwarten. Damit braucht er dich nicht mehr. Nimm es mir nicht übel, aber du weißt, wie ich über die Sache mit der Jungfrau von Trier denke.»

Lucia senkte den Kopf. Ja, Robert hatte mit seiner Meinung nie hinter dem Berg gehalten. Aus diesem Grund vertraute sie ihm bedingungslos. Realistisch betrachtet, hatte Manderscheids kühner Plan, einen Mythos für sich streiten zu lassen, niemandem etwas eingebracht. Die Botschaft der Jungfrau hatte ein paar Monate lang für Verwirrung gesorgt, aber keinen dauerhaften Erfolg gezeitigt. Die Bauern, die ihr unterwegs zugejubelt oder sie mit großen Augen bestaunt hatten, würden sie im Kampf um ihr täglich Brot schon bald vergessen haben. Lucia konnte nur hoffen, dass das Gleiche auch für ihre Gegner galt.

«Hast du dir schon Gedanken gemacht, wohin du gehen willst?», fragte Robert. «Ich meine, sobald man deine Schwester freigelassen hat?»

«Ich weiß es nicht», antwortete Lucia wahrheitsgemäß. «In Luxemburg kann ich mich nicht mehr blicken lassen. Margitta von Niedern wird schon dafür sorgen, dass sich Herzog Philipp an unsere Übereinkunft erinnert. Wie ich hörte, soll er sich nun doch entschlossen haben, sie nach Burgund mitzunehmen.»

Robert murmelte etwas, das sie nicht verstand.

«Nach Trier kann ich auch nicht zurück, wie wir beide wissen. Dabei hätte ich zu gern erfahren, was meinen Großvater während der Ratsversammlung so aufgeregt hat. Er hat sich in die Idee verrannt, die Stadt habe meinen Vater getötet. Ich habe keine Ahnung, was er damit meint, schließlich starb mein Vater als Soldat in der Fremde.»

Robert machte ein nachdenkliches Gesicht. «Könnte es sein, dass das Bild, das du von deinem Vater hast, ein klein wenig von der Wirklichkeit abweicht?»

«Was willst du damit andeuten? Mein Vater war ein großartiger Mensch. Er war voller Güte, mutig und der beste Schütze, den der Kaiser jemals in seinen Diensten hatte.»

Robert bedachte die Lobesrede auf den verstorbenen Bogenschützen mit einem Kopfschütteln. Offensichtlich war ihm die Lust vergangen, weiter über dieses Thema zu reden.

Inzwischen hatten sie das Tor erreicht. Beide Flügel standen offen, doch der große Platz dahinter wirkte alles andere als einladend. Wachen oder Burgknechte waren zu Lucias Überraschung nicht zu sehen. Auch herrschte eine gespenstische Stille auf dem Burggelände. Arbeitete denn während der Abwesenheit des Burgherrn niemand? Diese Nachlässigkeit passte nicht zu Jost, den sie als außerordentlich pflichtbewusst in Erinnerung hatte.

Lucia legte den Kopf in den Nacken und blickte zum Turm hinauf. Auf dem Wehrgang nahm sie eine Bewegung wahr. Eine Gestalt huschte zwischen den Zinnen vorbei. Ein Mann. Sein Gesicht lag im Schatten, aber die Art, wie er auf sie und Robert hinabstarrte, machte keinen vertrauenerweckenden Eindruck.

Einige der Waffenknechte, die Lucia begleiteten, hatten den stummen Beobachter ebenfalls entdeckt und brüllten mit lauter Stimme einen Gruß hinauf.

Er blieb unbeantwortet; das Gesicht verschwand hinter den Zinnen.

«Das gefällt mir nicht», murmelte Robert. «Noch können wir umkehren.»

Lucia schluckte. Eine leise Stimme in ihr wollte ihm beipflichten und den Wagen wenden lassen. Der schwarze Klotz, von Mauern umgeben, schnürte ihr die Luft ab, je länger sie ihn vor Augen hatte. Auch die Männer ihres Geleits wurden nun unruhig.

«Dazu ist es jetzt zu spät», entschied sie. «Man hat uns längst gesehen.»

Langsam ritt Lucia durch den Torbogen, vorbei an dem Gebäude, in dem sie nach dem Wettstreit der Bogenschützen ihre letzte Nacht vor der Abreise nach Luxemburg zugebracht hatte. Das Haus des Hafners lag verlassen in der Nachmittagssonne. Niemand saß auf der Bank vor dem Haus, um Bier zu trinken, Harnische zu flicken oder zu schwatzen. Dafür sah Lucia nun ein paar Soldaten mit blauen Wämsern aus dem Türmerhäuschen treten. Sie kamen ihr im Laufschritt entgegen. Ein Mann tauchte neben ihr auf und ergriff die Zügel ihres Pferdes. Mit strenger Stimme befahl er ihr, abzusteigen.

«Eine Falle!», schrie Robert.

Ehe Lucia wusste, was sie tun sollte, zogen er und die anderen Männer auch schon die Schwerter. Aus den umstehenden, scheinbar leerstehenden Häusern kamen weitere Soldaten. Sie hatten nur darauf gewartet, dass auch der letzte der Ankömmlinge durch das Tor geschritten war.

Dröhnend schlugen die Schwerter aufeinander. Fassungslos beobachtete Lucia, wie auf den Mauern Armbrustschützen auftauchten, als habe der graue Stein sich geöffnet und die Männer auf den Platz gespien. Nur wenige Schritte von ihr entfernt brach ein Manderscheid'scher Söldner mit einem Schrei zusammen. Unter seinem schweren Körper sickerte Blut ins Gras.

Robert brüllte ein paar Worte in französischer Sprache. Sie galten nicht Lucia, sondern ihrem Pferd, das eigentlich Robert gehörte und sich nun aufbäumte. So gut sie konnte, klammerte sich Lucia am Hals des Rappen fest, um nicht zu stürzen. Ein weiteres Mal bäumte sich das Tier auf, dann preschte es mit Lucia im Sattel auf das Tor zu. Robert musste ihm den Befehl gegeben haben, sie aus der Burg zu tragen. Doch bevor sie das Burgtor erreichte, wurde sie von zwei Reitern aufgehalten.

Sie saß in der Falle. Robert versuchte, sich durch die Menge zu ihr durchzukämpfen. Einem der Soldaten konnte er die Lanze aus der Hand schlagen, aber dann stürzten sich drei weitere Männer auf ihn.

Lucia schrie entsetzt auf. Sie ließ sich aus dem Sattel gleiten und rannte voller Angst auf Robert zu. Er lag am Boden. Um ihn herum wurde noch gekämpft, doch es war zwecklos. Nach und nach ergaben sich Manderscheids Männer der Übermacht.

Lucia kniete sich neben Robert in den Staub und versuchte verzweifelt, das Blut zu stillen, das aus einer Wunde auf seiner Stirn schoss. Es war nur ein Kratzer, doch er saß gefährlich nahe am linken Auge. Als sie den Kopf hob, war es schon zu spät. Ein Mann packte sie von hinten, legte seinen Arm fest um Lucias Hals und riss ihr grob den Bogen von der Schulter.

Lucia würgte; Roberts Körper verschwamm vor ihr in einem See aus Tränen. Der Angreifer zerrte sie von Robert weg, unter das Vordach des Torhäuschens. Dort erst gelang es ihr, ihm ins Gesicht zu sehen.

«Nun, wie gefällt dir unsere Begrüßung? Wir haben uns alle Mühe gegeben, die edle Jungfrau gebührend willkommen zu heißen.»

Lucia zuckte zusammen. Wolfsauge, dachte sie verzweifelt. Sie trat mit den Füßen, woraufhin der Druck um ihren Hals ein wenig nachließ. Offensichtlich hatte er begriffen, dass sie ihm in dem Würgegriff kaum Rede und Antwort stehen konnte.

«Wo zum Teufel ist der Burghauptmann?», stieß Lucia keuchend hervor. «Jost hätte diesem niederträchtigen Überfall auf seine eigenen Soldaten niemals zugestimmt. Also, was habt Ihr mit ihm gemacht?»

Bürlin lachte höhnisch. «Der Kerl gebärdete sich wie ein tollwütiger Hund. Nachdem er endlich erkannt hatte, dass nicht die Jungfrau, sondern Graf Hatto durch das Tor geritten kam, zog er sein Schwert. Hätte nicht viel gefehlt, und er hätte meinen Herrn zerlegt wie eine Bachforelle. Es war übrigens mein Einfall, Hatto in einen ähnlichen Harnisch wie deinen zu stecken. Im Nu mussten die Manderscheider ihre Waffen strecken.» Er schob ihr seine Faust unter das Kinn und zwang sie, hinauf zum inneren Mauerring zu blicken. Dort, unterhalb des Wehrgangs, schaukelten die leblosen, übel zugerichteten Körper einiger Männer an Stricken. Man hatte ihnen das Genick gebrochen. Unter den Toten befand sich Hauptmann Jost und – Lucia stockte der Atem – Basilius Fust. Man hatte den Arzt zusammen mit den Leuten des Burghauptmanns erhängt.

«Sieh sie dir nur an!», forderte Bürlin. «Graf Hatto hatte die Dummköpfe gewarnt, aber sie wollten ja nicht hören.»

«Aber … Basilius war Arzt und kein Soldat.» Lucia wollte die Augen schließen, aber es gelang ihr nicht, den Blick abzuwenden. Sie musste sich die Leichen ansehen.

Eine Ewigkeit verging, bevor Lucia plötzlich wie aus einem

Traum erwachte. Bürlin grinste sie frech an. Nicht schreien, befahl sie sich streng.

Bürlin sagte etwas, das jedoch von wildem Gelächter und Schreien übertönt wurde. Hattos Schergen plünderten den Proviantwagen und hatten dabei den alten Kastenberg aufgeschreckt.

Hilflos musste Lucia mit ansehen, wie ihr Großvater vom Wagen gerissen und mit Fußtritten über den Hof getrieben wurde. Ein Bursche stülpte ihm einen Eimer mit Dung über den Kopf.

«Denk nicht einmal im Traum daran, Widerstand zu leisten», herrschte Bürlin sie an. «Es wird nicht mehr lange dauern, dann bin ich Hauptmann von Neu-Virneburg. Und in dieser Eigenschaft wird es mir ein Vergnügen sein, Frauenzimmer wie dich zu züchtigen! Hast du immer noch nicht begriffen, dass dein Stern gesunken ist, du Biest?»

«Burghauptmann von Neu-Virneburg? Was soll der Unsinn bedeuten?»

«Du hast richtig gehört, mein Täubchen. Sobald Raban von Helmstadt vom Kaiser die Reichsregalien empfangen hat, soll hier alles meinem Herrn überantwortet werden. Bis auf den letzten verfluchten Mauerstein. Und da Graf Hatto sich mit der Verwaltung einer Burg nicht belasten will, braucht er einen geschickten Hauptmann.»

In Lucias Kopf überschlugen sich die Gedanken. Demnach hatten Hatto und sein Handlanger den armen Jost überrumpelt, um sich auf Dauer in Manderscheids Burg breitzumachen.

Melchior Kastenberg begann, mit hoher Stimme ein Lied zu singen, das Lucia noch aus Kindertagen kannte. Umgeben von trutzigen Mauern klang es so unheimlich, dass das Gebrüll und Gelächter der Virneburg'schen Landsknechte verstummte.

«Der Alte ist wohl nicht mehr richtig im Kopf, was?» Bürlin schaute hinüber auf den Burghof und schnaubte verächtlich. «Dein Vater? Nein, den fressen längst die böhmischen Würmer.

Dann wohl eher dein Großvater, dieser Schneider. Was meinst du, soll ich mir von ihm ein paar neue Gewänder nähen lassen? Als Burghauptmann kann ich schließlich nicht in Fetzen herumlaufen.»

Lucia wich zurück bis zur Hauswand und hielt sich die Ohren zu. Doch so leicht sollte sie Bürlin nicht entkommen. Sogleich war er wieder bei ihr, drehte ihr den Arm auf den Rücken und zwang sie zuzusehen, wie Robert von zwei Männern entkleidet, dann unter den Armen gepackt und fortgeschleift wurde.

«Der Vetter meines Herrn darf doch nicht einfach so abkratzen», meinte Bürlin besorgt. «Graf Hatto wird sich noch mit ihm beschäftigen.»

«Wo ist dieser Lump?», schrie Lucia. «Was … hat er mit uns vor?»

Bürlin nahm einen Strick von einem Eisenhaken und band ihr die Hände auf dem Rücken zusammen. Dann trieb er Lucia mit brutalen Stößen über den Burghof, wo ihre Begleiter niedergemacht worden waren. Die toten Augen der Erschlagenen schienen sie zu verfolgen; der süßliche Geruch von Blut und Schweiß verursachte ihr Übelkeit. Wenn man die Leichen noch länger in der Sonne liegen ließ, würde sich bald ein entsetzlicher Gestank über den Hof legen. Trotz des grausamen Anblicks, der sich ihr auf dem Weg zu den Wohngebäuden bot, sah sich Lucia suchend nach ihrem Großvater um. Doch sie konnte ihn nirgends entdecken. Hatten die Landsknechte ihn getötet? Wenn ja, so hoffte sie, dass er einen raschen, gnädigen Tod gefunden hatte. Mit ihr selbst schien Hatto indes etwas Besonderes im Schilde zu führen. Wenn er nicht einmal mehr davor zurückschreckte, die Burg eines der mächtigsten Bündnispartner seines Vaters einzunehmen und dessen Hauptmann zu töten, durfte sie sich für ihr eigenes Überleben keine großen Chancen ausrechnen.

Den Rittersaal fand Lucia genauso wie vor der Abreise nach Luxemburg vor. Es roch nach Leder und ranzigem Fett, dicke

Fliegen surrten über die abgetretenen Holzdielen. Auf der Tafel standen benutzte Teller und Becher herum. Hatto von Virneburg saß vor einem Wandteppich und unterhielt sich mit einem Mann, dessen Gewand ihn unzweifelhaft als Ordensmann auswies. Als Hatto Lucia erblickte, breitete sich ein zufriedenes Lächeln auf seinem Gesicht aus.

«Ich habe gewusst, dass wir uns eines Tages wiedersehen, Lucia», sagte er, nachdem er Bürlin mit einer Handbewegung weggeschickt hatte. «Wie ich höre, kennst du den Bevollmächtigten des Dominikanerordens bereits?»

Lucia stutzte, als der Mönch sich von seinem Stuhl erhob und ihr das Gesicht zuwandte. Vater Heinrich. Also hatte er sie und Magdalena doch noch aufgespürt. Vater Heinrich kam auf sie zu; seine staubigen Sandalen hinterließen harte Geräusche auf den Steinplatten.

«Geht es dir gut, mein Kind?»

Lucia starrte den Mönch an. Was sollte diese Frage? Sie blutete aus einer Schramme am Hals, die sie sich bei dem Gerangel mit Wolfsauge zugezogen hatte. Ihre Haare waren zerzaust und ihre Arme auf den Rücken geschnürt. Nein, es ging ihr nicht gut, aber sie konnte sich auch nicht vorstellen, dass der Inquisitor sich für ihr Wohlbefinden interessierte. Doch in diesem Fall irrte sie sich. Mit scharfer Stimme befahl Vater Heinrich, ihr umgehend die Handfesseln abnehmen zu lassen.

«Als wir einander damals in der Herberge begegneten und ich dich einlud, mit mir nach Mainz zu reisen, ahnte ich, dass du kein gewöhnliches Mädchen bist, Lucia Kastenberg.» Er legte seine Hand auf Lucias Schulter und geleitete sie langsam zur Tafel hinüber. Dort bedeutete er ihr, auf einer der Bänke Platz zu nehmen. Er selbst setzte sich ihr gegenüber. «In Mainz hat sich mein Eindruck nur noch verstärkt.»

«Was meine Schwester betrifft, so seid Ihr im Irrtum, Vater Heinrich», sagte Lucia leise. «Magdalena hatte niemals etwas mit

Ketzern zu schaffen. Weder mit böhmischen Hussiten noch mit anderen Irrlehrern. Und ihren Mann hat sie auch nicht ermordet.»

Vater Heinrich blickte sie überrascht an. «Aber das weiß ich doch längst.»

«Tatsächlich?» Graf Hatto war hellhörig geworden. Die Art und Weise, wie sich der Mönch mit Lucia unterhielt, gefiel ihm nicht. Ein Inquisitionsverhör hatte er sich anders vorgestellt.

«Aber ja! Ich habe in Mainz einige Erkundigungen eingeholt, die keinen Zweifel daran ließen, dass deine Schwester das Opfer einer bösartigen Verleumdung wurde. Das spricht sie allerdings nicht von dem Vorwurf frei, üble ketzerische Machenschaften innerhalb ihrer Familie begünstigt zu haben.»

Lucia zuckte zusammen, als sich die Tür öffnete und Robert von zwei Wachen in den Rittersaal geführt wurde. Er war bleich und schwankte beim Gehen. Ansonsten schien ihm jedoch nichts zu fehlen. Man hatte ihm sogar ein frisches Wams übergezogen. Lucia, die bereits mit dem Schlimmsten gerechnet hatte, wollte aufstehen und ihm entgegengehen, aber das ließ Vater Heinrich nicht zu. Mit einer scharfen Geste befahl er ihr, sitzen zu bleiben. Gleichzeitig wies er den Türhüter an, Robert einen Stuhl mit Armlehnen an die Tafel zu rücken.

«Und räumt diese schmutzigen Teller weg, damit ich mein Schreibzeug ausbreiten kann», rief er dem Bedienten hinterher.

Hatto von Virneburg kam gemächlich auf seinen Vetter zugelaufen. Unmittelbar vor ihm blieb er stehen, musterte ihn von Kopf bis Fuß und sagte dann mit unverhohlenem Spott: «Es ist lange her, nicht wahr?»

«Was willst du?» Robert verschränkte die Arme und sah ihn abweisend an. «Ich habe dir nichts zu sagen.»

Hatto stand einen Moment lang reglos da. Dann schlug er seinem Vetter hart ins Gesicht. Robert zuckte zusammen; seine Lippe platzte auf.

«Verdammt sollst du sein», keuchte er, während er sich das

Blut mit dem Finger aus dem Gesicht wischte. «Nicht, weil du mich geschlagen hast. Daran musste ich mich gewöhnen, als wir noch Kinder waren. Aber für den feigen Mord an Manderscheids Burghauptmann wirst du dich eines Tages verantworten!»

«Ach ja, und vor wem? Du spielst wohl immer noch den feinen Herrn, auch wenn du nichts weiter bist als ein elender Bastard.»

Vater Heinrich klopfte ungeduldig auf die Tischplatte. «Graf Hatto, ich habe nicht den weiten Weg nach Manderscheid auf mich genommen, damit Ihr hier eine unsinnige Fehde mit Eurem Verwandten austragen könnt. Die heilige Inquisition sorgt sich um weitaus Wichtigeres.»

«Dann klärt diesen Bastard darüber auf, dass mich weder sein Fluch noch der seines Ketzerliebchens treffen kann, weil ich den Ablass des künftigen Erzbischofs von Trier in der Tasche habe.»

«Noch habt Ihr gar nichts», beschied Vater Heinrich mit einem Seitenblick auf Lucia. «Wäre ich nicht der Ansicht, dass der Hauptmann und seine Soldaten in einem fairen Kampf ihr Leben verloren haben, hätte ich die Burg auf der Stelle wieder verlassen. Ich halte nämlich nichts von List und Tücke. Bedauerlicherweise muss ich davon ausgehen, dass Seine ehrwürdige Exzellenz, Bischof Raban, Eure Methoden nicht in Frage stellen wird.»

«Warum sollte er auch?» Hatto stapfte zur Tafel und schenkte sich einen Becher Wein ein. «Der Zweck heiligt die Mittel. Ich serviere Raban seine Ketzerin auf einem Silbertablett. Oder sollte ich sagen, am Spieß?» Er lachte höhnisch. «Als Beigabe erhält er ihre Schwester, die sie unterstützt, und meinen Vetter, der sie unterwiesen hat.»

Vater Heinrich überlegte einen Moment und ließ seinen Blick beinahe scheu über die gekalkten Wände bis hinauf zu den schwarzen Holzbalken wandern. Dann räusperte er sich und sagte: «Ich muss zugeben, dass mir der Gedanke, hier, in diesen

Mauern, eine Quaestio abzuhalten, Unbehagen einflößt. Dieser Ort ist mir unheimlich, zu lange diente er übler Ketzerei als Brutstätte. Ulrich von Manderscheids Einfluss ist in jedem Winkel des Hauses zu spüren. Es wird nicht leicht werden, seinen schlechten Geist auszutreiben.»

«Worauf wartet Ihr noch?», rief Hatto herausfordernd. «Beginnt mit dem Verhör!»

Aber Vater Heinrich wehrte ab. «Verlangt Ihr von mir, gegen meine Grundsätze zu verstoßen? Mein Gehilfe, der das Protokoll führen soll, ist noch nicht eingetroffen. Ich werde die Befragung der Jungfrau und ihrer Helfer daher auf morgen verschieben. Die ganze Angelegenheit ist so verworren, dass ich mich zunächst für einige Stunden in die Kapelle zurückziehen möchte, um meine Gedanken zu ordnen.»

«Ihr dürft Lucia nicht den Prozess machen», schrie Robert verzweifelt. «Sie wurde gezwungen, Manderscheid zu gehorchen. Sie hat es nicht freiwillig getan. Das kann ich bezeugen.»

«Schafft ihn hinaus und bewacht ihn!» Hatto von Virneburg gab Bürlin, der am Ausgang des Rittersaals wartete, ein Zeichen, seinen Vetter abzuführen.

«Ist es wahr, was der junge Mann behauptet?» Vater Heinrich faltete nachdenklich die Hände. «Der heilige Chrisosthomos lehrt, einen Ketzer zum Tod zu verurteilen, sei ein Vergehen ohne mögliche Wiedergutmachung. Wenn du also während deines Prozesses deine Irrtümer bereust und dich von ihnen lossagst, könnte ich dafür sorgen, dass du mit dem Leben davonkommst. Sicher finde ich ein ruhiges Kloster für dich, fernab der weltlichen Verlockungen. Allerdings müsstest du mir zuerst dabei helfen, sämtliche Spuren, welche die Jungfrau von Trier hinterlassen hat, zu tilgen, seien sie schriftlicher oder mündlicher Natur. Es ist schlimm genug, dass diese Hochstaplerin in Frankreich sich aus purer Bosheit als Prophetin ausgegeben hat. Eine weitere Täuschung sollten wir der Nachwelt ersparen. Nichts darf im Erzbistum

Trier, in dem die Gebeine heiliger Märtyrer ruhen, an die Jungfrau erinnern.»

Lucia fiel ein, mit welcher Ehrfurcht Robert von der Jungfrau von Lothringen gesprochen, mit welcher Inbrunst er ihre Ehrlichkeit und ihren Mut gelobt hatte. Auf eine gewisse Weise hatte sie ihn vielleicht wirklich bezaubert. Die Erinnerung an ihre Hinrichtung hatte sein Verhältnis zu Margitta von Niedern jedenfalls rasch unwichtig werden lassen. Es war verblasst wie ein Kleidungsstück, das zu lange in der Sonne gelegen hat. Die Erinnerung an Jeanne hatte ihm vor Augen geführt, dass es im Leben weitaus bedeutsamere Dinge gab als flüchtige Beziehungen. Vielleicht hatte sie ihn sogar gelehrt, was es heißt, zu lieben und Liebe zuzulassen.

Und wie stand es um sie? Während des letzten Jahres, in dem sie in Männerkleidern herumgelaufen und als gottgesandte Botin aufgetreten war, hatte sie sich nie die Frage gestellt, ob sie die wahre Jungfrau gern getroffen und von ihr gelernt hätte. Sie wusste nicht, ob sie Jeanne gemocht und ihre kriegerischen Ziele gutgeheißen hätte. In diesem Augenblick, als sie Vater Heinrich gegenübersaß, verspürte sie jedoch zum ersten Mal den brennenden Wunsch, mehr über Jeanne und ihr Schicksal zu erfahren. Roberts Worten gemäß war sie ein außergewöhnliches Mädchen gewesen. Eine Heldin.

War sie, Lucia, eine Heldin? Sie hatte keine Angst vor dem Dominikaner, obwohl sein Gutachten über ihr Schicksal entscheiden würde. Aber machte sie das allein schon zu einer Heldin? Sie fand keine Antwort darauf, doch eines schien gewiss: Wenn Ulrich von Manderscheid sie auch für seine ehrgeizigen Ziele benutzt hatte, war sie zuletzt doch nichts anderes als eine Botin des Friedens gewesen. Sie hatte erreicht, dass die Belagerung von Trier aufgehoben worden war und die Stadt dem Waffenstillstand zugestimmt hatte.

Vielleicht war genau das ihr Auftrag gewesen. Unabhängig von dem, was zunächst Manderscheid, dann der Herzog von

Burgund ihr aufgetragen hatten. Wenn ja, so hatten die Leiden und Beschwernisse, die sie auf sich genommen hatte, wenigstens einen Sinn gehabt.

Vater Heinrich blickte sie an, als versuchte er, in ihren Kopf einzudringen und ihre Gedanken zu lesen. Seltsamerweise betrachtete Lucia den Mönch nicht mehr als Feind, obwohl er die Macht der Inquisition vertrat und deutlich zum Ausdruck gebracht hatte, dass er sowohl Jeannes Wirken als auch das ihre für eine dämonische Entgleisung hielt. Er verlangte von ihr nicht mehr und nicht weniger, als dass sie abschwor und zugab, eine Betrügerin zu sein.

Vielleicht war das der Weg, den sie beschreiten musste.

Nicht, um dem Mönch einen Gefallen zu tun oder den Streit der Bischöfe um Trier zu beenden. Ja, nicht einmal, um Robert zu beweisen, dass Jeannes Geist aus ihr keinen anderen Menschen gemacht hatte. Nein, wenn sie genau darüber nachdachte, gab es da noch etwas anderes, weitaus Bedeutungsvolleres, und während Lucia im Rittersaal vor dem Inquisitor saß, spürte sie, dass allein diese Erkenntnis ihr Leben verändert hatte. Sie durfte nicht zulassen, dass Jeannes Werk unterging.

XXVI

Als Vater Heinrich am Abend allein in Magdalena Herrlingers Kammer trat, klopfte sein Herz so heftig wie schon lange nicht mehr. Unschlüssig verharrte er auf der Schwelle. Eigentlich hatte er nicht kommen wollen, aber eine seltsame Unruhe hatte ihn dazu gezwungen, sich die Schwester der Jungfrau einmal aus der Nähe anzusehen, bevor die Befragungen begannen. Diese mussten streng nach dem Protokoll des Ordens vorgenommen werden. Aber es gab noch so viel, was Vater Heinrich wissen wollte, und er ahnte, dass ihm im Rahmen des Inquisitionsprozesses nicht die Zeit bleiben würde, mit Magdalena darüber zu reden.

Empfand er Mitgefühl für die Frau, die ihm von ihrem Lehnstuhl aus mit großen Augen entgegenblickte? Nein, das war es nicht. Er fand sie nicht einmal sympathisch, obwohl das schmale Gesicht, das von einem straffgezogenen Witwenschleier umrahmt wurde, keineswegs abstoßend wirkte. Doch wenn es nur darum gegangen wäre, hätte er vermutlich bis zu diesem Tage keinen einzigen Irrlehrer überführt. Und das, nur das, war seine Aufgabe.

Nervös faltete der Mönch die Hände unter den Ärmeln und machte ein paar Schritte in die Stube hinein.

Angst schien sie nicht vor ihm zu haben. Ihr sanftes Lächeln versetzte ihm einen Stich in der Brust, es machte ihn unfähig, ihre Gedanken zu lesen. In der Regel verrieten ihm die Augen der Verdächtigen, was sie dachten oder fühlten. Insbesondere diejenigen, die im Verdacht standen, einen Pakt mit Dämonen oder dem Satan persönlich geschlossen zu haben, brachen in seiner Gegenwart rasch zusammen. Entweder jammerten sie, noch bevor er ihnen eine Frage gestellt hatte, und schworen bei allen Heiligen, dass sie unschuldig waren, oder sie begegneten ihm mit Trotz und Verachtung und versuchten, mit ihm zu diskutieren.

Diese Frau tat weder das eine noch das andere. Woher nahm sie ihre Gelassenheit? Man musste ihr doch mitgeteilt haben, dass die heilige Inquisition Burg Manderscheid eingenommen hatte, um das Schlangennest von innen heraus zu säubern? Gleichgültig. Ihn konnte sie nicht täuschen. Noch bevor die Sonne versunken war, würde sie ihn anflehen, ihr Leben zu verschonen.

«Ihr seid also Magdalena Herrlinger, ehemals Zunftmeisterin der Schönfärber von Mainz?», fragte er so streng er konnte.

Sie antwortete nicht. Stattdessen bot sie ihm mit einer eleganten Geste einen Stuhl an. Vater Heinrich hätte sich gern gesetzt. Von den vielen Treppenstufen, die es in dieser Burg zu bewältigen galt, taten ihm die Füße und der Rücken weh; aber er schüttelte unwillig den Kopf. Er war nicht hier, um mit der Schwester der Ketzerin zu plaudern. Er wollte sich ein Bild von ihr machen. Herausfinden, ob die Gerüchte, die er in Mainz aufgeschnappt hatte, der Wahrheit entsprachen. Also blieb er stehen und atmete tief durch, weil die Hitze, die sich hier oben im Turm staute, ihm zusetzte.

Der Stein in seinem Bauch zwang ihn schließlich, sich doch zu setzen. Warum jetzt, fragte er sich. Warum ausgerechnet jetzt?

Während der letzten Wochen hatte er das fremdartige Gebilde, das in seinem Innern wuchs, selten und zumeist nur nachts gespürt. Aber seit er auf der Burg war, peinigten ihn wieder die heftigsten Krämpfe, ohne dass er ihrer Herr werden konnte. Schützend legte er seine Hand auf den Bauch und bemühte sich, gleichmäßig zu atmen. Schweißperlen standen auf seiner Oberlippe, doch auf der Zunge schmeckte er nicht Salz, sondern Blut. Das verstörte ihn.

«Was habt Ihr, Bruder, seid Ihr krank?»

Sie hatte den Nagel auf den Kopf getroffen. Jawohl, er war krank. Krank, weil er es nicht mehr ertragen konnte, wie sie ihn mit großen Augen ansah. Ein derber Fluch stahl sich auf seine Lippen, den er im letzten Moment hinunterschluckte.

Was war nur mit ihm los? Schwindel erfasste ihn. Ich darf hier nicht bleiben, dachte er, sonst gehe ich zugrunde.

Aber er blieb.

«Man redet mich übrigens mit Vater an, nicht mit Bruder», mahnte er, nachdem das Klopfen in seinem Leib ein wenig abgeklungen war. «Einfache Mönche werden Bruder genannt.»

«Verzeiht mir», erwiderte Magdalena höflich, ohne eine Miene zu verziehen. «Ich fürchte, ich musste zu lange auf den Beistand eines Geistlichen verzichten. Da Ulrich von Manderscheid dem Kirchenbann verfallen ist, kommt kein Priester mehr hier herauf, um mir die Beichte abzunehmen oder Trost zu spenden.»

«Und wie ich sehe, habt Ihr Trost bitter nötig?» Er deutete auf Magdalenas Beine, über denen trotz der drückenden Hitze eine Decke lag. «Ihr seid ein Krüppel, den Gott gestraft hat.»

«Bevor Eure Leute die Burg besetzten, hatte ich einen tüchtigen Arzt, der sich um mich kümmerte. Aber wie ich hörte, ist er tot und hängt von der Mauer herab. Werdet Ihr ihm ein anständiges Begräbnis zugestehen?»

In Magdalenas Bemerkung lag nicht der Hauch eines Vorwurfs, dennoch fühlte sich Vater Heinrich angegriffen.

«Es waren nicht meine Leute, die Manderscheids Burg einnahmen», verteidigte er sich aufgebracht. «Graf Hatto handelte zwar im Auftrag des Bischofs Raban von Helmstadt, aber nicht mit dem Segen der Kirche.»

«Und doch stellt Ihr seine Grausamkeiten nicht in Frage, weil sie angeblich einer guten Sache dienen. Hatto von Virneburg unterstützt Raban von Helmstadt aus freien Stücken, während meine Schwester und ich nie vor die Wahl gestellt wurden. Nennt Ihr das Gerechtigkeit?»

Vater Heinrich seufzte. Diese Frau war wirklich verstockt; es würde nicht leicht werden, ihr die Wahrheit über ihre Schwester, die Jungfrau, zu entlocken. Doch es gab Mittel, um sie zum Reden zu bringen. Er kannte sie, auch wenn er sie nicht schätzte.

Anstatt auf Magdalenas Frage einzugehen, beschloss er, sie zunächst auf ihre eigene Vergangenheit anzusprechen.

«Als ich im vergangenen Jahr nach Mainz gerufen wurde, um zu klären, ob beim Tod Eures Mannes dämonische Kräfte am Werke waren, habt Ihr Euch klammheimlich aus dem Staub gemacht, anstatt Euch meinen Fragen zu stellen», begann er. «Glaubtet Ihr im Ernst, durch eine Flucht den Verdacht abzuschütteln, der Euch anhaftete?»

Magdalenas Augen schimmerten feucht. Tränen? Vater Heinrichs Herz machte vor Aufregung einen Satz.

«Nein, Vater, daran dachte ich nicht.»

«Woran dachtet Ihr dann?»

«Vielleicht wollte ich nur denen, die mich aus nachbarschaftlicher Verbundenheit in ihrem Haus aufgenommen hatten, keine Schwierigkeiten bereiten. Sicher habt Ihr das Unglück, das meinen armen Mann in jener Sturmnacht traf, untersucht?»

«Mit aller nötigen Sorgfalt», sagte Vater Heinrich. «Auch wenn Mord und Totschlag nicht zu den Dingen gehören, mit denen sich ein Domprediger beschäftigen sollte.»

«Es sei denn, dämonische Kräfte wären dabei am Werk. Darf ich fragen, was Ihr bei Eurer Untersuchung herausgefunden habt?»

Vater Heinrich erhob sich; mit schnellen Schritten durchquerte er die Kammer und starrte aus dem Fenster auf den Sonnenuntergang, der die Dächer der Burggebäude in ein sanftes Licht tauchte. Hier oben wirkte die Welt so friedlich, so weit entfernt von allen Sorgen und Beschwernissen seines Amtes.

Ein Trugbild, das falsche Gefühle weckte.

Die Fensteröffnung war zur Hälfte zugesponnen. Eine Fliege zappelte summend im Netz, nicht wissend, dass der klebrige Faden, an dem sie hing, sie nie mehr freigeben würde. In einer Ecke hockte bereits ihr Verhängnis und wartete darauf, dass sie müde wurde.

Die Spinne ließ sich Zeit, sie schien es nicht eilig zu haben, sich auf ihr Opfer zu stürzen. In stiller Vorfreude auf den Leckerbissen, der sich in ihr Reich verirrt hatte, wartete sie auf ihre Stunde.

Auch Vater Heinrich wartete.

«Vater, was habt Ihr?», hörte er Magdalena rufen. Sie klang ehrlich besorgt.

Sorgte sie sich um ihn, der ihr den Tod brachte?

Er sah zu, wie ein Taubenpaar sich vor dem Fenster in die Lüfte erhob und mit sicherem Flügelschlag das Dach des Burgfrieds ansteuerte. Missmutig wandte er sich ihr zu. War es nun schon so weit gekommen, dass sie ihn befragte, statt er sie? Was glaubte sie, wen sie vor sich hatte?

«Ich habe nichts gefunden, was Euch einer Missetat überführen könnte», gab er schließlich mit heiserer Stimme zu. «Es scheint, als sei Euer Mann bei einer Auseinandersetzung auf der Baustelle seines neuen Hauses ums Leben gekommen. Sein Lehrjunge muss die Tat beobachtet oder zumindest die richtigen Schlüsse gezogen haben. Das würde zumindest erklären, warum er wenig später in einem Färberbottich ertränkt wurde.»

«Großer Gott, der arme Junge», flüsterte Magdalena. «Ich hatte keine Ahnung, dass auch er in Gefahr schwebte.»

«Ich habe ihn entdeckt, als ich den Ort mit Eurer Schwägerin Annegret aufsuchte.» Plötzlich fiel ihm etwas ein. Er öffnete seine Umhängetasche, wühlte eine Weile darin herum und entnahm ihr schließlich einen goldenen Ring.

«Den habe ich damals im Bottich gefunden. Erkennt Ihr ihn wieder?»

«Martin hat ihn getragen», antwortete Magdalena verdutzt. Sie hob die rechte Hand und zeigte ihm ihre langen, schlanken Finger. «Seht selbst, Vater, für mich ließ er einen ähnlichen anfertigen.»

«Ich nehme an, der Junge beobachtete, wie der Ring während des Kampfes in das Becken fiel. Als er ihn später herausfischte und an seinen Finger steckte, wurde er von seinem Mörder überrascht.

Zu diesem Zeitpunkt konntet Ihr Euch aber schon nicht mehr rühren, also scheidet Ihr als Täterin wohl aus.»

«Aber fanden sich nicht auch belastende Schriften und andere Gegenstände in meiner Kammer?»

«Ein paar Aufzeichnungen der Prager Artikel und ein Kelch, der eine Verbindung zwischen Eurem Mann und den böhmischen Ketzern herstellen sollte», bestätigte Vater Heinrich düster. «Ich verabscheue es, wenn man mich hintergehen will. Das solltet Ihr bezüglich Eurer eigenen Befragung morgen beherzigen. Eure Schwägerin dachte wohl, mich mit ihrer Scheinheiligkeit blenden zu können. Sie hat wenig später gestanden, dass sie den Kram in Eurem Kasten versteckt hat. Offensichtlich hielt sie das für einen guten Einfall. Außerdem konnte sie nicht ahnen, dass das heilige Konzil zu Basel den Prager Laienkelch inzwischen anerkannt hat.»

Magdalena hielt einen Augenblick inne, dann legte sie den Kopf in den Nacken und lachte schallend.

«Seid Ihr verrückt geworden?», rief Vater Heinrich.

«Verzeiht mir, Vater. Es ist nur … Annegret ist eine habgierige Person, doch ich glaubte nicht, dass sie fähig ist, sich einen so heimtückischen Plan auszudenken, nur um an mein Geld zu kommen. Ihr Entsetzen über das Unglück meines Mannes wirkte auf mich nicht geheuchelt.»

Vater Heinrich dachte nach. Widerwillig gestand er sich ein, dass die Unterhaltung anfing, ihn zu fesseln. Er war noch nie einer Frau begegnet, die seine Gedanken so scharfsinnig aufgefangen hatte. Dass sie der Ketzerei verdächtigt wurde und in Kürze von ihm verhört werden sollte, gab dem Ganzen eine zusätzliche pikante Note.

«Ihr haltet sie also für unschuldig?», wollte er von Magdalena wissen.

«Keineswegs. Sie hat üble Gerüchte verbreitet und sich mein Haus unter den Nagel gerissen. Dennoch bin ich davon überzeugt, dass hinter dem eigentlichen Verbrechen ein anderer steht. Ein Mann, der mich bis in meine Träume verfolgt, weil ich sein

Gesicht sah, bevor ich die Erinnerung verlor. Ihm verdanke ich, dass ich meine Beine nicht mehr gebrauchen kann und mein Hab und Gut verloren habe. Solange ich hier auf der Burg in Gewahrsam bin, sind ihm die Hände gebunden. Er kann nichts ausrichten. Aber sobald ich frei bin, wird er versuchen, mich und meine Schwester endgültig mundtot zu machen. Ihr glaubt das auch, nicht wahr? Ich lese es in Euren Augen.»

Vater Heinrich fühlte, wie sich sein Magen zusammenzog. Die Färberwitwe hatte recht, und zu seinem eigenen Erstaunen wünschte er sich im Augenblick nichts sehnlicher, als ihr zu helfen. Der Fehler lag darin, dass Magdalena nach dem Prozess, den er gegen sie und ihre Schwester anstrengte, Burg Manderscheid vermutlich nie mehr verlassen würde. Es war seine Pflicht, dafür zu sorgen, dass Irrlehrer und deren Helfer mit aller Härte bestraft wurden. Ausnahmen durfte er nicht gestatten.

Was sollte er tun? Er konnte sich nicht erinnern, jemals vor einer schwereren Entscheidung gestanden zu haben. Aber eines wusste er genau: Sprach er Magdalena schuldig, half er damit einem Mörder. Wer konnte sagen, ob der Unbekannte nicht noch mehr Schandtaten auf dem Kerbholz hatte? Ob dem Mord am Zunftmeister nicht noch weitere folgten oder bereits gefolgt waren? Eine innere Stimme flüsterte ihm zu, dass es zwischen dem Mord an Martin Herrlinger in Mainz und den Überfällen auf die Güter bei Trier, von denen man ihm berichtet hatte, einen Zusammenhang gab. Wenn Magdalena starb, ohne sich an die bewusste Nacht zu erinnern, würde das Geheimnis vermutlich niemals aufgedeckt werden. In diesem Fall musste er mit dem Vorwurf weiterleben, zum Helfershelfer eines Verbrechers geworden zu sein.

Dieser Gedanke erschütterte ihn bis ins Mark.

Sandte ihm der Himmel etwa seine Schmerzen, um ihn vor einem schrecklichen Irrtum zu warnen? Was aber geschah, wenn er der Zunftmeisterin beistand? Würde er damit nicht alles aufs Spiel setzen, wofür er sein Leben lang gearbeitet hatte? Alles, woran er glaubte? Das Geringste war, dass er seine Auftraggeber enttäuschte und sich den Groll der Ordensoberen zuzog. Als Diener der Inquisition musste seine Ergebenheit zuerst den Interessen Roms gelten. Der Kirche hatte er gelobt, die Lehre des Papstes gegen alle Irrtümer zu verteidigen. Er mochte sich nicht ausmalen, wie Raban von Helmstadt reagierte, wenn das Urteil gegen die Jungfrau von Trier nicht in seinem Sinne ausfiel. Ganz zu schweigen von Graf Hatto von Virneburg, der erst jüngst bewiesen hatte, wie gewissenlos er das Leben eines Menschen auslöschte, der sich ihm in den Weg stellte.

Magdalenas Stimme fiel bleischwer in die Stille. «Ihr solltet Euch ausruhen, Ihr seid ja blass wie der Tod.»

Weil ich dich am Leben lassen will, törichtes Geschöpf, dachte er müde. Und es doch nicht vermag. Er sah Magdalena scharf an, doch sosehr er auch in ihren Augen forschte, er fand nicht die Arglist, die er erwartet hatte.

«Eure Krankheit setzt Euch zu», sagte sie unvermittelt. «Vielleicht kann ich Euch Linderung verschaffen. Doktor Fust hat mir einige stärkende Arzneien aus seinem Kräuterkasten hinterlassen ...»

«Hört auf, so mit mir zu reden», knurrte er. «Ich bin hier, um die heilige Inquisition zu vertreten, und wenn ich mich dazu hergab, in Eurem Fall einige Erkundigungen einzuholen, so gewiss nicht, um Euch zu Diensten zu sein, sondern um die Wahrheit herauszufinden. Ihr seid die Schwester eines Mädchens, das uns mit seiner dreisten Komödie von der gottgesandten Prophetin an der Nase herumgeführt hat. Nennt mir einen Grund, warum ich Euch nicht bis zur Befragung Eurer Schwester in eine Kerkerzelle sperren lassen sollte.»

«Vielleicht, weil mein eigener Körper längst zur Kerkerzelle für mich geworden ist?»

«Untersteht Euch, mich zu verspotten!» Hilflos biss sich Vater Heinrich auf die Lippen. Sie war geistreich. Und schön. Warum hatte sie sich so tief in die Machenschaften des Manderscheiders verstricken lassen? «Ich habe herausgefunden, dass *Ihr* für die Lügen und Gerüchte verantwortlich seid, die Manderscheid hat ausstreuen lassen.»

«Das sind keine Lügen.»

«Ach nein?» Sein Lachen klang bitter. «Ich fürchte, Eure Worte werden Euch das Genick brechen, noch ehe der Mörder Eures Gemahls dazu die Gelegenheit erhält.»

Er trat nahe an sie heran, beugte sich über sie und flüsterte mit heiserer Stimme: «Ich verlange, dass Ihr mir alles aushändigt, was Ihr in den letzten Monaten geschrieben habt. Jeden Brief und jedes Traktat. Ein Knecht wird die Aufzeichnungen später abholen. Und wehe Euch, ich finde auch nur eine Zeile, die meinen Verdacht gegen Euch und Eure Schwester erhärtet! Dann werdet ihr beide auf dem Scheiterhaufen brennen!»

Magdalena sagte kein Wort dazu, doch ihre Miene war wie versteinert. Vater Heinrich nahm diese Wandlung zur Kenntnis, empfand aber nicht die Genugtuung, die er sich erhofft hatte. Sie tat ihm leid.

Unselige Neugier.

«Was ist mit Lucia?», fragte sie. «Darf ich sie sehen?»

«Ich fürchte, Ihr müsst Euch noch eine Weile gedulden. Ich darf nicht zulassen, dass Ihr Eure Aussagen aufeinander abstimmt.»

Vater Heinrich floh aus Magdalenas Kammer. Als er in dem dämmrigen Flur stand, bemerkte er, dass er seine Tasche und seinen Stab in der Kammer zurückgelassen hatte. Aber was er nun brauchte, war Ruhe, um seine Gedanken zu ordnen. Es war lächerlich, dass ihn eine der Ketzerei verdächtige Frau verunsicherte. Seltsamerweise hatte ihm das Gespräch mit Lucia, die angeblich über besondere Kräfte verfügte, weitaus weniger zugesetzt.

Er gab einem Knecht, den er auf der Treppe traf, den Auftrag, das Gemach der Frau Herrlinger nach Schriften zu durchsuchen und sie ihm zusammen mit seiner Tasche später zu bringen. Dann begab er sich eiligen Schrittes zur Kapelle. Der kleine Raum war zu seinem Refugium geworden, ein Ort, den er sogleich nach seiner Ankunft mit Weihrauch gereinigt und mit drei Kerzen aus dem Kloster der Dominikanerinnen an den Steinen zu Basel geschmückt hatte.

Nichts in der Kapelle erinnerte mehr an Ulrich von Manderscheid. Das Böse würde ihn hier nicht aufstöbern; er lief nicht einmal Gefahr, Graf Hatto zu begegnen, denn der Ritter war nicht besonders eifrig in der Erfüllung seiner christlichen Pflichten. Virneburg fürchtete sich zwar vor den Qualen des höllischen Feuers, doch die Sorge um sein Seelenheil hatte Raban gemindert, indem er seinem neuen Handlanger einen Ablass von seiner Sündenschuld in Aussicht stellte. Törichter Raban. Nahm er wirklich an, dass sein Sündenablass einen Unhold wie den jungen Ritter in einen besseren Menschen verwandeln würde?

Vor der Figur der Jungfrau Maria warf sich Vater Heinrich auf die Knie, senkte den Kopf und begann zu beten. Um ihn herum kehrte Ruhe ein, die Kälte der Steinplatten spürte er nicht. Die Stille der Nacht war heilig, und Kälte reinigte den Leib von innen.

So verharrte er, bis er nach einer Weile Schritte hörte.

«Mehr habe ich im Pult der Herrlinger nicht gefunden», erklärte der Knecht. «Eure Tasche habe ich neben den Taufstein gelegt. Braucht Ihr mich noch?»

Der Zweig eines Baumes peitschte gegen eines der Fenster und ließ Vater Heinrich aufhorchen. «Hast du das gehört?», flüsterte er. Forschend blickte er zu den bunten, in Blei gefassten Scheibchen empor und stellte fest, dass sie eine Begebenheit aus der Heiligen Schrift erzählten. Unter dem Kreuz des Herrn ließ der Glasmaler eine tränenüberströmte Maria Magdalena mit verschleiertem Gesicht über das Unglück ihres Meisters trauern, während zwei Priester mit hässlichen Fratzen ihren Spott mit der Frau trieben.

Hinter Vater Heinrich schnaufte der alte Knecht, der vermutlich gelaufen war, um den Inquisitor nicht warten zu lassen. Dieses schreckliche Gemäuer hatte einfach zu viele Treppen für alte Leute.

«Die Männer, die Graf Hatto von Virneburg im Kampf erschlagen hat …»

«Ihr meint unseren Burghauptmann Jost und den Arzt aus Mainz?»

Vater Heinrich nickte. «Wie hat man sie an der Mauer aufgehängt?»

«Ihr wollt wissen, auf welche Weise sie gehängt wurden?», fragte der Knecht erstaunt. «Nun, der Graf ließ sie zur Abschreckung am Halse aufhängen, aber da waren sie schon tot.»

Am Halse. Nicht kopfüber an den Beinen.

«Es ist gut, du kannst gehen!» Er bedeutete dem Knecht mit einer Handbewegung, ihn allein zu lassen, dann kniete er sich wieder hin und begann, die Schnüre zu lösen, die Magdalenas Schriften zusammenhielten.

Die Seiten waren eng beschrieben, zumindest das erkannte er auf Anhieb.

Nun gut, auf was auch immer er nun stoßen würde, hier, im Schatten des Kreuzes, fühlte er sich gewappnet. Sein Herz klopfte wie wild, als er sich in Magdalenas Aufzeichnungen vertiefte. Seine Hände kamen ihm plötzlich schwer vor, als steckten sie in eisernen Ketten.

XXVII

Zähneklappernd erwachte Lucia. Es war entsetzlich kalt und dunkel. Erst als sie den Kopf ein wenig hob, sah sie, dass aus einer winzigen Luke hoch über dem Boden einige Lichtstrahlen in die Kammer fielen.

Schlotternd versuchte sie, sich aufzurichten, wofür sie mit einem quälenden Schmerz im Genick bestraft wurde. Langsam kehrte die Erinnerung zurück. Die Kammer war eine Zelle, in der sie nun schon seit Tagen ausharrte. Hattos Männer hatten zwar für ein Bett und ein muffig riechendes Laken gesorgt, aber Kissen und Decke vergessen.

Lange konnte sie nicht geschlafen haben, denn als sie die Augen geschlossen hatte, nur ganz kurz, um das Brennen zu mildern, hatten draußen bereits die ersten Vögel gezwitschert.

Doch in dieser kurzen Zeit hatte sie geträumt. Zunächst von Jeanne, dann von ihrem Vater, was seltsam war, denn die beiden waren einander niemals begegnet. Ihr Vater hatte sie auf seine Schultern genommen und durch die halbe Stadt getragen, während sie vor Freude gejauchzt hatte. Noch jetzt glaubte sie, den Geruch seiner feuchten Lederstiefel wahrzunehmen. Dann hatte sich plötzlich Magdalena in ihren Traum gedrängt, herausgeputzt wie ein Gockel, mit sorgfältig aufgesteckten Haaren und einem bezaubernden Lächeln auf den Lippen. Ihr Vater hatte sich vor seiner älteren Tochter verbeugt, dann war er in die Knie gegangen und hatte Lucia sanft auf dem Boden abgesetzt. Er hatte ihr seinen großen Bogen in die Hand gedrückt, um sie damit spielen zu lassen, aber die scharfen Pfeile behalten …

An mehr konnte sich Lucia nicht erinnern. Mit einem Seufzer lehnte sie ihren Kopf gegen die kühle Steinwand und überließ sich ihren Gedanken. Sollte sie den Wächter auf sich aufmerksam machen? Nach Robert und ihrem Großvater fragen? Es zerriss ihr das Herz, wenn sie daran dachte, wie brutal Hattos Männer am Tag ihrer Gefangennahme mit ihnen umgesprungen waren. Sie musste einen Weg finden, um ihnen langes Leiden zu ersparen.

Einige Tage später wurde Lucia aus ihrer Zelle geholt. Man schleppte sie über den Hof ins Badehaus, was nur bedeuten konnte, dass der Prozess in Kürze beginnen würde. Vor einem dampfenden Waschzuber erwartete sie eine fette Frau von etwa vierzig Jahren, die Lucia von Kopf bis Fuß ungeniert musterte. Nach einer Weile gab sie den Burgwächtern ein Zeichen, Lucia zu einem Schemel zu führen, während sie selber sich die Ärmel ihres fleckigen Leinenkittels hinaufrollte. Unter dem Stoff kamen wahre Massen geröteten Fleisches zum Vorschein. Lucia schluckte, nie zuvor hatte sie einen so beleibten Menschen gesehen. Selbst ihren beiden Bewachern schien der Anblick der Fettwülste die Sprache zu verschlagen.

«Ihr könnt euch verziehen», rief die Frau ihnen mit dröhnender Stimme zu. «Wartet vor der Tür, bis ich Euch rufe!»

«Aber wehe, wenn du uns nachher einen Bären aufbindest», mahnte der Ältere der beiden. «Graf Hatto kann sehr ungemütlich werden, wenn man versucht, ihn hinters Licht zu führen!»

«Ach wirklich? Ich auch. Besonders hasse ich es, wenn unnützes Mannsvolk mir die Zeit mit dummem Geschwätz stiehlt! Seht ihr nun zu, dass ihr aus meiner Badestube verschwindet, oder soll ich euch Beine machen?» Die fette Frau ballte die Hände zu Fäusten und stapfte auf die Männer zu, die sogleich die Tür hinter sich zuwarfen.

«So, das wär's!»

Lucia verfolgte mit wachsender Besorgnis, wie die Badefrau einen Kasten öffnete und eine Anzahl Schwämme, Leinentücher, hölzerne Spatel und Spanschachteln entnahm.

«Was habt Ihr mit mir vor?»

«Du hast keine Fragen zu stellen», fauchte die Vettel. «Na los, zieh deine Sachen aus, sonst mache ich das!»

Ehe Lucia wusste, wie ihr geschah, hockte sie auch schon nackt in einem Badezuber und wurde von der Frau von oben bis unten abgeschrubbt. Sie hatte keine Ahnung, wem sie das Bad verdankte, nahm aber an, dass der Inquisitor dahintersteckte. Die Badefrau drückte Lucias Kopf nach vorne; sie hatte die Pranken eines Riesen, ging aber erstaunlich behutsam mit ihr um. Sie wusch Lucia sogar die Haare mit einer nach Holunder duftenden Seife und spülte mit warmem Wasser nach. Unter anderen Bedingungen hätte Lucia das erfrischende Bad sicher genossen, doch das Gefühl der Behaglichkeit schmolz dahin, als die Frau ihr ein Tuch zuwarf und sie aus dem Zuber scheuchte.

«Dort hinüber», befahl sie. «Ich muss dich untersuchen!»

«Untersuchen?»

Die Badefrau grinste. «Graf Hatto und der Mönch wollen wissen, ob du schon einmal bestiegen wurdest, Schätzchen!»

Zitternd vor Kälte hielt Lucia das Tuch vor ihren Leib und versuchte zu erklären, dass sie sehr wohl noch Jungfrau war. Doch ihr Protest stieß auf taube Ohren.

Auftrag war Auftrag.

Schließlich gab sie es auf, sich zu wehren, und setzte sich auf den ihr zugewiesenen Lehnstuhl.

«Nun hab dich mal nicht so», schimpfte die Frau kopfschüttelnd. «Hab die Kerle doch rausgeworfen!» Sie lachte rau. «Die werden uns beiden Hübschen nicht stören!»

Mit geschlossenen Augen ließ Lucia die Prozedur über sich ergehen. Als die Finger der Badefrau ihren empfindlichsten Stellen zu nahe kamen, zuckte sie zusammen. Dabei musste sie zugeben, dass die Vettel weitaus weniger grob mit ihr umsprang, als sie befürchtet hatte. Wie schon zuvor im Waschzuber tat sie ihr auch diesmal nicht weh. Zudem schien sie sich mit der Frauenheilkunde auszukennen, denn in ihrem Kasten, den sie zu Lucias Füßen abgestellt hatte, lagen nicht nur ärztliche Instrumente, sondern auch verschiedene Salben sowie Bündel getrockneter und frischer Heilpflanzen. Vielleicht diente sie im Dorf als Hebamme.

Zuletzt behandelte sie die geröteten Stellen zwischen Lucias Schenkeln mit einer nach Kräutern riechenden Paste und bedeckte sie mit einem weichen Wundpflaster. «Na, wie es aussieht, hast du wirklich noch unter keinem Mann gelegen», lautete ihr abschließendes Urteil. Sie schüttelte nachdenklich den Kopf. «Sollte mich eigentlich freuen, denn wie oft muss ich aufgebrachten Vätern sagen, dass ihre Töchter sich mit dem falschen Burschen eingelassen haben. Du kannst mir glauben, das ist alles andere als angenehm. Aber in deinem Fall wünschte ich mir beinahe, ich könnte dem Grafen sagen, dass du keine Jungfrau mehr bist.» Sie seufzte. «Eine Hure und Hochstaplerin bekommt, wenn die Herren einen guten Tag haben, das Brandeisen und wird auf die Straße hinausgejagt. Wenn sie sich nicht allzu ungeschickt anstellt, kann sie dort überleben. Aber eine, die sich mit der Inquisition eingelassen hat …»

Lucia wurde schwindlig. Wie betäubt wanderte ihre Hand hinab zu ihrer Scham, die klopfte und zog, wie sie es noch nie erlebt hatte. Die stinkende Paste der Badefrau begann zu wirken, doch besser fühlte sie sich deswegen nicht. Sie stand auf, stolperte ein paar Schritte vorwärts und beugte sich gerade noch rechtzeitig über den Rand des Zubers, bevor sie sich erbrechen musste.

Die Badefrau fluchte wie ein Kesselflicker, aber sie schien nicht ärgerlich auf Lucia zu sein. Hastig wuchtete sie ihren massigen Körper hinter einen länglichen Arbeitstisch, auf dem neben einer

Kerze und einer kleinen Waage auch Gläser und verschiedene Döschen standen. Mit geübten Handgriffen mischte sie eine Arznei zusammen, die sie Lucia wortlos einflößte.

«Was ist das?»

«Daphnekraut», sagte die Frau. «Hat mir ein Lump von Kräuterhändler für einen Wucherpreis angedreht. Ich hätte den Kerl dafür am liebsten in einer Güllegrube ersäuft, aber ich wollte seine Ware unbedingt haben. Das Zeug wirkt nämlich Wunder. Der Samen muss genau dosiert werden, sonst wirst du für den Rest deines Lebens als sabberndes Geschöpf in einer Ecke liegen. Aber keine Bange, ich weiß genau, wie viel du brauchst, um diesen ganzen Mist zu überstehen, ohne dass du zusammenbrichst.»

Skeptisch blickte Lucia die Frau an. Sie setzte sich wieder auf und wartete, bis das Schwindelgefühl nachließ. Währenddessen begab sich die Badefrau in eine angrenzende Kleiderkammer, um für Lucia etwas auszusuchen, denn die Sachen, die sie getragen hatte, starrten vor Schmutz und waren zudem zerrissen.

Lucia beobachtete, wie das Weib hinter dem Vorhang verschwand, dann sprang sie kurz entschlossen auf und ging hinüber zum Kräutertisch. Trotz ihrer Benommenheit hatte sie sich gemerkt, wie das Gefäß ausgesehen hatte, dem die Vettel ihr gefährliches Heilmittel entnommen hatte.

Ein hastiger Blick über die Schulter überzeugte sie davon, dass sie noch allein in der Stube war. Doch viel Zeit blieb ihr nicht. Und erwischen lassen durfte sie sich auf keinen Fall. Mit bebenden Fingern zog sie den Korken aus dem Gefäß, auf dem in krakeliger Schrift Daphne zu lesen war, und leerte seinen gesamten Inhalt auf einen Bogen Papier, den sie anschließend zusammenfaltete. Mit dem Briefchen eilte sie zu ihrem Stuhl zurück und schob es unter das Polsterkissen. Noch hatte sie keinen Schimmer, wie ihr das Kraut helfen sollte, Hatto und Vater Heinrich zu entkommen, aber sollte sie verurteilt werden, so würde sie Mittel und Wege finden, ihre Sinne zu betäuben, ehe man sie auf dem Scheiterhaufen verbrannte.

Im nächsten Moment erschien die Badefrau mit einigen Kleidungsstücken über dem Arm.

«Du schnappst ja immer noch nach Luft wie ein Fisch auf dem Trockenen», wunderte sie sich. Dann hielt sie Lucia die Kleider unter die Nase und sagte: «Wenn du den Bruder Inquisitor nicht verärgern willst, dann schlüpfst du besser in eines dieser Kleider und wirfst die lächerlichen Beinlinge, mit denen du gekommen bist, ins Feuer.»

Lucia lächelte schwach und musste daran denken, dass sie diesen Rat nicht zum ersten Mal hörte. Ohne Widerworte ließ sie sich zuerst in einen dunkelblauen Schnürkittel, dann in einen braunen Rock helfen, der so lang war, dass sie ihn mit beiden Händen raffen musste, um nicht über den Saum zu stolpern.

«So kann dich der Dominikaner wenigstens nicht wegen Hochmuts schelten», meinte die Badefrau. «Glaub mir, diese Burschen achten genau darauf, wie wir Frauen uns geben.» Lucia wurde hellhörig. Unter der ruppigen Schale der dicken Frau schien ein mitfühlendes Herz zu schlagen. Sie versuchte allen Ernstes, dafür zu sorgen, dass Lucia vor ihren Anklägern und Richtern keinen schlechten Eindruck machte.

Ob sie insgeheim zu den Menschen gehörte, die an die Jungfrau von Trier hatten glauben wollen? Lucia hätte es gern herausgefunden, doch die abweisende Art der Frau mahnte sie, nicht an Dingen zu rühren, die ohnehin keine Bedeutung mehr hatten.

Während die Frau zur Tür lief, um die Wachsoldaten zu verständigen, zog Lucia das Kräuterbriefchen unter dem Polsterkissen hervor und verbarg es so gut es ging in den Falten ihres Rocks.

«Nun, was hast du uns zu sagen, Baderin?», erkundigte sich einer der Wächter. Ein wenig enttäuscht spähte er zu Lucia hinüber, die mit gesenktem Kopf darauf wartete, abgeführt zu werden. Vermutlich hatte er gehofft, sie noch entblößt oder wenigstens in leichtbekleidetem Zustand anzutreffen.

«Richtet Eurem Herrn aus, dass das Mädchen noch Jungfrau ist», sagte die Badefrau schroff und wandte sich ab. Mehr gab es nicht zu sagen.

Die beiden Wachsoldaten grinsten einander an. Grob banden sie Lucias Arme mit einem Strick auf den Rücken und schleppten sie in die Halle, wo man bereits ungeduldig wartete.

Als Lucia den Rittersaal betrat, brannten in jedem Winkel des Raumes Kerzen. Doch das machte ihn nicht behaglicher. Wenigstens nicht für sie. Eine trübsinnige Stimmung hatte sie erfasst, die zu den dunklen Wolken und dem dumpfen Grollen passte, das den Himmel erobert hatte. Es war kühl geworden. Die Fensterläden klapperten, weil der Wind mit stürmischer Gewalt an ihnen rüttelte.

Den neuen Burgherrn störte das nicht im Geringsten. Übernächtigt und unrasiert, aber in einen wärmenden Mantel aus Manderscheids Kleiderkammer gehüllt, hatte es Hatto sich in einem Sessel bequem gemacht. Er sah zu, wie sich die Halle mit frierenden Zaungästen füllte. Manch argwöhnischer Blick traf ihn, doch der junge Graf begegnete ihnen mit Herablassung.

Nicht, dass er keine Vorkehrungen getroffen hätte. Um das Verhör vor unangenehmen Überraschungen zu schützen, hatte er den Befehl gegeben, die Tore von Armbrustschützen bewachen zu lassen. Auf den Treppen und Aufgängen, die zu den Innenhöfen, Ställen und Rüstkammern führten, taten wenigstens zehn Geharnischte ihren Dienst, die Bürlin persönlich beaufsichtigte.

Während die Schaulustigen durch zwei bewachte Seitenpforten strömten, wurde die Tafel in der Mitte der Halle aufgebaut. Ein Diener des Grafen ordnete einen Stapel Bücher, ein anderer schmückte den Tisch mit einem Holzkreuz und einer Sanduhr.

Vater Heinrich saß bereits an seinem Platz und vertiefte sich in ein Buch. Er hob nicht einmal den Kopf, als Lucia hereingebracht wurde und das Gemurmel der Leute, die sich auf Bänken entlang der Wände drängten, lauter wurde.

Lucia schaute nach vorn und versuchte, jede Einzelheit des Raumes in sich aufzunehmen. Rechts von Vater Heinrich sah sie Bruder Arno. Sie hatte gehört, dass der Inquisitor seinen mürrischen Gehilfen nach Niedermanderscheid gerufen hatte, um ihm beim Verhör behilflich zu sein. Sie machte sich auf hämische Blicke oder verächtliche Worte gefasst, aber noch schien der Mönch sie nicht bemerkt zu haben. Mit geröteten Wangen schweifte sein Blick über die Reihen der Männer und Frauen, die Hatto von Virneburg eingeladen hatte, um dem Untergang der Jungfrau von Trier und damit seinem Triumph über den Manderscheider beizuwohnen. Lucia hätte schwören wollen, dass es sich um dieselben Edelleute handelte, die ihr nach dem überraschenden Sieg im Bogenwettstreit zugejubelt hatten. Damals waren sie die Gäste Ulrichs von Manderscheid gewesen, aber die neuen Machtverhältnisse hatten die Nachbarn des Grafen nicht bewogen, dem Prozess fernzubleiben.

Einige Mönche mit Wanderstäben betraten die Halle, gefolgt von jungen Dienern, die zwischen den Bänken hin und her schwirrten. Die Knaben trugen kupferne Kannen, um die Becher der vornehmeren Gäste mit Erfrischungen aus Manderscheids Weinkeller zu füllen.

Zu ihrer Überraschung entdeckte Lucia auch Paulyn zwischen den Zuschauern. Neben ihm saß ein Mann mit Vollbart und längerem Haar. Lucia erkannte ihn auf Anhieb. Es war Colin Emmerich.

Der Kaufmann winkte ihr mit einem aufmunternden Lächeln zu, während Paulyn sie nur anstarrte. Verwirrt runzelte Lucia die Stirn. Mit allem hätte sie gerechnet, aber nicht damit, Colin ausgerechnet hier noch einmal wiederzusehen. Wie hatten er und Paulyn erfahren, dass ihr auf Niedermanderscheid der Prozess gemacht werden sollte? Waren sie als Abgesandte der Patrizier von Trier geladen worden? Oder noch schlimmer, als Zeugen? Anscheinend hatte Graf Hatto von Virneburg keine Zeit verloren, den Rat der Stadt zu umgarnen. Sicher hatte er längst einen Boten nach

Trier gesandt, um den Ratsherren zu versichern, dass er nicht mehr auf der Seite des Manderscheiders kämpfte und dass die Stadt es seinen Bemühungen verdankte, wenn sie künftig nicht mehr von den Flüchen einer falschen Prophetin belästigt wurde.

Lucia fand keine Gelegenheit, Colins Gruß zu erwidern.

«Na, komm schon, und keine Spielchen, sonst wirst du meinen Stab spüren», knurrte sie ihr Bewacher an. Ungnädig trieb er sie weiter, bis ihr wenige Schritte vor dem Richtertisch ein anderer Wachsoldat in den Weg trat. In befehlsgewohntem Ton erklärte er seinen Kameraden, dass er den Auftrag erhalten habe, die Jungfrau Lucia noch einmal zu durchsuchen, ehe sie vor die Schranken des Gerichts treten dürfe.

Lucia erschrak bis in die Knochen. Angst ließ ihren Herzschlag flattern, bis er einem wahren Trommelwirbel glich. Sie trug zwar keine Waffe bei sich, dafür jedoch ein Briefchen mit giftigen Kräutersamen.

Sie war verloren, wenn der Mann entdeckte, was sie in ihren Kleidern verbarg.

«Der Wind weht heute schwächer», flüsterte der Mann ihr zu, während er sie oberflächlich abtastete. «Ich schätze, dieses Mal würde ich dich mühelos besiegen!»

Lucia hob den Kopf und blickte dem Wachsoldaten in die Augen, die unter buschigen Brauen lagen. Die Überraschung lähmte sie, für einen Augenblick verschlug es ihr die Sprache. Vor ihr stand Thomas, der grauhaarige Schütze, der ihr damals beim Turnier unterlegen gewesen war, sie aber vor seinen Kameraden in Schutz genommen hatte.

«Glaubst du wirklich, dass du mich besiegen kannst?», erwiderte sie heiser, während sich ihre Arme wie von selbst hoben. Sie bebte, während seine Hände an ihrem schlanken Körper abwärts glitten, jedoch ohne ihn dabei mehr als nur zu streifen. Dann aber stießen seine Finger auf das gefaltete Briefchen, dessen steife Konturen sich schwach unter dem Stoff abzeichneten. Thomas stutzte, verzog jedoch keine Miene. Er blickte sie kurz an, dann nickte er wohlwollend.

Lucia atmete auf. Thomas hatte offenbar nicht vor, sie zu verraten. Wenigstens dieser Kelch schien an ihr vorüberzugehen. Als sie sich an ihm vorbeischob, spürte sie jedoch, dass er das Papierbriefchen mit einem kaum wahrnehmbaren Ruck aus dem Bund ihres Rockes zog und hinter seinen Gürtel wandern ließ. Es geschah so schnell, dass keiner der Umstehenden etwas bemerkte.

«Das Mädchen trägt keine Waffen bei sich», verkündete Thomas schließlich. Er trug den Wachsoldaten auf, sie vor die Gerichtsschranke zu führen, einen einfachen Balken, der auf zwei Böcken ruhte. Dort sollte sie warten, bis Vater Heinrich das Wort an sie richtete.

Eine Ewigkeit verstrich, ohne dass etwas geschah. Dann erhob sich Bruder Arno auf Geheiß seines Mentors und begann umständlich, aus einer Urkunde vorzulesen. Lucia verstand nur so viel, dass es in der Schrift um die Rechtmäßigkeit der von den Mönchen angestrengten Untersuchung ging. Einer Maßnahme, die Seine Heiligkeit, der Papst in Rom, ausdrücklich billigte. Jedermann sei ausdrücklich gehalten, das Böse aufzuspüren und es zur Anzeige zu bringen. Aber nur die Beauftragten der Inquisition seien mit der Weisheit und den nötigen Befugnissen ausgestattet, um verdorrte Zweige aus dem Stamm der Kirche zu reißen und sie dem reinigenden Feuer zu überantworten.

Bruder Arno war ein schlechter Vorleser. Er langweilte seine Zuhörer, indem er fortwährend aus der Zeile rutschte, den Faden verlor und sich in kirchenrechtlichen Erklärungen verfing, die er, seiner Miene nach zu urteilen, selbst gar nicht verstand. Als er endlich fertig war und die Urkunde auf den Tisch legte, atmete nicht nur Vater Heinrich auf.

Dann begann das Verhör.

Während der folgenden Stunde wurde Lucia eingehend über ihre Herkunft und Familie befragt. Diesen Teil der Untersuchung übernahm Vater Heinrich, noch bevor Bruder Arno sich erheben konnte. Und er nahm ihn ernst. Mit sachlicher und fester Stimme forderte er Lucia auf, für das Protokoll Auskunft über ihr Alter, den Ort ihrer Geburt und die Art ihres Gewerbes zu geben. Danach stellte er Fragen zu ihrer Erziehung und Lehrzeit. Ob sie Lateinisch lesen und schreiben könne, wollte er wissen, und wer sie darin unterrichtet hatte. Ob die Eltern und Paten ihr christliche Tugenden vermittelt und die Fasten- und Märtyrergedenktage eingehalten hatten. War es jemals vorgekommen, dass sie als Heranwachsende die heilige Messe versäumt hatte? Oder die Beichte? Und wenn ja, welche Bußen ihr der Priester für das Versäumnis auferlegt hatte.

Lucia beantwortete die Fragen des Mönchs wahrheitsgemäß. Sie hatte keine Erfahrung mit Verhören dieser Art, niemand hatte sie auch nur ansatzweise darauf vorbereitet. Doch genau aus diesem Grund bemühte sie sich, ihre Worte knapp und mit Bedacht auszuwählen. Sie vermutete, dass Vater Heinrich ganz bewusst zunächst nur allgemeine Punkte berührte, um genügend Hinweise zu sammeln, die später gegen sie sprechen könnten. Dann aber wurden die Fragen umständlicher, sie prasselten auf Lucia nieder wie ein Gewitter. Es fiel ihr schwer, eine klare Linie zu erkennen, geschweige denn, Fallen auszuweichen, die Vater Heinrich ohne Zweifel eingebaut hatte. Antwortete sie zu oberflächlich oder zu leise, forderte Bruder Arno sie mürrisch auf, noch einmal von vorne zu beginnen.

Als das Abendläuten einsetzte, gönnte sich Vater Heinrich eine Pause, um sich auf die Befragung der ersten Zeugen vorzubereiten. Er erlaubte Lucia, sich auf einen mit Hirschhaut bespannten Klappstuhl zu setzen, und ordnete an, ihr die Handfesseln abzunehmen. Die Wachen kamen seinem Befehl nach, ohne Hatto vorher um Erlaubnis zu fragen. Erleichtert streckte Lucia ihre Arme aus. Als sie jedoch ihre Handgelenke bewegte, trieb ein stechender Schmerz ihr die Tränen in die Augen. Verstört schaute sie auf ihre Hände. Beide Gelenke waren bläulich verfärbt und wiesen blutunterlaufene Abdrücke auf.

Bruder Arno wurde blass, als sein Blick auf die wunden Hände der Angeklagten fiel, doch er bemühte sich, sein Unbehagen zu überspielen. Mit umständlichen Griffen platzierte er eine Sanduhr auf der Tafel und drehte sie um.

Ermattet verfolgte Lucia, wie die Körnchen durch den engen Hals des Stundenglases rieselten. Sie fror. In ihrem Kopf dröhnte es; schon jetzt fühlte sie sich am Rande eines Zusammenbruchs. Sie verspürte weder Hunger noch Durst, trotzdem tat ihr der Magen weh. Wie sollte sie nur weitere Befragungen überstehen, ohne ohnmächtig vom Klappstuhl zu rutschen? Verzweifelt schaute sie sich nach Thomas um, doch sie konnte ihn unter den Leuten nicht ausmachen. Auch Colin und Paulyn schienen den Rittersaal vorzeitig verlassen zu haben. Kümmerte es die beiden nicht mehr, was mit ihr geschah?

Lucia vergrub den Kopf zwischen ihren Händen und überließ sich ihren Gedanken. Das plötzliche Auftauchen des alten Schützen hatte sie weniger überrascht als Colins Anwesenheit, dennoch hatte sie sich gefreut, ihn zu sehen. Dass Hatto ihn nach der Einnahme der Burg am Leben gelassen hatte, war entweder einem Wunder oder dem Umstand zu verdanken, dass sie ihn beim Turnier besiegt hatte. Vielleicht nahm Hatto an, dass Thomas der Jungfrau von Trier diese Schmach nicht verziehen hatte und sie deshalb besonders grausam behandeln würde.

Doch sie war sich sicher, dass Thomas ihr nichts Böses wollte. Im Gegenteil, er hatte sie geschont. Warum er ihr allerdings das Briefchen mit den Kräutersamen nicht gelassen hatte, konnte sie sich nicht erklären. Wollte er sie davor bewahren, eine Dummheit zu begehen? Trotz ihrer Angst und Schmerzen musste sie lächeln. Wie sollte eine solche Dummheit wohl aussehen, wo sie doch schon so gut wie verurteilt war?

Während Vater Heinrich sich mit einem weißhaarigen Edelmann unterhielt, suchten Lucias Augen flink die Reihen der Wachleute ab. Sie sah Bürlin Wolker, der den Männern Anweisungen gab. Sofort rebellierte ihr Magen. Der Schuft fühlte sich schon wie der Burghauptmann von Niedermanderscheid, dabei war er nichts anderes als ein gemeiner Verbrecher. Ein Mörder.

Sie merkte, dass Bruder Arno sie beobachtete, und senkte den Blick.

Als auch das letzte Körnchen Sand den Boden des Stundenglases füllte, setzte Vater Heinrich die Befragung fort. Bruder Arno ließ Melchior Kastenberg in die Halle rufen. Immer tiefer gruben sich Lucias Fingernägel in ihre Handflächen, während man ihren Großvater zum Tisch des Inquisitors führte. Als Melchior Kastenberg seine Enkeltochter erblickte, schluchzte er auf. Doch der Wachsoldat, der ihn begleitete, ließ nicht zu, dass er näher zu ihr herantrat. Lucia rang sich ein Lächeln ab. Ihr Großvater hatte schon genug durchgestanden. Vermutlich begriff er nicht einmal, warum er hier war.

«Wo ist der junge Bursche geblieben?», fragte er Vater Heinrich, der mit gerunzelter Stirn auf ihn herabstarrte.

«Welchen jungen Burschen meint Ihr?»

Melchior Kastenberg verzog missbilligend den Mund. Die groben Kutten der beiden Mönche schienen ihn zu irritieren.

«Der Alte ist schwachsinnig», ließ sich Hattos Stimme vernehmen. Er tippte sich vielsagend gegen die Stirn. «Seit dem Überfall auf das Klosterviertel von Trier. Auch das ist dem schändlichen Treiben des feinen Herrn von Manderscheid und seiner Hexe zuzuschreiben!»

«Aber Ihr selbst habt ihn doch als Zeugen geladen», sagte Vater Heinrich. «Und nun möchte ich ihn hören. Niemand hier beabsichtigt, ihm zu schaden, solange er die Fragen der heiligen Inquisition offen und ehrlich beantwortet. Nun, Meister, erkennt Ihr in dieser jungen Frau Eure Enkeltochter Lucia Kastenberg wieder?»

Der Gewandschneider blieb einen Atemzug lang reglos stehen, dann folgten seine Augen dem erhobenen Arm des Dominikaners, der auf Lucia deutete. Als er seine Enkelin sah, nickte er heftig. «Sie ist eine hervorragende Schneiderin. Habe in all den Jahren, in denen ich auf meinem Tisch hockte, keinen Lehrjungen erlebt, der besser Maß nehmen und schneidern konnte. Ihre Einfälle sind zuweilen ein wenig zu gewagt, aber bislang hat sich niemand über Lucias Arbeiten beschwert. Sie erntete immer nur Lob und Anerkennung.» Er wurde etwas lauter. «Glaubt Ihr mir etwa nicht? Ich kann beschwören, dass meine Lucia eine tüchtige Ehefrau abgeben wird. Der Mann, dem sie versprochen wird, kann sich glücklich schätzen, auch wenn ihre Mitgift nur gering ausfällt.»

Verwirrt schüttelte Bruder Arno den Kopf. «Soll ich das alles zu Protokoll nehmen, Vater Heinrich?»

«Aber warum denn nicht, Bruder? Wir wollen doch hören, welchen Eindruck der Gewandschneider von seiner Enkeltochter hat.» Er nickte Melchior Kastenberg gönnerhaft zu. «Fahrt fort. Ihr möchtet Eure Enkeltochter also gerne verheiraten?»

Der alte Mann lächelte verstohlen. «Sie hat sich dagegen gewehrt, Vater», sagte er leise. «Davongelaufen ist sie mir, weil sie unbedingt ihren Sturkopf durchsetzen und zu ihrer Schwester reisen musste. Dabei hätte eine Hochzeit möglicherweise alles wieder ins Lot gebracht. Sie hätte den Fluch von unserem Haus nehmen können. Aber Lucia wollte es ja anders.»

«Den Fluch?», riefen Vater Heinrich und sein Gehilfe gleichzeitig. Lucia blickte fassungslos zur Tafel und sah, wie sich die Mönche verwunderte Blicke zuwarfen. Ihr wurde kalt vor Angst. Was auch immer ihr Großvater gerade zur Sprache brachte, es bedeutete nichts Gutes.

«Von welchem Fluch sprecht Ihr?» Die Stimme des Inquisitors klang nicht mehr nachsichtig, sondern hallte streng von den Wänden der Halle wider. Er wartete einen Moment, dann wiederholte er seine Frage. Aber Lucias Großvater schien der Meinung, schon genug gesagt zu haben. Er zuckte nur müde mit den Schultern und erklärte: «Sie ist eine hervorragende Schneiderin, die beste, die jemals in meiner Stube gearbeitet hat.» Er kicherte. «Sie ist tugendhaft wie ein Engel und schleicht sich nicht nachts davon, um unter dem Wolfsgalgen zu tanzen.»

Graf Hattos Geduld schien nun erschöpft. Zornig schlug er mit der Faust auf die Lehne seines Sessels. «Was soll dieser Unfug? Seid Ihr nun Inquisitor oder nicht? Wenn Euer Prozess so weitergeht, sind wir alt und grau, bevor die Schuldige gerichtet werden kann. Lockert dem armen Irren doch unter der Folter die Zunge!»

Doch Vater Heinrich schüttelte nur den Kopf und erklärte, dass er das peinliche Verhör nicht billigte. Nicht, weil er sich seiner Wirkung nicht bewusst gewesen wäre, sondern weil er der Ansicht war, dass erzwungene Geständnisse kaum mehr wert waren als das Gestammel eines geistig verwirrten Menschen.

«Magdalena tanzt unter dem Wolfsgalgen», begann der Gewandschneider zu singen. «Sie war rein und schön, doch dann kam er und hat sie verdorben.»

«Soll ich das auch aufschreiben?», fragte Bruder Arno leise.

Vater Heinrich starrte einen Augenblick lang wie versteinert ins Leere. Lucia konnte förmlich hören, wie es in seinem Gehirn arbeitete. Als Bruder Arno seine Feder in die Tinte tauchte, sprang er plötzlich auf ihn zu und riss sie ihm so energisch aus der Hand, dass sie einen hässlichen Klecks auf dem Pergament hinterließ. «Schreib das nicht auf», flüsterte er dem Mönch zu. «Das nicht. Das ist nicht von Bedeutung.»

Eiligen Schrittes begab sich Vater Heinrich hinauf zur Kapelle, in der er das Bündel Briefe und Schriften von Magdalena Herrlinger versteckt hatte. Er war sich nun sicher, was er tun würde. Er wollte nicht, dass sie in die falschen Hände gerieten. Und selbst wenn er damit sein Amt, ja seine eigene Seligkeit aufs Spiel setzte, er würde die Briefe nicht zur Sprache bringen, um Magdalena zu belasten. Was auch immer sie getan hatte, um den Mythos von der gesegneten Jungfrau am Leben zu halten, es war zu nichtig, um sie dafür mit dem Tod zu bestrafen. Ihre Schwester Lucia musste sterben. Aber nicht Magdalena.

Sie hatte unter dem Wolfsgalgen getanzt.

Immer wieder musste er an diese Aussage des verwirrten alten Mannes denken. Was verbarg sie? Und welche Verbindung bestand zwischen dem Wolfsgalgen, Magdalena und dem Mörder, vor dem sie auf der Flucht war?

Vater Heinrichs Kopf schien vor Anstrengung zu platzen. Wurde er wahnsinnig? Er konnte sich nicht mehr auf die Inquisitio konzentrieren, keine vernünftige Frage stellen. Selbst Bruder Arno war bereits misstrauisch geworden. Und Graf Hatto tobte unten im Rittersaal, weil er die Befragung schon wieder hatte unterbrechen müssen.

Aber das war momentan nicht von Bedeutung. Er lachte auf und schmeckte zugleich bittere Galle auf seiner Zunge.

Nicht von Bedeutung. Der Ausdruck gefiel ihm. Vielleicht würde er bald vor seinem Schöpfer stehen und über seine Taten und Versäumnisse Rechenschaft ablegen.

Nicht von Bedeutung.

Der Stein, der in seinem Leib wuchs wie ein Kind im Leib eines Weibes, mahnte ihn, seine Zeit nicht sinnlos zu verschwenden.

Doch gleichgültig, was mit ihm noch geschah, er durfte die Färberwitwe nicht ihren Mördern ausliefern. In blinder Hast stürzte er aus der Kapelle, die Treppen hinunter, die zu seiner Kammer führten. Dort, auf dem Fensterbrett, fand er zwei brennende Öllampen. Schwer atmend stellte er sie auf den wackeligen Tisch, auf dem er seine Bibel aufzuschlagen pflegte, und kniete sich vor die züngelnden Flammen.

Das erste Papier fing sofort Feuer; Vater Heinrich wartete, bis es sich unter der Hitze des Feuers krümmte, dann warf er es zu Boden und griff nach der nächsten Seite. Das wiederholte er, bis sämtliche Aufzeichnungen verbrannt waren.

Hinter ihm ging langsam die Tür auf. Ein erschrockener Aufschrei war zu hören. «Vater Heinrich … Was um Christi willen macht ihr hier?» Fassungslos blickte Bruder Arno auf den Inquisitor, der zwischen zu Asche zerfallenen Papieren kniete.

Lucia war erleichtert, dass ihrem Großvater eine weitere Befragung erspart blieb. Sie konnte sich keinen Reim auf die plötzliche Weigerung des Inquisitors machen, ihn noch einmal als Zeugen zu berufen, aber sie vermutete, dass die Bemerkungen ihres Großvaters einfach nicht zur Sache gehörten. Die Inquisition interessierte sich für die Jungfrau von Trier, nicht für den Wolfsgalgen, unter dem Magdalena getanzt und sich mit einem Mann getroffen hatte. Warum hatte ihr Großvater behauptet, eine Ehe zwischen ihr und Colin könnte die Dinge wieder ins Gleichgewicht bringen? Magdalena hatte doch lange vor ihr geheiratet. Obendrein einen ehrlichen Mann, der nichts auf die Gerüchte gegeben hatte, die in Trier über seine Frau die Runde machten. Doch sie war zu erschöpft und verängstigt, um länger darüber nachzudenken. Wie es aussah, würden Magdalena und ihr Großvater das Geheimnis mit in den Tod nehmen.

Der Sand war bereits zweimal durch das Stundenglas geronnen, als Vater Heinrich zurückkehrte. Er sah zum Fürchten aus. Die spärlichen ergrauten Haare standen wirr vom Kopf ab, seine Mundwinkel bogen sich nach unten. Beim Gehen zog er ein Bein nach, sodass Bruder Arno seinen Meister stützen musste. Es war keine fürsorgliche Geste, das erkannte Lucia sofort. Auch drückte sie weder Bestürzung noch Mitgefühl über die plötzliche Unpässlichkeit Vater Heinrichs aus. Vielmehr schien dieser nunmehr unter der strengen Aufsicht seines Gehilfen zu stehen.

Bruder Arno half dem Inquisitor zu seinem Sessel, blieb selbst aber stehen. Mit einer knappen Handbewegung winkte er einen der Mönche herbei, die der Befragung als Zuschauer beiwohnten, und drückte ihm das Protokollbuch in die Hand.

«Vater Heinrich fühlt sich nicht wohl», verkündete er. «Er ist erschöpft und hat mich daher gebeten, die Befragung der Zeugen zu übernehmen.»

«Ist das wahr?», fragte Hatto von Virneburg ungläubig.

Lucia schluckte, als sie den Inquisitor nicken sah. Auch wenn Vater Heinrich ihr nicht wohlgesinnt war, hatte sie doch nach ihrem letzten Gespräch Hoffnung geschöpft, in ihm einen gerechten Richter zu finden.

Hatte er ihr nicht sogar angeboten, sich für sie einzusetzen, sofern Lucia zugab, dass die Jungfrau von Trier eine Erfindung machthungriger Männer gewesen war? Bruder Arno machte dagegen nicht den Eindruck, als ob ihm viel daran lag, ihr eine Brücke zu bauen. Wie Hatto von Virneburg und dessen Handlanger Bürlin wollte er sie leiden sehen.

«In der Heiligen Schrift steht geschrieben, dass falsche Propheten auftreten würden, um die Herde in die Irre zu führen», setzte der junge Mönch die Befragung fort und bewies damit etwas, das ihm niemand zugetraut hätte: rednerisches Talent. Mehr noch, er machte einen so selbstsicheren Eindruck, dass sogar die Wachsoldaten, die vor wenigen Augenblicken über den ungeschickten Schreiber gespottet hatten, nun überrascht waren.

«Nicht nur Männer machen sich dieser Tage der Ketzerei schuldig, sondern auch Frauen, die von Natur aus anfälliger gegenüber den Einflüsterungen des Satans sind. Wir haben von Jeanne d'Arc, dem fehlgeleiteten Geschöpf in Frankreich, gehört, das es wagte, Männerkleidung anzulegen, und behauptete, die Heiligen hätten es aufgefordert, die Engländer aus seinem Land zu vertreiben.»

Ein erstauntes Raunen ging durch den Saal, aber Bruder Arno fiel es nicht schwer, die durcheinanderflüsternden Stimmen zu übertönen. Seine Augen leuchteten vor Eifer. Gebieterisch streckte er seinen Arm aus und deutete mit einer theatralischen Geste in Lucias Richtung.

«Und nun haben wir hier eine Jungfrau vor uns, ein Mädchen, das keine zwanzig Jahre zählt, sich aber ungeachtet seiner Jugend bereits den Verlockungen des Bösen gebeugt hat. Getrieben von krankhaftem Ehrgeiz, sah die Jungfrau es als ihren Auftrag an, mit den Söldnern des exkommunizierten Chorherrn Ulrich von Manderscheid gegen Trier zu ziehen.»

Er gab einem Soldaten einen Wink, worauf der Mann vortrat und Lucias Bogen mitsamt Köcher und Pfeilen vor ihm auf den Tisch legte.

Die Zuschauer reckten neugierig die Hälse; einige stellten sich sogar auf die Bänke und verbreiteten dabei eine solche Unruhe, dass die Türwächter ihre Lanzen kreuzten, weil sie befürchteten, die Menge könnte zur Schranke laufen. Jeder wollte die Waffe sehen, mit der die berüchtigte Jungfrau die besten Schützen des Erzbistums geschlagen hatte.

Bruder Arno nahm den Bogen an sich und ließ geringschätzig die Sehne schwingen. «Der Bogen wirkt ganz harmlos, nicht wahr? Das sollte uns aber nicht täuschen. Durch den Gesang einer vibrierenden Bogensehne vernahm die sogenannte Jungfrau von Trier die Stimme des Teufels!»

Lucia sprang auf, doch zwangen ihre Bewacher sie sogleich wieder auf den Stuhl. «Das ist nicht wahr», rief sie empört. «Ich habe mich nie mit dem Teufel eingelassen!»

«Schweig», herrschte der Mönch sie an. Er legte den Bogen zurück auf den Tisch und widmete sich den Urkunden, die danebenlagen. Eine Weile vertiefte er sich in ein Buch, dessen Seiten Vater Heinrich mit Randbemerkungen versehen hatte. Es fiel ihm sichtlich schwer, die Kommentare des Inquisitors zu entziffern, doch der dachte nicht daran, ihm auf die Sprünge zu helfen.

«Bringt Robert von Virneburg und Magdalena Herrlinger herein», verlangte Bruder Arno schließlich, während er schwungvoll das Buch zuklappte.

Die Zeit des Wartens schien sich ewig hinzuziehen.

Als Robert schließlich an Lucia vorübergeführt wurde, kam ihr sein Anblick wie eine Erlösung vor. Obwohl seine Lippe nach Hattos Schlag angeschwollen und das dunkle Haar blutverkrustet war, wirkte Robert ruhig; er warf ihr einen kurzen Blick zu und lächelte. Doch als er sich nach Lucias Befinden erkundigen wollte, fuhr ihm Bruder Arno über den Mund und erklärte, es sei ihm verboten, mit der Gefangenen zu reden. Notgedrungen fügte sich der junge Virneburger.

Wenig später wurde Magdalena hereingetragen. Sie trug ein schmuckloses braunes Wollkleid mit weiten Ärmeln, ihr Haar steckte unter einer weißen Haube. Obwohl sie während der langen Monate ihrer Gefangenschaft noch schmaler geworden war, keuchten die beiden Träger vor Anstrengung. Lucias Schwester blickte weder nach rechts noch nach links. Die Schaulustigen kümmerten sie nicht weiter, doch als sie Vater Heinrich aschfahl an der Tafel sitzen sah, fuhr sie zusammen und faltete unwillkürlich die Hände.

«Was ist mit ihm geschehen?», fragte sie ausgerechnet Bruder Arno. «Hatte er einen Zusammenbruch?»

«Das geht Euch doch nichts an, Weib. Ihr werdet erst reden, wenn ich das Wort an Euch richte.»

«Aber ich glaube zu wissen, woran Euer Meister leidet, Bruder …» Sie wollte zu einer Erklärung ansetzen, doch der feindselige Blick des jungen Mönchs ließ sie verstummen.

«Dann reden eben *wir* miteinander», schlug Robert vor, nachdem das Getuschel in der Halle verklungen war. «Ich lasse mich nicht gern grundlos in ein finsteres Loch sperren.»

«Grundlos? Dass ich nicht lache, Robert von Virneburg! Noch

seid Ihr ein Zeuge des Verfahrens, aber Anklagen lassen sich bestimmt rasch finden!»

«*Erfinden*, meint Ihr wohl, Mönch? Ich bin davon überzeugt, dass Ihr darin sehr tüchtig seid.» Robert schnaubte. «Ihr seid so fleißig, dass Ihr es immerhin geschafft habt, binnen eines Tages vom Schreiber zum Inquisitor aufzusteigen. Oder warum führt Ihr plötzlich die Befragung?»

Bruder Arnos Lippen zitterten; er strafte Robert mit einem vernichtenden Blick, aber noch ehe er eine Antwort fand, durchquerte Bürlin Wolker schnellen Schrittes den Rittersaal. Er lief auf Robert zu und rammte ihm ohne jede Vorwarnung die Faust in den Magen.

Robert krümmte sich und rang nach Atem, während Lucia erschrocken aufschrie.

«Ich habe dich schon einmal gewarnt», entfuhr es Hatto kalt, bevor er Bürlin mit einer Handbewegung zur Wachmannschaft zurückschickte. «Nun weißt du hoffentlich, wer hier die Befragung führt. Begehrst du noch einmal auf, so war es das letzte Mal!»

«Euer Handlanger hat kein Recht, in die Befragung der Inquisition einzugreifen», rief Lucia wutentbrannt. Sie ließ sich nicht einmal beschwichtigen, als Robert ihr bedeutete, still zu sein und seinen Vetter nicht noch mehr zu reizen. Doch in diesem Moment verspürte sie nur abgrundtiefen Hass. Einen Hass, dem der Wunsch folgte, Hatto mit ihren eigenen Händen zu töten.

«Ich glaube, die fromme Jungfrau von Trier zeigt uns endlich ihr wahres Gesicht», spottete Bruder Arno, der Roberts Züchtigung mit sichtlicher Freude verfolgt hatte. «Darauf mussten wir lange warten. Vielleicht erzählt uns der junge Herr von Virneburg mehr über das ungestüme Temperament der Gewandschneiderin? Auch wenn er sie noch nicht in sein Bett geholt hat, scheint er ihr ja verfallen zu sein.» Er klopfte mit dem Fingerknöchel auf das Buch, das vor ihm lag, dann sah er Robert an.

«In den Unterlagen, die Vater Heinrich für Bischof Raban von Helmstadt zusammenstellte, steht, dass Euch die Aufgabe zufiel, das Mädchen zu begleiten?»

Robert nickte. Es war zwecklos, etwas abzustreiten, wovon zu viele Leute wussten. «Auf Befehl meines Onkels, des Grafen Ruprecht von Virneburg!»

«Folglich dürfen wir davon ausgehen, dass Ihr auch in das Possenspiel verwickelt wart, das die törichte Herzogin von Luxemburg, Elisabeth von Görlitz, ersonnen hat, um ihren Neffen Philipp von Burgund zu hintergehen? Was habt Ihr, mein Freund, ist Euch nicht wohl?»

Lucia beobachtete, wie Robert bleich wurde und den Kopf schüttelte. Voller Reue starrte sie zu Boden. Wie oft hatte Robert sie beschworen, dem verhängnisvollen Spiel ein Ende zu setzen? Doch nun war es zu spät.

Bruder Arno spielte den Überraschten. «Ach nein? Wenn Ihr Eurem Schützling bei dieser Prüfung nicht geholfen habt, so muss ich annehmen, dass der Teufel selbst ihre Hand geführt und sie zu den Brüdern der verbrannten Ketzerin geleitet hat. Ist es das, was Ihr uns verschweigen wollt?»

«Nein!»

«Nun, wie mag die Jungfrau es dann angestellt haben? Wie war es ihr möglich, erfahrene Schützen im Wettstreit zu beschämen oder sich das Vertrauen hochgestellter Persönlichkeiten wie des Grafen Ruprecht von Virneburg zu erschleichen?»

Robert zuckte abweisend die Achseln. Lucia konnte in seinen Gedanken lesen wie in einem Buch. Seine wachsende Verzweiflung wütete in ihr wie ein Fieber, und sie fühlte sich umso schuldiger, weil sie ihm nicht helfen konnte. Auch sie hatte Bruder Arno unterschätzt.

Das Gesicht des Mönchs verzog sich zu einem gemeinen Grinsen. Während Lucia ihn beobachtete, fiel ihr ein, dass Vater Heinrich seinem Gehilfen damals in der Herberge eine glänzende

Zukunft als Inquisitor vorhergesagt hatte. Vermutlich nahm er nicht einmal wahr, wie recht er damit behalten hatte. Wenn es jemand verstand, einen Menschen einzuschüchtern, dann nicht Hatto von Virneburg mit seinem rohen Gebrüll, sondern der Mönch.

«Glaubte der Graf, mit der Jungfrau von Trier eine Prophetin zu unterstützen?», bohrte Bruder Arno weiter.

«Zuerst nicht», gab Robert leise zu. «Er tat es, um der Sache seines Bundesgenossen und Freundes zu dienen. Aber dann …»

«Geschah etwas, das seine Meinung änderte?»

«Es ist möglich, dass er nach jenem Abend im Palast zu Luxemburg daran glaubte, aber darüber hat er mit mir nicht gesprochen. Dazu wäre auch kaum Zeit geblieben. Lucia Kastenberg und ich wurden noch in derselben Nacht von den Leuten des Herzogs festgenommen. Als Philipp von Burgund herausfand, dass ihm und seinem Land von Lucia keine Gefahr drohte, gestattete er uns, Luxemburg zu verlassen.»

Bedächtig strich sich Bruder Arno über das glattrasierte Kinn. Er schien sich seine nächste Frage sehr genau zu überlegen. Lucia sah, wie Magdalena unruhig in ihrem Sessel auf und ab rutschte. Sie schien Mühe zu haben, dem Wortwechsel der beiden Männer zu folgen. Obwohl der Mönch Lucias ganze Aufmerksamkeit beanspruchte, entging ihr doch nicht, dass die Augen ihrer Schwester über die Bücher und Urkunden auf der Tafel glitten. Suchte sie etwas Bestimmtes unter den Schriftstücken?

«Der mächtige Herzog von Burgund musste also erst darüber nachdenken, ob dieses Mädchen eine Gefahr für sein Reich darstellt?» Bruder Arno schüttelte amüsiert den Kopf. «Ein Reich, das neben seinem Stammland auch die wohlhabenden Grafschaften Artois, Brabant, Hennegau und Holland sowie verschiedene Vogteien umfasst?»

«Das beweist doch wohl nur, was für ein umsichtiger Herrscher Philipp von Burgund ist.»

«Mag sein. Aber wie steht es um Euch selbst? Teilt Ihr die Ansicht Eures Onkels, dass diese Lucia Kastenberg über besondere Fähigkeiten verfügt? Oder mit anderen Worten: Ist sie die Jungfrau von Trier?»

Wie vom Blitz getroffen zuckte Lucia zusammen. Vor keiner Frage hatte sie sich mehr gefürchtet als vor dieser. Robert schien es nicht anders zu gehen. Sie bemerkte, wie er sich wand, sie konnte förmlich hören, wie sein Atem schneller ging und sein Verstand fieberhaft nach Ausflüchten suchte. Wie er Antworten fand und doch wieder verwarf. Unsicher schüttelte er den Kopf, während seine Hände haltsuchend die hölzernen Gerichtsschranken umklammerten. Er war an einem Scheideweg angelangt. Doch spielte es noch eine Rolle, welchen Weg er wählte? Seine Antwort stempelte sie entweder als Hochstaplerin oder Ketzerin ab. Und in keinem Fall winkte ihr die Freiheit.

«Worauf wartet Ihr, Robert von Virneburg?», drängte der Mönch. «Ihr schuldet der heiligen Inquisition eine Antwort.»

Robert bedachte den Gehilfen des Inquisitors mit einem vernichtenden Blick. «Dann sollt Ihr Eure Antwort erhalten. Ich weiß genau, dass ...»

«Robert, bitte nicht», fiel Lucia ihm ins Wort. «Ich möchte selbst antworten.» Ohne nachzudenken, stand sie auf und machte ein paar Schritte auf die Schranke zu, ohne dass die Wachen sie daran hinderten. Ungläubig starrte Robert sie an, während ein erstauntes Murmeln durch die Zuschauerbänke ging. Kaum einer hatte damit gerechnet, dass die verstockte Ketzerin so rasch ein Geständnis ablegte.

«Es ist Zeit, die Wahrheit zu sagen. Ich wurde gezwungen, eine Frau zu spielen, die es nicht gibt und nie gegeben hat. Die Jungfrau von Trier ist tot, sie wird nie mehr zurückkehren. Ihr wollt wissen, warum ich die Brüder der Jeanne d'Arc erkannte? Nun, ich hatte sie nie zuvor gesehen, aber sie waren die einzigen Edelleute, deren Hände rau und abgearbeitet aussahen. Die d'Arcs sind lothringische Bauern gewesen, keine Edelleute, die eine höfische Erziehung genossen haben.»

Im Saal erhob sich ein Stimmengewirr; Pfiffe und Schmähworte waren zu vernehmen. Vater Heinrich beugte sich auf seinem Stuhl vor und gab einen Laut von sich. Die Miene seines ehemaligen Gehilfen blieb starr und ausdruckslos.

«Ihr gesteht also, dass Ihr eine Schwindlerin seid, die sich dem Satan hingegeben hat, um ihm das ungelehrte Volk in die Arme zu treiben?», fragte Bruder Arno, nachdem Hattos Männer für Ruhe gesorgt hatten. «Bleibt Ihr dabei?» Ohne mit der Wimper zu zucken, befahl er dem Klosterbruder, dem er das Protokoll anvertraut hatte, kein einziges Wort auszulassen.

«Nein, das habe ich so nicht gesagt», wehrte sich Lucia. Angst schnürte ihre Kehle zu. «Ich bin keine Ketzerin, und ich habe nichts getan, was Menschen vom Glauben hätte wegführen können. Zeigt mir eine einzige Schrift, die aus meiner Hand stammt und die sich gegen den Papst oder die heilige römische Kirche richtet!»

Lucia rang nach Atem und machte sich auf eine heftige Erwiderung seitens des Mönches gefasst, doch eigenartigerweise blieb diese aus. Bruder Arno stand einfach nur da, wie vom Donner gerührt. Als sein Blick auf Vater Heinrich fiel, ging ein Beben durch dessen mageren Körper. Die Fingerkuppen des Inquisitors waren noch schwarz von Ruß und Asche, er hatte nicht genügend Zeit gefunden, sie zu reinigen. Er hatte Beweise vernichtet. Beweise, die Bruder Arno gebraucht hätte, um der Ketzerin und ihrem verfluchten Anhang das Genick zu brechen. Ohnmächtige Wut überfiel den Mönch.

«Vater Heinrich hat es gewagt, sich dem Lauf der Gerechtigkeit in den Weg zu stellen», flüsterte er so leise, dass nur Lucia ihn hören konnte. «Er wurde verhext und hat die Inquisition verraten. Aber wofür? Für dich?»

«Nun, wo sind die Beweise, Bruder Inquisitor?», fragte Robert mit düsterer Miene.

«Verbrannt, aber das wird der Teufelshure nichts nützen.» Er wandte sich wieder an Lucia. «Euer Sieg im Turnier mag ein Glücksfall gewesen sein. Ich bin sogar geneigt zu glauben, dass Männer wie Ulrich von Manderscheid sich Eurer bedient haben.»

Aus den Reihen der Zuhörer ertönten Unmutsbekundungen. Manche der Edelleute, die von benachbarten Burgen und Landgütern gekommen waren, standen nach wie vor auf Manderscheids Seite. Doch Bruder Arno gab sich noch nicht geschlagen. Er nahm ein Pergament vom Tisch und hob es demonstrativ in die Höhe.

«Vater Heinrich hat mich aus Basel gerufen, wo ich einige Versammlungen des Konzils als Beobachter verfolgen durfte.» Er hielt inne, um sich zu vergewissern, dass alle Anwesenden ihm zuhörten. Dann fügte er mit fester Stimme hinzu: «Die Fehde zwischen Ulrich von Manderscheid und Bischof Raban von Helmstadt ist entschieden!»

Lucia hatte geglaubt, dass nichts sie noch hätte erschüttern können, doch nun wurde sie eines Besseren belehrt. Was war das? Ein neuer Trick?

«Spannt uns nicht länger auf die Folter», rief Hatto von Virneburg mit gerunzelter Stirn. Auch er platzte beinahe vor Neugierde. «In wessen Sinn hat das Konzil entschieden?»

Bruder Arno genoss jeden Blick, der sich auf ihn richtete, bevor er endlich mit der Sprache herausrückte: «In Rabans Sinn, mein werter Herr! Raban von Helmstadts Ansprüche wurden vom Konzil bestätigt. Er ist Erzbischof von Trier, und Ulrich von Manderscheid blieb nichts anderes übrig, als den Spruch des Konzils mit einem Eid anzuerkennen und die Waffen zu strecken.»

«Ich habe es gewusst!» Zufrieden atmete Hatto auf. «Ulrich von Manderscheid hätte sich nicht ein solches Pack heranzüchten sollen, um seine Fehden auszufechten. Eine Bogenschützin, ein Krüppel und ein mittelloser Bastard.» Er lachte gehässig. «Nun bringt Euren Prozess zum Abschluss, damit wir die Missetäter ihrer gerechten Strafe zuführen können!»

«Missetäter?», rief Robert, der seine Furcht vor Hattos Drohungen und Bürlins brutalen Schlägen längst vergessen hatte. «Wie kannst du es wagen, uns so zu nennen? Ausgerechnet du?»

Die Farbe wich aus Hattos Gesicht. «Pass auf, was du sagst!»

«Das Rattenloch, in das du mich hast sperren lassen, besaß dünne Wände. Meinst du, ich hätte nicht gehört, worüber sich meine Wächter unterhielten? Du hast wehrlose Menschen erschlagen und die Spuren dieser Schandtaten von deinem Knecht beseitigen lassen.» Angewidert verzog Robert das Gesicht, dann blickte er Lucia in die Augen. «Es tut mir leid, dass ich dir damals den Brief fortnahm, in dem Manderscheid meinen Onkel von den Beschuldigungen gegen diesen Kerl unterrichtete. Ich dachte, er würde dir nur schaden, aber vielleicht hätte er dem Grafen die Augen geöffnet.»

Hatto von Virneburg sank ein wenig in sich zusammen. Das Blut war nun gänzlich aus seinem Gesicht gewichen. Offenkundig schämte er sich vor den Edelleuten, die ihn fassungslos anstarrten.

«Du wirst noch heute neben deiner kleinen Ketzerhure brennen», flüsterte er erregt. «Und warum? Weil du zu feige bist, dich mir im Zweikampf zu stellen!»

Bruder Arno horchte auf. «Was soll das werden? Ein Gottesurteil? Seid Ihr von Sinnen, der Inquisition etwas Derartiges anzutragen?»

Robert schüttelte den Kopf. «Nicht der Inquisition, denn sonst müsste der Kampf mit Federn und Pergament ausgetragen werden. Ich bin der Neffe des Grafen von Virneburg und bezeuge, dass Lucia Kastenberg unschuldig ist. Sie hat nichts getan, was ihren Tod auf dem Scheiterhaufen rechtfertigen würde. Dafür werde ich mit meinem Leben einstehen!»

«Aber …»

Hatto ließ den Mönch nicht zu Ende reden. «Lasst nur, Bruder, ich werde dem Kerl das freche Maul stopfen. Sollte er mich besiegen, dürfen er und das Mädchen gehen.»

«Das könnt Ihr nicht entscheiden, Graf», wagte Bruder Arno einzuwerfen. Sein neugewonnenes Selbstbewusstsein schmolz unter Hattos drohenden Blicken zusammen wie Schnee in der Sonne.

«Aber ich», regte sich Vater Heinrichs Stimme hinter dem Richtertisch. Sie hörte sich schwach an, war aber unmissverständlich. «Das Mädchen ist reumütig und könnte geläutert werden. Lehrt nicht der heilige Augustinus selbst, dass wir die Verstockten verfolgen, die Bekennenden aber zurückholen müssen?» Er stieß einen wehmütigen Seufzer aus. «Also tragt es untereinander aus!»

Hatto warf Vater Heinrich einen Blick zu, der andeutete, dass er sich später noch mit ihm beschäftigen würde. Nach seinem Sieg über den verhassten Vetter.

«Nicht hier», entschied er, als einige der Diener bereits Hand an die Möbel legten, um mehr Platz in der Halle zu schaffen. «Als Kampfplatz bestimme ich die Wiese, auf der damals das Bogenturnier stattfand. Und ich wähle das Schwert!»

XXVIII

Der Wind zerrte an den Kleidern, als sich der Zug der Menschen aus dem Burgtor über einen ausgetretenen Pfad hinüber zur Wiese am Bach begab. Innerhalb weniger Augenblicke wurde ein Feld abgesteckt, in dessen Mitte sich die beiden Streitenden begegnen sollten. Wachen mit Lanzen stellten sich im Kreis auf.

«Mach dir keine Sorgen», flüsterte Magdalena ihrer Schwester zu. Sie griff nach Lucias Hand. «Der junge Mann ist wendig wie ein Karpfen, außerdem hat Graf Hatto viel getrunken. Mir ist nicht entgangen, wie oft sein Diener ihm während der letzten Stunde nachschenken musste.»

Unglücklich zuckte Lucia die Schultern und rutschte zur Seite, damit Magdalena auf der schmalen Kastenbank, auf die man sie gesetzt hatte, Platz fand. Es musste schrecklich sein, von einem Ort zum anderen getragen zu werden wie ein hilfloses Kind.

«Aber Robert ist verletzt», entgegnete sie, während die Männer unter Bruder Arnos strengem Blick ihre Waffen in Empfang nahmen. «Bei unserer Ankunft wurde er von einem Schlag auf den Kopf getroffen. Wie soll er einen Kampf auf Leben und Tod überstehen?»

«Mit Gottes Hilfe!»

Erstaunt blickte Lucia ihre Schwester an, mit der sie seit ihrer Rückkehr kein Wort hatte wechseln können. Was ging nur in Magdalenas Kopf vor? Begriff sie denn nicht, dass ihr Leben verwirkt war, wenn Robert von Hattos Schwert niedergestreckt wurde?

Der Graf umklammerte den Griff seiner Waffe und vollführte ein paar rasche Hiebe in die Luft, während Roberts Augen die Gegend durchkämmten. Die Haare flogen dem jungen Mann ins Gesicht, doch er wich nicht zurück. Entspannt stand er da, bis der Wind sich drehte und das leise Rauschen des nahen Baches, der sich unmittelbar vor den Mauern gabelte, lauter wurde.

Plötzlich wurde er unruhig. Selbst aus der Ferne sah Lucia, wie sich eine Falte auf seiner Stirn bildete, in der sich kalter Schweiß zu sammeln begann. Aus unerfindlichen Gründen schien er auf einmal Angst zu verspüren.

Nicht vor Hatto. Aber wovor dann?

Hatto von Virneburg war gerissen genug, um so zu tun, als würde er davon nichts bemerken, doch Lucia konnte er nicht täuschen. Sie sah sogleich, dass ihm der entsetzte Blick seines Vetters nicht entgangen war.

«Streitet für die Wahrheit!» Bruder Arno blickte dabei Hatto an und nickte ihm wohlwollend zu. Hatto schnaubte. Nachdem das Signal erklungen war, drang er mit wuchtigen Hieben auf Robert ein. Wie Magdalena richtig erkannt hatte, verfügte er über die Kraft eines Bullen, war aber nicht so gelenkig wie sein Gegenüber. Robert parierte jeden seiner Schläge mit einer Leichtigkeit, die der Mönch gewiss gern teuflischem Beistand zugeschrieben hätte.

Lucia atmete auf. Nun, nachdem Robert sich wieder etwas gefangen hatte, gelang es ihm sogar, durch geschickte Drehungen oder die Verlagerung seines Gewichts Hatto einige Male zu verwirren und zum Straucheln zu bringen. Die Hiebe, die er austeilte, wurden heftiger. Als sein Schwert schließlich Hattos Ärmel streifte, war Lucia nicht die Einzige, die aufschrie. Lächelnd drückte Magdalena ihr die Hand. «Habe ich es nicht gesagt, Schwester?», flüsterte sie. «Er wird es schaffen!»

Mit wutverzerrtem Gesicht legte Hatto seine Hand auf den Kratzer und verwischte rasch einen dünnen Blutfaden, der sich auf dem hellen Stoff seines Wamses abzeichnete. Ungläubig starrte er auf seine Klinge. Er konnte nicht glauben, dass er den ersten Hieb hatte einstecken müssen. Und das von einem besseren Schweinehirten, einem Nichtsnutz von Boten, denn nichts anderes war dieser Bastard doch.

«Und ich dachte, dich kümmern nur diese verdammten neumodischen Feuerwaffen, Vetter?», zischte er.

«Mich interessiert jedes Mittel, das mich von dir und deinen Gemeinheiten befreit!» Robert nahm wieder Kampfhaltung ein. «Dein Vater hat mir übrigens ein Versprechen gegeben.»

Hattos Hieb prallte mit einem dröhnenden Geräusch an seinem Schild ab. «Ach ja?»

«Ja. Er hat mir zugestanden, den Namen meines Vaters künftig öffentlich zu führen und sein Erbe zu beanspruchen, wie es mir beliebt!»

Hatto kniff die Augen zusammen und stürmte mit erhobenem Schwert auf Robert los. «Du wirst so zur Hölle fahren, wie du geboren wurdest», erwiderte er wutentbrannt. «In Lumpen, als jämmerlicher Bettler!»

Robert wich ein paar Schritte zurück und riss den Schild hoch, um Hattos Schläge zu parieren. Er duckte sich, musste zulassen, dass sein Vetter ihn mit Gebrüll vor sich her trieb, ohne dass er die Möglichkeit fand, einen Ausfall zu machen. Längst hatten sie die Absperrungen hinter sich gelassen.

Lucia hielt den Atem an. Aus den Augenwinkeln sah sie, mit welch zufriedener Miene Bürlin und Bruder Arno den Kampf verfolgten, und begriff. Wie Schuppen fiel es ihr von den Augen. Der Bach. Robert fürchtete sich vor fließendem Wasser; das Rauschen trieb ihm den Schweiß auf die Stirn. Mehr noch, es verlangsamte seine Bewegungen, ließ ihn unsicher werden.

«Verdammt sollst du sein, Hatto von Virneburg», zischte Lucia verstört, während das Dröhnen der Schwerter auf den Schildern der Kämpfer über die Wiese hallte.

Hatto attackierte Robert, bis dieser mit dem Rücken am Ufer stand. Hinter ihm schlängelte sich der Bach wie eine giftige Viper durch das hüfthohe Gras. Robert bemühte sich verbissen, sich nicht weiter zurückdrängen zu lassen. Doch als er einem Seitenstreich auswich und zum Schlag ausholen wollte, traf ihn plötzlich Hattos Stiefel mit aller Wucht. Robert verlor das Gleichgewicht und stürzte die schmale Böschung hinab. Lucia sah das Wasser aufspritzen. Hattos Männer brachen in wilden Jubel aus.

«Nun, Jungfrau von Trier, wie fühlt Ihr Euch kurz vor Eurem Ende?» Bruder Arno grinste sie hämisch an. «Ich glaube, wir werden den Brandpfahl noch heute aufrichten!»

Doch noch bevor Lucia darauf antworten konnte, schienen sich die Ereignisse zu überschlagen. Zunächst bemerkte Lucia, wie Hatto von Virneburg mit dem Schwert in der Hand ins Bachbett sprang. Seine Stiefel zerteilten das Wasser. Im Nu hatte er Robert erreicht.

«Das Schwert ist viel zu schade für dich», rief er seinem Vetter zu. Er ließ seine Waffe sinken und hob einen großen Stein vom sandigen Grund.

«Der hier wird genügen, um dir deinen verfluchten Schädel zu spalten.» Kalt lächelnd holte er aus, während er seinen Blick noch einmal siegesgewiss Lucia und Bruder Arno zuwandte.

Doch plötzlich erstarrte er. Seine Augen weiteten sich.

Magdalena kam mit langsamen, aber festen Schritten auf das Bachbett zugelaufen. Sie benötigte keine Hilfe, niemanden, der sie an der Hand führte oder stützte. Leichtfüßig bewegte sie sich auf ihn zu, als seien die letzten Monate nur ein Traum gewesen, aus dem sie soeben erwacht war. Befreit vom strengen Witwengebende flatterten ihre langen Haare im Wind. Voller Verachtung blickte sie Hatto von Virneburg an, dann hob sie anklagend den Arm.

Hatto stieß einen derben Fluch aus, besann sich aber zu spät der Gefahr, in die ihn seine Unachtsamkeit gebracht hatte. Denn im nächsten Augenblick hatte Robert auch schon Hattos Schwert aus dem Sand gezogen. Kraftvoll durchbohrte er Hattos Brust.

Der Graf stand reglos zwischen den flachen Bachsteinen, er schien nicht zu fassen, was ihm widerfahren war.

Ein unheimliches Gelächter brach aus seiner Kehle. Er beugte sich vor und benetzte seine Hände mit Wasser, als wollte er sie vom Blut reinigen. Dann wankte er und schlug wie ein gefällter Baum zu Boden.

«Magdalena», flüsterte Lucia überwältigt, als ihre Schwester die Böschung erreichte und Robert ihre Hand entgegenstreckte. Dann wandte sich Lucia zu Vater Heinrich um, der das Geschehen am Bach atemlos verfolgte. «Genügt Euch dieses Zeichen, Vater?»

Der Inquisitor nickte.

Bürlin kämpfte sich durch das Gedränge der Menschen, die in kleinen Gruppen auf der Wiese standen und über den Ausgang des Zweikampfes redeten. Keiner achtete auf ihn, denn er gab sich so unbeteiligt wie möglich. Erst als er die Wiese hinter sich gelassen hatte, beschleunigte er seinen Schritt. Ohnmächtig vor Wut ballte er die Fäuste.

Wie zum Teufel hatte das geschehen können? Warum war Hatto so dumm gewesen, sich auf einen Zweikampf einzulassen? Nun lag er tot in einem stinkenden Rinnsal, und ihm blieb keine andere Wahl, als Niedermanderscheid auf der Stelle zu verlassen. Er durfte nicht bleiben, so viele Feinde, wie er hier hatte. Ohne Hattos Schutz würde er vermutlich noch vor Sonnenuntergang von den Zinnen baumeln.

Gehetzt rannte er den steilen Treppenweg hinauf, der zu den Räumen führte, die Hatto während der kurzen Zeit seiner Herrschaft auf Niedermanderscheid bewohnt hatte. Der Graf war kein armer Mann gewesen, das wusste Bürlin. In seiner Kammer befand sich vermutlich genug Silber, das ihm während der nächsten Tage, die er geächtet im Wald verbringen musste, weiterhelfen würde.

Aber die Zeit drängte. Zu allem Überfluss steckte auch noch das Küchenmädchen, das eines Nachts seine Bekanntschaft hatte machen müssen, den Kopf aus einem der Fenster. Als die Frau ihn erkannte, zog sie sich mit einem Ausdruck des Abscheus zurück.

Bürlin fluchte. Der Knall des zuschlagenden Fensters trieb ihn zurück. Anstatt das Gebäude zu betreten, machte er kehrt und begab sich zu den Ställen. Das Geld konnte er vergessen. Wollte er sein Leben vor der Rache der Jungfrau retten, war es besser, gleich zu verschwinden.

Die Stallungen waren unbewacht. Nur ein junger Pferdeknecht hockte neben der Tür und schnitzte mit einem Messer Kerben in den Pfosten. Bürlin nahm dem Jungen kurzerhand das Messer aus der Hand und versetzte ihm eine schallende Ohrfeige, die ihn von seinem Hocker auf den Boden beförderte.

«Dich werde ich lehren, das Eigentum des Grafen zu verschandeln», fuhr er den Stallburschen an. «Los, mach, dass du verschwindest. Ich will dich heute nicht noch einmal hier erwischen.»

Der Junge lief verängstigt davon, und Bürlin schlüpfte in den Stall. Dort nahm er Sattel und Zaumzeug von einer Halterung. Für ihn stand außer Frage, welches Pferd ihn aus der Burg tragen würde. Rasch sattelte er Roberts Rappen und zog ihn grob hinter sich her.

«Nun komm schon, du verdammtes Biest», knurrte er das Pferd an. «Mach bloß keinen Ärger!»

Er hatte den Ausgang fast erreicht, als die Tür mit einem lauten Knall zuschlug. Bürlin stutzte. Er versuchte, sie zu öffnen, doch er fand im Zwielicht weder Klinke noch Riegel. Er rüttelte, warf sich gegen das Holz. Umsonst.

Jemand hatte die Stalltür von außen verriegelt. Er saß in der Falle.

Bürlin wurde mulmig, als er Schritte hörte, denen ein knirschendes Geräusch folgte. Es klang, als zöge jemand zwei gekreuzte Klingen über die Stalltür. Dann hörte er dumpfe Schläge. Ein Poltern, das immer lauter wurde.

Bürlin drehte sich um, weil Roberts Pferd seine Hufe unruhig auf den gestampften Lehmboden schlug. Die Geräusche von draußen ängstigten das Tier.

«Verdammt nochmal, sei ruhig», schrie er mit überschnappender Stimme. Doch der Rappe ließ sich nicht bändigen. Im Gegenteil, er wurde immer wilder, bäumte sich auf und stieß mit seinen Hufen gegen die Bretterwand.

In Todesangst hieb Bürlin seine Fäuste gegen die Tür, aber der Lärm übertönte sein Geschrei. Das Pferd war nun direkt hinter ihm; seine Hufe schlugen ihm in den Rücken. Knochen knackten, und im selben Moment riss ihm ein heftiger Tritt den Boden unter den Füßen davon. Bürlin wurde durch die Luft geschleudert und schlug mit dem Kopf auf den Rand der steinernen Tränke; Blut lief ihm in die Augen. Er war schon tot, als die Hufe des Pferdes ihn unter sich begruben.

Thomas war ein geduldiger Mann. Auf dem Hocker des Stallburschen wartete er, bis es drinnen ruhig geworden war. Dann erst schob er den Riegel zurück. Um den Leichnam des Mannes, der seinen Hauptmann hatte ersetzen wollen, kreisten bereits die ersten Fliegen, doch das kümmerte den alten Bogenschützen nicht. Langsam näherte er sich Roberts Pferd, das noch immer zitternd neben der Tränke stand. Thomas lächelte sanft. Mit Pferden kannte er sich gut aus; besser jedenfalls als mit den meisten Menschen. Doch es gab auch Menschen, an denen er hing und denen er nachtrauerte, wenn sie ihn verließen. Jost, sein alter Burghauptmann, gehörte zu ihnen.

«Es ist gut, mein Freund», flüsterte er, während er behutsam den Striegel über das verschwitzte Fell des Pferdes gleiten ließ. «Meinem Herrn konnte ich nicht helfen, aber dir kann nun niemand mehr etwas zuleide tun.»

Lucia und Magdalena erfuhren von Bürlins Tod erst am nächsten Morgen. Eher beiläufig erzählte ihnen Thomas davon, als die Schwestern in Magdalenas Kammer saßen und miteinander plauderten.

Lucia bemühte sich, den Gedanken an Hattos Handlanger aus ihrer Erinnerung zu streichen. Sie war froh, ihm nie wieder über den Weg laufen zu müssen.

Robert hatte ihr eine Weile Gesellschaft geleistet, sich dann aber verabschiedet, um nach dem Wagen und den Pferden zu sehen. Es ging ihm den Umständen entsprechend gut. Seine Wunden waren von der Badefrau versorgt worden; sie würden bald verheilt sein. Lucia wünschte sich, die alte Frau hätte auch ein Mittel gegen schlechte Träume gehabt.

Robert hatte seinen Vetter, den Lieblingssohn Ruprechts von Virneburg, erstochen, und obwohl es ein gerechter Kampf gewesen war, wusste sie, wie sehr es ihm davor grauen musste, seinem Onkel noch einmal unter die Augen zu treten. Doch wenn Robert sein rechtmäßiges Erbe fordern und nicht wie ein Bettler auf der Landstraße verkommen wollte, war das unvermeidlich. Zu ihrer Freude hatte er sie gefragt, ob sie bei ihm bleiben wollte. Was für eine Frage. Nichts auf der Welt würde sie davon abhalten können, mit ihm zu gehen.

«Und Vater Heinrich wird die Anklage gegen uns wirklich fallenlassen?» Magdalena stellte die Frage bereits zum zweiten Mal an diesem Morgen. Offenbar fiel es ihr schwer zu glauben, dass sich die Inquisition auf einen Handel mit einem Mädchen einließ, das dem Scheiterhaufen nur mit Mühe entgangen war.

Lucia nahm einen tiefen Schluck Ziegenmilch, dann sagte sie: «Bruder Arno ist dagegen. Er spuckt Gift und Galle, aber gegen die Entscheidung des Inquisitors kann er nichts ausrichten. Die Badefrau, bei der ich vorhin war, meinte, er habe die Burg bereits im Morgengrauen auf einem Maulesel verlassen. Er braucht einen guten Steinschneider, dann ist er bald wieder der Alte.»

Magdalena lachte. «Nun, Bischof Raban von Helmstadt hat gewiss kein Interesse mehr daran, einen Prozess anzustrengen, der die Feierlichkeiten zu seiner Weihe und seiner Erhebung in den Kurfürstenstand überschattet.»

«Also bist du von heute an frei und kannst gehen, wohin du willst.» Lucia deutete auf Magdalenas Beine. «Das meine ich durchaus wörtlich, Schwester. Und nun, da wir allein sind, will ich die Wahrheit wissen. Wann hast du bemerkt, dass deine Füße dich wieder tragen? Die wundersame Heilung im Augenblick der höchsten Not kam zwar wie ein Fingerzeig Gottes, aber ich nehme sie dir nicht ab.»

Magdalena lachte vergnügt. «Dann geht es dir ähnlich wie Vater Heinrich. Aber er hat den Fingerzeig akzeptiert und mir mein Geheimnis gelassen. Dem solltest du dich anschließen. Ich verlange ja auch nicht, dass du mir die Geheimnisse der Jungfrau von Trier offenbarst.»

«Von welchen Geheimnissen sprichst du?»

«Du erklärtest vor der Inquisition, du habest die Brüder der Jeanne d'Arc an den Schwielen ihrer Hände erkannt. Robert erzählte mir aber, alle Edelleute hätten damals Handschuhe getragen. Also wundere ich mich …»

«Schon gut, schon gut!» Lucia hob abwehrend die Hand, sie wollte nicht, dass Magdalena weiter in sie drang. «Deine Geheimnisse gehören dir. Zufrieden?»

Eine Weile saßen die Schwestern nur da und sahen zu, wie der Regen auf das kleine, bemooste Vordach trommelte. Es war ungemütlich draußen. Diejenigen, die keine dringenden Pflichten auf dem Burghof hielten, hatten sich längst irgendwo ein trockenes Plätzchen gesucht.

Eine Abordnung befand sich schon auf halbem Weg nach Köln, um Ulrich von Manderscheid und seine Freunde über die Ereignisse der letzten Tage zu unterrichten. Gemeinsam mit ihnen hatten auch die Virneburger Landsknechte ihr Bündel geschnürt.

Da ihr Befehlshaber tot war, war es den meisten von ihnen zu gefährlich gewesen, sich noch länger in einer fremden Burg festzusetzen. Vater Heinrich hatte die Männer nach endlosem Hin und Her überredet, Hattos sterbliche Überreste, für die in aller Eile ein Sarg gezimmert worden war, nach Virneburg mitzunehmen, wo sie bestattet werden sollten.

Gedankenverloren blickte Lucia in den grauverhangenen Himmel. Bei diesem fürchterlichen Wetter und den aufgeweichten Straßen würden die Boten eine Ewigkeit unterwegs sein. Sowohl nach Köln als auch zum Anwesen des Grafen Ruprecht. Das verschaffte ihr und Robert die nötige Zeit, um sich vorzubereiten.

Es war Magdalena, die schließlich das Schweigen brach. «Hast du nach Großvater gesehen?»

Lucia verzog traurig das Gesicht. «Er schläft bereits seit gestern tief und fest. Ich habe Angst, dass …»

«Wir sind alle in Gottes Hand, Lucia. Auch Großvater. Als er noch in Trier war und ich laufen konnte, wäre es ein Leichtes gewesen, unsere Differenzen aus der Welt zu schaffen. Nun ist er ganz in meiner Nähe, und ich kann nicht mit ihm sprechen. Das ist der Fluch des Schicksals. Dabei hätte ich ihm gern gesagt, dass ich ihm nichts mehr nachtrage. Wenn du über Monate hinweg kaum mehr tun kannst, als in einem Lehnstuhl zu kauern und zu grübeln, hast du genug Zeit, um dir über wirklich wichtige Dinge klarzuwerden.»

«Und was gehört zu diesen wichtigen Dingen?»

«Vergeben können. Sich auf einen neuen Tag freuen, auch wenn man nicht weiß, was er bringen mag.»

«Wirst du mir nun endlich anvertrauen, was sich zwischen euch beiden abgespielt hat?», fragte Lucia. Sie spürte, wie ihr Herz schneller schlug.

Magdalena zögerte einen Moment, dann nickte sie. «Ja, aber lass mich vorher noch ein wenig ruhen.» Sie ging zu ihrem Bett hinüber und schob die Vorhänge zur Seite. «Ich bin so müde!»

Magdalena legte sich nicht hin.

Sie wartete, bis Lucias Schritte sich entfernt hatten, dann schlich sie die Treppe hinauf zu Ulrich von Manderscheids Studierstube. Dort hatte der Burgherr Lucia seinen aberwitzigen Plan unterbreitet. Vater Heinrich hatte zwar die Dokumente vernichtet, die über Lucia und sie Auskunft gaben, aber Magdalena wollte sich lieber selbst vergewissern, dass es keine weiteren Schriften belastenden Inhalts gab. Es war besser, wenn man die Jungfrau von Trier bald vergaß.

Der Raum lag im Halbdunkeln vor ihr. Die trockene, abgestandene Luft mischte sich mit dem Geruch verstaubten Pergaments. Magdalena rümpfte die Nase, als sie auf das hohe, verzierte Stehpult zuschritt. Lautlos stemmte sie den Deckel empor, legte Siegelwachs und Tintenhorn beiseite und sichtete mit flüchtigem Blick die Papiere, die sie im Kasten des Pults fand.

Den Mann, der mit dem Rücken zur Wand in einem Buch blätterte, bemerkte sie nicht. Erst als er aus dem Schatten der Regale hervortrat, fiel ihr Blick auf seine breitgebaute Gestalt. Ein Schreck durchfuhr sie.

«Es ist lange her, Magdalena, nicht wahr?»

Sie atmete tief ein, ehe sie antwortete: «Lange, aber für mich nicht lange genug. Es gelingt dir immer wieder, mich zu überraschen, Colin!»

Colin Emmerich lachte leise. Er stellte das Buch zurück ins Regal. Dann zog er seinen Mantel über der Schulter zusammen und trat auf sie zu. Behutsam nahm er ihre Hand vom Deckel des Stehpults und ließ den Verschluss ins Schloss schnappen.

«Es ist doch erstaunlich, wie heilsam so mancher Schreck auf uns wirkt. Wüsste ich es nicht besser, würde ich sagen, dass der Anblick des gestrauchelten Jungen am Bach dich gestern von deinem Leiden geheilt hat. Aber so einfach ist das Leben nie gewesen. Vermutlich hast du nur den richtigen Zeitpunkt abgewartet, um dem dämlichen Pfaffen ein Schnippchen zu schlagen. Aber so warst du schon immer. Schlau und frei von dem gezierten Getue, mit dem mir die Weiber für gewöhnlich ihre Tugend unter die Nase halten.» Er seufzte wehmütig. «Ich hätte dich damals gerne zur Frau genommen, aber die Umstände sprachen dagegen. Mein Vater hätte mich mit Schimpf und Schande aus dem Haus gejagt, wenn ich mich nach all dem Ärger, den dein Vater uns gemacht hat, weiterhin mit dir getroffen hätte. Ein peinlicher Zwischenfall war ihm genug.»

Magdalena schüttelte wütend den Kopf. «Du nennst den Tod meines Vaters einen peinlichen Zwischenfall? Was bist du nur für ein Heuchler, Colin.»

Der Kaufmann zuckte zusammen, und das Lächeln wich aus seinem Gesicht. Er packte Magdalenas Handgelenk und zog sie hinter dem Pult hervor, ohne dass sie sich dagegen wehren konnte.

«Du vergisst, wie oft du dich an meiner Schulter ausgeweint hast, weil dein Vater dir nachstellte. Dir, seiner eigenen Tochter!»

«Halt den Mund», keuchte sie, den Tränen nahe. «Kein Wort mehr!»

«Aber wieso denn? Du hast Lucia doch bestimmt erzählt, was für ein Prachtkerl ihr Vater, der von allen bewunderte Bogenschütze, gewesen ist.» Colin machte eine obszöne Handbewegung. «Er hing mit einer an Besessenheit grenzenden Liebe an dir. Kein Mann war ihm gut genug, weil er dich für sich selbst haben wollte. Wie oft hat er seine Fantasien tatsächlich mit dir ausgelebt, draußen beim Wolfsgalgen?»

Magdalena entwand sich dem Griff des Kaufmanns mit einem so kräftigen Ruck, dass Colin überrascht zurückwich. Hasserfüllt griff sie nach dem spitzzugeschliffenen Tintenhorn, aber Colin war schneller und schlug es ihr aus der Hand.

«Was wolltest du mit dem Ding anstellen?», verhöhnte er sie. «Mich töten? War es meine Schuld, dass dein Großvater hinter die ehrenwerten Absichten deines Vaters kam? Nein. Er selbst hat mir erzählt, wie er deinen Vater nach einem Streit bis zum Wolfsgalgen verfolgte. Er musste erfahren haben, dass wir uns dort draußen trafen, um allein zu sein. Und als Melchior beobachtete, dass sein Sohn im Suff drauf und dran war, uns beide wie ein paar verdammte Kaninchen mit dem Bogen zu erlegen, nahm er den ersten Gegenstand, den er finden konnte, und zog ihn deinem Vater über den Schädel.»

Magdalena schossen die Tränen in die Augen. Tränen der Wut, aber auch der Verzweiflung darüber, dass man ihr niemals erlaubt hatte, den Schrecken dieser Nacht zu verarbeiten. Es war so, wie Colin sagte. Ihr Großvater hatte ihr nur helfen, sie vor der Wut des Tobenden beschützen wollen, und seinen Sohn dabei getötet. Während sie ohnmächtig zusammengebrochen war, hatte Melchior sich von Colin überreden lassen, die Bluttat zu verschleiern. Mit vereinten Kräften hatten sie die Leiche des Bogenschützen verscharrt, irgendwo in der Nähe des Wolfsgalgens, um den die Trierer Bürger aus abergläubischer Scheu einen großen Bogen machten. In der Stadt hatte der Gewandschneider herumerzählt, sein Sohn sei im Kampf gegen die Hussiten gefallen oder verschollen. Niemand hatte Zweifel angemeldet, doch als man angefangen hatte, sich über Magdalena den Mund zu zerreißen, war Kastenberg zu schwach gewesen, um sich noch einmal schützend vor sie zu stellen. Einige Wochen später war er Colins Einflüsterungen erlegen und hatte seiner Enkeltochter die Schuld am Tod seines Sohnes zugeschrieben.

Magdalena richtete sich auf und sah dem Kaufmann unverwandt in die Augen. «Der Vorschlag, Lucia zu heiraten, stammte von dir, nicht wahr? Du wolltest Großvater weiterhin an sein Schweigegelübde binden und hast ihn gezwungen, deine Pläne zu unterstützen. All die Jahre. Mit Lucia unter deinem Dach hätte der Alte es nie mehr gewagt, dir in die Quere zu kommen. Aus Angst, es könnte ihr etwas zustoßen. Deine einzige Sorge war nur, dass ich eines Tages nach Trier zurückkehren und mein Schweigen brechen könnte. Bist du deshalb nach Mainz gekommen? Hast du meinen Mann aus diesem Grund getötet?»

Colin blickte sie überrascht an. «Dann hast du mich also doch erkannt?», murmelte er. «Ich war mir nie ganz sicher. Als Lucia mir erzählte, du hättest nach einem Unfall das Gedächtnis verloren und könntest deine Beine nicht mehr bewegen, nahm ich an, dass mir von deiner Seite keine Gefahr mehr droht. Ein bedauerlicher Irrtum, wie ich jetzt feststellen muss. Es wäre besser gewesen, du hättest dich nicht an mich erinnert.»

«Aber warum Martin Herrlinger? Was hat er dir getan?»

«Seit dem Tod meines Vaters gehen die Geschäfte des Handelshauses schlecht. Sehr schlecht. In Trier handeln inzwischen zu viele Kaufleute mit Wein und Tuch. Ein paar gewagte Entscheidungen im Kontor, ein paar Überfälle auf meine Wagenzüge, und schon war ich ein Vermögen los.»

Magdalena war verwirrt. «Ich verstehe aber nicht, was mein Mann damit zu tun hatte ...»

«Dann hör mir zu! Ich kannte Martin Herrlinger schon seit meiner Jugend, wir haben hin und wieder Geschäfte miteinander gemacht. Natürlich durftest du nichts davon erfahren. Martin befürchtete, du könntest unsere Unternehmungen nicht gutheißen.»

«Mit einigem Recht!»

Colin zuckte die Achseln. «Jedenfalls war er es, der mich auf die Idee brachte, nach den Zusammenstößen von königlichen Truppen und böhmischen Ketzern Männer über die Schlachtfelder zu schicken, um an möglichst brauchbare Rüstungen, Helme, Harnische und Waffen jeder Art zu kommen. Waffen sind heutzutage begehrter denn je, um Söldner auszurüsten. Irgendwo wird ja immer eine Fehde ausgefochten. Martin kümmerte sich um den Transport und erhielt gutes Geld für seine Lieferungen. Geld, das er dann in sein neues Haus steckte.»

«Mein Mann soll in Böhmen Leichenfledderei betrieben haben?», zischte Magdalena empört. «Das ist gelogen. Zu so etwas hätte sich Martin niemals herabgelassen.»

Colin lachte bitter. «Er hatte eine Frau, die verwöhnt und anspruchsvoll genug war, ihn in seinem Ehrgeiz zu bestärken. Als er allerdings erfuhr, dass ich die Waffen nicht nach Italien verkaufte, wie es ursprünglich vereinbart war, regte er sich fürchterlich auf und drohte mir in seinen Briefen, das Geschäft platzen zu lassen.»

«Was hast du mit den Waffen und den Rüstungen angestellt? Nein, sag es mir lieber nicht!» Magdalena konnte Colins Anblick nicht mehr ertragen. Ihr dämmerte, wofür der Kaufmann die Waffen der Hussiten verwendet hatte. Seit Beginn des Trierer Bischofsstreits litt das Bistum unter einer Flut von Wegelagerern und Räuberbanden. Gesetzlose Horden hatten Dörfer und abgelegene Landsitze angegriffen, das Vieh fortgetrieben und die Menschen verjagt oder erschlagen. Der Rittersitz der Familie von Niedern war nur ein Beispiel von vielen.

Colin Emmerich. Unter der Maske eines ehrenwerten Patriziers und Ratsmitglieds hatte er das Bistum mit Feuer und Schwert heimgesucht. Auf seinen Reisen musste er ausgespäht haben, welches Ziel reiche Beute versprach oder seinen ehrgeizigen Plänen dienlich war.

«Du hast Männer angeworben, sie in zusammengeklaubte Harnische gesteckt und auf die Fährte gehetzt wie ein Rudel Bluthunde?»

«Ich habe nur die Verluste ausgeglichen, die mir durch die Überfälle anderer zugefügt wurden. Keinen Bischof und keinen Landesherrn hätte es gekümmert, wenn ich auf meinem Schaden sitzengeblieben wäre. Also musste ich etwas unternehmen.»

«Ist das deine Rechtfertigung für Raub und Mord?»

«In gesetzlosen Zeiten hat ein Mann die Pflicht, für sein Glück zu kämpfen. Dein Martin könnte noch leben, wenn er unseren Vertrag eingehalten hätte. Stattdessen hatte er vor, dir alles haarklein zu erzählen. Während des Sturms ließ er sich den Vertrag von dir auf die Baustelle bringen, er wollte ihn in deiner Anwesenheit vor meinen Augen zerreißen. Erinnerst du dich wieder? Dass du auf dem Gerüst ausgeglitten und mit dem Kopf aufgeschlagen bist, als du Martin vom Balken herabhängen sahst, verdankst du jedoch nicht mir.»

«Ach nein? Sag nicht, du hättest mich der alten Zeiten wegen am Leben gelassen!»

Colin machte keine Anstalten, sich zu rechtfertigen. «Wenn euer verflixter Lehrjunge nicht sogleich Krach geschlagen hätte, hätte ich jetzt ein Problem weniger am Hals», zischte er.

Er machte einen Schritt auf Magdalena zu, die sich hinter das Schreibpult flüchtete. Abwehrend hob sie die Hand, aber sie wusste, dass er sie nicht verschonen würde. Colin hatte niemals jemanden verschont, der ihm hätte gefährlich werden können. Sie war ihm in die Falle gegangen; das war unverzeihlich. Dass weder Lucia noch Vater Heinrich jemals erfahren würden, wer sie auf dem Gewissen hatte, brachte sie indes in Rage. Wütend schlug sie ihm ins Gesicht. Dann bearbeitete sie seine Brust mit einer Kraft, die auch dann noch nicht erlahmte, als sich seine Hände um ihre Kehle legten.

Tränen liefen ihr die Wangen herunter; der Raum mit seinen hohen roten Balken, den Regalen und Büchern verschwamm vor ihren Augen.

«Nicht, Colin!»

Undeutlich erkannte Magdalena die Konturen eines jungen Mannes. Er hielt eine Armbrust in der Hand. Gleich hinter ihm stürmten weitere Leute über die Schwelle. Sie glaubte, Lucia zu erkennen. Und Robert von Virneburg, der seinen Arm um sie gelegt hatte.

Colin starrte die Eindringlinge wütend an. Dann warf er seinen Mantel über die Schulter und gab Paulyn mit den Augen ein Zeichen.

Paulyn rührte sich nicht. Gehetzt blickte er von Colin hinüber zu Magdalena, die sich über das Pult beugte und keuchend nach Atem rang.

«Nun mach schon», knurrte Colin ungerührt. «Erschieß das Pack.»

«Aber … Ich kann nicht.»

«Du musst sie uns vom Leibe schaffen, oder willst du aufs Rad geflochten werden, während dein Vater und die übrigen Ratsherren zuschauen?»

«Nein, das will ich nicht!»

Lucia hielt den Atem an; sie konnte sich nur ungefähr zusammenreimen, was sich hier zwischen Magdalena und Colin abgespielt hatte. Aber sie begriff sofort, dass Paulyn unter dem unheilvollen Bann des Kaufmanns stand und es nicht wagte, sich gegen ihn aufzulehnen. Er schien wahre Höllenqualen zu leiden.

«Es tut … mir so leid, Lucia», stammelte er verzweifelt, während er seine Armbrust auf sie und Robert richtete. «Ich wollte das nicht … Ich wollte meinem Vater zeigen, dass etwas in mir steckt.»

«Das weiß dein Vater längst!»

Paulyns Schultern zitterten vor Anspannung. «Weiß er auch, dass ich einen Priester getötet habe? Draußen in Büschfeld?»

Lucia glaubte, sich verhört zu haben, doch Colins unbewegte Miene bestätigte ihr, dass Paulyn nicht im Fieberwahn sprach. Offenbar hatte er die Absicht, sich etwas von der Seele zu reden, bevor er sie mit seinem Pfeil durchbohrte.

«Colin hat mich gezwungen», schluchzte Paulyn. «Ich habe ihn damals im Dorf überrascht, und er verlangte einen Beweis dafür, dass er mir vertrauen kann. Dass ich nicht zu meinem Vater laufe und verrate, was er und seine Männer außerhalb der Stadt treiben. Und als der Priester auf mich zustürmte und mir das Messer aus der Hand nehmen wollte, da …»

«Da ist er in die Klinge gelaufen», beendete Lucia seinen Satz. Sie hoffte zumindest, dass es sich so zugetragen hatte. Obwohl ihr die Angst beinahe die Kehle zuschnürte, begann sich Mitleid in ihrer Brust zu regen. Colin hatte dem armen Jungen eingeredet, er habe einen Priestermord begangen, um ihn gefügig zu machen. Fortan hatte er getan, was immer der Kaufmann von ihm verlangte.

«Aber dann tragt Ihr keine Schuld am Tod des Mannes», sagte Robert. «Ihr werdet nicht zur Hölle fahren, sondern einzig der Mann, der Euch für seine schmutzigen Geschäfte missbraucht hat!» Anklagend zeigte er auf Colin.

«Wird's bald, du Narr», drängte dieser unnachgiebig. «Ich bin der Einzige, der sich um dich kümmert, der zu dir hält. Wir müssen jetzt verschwinden!»

Paulyn schnappte nach Luft wie ein Ertrinkender. Einen Augenblick lang sah es aus, als ob er auf der Stelle ohnmächtig zusammenbrechen würde, doch dann straffte er plötzlich den Rücken. Seine Augen verengten sich, als er seine gespannte Waffe auf die Brust des Kaufmanns richtete. «Es ist aus», brüllte er. «Hast du mich verstanden? Aus. Ich werde nicht mehr für dich lügen!» Bevor Colin eine falsche Bewegung machen konnte, sprang Robert auf ihn zu und versetzte ihm einen Kinnhaken, der ihn zurücktaumeln ließ. Dann drehte er ihm den Arm auf den Rücken und hielt ihn fest, bis Lucia einen Strick herbeigeschafft hatte, um die Hände des Kaufmanns zusammenzubinden.

«Lass uns einen Boten zu deinem Freund, dem Stadthauptmann von Trier, schicken», schlug Robert am nächsten Morgen vor. Mit Thomas' Hilfe war es ihm gelungen, den wild um sich tretenden Kaufmann im Burgfried einzusperren. Der Bogenschütze ließ es sich nicht nehmen, ihn persönlich zu bewachen.

«Wenn Paulyn erst einmal auspackt, wird der feine Kaufherr nichts mehr zu lachen haben.»

Lucia wollte etwas erwidern, ließ es aber sein. Manche Dinge, entschied sie für sich, blieben besser unausgesprochen. Stattdessen hauchte sie Robert einen Kuss auf die Lippen.

«Wofür war der?»

Sie lächelte. «Wenn du nicht von selbst darauf kommst, ich werde es dir gewiss nicht verraten.» Als er sie in die Arme nahm, jagte eine Welle des Verlangens durch ihren Körper. Das Gefühl gefiel ihr. Es wärmte ihr Herz. Wie gern hätte sie sich mit Robert an einen einsamen Ort zurückgezogen, um gemeinsam mit ihm zu plaudern und sich seinen zärtlichen Berührungen hinzugeben. Zu fühlen, dass er sie wirklich liebte, war im Augenblick das Schönste, was sie sich vorstellen konnte.

Doch es gab noch etwas, das sie vorher erledigen musste. Eine Sache, die keinen Aufschub duldete.

Als der kleine Wagenzug gegen Mittag die Burg verließ, regnete es noch immer. Lucia hüllte sich in einen Kapuzenmantel, nahm ihren Bogen und bat Robert, ihr nicht zu folgen. Bevor der junge Mann etwas entgegnen konnte, lief sie auch schon den Weg hinunter und verschwand durch den Torbogen.

Sie schritt über die Wiese, vorbei an dem glucksenden Bach, der Robert beinahe zum Verhängnis geworden war. Ein wehmütiger Blick streifte das Fenster, hinter dem ihre Schwester mehrere Monate eingesperrt gewesen war.

Seinen Ängsten muss man sich stellen, hatte Magdalena gesagt. Wie recht sie damit hatte. Aber es gab noch mehr zu tun. Dinge zu schaffen, für die es sich zu leben lohnte. Magdalena hatte sich durchgerungen, ihr die Wahrheit zu sagen. Eine schmerzende Wahrheit. Nun galt es, Abschied zu nehmen.

Am Waldesrand betrat sie einen von dichten Büschen gesäumten Pfad. Hier war die Luft würzig, und der Regen drang nicht durch das dichte Blätterdach. Lucia folgte dem Pfad. Sie hatte keine Angst, sich zu verirren, denn irgendwie kam ihr der Weg vertraut vor. Erst als ihr die Füße weh taten, blieb sie stehen, lauschte dem Zwitschern der Vögel und sah sich so lange suchend um, bis sie einen Baum fand, der ihr gefiel.

Er war halb entwurzelt, aber er verfügte über eine Vielzahl starker Äste. Vor dem Baum war der Boden trocken und weich, ein

Teppich aus Blättern und Moos. Genau das, wonach sie gesucht hatte. Lächelnd nahm sie den Bogen von der Schulter, kniete nieder und bettete ihn behutsam auf den Untergrund.

Einige bange Momente verstrichen, in denen sie in sich hineinhörte und auf eine innere Stimme wartete, die ihr befehlen würde, den Bogen wieder an sich zu nehmen. Aber die Stimme blieb aus. Alles, was sie in sich wahrnahm, war Freude, Sehnsucht und auch ein wenig Angst. Doch das waren keine Eingebungen, keine prophetischen Gesichte, sondern Gefühle, die jeder Mensch verspürte.

Schließlich bedeckte sie die Waffe mit Laub und Gras, bis nichts mehr von ihr zu sehen war. Hier draußen war der Bogen gut aufgehoben, vermutlich würde ihn nie jemand entdecken.

Sie blieb noch eine Weile auf den Knien und nahm den Frieden auf, den der Wald um sie herum ausatmete. Dann kehrte sie zu den anderen zurück.

Epilog

Graf Ruprecht von Virneburg saß in seinem Zimmer und wärmte seine Hände an dem dampfenden Becher. Der süße Apfelwein mit Molke tat seinem entzündeten Hals gut. Vorsichtig nippte er an dem heißen Getränk. Er durfte sich nicht erlauben, krank zu werden; in seinem Alter konnte jedes Fieber den Tod bedeuten.

Draußen wirbelten Schneeflocken um die Dächer seines Landhauses. Es war kalt geworden. Eiskalt. Fröstelnd schmiegte er sich in den weichen Pelz, den er über seinen Sessel geworfen hatte. Der Wintereinbruch war überraschend gekommen, zu früh, wie Ruprecht meinte. Hatten nicht gerade noch die Bäume ihre goldenen und roten Blätter abgestreift?

Er begann, vor sich hin zu dösen, was er schon seit Jahren nicht mehr getan hatte. Als sein Diener den Raum betrat, um das Feuer zu schüren, hob nur sein Jagdhund flüchtig den Kopf.

«Da draußen sind zwei Leute, die Euch sprechen wollen, Herr», sagte der alte Mann eher beiläufig. Er stocherte energisch im Kamin. «Sie behaupten, der Herr Graf würde schon lange auf sie warten.»

Graf Ruprecht verzog unwirsch den Mund. Er liebte es nicht, vor dem Abendessen gestört zu werden, schon gar nicht, wenn sein Schädel brummte und die Glieder schmerzten. Andererseits boten die langen Winterabende hier draußen, auf dem Land, so wenig Zerstreuung. Für einen Mann, der keine wichtigen Ämter mehr bekleidete, verging ein Tag wie der andere. Besucher gab es selten.

Seit langem schon überlegte Ruprecht, ob er dem nahen Zisterzienserkloster nicht eine fromme Stiftung für das Seelenheil seines Sohnes machen und sich danach selbst dorthin zurückziehen sollte, um endlich zur Ruhe zu finden.

«Wer sind diese Leute?», erkundigte er sich vorsichtig. «Kennen wir sie?»

Der alte Diener richtete sich auf. Es war ihm unangenehm, den unverhofften Besuch anzumelden. «Es ist der Sohn Eures verstorbenen Bruders, Herr!»

«Was sagst du da?» Ruprechts hagerer Körper schnellte aus dem bequemen Sessel empor. Er fühlte sich so überrumpelt, dass er etwas von dem heißen Apfelwein verschüttete.

«Robert? Mein Gott, ich habe geahnt, dass er eines Tages vor meiner Tür stehen würde. Ist ... sie bei ihm?»

Der alte Diener nickte unsicher. «Sein Weib begleitet ihn. Diese ... Ihr wisst schon.»

Ruprecht von Virneburg sank zurück in den Pelz. Obwohl die Flammen im Kamin wieder hochschlugen, zitterte er. Jawohl, er wusste genau, wer seinen Neffen begleitete. Sein Sohn Hatto war tot, und dort draußen vor der Tür wartete der Mann, der ihn erstochen hatte, nun darauf, hereingebeten zu werden. An seiner Seite befand sich die Frau, deren Namen niemand im Land mehr auszusprechen wagte.

«Welchen Eindruck hast du von den beiden?», fragte er seinen Knecht nach einigem Zögern. «Ich meine, wirken sie ängstlich oder eher aufgebracht?»

Der Diener schüttelte verwundert den Kopf. So viele Jahre lebte er nun schon im Haus der Herren von Virneburg. Er hatte die Knaben zu Männern heranwachsen und Roberts Eltern sterben sehen. Aber niemals hatte der Graf ihn, einen einfachen Lakaien, um seine Meinung gefragt. Er wird alt, ging es ihm durch den Kopf. Alt und einsam. Vielleicht fängt er an, zu bereuen. Einen Augenblick überlegte er, was er auf die Frage seines Herrn antworten konnte, dann sagte er: «Die junge Frau ist fast steifgefroren.»

«Sie friert? Kein Wunder bei dieser Kälte. Was weiter?»

«Herr Robert wirkt wie immer, Herr. Er ist gekommen, um mit Euch zu reden.»

Graf Ruprecht schickte seinen Diener hinaus, um die Wartenden zu vertrösten. Dass sein Neffe den weiten Weg nicht auf sich genommen hatte, um ihm seine Grüße zu überbringen, lag auf der Hand. Es ging um die Hinterlassenschaft seines Vaters. Aber dieses Gespräch musste warten. Noch war er nicht in der Verfassung, seinen Neffen zu empfangen. Er wollte nicht an das Unglück erinnert werden, das über das Geschlecht der Virneburger hereingebrochen war. Auch nicht an die Reichsacht, die der Kaiser über Ulrich von Manderscheid verhängt hatte. Seit fast zwei Jahren war sein alter Bundesgenosse nun schon vogelfrei. Jeder elende Strauchdieb durfte es wagen, ihn aus dem Hinterhalt ungestraft zu ermorden.

Vielleicht war Hattos Vorgehen, sich auf die Seite des Siegers zu schlagen, gar nicht töricht gewesen, überlegte der Alte. Aber die Vermessenheit, mit der er Manderscheids Besitz eingenommen und den Kopf seines Vetters gefordert hatte, hatte ihm schließlich das Genick gebrochen. So schwer es Ruprecht auch fiel, er musste zugeben, dass nicht Robert seinen Sohn auf dem Gewissen hatte, sondern dessen unbezähmbare Gier nach Macht. Sein Neffe war kein Mörder und auch kein Verräter. Er verdiente es, dass er, Ruprecht, sein Versprechen einlöste und ihm das gab, was sein Vater ihm hinterlassen hatte. Viel war es nicht, und mehr würde Robert nicht von ihm annehmen. Doch für ein bescheidenes Leben sollte es reichen. Vielleicht würde der Junge ihm eines Tages verzeihen können, dass er ihn stets benachteiligt hatte.

Ruprecht blinzelte, während sein Blick erneut auf das dichte Schneetreiben vor seinem Fenster fiel. Großer Gott, dachte er, draußen wird es immer finsterer. Ein wahres Weltuntergangswetter. Sein Hund schien die Besorgnis seines Herrn zu spüren, denn er erhob sich gähnend, trottete auf ihn zu und stupste ihm sachte mit der Schnauze gegen das Bein. Eine Weile streichelte er den Hals des Tieres, bis ein wenig von dessen Wärme auf ihn übersprang.

Dann rief er seinen Diener und bat ihn, für Essen zu sorgen und zwei weitere Gläser zu füllen.

Nachwort des Autors

Die Geschichte der Jungfrau mit dem Bogen ist frei erfunden, basiert aber auf wahren Begebenheiten.

Eine Chronik des 15. Jahrhunderts berichtet vom Auftauchen einer jungen Frau, die offensichtlich Jeanne d'Arc nachahmte, indem sie Männerkleider anlegte und auf Seiten Ulrichs von Manderscheid in den Trierer Bischofsstreit eingriff.

Wer aber war die geheimnisvolle Frau? Woher kam sie, und was mag sie dazu bewogen haben, sich in die blutige Fehde um die Macht im Erzbistum Trier einzumischen? Legte sie den Waffenrock freiwillig an, oder ließ sie sich im Interesse Manderscheids dazu bewegen, als «Prophetin» aufzutreten, um die Bürger der belagerten Stadt Trier zu verwirren?

Die Geschichtsforschung fand darauf noch keine zufriedenstellende Antwort. Nicht einmal den Namen der Frau kennen wir, doch dass sie gelebt hat, steht außer Frage. Sie selbst ließ sich vermutlich Jeanne rufen, was vielerorts das Gerücht ausstreute, sie sei die dem Feuertod entronnene Jungfrau von Orléans gewesen. Wahrscheinlich aber war sie ein einfaches Mädchen aus dem Volk, von dessen Auftreten sich manche Fürsten etwas versprachen.

Ihr Wirken fällt in eine Zeit politischer, sozialer und religiöser Umwälzungen, die dazu beitrugen, das Ende des Mittelalters einzuleiten. Ob im Handel, dem Bankwesen oder in der Kriegsführung, überall brachen althergebrachte Strukturen zusammen und wurden durch neue ersetzt. Das langsame Erstarken der Städte und die Entwicklung der Waffentechnik verurteilten auch das Rittertum schließlich zur Bedeutungslosigkeit. Begrüßt wurden die neuen Strömungen beileibe nicht von jedem, zumal die politische Situation im Europa des 15. Jahrhunderts überaus angespannt war: In Frankreich tobte der Hundertjährige Krieg. Das Herzogtum Burgund strebte unter Philipp dem Guten und seinen Nachfolgern nach Macht und Reichtum, und der spätere Kaiser Sigismund kämpfte nicht nur gegen die böhmischen Hussiten, sondern auch gegen die wachsenden Gegensätze im eigenen Reich.

Vor diesem Hintergrund erscheint der Trierer Bischofsstreit, der von 1430 bis 1437 ausgefochten wurde, lediglich als regionale Randerscheinung. Tatsächlich aber gehörte das Erzbistum Trier zu den mittelgroßen Territorien des Deutschen Reiches. Es stellte ein vielschichtiges Gebilde mit zahlreichen Besitztümern, Burgen und Städten dar, das sich weit über Trier ausdehnte und einen zweiten Schwerpunkt um Koblenz bildete. Der Erzbischof von Trier war nicht nur geistlicher Hirte, sondern auch Kurfürst. Damit gehörte er zu den mächtigsten Männern des Reiches. Kein Wunder, dass der Streit um das Bischofsamt sogar in Gewaltakten wie der Plünderung von Dörfern und der Besetzung von Burgen und Stützpunkten gipfelte.

Das zweite große Konzil des 15. Jahrhunderts, das bis zu seiner Spaltung im Jahre 1437 in Basel tagte, entschied die Frage schließlich zu Raban von Helmstadts Gunsten. Drei Jahre später wurde es auf Betreiben von Papst Eugen IV. nach Ferrara verlegt. Einige der Konzilsteilnehmer weigerten sich aber, Basel zu verlassen. Sie wurden wie Ulrich von Manderscheid exkommuniziert und beantworteten diesen Akt mit der Ausrufung des letzten Gegenpapstes Felix V.

Über Ulrich von Manderscheid wurde am 7. August 1434 die Reichsacht verhängt. Diese konnte jeden Untertan des Kaisers treffen, der die Gesetze und die Ordnung des Heiligen Römischen Reiches störte. Der Missetäter wurde für gesetzlos und vogelfrei erklärt, Untertanen eines geächteten Herrn wurden ihrer Pflichten gegen ihn enthoben. Die Aufhebung der Reichsacht war, ähnlich wie bei der kirchlichen Exkommunikation, nach Leistung einer Sühne gegenüber dem Beleidigten oder Geschädigten möglich. Manderscheid starb jedoch 1436 auf der Reise nach Rom, wo er eine Wiederaufnahme seines Verfahrens anstrengen wollte. Die Stammburg seiner Familie ist heute noch als Ruine zu besichtigen.

Raban von Helmstadt konnte sich seines Sieges über den Gegenspieler nicht lange erfreuen. Die Jahre des Kampfes hatten aus ihm einen armen Mann gemacht. Der Papst gestattete ihm zwar, seine Speyrer Pfründe zu behalten, aber diese Einkünfte reichten bei weitem nicht aus, um die hohen Schulden zu begleichen, die er für Soldaten, Waffen und seinen aufwendigen Lebensstil angehäuft hatte. 1439 zog er sich vom Trierer Bischofsstuhl zurück. Er starb nur wenige Monate später in Speyer.

Graf Ruprecht von Virneburg, Seneschall im Dienste Burgunds, setzte den Kampf um Trier auch nach Manderscheids Tod noch eine Weile fort. Er schloss erst 1437 Frieden, nachdem er sich mit Raban geeinigt und Liegenschaften im Wert von 30 000 Gulden als Pfand erhalten hatte. Sein Sohn Hatto von Virneburg ist eine fiktive Gestalt, ebenso dessen Handlanger Bürlin. Auch Magdalena Herrlinger und Paulyn habe ich erfunden.

Historisch ist dagegen Herzogin Elisabeth von Luxemburg, die sich in ihren letzten Regierungsjahren so stark verschuldete, dass sie als einzigen Ausweg die Veräußerung ihrer Liegenschaften sah. Nach ergebnislosen Verkaufsverhandlungen mit dem späteren Trierer Bischof Jakob von Sierk übertrug sie ihr Herrschaftsgebiet schließlich Philipp von Burgund. Im Gegenzug dafür erhielt sie eine jährliche Leibrente, mit deren Hilfe sie standesgemäß leben konnte. Der Vertrag mit Elisabeth lieferte Philipp von Burgund die Rechtsgrundlage für seinen späteren Eroberungsfeldzug, in dessen Verlauf schließlich ganz Luxemburg an das Herzogtum Burgund fiel. Elisabeth starb 1451 und wurde in der Minoritenkirche zu Trier beigesetzt.

Wie im Roman beschrieben, hielten sich die Brüder der Jeanne d'Arc eine Zeitlang auf Einladung Elisabeths im Palast zu Luxemburg auf, wo es der Überlieferung nach auch zu einer Begegnung zwischen ihr und der Jungfrau von Trier kam. Jean und Pierre d'Arc wurden später von Karl VII. in den Adelsstand erhoben und strengten ein Verfahren an, das ihre als Ketzerin und Zauberin hingerichtete Schwester rehabilitieren sollte. Ihre Bemühungen machten sich schließlich bezahlt: Das Urteil gegen die Jungfrau von Orléans wurde aufgehoben. Heiliggesprochen wurde sie allerdings erst 1920.

Heinrich Kalteisen (1390–1465) galt als bekannter Prediger und Konzilsredner, auch wenn er als Gelehrter stets im Schatten von Männern wie Nikolaus von Kues stand. Neben seiner theologischen Arbeit übte er auch das Amt eines Inquisitors aus. Noch während des Baseler Konzils widmete er sich mit aller Härte der Verfolgung von Menschen, die er der Verbreitung von Irrlehren verdächtigte. Als Kind seiner Zeit, in der Frömmigkeit und grausamer Aberglaube Tür an Tür wohnten, scheint er sein strenges Vorgehen für rechtens gehalten zu haben, zumal er bei seinen Befragungen auf die Anwendung der Folter verzichtete. Doch wie die meisten Inquisitoren war auch er von Fanatismus und Unduldsamkeit durchdrungen. Seine Befugnisse wurden erst 1435 auf die Diözesen Mainz, Köln und Trier ausgeweitet. Die eingangs erwähnte Chronik, das sogenannte Ameisenbuch des Johannes Nider, bestätigt, dass Heinrich Kalteisen die «Jungfrau von Trier» der Ketzerei und Zauberei verdächtigte. Offenbar wollte er mit allen Mitteln verhindern, dass sie eine ähnliche Unruhe auslöste wie ihre berühmtere Vorgängerin in Frankreich. Es gelang ihm jedoch nicht, ihrer habhaft zu werden, da ein Bundesgenosse Manderscheids sie dem Zugriff der Inquisition entzog.

Die Spur der Jungfrau und ihres Beschützers, dem ich im Roman den Namen Robert von Virneburg gegeben habe, verliert sich in den Wirren des ausgehenden Mittelalters.

Vielleicht hat Lucia ihren Bogen ja tatsächlich an den Nagel gehängt und gemeinsam mit Robert ihr Glück gefunden. Irgendwo, fernab dem Spiel der Mächtigen.

Guido Dieckmann, Juli 2007